HEYNE
BÜCHER

Das Buch

In seinem neuen Roman führt Erich Segal den Leser in die Welt der Wissenschaftler und Forscher, die in Labors und Kliniken oftmals an Wunder grenzende Leistungen vollbringen. In dieser Welt arbeiten ehrgeizige Menschen Tag und Nacht, forschen an den kaum noch vorstellbaren Grenzen der Medizin, entwickeln Methoden genetischer Manipulation oder tauchen ein in die unergründlichen Tiefen des menschlichen Immunsystems. Es gibt nur einen Lohn und Preis, der für sie zählt: der Nobelpreis.

Der Preis aber, den sie selbst dafür zahlen müssen, ist hoch. Für Isabelle de Costa, Wunderkind in der Männerwelt der Physik, bedeutet er Verzicht auf Jugend und ein normales Leben. Sie opfert alles, bis sie sich durch eine große Liebe aus ihrem Käfig der Formeln befreien kann. Der Immunologe Adam Coopersmith verhilft durch seine Forschung Tausenden zu neuem Leben, sein eigenes vermag er dennoch nicht zu retten. Sandy Raven, Biochemiker, findet zwar Reichtum und Ruhm, wird jedoch durch Intrigen um den wahren Preis seines Lebens geprellt. Der Genforscher Avilov erreicht das Podest in Stockholm, doch seine Würde als Mensch bleibt beim Kampf um den Preis auf der Strecke.

Erich Segal erzählt mit dramatischer Spannung von großen Triumphen und menschlichen Schwächen, von Pioniertaten der Forschung, aber auch von dem Schicksal der dahinterstehenden Frauen und Männer.

Der Autor

Erich Segal, Jahrgang 1937, wurde in Brooklyn geboren und studierte klassische Sprachen und Literatur in Harvard, wo er später als Professor lehrte. Er ist heute Hochschullehrer am Wolfson College in Oxford. *Love Story*, Erich Segals erster Roman, erschien 1970 und machte ihn über Nacht berühmt. Im Wilhelm Heyne Verlag sind erschienen: Die *Ärzte* (01/8623) und *Die Gottesmänner* (01/9140).

ERICH SEGAL

DER PREIS DES LEBENS

Roman

Aus dem Englischen
von Gisela Stege

WILHELM HEYNE VERLAG
MÜNCHEN

HEYNE ALLGEMEINE REIHE
Nr. 01/10284

Titel der Originalausgabe
PRIZES
erschienen bei Ballantine, New York

Der Band wurde bereits unter dem Titel
»Der Preis des Ruhms« veröffentlicht.

Umwelthinweis:
Dieses Buch wurde auf
chlor- und säurefreiem Papier gedruckt.

Lizenzausgabe mit Genehmigung des Scherz Verlags,
Bern und München
Wilhelm Heyne Verlag GmbH & Co. KG, München
Printed in Germany 1997
Umschlagillustration: ZEFA-KINNE
Umschlaggestaltung: Atelier Ingrid Schütz, München
Satz: Pinkuin Satz- und Datentechnik, Berlin
Druck und Bindung: Elsnerdruck, Berlin

ISBN 3-453-12453-7

Für Karen, Francesca und Miranda

PROLOG

Der Boß lag im Sterben. Er wurde immer weniger, immer blasser, immer dünner. Und gegen seine tiefe Erschöpfung half auch der längste Schlaf nicht mehr.

»Skipper«, sagte er zu seiner engsten Vertrauten, »Boyd Penrose ist ein miserabler Lügner.«

»Na, hör mal. Er ist nicht umsonst Hausarzt im Weißen Haus.«

»Ich liege im Sterben, Skipper, das weiß ich genau.«

»Ich rufe Dr. Penrose.«

Fünfundvierzig Minuten später stand der Arzt, ein Admiral der Navy, in dem vornehmen Schlafzimmer.

»Setzen Sie sich, Sie mieser Quacksalber«, befahl der Mann im Bett.

Der Admiral gehorchte.

»Raus mit der Sprache, Boyd«, forderte Skipper. »Sie verheimlichen uns etwas. Leidet er an einer tödlichen Krankheit und Sie sind zu feige, ihm das zu sagen?«

Penrose blickte zu Boden und seufzte.

»Ich wünschte bei Gott, Skipper, ich brauchte Ihnen das nicht zu sagen, aber er hat ein Lymphosarkom, das ist ein Blut- und Gewebekrebs.«

Skipper hielt fast hörbar den Atem an.

»Nur Ruhe, Skip«, sagte der Patient, der seine Angst gekonnt zu kaschieren suchte. »Ich will sämtliche schlimmen Einzelheiten hören.«

Und an den Arzt gewandt, erkundigte er sich: »Wie stehen meine Chancen, wieder gesund zu werden?«

»Das ist es ja, Boß«, gab der Admiral zurück. »Diese Krankheit – in diesem Stadium – hat praktisch keine Heilungschance.«

»Und wie lange habe ich noch, Boyd?«

»Ungefähr sechs Monate.«

»Na, fabelhaft. Wenigstens krieg ich noch meine Weihnachtsgeschenke. Skipper, sei nett und gib mir ein Glas Jack Daniels. Schenk dir selber auch eins ein ... und Penrose auch.«

Skippers Gesicht war aschgrau, als sie die Drinks einschenkte. »Es muß doch eine Möglichkeit geben, dieses Monster zu bekämpfen.«

»Tatsächlich kenne ich drei Labors – Harvard, Stanford und Rockefeller –, die alle experimentelle Medikamente gegen diese Krankheit entwickeln«, sagte Penrose. »Aber es wird noch sehr lange dauern, bis die auf den Markt kommen.«

»Zum Teufel mit den Formalitäten, Boyd«, rief der Kranke, so laut er konnte. »Das Weiße Haus kann mir alles beschaffen, was wir brauchen.«

»Nein, nein, hier können Sie trotz Ihres Einflusses nichts ausrichten. Selbst wenn wir sie bekommen sollten – es ist noch nicht möglich zu entscheiden, welches der drei Medikamente, wenn überhaupt eines, das richtige für Sie wäre. Und selbst wenn wir in der Lage wären, das beste zu wählen, wüßten wir immer noch nicht, in welchen Dosen es zu verabreichen ist. Wir könnten Sie folglich damit auf der Stelle umbringen.«

»Wie könnten Sie statt dessen rauskriegen, welches für mich das erfolgversprechendste ist?«

Ein wenig Farbe kehrte in Penroses Gesicht zurück. Vielleicht, weil er das Gefühl bekam, er könne doch etwas unternehmen.

»Nun, ich könnte einige hochkarätige Experten anrufen und in Erfahrung bringen – anonym natürlich –, was sie von den jeweiligen Wirkungen der drei Medikamente halten.«

»Gute Idee. Warum fangen Sie nicht gleich damit an«, schlug Skipper vor. »Benutzen Sie das abhörsichere Telefon im Büro vom Boß. Verschaffen Sie uns nur möglichst schnell ein paar Antworten.«

Nach einer knappen Stunde war der Arzt wieder da. Und schüttelte den Kopf. »Nicht zu fassen«, murmelte er ungläubig.

»Was genau finden Sie so verwunderlich?« erkundigte sich Skipper.

»Die erste Wahl aller Experten, die ich kontaktiert habe, war einstimmig: Max Rudolph. Er ist der Immunologe in Harvard, der diese speziellen Mäuse entwickelt hat.«

»Mäuse?« fragte der Kranke gereizt. »Was in drei Teufels Namen haben Mäuse mit meinem dahinschwindenden Leben zu tun?«

Penrose sah ihm offen in die Augen. »Sie könnten es retten«, sagte er.

1 ADAM

Max Rudolph saß allein im abgedunkelten Labor der Harvard Medical School, starrte in den schwarzen Himmel hinein und wartete auf erste Anzeichen des Tagesanbruchs über dem Charles River.

Nachdem er die Nachricht erhalten hatte, daß die Blut- und Gewebeproben Punkt sechs Uhr morgens geliefert würden, war er frühzeitig ins Labor gegangen, um sicher zu sein, daß keine der fleißigen ›Nachteulen‹ aus seinem Mitarbeiterstab noch an ihrem Tisch arbeitete, wenn der Kurier eintraf.

Mit einer Ausnahme: Adam Coopersmith. Ihn, seinen Protegé und Ersatzsohn, hatte er gebeten, sich ebenfalls um fünf Uhr morgens im Labor einzufinden.

Äußerlich bildeten die beiden ein seltsames Paar: Max, Mitte Sechzig, klein, mit Brille und nahezu kahlköpfig; Adam, achtundzwanzig, hochgewachsen, drahtig, mit einem dichten dunkelbraunen Haarschopf und immer noch erstaunlich unschuldigem Blick.

»Sie haben am Telefon so geheimnisvoll getan, Max. Was ist los?« erkundigte sich Adam.

Max antwortete ernst: »Heute, mein Junge, werden wir zum erstenmal etwas tun, das dem Ethos unseres Berufs widerspricht. Ein Menschenleben steht auf dem Spiel, da muß man sich für gewisse Abkürzungen entscheiden.«

»Aber das hast du noch nie getan.«

»Nein, aber ich hatte auch noch nie so einen Patienten.«

»Was soll das heißen?«

»Nun ja, Admiral Penrose rief mich aus dem Weißen Haus an und sprach von ›einer hochstehenden Persönlichkeit aus Washington‹. Und verbat sich jede weitere Frage.«

Nun vertraute Max dem Jüngeren die medizinischen Informationen an, die ihm Admiral Penrose telefonisch durchgegeben hatte: »Wir werden unsere ›humanisierten‹ Mäuse einsetzen, um zu bestimmen, welches der drei Medikamente die besten Chancen sichert.«

»Großer Gott, das ist eine enorme Verantwortung!«

»Ich weiß. Deswegen muß ich sie mit jemandem teilen.«

Sie wurden von einem scharrenden Geräusch am Ende des Korridors unterbrochen. Schweigend sahen sie zu, wie sich die Lifttür öffnete und ein in schwarzes Leder gekleidetes Nachtwesen erschien. In einer Hand trug der Mann seinen Motorradhelm, in der anderen einen Karton von der Größe einer Zigarrenkiste.

»Dr. Rudolph?« fragte er mit gedämpfter Stimme.

»Ja.«

»Können Sie sich irgendwie ausweisen?«

Max zog seine Brieftasche heraus und zeigte dem Boten seinen Führerschein. Der kontrollierte ihn mit einem kurzen, aufmerksamen Blick, überreichte Max das Päckchen und verschwand wieder in den Schatten.

Die beiden Wissenschaftler gingen langsam den Gang entlang und knipsten das Licht in einem Raum an, der scherzhaft ›das Mausoleum‹ genannt wurde. Er war vom Boden bis zur Decke mit Käfigen vollgestellt, in denen Mäuse umherhuschten, die nichts von ihren einzigartigen Eigenschaften ahnten.

Sobald man diesen Mäusen menschliches Blut transfundierte, verwandelte sich ihr Immunsystem in eine perfekte Kopie des Spendersystems. Und das bedeutete, daß ihre Reaktionen auf alles, was man ihnen von nun an gab, wie ein präzises Mini-Spiegelbild der Reaktionen des menschlichen Modells ausfielen.

»Also, Adam, wir haben drei Möglichkeiten: Die Medikamente könnten heilen, töten oder gar nichts bewirken. Was meinst du?«

»Vier Gruppen von je sechs Mäusen. Wir injizieren allen Tieren das Blut des Patienten und behandeln dann jede Gruppe mit einer unterschiedlichen Dosis der Medikationen. Die vierte Gruppe erhält natürlich Placebos.«

Als gegen halb acht die Mitarbeiter im Labor einzutreffen

begannen, hatten sie schon ein Drittel der Mäuse infiziert. Um keinen Argwohn zu erregen, übergaben sie den Fachkräften, die normalerweise derartig banale Prozeduren erledigten, nur den Fall AC/1068/24.

Anschließend gingen sie hinaus, fuhren mit dem Lift hinunter, und Max gähnte herzhaft. Dann sagte er: »Wollen wir dem Pancake-House einen Besuch abstatten, bevor wir nach Hause fahren?«

»Tu mir das nicht an!« protestierte Adam. »Ich hab' Lisl versprochen, auf deinen Cholesterinspiegel zu achten.«

Max mußte lächeln. »Kannst du einem nervösen alten Mann nicht zugestehen, sich bei ein paar Pfannkuchen zu entspannen?«

»Nein«, antwortete Adam. »Ich will meinen besten Freund nicht an einen cholesteringetränkten Pfannkuchen verlieren.«

»Okay.« Max seufzte theatralisch. »Um dein Gewissen zu beruhigen, werde ich sie mit Margarine essen. Übrigens, wie kommst du darauf, daß sich Lisl Sorgen um mich macht?«

»Weil das ihre Aufgabe ist«, gab Adam zurück. »Wohl hundertmal hat sie zu mir gesagt: ›Mein Mann macht sich Sorgen um die Welt, und ich mache mir Sorgen um meinen Mann.‹«

Max lächelte, schlug den Kragen seines Trenchcoats hoch und machte sich langsam auf den Weg.

Adam beobachtete die müde Gestalt mit einem Anflug von Traurigkeit. Er wirkt so klein und verletzlich, dachte er. Wenn ich ihm doch ein bißchen von meiner Jugend abgeben könnte!

2 ISABEL

Isabels Tagebuch

16. November
Ich heiße Isabel da Costa. Ich bin vier Jahre alt und wohne mit meinen Eltern und meinem großen Bruder Peter in Clairemont Mesa, Kalifornien. Ungefähr vor einem Jahr haben Mom und Dad entdeckt, daß ich schon ganz allein lesen kann. Sie waren ganz aufgeregt und sind mit mir zu einer Menge Leute gegangen, die mir alle möglichen Sachen zu lesen gegeben haben.

Mir wäre es lieber, wenn das alles nicht passiert wäre. Jetzt will Peter nicht mehr mit mir spielen. Ich werde dieses Tagebuch geheimhalten; vielleicht wird er mich dann doch wieder mögen …

Es ist schlimm, geistig behindert geboren zu werden. Aber nur wenigen Menschen ist bewußt, daß es eine ebenso große Behinderung sein kann, als Genie geboren zu werden. Isabel da Costa wußte das.

Nichts in der Vita ihrer Eltern wies darauf hin, daß ihre Tochter eines Tages als ›weiblicher Einstein‹ bezeichnet würde. Ihr Vater Raymond fiel sogar zweimal durch das Abschlußexamen für Physik an der *University of California* in San Diego. Am Ende honorierte die Fakultät jedoch seine ungebrochene Leidenschaft für Physik und offerierte ihm eine Stelle als Labortechniker, zu der es gehörte, Versuchsanlagen für Vorlesungen und Experimente vorzubereiten.

Das war natürlich nicht ganz das, was Raymond sich erträumt hatte, aber wenigstens hatte er eine legitime Verbindung mit einem Uni-Labor. Seiner Arbeit widmete er sich mit so großer Begeisterung, daß er schon sehr bald unentbehrlich wurde. Sein Lohn dafür wurde Muriel Haverstock, eine pummelige, fröhliche Musikstudentin, die ihn eines Tages um Hilfe bat.

»Ach bitte, Mr. da Costa«, sagte sie zu dem untersetzten, rothaarigen Laborleiter, »ich brauche diesen Kurs, um den Abschluß zu machen, aber wenn Sie mir nicht helfen, krieg' ich dieses dämliche Oszilloskop niemals dazu, daß es funktioniert.«

Nachdem Raymond ihr gezeigt hatte, wie man die Resonanz von RLC-Kreisen mißt, war er total in sie verknallt. Als die Glocke schrillte, nahm er seinen ganzen Mut zusammen und lud sie auf einen Kaffee ein.

»Gerne«, antwortete sie, »wenn's Ihnen nichts ausmacht, bis nach meiner Orchesterprobe zu warten.«

Sein Herz tat einen Sprung. »Das wäre großartig.«

»Okay, dann kommen Sie doch gegen halb acht zum Musiksaal«, sagte sie. »Vielleicht kriegen Sie dann noch ein bißchen von unserer Katzenmusik mit.«

Raymond kam zu früh, nahm in der letzten Reihe Platz und sah zu, wie Edmundo Zimmer Bachs Doppelkonzert in d-Moll dirigierte. Zu seinem Erstaunen war Muriel auserwählt worden, mit der Konzertmeisterin das wunderschöne Duett im Largo-Satz zu spielen.

»Eigentlich wollte ich ja Englisch studieren«, erklärte sie ihm beim Dinner. »Aber als ich dem Orchester beitrat, hat Edmundo Zimmer mich ganz und gar zur Musik bekehrt. Er hat ein so unwahrscheinliches Charisma – und ist überhaupt nicht verbittert nach seinem Unfall.«

»Was ist passiert?« erkundigte sich Raymond. »Mir ist nur aufgefallen, daß seine Arme irgendwie steif sind.«

»Als junger Cellist in Argentinien hatte er einen Autounfall. Er wurde gegen das Armaturenbrett geschleudert; seitdem sind seine beiden Unterarme gelähmt. Und deswegen kann er als Musiker jetzt höchstens noch uns Amateure dirigieren. Ich bewundere seine Courage.«

Als sie einander näher kennenlernten, gestand ihr Raymond, daß er auf der wissenschaftlichen Erfolgsleiter nie über seine gegenwärtige Position hinauskommen werde. Seltsamerweise bewunderte ihn Muriel dafür nur um so mehr. Denn Raymond schien seine berufliche Enttäuschung mit einer Charakterstärke zu akzeptieren, die jener Edmundo Zimmers gleichkam. Sie heirateten.

Nach dem Abschluß fand Muriel eine Anstellung als Musiklehrerin und spielte bis weit in ihre erste Schwangerschaft hinein in ihrem alten Orchester weiter.

Am 10. Juli 1967 wurde Raymond da Costa stolzer Vater eines Sohnes mit einem rötlichen Flaum auf dem Kopf, der an die roten Haare des Vaters erinnerte. Er schwor sich, daß Peter alles haben sollte, was ihm in seiner Kindheit und Jugend versagt geblieben war. Und durchstöberte die Bibliothek nach Büchern, um die Intelligenz des Kindes zu fördern.

Muriel freute sich, daß er sich so sehr für Peters Entwicklung interessierte – bis sie die dunkle Kehrseite der Medaille entdeckte.

»Um Himmels willen, Raymond, was ist das für ein unheimliches Dokument?« rief sie erregt, als sie zufällig auf ein Labornotizbuch mit allen Details über die intellektuellen Fortschritte ihres Sohnes stieß.

Oder, wie es der Vater sah, seiner Unzulänglichkeit.

Er hatte keine Lust zu großen Erklärungen. »Ich werde den Jungen gründlich untersuchen lassen. Ich glaube nicht, daß er seinen Anlagen gerecht wird.«

»Aber er ist doch erst knapp zwei Jahre alt«, warf sie ihm vor. »Was in aller Welt erwartest du von ihm – daß er sich für Kernphysik interessiert?«

Die Härte seiner Antwort beunruhigte sie. »Nein, aber er wäre nicht der erste, der mit diesen Bauklötzen einfache Rechenaufgaben lösen kann. Ehrlich gesagt, Muriel, ich fürchte, daß unser Peter kein Einstein ist.«

»Na und? Er ist ein süßes, liebenswertes Kind. Glaubst du vielleicht, ich würde dich mehr lieben, wenn du Physikprofessor in Princeton wärst?«

Er sah ihr offen in die Augen: »Ja«, antwortete er.

Muriel hatte das Gefühl, daß Raymond sich weniger intensiv mit Peters Entwicklung befassen würde, wenn sie noch ein Kind hätten.

Als sie das ihm gegenüber erwähnte, war Raymond augenblicklich begeistert und kam am nächsten Tag mit einem liebevoll verpackten Geschenk nach Hause – einem Ovulationskalender.

Kurze Zeit später konnte sie eine erneute Schwangerschaft vermelden, und im März 1972 brachte Muriel ein kerngesundes Mädchen zur Welt.

Ein *Mädchen!*

Auf diese Möglichkeit war Raymond nicht vorbereitet. Er hatte voreingenommen – und völlig unwissenschaftlich – erwartet, daß er nur Söhne zeugen werde.

Muriel dagegen war überglücklich. Sie war sicher, daß Raymond sehr schnell dem bezaubernden Charme seiner Tochter erliegen würde. Und Raymond war aufmerksam und liebevoll zu dem kleinen Mädchen mit den strahlenden Augen, das sie nach seiner Mutter Isabel nannten. Muriel verbrachte viele glückliche Stunden damit, ihrem reizenden, hellwachen Töchterchen vorzulesen, das von Wörtern fasziniert zu sein schien.

Anfangs fiel Raymond offenbar nicht auf, daß sich der Wortschatz von Isabels Altersgenossen, die mit ihr im Garten spielten, auf Einsilber wie ›da‹ beschränkte, während sie selbst schon vollständige Sätze bildete. Und die erstaunlichste Entdeckung stand ihnen noch bevor.

Als Muriel nach Isabels drittem Geburtstag die kunterbunten Hinterlassenschaften der Kinder zusammenräumte, hörte sie plötzlich die glockenhelle Stimme ihrer Tochter.

»Babar versuchte zu lesen, aber seine Gedanken waren anderswo. Er versuchte zu schreiben, aber seine Gedanken waren anderswo. Er dachte an seine Frau und an das Baby, das bald auf die Welt kommen würde.«

Muriel wußte genau, daß sie Isabel aus diesem Buch, das dem Kind erst wenige Stunden zuvor zum Geburtstag geschenkt worden war, noch nie vorgelesen hatte.

Sie war total verblüfft, und obwohl sie die Aufmerksamkeit ihres Mannes nur höchst ungern darauf lenkte, brauchte sie eine Bestätigung, daß dies nicht ihrer Fantasie entsprang.

Unauffällig verließ sie den Raum und holte Raymond aus

seinem Arbeitszimmer. Gleich darauf standen die Eltern sprachlos an der offenen Tür und sahen zu, wie ihre hübsche Dreijährige – die mit dem Alphabet bisher nur über die ›Sesamstraße‹ in Kontakt gekommen war – laut ein Buch las, das eigentlich *Erwachsene* ihren Kindern vorlesen sollten.

»Wie hat sie das lernen können, ohne daß wir etwas gemerkt haben?« fragte Muriel, die diesmal die Begeisterung ihres Mannes teilte.

Raymond antwortete ihr nicht. Er wußte nicht, wie intelligent seine Tochter war. Aber er war fest entschlossen, keine Mühe zu scheuen, um es in Erfahrung zu bringen.

3 SANDY

Sandy Ravens Karriere begann mit einem großen Knall. Der beinah ihn und seine Familie vernichtet hätte.

Im Alter von elf Jahren versuchte er durch die Elektrolyse von Wasser in der Küche Wasserstoff und Sauerstoff herzustellen, wie er es seiner Mutter zu erklären versuchte, als diese zornig Glas- und andere Scherben aufkehrte, weil er sich ›irgendwie um ein Molekül vertan hatte‹.

»Alles in Ordnung, Sandy Boy?« erkundigte sich sein Vater, der hereingestürzt kam. »Hast du dir weh getan?«

»Nein, nein, war nur ein kleines Experiment«, erklärte der Junge kleinlaut.

Worauf eine verärgerte Frauenstimme vom Fußboden her schimpfte: »Dann kann man wohl mit Recht behaupten, daß es spektakulär danebengegangen ist.«

»Nein, Mom, eigentlich war es – genaugenommen – ein eingeschränkter Erfolg.« Und dann setzte er verlegen hinzu: »Äh, siehst du da unten irgendwo meine Brille?«

Sandy Ravens Kindheit wurde überschattet von endlosen Streitereien seiner Eltern. Er kompensierte die lieblose Atmosphäre zu Hause durch eine starke, heimliche Liebe zu seiner Mitschülerin Rochelle Taubman, dem beliebtesten Mädchen seiner Schule.

Es machte ihm nichts aus, daß sie kaum Notiz von ihm nahm. Schließlich war sie bildhübsch und schlank, während er dicklich war und eine Brille trug.

Rochelle ignorierte Sandy während des ganzen Schuljahrs, aber sobald sich die obligatorischen Examen näherten, wußte sie Sandy geschickt um den kleinen Finger zu wikkeln, so daß er ihr überglücklich bei den Vorbereitungen auf die Mathe-, Chemie- und Physikprüfungen half.

Jede Nachhilfestunde beendete sie mit einem zuckersüßen Satz, wie etwa: »Du bist wundervoll, Sandy«, oder: »Dafür werde ich dich immer lieben.« Der kurze Glanz von Rochelle Taubmans Aufmerksamkeit genügte Sandy, um ihm ein weiteres Schuljahr zu versüßen.

Sein Vater tröstete ihn: »Nimm's nicht so schwer, Sandy Boy. Vergiß nicht, daß dieser Football Captain, den sie dir vorzieht, eines Tages auch nicht mehr ganz so perfekt sein wird. Ehe du dich's versiehst, sitzt du ihr vielleicht im Yankee Stadium gegenüber und gehst ihr, während Millionen dir zujubeln, in Zeitlupe entgegen, um sie in deine Arme zu schließen.«

»Großer Gott, Dad«, sagte Sandy erstaunt, »woher hast du denn diese Idee?«

»Na, woher wohl?« Sein Vater zuckte die Achseln. »Aus dem Kino, natürlich. Das war die zweite Hälfte der Doppelvorstellung, die wir im letzten März gesehen haben. Gary Cooper war der junge Mann und Betty Grable das junge Mädchen. Ich hab's mir im Notizbuch aufgeschrieben.«

Der Samstag war für Sandy der schönste Wochentag, da durfte er dem Vater helfen, das Kino aufzuschließen, überall Licht zu machen und die Popcornmaschine zu starten und den Zuschauerraum zu kontrollieren, bevor die übrigen Angestellten eintrafen.

Dann erlebte Sandy das große Trauma seines Lebens, und es wurde von einer weiteren Explosion eingeleitet. Diesmal ließen sich seine Eltern scheiden, und der Vater zog an die Westküste.

Zu seinem – durchaus berechtigten – Stolz wurde Sandy in die Bronx High-School of Science aufgenommen, die dafür bekannt war, daß sie eine große Anzahl von Weltklasse-Forschern hervorgebracht hatte.

Sein Vater war begeistert, als er Sandys Brief mit der Nachricht erhielt, und rief ihn gleich von der Westküste aus an.

»Das ist ein fantastischer Start, Sandy Boy! Aber vergiß nie, man ist immer nur so groß wie seine Träume. Also, lern fleißig und werde, was immer du werden willst.«

In der Tat hatte sein Vater eigene Träume. Er wollte in die Filmbranche und hatte bereits einige Fortschritte gemacht, seine Pläne in die Tat umzusetzen.

Indem er sich als ›Sidney Raven von Loew's Theaters in New York‹ vorstellte, hatte er eine Audienz bei einigen minderen Film-Moguln der großen Studios bekommen und ihnen erklärt, er wolle ›in die Filmbranche‹ gehen. Alle waren beeindruckt von seinen enzyklopädischen Branchenkenntnissen und offerierten ihm schließlich einen Job als ›Assistant Producer‹.

Während der Schulpause fand Sandy Gelegenheit, sich in Hörweite von Rochelle Taubmans Verehrerschar mit der neuen Prominenz seines Vaters in Hollywood zu brüsten.

Und auf einmal registrierte Rochelle Sandys Existenz, lief auf ihn zu und rief: »Wie soll ich bloß ohne dich auskommen! Ich meine, du wirst bei den Naturwissenschaften sein und ich bei Musik und Malerei. Wann werden wir uns wiedersehen?«

»Es gibt so was wie ein Telefon, Rochelle«, gab er zurück. Und anerbot sich: »Wenn du mich abends mal für deine Schularbeiten brauchst – ruf einfach an.«.

»Das werde ich tun«, zwitscherte sie. »Ich glaube, ich hab' noch keine Gelegenheit gehabt, dir zu sagen, wie leid es mir tut, daß deine Eltern sich getrennt haben.«

»Danke«, antwortete er, »aber so ist es für uns alle drei besser.«

»Aber wirst du deinen Vater hin und wieder besuchen?«

»Na klar. Er hat mir bereits ein Greyhound-Ticket geschickt, damit ich den Sommer bei ihm in Hollywood verbringen kann.«

»O Mann, klingt das aufregend! Ich wünschte, ich könnte mitkommen.«

Der verführerische Klang ihrer Stimme wirkte sofort erotisierend auf Sandy. »Rochelle, außer Chemie gibt es nur ein Gebiet, auf dem ich bewandert bin, und das ist das Kino. Und ich bin überzeugt, daß ich eines Tages dich auf der Leinwand bewundern kann.«

Dann gingen die beiden ihrer Wege. Folgten ihren jeweiligen Träumen. Er ins Land der klirrenden Reagenzgläser und sie ins Reich von Glamour, Glitter und Gold.

Mit anderen Worten, er ins Labor und sie zum Film.

4 ADAM

Zu Beginn der dritten Woche verbesserte sich das Blutbild von Max Rudolphs Mäusen der Kategorie zwei, und achtundvierzig Stunden später stand fest: Die Tiere waren wieder gesund.

Krebs, diese schreckliche Krankheit, war bei den Testmäusen geheilt worden. Daraufhin waren Max und Adam so sicher, wie ein Labortest es erlaubte, daß das Medikament auch bei dem Patienten selbst wirken würde. Eine gewisse Unsicherheit blieb natürlich bestehen, weil das Präparat noch nicht den normalen Zyklus der Zulassungsversuche der Gesundheitsbehörde FDA durchlaufen hatte. Dafür besaßen sie eine Sondergenehmigung vom Weißen Haus.

Max Rudolph überließ es seinem Protegé Adam, das Serum persönlich nach Washington zu bringen.

Admiral Penrose holte Adam am Flughafen ab und führte seinen Bostoner Kollegen zu einer Limousine, die auf dem Flugfeld wartete.

Die beiden Männer schwiegen während der Fahrt, bis Adam einen Blick aus dem Fenster warf und feststellte, daß Washingtons Lichter zurückgeblieben waren und sie über Land fuhren.

»Na«, sagte er, »was ist hier los? Wohin fahren wir?«

»Der Patient ist in Virginia«, antwortete der Admiral lakonisch. »Es handelt sich um Thomas Deely Hartnell.«

Adam fragte verblüfft: »Auch bekannt als ›der Boß‹? Der Berater jedes Präsidenten?«

Penrose nickte.

Die Auskunft beunruhigte Adam, und während sie auf immer schmaleren und dunkleren Straßen dahinfuhren, überlegte er: Was, wenn der Navy-Arzt log? Was, wenn es sich um einen Mafia-Boß handelte?

Dann wurde ihm klar, daß Hartnell das in gewisser Weise ja war. Schließlich war er so eine Art altmodischer Macht-Makler. Und dies war keineswegs das erstemal, daß er gewisse Vorschriften mißachtete, um seinen Willen durchzusetzen.

In diesem Augenblick erreichten sie das beeindruckende Tor von Clifton House, dessen Flügel sofort aufschwangen, um die Männer einzulassen, die gekommen waren, den Herrn des Hauses zu heilen.

Nachdem sie das Serum injiziert hatten, führte Penrose Adam in einen hochherrschaftlichen Salon, wo mehrere Besucher aus dem inneren Kreis des Patienten gespannt vor dem Kamin saßen und warteten. Der Admiral informierte sie kurz.

»Zu diesem Zeitpunkt können wir nur sagen, daß er sich ausruht«, erklärte er einleitend. »Davon abgesehen werde ich es meinem gelehrten Kollegen überlassen, Ihnen das Verfahren zu erläutern, das wir in diesem Fall angewandt haben.«

Damit übergab er das Wort an Adam.

»Nun«, begann Adam, »ich brauche Ihnen ja nicht zu sagen, daß wir uns in stockfinsterer Nacht auf äußerst dünnes Eis begeben. Aber das wenige, was wir bisher wissen, werde ich Ihnen gern mitteilen.«

Trotz der späten Stunde war Adam in Topform. Gewandt setzte er all seinen Charme ein und erklärte diesen Laien das grundlegende Konzept ihrer Gen-Therapie.

Er sprach über die Entwicklung eines Retrovirus, das direkt auf die Amok laufenden Krebszellen übertragen werden konnte. Aufgrund seiner ›Tarnung‹ vermochte es in den Kern der malignen Zellen vorzudringen, wo die Alchimie der DNA den Feind wieder in einen Freund verwandelte.

Während Adam seine illustren Zuhörer musterte, fiel sein Blick plötzlich auf eine hochgewachsene, auffallende Blondine. Er hatte den Eindruck, daß sie mit ihrer Hornbrille und dem konservativen Kostüm bewußt versuchte, ihre Schönheit zu kaschieren.

Aber Antonia Nielson war viel zu jung – wie sich später herausstellte, hatte sie gerade ihr Jurastudium absolviert –, um ein wichtiges Regierungsamt zu bekleiden. Sie war sogar zu jung, um die politisch akzeptable Ehefrau eines sechzigjährigen Mannes zu sein.

Dafür war sie der ideale Jahrgang für eine Geliebte auf Kabinettsebene. Die Frage war nur: wessen?

Jedenfalls schien sie eine wichtige Rolle zu spielen, die sie sogar zu einem vertraulichen Gespräch unter vier Augen mit Boyd Penrose berechtigte, der ironisch vor ihr salutierte, bevor sie zu den anderen zurückkehrten.

Während Adam sprach, lächelte sie mehrmals über seine witzigen, geistreichen Bemerkungen, und allmählich hatte er das Gefühl, sie schon irgendwo gesehen zu haben. Auf einmal fiel es ihm ein: auf dem in Leder gerahmten Foto von Hartnell und einer jungen Frau, das auf dem Nachttisch des Patienten stand. Erst jetzt erkannte er, daß es sich um Antonia ohne Brille handelte. Seine Frage war beantwortet.

Als sich die Gäste verabschiedeten, unterließ es keiner, Antonia einen Kuß auf die Wange zu geben. Es wirkte durchaus freundschaftlich – bis auf die Art, wie der Justizminister sie umarmte. Ja, hätte sie nicht so eindeutig mit dem Boß in Verbindung gestanden, Adam hätte auf eine Liaison mit dem ranghöchsten Juristen des Landes getippt.

Überraschenderweise war sie es, die die Initiative ergriff, als sie aus dem Haus ins Freie traten, wo der dunkle Himmel mit den ersten rosa Strahlen des heraufdämmernden Morgens gestreift war.

Adams Chauffeur, der den ganzen Abend geduldig gewartet hatte, sprang dienstfertig aus dem Wagen und öffnete ihm den hinteren Schlag. Aber bevor er einsteigen konnte, tauchte Antonia neben ihm auf und erkundigte sich in gedämpftem, vertraulichem Ton: »Ich habe gehört, daß Sie im Watergate abgestiegen sind, Doctor. Darf ich Sie vielleicht dort absetzen?«

Adam lächelte. Ein unerwartetes Geschenk!

»Nur wenn Sie mir das Vergnügen machen, ein sehr frühes Frühstück mit mir einzunehmen.«

»Wunderbar«, gab sie zurück. »Ich werde es eigenhändig für Sie zubereiten. Dafür müssen Sie mir aber gestatten, daß ich Sie unterwegs einem sehr strengen Kreuzverhör unterziehe.«

»Aber gern«, antwortete Adam. »Ich möchte nur schnell mein Gepäck holen und meinen Chauffeur entlassen.«

Während sie sich der Hauptstadt näherten, merkte Adam ziemlich schnell, daß ihre Geste keineswegs amourösen Absichten entsprang. Sie war zwar eindeutig sehr interessiert daran, mit ihm zu sprechen, aber nur in seiner Eigenschaft als Arzt. Sie war seinen Ausführungen im Salon aufmerksam gefolgt und wollte nun Punkt für Punkt noch weit genauere Einzelheiten erfahren.

Vierzig Minuten später waren sie in ihrer kleinen, luxuriös eingerichteten Wohnung. Antonia machte sich gleich daran, den Teig für die Hafermehlpfannkuchen zu rühren, und Adam entschuldigte sich kurz, um sich ein wenig frisch zu machen. Als er zurückkam, schob sie die ersten Pfannkuchen auf seinen Teller.

»Butter oder Ahornsirup?« wollte sie wissen.

»Danke. Ich nehme mir schon. Sieht köstlich aus. Ich wünschte, Max wäre hier – das hier ist sein Lieblingsessen.«

»Haben Sie mit ihm gesprochen?«

»Ich hab' ihn angerufen, bevor wir abfuhren, aber ich denke, ich sollte bald einmal mein Hotel aufsuchen. Es wäre möglich, daß einer meiner Patienten eine Krise hat, und für den Fall habe ich im Krankenhaus meine Telefonnummer hinterlassen.«

»Warum rufen Sie nicht drüben an und fragen, ob Nachrichten für Sie vorliegen?« schlug sie vor, offenbar weil ihr der Gedanke nicht behagte, den medizinischen Berater des Boß' gehen zu lassen.

»Danke, Toni, aber ich bin ziemlich fertig und sollte einige Stunden schlafen. Außerdem macht mich Mr. Hartnells wachsamer Blick nervös.« Er deutete auf eine Kopie des Fotos, das er im Schlafzimmer des Kranken gesehen hatte. Diesmal stand es in der Nähe des Sofas.

»Na ja«, scherzte sie, »auch eine Möglichkeit, Ihren Patienten im Auge zu behalten. Könnte ich Sie mit einer weiteren Tasse Kaffee verführen, noch ein wenig zu bleiben?«

»Aber sicher.«

Kurz darauf, während sie in der Kochnische war, klingelte das Telefon.

»Großer Gott«, sagte Adam, »Ihr Tag scheint ja recht früh zu beginnen.«

»Nein.« Sie lächelte. »Nur meine Abende sind lang. Gehen Sie doch bitte ran, Adam. Ich habe beide Hände voll.«

Er nahm den Hörer, lauschte einen Moment und fragte dann: »Sind Sie sicher, daß Sie die richtige Nummer gewählt haben?«

»Wer ist es denn?« erkundigte sie sich flüsternd.

Adam legte die Hand auf die Muschel. »Scheint mir falsch verbunden zu sein. Irgendeine Sekretärin will ›Skipper‹ sprechen.«

»Ach so.« Gelassen griff sie nach dem Hörer. »Das bin ich. Das ist mein Spitzname aus den Zeiten, als ich noch eine wilde Range war.«

Dann antwortete sie der Anruferin: »Morgen, Cecily, stellen Sie bitte durch.« Sie lauschte einen Augenblick; dann sagte sie herzlich: »Hi, Liebling, geht's dir schon besser? Ja, ich bin hier mit Dr. Coopersmith. Wir müssen doch dafür sorgen, daß er nicht unter einen Bus kommt oder so. Dazu ist er viel zu kostbar.«

Dann wurde ihr Ton ernst. »Nein ... jetzt hörst du mir zu. Du wirst *keine* Gäste zum Dinner empfangen, und schon gar nicht im Schlafzimmer. Und außerdem werde ich deinen Schnaps konfiszieren. Da du ja nun weiterleben wirst, werde ich energisch zu verhindern suchen, daß du dafür an Zirrhose stirbst.«

Nach einer Weile wurden Küsse über die Leitung ausgetauscht, dann legte Toni gut gelaunt auf.

»Ich nehme an, Sie wissen, wer das war.« Sie lächelte.

»Ja.« Adam versuchte seine Enttäuschung zu verbergen. »Jedermanns Boß.«

»Nicht der meine.« Toni grinste.

»Wieso sollten Sie eine Ausnahme sein?« fragte Adam mit einem unverkennbaren Anflug von Eifersucht.

»Weil ich seine Tochter bin«, gab sie in sachlichem Ton zurück.

Sie begleitete ihn lächelnd zur Tür. »Ich werde Sie von meinem Büro anrufen, dann können wir abmachen, wann wir heute abend nach Clifton rausfahren.«

Damit küßte sie ihn auf die Wange.

Mit dem Koffer in der Hand legte Adam die zweihundert Meter zum Hotel zurück. Er war wie vor den Kopf geschlagen.

So, so – sie war Hartnells *Tochter*. Das veränderte die Sachlage natürlich ein wenig. Nein. Das veränderte die Sachlage total.

Aber warum Antonia *Nielson*? Dieses Geheimnis wurde neun Stunden später gelüftet, als sie wieder nach Virginia fuhren.

»Mr. Jack Nielson war eine Kindertorheit«, erklärte Toni. »Wir haben zusammen Jura studiert, und offen gestanden, glaube ich, daß er mehr in den Einfluß meines Vaters verliebt war als in mich. Es war das einzige Mal, daß der Boß und ich nicht einer Meinung waren.«

»Sie meinen, er war dagegen?«

»Nein ... Im Gegenteil, er fand Jack großartig und hat

mich ihm praktisch in die Arme gelegt. Auf jeden Fall entpuppte sich mein lieber Ehemann als eine ganz miese Laus; er machte schon Seitensprünge, bevor wir aus den Flitterwochen zurückkehrten.«

»Das tut mir leid«, entgegnete Adam. »Ich finde das ziemlich dumm von ihm.«

»Na ja«, gab sie obenhin zurück. »Eine Erfahrung, die man machen muß. Inzwischen bin ich immun dagegen.«

»Wogegen?«

Sie richtete ihren Blick auf die Straße und antwortete: »Gegen die Liebe.«

Am folgenden Abend bestand Toni darauf, Adam nach der täglichen Untersuchung des Patienten zum Dinner ins La Renaissance einzuladen.

Er wunderte sich über ihr Interesse, denn er hatte gesehen, wie sie das Schlafzimmer ihres Vaters Hand in Hand mit dem Justizminister verließ.

Zum Schluß eines recht angenehmen Abends voller Small talk fragte er sie etwas zynisch:

»Billigt Ihr Vater, daß Sie mit einem verheirateten Mann ausgehen?«

»Er hat nichts zu sagen«, erwiderte sie ungerührt. »Er hat aufgehört, mein Privatleben zu überwachen, als ich mich von Jack scheiden ließ. Zudem waren er und ... mein Freund Kommilitonen auf dem College. Also, wie könnte er etwas dagegen einzuwenden haben?«

Sie diskutierte derartige Details ohne die geringste Verlegenheit; sie nahm dieses Verhältnis, das eindeutig von den häuslichen Verpflichtungen ihres ›Freundes‹ dominiert wurde, recht philosophisch.

Es gab in der Folge mehrere Abende hintereinander, an denen sie frei war und Adam zu der einen oder anderen Washingtoner Festivität einlud.

Jedem seiner Versuche, ihr weitere Einzelheiten ihres Privatlebens zu entlocken, begegnete sie mit einem gekonnten Herunterrattern ihres Lebenslaufs.

Eines Abends, als sie nach einer Aufführung von *Schwa-*

nensee im Kennedy Center heimkehrten, war er aufgekratzt und imitierte ein paar Tanzschritte des Prinzen. Woraufhin sie ihn mit einigen von Odiles Schritten in Erstaunen versetzte.

Das Ganze war so absolut untypisch für beide, daß sie ihre Abwehr plötzlich fallenließen und einander gestanden, daß sie als Kinder Ballettunterricht genommen hatten.

»Warum haben Sie aufgehört?« wollte er wissen. »Ich meine, Sie haben eine perfekte Ballerinafigur.«

»Danke für das Kompliment.« Sie lächelte. »Ich war so groß geworden, daß keiner von den Jungs mich mehr heben konnte. Und warum sind Sie kein amerikanischer Baryschnikow geworden?«

»Eigentlich«, gab er zurück und versuchte geheimnisvoll zu tun, »hatte ich einen Hintergedanken, als ich mit Ballett anfing.«

»Und der war?«

»Das erzähle ich Ihnen ein anderes Mal.« Er grinste. »Merken Sie jetzt, wie unangenehm es ist, wenn man harmlose Informationen bewußt zurückhält?«

In jener Nacht rief Boyd Penrose Adam um drei Uhr an.

Ohne Entschuldigung sagte er munter: »Coopersmith, alter Kumpel, ich habe gerade die Zahlen vom Boß gelesen, und diese Lymphozyten scheinen sich tatsächlich wieder zu vermehren. Ich glaube, wir sind wirklich fast über den Berg.«

Überglücklich rief Adam in Boston an, um Max die gute Nachricht zu überbringen. Als er auflegte, klingelte es abermals.

»Hi, ich habe Boyds Nachricht auch erhalten; Ihre Nummer war besetzt«, sagte Toni euphorisch. »Haben Sie mit Max telefoniert?«

»Ja, ich habe ihm eben Bericht erstattet.«

»Hab' ich mir gedacht. Hätten Sie was dagegen, jetzt mir Bericht zu erstatten, vielleicht bei einer improvisierten Party?«

»Warum nicht?« antwortete Adam.

Toni war wie berauscht vor Freude, als er bei ihr eintraf.

»Ach, Adam«, weinte sie glücklich und warf ihm die Arme um den Hals. »Sie haben's geschafft – Sie haben meinen Vater gerettet!«

Und plötzlich küßte sie ihn auf die Lippen.

Das kam unerwartet, war aber alles andere als unangenehm und gab dem Stand der Dinge eine neue Dimension. Die er sehr begrüßte.

Am nächsten Morgen nahm sie ihn in die Arme und sagte: »Würdest du mir jetzt erzählen, warum du Ballettunterricht genommen hast?«

»Aus zwei Gründen. Erstens war meine Mutter Klavierspielerin für den Unterricht, und ich ging aus Loyalität hin. Zudem war das eine Möglichkeit, meinen Vater dafür zu bestrafen, daß er sie so schäbig behandelte. Ich habe ihn bestraft. Man stelle sich vor, ein Stahlarbeiter aus Indiana, der seinen Kumpels gestehen muß, daß sein Sohn 'ne Hupfdohle ist und in Strumpfhosen rumspringt.«

»Für deine Männlichkeit kann ich mich aber verbürgen«, erklärte sie lächelnd. »Das würde ich sogar in einer eidesstattlichen Erklärung versichern. Aber was ist aus deiner Mutter geworden?«

»Sie ist gestorben, als ich zwölf war. Er hat sie umgebracht.«

»Wie meinst du das?«

»Sie hat versucht, ihm noch ein Kind zu schenken, und hat im letzten Schwangerschaftsstadium Toxikose gekriegt.« Jetzt machte er seinem unterdrückten Zorn Luft.

»Ich meine, das Ganze war von A bis Z herzlos. Als es meiner Mutter schon richtig schlecht ging, schüchterte er den Doktor ein, damit der die Geburt verzögerte und das Kind lebend geboren werden konnte. Letzten Endes hat er dann aber beide verloren.«

»Und wer hat sich um dich gekümmert?«

»Ich selbst.«

»Das ist unmöglich.«

»Ja. Das mußte ich auch feststellen. Also hab' ich mich, so

unwahrscheinlich es auch klingt, in den Sport gestürzt – Turmspringen.«

»Oh«, erwiderte sie bewundernd. »Vermutlich ein sogenannter Flirt mit der Gefahr – oder?«

»So ungefähr. Vor allem aber konnte ich so wenigstens ein paar Sekunden lang – in meinem Kopf – vollkommen allein sein: zehn Meter über dem Rest der Welt.«

»Ich wußte, daß wir verwandte Seelen sind«, sagte sie leise. »Wir sind beide einsame Außenseiter.«

Beim Frühstück fragte sie ihn weiter aus.

»Hat dein Dad jemals erfahren, daß du in Wirklichkeit ein wagemutiger junger Turmspringer warst?«

»Ja. Als er eines Tages den einzigen Teil der Zeitung studierte, den er jemals las, entdeckte er, daß ich an den State Championships teilnahm. Dort tauchte er mit zwei von seinen Saufkumpanen auf. Aber sie waren noch nie bei einem Wettkampf gewesen und jubelten immer zum falschen Zeitpunkt. Das machte mich so nervös, daß ich sprang wie ein fetter Wal und mir damit meine Punkte versaute.«

Seine Augen verrieten ihr, daß die Erinnerung an sein Versagen ihn jetzt noch quälte.

»Von da an wollte ich nur noch fort von zu Hause. Und das konnte ich nur, wenn ich ein Stipendium bekam. Meine Noten waren besser als meine Sprungwertungen. Hast du schon mal vom Shimer College gehört?«

»Ehrlich gesagt, nein.«

»Na ja, ich glaube, das hat niemand. Aber es war so eine Art Brutkasten für Vorkliniker, die sich ein paar Studienjahre sparen wollten. Ich war wild entschlossen, Arzt zu werden, und arbeitete in den Sommermonaten als Krankenpfleger im Michael Reese Hospital – was mir gleichzeitig einen Vorwand lieferte, nicht nach Hause zu fahren. Ich konzentrierte meine Wut auf das Studium und schaffte es wie durch ein Wunder bis an die Harvard Med School.«

»Vermutlich mit dem Ziel, zu verhindern, daß Frauen an Toxikose sterben«, warf Toni leise ein.

»Und um Babys zu retten«, ergänzte Adam. »Mit neunzehn war ich ein brillanter Medizinstudent, aber gesellschaftlich war ich nicht angepaßt. Vor allem bei all diesen glatten Ivy-League-Studenten. Vermutlich hab' ich mich deswegen bei den Laborratten wohler gefühlt.«

»Und da hast du Max kennengelernt?«

Adam nickte. »Ich fand einen Vater, Vaterersatz, den ich respektieren konnte. Max verhalf mir zu einem Forschungsstipendium. Aber bei ihm habe ich nicht nur Immunologie gelernt, sondern auch neue Einblicke ins Leben erhalten. Ich meine, als ich zum erstenmal bei ihm zu Hause zum Dinner eingeladen war, wußte ich, daß Max und Lisl eine selten gute Ehe führten.

Sie ist eine Jungsche Analytikerin und vollbringt wahre Wunder bei Kindern. Die beiden haben mich unter ihre Fittiche genommen. Lisl hat mich beispielsweise mit den späten Beethoven-Quartetten bekannt gemacht.«

»Die sind wirklich schwer«, warf Toni ein.

»Mmh«, stimmte ihr Adam zu und war einmal mehr beeindruckt von der Vielfältigkeit ihrer Bildung. »Vor allem, weil ich ja nicht mal die *frühen* Quartette kannte.«

»Hatten sie Kinder?« erkundigte sich Toni.

»Mich, glaube ich.«

»Dann hast du ihnen auch etwas Besonderes gegeben.«

»Das hoffe ich. Und wenn ich mich jemals des Titels ›Mensch‹ würdig erweise, dann verdanke ich das nur ihrer Großherzigkeit.«

»Und?« fragte Toni.

»Und nun ist es an dir, vertraulich und persönlich zu werden«, gab er zurück und hoffte, mit seiner Offenheit geholfen zu haben, ihre Hemmungen zu überwinden.

Auf einmal aber behauptete sie, sofort ins Büro fahren zu müssen. Adam ließ sie nur widerwillig ziehen, weil er argwöhnte, daß sie den Tag dazu benutzen würde, ihre seelischen Barrikaden wieder aufzubauen.

Er hatte recht. Es war, als tanze man mit jemandem auf einem Kostümfest, der nach Hause geht, ohne die Maske abgenommen zu haben. Und die Ironie daran war, daß er zwar intime Details aus Tonis Leben kannte, über den Menschen

Toni selbst aber so gut wie gar nichts wußte. Als es für ihn Zeit wurde, nach Boston zurückzukehren, verlieh er seiner Enttäuschung sarkastisch Ausdruck mit den Worten:

»Wiedersehn, Toni. War nett, dich *nicht* kennenzulernen.«

Adam reiste natürlich nicht ab, bevor die dritten Blutproben untersucht worden waren. Sie waren – mit Penroses Worten – »quietschsauber«. Er und Adam waren sich einig, daß man dem Patienten mitteilen könne, er werde bestimmt wieder gesund werden.

Hartnell war überwältigt. Nachdem er eine Stunde mit seiner heißgeliebten Skipper verbracht hatte, ließ er Adam zu einem Gespräch unter vier Augen kommen.

»Jetzt hören Sie mir mal gut zu, Coopersmith. Ich hab' 'ne ganze Menge Einfluß und werde dank Ihrem Chef noch lange in der Lage sein, ihn zu benutzen. Ich bin ihm einiges schuldig. Deswegen frage ich Sie jetzt: Was wünscht sich Max Rudolph am meisten auf der Welt?«

Adam trat näher ans Bett heran und antwortete fast flüsternd: »Die humanoide Maus ist nur einer von Max' zahlreichen wissenschaftlichen Erfolgen. Ich glaube, keiner hat den Nobelpreis mehr verdient als er.«

»Kein Problem«, murmelte der Boß.

5 ISABEL

Wieder einmal waren die Dämonen in Raymond da Costa erwacht. Nachdem sein Sohn zur Schule und seine Frau zur Arbeit gegangen waren, hatte er Zeit, die geniale Intelligenz seiner Tochter zu fördern.

Er war ständig damit beschäftigt, Isabel zu testen, weil er unbedingt feststellen wollte, wie weit sich der Horizont ihrer Intelligenz erstreckte.

Anfangs freuten sich beide über Isabels große Begabung.

Muriel verspürte hin und wieder Gewissensbisse bei dem Gedanken an ihren armen, lieben – aber ganz und gar normalen Peter, der jeden Morgen wie ein Paket zur Schule expediert wurde.

Raymond wollte seine hochbegabte Tochter soweit wie irgend möglich beim Lernen fördern. Er haßte es, Isabel jeden Vormittag drei Stunden irgendeinem hirnlosen Kindergarten ausliefern zu müssen. Doch da ihre Mutter behauptete, das brauche sie für ihre soziale Entwicklung, verbarg Raymond seinen Ärger darüber und teilte seine nachmittäglichen Pflichten im Labor zeitlich neu ein.

Er las alle Werke des Entwicklungspsychologen Piaget und konnte es daraufhin kaum noch erwarten zu sehen, wann der Verstand seiner Tochter soweit entwickelt war, daß sie abstrakt denken konnte. Er entwarf einen einfachen Test.

»Isabel? Ich denke mir jetzt eine Zahl, aber ich werde dir nicht sagen, welche. Ich nenne sie X.«

»Okay«, erwiderte sie begeistert.

Er nahm ein Blatt Papier und schrieb: X + 5 = 12, X = 12 – 5, X = 7

»Verstehst du das, Liebling?«

»Klar.«

»Und jetzt schreibe ich eine geheime Formel: X + 7 = 4 + 11

Also, was meinst du – wofür steht das X?«

Die kleine Isabel überlegte einen Moment, dann antwortete sie selbstsicher: »X ist gleich acht.«

Raymond hielt den Atem an. Sie hatte die Schwelle zum abstrakten Denken nicht einfach überschritten, sondern war wie eine Ballerina mit einer Pirouette darüber hinweggetanzt.

Von diesem Augenblick an verlief das Leben im Haus da Costa in völlig anderen Bahnen.

Isabel wurde zu einer wahren Märchenprinzessin – bewacht von einem grimmigen Drachen. Und Raymond spie Feuer gegen jedermann, der sich Isabel in der unschuldigen Hoffnung näherte, ihr Freund zu werden.

Muriel wußte, daß ihre Tochter ein Wunderkind war, aber sie war fest entschlossen, sie nicht zu einem Sonderling werden zu lassen. Also versuchte sie Isabels Genialität mit möglichst viel Normalität abzuschirmen. Das hatte zahllose Auseinandersetzungen mit Raymond zur Folge.

Sie stritten sich etwa über die Frage, ob Isabel die Grundschule besuchen sollte.

»Das würde sie nur behindern«, behauptete Raymond. »Meinst du nicht, daß das letzten Endes ihr gegenüber unfair sein würde?«

Dennoch hatte seine Frau in diesem Punkt Bedenken. »Ich bezweifle ja nicht, daß Isabel mit dir als Lehrer viel mehr lernen würde. Aber wie soll sie dabei Freunde finden?«

»Was soll das heißen?«

»Sie braucht gleichaltrige Spielkameraden – wenn du willst, daß sie normal aufwächst.«

»Hör zu, Muriel«, gab Raymond ruhig zu bedenken, »›normal‹ ist kein Wort, das auf Isabel paßt. Es gibt keine Präzedenzfälle für jemanden mit ihren Fähigkeiten. Glaube mir, sie genießt die Zeit, die wir miteinander verbringen. Ihre Wißbegier ist geradezu unersättlich.«

Muriel erforschte ihr Gewissen; sie liebte ihren Mann trotz allem und wollte ihre Ehe aufrechterhalten. Wenn sie weiterhin über jede einzelne seiner Maßnahmen stritten, würde das nicht nur für sie, sondern auch für die beiden Kinder außerordentlich belastend werden.

Es fiel ihr unendlich schwer, doch sie sah ein, daß es keine andere Möglichkeit gab.

Raymond setzte die Schulbehörde davon in Kenntnis, daß er seine Tochter nicht zur Schule schicken, sondern die Verantwortung für ihre Ausbildung selbst übernehmen werde.

Natürlich war Muriel stolz auf die Intelligenz ihrer Tochter und brannte darauf, auch Isabels musikalisches Potential zu erkunden.

An zwei Nachmittagen der Woche gab sie bei sich zu Hause Kindern Geigenunterricht und lieh ihnen gelegentlich Peters längst ausrangierte Viertelgeige.

Eines Tages ließ sie das Instrument auf dem Kaffeetisch liegen. Und während Raymond Laborarbeiten zensierte und Muriel das Abendessen vorbereitete, nahm Isabel es neugierig an sich. Wie sie es bei ihrer Mutter gesehen hatte, setzte sie die Geige unters Kinn, nahm den Bogen und schrammte damit über die Saiten. Das Resultat war ein heiseres Kratzen, das Muriel in der Küche hörte. Sie lief zur Wohnzimmertür und blieb dort stehen, wo sie Isabel beobachten konnte, ohne selber gesehen zu werden.

Nach einigen Versuchen konnte ihre energische Tochter den Bogen über eine A-Saite ziehen und einen Ton produzieren, der mit jedem Versuch klarer wurde. Dann begann sie mit dem Zeigefinger die Saite zu erforschen und schaffte schnell einige schöne reine Töne.

Nun konnte die Mutter sich nicht mehr beherrschen.

Sie trat ins Zimmer und sagte so leichthin wie möglich: »Das klingt sehr hübsch, Liebes. Mit diesen drei Tönen kannst du ›Bruder Jakob‹ spielen. Paß auf, ich zeig's dir.«

Muriel ging ans Klavier, um ihre Tochter bei ihrem musikalischen Debüt zu führen und zu begleiten.

Sie war viel zu begeistert, um Raymond diese neue Entdeckung vorzuenthalten. Aber obwohl auch er sich freute, fürchtete er doch, daß Muriel von nun an versuchen würde, das Kind ins Reich der Musik zu ›entführen‹.

»Donnerwetter, das ist fantastisch, Liebling«, sagte er leise. »Ist dir klar, daß sie nicht viel älter ist als Mozart, als der einfach zur Geige griff und darauf spielte?«

»Ich weiß«, gab sie zurück, war aber nicht sehr erfreut über diesen Vergleich.

»Wußtest du, daß er auch ein Mathematikgenie war? Es war sein Vater, der jene lebenswichtige Entscheidung traf, die ein Kind im Alter seines Sohnes niemals allein hätte treffen können?«

»Und die du für Isabel treffen wirst?« fragte sie rhetorisch.

»Genau.«

»Findest du das nicht ein bißchen unfair, wenn nicht sogar anmaßend?« versuchte sie sich zu wehren. »Wer sagt denn, daß Isabel es nicht weiterbringen kann in ...«

Ihr Ehemann schlug mit der Faust auf den Tisch und erhob sich. »Kein Wort mehr davon!« donnerte er. »Das Kind ist eine Naturwissenschaftlerin und könnte sogar – jawohl, ich spreche es aus – ein zweiter Einstein werden.«

Muriel war wütend. »Weißt du eigentlich, daß Einstein auch ein großartiger Geiger war?«

»Ja, Liebling«, antwortete er betont, »aber das war sein Hobby, Erholung bei seiner gottgegebenen Aufgabe, das Universum zu erklären.«

»Höre ich recht?« fragte sie und konnte sich kaum noch beherrschen. »Willst du andeuten, der Allmächtige habe bestimmt, daß unsere Tochter Naturwissenschaftlerin werden soll?«

»Ich deute überhaupt nichts an«, gab Raymond heftig zurück. »Ich sage lediglich, ich werde nicht dulden, daß irgend etwas Isabel in ihrer Entwicklung behindert. Und damit, Muriel, ist die Diskussion beendet.«

An ihrem neunten Geburtstag verfügte Isabel über so fundierte Mathematikkenntnisse, daß Raymond sie in jenen geheiligten Tempel einführte, in dem er selbst nur ein bescheidener Diener war. Er schenkte ihr ein Physikbuch, das auch er schon im College als Lehrbuch benutzt hatte.

Sie stürzte sich augenblicklich auf das erste Kapitel.

»Das ist fantastisch, Dad! Ich wünschte, du hättest es mir schon viel früher geschenkt.«

Obwohl Isabels Reaktion ihn rührte und er nichts lieber getan hätte, als sich mit ihr zusammen in die Physik zu vertiefen, mußte Raymond noch eine Apparatur aufbauen, die Professor Stevenson am folgenden Tag brauchte. Gewöhnlich erfüllte er seine Pflichten nicht erst in letzter Minute, doch jetzt hatten sich seine Prioritäten verschoben.

Gegen Morgen kehrte Raymond nach Hause zurück, drehte müde den Schlüssel im Schloß und öffnete die Haustür. Aus dem Wohnzimmer erklang klassische Musik, und alle Lichter brannten noch. Als er das Zimmer betrat, sah er zu seinem Erstaunen, daß Isabel lang auf dem Fußboden lag und rings um sich her Schokoladenpapiere verstreut hatte.

Das Physikbuch hatte sie ans Sofa gelehnt, während sie verbissen mit Block und Bleistift arbeitete.

»Hi, Dad«, grüßte sie fröhlich. »Wie war's im Labor?«

»Langweilig wie immer«, gab er zurück. Und fragte dann: »Solltest du nicht längst schon im Bett liegen und schlafen?«

Sie lächelte. »Ich hab' mich großartig amüsiert. Die Aufgaben am Ende der Kapitel sind wirklich super.«

Raymond horchte auf. Wie viele Kapitel hatte sie denn gelesen? Er setzte sich zu ihr und bat: »Erzähl doch mal. Was hast du gelernt?«

»Na ja, nachdem ich das Kapitel über Linearbewegung gelesen habe, weiß ich, daß die Beschleunigung die erste abgeleitete Funktion der Geschwindigkeit ist.«

»Und was ist diese abgeleitete Funktion?«

»Na ja«, antwortete sie eifrig, »nehmen wir zum Beispiel einen Ball, den man in die Luft wirft. Sobald er deine Hand verläßt, nimmt seine Initialgeschwindigkeit wegen der Erdanziehung drastisch ab, bis er auf dem Scheitelpunkt seines Weges praktisch stehenbleibt. Dann zieht ihn die Schwerkraft immer schneller zurück, bis er auf dem Boden auftrifft.«

Sie lernt, sagte sich Raymond, natürlich außergewöhnlich schnell. Sie hat ein fotografisches Gedächtnis, das ist mir klar. Aber wieviel davon *versteht* sie auch?

Taktvoll versuchte er zu sondieren: »Und wie kommt es zu diesen unterschiedlichen Geschwindigkeiten?«

»Na ja«, gab sie unverzüglich zurück, »zunächst wird der Ball natürlich schneller, weil du ihn hochwirfst, und weil es einige Zeit dauert, bis die Schwerkraft die Geschwindigkeit bestimmt. Die Beschleunigung ist also der Wechselkurs der Geschwindigkeit. Und das, Dad, ist die erste abgeleitete Funktion. Noch Fragen?«

»Nein«, murmelte er kaum hörbar, »danke.«

6 ADAM

Wenige Tage nach Adams Rückkehr aus Washington eröffnete ihm Max Rudolph in seinem Labor: »Ich möchte ein wichtiges Projekt mit dir besprechen.«

»Etwas Neues? Seit wann befaßt du dich denn schon damit?«

»Ungefähr zehn Jahre.« Irgend etwas im Ton seines Chefs verriet Adam, daß er nicht übertrieb.

Eine halbe Stunde später saßen sie in dem von Glaswänden umgebenen Büro, das Max zugeteilt war.

»Es fällt mir schwer, darüber zu reden«, begann Max unsicher. »Sag mal ehrlich: Hast du irgendwelche Gerüchte gehört, warum Lisl und ich keine Kinder haben?«

»Das sind Dinge, die mich nichts angehen.«

»Takt hat die Gerüchteküche noch nie gestört, mein Junge. Willst du behaupten, daß du noch nie gehört hast, ich hätte keine Kinder, weil sie mich in meiner Forschungsarbeit behindern würden?«

Adam sah Max offen in die Augen und antwortete mit Überzeugung: »Erstens hab' ich noch nie davon gehört – und vor allem glaube ich keine Sekunde daran!«

»Das freut mich«, gab Max zurück. »Tatsache ist, daß wir uns verzweifelt ein Kind gewünscht haben. Und Tatsache ist, daß Lisl mindestens *vierzehnmal* schwanger war.«

»Vierzehnmal?«

»Nun ja, die meisten ihrer Schwangerschaften endeten so früh, daß sie nur ein Arzt diagnostizieren konnte. In unserer ganzen illustren GYN-Abteilung schien es niemanden zu geben, der ein wenig Licht in die Angelegenheit bringen konnte. Also nahm ich die Untersuchungen selbst in die Hand.

Es dauerte nicht lange, bis ich herausfand, daß es eine ganze Anzahl von Frauen gab, die diese Qual zahllose Male durchlitten hatten, bevor sie aufgaben. Es ist ein Schicksalsschlag, mit dem sie ein Leben lang nicht fertig werden. Und ein Geheimnis, das bis heute noch nicht gelüftet wurde.«

Er blickte auf; sein Gesicht war vor Erregung gerötet.

Adam fragte ihn: »Max, denk mal an all die Nächte, in denen wir im Labor zusammengearbeitet haben – in denen wir uns gegenseitig das Herz ausgeschüttet haben. Wieso hast du mir nie was davon gesagt?«

»Weil ich dich nicht mit etwas belasten wollte, das du doch nicht ändern kannst. Aber die Daten habe ich fast zehn Jahre lang gesammelt.«

»Und immer hinter meinem Rücken?«

Max nickte. »Nächtelang hab' ich in der Marblehead Clinic gearbeitet und mich auf Patientinnen mit wiederholten Fehlgeburten spezialisiert.« Liebevoll tätschelte er seinen Computer. »In dem hier habe ich alles gespeichert. Nun brauche ich nur noch deinen Verstand.«

»Okay, Chef. Aber das heißt, daß du einer Lösung auf der Spur bist, nicht wahr?«

»Allerdings, mein Junge. Ich werde dir selbstverständlich die Ausdrucke geben, aber ich glaube, du wirst meiner grundlegenden Hypothese zustimmen: daß diese unerklärlichen Fehlgeburten möglicherweise dadurch ausgelöst werden, daß die Frau den Fetus als Fremdkörper abstößt – fast genauso wie die frühen Transplantationspatienten Herzen und Nieren abgestoßen haben.

Meine Experimente mit den Mäusen beweisen, daß bestimmte weibliche Tiere eigene Antikörper in sich tragen, die auf den Embryo toxisch wirken.«

Er senkte den Kopf und sagte leise: »Ich fürchte, daß meine arme Lisl auch so ein Mäuschen ist.«

»O Gott, wie mußt du gelitten haben!« sagte Adam, der sein Mitgefühl nicht verbergen konnte.

»Nein, nicht so sehr. Aber Lisl hat stark gelitten. Ich habe nur stillgehalten.« Dann riß er sich zusammen und fuhr in seinem gewohnt barschen Ton fort: »Also, ran an die Arbeit! Dein Computer ist mit meiner Datenbasis verbunden, also brauchst du jetzt nur noch das Paßwort.«

»Und das wäre?«

»Um das zu finden, brauchst du wirklich kein Sherlock Holmes zu sein.«

»›Pfannkuchen‹?«

»Du verfügst über einen hervorragenden wissenschaftlichen Instinkt.«

»Danke.«

»Wofür, mein Junge? Ich habe dir soeben ein Problem von ungeheurer Bedeutungsschwere aufgeladen.«

»Das weiß ich«, sagte Adam. »Aber es ist etwas ganz anderes, an einem Experiment zu arbeiten und sich dabei die Menschen vorzustellen, für die man etwas erreichen will.«

Und leise setzte er hinzu: »Obwohl es für Lisl zu spät sein wird.«

Adam arbeitete wie besessen. Wann immer seine Patienten es ihm erlaubten, schuftete er unermüdlich im Labor.

Eines Abends spät klingelte dort das Telefon und riß mit seinem Schrillen alle, die noch arbeiteten, aus ihrer Konzentration.

»He, Adam – für Sie«, rief Cindy Po, eine Mikrobiologin aus Hawaii. »Eine seeehr sexy Stimme.«

Adam war so in seine Arbeit vertieft gewesen, daß er nicht gleich auf jemanden reagieren konnte, der ›sexy‹ war und ihn um diese Nachtzeit anrief. Er ging zum Telefon und sagte: »Hier Dr. Coopersmith.«

»Hi, Doctor«, kam eine fröhliche Stimme zurück.

»Toni!« sagte er erfreut. »Wie schön, mal wieder von dir zu hören. Wieso rufst du mich zu dieser gottlosen Stunde an?«

»Die ganze Wahrheit? Ich hab' hier gesessen und gehofft, du würdest mal anrufen. Und da es nicht so aussah, als würdest du das tun, hab' ich in deiner Wohnung angerufen. Als sich dort niemand meldete, wollte ich herausfinden, ob du eine faszinierende Verabredung hast oder dich in deine Forschungen vergräbst. Gibt es schon eine andere in deinem Leben?«

»Hör zu, nachdem du nun weißt, wie ich meine Samstagabende verbringe, müßte dir klar sein, daß die einzigen Lebewesen, mit denen ich mich beschäftige, einen feinen Pelz und lange Schwänze haben. Du warst es doch, die anderweitig ... beschäftigt war.«

»Genau darüber wollte ich mit dir reden. Wie wär's – kommst du nächstes Wochenende nach Washington?«

»Und wie wär's, wenn du nach Boston kommst?« konterte er.

»Wunderbar. Danke für die Einladung.«

Als Adam auflegte, grinste er.

Max Rudolph lebte nach seinen eigenen Regeln. Und dazu gehörten unerwartete Besuche im Labor. Am folgenden Nachmittag fand er seinen Protegé dort fleißig an der Arbeit. Mißbilligend fragte er Adam: »Wie lange hast du letzte Nacht geschlafen?«

»Ein paar Stunden.«

»›Ein paar‹? Das ist keine wissenschaftlich fundierte Antwort«, schalt er. »Und bist du wie versprochen ins Kino gegangen?«

»Ach, weißt du, ich hab' mich hier festgefressen und die Spätvorstellung verpaßt.«

Der Professor krauste die Stirn. »Ich mag es nicht, wenn meine Untergebenen mir nicht gehorchen. Sogar dein Superhirn muß irgendwann auftanken. Mach Schluß für heute. Wir fahren nach Newtonville und dort kriegst du was Anständiges zwischen die Rippen.«

Adam war dankbar für die Einladung, und so saßen sie zwanzig Minuten später in Max' uraltem Käfer und tuckerten durch die Commonwealth Avenue in die zunehmende Winterdunkelheit hinein.

Als Max es zum zweitenmal hintereinander versäumte, bei Rotlicht anzuhalten, warnte ihn Adam besorgt: »Paß auf! Du bist mit deinen Gedanken viel zu weit weg! Eigentlich solltest du nicht mehr fahren, wenn –«

»Aber ich hab' letzte Nacht wenigstens geschlafen«, gab Max mit gespielter Scheinheiligkeit zurück. »Und nun lehn dich zurück und hör dir den zweiten Satz von diesem wundervollen Schubert an.« Damit stellte er das Radio lauter und summte dazu.

Adam gab nach und wandte seine Aufmerksamkeit von der Straße ab – eine Unterlassung, die er sich sein Leben lang vorwerfen sollte. Als es nach Boston College Hill bergabwärts ging, tauchten unmittelbar vor dem Wagen zwei radfahrende Teenager auf.

Um ihnen auszuweichen, riß Max den Wagen herum, kam auf einem Eisflecken ins Schleudern, verlor die Kontrolle über den Wagen und krachte frontal in einen Baum. Max prallte mit der Stirn gegen die Windschutzscheibe. Dann wurde es still.

Sekundenlang blieb Adam, schockgelähmt, regungslos sitzen. Als er hinüberlangte, um nach dem Puls seines Mentors zu tasten, wußte er, daß er dies lediglich als Vorwand benutzte, um Max ein letztes Mal zu berühren. Er heulte auf wie ein verwundetes Tier. Und weinte immer noch, als die Streifenwagen eintrafen.

»Wissen Sie, wer die nächsten Angehörigen sind?« fragte der Polizeibeamte, nachdem er den Unfallhergang kannte.

»Er hat eine Ehefrau. Sie wohnt nur wenige Häuserblocks von hier entfernt. Ich kann zu Fuß hinübergehen.«

»Sollen wir Sie fahren?«

»Nein, danke, Sergeant. Ich brauche Zeit, um meine Gedanken zu sammeln.«

Lisl war gefaßt und tapfer. Sie merkte, wie tief erschüttert Adam war, und berührte liebevoll seine Hand.

»Hör auf, dir die Schuld zu geben. Schreckliche Dinge wie diese passieren eben; das muß man akzeptieren.«

Am Abend rief Eli Cass an, der Pressesprecher von Harvard, und bat um nähere Auskunft über den Unfall, damit er dem Bericht, den er für die morgige Ausgabe der *New York Times* und die verschiedenen Nachrichtenagenturen verfaßte, Einzelheiten hinzufügen konnte. Eli war froh, mit jemandem zu sprechen, der ihm alle Ehrungen und Preise aufzählen konnte, die Max zuerkannt worden waren.

»Der Dekan sagte, es wäre nur eine Frage der Zeit gewesen, bis Max den Nobelpreis bekommen hätte«, erwähnte Cass.

»Ja«, antwortete Adam bedrückt. »Er war wohl der führende Immunologe der Welt.«

Im Wohnzimmer hatte sich der Anwalt der Rudolphs zu Lisl gesellt.

»Ich spreche nicht gern jetzt schon von Max' Testament«, begann er entschuldigend, »aber er besteht nachdrücklich darauf, daß bei seiner Bestattung keine Reden gehalten werden. Nicht mal eine Trauerfeier soll es geben. Davon abgesehen ist das Testament recht einfach.« Er hielt inne und sah zu dem jungen Arzt hinüber, der sehr bleich in der Ecke stand. »Er wollte, daß Sie seine goldene Taschenuhr bekommen.«

»Ich gehe sie holen«, erbot sich Lisl.

»Nein, nein. Dazu ist später noch Zeit genug.«

»Bitte«, widersprach sie ihm. »Wenn ich sie dir jetzt nicht gebe, hast du gar nichts von Max, was du nach Hause mitnehmen kannst.«

Urplötzlich sank sie, ohne die anderen im Zimmer zu beachten, in Adams Arme. Und zusammen weinten sie um den Verlust des anständigsten Menschen, den sie gekannt hatten.

Obwohl es nahezu Mitternacht war, als Adam ging, waren immer noch Freunde und Nachbarn bei Lisl. Adam spürte die goldene Taschenuhr in seiner Hose, als er die Haustür aufschloß.

Das Telefon läutete. Es war Toni.

»Ich hab's in den Elf-Uhr-Nachrichten gehört«, erklärte sie. »Wie geht es dir?«

»Ziemlich mies«, erwiderte er verbittert. »*Ich* hätte den Wagen fahren sollen.«

Eine Weile blieb alles still. Dann sagte Toni: »Wann ist die Beerdigung?«

»Dienstagvormittag. Es wird keine Trauerfeier geben; er hat ausdrücklich verlangt, keine Grabreden.«

»Das finde ich falsch«, wandte Toni ein. »Wenigstens ein paar Worte sollten gesprochen werden – als Zeichen der Zuneigung. Seine Frau weiß vermutlich gar nicht, wie sehr auch sie selbst so etwas braucht. Adam, wäre es in Ordnung, wenn ich mitkomme?«

»Aber du kanntest ihn doch gar nicht!«

»Beerdigungen sind für die Lebenden, nicht für die Toten.«

»Das ist mir klar. Aber ich muß mich um Lisl kümmern.«

»Ich weiß«, gab sie liebevoll zurück. »Aber jemand muß sich auch um dich kümmern.«

Beide schwiegen einen Moment.

»Danke, Toni«, sagte er dann leise.

7 SANDY

Der erste Besuch in Hollywood war für Sandy Raven ein Erlebnis, das er niemals vergessen würde.

Es war fast Mittag, als sich seines Vaters Chevy dem Tor des Filmgeländes der Twentieth Century Fox näherte.

Der Pförtner erkannte ihn sofort und salutierte lächelnd. »Guten Morgen, Mr. Raven. Ziemlich spät für Sie, heute.«

»Ich mußte meinen Jungen vom Bahnhof abholen. Übrigens, Mitch, das hier ist mein Sohn Sandy.«

Der Pförtner sagte freundlich: »Hi, Sandy, herzlich willkommen in der Traumfabrik.«

Sidney fuhr langsam zu seinem Parkplatz, damit sein Sohn sich in Ruhe umschauen konnte. Unmengen von Bühnenarbeitern bauten an einem Bahndamm mit Schienenstrang, während andere an etwas herumhämmerten und -nagelten, das aussah wie eine Zeile altmodischer Brownstone-Häuser: die Kulisse für ›Hello Dolly‹.

Alle schienen seinen Vater zu kennen und zu mögen, und Sandy war von tiefer Ehrfurcht ergriffen.

Auch für ein Gespräch von Mann zu Mann fanden Vater und Sohn Gelegenheit, wobei Sandy von seiner unerschütterlichen Leidenschaft für Rochelle Taubman erzählte. Sein

Vater versuchte Mitgefühl zu zeigen, obwohl er mit einer platonischen Liebe gar nichts anfangen konnte.

Sie machten lange Strandspaziergänge und erzählten sich ihre Lebensträume: Sidney wollte so gerne Filme mit großen Stars machen und damit großes Geld verdienen. Vor allem aber träumte er davon, daß seine Werke einmal als ›A Sidney Raven Production‹ bezeichnet werden würden.

Das Reich, in dem Sandy regieren wollte, war dagegen die Biochemie, vor allem die Gen-Forschung. Als er dem Vater das erklärte, entgegnete der ältere Raven herzlich: »Nun ja ... dann werden wir ja irgendwie auf demselben Gebiet arbeiten.« Er legte dem Jungen den Arm um die Schultern. »Du erzeugst Leben im Reagenzglas und ich auf der Leinwand.«

Vater und Sohn verstanden einander.

Braungebrannt und selbstsicher kehrte Sandy von seinem ersten Besuch an der Westküste zurück. Jedenfalls selbstsicher genug, um rasch die bezaubernde Miss Taubman anzurufen und ›nur mal schnell hallo zu sagen‹.

Rochelle schien alles andere als erfreut über seinen Anruf zu sein, bis er sie mit einstudierter Beiläufigkeit daran erinnerte, wo er die Ferien verbracht hatte. Nun wurde ihr Ton herzlicher, und sie schlug vor, sich mit ihm auf einen Kaffee bei Schrafft's zu treffen.

Anfangs sah er sich dort vergeblich nach ihr um, bis er sie plötzlich in einer Nische neben der Jukebox entdeckte.

»Tut mir leid, Rochelle«, entschuldigte er sich zerknirscht. »Aber ich hab' dich nicht gleich erkannt. Du hast mir gar nicht gesagt, daß du jetzt blond bist. Und daß du ...«

Rochelle erlöste ihn aus seiner Verlegenheit. »Das hab' ich im Frühjahr während der Osterferien machen lassen. Hat der Chirurg nicht ein Wunder vollbracht?« Sie zeigte ihm beide Seiten ihres neugeschaffenen Profils. »Man würde nie glauben, daß das nicht meine richtige Nase ist.«

Sandy hatte ihr ursprüngliches Gesicht weit besser gefallen. Aber er sagte pflichtschuldigst: »Ja, wirklich – sieht gut aus.«

»Anfangs war ich natürlich dagegen«, erläuterte sie,

»aber mein Agent hat behauptet, ohne eine fotogene Nase würde ich nie eine Chance beim Film haben. Inzwischen hab' ich schon ein paarmal im Sommertheater auf der Bühne gestanden. Aber nun erzähl mir erst mal von Hollywood. Ich kann's kaum erwarten. Was hat dein Vater denn so auf dem Programm?«

Er erzählte ihr alles über das Studio sowie über die Position und die Pläne seines Vaters.

»Klingt fabelhaft!« schwärmte sie. »Meinst du, er könnte jemanden wie mich gebrauchen?«

»Ich kann ihn ja mal fragen«, anerbot sich Sandy.

»Oh, aber ich möchte mich wirklich nicht aufdrängen.« Und stürzte sich auf ihn wie ein liebestoller Leopard. »Es tut mir leid, ich möchte unsere Freundschaft nicht ausnutzen.«

»Nicht doch«, beschwichtigte er sie. »Wozu sind Freunde da? Ich werd' ihn heute abend noch anrufen.«

»Ach Sandy, du bist wundervoll!« schmeichelte sie ihm hocherfreut. »Du kannst mich jederzeit anrufen, wenn du mit ihm gesprochen hast. Ich sitze bestimmt am Telefon und kaue auf meinen Nägeln.«

Zum erstenmal ging Sandy Raven mit der untrüglichen Überzeugung nach Hause, daß Rochelle von allen erdenklichen Anrufen den *seinen* am sehnlichsten erwarten würde.

Sidneys Antwort war bittersüß. Bitter für Sandy, süß für Rochelle. Er war überzeugt, daß er für das junge Mädchen ein Vorstellungsgespräch in der Fox Players' School arrangieren konnte.

Wenn sie das nächstemal in New York auf Talentsuche seien, werde er dafür sorgen, daß die Flamme seines Sohnes zum Interview gebeten werde.

»Ach Sandy«, zwitscherte Rochelle ins Telefon, »ich wünschte, du wärst hier. Ich würde dich in die Arme nehmen und dir einen dicken Kuß aufdrücken.«

Ich könnte ja rüberkommen, dachte er. Und gab sich wieder einmal mit einer verbalen Umarmung zufrieden.

Sidney Raven hielt sein Wort. Als die Talentsucher der Fox im Winter an der Ostküste waren, sprachen sie nicht nur mit

Rochelle, sondern machten sogar Probeaufnahmen mit ihr. Danach stellten sie fest, daß ihre ›Titten zwar ein bißchen mickrig‹ seien (es handelte sich um ein *streng vertrauliches* Memo), daß sie aber auf der Leinwand wenn nicht als überzeugende Schauspielerin, so immerhin als attraktive Persönlichkeit rüberkomme.

Rochelle wurde für drei Jahre in die Schauspielschule des Studios aufgenommen.

In ihrer Eile, nach Kalifornien abzureisen, fand sie irgendwie keine Zeit mehr, sich von Sandy zu verabschieden. Doch als sie im Jet saß und sich fünf lange Stunden vertreiben mußte, bis sie das Land der schönen Täuschungen erreichte, kritzelte sie ein paar Zeilen auf einen TWA-Briefbogen. Und schloß mit dem Satz: »Ich danke Dir für alles, was Du liebenswürdigerweise für mich getan hast – ich werde Dich niemals vergessen.«

Doch als sie am Flughafen von Los Angeles von Bord ging, vergaß sie in der Eile, den Brief in den Kasten zu werfen.

8 ADAM

Tonis Flug wurde aufgerufen.

»Adam«, wiederholte sie zum x-tenmal, »wenn du möchtest, werde ich gerne noch hierbleiben.«

»Schon gut, Toni«, gab er zurück, als müsse er seine emotionale Unabhängigkeit beweisen, »ich komm schon allein zurecht.«

Nachdem sie drei Tage zusammen verbracht hatten – hauptsächlich bei Lisl zu Hause –, hatte sie sich bereit erklärt, länger zu bleiben. Er aber hatte darauf bestanden, daß sie ihre beruflichen Pflichten nicht länger vernachlässigte.

Sie fehlte ihm von dem Augenblick an, als er in seinen Wagen stieg. Um sich abzulenken, fuhr er zum Institut. Dort wurde er ganz zufällig Zeuge eines Gesprächs, das er allerdings lieber nicht gehört hätte.

»Aber sie *müssen* Coopersmith nehmen«, sagte eine junge Kollegin aus dem Team. »Das hätte der Alte sicher gewollt.«

»Du bist wohl nicht ganz trocken hinter den Ohren«, gab ihre Kommilitonin zurück. »Der Einfluß, den man in Harvard ausüben kann, beschränkt sich auf die Lebenszeit. Die werden sich als Laborchef nehmen, wen immer sie wollen. Und Adam ist, ehrlich gesagt, noch zu jung – und hat vor allem noch nicht genug Publikationen –, um an die höchste Stelle zu rücken.«

»Aber er hätte sie verdient!« gab die Jüngere zurück.

»Ach, meine Liebe, du magst ja was von Mikrobiologie verstehen, von akademischer Politik mußt du aber noch eine Menge lernen. Ich würde sagen, das Wichtigste, was gegen Adam spricht – abgesehen vom Neid vieler älterer Kollegen, die deshalb gegen ihn sind –, ist die Tatsache, daß er Max zu nahegestanden hat.«

An den Abenden vermißte Adam seinen Lehrer am meisten. Und da Arbeit die einzig wirksame Ablenkung war, stürzte er sich mit Leib und Seele in das letzte und wichtigste Projekt seines Mentors.

Er war inzwischen besessen von einer Idee: Er wollte Max' Arbeit beenden, um das Podium in Stockholm zu erklimmen und der ganzen Welt zu verkünden: »Dieser Preis gebührt Max Rudolph.«

Als Harvard Ian Cavanagh aus Oxford abwarb, ihm Max Rudolphs Lehrstuhl und die Leitung des Labors anbot, übertrug das Team seine Loyalität sogleich auf den neuen Chef, schloß die Reihen und fuhr mit seinen Forschungsaufgaben fort.

Obwohl Lisl Adam beschwor, versöhnlich zu sein, hielt Adam eher kühle Distanz. Es machte ihm große Schwierigkeiten, das Büro zu betreten, von dem aus der Engländer über das Reich herrschte, das einstmals Max Rudolph gehört hatte.

Diese Haltung bewies weit weniger Ergebenheit, als Cavanagh von einem Kollegen erwartet hatte, der für ihn immer noch ein junger Mann war. Von Anfang an machte er allen Mitarbeitern klar, daß er Adam in eine besondere Kategorie verwies, denn während er bei den anderen Teammitgliedern den Vornamen gebrauchte, nannte er den Favoriten seines Vorgängers immer nur ›Coopersmith‹.

Ohne Lisls Proteste zu beachten, er müsse doch Wichtigeres zu tun haben, bestand er darauf, sie mindestens einmal pro Woche zum Essen auszuführen. Lisl war gerührt und geschmeichelt und gab sich die größte Mühe, ihren Ehemann als Adams Berater würdig zu vertreten.

»Geh mit ihm zum Lunch irgendwohin. Halte dich an die Spielregeln, Adam. Cavanagh ist ein erstklassiger Mann und wird nicht lange brauchen, um deine Fähigkeiten schätzen zu lernen. Aber du mußt ihm Gelegenheit geben, dich kennenzulernen.«

»Ich fürchte, dazu ist es bereits zu spät«, gab Adam niedergeschlagen zurück. »Heute morgen hat er in meinem Büro eine kleine Bombe hochgehen lassen. Offenbar hat er – wegen ›finanzieller Einschränkungen‹ – mein nächstes Jahresbudget um die Hälfte kürzen müssen.«

»Entschuldige, dann muß ich meine Meinung über ihn revidieren.« Lisl war wütend. »Wenn er Max' wichtigstes Projekt beschneidet, beweist er damit nur, wie kleinkariert er ist. Diese Budget-Ausrede ist doch nicht mal eine geschickte Lüge. Er ist bekannt für seine gewandte Subventionspolitik, ganz zu schweigen von seinen Verbindungen mit der Biotech-Industrie. Vermutlich hat er Angst vor dir. Aber du darfst dich von ihm nicht zur Kündigung verleiten lassen. Arbeite eine Zeitlang auf dem klinischen Sektor, um deine Bezüge zu erhöhen.« Eindringlich legte sie ihm die Hand auf den Arm und wiederholte: »Versprich mir, daß du nicht aufgibst.«

»Nein, Lisl«, versicherte er nachdrücklich, »ich werde nicht aufgeben. Es gibt etwas, das ich für Max tun muß.«

»O nein«, widersprach sie heftig, »für dich selber mußt du es tun.«

Adam war fest entschlossen, das bißchen Territorium, das er in Max Rudolphs ehemaligem Labor noch besaß, zu verteidigen. Und so nahm er, um sein geschmälertes Einkommen aufzustocken, die Stelle eines Fachberaters für Geburtshilfe im Lying-In an.

Das bedeutete, daß die älteren Mediziner sich in Sicherheit wiegen konnten, während die jungen Assistenzärzte die Routinefälle übernahmen – und Adam immer in Reichweite war, um bei Notfällen einzugreifen.

Da die Bedingungen seines neuen Postens nicht mehr erforderten, als daß er sich auf dem Gelände der medizinischen Fakultät aufhielt, konnte Adam im Labor arbeiten und dennoch in weniger als fünf Minuten zum Kreißsaal des Lying-In oder des Brigham Hospital sprinten. Und überdies gab ihm dieser ›Teilzeitjob‹ jedesmal, wenn ihn die ungeheuren Probleme seiner Forschungen niederdrückten, emotionalen Auftrieb.

Dennoch fiel es ihm ziemlich schwer, diesen Aspekt seiner Arbeit mit Lisl zu besprechen. Denn er hatte das Gefühl, als hätte Max' Tod den Schmerz über ihre Kinderlosigkeit noch verschlimmert. Im Laufe der Monate jedoch begann sie sich mit ihrem Verlust abzufinden. Sie mußte aber feststellen, daß Adam das noch nicht geschafft hatte.

»Glaub mir, Adam, Max hätte niemals gewollt, daß du dich ganz vom Leben zurückziehst. Du bist jung und solltest über eigene Kinder nachdenken, statt immer nur über die anderer Leute.«

Adam zuckte die Achseln. »Laß mir noch ein bißchen Zeit, Lisl«, erwiderte er ausweichend. »Cavanagh gibt sich noch immer die größte Mühe, mir das Leben schwerzumachen.«

»Ach, übrigens – wie steht's denn zwischen dir und diesem netten Mädchen aus Washington?«

Adam zuckte die Achseln. »Was soll ich sagen? Ich bin hier, sie ist dort. Die Geografie spricht wohl für sich.«

»Warum versuchst du sie nicht hierherzuholen?«

Eigentlich wollte sich Adam nicht näher über Tonis komplizierte Gesellschafts-Verknüpfungen auslassen, aber er duldete, daß Lisl die Waagschalen in Richtung seiner eigenen Neigungen manipulierte. Als er an jenem Abend nach

Hause kam, telefonierte er mit Toni in Washington und meldete sich für das kommende Wochenende an. Sie war hocherfreut.

Toni holte ihn am Flughafen ab. Irgendwie hatte sie sich verändert. Hatte er recht mit dem Eindruck, daß sie ruhiger geworden war?

Obwohl sie sich am Flughafen nur flüchtig geküßt hatten, herrschte während der ersten Minuten verlegenes Schweigen zwischen ihnen. Bis sie plötzlich sagte: »Danke.«

»Wofür?«

»Für das, was du denkst, dich aber nicht auszusprechen traust: daß du dich freust, mich wiederzusehen.«

»Und wieso bist du dessen so sicher?«

»Die meisten Menschen lächeln nicht, wenn sie unglücklich sind.«

Toni hatte den Tisch für ein üppiges Dinner gedeckt.

Adam legte sein Jackett ab, band sich eine Schürze um und half ihr beim Salatwaschen. Sie arbeiteten wie Partner in einem Labor.

»Warum bist du so unglaublich gesprächig?« scherzte sie.

»Ich bin Wissenschaftler«, antwortete er, während er die Salatblätter trockentupfte. »Ich versuche die Daten zu analysieren.«

»Und wie lautet Ihre Schlußfolgerung, Herr Doktor?«

Adam wandte sich um und ließ die Frustrationen heraus, die ihn wieder einmal gepackt hielten, seit er ihre Wohnung betreten hatte.

»Ich weiß nicht weiter, Toni«, gestand er. »Du sendest alle möglichen Signale aus. Einerseits gelingt es dir immer wieder, mir das Gefühl zu geben, ich sei der einzige Mann auf der Welt. Und dennoch wissen wir beide, daß du gebunden bist.«

»An meinen Job, Adam. An das Justizministerium. Gerade du solltest Verständnis dafür haben.«

»Du meinst deinen Vorgesetzten, nicht wahr?«

Verärgert entgegnete Toni: »Wenn's dir nichts ausmacht: Ich dirigiere meine eigene Show. Ob du's nun glaubst oder nicht, ich habe zwei Referendare und zwei Sekretärinnen, die für mich arbeiten. Wie ich meine Freizeit verbringe, geht dich nichts an. Ich habe auch nie gefragt, welche Bindungen du zu Hause in Boston hast.«

»Jedenfalls keine verheirateten Frauen, das kann ich dir versichern«, gab er zurück.

»Wie schön für dich, Adam«, erwiderte sie mit einem sarkastischen Auflachen. »Aber du lebst auch nicht in einer Stadt, in der das Verhältnis von Frauen zu Männern fünf zu eins ist.«

Sie hielt einen Moment inne, dann fragte sie: »Bist du etwa nur aus Boston hier runtergekommen, um zu meckern? Du gibst dir offenbar alle Mühe, mich nicht zu mögen.«

»Du hast recht«, lenkte er ein. »In meinem Beruf würde man das als ›Auto-immun-Reaktion‹ bezeichnen.«

Plötzlich legte sie ihm die Hand sanft in den Nacken und flüsterte: »Es ist aus und vorbei mit ihm, Adam. Es war von der Minute an vorbei, als ich von dem Besuch bei dir aus Boston nach Hause kam. Da hatte ich entdeckt, wie groß der Unterschied ist zwischen einem Mann, der mich begehrt und einem Mann, der mich *braucht*. Hoffentlich klingt das nicht allzu anmaßend, aber ich hatte ehrlich das Gefühl, daß ich dein Leben verändert habe.«

»Das hast du. Das tust du. Ich wünschte nur, du hättest mir das früher erzählt.«

»Na ja, zur Abwechslung hab' ich mal den richtigen Zeitpunkt erwischt. Habe ich wirklich was verändert?« fragte sie hoffnungsvoll.

»O ja.« Er lächelte. »Ich würde sagen, du hast eigentlich alles verändert.«

Der Rest dieses Wochenendes war eine Art Prolog zu einer richtigen Bindung. Toni fühlte sich endlich sicher genug, ihm ihre Seele und auch ihr Herz zu öffnen.

Ihre Kindheit war in nahezu jedem Punkt antithetisch zu der seinen verlaufen. Während er über seinen Vater hinausgestiegen war, indem er auf einen Sprungturm kletterte, hatte sie die Welt von der Höhe eines Piedestals aus betrachtet, auf das Tom Hartnell sie gestellt hatte.

Er hatte sich von ihrer Mutter scheiden lassen und später noch einmal geheiratet. Er hatte zwei Söhne, doch keiner von beiden besaß das lebhafte Temperament seiner Tochter Toni.

Irgendwo im mittleren Management der Bank of America verborgen gab es sogar einen Thomas Hartnell II. Der hatte seinen Namensgeber tief enttäuscht, indem er sich für ein unspektakuläres Leben entschied. Sein Bruder führte als Englischlehrer in Texas ein noch ruhigeres Leben.

Verständlicherweise war also Toni – oder ›Skipper‹, wie ihr Vater, ein Ex-Marineoffizier, sie nannte – sein bei weitem bevorzugter Sohn.

Adam erkannte, daß ihre Vorliebe für ›reife‹ Männer die logische Fortsetzung ihrer tiefen Zuneigung für den Boß darstellte und vertraute ihr seine Bedenken an. »Hör zu, Toni. Niemand weiß so gut wie ich, wie tief du deinem Vater verbunden bist. Glaubst du wirklich, daß deine enge Bindung an ihn es dir gestatten wird, eine neue einzugehen?«

»Keine Ahnung.« Sie zuckte die Achseln. »Warum versuchen wir nicht, die Probleme eins nach dem anderen zu lösen?«

»Nun ja«, antwortete er lächelnd, »ich hatte innerhalb der Parameter von ›vorerst‹ und ›auf immer‹ gedacht. Klingt das für deine Ohren zu erdrückend?«

»Ehrlich gesagt«, gab sie zurück, »ich kann mir nicht vorstellen, auch mal in der Liebe Glück zu haben.«

»Ich eigentlich auch nicht … Und damit hätten wir wieder etwas gemeinsam«, gestand er. »Wir könnten doch in diesem Sommer auf eine Art Hochzeitsreise gehen. Uns ein Haus auf Cape Cod mieten. Und wenn es uns gefällt, könnten wir heiraten.«

»Das ist eine völlig neue Idee.« Sie strahlte.

»Na ja«, gab er lächelnd zurück, »schließlich stehe ich in dem Ruf, auf dem Gebiet der Naturwissenschaft ein Erneuerer zu sein.«

9 ISABEL

Isabels Tagebuch

16. *März*
Neulich hab' ich ein altes Lateinbuch von Dad gefunden. Es hat mir tatsächlich die Tür zu einer ganz neuen Geisteswelt geöffnet.

Ich fragte mich, wie Dad reagieren würde, wenn er merkt, daß ich einen Teil meiner Zeit auf ein nichtnaturwissenschaftliches Thema verschwende. Und staunte nicht schlecht, als er mir erklärte, ich hätte einen fabelhaften Instinkt. Daß diese sogenannte ›tote Sprache‹ eine gute Übung für den Verstand sei, daß ich aber, wenn ich sie gründlich lerne, vor allem in der Lage sein werde, in einem einzigen Tag ›die Chemiesprache‹ zu benutzen und Wörter wie Karbon und Fermentation sofort zu verstehen.

Zur Abwechslung war er einmal erfreut darüber, daß ich etwas ›Außerplanmäßiges‹ tat, vermutlich, weil es sich herausstellte, daß es letztlich doch ›planmäßig‹ war.

Gute Nachrichten: Peter hat es in die Schul-Auswahlmannschaft geschafft. Yippie!

Kurz nach ihrem elften Geburtstag bestand Isabel die letzten Prüfungen der High-School, ein Erfolg, der es ihr theoretisch ermöglichte, sofort anschließend das College zu besuchen, wenn sie bei den Aufnahmeprüfungen gut abschnitt.

An einem verregneten Samstagvormittag im Oktober 1983 fuhren Raymond und Muriel (die bemüht war, auch weiterhin eine – und sei es nur eine kleine – Rolle bei der seelischen Entwicklung ihrer Tochter zu spielen) mit Isabel zu den Aufnahmeprüfungen der High-School, die sie zusammen mit Schülern, die fünf oder sogar sechs Jahre älter waren als sie, ablegte.

Auf der ersten Seite eines Fragebogens bat Isabel darum, die Resultate ihrer Prüfung den Zulassungsabteilungen der

University of California in San Diego und Berkeley zukommen zu lassen.

Gegen Ende des Nachmittags verließ sie die Schule genauso frisch, wie sie morgens gekommen war.

Als schließlich die Ergebnisse eintrafen, waren alle begeistert. Isabel hatte perfekte 1600 Punkte erreicht und in allen Tests so hervorragend abgeschnitten, daß beide Colleges ihr die Aufnahme zusicherten.

Kein gewissenhafter Zulassungsausschuß konnte jedoch das Alter der Bewerberin außer acht lassen. Tatsächlich schlugen beide Direktoren in ihrem Schreiben den da Costas vor, Isabel noch ein bis zwei Jahre zurückzustellen und sie zum Beispiel eine Fremdsprache lernen zu lassen.

Unverzagt schlug Raymond im Gegenzug vor, mit Isabel von San Diego zu einem Gespräch nach Berkeley zu fahren.

»Geht das nicht über die Grenzen eines Versuchs hinaus?« wandte Muriel ein. »Es hat doch keinen Sinn, die ganze lange Strecke zu fahren, wenn Isabel die Zulassung letztendlich doch nicht wahrnehmen will.«

Während sie ihrem Ehemann in die Augen sah, begriff sie plötzlich den Sinn seines ›Spielplans‹. Sie atmete tief durch und sagte energisch: »Nein, Raymond. Hier werde ich die Grenze ziehen. Wir werden nicht nach Berkeley umsiedeln.«

Seine Antwort traf sie zutiefst: »Ich habe nicht gesagt, daß *wir* umziehen.«

»Großer Gott!« fuhr sie auf. »Du hast wohl den Verstand verloren! Bildest du dir etwa ein, irgendein Gericht in diesem Staat würde dir das Sorgerecht für eine Elfjährige zugestehen?«

Raymond blieb gelassen. »Wer hat ein Wort von Sorgerecht gesagt? Wir lassen uns doch nicht scheiden, Muriel. Wir tun lediglich, was das Beste für unsere Tochter ist.«

»Ach ja? Bist du der Ansicht, es sei das Beste für Isabel, daß du sie in diesem für Mädchen kritischen Alter von ihrer Mutter trennst?«

»Intellektuell gesehen, ja.«

»Das ist ja offenbar alles, was dich interessiert, nicht wahr?« gab sie wutsprühend zurück. »Also, *ich* werde nicht dulden, daß du ihre Persönlichkeit weiterhin verkrüppelst. Ich werde vor Gericht gehen und eine Verfügung auf Unterlassung erwirken.«

Raymond lächelte, aber in seinem Lächeln lag eine unverkennbare Andeutung von Grausamkeit.

»Das wirst du nicht. Denn wenn du es ernst meinst mit dem, was du gesagt hast, daß du nämlich nur ihr Bestes willst – dann weißt du verdammt genau, daß du nur das Gegenteil erreichst, wenn du sie *mir* wegnimmst. Denk darüber nach, Muriel; denk lange und gründlich darüber nach.«

Er schwieg; dann setzte er noch hinzu: »Inzwischen werde ich mit Isabel nach San Francisco fahren.«

Der Dean of Admissions in Berkeley verwahrte in seiner Personalakte nicht nur begeisterte Empfehlungsschreiben, sondern auch zwei vertrauliche und irgendwie beunruhigende Mitteilungen. Beide warnten ihn mit ähnlichen Formulierungen, daß eine ›unnatürlich enge Verbindung zwischen dem jungen Mädchen und ihrem Vater‹ bestehe.

Diese Voraussagen erwiesen sich als absolut zutreffend; als Dean Kendall seine Tür öffnete und Isabel zu sich hereinwinkte, folgte Raymond ihr auf dem Fuß. Kendall sagte kühl: »Bitte, Mr. da Costa, ich würde gern allein mit Ihrer Tochter sprechen.«

»Aber ich bin ...« begann Raymond zu protestieren, bis ihm seine peinliche Lage bewußt wurde.

»Tut mir leid«, schnitt ihm der Dean ruhig das Wort ab. »Aber wenn sie alt genug ist, um aufs College zu gehen, sollte sie auch in der Lage sein, dieses Gespräch allein zu führen.«

»Äh – gewiß«, stammelte Raymond, dem äußerst unbehaglich zumute war. »Sie haben natürlich recht.« Und dann, zu seiner Tochter: »Liebling, ich warte draußen.«

Als er mit dem Kind allein war – dessen intellektuelle Fähigkeiten ihn in ehrfürchtiges Staunen versetzten –, bewies Dean Kendall außergewöhnliches Taktgefühl. Ohne ihren Vater direkt zu erwähnen, stellte er harmlos formulierte Fragen wie etwa: »Wenn wir dich hier aufnehmen würden, Isabel – meinst du, daß du mit anderen Mädchen, die zum Teil doppelt so alt sind wie du, zusammen in den Dormitorien wohnen könntest?«

»Nein«, antwortete sie fröhlich, »ich würde mit meinem Vater zusammen wohnen.«

»Ja, ja, natürlich«, murmelte der Dean, »das läßt sich denken – wenigstens während der ersten Jahre. Aber meinst du nicht, daß das – wie soll ich es formulieren – dein Gesellschaftsleben beeinträchtigen würde?«

Isabel lächelte gelassen. »Aber nein! Außerdem bin ich noch nicht alt genug, um ein Gesellschaftsleben zu haben.«

Als Vater und Tochter gegangen waren, führte der Dean einen inneren Disput mit sich selbst. Sie ist viel zu jung. Sie ist unreif. Sie sollte auf eine Privatschule gehen, bis sie alt genug ist.

Aber verdammt noch mal, wenn wir sie nicht nehmen, wird sie von Harvard vereinnahmt.

Schließlich erteilte er Isabel da Costa doch die Zulassung, so daß sie in Berkeley Physik studieren konnte.

Mit vorgetäuschter Fairneß ließ Raymond zu, daß Muriel ihm ihre Meinung sagte. Sie vermochte ihren Zorn kaum zu bändigen.

»Ich hasse dich, Raymond, für das, was du Isabel – und mir – antust. Doch du hast recht: Der einzige Grund, warum ich nicht vor Gericht gehe, ist der, daß mir im Gegensatz zu dir tatsächlich Isabels Wohl am Herzen liegt. Und auch, daß ich ihr im Gegensatz zu dir wünsche, daß sie unbeschwert und glücklich heranwachsen kann. Ich will nicht, daß sie das verkrüppelte Opfer elterlichen Tauziehens wird.«

Er schwieg und ließ sie austoben, bis ihr schließlich nichts anderes übrigblieb, als zu kapitulieren.

»Na schön, dann nimm sie mit, wenn's unbedingt sein muß. Aber schließ mich wenigstens nicht ganz aus ihrem Leben aus.«

Hastig akzeptierte er die Bedingungen ihres Waffenstillstands, die allerdings eher nach bedingungsloser Kapitulation aussahen. Seine Triumphgefühle unterdrückend, sagte er leise: »Ich schwöre dir, Muriel, daß es genau das ist, was Isabel will. Du kannst sie fragen. Berkeley hat eine der größten Physik-Fakultäten der Welt. Und in den Ferien werden wir immer nach Hause kommen, das verspreche ich dir.« Er hielt inne, dann fragte er: »Haben wir uns verstanden?«

»Ja«, antwortete sie eisig. »Aber was wir nicht haben, ist eine Ehe.«

Als sie schließlich im Auto saßen und unterwegs waren, fragte Isabel: »Hast du meine Geige eingepackt, Daddy?«

Raymond sah sie mit strenger Miene an. »Nein, habe ich nicht ...«

»Dann müssen wir sie unbedingt noch holen.«

»Aber Liebling, ich hab' sie absichtlich nicht mitgenommen. Du bist jetzt eine College-Studentin und hast keine Zeit mehr für Freizeitbeschäftigungen.«

»Aber du weißt doch, wie sehr ich sie liebe ...«

Er antwortete nicht.

Nach kurzem Schweigen fuhr sie fort: »Du denkst, daß sie mich irgendwie mit zu Hause verbindet, das weiß ich, Daddy. Aber ich schwöre dir, daß ich meine Geige nur mitnehmen möchte, weil ich musizieren will.«

»Ja, ja, natürlich«, lenkte Raymond allzu bereitwillig ein. »Tut mir leid. Ich werde sie sofort nachschicken lassen.«

»Oder Mom könnte sie mitbringen, wenn sie uns besuchen kommt.«

Raymonds Miene wurde verdrossen. »Ja ... Ja, gewiß.«

10 ADAM

Adams und Tonis Zweisamkeit war alles andere als einsam. Denn die Cape-Cod-Fans bestehen zu fast gleichen Teilen aus dem Wer-ist-Wer von Boston und dem Wer-ist-Was von Washington.

Trotz allem fanden sie reichlich Zeit fürs Alleinsein. Ob

beim frühmorgendlichen Joggen am Strand oder beim abendlichen Fischessen – sie genossen einer die Gegenwart des anderen.

Zu ihrem dreißigsten Geburtstag, der im August anstand, äußerte Toni einen sonderbar einfachen Wunsch: einen Freiluft-Lunch im Sea Spray Spa & Resort.

Adam wunderte sich über ihre Wahl – bis er den Tisch sah, den sie bestellt hatte: Er stand am Rand eines riesigen Swimmingpools.

Toni sah Adam mit ihren großen Augen an und sagte liebevoll: »Bevor wir essen, möchte ich mein Geburtstagsgeschenk.«

Als sie zum Sprungturm am anderen Ende emporblickte, wußte Adam, was ihm bevorstand.

»Hast du deine Badehose mitgebracht?« erkundigte sie sich.

»Ja«, antwortete er, »ich hab' nur die Jeans drübergezogen.«

»Gut!« Sie lächelte. »Und nun will ich ein bißchen was von dem alten Adam Coopersmith sehen. Dem Knaben, der durch die Luft fliegen konnte.«

»Hör auf, Toni! Das ist so ewig lange her ...«

»Ich werde nachsichtig sein«, verkündete sie munter. »Also, steig bitte für mich da rauf und spring.«

Adam ging in den Umkleideraum, zog sich rasch um, machte ein paar Dehnübungen und kehrte nervös zum Sprungturm zurück.

Während er die Leiter hinaufstieg, tröstete er sich mit dem Gedanken, daß das Sprungbrett nur halb so hoch war wie üblich. Doch als er oben stand und sich auf den Sprung konzentrierte, wurden die Dinnergäste unten auf einmal still.

Schon Adams Bewegungen und Haltung ließen ahnen, was die Zuschauer erwartete. Er atmete tief durch, trat vor und vollführte einen recht respektablen Flügelsprung.

Als er wieder auftauchte, sah er zu Toni hinüber und rief: »Zufrieden?«

»Keineswegs«, gab sie zurück. »Ich will mindestens einen Salto sehen.«

»Willst du, daß ich mir den Hals breche?« maulte er.

»Nein, aber du sollst mir beweisen, daß die Geschichten, die du mir erzählt hast, nicht deiner Fantasie entsprungen sind.«

Er lachte, schwamm zum anderen Ende des Pools, stemmte sich auf den Beckenrand und war mit einer einzigen Bewegung auf den Füßen.

Als er wieder auf dem Sprungturm stand, hielten sogar die Kellner inne, um ihn springen zu sehen. Adrenalin schoß durch seine Adern und ließ sein Herz schneller schlagen.

Dann machte er ein paar schnelle Schritte, sprang hoch, zog die Beine an, wirbelte herum und schoß ins Wasser.

Dieses Mal applaudierten die Zuschauer.

Stolz sah sich Adam nach Toni um und suchte nach einer zustimmenden Geste. Sie klatschte begeistert in die Hände.

»Da capo!« rief sie strahlend.

»O nein«, rief er zurück. »Jetzt bist du erst mal an der Reihe.«

»Okay«, gab sie nach. »Gehn wir zum Lunch.«

Als sie an jenem Abend nach Hause fuhren, sagte Toni: »Weißt du, Adam, da oben auf dem Sprungturm bist du wirklich ein anderer Mensch. Und während der paar Sekunden, die du buchstäblich durch die Luft fliegst, bist du für mich das Schönste, was ich jemals im Leben gesehen habe.«

Am letzten Wochenende ihres Urlaubs erlebten sie einen kritischen Moment.

Nach einem frühen Morgenspaziergang am Strand standen sie sich in dem Bungalow, in dem sie während der vergangenen Wochen ein so großes Glück gefunden hatten, gegenüber und hielten, ohne ein Wort zu äußern, Zwiesprache.

Dann sagte Adam plötzlich, eher vor sich hinmurmelnd: »Ich will nicht, daß dies jetzt aufhört.«

Mit einem Ausdruck, der den Schmerz der bevorstehenden Trennung spiegelte, sah Toni ihn an und antwortete: »Ich auch nicht.«

Nach einer weiteren verlegenen Pause sagte Adam: »Es muß nicht sein, Toni, das weißt du.«

»Wir sind ja nur eine Flugstunde voneinander entfernt«, stellte sie fest, obwohl sie wußte, daß das für keinen von ihnen ein Trost sein konnte.

»Nein«, stieß er nach, »das reicht mir nicht. Wir beide gehören zusammen.«

Toni sah ihn an und fragte: »Meinst du, daß du in Washington leben könntest? Die Forschungsmöglichkeiten am NIH sind genausogut wie die in Harvard.«

»Und wie ist es mit dir? In Boston gibt es einige ganz ausgezeichnete Anwaltskanzleien.«

»Für mich ist Washington eine ganz besondere Stadt, Adam. Die Dynamik der politischen Macht ist etwas, das man nicht in Worte fassen kann. Meine Karriere hat eben erst begonnen, und ab Januar werde ich an der Georgetown University wöchentlich ein Seminar in Verfassungsrecht geben, was ich – in meinem zarten Alter – als äußerst schmeichelhaft empfinde.«

»Ach was, Toni«, drängte er sie liebevoll, »es gibt eine Menge gute juristische Fakultäten hier oben – nicht zuletzt die einigermaßen berühmte von Harvard.«

Sie ließ den Kopf hängen und flüsterte kaum hörbar: »Mist, ich wußte, daß es darauf hinauslaufen würde, aber ich wußte nicht, wie weh es tut. Es zerreißt mir das Herz.«

Im Nu war er bei ihr und nahm sie in die Arme.

»Bitte, Toni«, sagte er, »ich liebe dich, und ich brauche dich. Könntest du wenigstens darüber nachdenken?«

»Was glaubst du, womit ich mich den ganzen Monat rumgeschlagen habe, Adam?«

»He, hör mal«, mahnte er, »gehen wir's doch gemächlich an.«

Wieder ließ sie den Kopf hängen. »Das kann ich nicht.«

Er war bestürzt. »Soll das heißen, daß du lieber Schluß machen willst?«

Toni sah ihn an; ihre Augen glänzten feucht. »Ja.«

»Ja, was?«

»Ja, ich liebe dich, und ich möchte dich heiraten. Und

wenn das bedeutet, daß ich nach Boston umziehen muß – dann werde ich es eben tun.«

Adam war überwältigt. Zunächst vor Freude, und dann, gleich darauf, von Gewissensbissen darüber, daß er sie zu diesem Opfer gezwungen hatte.

Sie küßten sich und liebten sich mit einer so stürmischen Leidenschaft, daß Toni ihren Direktflug nach Washington verpaßte und sie zum Logan Airport von Boston fahren mußten. Aber das brachte ihnen auch einen Vorteil: Sie blieben zweieinhalb Stunden länger zusammen.

Der Vesuvius spie Feuer.

»Kommt nicht in Frage, Coopersmith. Eher würde die Hölle einfrieren!« brüllte Thomas Hartnell, hochrot im Gesicht, und hieb mit der Faust auf seinen Schreibtisch. »Sie werden meine Tochter nicht in dieses provinzielle Fischernest von einer Stadt verschleppen!«

»Um Gottes willen, Dad – beruhige dich!«

»Du, Skipper, wirst jetzt endlich von hier verschwinden, damit ich mir diesen Bastard allein vorknöpfen kann.«

»Verdammt noch mal, nein! Es ist *meine* Zukunft, über die hier verhandelt wird – oder vielmehr, die bei diesem Tauziehen zerrissen wird.«

Toni ließ sich nicht einschüchtern, während die beiden Männer sich so leidenschaftlich und voller Wut bekämpften, daß sie fürchtete, es könne zu Tätlichkeiten kommen.

»Würden Sie mir bitte zuhören, Mr. Hartnell?« sagte Adam.

»Sie können überhaupt nichts sagen, was für mich von Interesse wäre, Doctor Coopersmith. Und bevor Sie die Sprache darauf bringen – jawohl, ich verdanke Ihnen mein Leben. Doch meine Tochter verdanke ich Ihnen nicht, und die ist mir sogar noch kostbarer.«

»Ich will sie ja nicht nach Timbuktu entführen, Sir.«

»Was mich betrifft, so ist alles, was hinter dem Beltway liegt, inakzeptabel. Verdammt noch mal, Adam, ich könnte dieses Telefon nehmen und Sie innerhalb von Sekunden mit doppeltem Gehalt beim NIH unterbringen. Was zum Teufel ist so besonders an Harvard, daß Sie unbedingt dort bleiben wollen?«

»Das ist schwierig zu erklären«, gab Adam ruhig zurück. »Aber vielleicht kann ich es mit zwei Worten ausdrücken: Max Rudolph.«

»Aber der Mann ist tot. Sie könnten seine gesamten Forschungsarbeiten hierher transferieren – *und* seine Frau, wenn's denn unbedingt sein müßte.«

Adam zögerte einen Moment, dann gestand er: »Ich weiß, es klingt verrückt, aber es wäre nicht dasselbe. Wenn ich dort das Labor betrete, ist er für mich immer noch da. Wenn ich während der Arbeit durch die Glaswände in sein Büro blicke, sehe ich ihn an seinem Schreibtisch. Und wenn ich ihm eine Frage stelle, gibt er mir zuweilen Antwort.«

Toni schwindelte vor Bewunderung über den Mut, den Adam angesichts der Dampfwalzentaktik ihres Vaters bewies. Noch nie hatte sie mit angehört, daß jemand so mit ihm zu sprechen wagte.

»Großer Gott, Sie sind ja verrückt!« höhnte Hartnell.

Adam brachte es nicht übers Herz, das auszusprechen, was der eigentliche Kern der Sache war: daß er Toni aus dem erstickenden Einflußbereich ihres Vaters entfernen wollte.

Schließlich durchschlug Toni selbst den Gordischen Knoten.

»Hör zu, Dad, was mich betrifft – wenn Adam in Boston ist, möchte ich dort bei ihm sein.«

»Aber was wird aus deiner gottverdammten Karriere? Willst du sie einfach wegwerfen für diesen Kriecher im weißen Kittel?«

»He, versuch doch mal meine Seite zu sehen«, begehrte sie auf. »Ich hab' zwar eine Karriere gehabt, aber ich habe noch nie einen wirklich guten Mann gehabt, und das ist für mich weit wichtiger.«

»Bitte, vertrau mir doch, Skipper! Du bist leichte Beute für die Männer. Du warst schon mehr als einmal verliebt …«

»Das steht nicht zur …« wollte Adam protestieren.

Hartnell wandte sich wütend an ihn.

»Ich hab' die Nase voll von Ihren Frechheiten, junger Mann! Ich gebe Ihnen jetzt genau dreißig Sekunden, um im Geschwindschritt aus meinem Haus zu verschwinden.«

»O nein, Dad«, widersprach Toni. »Wir brauchen mindestens eine Stunde.«

»Wie bitte?« stammelte ihr Vater aufgebracht.

Sie nickte. »Ich muß erst noch packen«, sagte sie leise. »Denn wenn er geht, gehe ich auch.«

Zwei Monate später wurden Toni und Adam in der sogenannten ›Präsidentenkirche‹ in Washington getraut. Unter den Gästen befand sich der Herr des Oval Office, zweifellos eine Geste der Hochachtung für den Mann, der so viel getan hatte, ihn dorthin zu bringen.

Und Thomas Hartnell rang sich ein Lächeln ab, als er dem Bräutigam seine einzige Tochter zuführte.

Bei dem anschließenden Empfang brachte der Justizminister den Toast aus.

Dr. und Mrs. Adam Coopersmith mieteten ein Apartment im obersten Stock eines Brownstone-Hauses in Beacon Hill. Und Toni vergrub sich in ihre Bücher, um für das Anwaltsexamen des Staates Massachusetts zu büffeln.

Beide liebten ihren Beruf so leidenschaftlich wie einer den anderen. Rückblickend empfanden sie diese Zeit als die glücklichste in ihrem Eheleben.

Als Toni eine Anstellung suchte, gab es keinen Mangel an Bostoner Anwaltskanzleien, die gern einen ehemaligen Assistant Attorney General (kurz bevor sie kündigte, war sie befördert worden) in ihrer Sozietät gehabt hätten. Osterreicher and DeVane überbot sie alle, sowohl was das Gehalt als auch, was das Prestige betraf.

Inzwischen machte Adam Fortschritte bei den Forschungsarbeiten, für die Max Rudolph ihm so fürsorglich den Weg geebnet hatte. Sein neuer Chef hatte sich schließlich doch Zeit genommen, seine Studie über idiopathische multiple Fehlgeburten zu lesen.

Cavanagh verstand es sehr wohl, den Wert eines Forschungsprojekts richtig einzuschätzen. Und er erkannte gleich das enorme Potential von Adams Untersuchungen.

Also setzte er mit großmütiger Geste jene beiden jungen Doktoren wieder ein, die er von seinem Team abgezogen hatte.

Außerdem hielt er es für notwendig, Adam an die revidierte Veröffentlichungs-Ordnung für alle Arbeiten aus dem Labor zu erinnern, das nunmehr das seine war.

»Max hat sich in den Kulissen gehalten«, erklärte er scherzhaft, »ich aber stehe gern im Rampenlicht. Und da ich der Chef bin, steht mein Name natürlich über allen anderen.«

Das war zwar eine äußerst unfaire, aber durchaus gebräuchliche Praxis. Adam erklärte sich widerwillig mit dieser ausbeuterischen, doch unumgänglichen Regelung einverstanden.

Inzwischen beendete er gerade das detaillierte Konzept, das er mit Max zusammen ausgearbeitet hatte, und die ersten Resultate. Diese Veröffentlichung würde der Brite doch wohl nicht für sich beanspruchen! Leider war das Ego des Mannes jedoch weit stärker als sein Gewissen.

»Es gibt nun mal Regeln, mein Junge, also starten wir lieber gleich auf dem richtigen Fuß. Natürlich müssen Sie einen Dolch – oder wie immer man dieses Ding bezeichnet – vor Max' Namen setzen, damit die Leute wissen, daß er verstorben ist.«

Und so wurde die Studie im *International Journal of Fertility* veröffentlicht als Produkt der Zusammenarbeit dieses Engländers und eines Toten, die einander nie kennengelernt hatten. Glaubte Cavanagh wirklich, die Gemeinschaft der Mediziner würde diese Autorenschaft für glaubwürdig halten?

Möglichst unauffällig setzte Adam seine Forschungsarbeiten fort, während Toni mit einem ›Doppelhit‹ aufwartete: In ein und derselben Woche erhielt sie das positive Ergebnis sowohl der Anwaltskammer von Massachusetts als auch ihres Schwangerschaftstests.

Die Fruchtbarkeit seiner Frau inspirierte Adam zu einer

Art unterbewußter schöpferischer Rivalität. In den nun folgenden Monaten wiederholte er die abschließenden Experimente aus Max Rudolphs Laborberichtsbuch, indem er Kortikosteroide benutzte, um die embryotoxische Reaktion bei trächtigen weißen Mäusen zu unterdrücken.

Anschließend begann er die Behandlungsmethode trotz eventueller Nebenwirkungen bei ausgewählten Frauen anzuwenden, deren Untersuchungen ergeben hatten, daß sie keine Kinder bekommen konnten, solange die Killer-Toxine nicht irgendwie unterdrückt wurden.

In der neununddreißigsten Woche der Schwangerschaft setzten bei Toni die Wehen ein, und sie gebar ohne Probleme ein über sechs Pfund schweres Mädchen namens Heather Elizabeth Coopersmith.

Toni war zwar nicht die erste Frau, aber immerhin die erste *Anwältin*, die den Mutterschaftsurlaub ihrer Kanzlei in Anspruch nahm. Anschließend bediente sie sich des ausgezeichneten Tagesheims ihrer Firma, um so bald wie möglich ihre Arbeit wiederaufnehmen zu können.

Lisl, die ihre Aufgabe als Patin sehr ernst nahm, fühlte sich verpflichtet, Bedenken anzumelden.

»Ich weiß, daß so etwas sehr en vogue ist. Aber in den ersten Lebensmonaten gibt es nun mal keinen Ersatz für die Mutter«, bemerkte sie diplomatisch.

Toni akzeptierte den Rat so taktvoll, wie sie nur konnte.

»Und wenn die Mutter arbeiten *muß*?«

»Nun ja«, räumte Lisl ein, »wenn sie arbeiten *muß* ...«

Später beschwerte sich Toni bei Adam über Lisls Verhalten, das sie als übertriebene Einmischung empfand.

»Das nächstemal, wenn du wieder ein Plauderstündchen mit dieser Frau hast, sag ihr doch bitte, daß ich mich zwar einverstanden erklärt habe, daß sie die Patentante wird, aber bestimmt nicht meine Paten-Schwiegermutter!«

»Sie versucht doch wirklich nur zu helfen«, protestierte Adam.

»Mag sein«, gab Toni zu. »Aber ich kann ihr nicht den Ersatz dafür bieten, daß sie selbst keine Kinder haben konnte.«

Bei der allwöchentlich stattfindenden Mitarbeiter-Besprechung strahlte Adam übers ganze Gesicht. Er verlas die Informationen eines Computer-Ausdrucks und verkündete:

»Wir haben unseren eigenen Rekord gebrochen! Dank der Steroide haben es siebzig Prozent unserer schlimmsten ›Wiederholer‹ endlich geschafft, die ersten drei Schwangerschaftsmonate heil zu überstehen. Das ist entweder ein Wunder – oder wir sind schlichtweg Genies!«

»Könnten wir darüber abstimmen, Boß?« witzelte Len Kutnik, ein junger Forschungsassistent.

»Unser Labor ist keine Demokratie«, gab Adam zurück. »Ich werde mein endgültiges Urteil abgeben, sobald ich die Babys persönlich sehe.«

Und das tat er. Von da an erlebten sie alle eine erstaunliche Entwicklung: Die bis dato erfolglosen Frauen brachten nahezu alle nach neun Monaten gesunde Kinder zur Welt.

Doch was war die Erklärung für dieses fantastische Phänomen? Die Antwort konnte die Lösung für das ganze Geheimnis sein.

Leider war die Behandlungsmethode alles andere als zufriedenstellend. Die Schwangeren beklagten sich über die Nebenwirkungen der Steroide: enorme Gewichtszunahme, geschwollene Glieder, aufgedunsene Gesichter. Ganz zu schweigen von dem Risiko – in seltenen Fällen unvermeidlicher Nebeneffekt – von Glaukom, Diabetes und ›funktioneller Abhängigkeit‹ von der Droge. Max Rudolph wäre niemals einverstanden gewesen.

Mittlerweile hatte Adam ganz unerwartet eigene Fruchtbarkeitsprobleme. Kurz vor Heathers drittem Geburtstag begann er von einem zweiten Kind zu schwärmen. Aber Toni war dagegen.

»Ich hab' schon mehr als genug mit Heather zu tun. Ich kann mir nicht vorstellen, wie ich mit einem zweiten Kleinkind und meiner Anwaltskanzlei zugleich fertig werden soll.«

»Sie bleiben nicht sehr lange klein«, warf er ein.

»Ich weiß«, entgegnete sie. »Aber ich sehe nicht ein, warum wir die Übervölkerungskrise der Welt noch steigern sollten.«

»Wir sind nicht in China, Toni. Außerdem ist es eine feststehende Tatsache, daß Einzelkinder beim Heranwachsen viel mehr Probleme haben.«

»Ich war auch ein Einzelkind«, gab sie ihm zu bedenken. »Das heißt, ich habe nie mit meinen Brüdern zusammengelebt. Und es hat mir offenbar nicht geschadet.«

Da wäre ich nicht so sicher, dachte Adam. Laut sagte er:

»Du kannst dir nicht vorstellen, Toni, wieviel Leid ich täglich erlebe. Ich behandle Frauen, die sich bereitwillig den schmerzhaftesten Prozeduren unterziehen, nur um das *Privileg* – und das ist es tatsächlich – genießen zu dürfen, ein Kind zu bekommen. Und hier bist du, kerngesund, und verzichtest auf eine Chance, für die andere Frauen was weiß ich geben würden. Immer wenn ich nach Hause komme und unsere kleine Heather mir in die Arme läuft, empfinde ich, welch ein unglaublicher Segen sie für uns ist.«

»Bist du sicher, daß dein Ego da nicht auch mitspielt?« forschte sie vorsichtig. »Meinst du nicht, daß es für deine Patientinnen ein ungeheurer Antrieb wäre, wenn sie wüßten, daß du jede Menge Kinder hast?«

»*Ein* Kind ist nicht ›jede Menge‹«, gab er verärgert zurück, kurz davor, die Beherrschung zu verlieren.

»Das sagst du jetzt. Aber wenn ich wieder ein Mädchen zur Welt bringe, würdest du mit Sicherheit weitermachen wollen, bis wir einen Jungen haben.«

»Ehrlich gesagt, ja. Möglicherweise. Das ist aber kein unnatürlicher Wunsch.«

»Na schön.« Auch sie verlor allmählich die Kontrolle. »Nachdem wir uns jetzt ohnehin streiten, können wir auch gleich alles aufs Tapet bringen. Ich würde auf gar keinen Fall dulden, daß du ihn Max nennst. Und genau das willst du doch, oder?«

»Nicht unbedingt«, schwindelte er. Und setzte einfühlsam hinzu: »Wir könnten ihn auch Thomas nennen – oder sogar ›Little Boß‹.«

Zu seinem eigenen Erstaunen ging sie nicht darauf ein,

sondern entgegnete verbittert: »Na, wenigstens seid ihr beiden, du und mein Vater, mal einer Meinung. Aber ich werde mich nicht von euch überfahren lassen. Wie immer du ihn nennen willst – der Junge würde mindestens zwei Jahre lang keine Nacht durchschlafen, und ich denke nicht daran, mich dem noch einmal auszusetzen.«

Sie zerstörte seine Träume mit der Rücksichtslosigkeit eines Menschen, der absichtlich hauchdünnes Glas zertritt.

Innerlich tief getroffen, saß Adam eine Zeitlang schweigend da. Dann sagte er unwillkürlich leise: »Darauf war ich nicht gefaßt.«

»Soll das heißen, du bedauerst, mich geheiratet zu haben?« fragte sie brutal.

»Natürlich nicht«, antwortete er entschieden. »Ich muß nur wieder einmal einen Traum unter ›nicht realisierbar‹ ablegen – im selben Fach wie meine Olympia-Goldmedaille im Turmspringen.«

Da erkannte Toni, daß der Riß zwischen ihnen größer wurde. Um ihn zu beschwichtigen, nahm sie ihn liebevoll in die Arme und streichelte sein Ego.

»Du hast etwas vergessen, Liebling. Daß du nämlich selbst noch eine Art kleiner Junge bist und viel mütterliche Fürsorge brauchst. Ich habe mich vor den Wagen eines Stars gespannt. Ich werde gut für mein kleines Genie sorgen, damit es den Nobelpreis gewinnt. Und ich versichere dir, wir tun das Richtige!«

Als Heather allmählich älter wurde, arbeitete ihre Mutter länger und überließ es Adam, dafür zu sorgen, daß seine Tochter sich in der Obhut des weitverzweigten Netzes von Tonis Babysittern nicht ›vernachlässigt‹ fühlte.

Es gab Zeiten, da wagte er das Haus nicht einmal zu verlassen, wenn Heather schlief; er fürchtete, sie könnte einen Alptraum haben, hochschrecken und von einer bezahlten Ersatzmutter getröstet werden müssen.

Heather liebte es, wenn Adam ihr abends mollige Winterkleidung über den Schlafanzug zog und sie ins Labor mitnahm, wo sie sich, warm zugedeckt, mit Kermit, ihrem Stofftier-Frosch, auf der Couch zusammenkuschelte und friedlich schlief, bis er sie sanft wecken mußte, um sie nach Hause zurückzubringen.

Mit der Zeit begann Adam diese Gewohnheit zu genießen, denn es war weit angenehmer für ihn, seine schlafende Tochter zu beobachten, als sich ständig zu fragen, wie es ihr gehe.

Manchmal kam es jedoch vor, daß er zu einem Notfall gerufen wurde; dann mußte er Toni anrufen und darauf bestehen, daß sie sofort nach Hause kam und die Fürsorge für ihre Tochter übernahm.

Eines Abends steckte Toni mitten in einer wichtigen Besprechung und zeigte sich äußerst widerwillig, die Sitzung zu verlassen.

»Adam«, beschwerte sie sich, als er sie anrief, »wann wirst du endlich einsehen, daß du nicht der einzige Gynäkologe auf der Welt bist? Du könntest deine Pflichten doch ohne weiteres delegieren.«

Woraufhin er zornig auffuhr: »Und wann wirst du endlich einsehen, daß *du* das nicht kannst?«

Adam trat dem örtlichen Country Club bei und ging mit Heather jeden Samstagvormittag zum Schwimmunterricht.

Heather war eine gelehrige Schülerin und entschlossen, ihrem Daddy zu beweisen, wie gut sie bereits schwimmen konnte.

Auf der Heimfahrt schmiedeten sie dann berufliche Zukunftspläne, die im Moment noch darauf hinausliefen, daß sie Ärztin und Taucherin werden wollte.

Sie wußte auch schon genau, wen sie später heiraten wollte, und Adam reagierte auf ihren Antrag mit einer, wie er hoffte, geschickten Ausrede.

Inzwischen hatte es im Labor eine Explosion gegeben, die weltweit Beachtung fand. Die vorangehenden Ereignisse waren ein so gut gehütetes Geheimnis gewesen, daß Adam und Toni erst an dem Morgen davon erfuhren, an dem die Hölle wirklich losbrach.

Ian Cavanagh hatte sich seinen guten Ruf – und sein Vermögen – hauptsächlich im Dienst einer Biotech-Firma, Hematics, erworben, die ihn engagiert hatte, um ihren neuen, künstlichen Blutersatz zu testen, der als Alternative Hämophilen weit mehr Sicherheit bieten sollte.

Seine wegweisende Abhandlung, in der er die Wirksamkeit des Präparates demonstrierte, erhöhte seinen Rang in naturwissenschaftlichen Kreisen wie auch den Preis der Hematics-Aktien beträchtlich.

Nachfolgende Versuche anderer Laboratorien, seine Experimente zu wiederholen, blieben jedoch alle erfolglos. Immer wieder wurde verlangt, Cavanaghs ursprüngliche Daten einsehen zu dürfen. Die lahme Ausrede des Engländers, die Original-Unterlagen seien ›verlorengegangen‹, konnte niemanden überzeugen.

Als der Wissenschaftsredakteur des *Boston Globe* von dem sich zusammenbrauenden Skandal Wind bekam, schlug er Alarm und behauptete in unmißverständlicher Form, Harvards Professor Cavanagh habe seine Ergebnisse gefälscht. Jede größere Nachrichtenagentur stürzte sich auf diese Story.

Harvard war über jeden Zweifel hinaus überzeugt, daß er dieser Missetat schuldig war, ließ mit erschreckender Schnelle sein scharfes Schwert herabsausen und kappte die Verbindung des Wissenschaftlers mit der Universität.

Als Adam an jenem Morgen seinen gewohnten Parkplatz zu erreichen suchte (während er im Auto Tonbandmusik statt Radio hörte), winkte ihn ein Cop zurück und erklärte ihm, die Straße sei für jeden Verkehr gesperrt.

»Aber ich gehöre zum Personal«, widersprach Adam.

»Hören Sie, Doctor, ich habe meine Befehle. Und außerdem – nach allem, was ich höre, sind hier jede Menge Köpfe gerollt, und möglicherweise ist Ihnen ja Ihre Parkerlaubnis auch schon entzogen.«

Schließlich stellte Adam total frustriert den Wagen in einer Seitenstraße ab und eilte zum Labor.

Als er sich dem Gebäude näherte, erschrak er über die Schwärme von Journalisten, Fernsehteams – und Polizisten.

Adam, der sich mühsam durch das Gewühl drängte, beobachtete, wie ein Polizeibeamter ein paar junge Leute, offensichtlich Studenten, beschimpfte, die mit Papieren gefüllte Kartons aus dem Gebäude zu tragen versuchten, um sie in den Kombi des geschaßten Professors zu packen.

Ein Angehöriger der Universitätsverwaltung erklärte dem unrasierten Engländer höflich, aber äußerst energisch, daß er dem Lehrkörper nicht mehr angehöre und daher außer persönlichen Dingen nichts aus seinem ehemaligen Büro entfernen dürfe.

»Und außerdem darf ich Sie daran erinnern, Dr. Cavanagh, daß Sie nur noch bis zwölf Uhr Zeit haben, bevor wir die Schlösser auswechseln.«

An der Eingangstür war eine weitere Hürde zu überwinden. Mel, der gewohnte Wachmann, stand hilflos daneben, während ein ranghöherer Universitätspolizist mit einem Klemmbrett in der Hand seine Aufpasserpflichten übernahm.

In einem plötzlichen Anfall von Paranoia überlegte Adam erschrocken, ob er vielleicht auch auf der schwarzen Liste stand. Und nannte nach einigem Zögern seinen Namen.

Der Beamte warf einen kurzen Blick auf seine Papiere; dann nickte er höflich. »Sie können hineingehen, Professor Coopersmith.«

Adam ging in sein winziges Büro, um Toni anzurufen und ihr mitzuteilen, daß er den Tumult draußen heil überstanden habe.

»Soll das heißen, sie haben dich nicht erwischt?« gab sie überrascht zurück.

»Wer?«

»Die Reporter. Haben sie dich nicht unten erwartet? Du warst noch nicht eine Minute weg, da hat mich der Dekan angerufen. Aber du warst nicht zu erreichen. Ich wünschte, du würdest endlich auf mich hören und dir auch so ein Autotelefon einbauen lassen.«

»Was ist denn los?« erkundigte sich Adam.

»Du, mein lieber Ehemann«, antwortete sie. »Du bist los. Und zwar auf der Erfolgsleiter. Ab heute zwölf Uhr bist du amtierender Direktor des ganzen Ladens. Und die ersten drei Kandidaten für Cavanaghs Nachfolger sind du, du und nochmals du.«

Adam stieß einen Freudenschrei aus.

»He, Toni! Dann hat sich's ja tatsächlich gelohnt, daß ich ständig diesen furchtbaren Mist geschluckt hab'.«

Er legte auf und wählte, während sein Herz noch immer raste, sofort eine neue Nummer.

»Hallo, Lisl! Ich hab' fantastische Neuigkeiten«, sagte er mit brechender Stimme. »Ich werd' jetzt doch noch Max' Stelle einnehmen.«

Adams Ausrüstung war kaum wieder in nächster Nähe des großen Glasbüros aufgestellt worden, da erweiterte er seinen Mitarbeiter-Stab schon durch drei frischgebackene PhDs, die er als Forschungsassistenten einstellte: Derek Potter vom Cal Tech, Maria Suleiman vom MIT und Carlo Pisani aus Venedig.

Beim ersten Pappbecher-Lunch als Leitender Direktor des Labors berichtete zunächst ein jedes Teammitglied über sein eigenes Forschungsgebiet; dann eröffnete Adam die allgemeine Diskussion, um ganz zum Schluß seine eigene, kritische Zusammenfassung zu verkünden.

»Ich habe das sichere Gefühl, daß wir nach einer komplizierten Antwort suchen und irgend etwas ganz Einfaches übersehen. Warum versetzen wir uns nicht alle in unsere Zeit als junge Medizinstudenten zurück und analysieren sorgfältig die physiologischen Veränderungen einer normalen Schwangerschaft? Vielleicht gelingt es uns, den Augenblick zu entdecken, von dem an unsere Problemfrauen keine Steroide mehr brauchen, um ihre Schwangerschaft aufrechtzuerhalten.«

Alle nickten und setzten, in der Rechten den Bleistift, in der Linken ein Sandwich, ihre Auswertungen fort. Nachdem sie gewissenhaft alle systematischen Veränderungen im Verlauf des ersten Schwangerschaftsdrittels aufgelistet hatten, bogen sie um eine Ecke und stellten fest, daß die Antwort direkt vor ihrer Nase lag.

»Warum ist bisher noch keiner darauf gekommen?« fragte Len Kutnik.

»Weil jeder für sich allein gearbeitet hat«, meinte Pisani freimütig. »Und weil unser Grips, wenn der Prof uns alle zum Lunch zitiert, Überstunden macht, um ihm zu imponieren.« Dann wandte er sich an Adam und fragte: »Stimmt's, *Professore*?«

»Stimmt, Carlo«, antwortete Adam. Dann artikulierten sie ihre neuen Erkenntnisse.

»Im zweiten Drittel beginnt die Plazenta, die den Fetus mit mütterlichem Blut und Sauerstoff versorgt, ebenfalls Überstunden zu machen: als endokrines Organ, das Östrogen produziert, und – Progesteron.

Es könnte sein, daß die multiplen Fehlgeburten ganz einfach mehr von diesem Hormon gebraucht hätten, um das geheimnisvolle Toxin zu bekämpfen, das verhinderte, daß das befruchtete Ei sich richtig einnisten konnte.«

»Klingt logisch«, befand Maria Suleiman.

»Aber warum, zum Teufel, machen wir dann nicht ein paar Versuche?« entgegnete Adam. »Warum versuchen wir nicht festzustellen, ob große, lokalisierte Progesteron-Dosen den Embryo schützen, bis die Plazenta mit ihrem reichlichen Vorrat einspringt? Gibt es Freiwillige?«

Alle Hände flogen in die Luft. Denn alle wollten sie in der Mannschaft sein, die sich immer eindeutiger als die Siegermannschaft profilierte.

Schwangere Problemfrauen, die an einem Blindversuch teilnehmen wollten, gab es genug. Außerdem waren die Nebenwirkungen im Vergleich zu denen der Steroid-Behandlung minimal.

Es dauerte mehrere Monate, bis Adam und seine Mitarbeiter ein ausgefeiltes Programm aufgestellt und die entsprechenden Versuchspersonen ausgewählt hatten. Nach anderthalb Jahren hatte Adam greifbare Ergebnisse. Das Progesteron wirkte. Aber *worauf* wirkte es ? Adam hatte zwar die Antwort, aber die Frage vermochte er noch immer nicht ganz zu verstehen.

Die Atmosphäre zu Hause war inzwischen zwar noch freundlich, aber nicht mehr liebevoll.

Toni schien mit ihrem Leben zufrieden zu sein, diese Zufriedenheit aber hauptsächlich aus ihren beruflichen Erfolgen zu ziehen.

Im Gegensatz zu Adams Einstellung als Vater, hatte sie nicht den Ehrgeiz, eine bessere Mutter werden zu wollen.

Adam fand es schwierig, sich mit ihrer Einstellung anzufreunden. Immerhin versuchte er sich einzureden, daß dies lediglich eine Übergangsphase sei, aus der sie beide nur noch inniger und liebevoller verbunden hervorgehen würden. Und weigerte sich hartnäckig zu erkennen, was tatsächlich geschah:

Daß sie ganz einfach nicht mehr miteinander reden konnten.

11 ISABEL

ZWÖLFJÄHRIGES WUNDERKIND STUDIERT PHYSIK IN BERKELEY (von Associated Press)

Auf der Sproul Plaza, dem Vorplatz der University of California in Berkeley, herrscht immer eine Art Volksfest-Atmosphäre. Gestern jedoch verwandelte sie sich in eine Art Krönungsfeier.

Es war der Einschreibtag für die neuen Erstsemestrigen, und das gesamte Spektrum der Studenten – von den barfüßigen Bohemiens bis zu den propersten Preppies – drängte sich an der Seilabsperrung, um einen Blick auf die junge Dame zu werfen, die sich anschickte, akademische Geschichte zu machen.

Als die zwölfjährige Isabel da Costa aus Clairemont Mesa durch die von der Campus-Polizei mit Seilen abgesperrte Gasse schritt, um sich als jüngste Studentin dieser einhundertjährigen Bildungsanstalt einzuschreiben, wirkte sie gelassener als die ungläubigen Zuschauer.

Begleitet von ihrem Vater Raymond da Costa, einem sechsundvierzigjährigen Physiker, war Isabel erstaunlich ruhig.

Während eine Schar Fotografen sich zu ihr vorzudrängen suchte und ihr ständig Aufmunterungen zurief, schritt sie gemessen ins Sproul Building, um sich als Studentin der Fakultät für Physik einzuschreiben.

Ironischerweise war es Raymond, der in der Nacht zuvor keinen Schlaf gefunden hatte. Während Isabel im Schlafzimmer friedlich schlief, ging er im Wohnzimmer des kleinen Apartments auf und ab.

Er begriff nicht, warum seine Emotionen so außer Kontrolle geraten waren.

Warum, zum Teufel, mache ich mir so viele Gedanken? Sie wird in die Rekordbücher eingehen. Aber das wird nichts an unserem Verhältnis zueinander ändern.

Dann erforschte er seine innersten Gefühle und gestand sich ein, daß es unvermeidlich war: Ab morgen wird alles anders sein, sagte er sich. Heute nacht gehört sie noch mir. Morgen früh wird sie der Welt gehören. Irgendwie hatte er plötzlich vergessen, daß er selbst für die Publicity-Kampagne verantwortlich war.

Während die seriösen Zeitungen Isabels ruhige Haltung und ihren Intellekt lobten, spekulierte die Regenbogenpresse über die Svengali-Rolle, die ihr Vater möglicherweise spielte. Daß diese mit Andeutungen gespickten Stories Isabel bekümmerten, war verständlich.

»Das ist unfair, Daddy«, beklagte sie sich fast unter Tränen. »In einem von diesen Schundmachwerken wirst du sogar als ›diabolischer Bauchredner‹ bezeichnet.«

»Nur keine Sorge, Liebling«, antwortete Raymond beschwichtigend. »Wir beide wissen, daß das nicht wahr ist. Du solltest einfach nicht lesen, was diese Gossenblätter schreiben.«

»Und diese üblen Anschuldigungen stören dich wirklich nicht?« fragte sie besorgt.

»Überhaupt nicht«, antwortete Raymond. »Solange wir

beide wissen, daß sie nicht wahr sind.« Sein Ton klang überzeugend, weil er es genoß, mit Isabel im Mittelpunkt zu stehen.

Denn schließlich – wenn sie Isabels Genialität verkündeten, hieß das nicht auch, daß sie ihm selbst ein Lob erteilten?

Von seinem Physik-Labor in San Diego hatte sich Raymond einen unbefristeten unbezahlten Urlaub geben lassen.

Raymond blieb also keinerlei Einkommen. Dabei mußte er nicht nur Essen und Unterkunft für sich und Isabel bezahlen, sondern hatte Muriel in einem Anfall von Schuldbewußtsein ein wenig voreilig versprochen, weiterhin die Hälfte der Hypothek auf ihrem Haus zu übernehmen.

Nun hätte er die Fakultät für Physik in Berkeley ersuchen können, ihn als erfahrenen Labortechniker einzustellen. Statt dessen entschloß sich Raymond, seine pädagogischen Fähigkeiten zu nutzen. Durch das große Aufsehen in der Öffentlichkeit war er zu einer Art Berühmtheit gelangt. Und als er kleine Kärtchen an die Schwarzen Bretter der Fakultät hängte, auf denen er sich erbot, Studenten, die in ihren Physikkursen Schwierigkeiten hatten, Nachhilfeunterricht zu erteilen, bekam er mehr Antworten von Interessenten, als er akzeptieren konnte.

Vorsichtshalber hatte er seinen Nachhilfeunterricht auf den Samstagvormittag und wochentags auf die Abendstunden zwischen neunzehn und zweiundzwanzig Uhr beschränkt, denn das waren die Stunden, in denen Isabel im Nebenzimmer fleißig studieren würde.

Der Sonntag dagegen gehörte ausschließlich Vater und Tochter. Bei schönem Wetter machten sie Ausflüge oder erholten sich einfach bei einem Picknick im Golden Gate Park.

In Stunden wie diesen vermochte Isabel, die allmählich in die Teenagerphase kam, nicht ganz die Sehnsucht nach den kleinen Dingen des Lebens zu unterdrücken, die sie entbehren mußte. Nicht nur die jungen und älteren Paare fielen ihr auf, die Hand in Hand durch den Park schlenderten, sondern auch die zahlreichen Jogger, die fröhlich miteinander plauderten, während sie die von Bäumen gesäumten Pfade entlangliefen.

Das waren Dinge, die sie als junges Mädchen ganz natürlich mit ihrer Mutter hätte besprechen können, doch die Telefongespräche, die Isabel dreimal pro Woche mit Muriel führte, verliefen gehemmt und voll Unbehagen. Selbst wenn sich der Vater nicht im selben Zimmer aufgehalten hätte, wäre es Isabel unloyal vorgekommen, der Mutter ihre geheimen Gedanken anzuvertrauen.

Isabel konnte so früh erwachen, wie sie wollte – Raymond war immer schon in der Küche und bereitete ein nahrhaftes Frühstück zu, das aus einer gewissenhaft berechneten Mischung aus Proteinen fürs Wachstum und Kohlehydraten für Energie und Denkvermögen bestand.

Obwohl er immer erst kurz vor Mitternacht zu Bett ging, blieb seine Tochter stets noch arbeitend auf – so konzentriert sogar, daß sie möglichst seiner Frage auswich, wann sie schlafen gegangen sei.

Als sich Isabels dreizehnter Geburtstag näherte, wuchs ihre Beunruhigung über die Veränderungen, die mit ihrem Körper vorgingen. *Wissenschaftlich* verstand sie diese Vorgänge natürlich schon, schließlich hatte sie bereits vor langer Zeit Bücher über die menschliche Fortpflanzung gelesen. Und *verstandesmäßig* wußte sie, daß die Abnahme der Sekretion der Zirbeldrüse, zeitgleich mit der Zunahme der Ausschüttung adrenocortikaler Hormone, beides begleitet von Haarwuchs in der Genitalregion, das Einsetzen der Pubertät ankündigte.

Etwas ganz anderes aber war es, damit auch in der Wirklichkeit fertig zu werden.

Isabels Tagebuch

25. Februar

Ich wußte, daß es passieren würde. Ich habe davon geträumt, mir Gedanken darüber gemacht, ich hatte Angst und war zugleich erwartungsvoll. Und dennoch war ich, als es dann eintrat, ganz und gar nicht darauf gefaßt.

Es war am späten Nachmittag, und ich schrieb wie wild an

einem Laborexperiment, damit ich es vor dem Dinner fertig hatte.

Doch dann spürte ich eine gewisse Feuchtigkeit in meinem Unterleib. Ich lief ins Bad und zog schnell meine Jeans herunter, um nachzusehen.

Und da waren die Flecken. Ich hatte meine erste Periode.

Isabel mochte nicht mit ihrem Vater darüber sprechen, wollte unbewußt aber doch, daß er es erfuhr.

Sie war entschlossen, bei ihrem nächsten Einkauf im Supermarkt zur Tat zu schreiten.

Der Augenblick der Wahrheit kam, als Vater und Tochter die Waren aus dem Einkaufswagen auf das schwarze Laufband an der Kasse legten.

Raymond musterte seine Tochter stumm.

Schließlich fragte er sie fast flüsternd: »Äh, brauchst du … äh, brauchst du diese Dinger?«

Sie nickte.

Wortlos wandte er sich um und fuhr fort, den Einkaufswagen auszuräumen.

Während der ersten Minuten der Heimfahrt blieb er stumm. Schließlich fragte er so beiläufig wie möglich: »Wollen wir noch kurz bei Cody's stöbern?«

Sie begriff, was er sagen wollte.

»Ist schon okay, Daddy. Ich brauche kein Buch.«

»Na ja, aber vielleicht möchtest du … na ja …«, begann er verlegen, »… mit jemandem reden.«

»Das ist nicht nötig«, gab sie zurück. »Ich kann ja immer Mom anrufen, nicht wahr?«

Begreiflicherweise war Isabel ein ständiges Gesprächsthema auf dem Campus. Aber nicht ihr genialer Verstand und ihre Eloquenz erregten immer wieder Interesse, sondern vor allem die Tatsache, daß ihr Vater sie in jede Vorlesung begleitete.

In einem anfänglichen Presseinterview hatte er erklärt, er tue das nur, um sicherzustellen, daß Isabel alles verstehe. Damit er ihr später, falls nötig, helfen könne.

Witzbolde scherzten, Isabel sei so jung, daß sie ihn brauche, um ihr über die Straße zu helfen. Andere stellten finstere Spekulationen im Hinblick auf die persönlichen Bedürfnisse des älteren da Costa an.

Es war keineswegs Raymonds Absicht, die emotionale Entwicklung seiner Tochter zu unterdrücken – wenigstens nicht bewußt. Also versuchte er das Unmögliche zu tun und ihr zu einem Gesellschaftsleben zu verhelfen, ohne die strenge väterliche Kontrolle aus der Hand zu geben.

Berkeley konnte sich rechtmäßig damit brüsten, als erste Universität das Studium des Filmemachens als ernsthafte Kunst anerkannt zu haben. Da Raymond natürlich wollte, daß Isabel die Ingmar-Bergman-Retrospektive sah, gingen sie eines Samstagnachmittags ins Kino und sahen sich *Das siebte Siegel* und gleich danach *Wilde Erdbeeren* an.

»Ich hab' nicht die geringste Ahnung, um was es dabei eigentlich ging«, beschwerte sich der Vater launig, als sie mit verquollenen Augen das Kino verließen.

»Ja«, stimmte sie ihm zu, »die Untertitel waren wirklich nicht gut.«

»Na ja, aber wenigstens haben sie ...« Er unterbrach sich, weil er nicht sicher war, ob er richtig gehört hatte. »Soll das heißen, daß du die Dialoge verstanden hast, Isabel?«

»Natürlich nicht alle«, erwiderte sie unschuldig. »Aber am nächsten Samstag bin ich bestimmt besser in Form. Du hattest es vermutlich so eilig, alle Bergman-Bücher aus dem Regal zu holen, daß du übersehen hast, daß zwei davon auf Schwedisch waren.«

Wieder einmal sah sich Raymond da Costa veranlaßt, Spekulationen über die äußersten Grenzen der Aufnahmefähigkeit seiner Tochter anzustellen. Falls es überhaupt Grenzen gab.

Zur Belohnung ging er mit ihr auf eine Pizza in Nino's Brazilian, bestellte ein Coke für sie und ein Bier für sich selbst.

Eine Gruppe reichlich verwilderter Typen hörte Jukebox-Musik, und als der Anführer, in Motorradkluft und mit Dreitagebart, Vater und Tochter entdeckte, zeigte er mit dem

Finger auf sie und rief: »He, seht mal – Humbert Humbert und Lolita!«

Raymond wurde puterrot. Da er natürlich Nabokovs berühmten Roman über einen älteren Mann mit einer sexuellen Neigung für ›Nymphchen‹ gelesen hatte, war dieser Vergleich wie ein Schock für ihn.

Unvermittelt verlor er die Beherrschung und brüllte: »Halten Sie Ihr dreckiges Maul!«

Dies verstärkte nur noch ihr höhnisches Gelächter.

»He, Hummy-Baby – immer schön locker! Ich hab' nichts gegen dich. Ich meine, wir leben in einem freien Land, und jeder kann sein Ding tun, wie er es will – okay?«

Inzwischen waren Raymonds Halsadern angeschwollen, und während Isabel mit steigendem Entsetzen zusah, stand ihr Vater auf und stapfte auf seinen Gegner zu.

»Meine Tochter ist nicht mein *Ding*, du miese Ratte!« fauchte er.

»He, Mann! Immer schön cool«, gab der unappetitliche Jugendliche beschwichtigend zurück und hob die Hände mit einer Geste, die zugleich demonstrativ und abwehrend war. »Ich weiß doch, daß du sie nicht wirklich beschläfst.«

Jetzt ging Raymond wirklich hoch. Er stürzte sich auf den Burschen, der vielleicht nicht stärker, aber viel beweglicher war und seinem Schlag geschickt auswich.

Zu Isabels Schrecken schlug ihr Vater zu, verfehlte sein Ziel, stieß ein ersticktes Stöhnen aus und fiel zu Boden.

»Heilige Scheiße!« stöhnte der Typ, aufrichtig erschrokken über die Wirkung seiner beiläufigen Bemerkung. »Jemand soll 'nen Krankenwagen rufen. Ich glaub', den Alten hier hat's kalt erwischt.«

12 SANDY

Eines Tages war Rochelle Taubman endgültig von der Bildfläche verschwunden.

Sandy erfuhr bei einem der allwöchentlichen Telefonate mit seinem Vater davon. Angeblich hatte ihr ursprünglicher Name für das Studio nicht ganz jenen Klang, der in den Ohren von Hollywood von zukünftigem Starruhm kündete, und die Publicity-Abteilung hatte ein bißchen gezaubert. Sie verpaßten ihr eine neue Identität aus reinem buntschillernden Neon. Eine, die von Starruhm kündete.

Also mußte Sandy seine Gefühle umleiten: Er konnte nicht mehr der ehrfürchtige Anbeter von Rochelle Taubman sein, weil das Objekt seiner Zuneigung sich in Kim Tower verwandelt hatte.

Aber auch Sandy hatte sich in der Welt nach oben gearbeitet.

Für alle, die in der Naturwissenschaft eine Religion sehen, ist das Massachusetts Institute of Technology der Vatikan. Und die zahlreichen Nobelpreisträger in seinem Lehrkörper könnte man als Kardinalskollegium betrachten.

In Cambridge am Ufer des Charles River gelegen, ist das MIT nur einen Katzensprung von Harvard entfernt, mit dem es sich in den festen Glauben teilt, daß seine Studenten die besten und klügsten der Welt seien.

Aber beide Institutionen gestehen ein, daß sie unterschiedlich geartete Studenten umwerben. Während Harvard stolz darauf ist, den ganzen Mann (oder die ganze Frau) – sportlich, charismatisch, musikalisch, künstlerisch – zu fordern, ist das MIT ausschließlich am *Verstand* seiner Kandidaten interessiert. Der beste Beweis dafür ist die schlichte Tatsache, daß man dort nicht mal über eine Football-Mannschaft verfügt.

An dieser Schule gab es augenfällig keine Freizeit-Aktivitäten für die Studenten. Obwohl die MIT-Studenten während der Wochenenden theoretisch Zeit für Verabredungen gehabt hätten, blieb diese Möglichkeit in der Realität illusorisch. Denn keiner von ihnen würde es wagen, sich auch nur zeitweise von ihrer Sklaverei in den naturwissenschaftlichen Salzminen befreien zu lassen.

Also bezogen sie ihre flüchtigen Vergnügungen aus zweiter Hand und begnügten sich weitgehend mit Hamburgern und Bier im Kresge Grill. Sie lebten in einer Art akademischem U-Boot, und Blicke auf die Außenwelt warfen sie nur durch sein elektronisches Periskop, das Fernsehen.

Auf diese Weise vermochte Sandy auch den Verlauf von Rochelles Karriere zu verfolgen. Zwar war es schon einige Zeit her, daß er von ihr persönlich etwas gehört oder sie gesehen hatte, aber er konnte sie doch auf dem Bildschirm bewundern, denn dank der Autorität des Studios erhielt sie relativ regelmäßig Auftritte als Gaststar in Serien.

Sidney informierte seinen Sohn darüber, daß sie in ihrer bisher anspruchsvollsten Rolle eine taubstumme Prostituierte in einem ›Movie of the Week‹ spielen würde.

Schon um halb neun saß Sandy auf einem sorgfältig ausgewählten Platz im TV-Raum. Alle Vorzeichen ließen darauf schließen, daß dies eine vielversprechende Sendung werden würde: Es gab keinen Streit darum, welcher Kanal eingestellt werden sollte, denn ›Women of the Night‹ war ein viel zu aufreizender Titel, um sich den Film entgehen zu lassen.

Aber während Sandy nur gekommen war, um seine alte Flamme zu bewundern, kamen seine Kommilitonen, um sie mit Blicken auszuziehen, und hielten nicht mit deftigen Kommentaren zurück.

»Schnauze, ihr Arschlöcher! Das ist eine ernsthafte Schauspielerin!« Sandys unglückseliger Ausbruch erschreckte ihn sogar selbst.

Alle Blicke richteten sich auf die schmächtige Gestalt mit dem Pickelgesicht, die ganz hinten im Raum saß, und jemand rief: »Was zum Teufel bist du, Raven – ihr Bruder?«

»Nein«, gab Sandy wutschnaubend zurück, »sie ist eine alte Schulfreundin von mir.«

Ein Chor ungläubiger Ausrufe folgte.

»Kannst du das beweisen?« forderte ihn einer heraus.

»Und wenn?« gab Sandy zurück.

»Na ja, wenn die anderen einverstanden sind, bezahlt dir jeder von uns einen Schokoladen-Shake. Aber wenn sich rausstellt, daß du Bockmist geredet hast, mußt du für uns alle bezahlen. Okay?«

»Okay.« Sandy nickte. »Einen Moment.«

Hastig sprintete er auf sein Zimmer, nahm sein holzgerahmtes Abschlußfoto der Grundschule von der Wand und rannte zurück, während er unterwegs schon seinen bevorstehenden Triumph genoß.

Unten drängten sich die Kommilitonen um ihn und studierten das Foto mit besonderer Aufmerksamkeit für die Gestalt, auf die Sandy sie hinwies. Plötzlich wurde ihm jedoch klar, daß dieses Bild kein Beweis für den Wahrheitsgehalt seiner Worte sein konnte. Denn das Mädchen dort hatte dunkle Haare und … eine alles andere als perfekte Nase.

»Und das sollen wir dir glauben, Raven?« höhnte Jascourt. »Ich hoffe nur, daß du genügend Geld hast für die Schoko-Shakes – wir sind neun!«

Die anderen lachten zustimmend.

»Moment mal, Freunde«, warf er nervös ein, »mir kommt da gerade eine Idee.«

»Hoffentlich eine gute«, witzelte einer.

»Eine sehr gute. Wie wär's, wenn ich jedem von euch ein Foto von Kim besorge – mit persönlicher handschriftlicher Widmung?«

»Eher kriegen die Schweine Flügel und fliegen«, behauptete ein Ungläubiger hämisch. »Ich ziehe es vor, den Schoko-Shake jetzt zu kriegen.«

»Nein, nein, hört zu«, flehte Sandy. »Doppelt oder nichts. Stellt euch doch mal vor: Wenn ich's nicht in, sagen wir, vierzehn Tagen schaffe, hättet ihr die Genugtuung, daß ich achtzehn Schoko-Shakes ausspucken muß.«

Jascourt blickte sich fragend um. »Na, Freunde, was meint ihr?«

»Warum eigentlich nicht?« meinte Pete Clarke. »Soll der Klugscheißer doch bezahlen.«

»Okay«, entschied Jascourt. »Und jetzt nehmen wir ein Blatt Papier und schreiben alle unsere Namen drauf, damit er sie seiner Busenfreundin schicken kann. Und vergeßt nicht, wir sind alle Zeugen. Er hat von heute abend an vierzehn Tage.«

Alle murmelten zustimmend und gingen auseinander, um sich bis weit nach Mitternacht wieder in die Bücher zu vertiefen.

Zum Glück war Sidney Raven im Studio, als Sandy anrief und ihn um eine besondere Gefälligkeit bat.

»Na klar, Sandy Boy. Ich helf' dir gern. Was kann ich denn für dich tun?«

»Ich werde dir einen Brief an Rochelle schicken. Würdest du dafür sorgen, daß er ihr persönlich zugestellt wird?«

»Kein Problem«, gab sein Vater leutselig zurück. »Und jetzt erzähl mal. Macht dir das College Spaß?«

»Nein«, gestand Sandy freimütig.

»Und warum nicht?« fragte sein Vater überrascht. »In jedem Campus-Film, den ich kenne, hat man den Eindruck, daß das Leben dort eine einzige Party ist.«

»Nicht am MIT, Dad«, gab Sandy zurück.

»Na ja, und wie sind deine Kommilitonen?« erkundigte sich der ältere Raven.

Sandys offene, knappe Antwort faßte alles präzise zusammen: »Schlappschwänze sind sie, alle zusammen.«

Er hielt inne und setzte dann verdrossen hinzu: »Und naturwissenschaftliche Genies.«

Nach einer Woche wurde Sandy zunehmend nervös. In seiner Naivität hatte er sich vorgestellt, der Vater hätte die Dringlichkeit in seinem Ton gespürt und sobald sein Eilbrief ankam, sofort alles stehen und liegen lassen, um quer übers Studiogelände zu sprinten und Rochelle das Schreiben auszuhändigen.

Aber was, wenn Dad nun gar nicht im Studio war, wenn der Brief eintraf? Oder wenn sie gerade einen Werbespot drehte oder so?

Zum Glück jedoch traf – genau wie die Kavallerie auf dem Höhepunkt eines Hollywoodwesterns – am Donnerstag der darauffolgenden Woche ein großer brauner Umschlag ein. Gerade noch rechtzeitig.

Hastig riß Sandy den Umschlag auf. Der tatsächlich einen Stapel Fotos im Format 20 mal 25 Zentimeter enthielt – Fotos von der bezaubernden Kim Tower, die darauf bezaubernder wirkte denn je.

Das Herz stockte ihm, als er die Widmung sah, die sie für ihn geschrieben hatte: »Für Sandy – in Liebe. Kim.«

Als seine Ekstase sich ein wenig gelegt hatte, sah er nach, ob auch genügend Fotos für alle da waren. Und stellte zufrieden fest, daß es für jeden eines gab. Dann entdeckte der Wissenschaftler in ihm plötzlich ein bedeutungsvolles Schema im Hinblick auf die Widmungen: Sie lauteten nämlich – alle neun – wortwörtlich genauso wie die seine.

Rochelle Taubman, seine lebenslange Freundin, war so promisk, daß sie jedem einzelnen seiner unwürdigen Kommilitonen dieselbe Liebesbotschaft schickte wie ihm.

Sandy hatte einen Pyrrhussieg errungen.

13 ADAM

In den vier Jahren, seit er Leitender Labordirektor war, hatte sich Adam Coopersmith sozusagen zum Vater von nahezu zweihundert Kindern entwickelt. Denn indem er Mehrfach-Fehlgebärende mit großen Dosen natürlichen Progesterons behandelte, hatte er es einhundertvierundsiebzig von ihnen ermöglicht, ihre Kinder bis zum Ende der Schwangerschaft auszutragen.

Die Kollegen schickten regelmäßig ihre ›hoffnungslosen‹ Fälle zu Adam, der zunächst eine Reihe von Laboruntersuchungen anordnete, vor allem jene, die er selber entwickelt hatte, um festzustellen, ob diese Frauen Embryotoxine produzierten.

Natürlich waren nicht alle Frauen geeignet für seine Hormonbehandlung. Durch seine wissenschaftliche Intuition war es ihm jedoch sehr oft möglich, Hinweise auf andere, wenig bekannte Störungen zu finden, die eine Schwangerschaft behinderten.

Trotzdem gab es natürlich auch Paare, denen selbst er mit seinem Wissen und seinen unermüdlichen Bemühungen nicht zur Elternschaft verhelfen konnte, und er litt unter diesen Fehlschlägen fast ebensosehr wie sie.

Seltsamerweise fiel es ihm schwer, sich an all seine erfolgreichen Patientinnen zu erinnern; die Gesichter der traurigen, hoffnungslosen Paare jedoch verfolgten ihn ständig.

Ein solches Paar waren Professor und Mrs. Dimitri Avilow, erst kürzlich aus der UdSSR eingetroffen.

Als ehemaliger Genetiker in der Sowjetischen Akademie gehörte Avilow zur Avantgarde auf seinem Gebiet und war den anderen so weit voraus, daß mehrere westliche Länder ihn seit Jahren zur Emigration gedrängt hatten. Politik war dabei nicht im Spiel, es ging hier lediglich um das Verhältnis von unvergleichlichen Fähigkeiten und reichlicher kapitalistischer Entlohnung.

Anläßlich eines internationalen Kongresses in London hatte sich das Ehepaar schließlich abgesetzt und in der amerikanischen Botschaft Zuflucht gesucht.

Avilow hatte sich bereits für Harvard entschieden: nicht nur wegen des großzügigen Angebots der Universität, sondern auch, weil die dortige Medizinische Fakultät für die Behandlung von Unfruchtbarkeit berühmt war. Denn nach über fünf Jahren Ehe hatten er und seine Frau noch immer keine Kinder.

Adam saß an seinem Schreibtisch, ihm gegenüber der hochgewachsene, breitschultrige Russe mit seiner zierlichen, vollbusigen Frau.

Anja Avilowa war schön – aber nicht im konventionellen Sinn. Sie hatte große, tiefliegende braune Augen und ein kindliches, herzförmiges Gesicht. Leider schien sie sich kaum um ihre äußere Erscheinung zu kümmern: Das kurzgeschnittene dunkle Haar fiel ihr achtlos in die Stirn, und sie strich es mit einer Art nervösem Tick immer wieder zurück.

Normalerweise waren Adams Patientinnen kaum optimistisch. Nach unzähligen erfolglosen Konsultationen bei anderen Spezialisten waren sie allesamt Veteraninnen zahlloser Enttäuschungen.

Anja war anders. Obwohl ihre Geschichte auf den ersten Blick ganz ähnlich war wie die von Hunderten unglücklicher Ehefrauen, die er kennengelernt hatte, strahlte sie keine Schicksalsergebenheit aus. Anjas starke, unüberwindliche Zuversicht griff ihm ans Herz.

Ihr Ehemann dagegen war mürrisch und großspurig, ein Eindruck, den Anja abzuschwächen versuchte, indem sie muntere, zumeist gegen sich selbst gerichtete Scherze machte.

Ihr Ehemann quittierte dies mit finsterem Stirnrunzeln.

»Sei nicht so kindisch«, schalt er sie leise, »der Mann ist ein weltberühmter Professor!«

»Mag ja sein, daß ich ›berühmt‹ bin«, warf Adam ein, »aber ich bin nicht allergisch gegen Lachen.« Das war seine Art, Avilow zu sagen, er solle aufhören, seine Frau zu bevormunden.

»Sie haben eine bezaubernde Tochter, Dr. Coopersmith«, bemerkte die Russin, und ihr Lob war aufrichtig. Genauso wie die unverkennbare Sehnsucht in ihrem Ton.

Wieder wandte sich Avilow ihr verlegen zu und fragte: »Was soll das?«

»Sieh nur.« Anja deutete auf das silbergerahmte Foto von Toni und Heather, das auf einem Regal hinter Adams Schreibtisch stand.

»Ich finde, wir sollten uns ernsthaft unterhalten«, erklärte Avilow streng. Und dann, wieder an Adam gewandt: »Wie beurteilen Sie unsere Chancen, Professor?«

Voll Unbehagen blätterte Adam in seinen Unterlagen und begann vorsichtig: »Nach allem, was ich hier sehe, Mrs. Avilowa ...«

»Eigentlich«, unterbrach ihn der Ehemann pedantisch, »ist meine Frau ebenfalls *Doctor* Avilowa.«

»Wirklich? Auf welchem Fachgebiet?«

Ein wenig verlegen antwortete Anja in sehr viel schlechterem Englisch als ihr Mann: »Das ist ein grausamer Witz der Natur, Doctor. Aber ich wurde in Rußland zur *genekolog* ausgebildet.«

»Oh, ich wußte gar nicht, daß ich eine so charmante Kollegin habe. Praktizieren Sie auch hier?«

Anja schüttelte den Kopf. »Noch nicht. Dimitri hat keine eigenen Patienten, deswegen braucht er nicht vor den Ausschuß. Aber ich muß die Prüfungen für ausländische Mediziner ablegen, und mein Englisch ist noch sehr schlecht ...«

Behutsam lenkte Adam das Gespräch aufs Thema zurück.

»Doctor Avilowa«, erkundigte er sich, »wann hatten Sie Ihre letzte Periode?«

»Leider vor mehr als sechs Monaten«, antwortete sie fast entschuldigend. Dann lächelte sie. »Man braucht kein *genekolog* zu sein, um zu wissen, daß das kein gutes Zeichen ist.«

»Nun, ich gebe zu, daß es nicht die beste Voraussetzung für eine Schwangerschaft ist. Aber wie Sie wissen, kann die Amenorrhöe auf unterschiedlichen Faktoren beruhen, von denen einige reversibel sind. Ich schlage vor, daß Sie zu meinem Kollegen Dr. Rosenthal gehen. Möglicherweise können uns die Untersuchungen, die er durchführt, dabei helfen, dem Problem auf die Spur zu kommen.«

»Noch mehr Untersuchungen?« fragte Avilow gereizt. »Das ist unmöglich. Ich glaube nicht, daß es in der Sowjetunion ein Ehepaar gibt, das so oft getestet worden ist wie Anja und ich.«

Hier mischte sich Anja beschwichtigend ein. »Du weißt doch selbst, Mitja, daß die Ärzte immer nur ihren eigenen Labors Vertrauen schenken.« Und fügte hinzu, um ihn ganz umzustimmen: »Die Methoden hier in Harvard sind zweifellos weit fortgeschrittener.«

Mit einem melodramatischen Seufzer gab sich Avilow geschlagen. »Na schön«, sagte er, während er sich erhob.

»Ihr weltweiter Ruhm hat mich überzeugt, Professor Coopersmith.«

Adam warf Anja einen bewundernden Blick zu und erwiderte: »Ihre Frau ist ein guter Soldat. Sie können sich sehr glücklich schätzen, Doctor Avilow.«

»Danke.« Anja lächelte. Dann wandte sie sich an ihren Mann. »Hoffentlich vergißt du nicht, was er dir eben gesagt hat, und zollst meiner Meinung ein bißchen mehr Respekt.«

Auch darauf hatte Avilow ganz offensichtlich eine Antwort, aber eine, die er erst äußern würde, nachdem sie Adams Büro verlassen hatten.

»Ich bin überzeugt, daß Dr. Rosenthal Sie zum erstmöglichen Termin empfangen wird. Und Ihnen, Doctor Avilowa, viel Glück auch bei Ihren Nachprüfungen.«

»Eins nach dem anderen!« Dimitri hob warnend den Zeigefinger. »Medizin praktizieren ist nicht so eilig. Zuerst müssen wir schnell eine Familie gründen.«

An dem Abend, an dem er die Daten erhielt, rief Adam um acht Uhr bei den Avilows in ihrer Wohnung an.

»Hallo, Dimitri. Hier spricht Adam Coopersmith. Könnten Sie Anja an den Apparat holen?«

»Das ist nicht notwendig, Professor. Außerdem haben wir, anders als in unserer Wohnung in Rußland, hier nur ein Telefon. Man hat mir das Gehalt eines Königs geboten und mich in einem proletarischen Loch untergebracht. Ich habe mich bereits beschwert. Wie dem auch sei, bitte sagen Sie mir, was Sie wissen.«

»Nun, Dr. Rosenthal wird Sie morgen im Labor anrufen, doch da ich wußte, wie ungeduldig Sie beide sind, dachte ich mir, Sie könnten jetzt gleich mit den Antibiotika anfangen. Ich habe bei der Charles Pharmacy telefonisch eine Verschreibung von Doycycline durchgegeben – die haben die ganze Nacht geöffnet.«

»Ich verstehe nicht ganz«, gab der Russe zurück. »Was für eine Infektion soll das sein, wegen der wir behandelt werden sollen?«

»Der Abstrich, den wir bei Anja gemacht haben, hat einen

positiven Test auf Mykoplasma ergeben«, antwortete Adam. »Verständlicherweise wurde das gleiche in Ihrem Sperma gefunden.«

»Ach so«, sagte der sowjetische Wissenschaftler in einem Ton, der seine Verwunderung andeuten sollte, »dann haben wir also eine urogenitale Infektion. Wird die Behandlung dann sozusagen auch den Weg für alles andere bereiten?«

»Also, das zu entscheiden, ist es zu früh«, sagte Adam ausweichend. »Sie beide scheinen das schon eine ganze Weile zu haben.«

»Nach allem, was ich von Ihrem Fach weiß«, entgegnete Dimitri tief enttäuscht, »könnte das auf eine schlechte Prognose hinweisen.«

»Aber auf dem Gebiet sitzen Sie doch an der Quelle«, gab Adam zurück. »Warum erkundigen Sie sich nicht bei Anja nach den Auswirkungen, die das alles haben kann?«

In diesem Moment hörte Adam ganz deutlich Anja Avilowas besorgte Stimme. Sie sprach Russisch, aber er ahnte, was sie in flehendem Ton fragte.

»Was ist los, Mitja, was hat der Doktor gesagt?«

Und obwohl er kein Sprachkenner war, verstand Adam das einzige Wort, das Dimitri seiner Frau zurückgab: *»Nitschewo.«*

Nichts.

Zwei Wochen später saß das Ehepaar abermals Adam gegenüber. In der Zwischenzeit hatten die beiden Antibiotika eingenommen und waren von Dr. Rosenthals Labor untersucht worden.

»Nun«, verkündete Adam, »ich freue mich, Ihnen sagen zu können, daß Ihr Mykoplasma der Vergangenheit angehört.«

Anja schien nicht ganz überzeugt zu sein, aber ihr Ehemann strahlte.

»Wunderbar, großartig! Haben wir denn nun, wie man so sagt, ein ›sauberes Gesundheitszeugnis‹?«

»Nun ja«, fuhr Adam bedächtig fort, »die Röntgenaufnahmen zeigen, daß Anjas Eierstöcke offen sind und der Uterus normal ist ...«

»Ja, ja«, fiel Avilow ihm ins Wort, »aber wie erklären Sie sich, daß sie nicht schwanger wird?«

In dem Bewußtsein, daß schon die Bezeichnung ihres Zustands Anjas Herz wie ein Dolch durchbohren würde, antwortete Adam so behutsam wie möglich.

»Wie wir ja wissen, ist Ihre Periode extrem unregelmäßig. Und die Hormontests haben ergeben, daß Sie nicht ovulieren, Anja. Daher fürchte ich, daß wir es hier mit einem Fall vorzeitigen Ovarienversagens zu tun haben.«

»Aber sie ist noch so jung«, protestierte Dimitri.

Adam hatte den Eindruck, daß der Zorn des Ehemanns eine Art Zurechtweisung für seine Frau sein sollte. Daß er ihren unglückseligen Zustand als Verrat an sich interpretierte.

Anja schlug die Hände vor's Gesicht und begann zu weinen. Gleichzeitig war sie offensichtlich bemüht, irgendwie professionelle Distanz zu wahren.

»So was kommt vor, Dimitri«, sagte sie mit Tränen in den Augen. »Selten, aber es kommt vor. Aus Gründen, die niemand versteht, reagieren einige Follikel nicht auf die Stimulation der Hypophyse. Und deswegen gibt es keine Eizellen.«

Jetzt sah sie ihren Ehemann an – mit einem Blick, der um ein Zeichen von Trost bat. Doch er blieb stumm.

Nach mehreren Sekunden erst merkte der Russe, daß Adam ihn zornig anstarrte. Übersetzt zu werden brauchte der Sinn dieses Blickes nicht, denn er war so intensiv, daß er nur eine Bedeutung haben konnte: Entweder du nimmst sie jetzt in den Arm, oder ich werde es tun!

Bedacht darauf, einem Kollegen gegenüber den Schein zu wahren, wandte sich Dimitri langsam um und legte Anja die Hände auf die Schultern.

»Schon gut, mein Liebling. Dann adoptieren wir eben. Hauptsache, wir haben immer noch uns.«

Obwohl er das auf Englisch sagte, glaubte Adam kein Wort davon.

Und Anja, so schien es, ebenfalls nicht.

Der Russe mit dem mächtigen Brustkasten erhob sich; seine Frau folgte ihm zögernd.

»Es tut mir leid, daß wir für Sie ein Fehlschlag waren«, sagte sie mit mattem Lächeln zu Adam.

»Verzeihung?« gab Adam ungläubig zurück.

»Ich spreche als ein *genekolog* zum anderen. Sie werden kein Baby für mich zur Welt bringen können.«

»Auf jeden Fall, Professor Coopersmith«, fiel Dimitri ihr mannhaft ins Wort, »möchte ich Ihnen für Ihre gründliche Diagnose danken.« Damit machte er Miene, seine Frau zur Tür zu steuern.

»Aber Moment mal!« protestierte Adam. »Sie beide sollten sich helfen lassen. Ich würde Ihnen gern ...«

»Bei allem Respekt, Professor«, unterbrach ihn Dimitri, »ich glaube kaum, daß irgendwelche Maßnahmen erforderlich sind. Wir sind schließlich Wissenschaftler – wir alle. Wir arbeiten mit Fakten und akzeptieren sie so, wie sie sind.« Und zu seiner Frau gewandt: »Komm, Anja, wir gehen.«

Nachdem sie sein Büro verlassen hatten, lehnte sich Adam in seinen Sessel zurück und dachte nach. Über all die vielen Dinge, die ungesagt geblieben waren.

Und hörte erstaunt, wie er halblaut flüsterte: »Du arrogantes Arschloch! Diese Frau ist viel zu gut für dich!«

14 ISABEL

Als die Sanitäter eintrafen, lag Raymond da Costa noch immer auf dem Fußboden des Restaurants. Der inzwischen reumütige Hippie, dessen Spott der Grund für Raymonds Erregung und Kollaps gewesen war, hatte inzwischen seine Lederjacke unter Raymonds Kopf gelegt.

Zitternd vor Angst sah Isabel zu, wie Raymond auf eine Bahre gelegt und hinausgetragen wurde. Plötzlich spürte sie, wie ihr jemand etwas über die Schultern legte. Es war die Jacke, die ihrem Vater zuvor als Kopfkissen gedient hatte.

»Hör zu«, sagte der erschrockene junge Mann flehend, »es war nur ein Scherz, das schwöre ich! Du glaubst mir doch, oder? Bitte!«

»Und was würde das ändern?« schrie ihn Isabel plötzlich an.

In diesem Moment wurde sie von einer ruhigen männlichen Stimme unterbrochen.

»Entschuldigen Sie, Miß, wir möchten Ihren Dad so schnell wie möglich ins Krankenhaus bringen.«

Isabel nickte und folgte dem Sanitäter eilig hinaus. Sie hatte einen schweren Schock erlitten, um so mehr, als sie vorübergehend den einzigen Menschen entbehren mußte, der sie immer verwöhnt und vor der harten Realität des Lebens geschützt hatte.

Während der Krankenwagen davonbrauste, versuchte Raymond verzweifelt, mit Isabel zu sprechen, aber die Sanitäter ermahnten ihn, sich möglichst nicht aufzuregen und den Sauerstoff tief einzuatmen, den sie ihm zuführten.

Obwohl in Presseveröffentlichungen immer wieder Isabels Haltung und ihre Reife gelobt und behauptet worden war, sie besitze eine Persönlichkeit wie eine einundzwanzigjährige Erwachsene, reichte ihr emotionales Alter in diesem Moment eindeutig nicht einmal an das gleichaltriger High-School-Kinder heran.

Der Anblick, wie ihr verehrter Vater hilflos und von der Sauerstoffmaske entstellt in diesem Krankenwagen lag, brachte Isabel an den Rand einer Panik.

Vor den ramponierten Türen der Notaufnahme im Alta Bates Hospital kam der Krankenwagen mit kreischenden Bremsen zum Stehen.

Drinnen deckte der Chefassistenzarzt der Notaufnahme seine Mitarbeiter mit hastigen Befehlen ein. Erst als sie sich anschickten, Raymond auf die Intensivstation zu bringen, entdeckte er Isabel, die schweigend und erstarrt in der Nähe stand.

»Wer ist das Mädchen?« fragte er barsch.

»Die Tochter des Mannes«, erklärte der Sanitäter, der schon auf dem Weg zum nächsten Notruf war.

»Bringen Sie sie in die Pädiatrie und setzen Sie sie in den Warteraum der Ambulanz«, sagte der Arzt.

»Nein, nein!« protestierte Isabel, »ich will bei meinem Vater bleiben.«

Mühsam seine überanstrengten Nerven zähmend, sprach der junge Arzt so behutsam wie möglich auf sie ein.

»Hör zu, Kleines, ich hab' hier alle Hände voll zu tun mit der Notaufnahme und möchte mich auf deinen alten Herrn konzentrieren. Also laß dich bitte von jemandem auf die Kinderstation bringen, und wenn's soweit ist, werde ich anrufen, damit du runterkommen kannst. Also, die Schwester ...«

»Ich kann meinen Weg allein finden«, versicherte Isabel.

Obwohl es ihr nicht bewußt war, hatte sie zum erstenmal in ihrem Leben dieser Überzeugung Ausdruck verliehen.

An die drei Stunden saß Isabel regungslos in einem Durcheinander von hustenden, kreischenden und weinenden Kleinkindern.

Endlich kam eine Schwester und holte sie ab.

Obwohl die Ärzte ihr versichert hatten, es gehe ihrem Vater gut, aber er habe starke Beruhigungsmittel bekommen und werde noch mehrere Stunden schlafen, blieb Isabel eisern an Raymonds Bett sitzen und versuchte ihn mit Worten zu trösten, die er nicht hören konnte.

Über vier Stunden später erwachte er und rief: »Isabel! Wo ist Isabel?«

»Ich bin hier, Dad«, antwortete sie flüsternd und ergriff seine Hand.

»Ach Liebling, ich kann dir gar nicht sagen, wie mies ich mich fühle, weil ich dir dies angetan habe.«

»Aber Dad, du wolltest mich doch nur beschützen.«

»Was hab' ich nur angestellt! Was soll denn jetzt aus dir werden, Isabel?« klagte Raymond.

»Um mich brauchst du dir keine Sorgen zu machen, Dad.«

»Sie haben gesagt, daß sie mich zur Beobachtung hierbehalten wollen. Wer soll sich bloß um dich kümmern? Wer soll für dich kochen ...«

»Nun hör schon auf«, fiel sie ihm ins Wort, »ich bin doch nicht dumm. Ich brauche kein Fünf-Sterne-Koch zu sein, um mir Cornflakes oder Sandwiches zu machen. Und wenn ich zu dämlich bin, um mir ein Tiefkühlgericht aufzutauen, wäre es keine Strafe für mich, eine Pizza zu essen.«

»Nein«, rief Raymond plötzlich aus, denn der Gedanke, was in seiner Abwesenheit passieren könnte, beunruhigte ihn zutiefst. Wenn Isabel nämlich in eine Pizzeria ging, würde sie womöglich mit anderen Leuten reden. Gespräche mit anderen Gästen beginnen. Oder sie mit ihr.

Dazu war sie aber zu jung, zu unerfahren. An jeder Ecke lauerten Gefahren.

Laut sagte er: »Hör zu, Liebling, es ist ungeheuer wichtig, daß du deine Kurse nicht vernachlässigst. Ich glaube, wenn ich Dean Kendall anrufe, wird er einen älteren Kommilitonen finden, der dich zur Uni und wieder nach Hause bringt. Und vielleicht kann ich sie überreden, daß sie dich hier schlafen lassen.«

»Das ist nicht nötig, Raymond«, warf eine weibliche Stimme ein.

Überrascht blickten beide zur Tür hinüber. Es war Muriel.

»Was hast du hier ... Ich meine, wer hat dir gesagt ...« stammelte er.

Muriel hatte erwartet, nicht willkommen zu sein, war aber felsenfest entschlossen, ihrer Tochter zu helfen.

»Ich denke, diesmal wirst du mir zustimmen, daß Isabel glücklicherweise zwei Eltern hat. Ich habe Peter zu Tante Edna geschickt und meine Stundenpläne so arrangiert, daß ich hierbleiben kann, solange es nötig ist.«

Raymond war zu schwach, um zu protestieren. Und jener Teil von ihm, der Isabel selbstlos liebte, war erleichtert, daß sie in guten Händen sein würde.

»*Ich* habe sie angerufen, Dad«, gestand Isabel. Dann fuhr sie in Erwartung einer feindseligen Antwort fort: »Was immer ihr beiden für Gefühle füreinander hegen mögt – ich habe das Richtige getan.«

Am folgenden Morgen gab sich der Kardiologe, der Raymond untersucht hatte, Muriel und Isabel gegenüber recht optimistisch.

»Ich freue mich, Ihnen mitteilen zu können, daß der Schaden minimal ist. Aber es ist eine Warnung, die nicht mißachtet werden sollte. Nach unserem Gespräch ist mir klar, daß Mr. da Costa ein klassischer A-Typ ist. Aber von nun an muß er jeden Streß vermeiden, seinen Cholesterinspiegel senken und dreimal in der Woche vierzig Minuten Gymnastik treiben.«

»Wie lange wird er noch hierbleiben müssen?« erkundigte sich Isabel.

»Nun ja, ich möchte ihn noch zwei bis drei weitere Tage hierbehalten, und wenn ich ihn ans Bett fesseln müßte.«

Ein Ausgleich für Raymonds Krankheit war die Tatsache, daß Muriel bis zu seiner Entlassung aus dem Krankenhaus bei Isabel bleiben würde.

Mutter und Tochter hatten so viel nachzuholen, daß sie endlos plauderten.

»Macht dir dein Studium Spaß, Liebes?«

»Ja, es ist ungemein aufregend.«

»Das freut mich«, gab Muriel zurück, während sie ihre Enttäuschung darüber verbarg, daß sich ihre schlimmsten Befürchtungen zu bestätigen schienen. »Ich nehme an, du bist noch zu jung, um dich mit den anderen Studenten anzufreunden.«

»Offen gesagt«, beklagte sich Isabel, »ich habe diese Altersfrage allmählich satt. Ich meine, einerseits bin ich meiner Geburtsurkunde zufolge dreizehn, andererseits aber besuche ich mit Leuten, die doppelt so alt sind wie ich, ein Seminar in Astrophysik. Alle Studenten können autofahren, aber ich muß immer noch drei Jahre warten.«

»Keine Angst, Liebling. Die Natur wird schon dafür sorgen, daß dich die Zeit allmählich einholt.«

Woraufhin sich Muriels Blick unwillkürlich auf die knospenden Brüste ihrer Tochter richteten. Weitere Worte waren nicht notwendig.

»Ja, Mom«, sagte Isabel erleichtert. »Und außerdem hab' ich meine Periode gekriegt.«

Muriels Augen wurden feucht. »Hast du anfangs große Angst gehabt? Ich weiß noch, daß ich außer mir war.«

»Ja«, antwortete Isabel, glücklich über die Chance, mit ihrer Mutter über ihre geheimsten Gefühle sprechen zu können.

»Du hättest es mir am Telefon sagen können.«

»Das wollte ich, aber Dad war im Zimmer ... und da war es mir zu peinlich.«

Ihre Mutter musterte sie bestürzt. »Soll das heißen, daß er dich ständig verfolgt?« fragte sie zornig.

»Na ja, ›verfolgt‹ würde ich nicht direkt sagen, Mom. Lassen wir's einfach dabei, daß er da ist, wenn ich ihn brauche.«

»Aber muß er dich wirklich in jede Vorlesung begleiten?«

»Woher weißt du das?«

»Isabel«, gab ihre Mutter zurück, »in unserer Zeitung gibt es immer wieder mal Nachrichten über dich. Und wenn ich die Meldungen nicht selbst entdecke, halten mich die anderen Lehrer an unserer Schule schon auf dem laufenden.«

Muriel zögerte einen Moment, dann ergänzte sie grimmig: »Sie meinen es gut, doch ihre Einstellung ist irgendwie eindimensional. Sie finden, ich sollte stolz auf dich sein.«

»Soll das heißen, du bist das nicht?« erkundigte sich Isabel erstaunt.

»Liebling, um ganz aufrichtig zu sein: Ich wünschte, ich könnte die Geschichte umschreiben. Dann würde ich dich jetzt zur Junior-High-School bringen, statt dich im College zu besuchen. Sieh dir doch deinen Bruder an. Er wächst zu einem bezaubernden Teenager heran – falls das nicht schon in sich ein Widerspruch ist. Er spielt in der Fußballmannschaft und quasselt am Telefon mit seinen Freunden endlos über die jüngsten sexuellen Eroberungen, echte und eingebildete.«

Auf einmal verspürte Isabel einen Stich Eifersucht. Denn anders als sie genoß Peter den Luxus, zu Hause leben, sich mit seinen Freunden verabreden und jung sein zu dürfen.

Aber sie wollte auf gar keinen Fall den Eindruck erwecken, sie führe in irgendeiner Hinsicht ein weniger glückliches Leben als Peter.

»In Berkeley ist es klasse, Mom. Morgen werd' ich dich überall rumführen.«

»Gern, mein Liebling. Das wäre schön.«

»Bis zwölf Uhr hab' ich Vorlesungen und um halb drei noch ein Labor. Aber mittags könnten wir rasch was essen und danach einen Rundgang machen.«

»Ich glaube, das wird ungewohnt für dich sein«, sagte Muriel. »Ich meine, ganz allein in die Vorlesungen gehen, ohne Daddy, der dir alles erklärt...«

»Ach, weißt du, zu erklären braucht er mir eigentlich gar nichts...« Sie hielt inne: »Ich meine, du hast natürlich recht. Er wird mir bestimmt fehlen.«

Muriel versuchte im Gesicht ihrer Tochter zu lesen und entdeckte widersprüchliche Gefühle.

Doch da sie ahnte, daß sie ihre Tochter mit diesem Thema zu hart bedrängte, verkündete sie munter: »Ich hab' eine Überraschung für dich«, und sprang auf.

Sie lief in Raymonds Zimmer hinüber, das sie vorübergehend für sich beschlagnahmt hatte, und kam zurück mit ...

»Meine Geige!« rief Isabel glücklich. »Danke, Mom, die hat mir wirklich sehr gefehlt!«

»Und jede Menge Noten hab' ich dir mitgebracht.« Die Mutter lächelte. »Vermutlich wirst du – genau wie ich – doch noch entdecken, daß man, wenn man ein Instrument gut spielen kann, damit das eigene Gesellschaftsleben fördert.«

»Soll heißen?«

»Na ja, außer den Orchesterproben hab' ich bei Edmundo Zimmer Unterricht genommen. Und als das Physiker-Quartett eine zweite Geige brauchte, haben sie mich gebeten, mich ihnen anzuschließen. Es ist wundervoll – die Reisen, neue Menschen kennenlernen, und so weiter ... Gibt es in Berkeley nicht auch ein Orchester?«

»Es gibt alle möglichen Gruppen, Mom. Aber woher soll ich die Zeit dafür nehmen?« Isabel grinste spitzbübisch.

»Das heißt, daß du dich über meine zweite Überraschung

freuen wirst«, gab Muriel zurück. Sie griff in ihre Handtasche und zog eine Kassette heraus.

»Die gehört zu einer Serie von Einspielungen, auf denen nur der Orchesterpart ist, damit jeder, der das möchte, die Soli mit einem echten Philharmonie-Orchester spielen kann.«

»Das wäre wundervoll, Mom! Aber es gibt da ein Problem...«

»Es ist nicht zu fassen!« Muriel war außer sich. »Du hast keinen Kassettenrecorder?«

Isabel schüttelte den Kopf. Muriel zuckte zusammen. »Ich weiß doch genau, daß du zu Hause immer gern zu Musikbegleitung gearbeitet hast.«

»Ja, aber Dad meint, das wäre schlecht für meine Konzentration.«

»Tust du immer *alles*, was er dir sagt?«

»Natürlich«, gab ihre Tochter zurück. »Hast du vielleicht was dagegen?«

»Natürlich nicht«, gab Muriel zurück. »Aber du bist ein Teenager. Du solltest gegen alles mögliche aufbegehren.«

»Mutter«, sagte Isabel in einem Ton, als sei sie erschüttert über Muriels Ansichten, »versuchst du jetzt nicht vielleicht, Dads... gegenwärtigen Zustand auf unfaire Art auszunutzen?«

Muriel wechselte das Thema. »Reden wir von was anderem, Liebling. Ich befürchte, du hast überhaupt keine gleichaltrigen Freunde. Mit anderen Worten, du hast überhaupt keinen Spaß in deinem Leben.«

»Aber das Lernen macht mir Spaß, Mom. Ehrlich«, gab ihre Tochter zurück. »Bitte, Mom, tu mir das nicht an. Ich liebe dich, und du fehlst mir sehr, und ich hab' Daddy sogar soweit gebracht, daß er mir versprochen hat, mit dir darüber zu reden, ob du nicht mit Peter hierherziehen willst.«

Muriel war gerührt. Aber sie wußte, daß Raymond dieses Versprechen nie halten würde.

Ihre arme, kleine, geniale Tochter vermochte das nicht zu erkennen. Isabel begann leise zu weinen. Sofort machte sich Muriel Vorwürfe, weil sie so etwas gesagt hatte, und haßte Raymond nur noch mehr dafür.

Schnell nahm sie Isabel in die Arme und sagte leise: »Ach, Isabel, es tut mir ja so leid, daß wir dir dies angetan haben. Aber darf ich uns jetzt was zu essen machen?«

»Gern«, antwortete ihre Tochter und fühlte sich wieder besser. »Das wäre schön. Denn Dad ist wirklich ein grausiger Koch.«

Gott sei's gedankt, dachte sich Muriel.

Isabels Tagebuch

27. März

Warum zwingen sie mich, zwischen ihnen zu wählen?

Am folgenden Tag nahm Isabel ihre Mutter mit in die Vorlesungen.

Muriel war an Professor Rosenmeyers Vortrag über die griechische Tragödie interessiert, konnte mit ›Einführung in die physikalische Chemie‹ dagegen nichts anfangen.

Überdies fiel ihr auf, daß Isabels Teilnahme an diesen Vorlesungen nicht nur wegen ihres Alters eine Ausnahme war, denn sie war eins von nur zwei Mädchen im vollbesetzten Hörsaal.

Als sie den Hörsaal verließen, rief einer von ihren Kommilitonen: »He, da Costa, dein neuer Bodyguard ist viel niedlicher als dein alter!«

Nach einem Lunch im Freien und einem fröhlichen Einkaufsbummel kehrten sie in die Wohnung zurück, wo sie Raymond antrafen, der in einer Ausgabe von *Science* blätterte.

»Also, ich hatte schon Angst, euch sei etwas zugestoßen«, beklagte er sich mit einem eindeutigen Unterton der Mißbilligung.

Die Antwort war ein unbehagliches Schweigen, denn Muriel begriff sofort, daß die schönen Tage vorüber waren.

»Freut mich, daß es dir besser geht, Raymond«, äußerte sie mit möglichst viel Überzeugung im Ton.

»Ja, natürlich«, gab er zurück. »Ich hab' mich einfach selbst entlassen. Mir geht's so gut, ich könnte fiedeln.«

»Sollte das vielleicht eine Anspielung sein?« fragte Muriel gelangweilt.

Raymond warf einen Blick auf die Noten, die auf dem Eßtisch an einem Stapel Bücher lehnten.

»Nein«, antwortete er mürrisch. »Es war wohl eher ein Versprecher.«

Auf einmal wurde Muriel einiges klar.

»Ich glaube, ich sollte jetzt anrufen und mir für heute abend noch einen Flug buchen«, schlug sie vor.

»Kannst du nicht noch ein bißchen bleiben, Mom?« fragte Isabel enttäuscht. »Wir könnten doch alle zusammen zu Abend essen – wie früher.«

»Aber natürlich«, stimmte Raymond ein.

»Aber dann müßte ich hier übernachten«, erklärte Muriel so taktvoll wie möglich. »Und ihr habt offensichtlich kein Gästezimmer.«

»Es gibt ja immer noch die Couch«, entgegnete Raymond.

Ob er weiß, wie grausam das klingt, fragte sich Muriel.

»Tut mir leid, ich hab' noch nie viel fürs Campen übrig gehabt«, wehrte sie mit müdem Lächeln ab. »Ich gehe jetzt schnell packen. Dauert nur ein paar Sekunden. Den Flug nach San Diego krieg' ich bestimmt noch ohne Probleme.«

Als sie später im Taxi saß und sich zum Flughafen fahren ließ, zitterte Muriel vor Wut.

Hatte Raymond überhaupt kein Gefühl gehabt für das grauenhafte Beispiel eines Ehepaars, das sie ihrer Tochter vorgelebt hatten ?

Mit diesem Vorbild würde Isabel niemals eine normale Beziehung eingehen können.

Aber vielleicht war es ja das, was Raymond wollte.

15 SANDY

Sandy war zu einem revolutionären Zeitpunkt in der Geschichte der Naturwissenschaft geboren worden, an dem für das menschliche Auge nichts mehr zu klein und nichts mehr zu fern zu sein schien. Oder zu mächtig, um vom menschlichen Verstand gebändigt zu werden.

Während seines Freshman-Jahres waren zum Beispiel Astronauten auf dem Mond gelandet, und die NASA hatte sich sogar noch höhere Ziele gesteckt und eine Sonde ins Weltall geschickt, die Fotos vom Mars zurückfunken sollte. Auf der Erde erforschten mittlerweile andere Wissenschaftler das Unsichtbare. Ebenfalls in jenem Jahr erhielt Murray Gell-Mann für seine Klassifizierung von Elementarteilchen den Nobelpreis für Physik. Er demonstrierte, daß sogar Neutronen in noch kleinere Fragmente gespalten werden konnten, die man ›Quarks‹ nannte.

In Sandys Ausbildung gab es nur einen Aspekt, in dem er – jedenfalls in den Augen seines Vaters – hinterherhinkte. Als er wieder einmal, um die Ferien an der Westküste zu verbringen, auf dem Flughafen von Los Angeles landete und von Sidney abgeholt wurde, nahm dieser im Wagen kein Blatt vor den Mund und kam unverzüglich zur Sache.

»Bist du eigentlich noch Jungfrau, Junge?« fragte Sidney rundheraus.

Diese Frage traf Sandy völlig unvorbereitet. Obwohl er in der Achtung des Vaters möglichst hoch steigen wollte, wünschte er sich sehnlichst, auch einmal mit einer Frau zu schlafen.

»He, Dad, das ist 'ne ziemlich schwierige Frage.« Er versuchte Zeit zu gewinnen.

»Nein, Sandy Boy, es ist eine leichte. Und du hast sie mir eben beantwortet. Deswegen habe ich im Scandia auch für dich und Gloria einen Tisch bestellt.«

»Wer ist Gloria?« erkundigte sich Sandy erstaunt.

»Deine Verabredung«, antwortete Sidney mit einem Augenzwinkern. »Ein nettes Mädchen – möchte unbedingt zum Film und ist zufällig sehr liebenswürdig – und äußerst großzügig mit ihrem Körper.«

»Ach so!« Sandy wurde plötzlich nervös. »Und wer soll ich bei dieser Sache sein?«

»Genau der, der du bist«, gab der Vater mit einem Anflug von Stolz zurück. »Sidney Ravens Sohn. Ich glaube, sie wird dir gefallen. Sie hat irgendeinen Collegeabschluß. Wenn in dem Restaurant die Rechnung gebracht wird, mußt du nur ein Trinkgeld geben und mit meinem Namen unterzeichnen. Ich hab' da nämlich ein Kundenkonto.«

»Und Gloria?«

»Was ist mit ihr?«

»Wie soll ich mit ihr ... na ja, abrechnen?«

»Bist du verrückt?« Sidney spielte den Entrüsteten. »Gloria ist doch keine Nutte oder so. Sie ist ein genauso netter junger Mensch wie du.«

Sandy begriff gar nichts mehr. »Aber Dad«, gestand er, »ich hab' nicht die geringste Ahnung, was ich mit ihr anfangen soll.«

»Keine Sorge, mein Sohn, das kannst du alles ihr überlassen.«

Den ganzen Nachmittag hindurch fieberte Sandy ängstlich seiner Verabredung entgegen. Um seine äußere Erscheinung zu verbessern, legte er sich vier Stunden lang in die Sonne. Nachdem er sich beim Rasieren dreimal geschnitten hatte, war er so nervös geworden, daß er zum zweitenmal duschen mußte. Anschließend verbrachte er Ewigkeiten damit, in der Garderobe seines Vaters zu stöbern und sich zu entscheiden, was er anziehen sollte.

Sein Vater saß noch immer am Pool und trank Martinis, als die Spätnachmittagssonne durch die hohen Tannen filterte, die lange und – in Sandys Vorstellung – phallusähnliche Schatten auf den Rasen warfen.

»Viel Vergnügen, Sandy Boy«, rief sein Vater. »Bestell dir möglichst Gravad Lachs, der ist dort wirklich hervorragend.«

Sandy nickte und stieg in den geleasten Jaguar seines Vaters. Dann fuhr er den Stone Canyon hinab und bog auf den Sunset Boulevard ein.

Als er vor dem Scandia hielt, eilte ein blonder Parkboy in roter Weste herbei, um seinen Wagen zu übernehmen.

Irgendwie fühlte sich Sandy nackt ohne die vier fahrenden Metallwände, die ihn vor den traumgleichen Realitäten Hollywoods abgeschirmt hatten.

Dann betrat er das Restaurant. Er hatte kaum seinen Namen genannt, da warf der Oberkellner nicht mal mehr einen kurzen Blick auf seine Gästeliste, sondern sagte mit öliger Unterwürfigkeit: »Ah ja, Mr. Raven. Ich habe Ihren Gast bereits an den Tisch geführt.«

Zunächst durchschritten sie die mit vornehm weichen Teppichen belegte Cocktailbar, dann kamen sie in einen hell erleuchteten gediegenen Speisesaal.

Obwohl er mit seinen Gedanken woanders war, starrte Sandy unwillkürlich auf eine tizianrote junge Frau in einem hellbraunen Kostüm mit weißer Rüschenbluse, die ganz allein an einem Tisch saß. Und hatte dabei das unheimliche Gefühl, daß sie ihm zulächelte.

Aber das konnte doch nicht Gloria sein!

»Hallo, Sandy.« Lächelnd bot sie ihm die Hand. »Ich freue mich, Sie kennenzulernen.« Sie hatte einen eleganten Ostküsten-Akzent.

Während er auf dem weichgepolsterten Stuhl Platz nahm, fiel ihm keine bessere Antwort ein als: »Äh, ich freue mich auch.«

Der Oberkellner verneigte sich und überreichte ihnen die Speisekarte. Dabei erkundigte er sich bei Sandy: »Aperitif?«

»Ich habe mir erlaubt, einen Kir Royal zu bestellen«, sagte Gloria in einem Ton, der respektvolle Höflichkeit verriet.

Warum gab sie sich so ehrfürchtig?

»Dann nehm' ich dasselbe«, antwortete Sandy.

Der Oberkellner nickte und entfernte sich.

Jetzt, dachte Sandy, hab' ich endlich ein legitimes Gesprächsthema. Er sah Gloria offen an – während er versuchte, sich nicht von ihrer natürlichen Schönheit blenden zu lassen – und fragte: »Was genau hab' ich eigentlich bestellt?«

»Champagner mit Cassis«, antwortete sie lächelnd.

»Oh, über Champagner weiß ich 'ne Menge.« Mit Begeisterung stürzte er sich auf ein Thema, von dem er einiges verstand. »Vor allem natürlich vom wissenschaftlichen Standpunkt aus. Vermutlich würde Sie das nur langweilen.«

»Ganz im Gegenteil«, gab die junge Frau zurück und berührte kurz seine Hand. »Naturwissenschaft interessiert mich sehr, obwohl ich in Radcliffe nur einen einzigen Kurs zu belegen brauchte.«

Großer Gott, dachte Sandy, diese ... Professionelle war in Harvard!

Laut sagte er: »Und was – äh – war Ihr Hauptfach?«

»Kunstgeschichte«, erklärte sie. »Ich bin übrigens gerade damit beschäftigt, an der UCLA eine Magisterarbeit über Albrecht Dürers Stiche zu schreiben.«

Ach so! Innerlich atmete Sandy auf. Sie tut dies, um ihr Studium zu bezahlen. Also helfe ich ihr, das Studium zu finanzieren.

Die Tatsache, daß sie so gebildet war, war eine große Erleichterung für ihn. Denn er hatte sich gefragt, wie er die Zeit bis zum kritischen Augenblick überbrücken sollte.

Als sie das Essen bestellten, erwies sich Gloria als Kennerin der skandinavischen Gerichte, die das Restaurant offerierte. Und als der Weinkellner kam, ergriff sie keineswegs die Initiative, sondern flüsterte ihm zu: »Versuchen Sie Nummer hundertzwölf. Aber verlangen Sie, daß er sehr gut gekühlt ist.«

Sandy gab ihren Vorschlag mit etwas lauterer Stimme weiter; der Sommelier bemerkte, das sei eine ausgezeichnete Wahl, und entfernte sich.

Plötzlich blieb Sandy der Mund offen stehen.

Gloria nahm an, daß er soeben jemanden entdeckt hatte, von dem er nicht unbedingt gesehen werden wollte. Sie zog die logische Schlußfolgerung und fragte: »Ist das Ihre Frau?«

Sandy schüttelte stumm den Kopf.

Gloria wandte sich diskret um und folgte der Richtung, in die er starrte. Seine Aufmerksamkeit schien einem Tisch in der hinteren Ecke zu gelten, an dem vier Personen saßen, die – jedenfalls soweit sie wußte – allesamt Nullen waren: drei Herren und eine Dame.

»Sie haben die Hollywooditis«, flüsterte sie ihm beruhigend zu.

»Wa... Was soll das heißen?«

»Das ist eine Art Wahnvorstellung, der man während der ersten paar Tage in dieser Stadt verfällt. Als ich hierherkam, habe ich auch darunter gelitten. Man ist überzeugt, daß jeder Mensch, dem man begegnet – Hinz und Kunz – tatsächlich jemand wie Robert Redford oder Jane Fonda ist. In Wirklichkeit versuchen die meisten Plebejer hier, so *auszusehen* wie die echten Filmstars.«

»Nein«, widersprach Sandy, noch immer halb in Trance, »ich weiß genau, daß ich diese Dame kenne. Wir sind zusammen zur Schule gegangen.«

Gloria warf diskret einen zweiten Blick hinüber.

»Sie meinen doch nicht etwa Kim Tower?« fragte sie geringschätzig.

»Doch«, versicherte ihr Sandy. »Ich kenne sie, ganz ehrlich!«

Und dann fragte er sie wie ein Kind die Eltern: »Würden Sie sagen, es wäre in Ordnung, wenn ich hingehe und sie begrüße?«

»Wenn es Sie glücklich macht«, gab Gloria zurück. »Aber, um in Ihrem Jargon zu bleiben, ich würde sagen, daß sie ein Gehirn vom Umfang eines Moleküls besitzt.«

Instinktiv ging Sandy in Verteidigungsstellung. »In Wirklichkeit ist sie sehr intelligent«, behauptete er streng.

»Nun ja…« Gloria schien sich geschlagen zu geben, »kluge Frauen müssen ihrem Verstand vermutlich Zügel anlegen. Und darauf versteht sie sich anscheinend hervorragend.«

Unbeirrt von Glorias Ironie schob Sandy, immer noch in der halben Trance, die der Auftritt seiner ganz persönlichen Göttin hervorgerufen hatte, den Stuhl zurück und näherte sich zögernd Rochelles Tisch.

Je näher er kam, desto glanzvoller wirkte sein Idol: makellose Haut, perfekte Zähne, wundervoll ganz einfach alles. Als er sich dem Tisch so weit genähert hatte, wie er es wagte, sagte er schüchtern: »Hallo, Rochelle! Welch eine Überraschung, dich hier zu treffen!«

Sie machte ein Gesicht, als könne sie sich nicht an ihn erinnern. Gleichzeitig fuhren ihre drei Begleiter herum, um diesen Kerl, den sie für einen Autogrammjäger von außerhalb hielten, möglichst energisch abzuwimmeln.

Ihr plötzliches Lächeln ließ sie jedoch innehalten.

»Das ist doch nicht etwa Sandy – oder?«

»Einen Moment lang dachte ich, du hättest mich vergessen«, gestand er.

»Wie könnte ich!« antwortete sie mit übertriebener Betonung und erhob sich. »Komm her, damit ich dich umarmen kann!«

Sandy gehorchte, und noch bevor seine Sinne so betäubt waren, daß er es richtig genießen konnte, wurde er auf beide Wangen geküßt.

Doch das war lediglich die Ouvertüre zu einem Salut aus zwanzig Rohren. Denn nun begann sie ihm überschwenglich das Trio ihrer Begleiter vorzustellen.

»Jungens, ich möchte euch meinen liebsten Freund aus der Kinderzeit vorstellen und vermutlich eines von Amerikas größten wissenschaftlichen Genies. Und außerdem zufällig Sidney Ravens Sohn. Sandy, das sind Harvey Madison, mein Agent; Ned Gordon, mein Busineß Manager und Matt Humphries, mein Werbemanager.«

Alle drei Herren erhoben sich und schüttelten Sandy die Hand.

Gleich darauf entschuldigte sie sich wortreich: »Es tut mir aufrichtig leid, daß ich dich nicht bitten kann, dich zu uns zu setzen, aber wir haben eine Geschäftsbesprechung. Mein Vertrag steht vor der Verlängerung, und wir arbeiten an einem Feldzugsplan.«

»Das ist okay«, gab Sandy selbstsicher zurück. »Ich bin ebenfalls in Begleitung.«

»Ach, wirklich?« fragte Kim mit einem Anflug ehrlicher Neugier.

»Ja«, bestätigte Sandy stolz. »Da drüben sitzt sie.«

Vier Augenpaare musterten Gloria von fern.

»Bezauberndes Mädchen«, erklärte Harvey Madison. »Ist sie in der Branche?«

Sekundenlang dachte Sandy, der Agent versuche seine Begleiterin zu desavouieren. Dann aber gewann er einen Teil seiner Fassung zurück und antwortete mit einer Spur von Scheinheiligkeit: »O nein, sie ist Kunsthistorikerin. War wirklich nett, Sie kennenzulernen, aber ich muß mich verabschieden. Bitte, entschuldigen Sie mich.«

Als er davonging, rief Rochelle munter hinter ihm her: »Und vergiß nicht, mich anzurufen, bevor du abreist. Wir könnten was essen und über die alten Zeiten reden.«

»Ja, natürlich«, murmelte Sandy.

Er schlängelte sich zwischen den anderen Gästen hindurch zu seinem eigenen Tisch zurück und sagte zu Gloria, als er wieder Platz nahm: »Entschuldigen Sie, aber sie ist eine alte Freundin aus dem Osten.«

Gloria nickte nur und stellte fest: »Sie haben zwei symmetrische Lippenstiftflecken auf den Wangen.«

In diesem Moment wurde das Essen serviert, und die Geschäftigkeit der Kellner gab Sandy Gelegenheit, eingehend Glorias Gesicht zu studieren. Von einem Hauch Mascara abgesehen schien Gloria, in krassem Gegensatz zu Rochelle, überhaupt kein Make-up zu tragen.

Die unerwartete Begegnung mit ein paar Leuten, die, wie er vermutete, zu den In-Kreisen gehörten, hatte Sandy Mut gemacht.

«Äh, wie ich hörte, interessieren Sie sich für die Filmbranche«, bemerkte er.

»Das stimmt«, antwortete Gloria. »Ich finde, es wird langsam Zeit, daß auch die Frauen eine entsprechende Rolle in dieser Stadt spielen. Meinen Sie nicht?«

»Na ja, Barbra Streisand geht's nicht schlecht. Meinen Sie nicht?«

»Aber wer will denn schon Schauspielerin werden?« höhnte Gloria. »Ich habe keine Lust, mich dauernd begaffen zu lassen. Ich arbeite jetzt stundenweise als Cutterin bei Paramount, und wenn ich eines Tages gut genug bin, werden Sie meinen Namen auch auf der Leinwand sehen können – als Regisseurin.«

»Darauf müssen wir anstoßen«, sagte Sandy und hob das Glas mit dem Chablis, den sie ausgewählt hatte.

Anschließend erklärte Gloria: »Jetzt werde ich einen Trinkspruch ausbringen: ›Auf daß es mit Ihrer Verliebtheit in Kim Tower so schnell wie möglich ein Ende habe!‹«

Er war sprachlos. »Warum in aller Welt sagen Sie so was?«

»Weil Kim Tower aus Plastik ist, Sie dagegen sind echt.«

In ihrer Wohnung später am Abend, nachdem sie sich bis tief in die Nacht geliebt hatten, flüsterte Sandy in einem Rausch sinnlichen Genießens: »Was wäre, Gloria, wenn ich dir jetzt gestehe, daß ich dabei bin, mich in dich zu verlieben?«

»Dann würde ich dir das ausreden, Liebling. Denn auch ich bin längst nicht gut genug für dich.«

Als Sandy den Jaguar vor der Haustür seines Vaters abstellte, war es fast vier Uhr morgens. Und als er sich so leise wie möglich ins Haus hineinschlich, entdeckte Sandy zu seinem Erstaunen, daß aus dem Arbeitszimmer ein Lichtstreifen auf den Teppich fiel.

Behutsam steckte er den Kopf durch die Tür und sah den älteren Raven im seidenen Morgenrock, die Füße auf einen Sessel gelegt und ganze Stapel von Manuskripten rechts und links neben sich, hastig in einem Kompendium blättern, das eindeutig ein Drehbuch war.

»Dad?« flüsterte er.

»Ah, Sandy Boy! Du hast mich erschreckt. Ich hatte dich nicht so früh erwartet. Du machst ein so merkwürdiges Gesicht, Sandy. Ist alles gut verlaufen?«

»Kommt ganz drauf an, wie man die Daten interpretiert, Dad.«

»Na schön, kommen wir gleich zum wichtigsten Teil. War es schön für dich, mit Gloria?«

»Sie ist ein toller Mensch. Wirklich intelligent und …«

»He, mein Sohn, ich hab' dich nicht um eine Charakterstudie gebeten. Mach's kurz und erzähl mir, ob es in der Horizontale schön war.«

»Machst du Witze? Danke für die Vermittlung. Ich hoffe, daß ich sie noch einmal sehe, bevor ich zurückfliege.«

»Darauf kannst du dich verlassen«, antwortete der Vater voller Begeisterung. »Aber warum grinst du dann nicht von einem Ohr zum anderen?«

Sandy warf sich in den Lehnsessel; dann beugte er sich

vor, stützte die Ellbogen auf seine Knie und sagte: »Wußtest du, daß Rochelle Taubman heute abend im Scandia war?«

»Natürlich nicht! Wir verlangen nicht von unseren Schauspielern, daß sie uns unterrichten, wann und wohin sie zum Dinner gehen. Aber ich hoffe, daß sie dich herzlich willkommen geheißen hat. Ich meine, schließlich verdankt sie ihre Karriere zum großen Teil dir.«

Sandy wurde immer ärgerlicher und erkundigte sich nervös: »Was meinst du, ist sie mir genügend schuldig, um mit mir mal auszugehen?«

»O ja, mindestens«, antwortete sein Vater sachlich.

»Großer Gott!« rief Sandy und sprang auf. »Läuft denn in deiner Branche gar nichts ohne Bumserei?«

»Hör mal, Sandy, es ist heute zu spät, um über Philosophie zu diskutieren. Nur so viel noch: Eine gewisse Menge Bumserei ist ein wundervolles Schmiermittel, das die Filmmaschinerie reibungslos laufen läßt.«

»Aber das ist unmoralisch«, entgegnete sein Sohn, stürmte in sein Zimmer hinauf, riß sich die Kleider vom Leib und warf sich aufs Bett.

Denn an diesem Abend im Land der Fantasie hatte er zusehen müssen, wie seine persönlichen Fantasien in Scherben fielen. Und zwar, schlimmer noch, mit einer arroganten Heuchelei, die glauben machen wollte, daß die ganze Welt nach dieser verdrehten Moral lebte.

Und während er dalag, noch immer die Wärme von Glorias Liebkosungen spürend, schalt Sandy sich selbst dafür, daß er nicht den Mut aufgebracht hatte, sein Gespräch mit Sidney zu einem logischen Ende zu führen.

Er hatte sich eine Gelegenheit entgehen lassen, die sich ihm wohl nicht noch einmal bieten würde. Nämlich den eigenen Vater zu fragen, ob auch *er* mit Rochelle Taubman geschlafen hatte.

16 ISABEL

Obwohl er es immer wieder eigensinnig bestritt, war Raymond da Costa zutiefst erschüttert über seinen Herzanfall. Und die Platitüden seiner Ärzte, die ihm versicherten, bei einem gesünderen Lebensstil werde er hundert Jahre alt werden können, vermochten ihn nur wenig zu trösten.

Als sie eines Nachmittags von den Vorlesungen nach Hause gingen, machten Vater und Tochter im Uni-Laden halt, und Raymond kaufte für beide Joggingschuhe.

Von da an stellte Raymond seinen Wecker auf halb sechs Uhr morgens und weckte anschließend Isabel, damit sie beide möglichst unbemerkt auf der Bahn im nahegelegenen Edwards Field joggen konnten. Verdammt, er dachte nicht daran zu sterben, ohne seine geliebte Tochter auf dem Podium in Stockholm zu sehen!

Er hatte einen Artikel gelesen, in dem die Theorie aufgestellt wurde, daß regelmäßige körperliche Aktivität den Intelligenzquotienten eines Kindes um fünf bis zehn Prozent steigern könne. Also sorgte er gewissenhaft dafür, daß Isabel keinen einzigen Tag ausließ.

Während der ersten Woche hatte Isabel den erwarteten Muskelkater und war so untrainiert, daß sie keine einzige Runde laufen konnte, ohne stehenzubleiben und nach Luft zu schnappen. Aber wenigstens hatte sie den Köder geschluckt und begann das High zu spüren, in das man beim angestrengten Laufen gerät. Nicht lange, und sie schaffte sogar zwei Meilen hintereinander.

Dennoch versuchte sie nie, über diesen Punkt hinauszukommen, weil das die Grenze für die Möglichkeiten ihres Vaters zu sein schien.

Als Raymond eines frühen Morgens, mehrere Wochen später, in seinem Jogginganzug aus dem Schlafzimmer kam, fand er Isabel noch in den Jeans und dem Pullover, die sie am Abend zuvor getragen hatte, am Eßzimmertisch.

»He«, sagte er mit gespielter Strenge, »wieso bist du noch nicht für unser Olympia-Training bereit?«

Verwundert sah sie auf ihre Uhr. »Ogottogott«, rief sie entgeistert, »ist es wirklich schon Morgen?«

»Soll das heißen, du warst gar nicht im Bett?«

»Nein. Ich … hab' mich von den teuflischen Problemen in diesem Buch hier fesseln lassen. Die sind genau wie Cracker Jacks – wenn man mal anfängt, kann man nicht mehr damit aufhören. Ich war so darin vertieft, daß ich die Zeit vergessen hab'.«

»Wirklich?« gab Raymond voller Genugtuung zurück. »Für welchen Kurs?«

»Gar keinen«, antwortete sie und zeigte ihm den Einband von J. D. Jacksons *Electrodynamics*.

»Aber du belegst doch gar nicht Elektrizität und Magnetismus«, entgegnete Raymond. »Wozu die Eile?«

»Einfach nur so, aus Spaß«, erklärte sie. »Karl hat mir erzählt, daß die meisten seiner PhD-Kandidaten nicht mal die Hälfte der Fragen beantworten konnten, und das hat mich so interessiert, daß ich ihn gebeten habe, mir sein Exemplar zu leihen.«

»Wer ist Karl?« fragte ihr Vater argwöhnisch.

»Professor Pracht, mein neuer Studienberater.«

»Seit wann?« wollte Raymond wissen. »Was ist mit Tanner?«

»Na ja, Elliott nimmt nächstes Jahr seinen letzten bezahlten Urlaub«, erwiderte Isabel sachlich. »Und da wollte er mir, wie er es ausdrückte, ›einen guten Babysitter verpassen‹.«

Die Ausdrucksweise des Dekans vermochte Raymond nicht zu beruhigen.

»Und warum hast du mir das nicht schon gestern gesagt?« erkundigte er sich und versuchte seine Besorgnis zu kaschieren.

»Na ja, als ich gestern abend nach Hause kam, hast du mit diesem Reporter aus Sakramento gesprochen, und dann ist gleich dein erster Schüler gekommen. Außerdem ist es wohl kaum so wichtig.«

»Das ist nicht der springende Punkt«, protestierte Raymond. »Er ist viel zu jung ... Ich meine...«

»Aber Dad!« Sie lachte. »Ich bin vierzehn, und Karl ist fast in deinem Alter. Außerdem haben wir uns auf Anhieb verstanden. Er ist auf Teilchenphysik spezialisiert.«

»Isabel, kommst du mit zum Joggen?«

»Ich glaube, ich würde keine einzige Runde hinlegen können.« Sie gähnte. »Wenn du zurückkommst, hab' ich das Frühstück fertig.«

Raymond nickte und lief alleine los.

An diesem Tag fiel ihm das Joggen besonders schwer, weil er sich in einer Art Schockzustand befand. Der Anblick, wie Isabel mit Jacksons Buch ›spielte‹, hatte auf ihn traumatisch gewirkt. Denn elektromagnetische Theorie war – obwohl er das nicht mal Muriel gebeichtet hatte – eines der Fächer, in dem er bei seinem eigenen Ph.-D.-Examen versagt hatte.

Er selbst hatte Jacksons Buch bewußt ignoriert, weil er wußte, daß die Aufgaben am Ende eines jeden Kapitels seine Fähigkeiten überstiegen.

Der Augenblick, vor dem sich Raymond seit Jahren fürchtete, war gekommen: Isabel hatte die Grenzen seiner eigenen intellektuellen Möglichkeiten überschritten. Wie sollte er jetzt noch seine Rolle als Mentor rechtfertigen?

Bei dem Gedanken daran, daß seine Tochter eine Beziehung zu einem schärferen Verstand als dem seinen aufbauen könnte, zitterte Raymond.

Auf eine seltsame Art und Weise war es nicht unähnlich den Gefühlen einer Mutter, die sich am Tor des Kindergartens von ihrem Kind verabschieden muß.

Nur daß Raymond da Costa entschlossen war, *ihre* Trennung so lange wie möglich hinauszuschieben.

Gegen Ende ihres zweiten Trimesters in Berkeley erhielt Raymond ein Schreiben der Verwaltung, mit dem sein Antrag bewilligt wurde, daß Isabel aufgrund ihrer hervorragenden Noten ihr wissenschaftliches Bakkalaureat in zweieinhalb Jahren erhalten könne, wenn sie während der Sommerferien in Berkeley bleibe.

Zum Schluß fügte der Dean jedoch eine persönliche Bemerkung hinzu und bat Raymond inständig, Isabel von dieser Beschleunigung ihrer Ausbildung abzuraten. Seiner Ansicht nach würde diese Maßnahme nur wieder die Aufmerksamkeit auf ihre Frühreife lenken und die unersättlichen Journalisten aus ihren Löchern locken.

Derartiger Gardinenpredigten müde, teile Raymond Isabel an jenem Nachmittag die gute Nachricht mit, doch ohne den vorsichtig warnenden Zusatz.

Isabel freute sich – vor allem, weil es *ihren Vater* glücklich machte.

Mitte Juni fuhren Vater und Tochter zur Feier von Peters High-School-Abschluß nach San Diego. Raymond drängte seine Tochter, ihre Pläne für den Sommer nicht zu verraten: »Wir wollen doch nicht, daß deine Mutter dir das ausredet.«

Isabel machte sich hauptsächlich Gedanken darüber, wie Peter auf ihr Wiedersehen reagieren würde, vor allem, da sie ihm akademisch so weit voraus war.

Als sie dann vor dem Haus hielten und er mit einem ›Herzlich willkommen zu Hause‹-Luftballon herausgelaufen kam, um sie in die Arme zu nehmen, waren all ihre Bedenken wie weggeblasen.

Isabel war glücklich, wieder zu Hause zu sein und in ihrem eigenen Bett schlafen zu können, umgeben von all den Puppen und Stofftieren, die sie hatte zu Hause lassen müssen. Ganz einfach wieder in diesem Zimmer zu sein, war schon ein ganz besonderes Glück.

Lange lag sie wach und versuchte sich vorzustellen, wie ihr Leben wohl verlaufen wäre, wenn sie nicht nach Berkeley, sondern hier zur Schule gegangen wäre. Aber Träume waren sinnlos; sie war schon viel zu weit auf einem anderen Weg vorangeschritten.

Die Abschlußfeier fand am folgenden Vormittag im Sportstadion der High-School statt. Obwohl es herzlichen

Applaus gab, als Peter das Podium erklomm, wurde sein kurzer Augenblick des Ruhms beeinträchtigt, als den Zuschauern klarwurde, daß sich, wenn er auf dem Podium stand, seine Schwester wahrscheinlich irgendwo in der Nähe aufhalten mußte. Dutzende von Blicken durchforschten die Zuschauerreihen, bis sie das berühmte Wunderkind entdeckt hatten.

Mehrere Zuhörer, die in ihrer Nähe saßen, drängten Isabel, ihnen auf dem Programmheft ein Autogramm zu geben. Sie fühlte sich überrumpelt, weil sie fand, dieser Tag gehörte eigentlich ihrem älteren Bruder.

Bei dem anschließenden Picknick im Freien wirkte Peter keineswegs verstimmt. Er küßte kurz seine Familie und lief dann davon zu seinen Klassenkameraden.

Am selben Abend ging ein elegant gekleideter Peter aus.

Muriel hatte ihm ihren Wagen geliehen, damit er ›sein Mädchen‹ stilvoll abholen und zum Abschlußball in der Turnhalle begleiten konnte.

Als er in den frühen Morgenstunden heimkehrte und in die Küche ging, sah er zu seiner Überraschung, daß seine jüngere Schwester noch wach war und – ausgerechnet – in einem *Cosmopolitan*-Heft blätterte.

»Himmel, Isa«, sagte er, »das hätte ich mir nicht träumen lassen, daß du dieses hirnlose Zeug liest. Bist du sicher, daß du da drin nicht irgendein hochintellektuelles Physikjournal verborgen hast?« Er holte sich eine Dose Bier aus dem Kühlschrank.

»Hör auf, Peter, ich bin doch kein kompletter Freak«, antwortete sie gutmütig. »Glaubst du vielleicht, wir würden uns in Berkeley nicht amüsieren?«

Ihr Bruder setzte sich, legte unhöflich die Füße auf den Tisch, öffnete die Bierdose und antwortete:

»Allerdings. Nach allem, was ich in der Zeitung über dich lese, widmest du jede einzelne Minute deines Lebens dem Streben nach Wissen.«

»Du solltest nicht alles glauben, was die so schreiben.«

»Und was genau treibst du zur Entspannung?« wollte er wissen.

»Ein paarmal in der Woche ins Kino gehen.«

»Mit Jungens?« sondierte ihr Bruder vorsichtig.

»Natürlich nicht! Ich bin erst vierzehn.«

»Na ja, aber das sollte dich nicht hindern, einen sechzehnjährigen Freund zu haben.«

»Mann, du scheinst die Welt ja als eine einzige große Anmache zu betrachten.«

»Also, in deinem Alter sollte das wenigstens einen Teil deines Lebens ausmachen.«

Isabel war verwirrt. Sie wußte nicht, ob er sie auf den Arm nahm, oder – wie sie hoffte – ihr eine Gelegenheit bot, sich ihm zu öffnen.

»Hör zu, Peter«, erklärte sie, »ich nehme an Seminaren teil. Ich liebe das Studium, aber es gibt eine ungeheure Menge zu lernen.«

Er trank noch einen Schluck Bier und fragte sie rundheraus: »Geht Dad eigentlich mit Freunden oder Bekannten aus?«

Diese Frage verblüffte Isabel – und brachte sie in Verlegenheit. »Natürlich nicht; er ist mit Mom verheiratet.«

»Ist das dein Ernst? Das ist doch eher wie eine langfristige Feuereinstellung. Eigentlich bin ich recht froh, daß *sie* nicht zu Hause sitzt und Trübsal bläst.«

»Soll das heißen, Mom geht mit anderen Männern aus?« erkundigte sich Isabel beunruhigt.

»Mit einem Wort, ja. Natürlich weiß ich nicht, ob das platonische Beziehungen sind oder nicht. Aber sie läßt bestimmt nichts anbrennen.«

»Gibt es – äh – einen bestimmten?«

»Na ja, sie geht recht häufig mit Edmundo Zimmer zu musikalischen Anlässen.«

»Ist der nicht verheiratet?« erkundigte sich Isabel.

»Großer Gott, lebst du auf dem Mond, Isa? Das hier ist Kalifornien, und Scheidungen sind beliebter als Baseball. Aber ich glaube, daß Edmundos Frau, obwohl sie einander jahrelang nicht gesehen haben, sehr katholisch ist und sich weigert, in die Scheidung einzuwilligen. Mom mag ihn sehr, und sie haben sehr vieles gemeinsam.«

»Ich weiß nicht, ob ich das hören will«, klagte Isabel, der es peinlich war, daß ihr Bruder das Privatleben der Mutter so sachlich schilderte. »Meinst du, Dad und Mom werden sich, du weißt schon, trennen?« fragte sie ängstlich.

»Na ja, sie sind schließlich kaum noch zusammen, nicht wahr?«

Einen Augenblick blieb sie still. Peter hob die Füße vom Tisch, stand auf und legte ihr einen Arm um die Schulter.

»Hör zu, Isa, ich sage das alles nicht, um dir Angst einzujagen. Aber wozu gibt es Geschwister? Und außerdem bist du der einzige Mensch auf der Welt, mit dem ich darüber reden kann.«

Isabel war gerührt. Sie sah ihn liebevoll an und antwortete flüsternd: »Weißt du, ich hatte gar nicht gemerkt, wie sehr du mir fehlst – bis heute abend.«

»Du bist lieb, Isa. Ich freue mich wirklich sehr darauf, daß wir im Sommer wieder zusammen sein werden. Mom hat eine Blockhütte im Yellowstone Park gemietet und…«

Auf einmal stellte Peter fest, daß Isabel nicht mehr lächelte.

»Verflixt, du willst doch nicht etwa sagen, daß ihr einen Rückzieher macht?«

Sie nickte, konnte ihm aber nicht in die Augen sehen.

»Nein!« zischte er durch die zusammengebissenen Zähne. »Das kann er dir nicht antun. Ich hatte mich so darauf gefreut, daß wir…«

»Ich auch, Peter«, antwortete sie traurig. »Aber die Fakultät hat meinen Antrag, vorzeitig meinen BSc zu machen, genehmigt.«

»*Seinen* Antrag, meinst du wohl, oder?«

»Es spielt keine Rolle, wer den Brief geschrieben hat, Peter. Wir waren beide der Überzeugung, daß es für mich das Richtige ist.«

Ihr Bruder wurde rot vor Zorn und Enttäuschung.

»Weißt du was, Schwesterchen? Er liebt dich gar nicht, weil du du bist. Er benutzt dich nur als Entschädigung für…«

Isabel stand auf. »Ich will jetzt nichts mehr davon hören«, erklärte sie bestimmt.

»Warum – hast du Angst, daß du's etwa glauben könntest?«

Sie machte Miene hinauszumarschieren, aber Peter rief ihr leise nach: »Nur eines möchte ich dir noch sagen, Isabel.«

Sie blieb stehen und wandte sich zu ihm um. »Was?«

»Eines Tages wirst du die Augen öffnen und erkennen, wie unglücklich du bist. Ich weiß zwar nicht, wann das geschehen wird, aber ganz gleich, wann – Tag oder Nacht –, ich werde am anderen Ende der Telefonleitung sein.«

Mit Worten konnte sie nicht darauf antworten, das war Peter klar. Denn damit hätte sie zugeben müssen, daß er recht hatte. Aber in ihren Augen las er, daß sie gerührt war.

In den darauffolgenden Tagen wurde Isabel immer beklommener zumute, denn sie wußte, daß ihre Eltern auf Kollisionskurs gegangen waren. Doch als der schreckliche Augenblick kam, verlief er auf unheimliche Weise lautlos. Denn ihre Mutter hatte beschlossen, nicht zuzulassen, daß irgend etwas ihr ohnehin schon brüchiges Verhältnis zu Isabel gefährdete.

Als ihre Tochter zwei Tage später auf ihrem Zimmer in ihren Sachen kramte, kam Muriel herein und versuchte vorsichtig, das Thema zur Sprache zu bringen.

»Kann ich helfen?« fragte sie.

»Danke, Mom, ich sehe nur nach, was ich mitnehmen möchte.«

»Hör zu, Liebling«, begann Muriel liebevoll, »dein Vater hat mir von euren neuen, ultraehrgeizigen akademischen Plänen erzählt. Ich hab's inzwischen aufgegeben, mit ihm darüber zu streiten. Er sitzt leider am längeren Hebel. Denn er weiß, daß ich – obwohl ich strikt dagegen bin – niemals versuchen werde, dich an deinen Studien zu hindern.«

Isabel sah, wie bekümmert die Mutter war, und wußte nicht, was sie sagen sollte. Das einzige, was ihr einfiel, war ein schlichtes, aufrichtiges »Danke, Mom«.

Doch es kam mehr. »Andererseits«, fuhr Muriel fort, »haben dein Vater und ich unsere eigenen Angelegenheiten zu bereinigen und sind zu dem Schluß gekommen, daß wir den

Vorhang über unserer Ehe, dieser Farce, fallen lassen könnten. Wir werden also die Scheidung einreichen.«

Isabel war tief erschüttert. Obwohl der rationale – wissenschaftliche – Teil ihres Verstandes die äußerliche Auflösung der ehelichen Bindungen ihrer Eltern registrierte, wiegte sie sich immer noch in der Illusion, die von den beiden ihretwegen aufrechterhalten worden war.

Nachdem diese nunmehr brutal zerstört worden war, fühlte sie sich zu dem Geständnis bewegt: »O Gott, Mom, es tut mir ja so leid! Ich meine, ich weiß genau, daß alles nur meine Schuld ist.«

»Ich wüßte nicht, wieso, Isabel. So seltsam es auch klingen mag, einer der wichtigsten Gründe dafür, daß ich diesen unterschwelligen Spannungen ein Ende bereiten möchte, ist die Tatsache, daß du – jedenfalls vorläufig – das einzige bist, was Raymond am Leben erhält.«

17 ADAM

Adam hegte noch immer die Hoffnung, Tonis Mutterinstinkte wiedererwecken zu können. Nachdem er es sich selbst eingeredet hatte, versuchte er auch sie zu überzeugen, daß sie, wenn sie ein richtiges Zuhause wollten, unbedingt ein eigenes Haus haben sollten.

Inzwischen war Heather in dem Alter, in dem sie einen großen Garten brauchte. Also wurden sie zu Vorstadtbewohnern und zogen in ein weitläufiges, dreistöckiges weißes Haus mit traditionellen grünen Fensterläden in Wellesley Hills.

Eines der kleineren Schlafzimmer richtete sich Toni als Arbeitsraum ein und verband einen Computer nicht nur mit dem Hauptsystem ihrer Firma und mit der Datenbasis der Juristen, sondern auch mit ihrem Vater.

Adam dagegen konzentrierte sich darauf, aus dem Garten ein Kinderparadies zu machen. Wie er ganz richtig vermutet hatte, verbesserten diese Einrichtungen das Gesellschaftsleben seiner Tochter um ein Beträchtliches, denn auf die Nachbarskinder wirkte der Spielplatz sofort äußerst anziehend.

Von dem Augenblick der Geburt seiner Tochter an hatte sich Adam innerlich geschworen, sie niemals als etwas Selbstverständliches zu betrachten. Und um zu garantieren, daß ihre Welt von Liebe umgeben war, machte er es sich zur Gewohnheit, um sieben Uhr abends zum Essen zu Hause zu sein und ihr anschließend eine Gutenachtgeschichte vorzulesen … oder zwei … oder drei …

Wenn sie dann endlich eingeschlafen war, kehrte er ins Labor zurück, wo er um diese Zeit ungestört arbeiten konnte.

Mit seinen Forschungen erntete er schon bald nicht nur berufliche Anerkennung, sondern auch greifbare Resultate. Er begann jene glanzvollen Preise einzuheimsen, die normalerweise an seine grauhaarigen Vorgesetzten verliehen wurden. Und das, was glänzte, war häufig auch wirklich Gold. Selbst relativ kleine Preise brachten ihm Summen von fünfundzwanzig- bis fünfzigtausend Dollar ein. Und bald entwickelten diese Ehrungen eine Eigendynamik.

Eines Abends beim Dinner behauptete Lisl, Adam mache so große Fortschritte, daß er in spätestens drei Jahren den Lasker Award bekommen werde.

»Gilt der nicht als Vorstufe für den Nobelpreis?« erkundigte sich Toni.

»Ja«, bestätigte Lisl. »Der nächste Preis kommt dann mit einem Händedruck des schwedischen Königs.«

»Und einer schnuckeligen Million Dollar«, ergänzte Toni.

»Vergiß nicht, Liebling, daß ich die möglicherweise mit jemandem teilen muß«, warnte Adam scherzhaft.

»Schon gut, ich hätte nichts dagegen«, antwortete Toni. »Dann würde uns immer noch genug bleiben, um das Haus zu kaufen, das wir diesen Sommer auf Cape Cod gemietet haben.«

»Auf den Fotos sieht es bezaubernd aus«, warf Lisl ein. »Hat es Heather dort gefallen?«

»Sie fand es herrlich«, sagte Adam. »Heather und ich sind jeden Morgen früh aufgestanden, haben uns Sandwiches eingepackt, einen langen Spaziergang am Strand entlang gemacht und draußen gepicknickt.«

»Klingt idyllisch«, bemerkte Lisl.

»Nur wird es Heather später vermutlich verdammt schwer haben, einen Ehemann zu finden, der Adam das Wasser reichen kann«, meinte Toni. »Manchmal bin sogar ich eifersüchtig. Sobald Adam nach Hause kommt, hängt er sich sofort stundenlang ans Telefon und spricht ewig mit dem Labor oder den im ganzen Land verstreuten Patientinnen in den verschiedensten Stadien der Schwangerschaft.«

»Du solltest dich schämen!« schalt Lisl. »Adam, du entwickelst dich doch nicht etwa zum Workaholic?«

»Ach, weißt du«, entgegnete Toni, »was Workaholics betrifft, so sollte keiner in diesem Zimmer den ersten Stein werfen. Ich muß gleich nach oben verschwinden, um mich für die Verhandlung von morgen vormittag vorzubereiten. Würdest du mich entschuldigen, Lisl?«

»Selbstverständlich, meine Liebe.«

Obwohl es nicht das erstemal war, daß sie sich in ihr Arbeitszimmer zurückzog, fühlte Adam sich unbehaglich, daß Toni ihren Gast einfach im Stich ließ. Entschuldigend sah er Lisl an.

»Macht nichts«, sagte diese und tätschelte ihm die Hand. »Ich entwickle mich öfter mal zum Lästling.«

»Hör auf! Du weißt genau, daß das nicht stimmt«, protestierte Adam. Dann setzte er mit gedämpfter Stimme hinzu: »In letzter Zeit gehe ich ihr, glaube ich, auch auf die Nerven.«

»Ich fürchte, nichts in Boston kann sich mit dem messen, was Toni in Washington zurückgelassen hat«, bemerkte Lisl. »Und beruflich empfindet sie wohl so eine Art Nostalgie.«

»Ressentiment wäre wohl treffender«, behauptete Adam und bereute sofort, so aufrichtig gewesen zu sein.

»Telefoniert sie noch immer so oft mit ihrem Vater?«

»Nicht unbedingt«, gab Adam ironisch zurück. »Normalerweise nicht mehr als einmal am Tag.«

»Oho, das klingt nicht ideal. Auf gar keinen Fall dürfte sie deswegen ihre Mutterrolle vernachlässigen«, warnte Lisl.

»Sag *du* ihr das«, gab Adam frustriert zurück. »Das Problem liegt darin, daß Heather intelligenter ist, als ihr guttut. Ich bin überzeugt, sie spürt, daß ihre Mutter nicht mit dem Herzen bei der Sache ist.«

»Na ja, wenn's dir ein Trost ist – ich glaube kaum, daß Toni sich anders verhalten würde, wenn ihr in Washington lebtet.«

Adam barg das Gesicht in den Händen. »Verdammt«, murmelte er, »woher hätte ich damals, als wir uns kennenlernten, wissen sollen, daß sie gegen die Mutterschaft ... allergisch ist?«

»Du warst verliebt. Kein Mensch hätte sie dir ausreden können«, sagte Lisl liebevoll, um sein Gewissen zu beschwichtigen.

Er überlegte einen Moment, dann antwortete er: »Offen gestanden, du hast recht.« Und fügte hinzu: »Inzwischen versuche ich, zum Ausgleich für ihre Vernachlässigung der mütterlichen Pflichten nicht mehr bis spät nachts im Labor zu arbeiten.«

»Das ist zwar gut für Heather«, wandte Lisl ein, »aber es ist unfair gegen dich selbst. Schließlich kann und wird die Forschung, wie du ja weißt, niemals ein Neun-bis-fünf-Uhr-Job sein.«

»Weißt du was?« gab er zurück. »Genau das sagt Toni mir über ihre Anwaltspraxis.«

Es war fast neun Uhr abends. Der Altweibersommer war so heiß, daß sich der Asphalt unter den Schuhen der Fußgänger, die die Longwood Avenue überquerten, noch immer wie weiche Lakritze anfühlte.

Als Adam das Labor verließ und auf seinen Wagen zuging, entdeckte er aus den Augenwinkeln eine Gestalt, die ihm irgendwie bekannt vorkam. Am Bordstein stand eine junge Frau, die mit der rechten Hand ihr Gesicht bedeckte und am ganzen Körper zitterte.

Als er näher kam, erkannte er Anja Avilowa, die unglückselige Russin, der er einige Monate zuvor eine so deprimierende Auskunft hatte geben müssen.

»Anja! Was ist denn los?« erkundigte er sich mitfühlend.

Erschrocken blickte sie auf; ihr Gesicht war tränennaß.

»Ach, Doctor Coopersmith. Es ist nichts«, antwortete sie wenig überzeugend.

»Bitte, erzählen Sie mir, was Sie bedrückt. Gestatten Sie mir, daß ich Sie auf einen Kaffee einlade; dann können wir reden.«

»Nein, nein, mir geht's gut«, protestierte sie abermals. »Außerdem haben Sie Wichtigeres zu tun.«

Doch bevor sie weiterprotestieren konnte, ergriff er ihren Arm und steuerte sie auf den Coffee Shop im Motel neben dem Children's Hospital zu.

Seine Versuche, belanglos zu plaudern, schlugen fehl. Auf seine banalen Fragen, wie etwa, ob sie sich in Boston eingelebt habe und wie es mit ihrem Englisch-Unterricht stehe, antwortete sie nur einsilbig oder mit höflichen Platitüden.

»Und wie geht's Dimitri?«

Sie zuckte die Achseln. »Vermutlich gut.«

»Vermutlich?«

»Er hat mich verlassen«, erklärte sie bemüht nonchalant.

Adam war versucht zu sagen, drei Kreuze hinterher, er hatte dich nicht verdient. Aber er hielt den Mund und ließ sie reden.

»Er hat sozusagen etwas Besseres gefunden.«

»Ach?«

»Ja. Er hat sich in eine andere Frau verliebt und lebt mit ihr zusammen.«

Ich hab's gewußt, dachte Adam. An jenem Tag in meinem Büro hab' ich gespürt, daß er drauf und dran war, aus ihrem Leben zu verschwinden.

»Und Sie leben ganz allein?«

Sie konnte nur nicken.

»Aber *wie* leben Sie? Ich meine, wie bezahlen Sie die Rechnungen und so weiter?«

»Er gibt mir Geld. Schließlich arbeite ich noch immer in seinem Labor.«

»Und wann ist das alles passiert?«

»Gleich nachdem wir bei Ihnen waren.«

»Ich wünschte, Sie hätten sich mit mir in Verbindung gesetzt. Ich hätte doch…«

»Es gab keine medizinische Veranlassung«, gab sie schüchtern zurück. »Wie dem auch sei, ich komme zurecht. Dennoch war es leichter, den Gedanken an eine Frau zu ertragen, die ich nicht kannte«, fuhr sie fort. »Aber eben hab' ich die beiden gesehen, wie sie Arm in Arm über die Straße gingen. Und ich kann wirklich nicht behaupten, daß die beiden ein attraktives Paar sind.«

»So hübsch wie Sie kann sie unmöglich sein«, versuchte Adam sie aufzumuntern.

»Nein«, erklärte sie ein wenig bissig, »*sie* ist schon ganz attraktiv. Nur er ist es, der so abstoßend wirkt. Ich wünschte, ich hätte meine Brille getragen, als er mich bat, ihn zu heiraten.«

Adam lachte. »Na ja, den Humor haben Sie wenigstens nicht verloren«, sagte er scherzend.

»Das darf ich nicht«, gab sie betont zurück. »Die Frau ist schwanger.«

Adam war sprachlos. »Sind Sie sicher?«

»Ja, er hat es mir selber gesagt. Ich glaube, er wollte mich bestrafen.«

»Dieses Schwein! Zu schade, daß Sie tagtäglich bei der Arbeit mit ihm zu tun haben.«

»Das war, glaube ich, auch ein Grund, warum er es mir gesagt hat. Ich bin sicher, es wäre ihm lieber, wenn ich mir einen anderen Job suche.«

»Ganz meine Meinung.«

Sie sah ihn an und machte eine hilflose Geste. »Aber ich habe meine Qualifikation noch nicht. Wo könnte ich also arbeiten?«

»Bei mir im Labor«, erwiderte er impulsiv. »Ich würde Sie nicht nach Ihrem Diplom fragen.«

»Das ist sehr liebenswürdig«, gab sie zurück. »Sie sind ein wundervoller Mensch, Doctor Coopersmith, deswegen werde ich Ihnen sagen, was für ein schlechter Mensch ich bin. Ich will ihm heimzahlen, was er mir angetan hat. Ich will, daß er mir jeden Morgen, wenn er hereinkommt, ins Gesicht sehen muß. Und den Tag mit Magenschmerzen beginnen.«

»Für mich dagegen wäre es ein wundervoller Tag, wenn ich Sie morgens als erste sehen dürfte.«

Sie errötete. »Sie schmeicheln, Doctor.«

»Also erstens«, gab er zurück, »schmeichle ich Ihnen nicht. Zweitens möchte ich, daß Sie mich Adam nennen. Und drittens sollten Sie mein Angebot ernst nehmen.«

»Und viertens?« Sie lächelte.

»Im Moment fällt mir nichts weiter ein.« Er lachte. »Aber nur, weil ich damit beschäftigt bin, mich auf eine Konferenz in San Francisco vorzubereiten, die morgen vormittag stattfindet. Viertens jedoch werde ich Sie morgen anrufen und mich erkundigen, wie's Ihnen geht.«

18 ISABEL

Am Ende ihres kurzen Besuchs in San Diego packten Raymond und Isabel ihre Sachen, um nach Berkeley zurückzukehren.

Unter Muriels äußerlicher Ruhe verbarg sich ein heftiger innerer Aufruhr. Ihre ›Gelassenheit‹ war weitgehend auf ihre starken Beruhigungsmittel zurückzuführen, verschrieben von dem Therapeuten, den sie inzwischen aufgesucht hatte. Um ihr Verhältnis zu Isabel auch in Zukunft nicht zu gefährden, war es kurzfristig offenbar das beste, wenn sich Muriel vorerst mit den geänderten Plänen einverstanden erklärte. Es war eindeutig, daß sie an ihrer Tochter festhalten konnte, wie sie wollte – Raymond würde sie ihr nur noch heftiger zu entziehen suchen. Und Isabel würde dabei zerrissen werden.

Unbeteiligt wünschte Muriel Raymond eine gute Fahrt. Erst als sie ihre Tochter zum Abschied umarmte, vermochte sie die Tränen nicht mehr zurückzuhalten. Auch Peter biß sich auf die Lippe, als er die Schwester in die Arme nahm; anschließend versuchte er seinen heftigen Widerwillen zu verbergen, als er dem Mann flüchtig die Hand reichte, der sich weigerte, sein Vater zu sein.

Isabel schlummerte, während Raymond wie ein Dämon durch die Nacht jagte. San Francisco erreichten sie in jenem magischen Moment, da Dunkelheit und Dämmerung sich begegnen. Die Seitenlampen brannten noch, als die ersten Sonnenstrahlen die Kabel zwischen den gigantischen Bogen der Golden-Gate-Brücke streiften, daß sie schimmerten wie die Fäden einer riesigen Glühbirne.

»Ah«, sagte er, »unser Zuhause.«

Sie tat, als schliefe sie noch. Für Isabel aber war einzig das Haus, das sie zurückgelassen hatten, ihr Zuhause.

Als sie ihre Wohnung erreichten, mußte Raymond die Tür gewaltsam aufstemmen, denn auf dem Fußboden dahinter türmte sich die Post.

»Irgend etwas für mich?« erkundigte sich Isabel.

Raymond war damit beschäftigt, Kuverts aufzureißen, aber er hatte es doch gehört. »Da ist tatsächlich was für dich.« Er reichte ihr das Schreiben und hatte bereits festgestellt, daß als Absender die Fakultät für Physik zeichnete.

Isabel öffnete den Brief; einen Moment lang starrte sie auf das Blatt hinunter, dann begann sie zu strahlen.

»He, Daddy – super! Karl Pracht lädt mich – ich meine, uns beide – zu einer Party bei ihm ein.«

»Wer kommt noch?« erkundigte sich ihr Vater argwöhnisch.

»Ach, eigentlich nur Physiker«, gab sie zurück. »Aus irgendeinem Grund sind die meisten von ihnen Einzelgänger. Ich glaube, das liegt am Fachgebiet, weil sie alle fast ausschließlich in ihrem eigenen Kopf leben. Einmal im Jahr holt Karl sie jedoch aus ihren Labors heraus, damit sie sich mal frischen Wind um die Nase wehen lassen.«

»Klingt überaus gastfreundlich«, mußte Raymond zugeben, denn aus eigener Erfahrung wußte er, daß seine Tochter recht hatte. Besorgt war er weniger über Isabel als über sich selbst – besorgt wegen der beunruhigenden Möglichkeit, daß er bei den Gesprächen nicht mithalten konnte.

Aber wenigstens würde ihm das Gelegenheit geben, diesen Pracht kennenzulernen.

Das Haus des Professors lag durchaus angemessen am Panoramic Way in den Berkeley Hills, einem neu erschlossenen Viertel, dessen luxuriöse Villen architektonisches Zeugnis davon ablegten, daß ihre Eigentümer die höchstdekorierten und damit höchstbezahlten Mitglieder der Naturwissenschaftlichen Fakultäten von Berkeley waren.

Karl Pracht öffnete ihnen persönlich die Tür. Er war schlank, hatte hängende Schultern, einen zurückweichenden Haaransatz und war – vor allem, wenn er lächelte – unzweifelhaft sehr attraktiv. Raymond verabscheute ihn auf Anhieb.

Er hieß Isabel herzlich willkommen und stellte sich ihrem Vater vor. »Ich freue mich, daß Sie kommen konnten, Mr. da Costa.«

Raymond, der sich in die Defensive gedrängt fühlte, interpretierte dies als subtile Ironie, als Kritik an seiner ständigen Gegenwart als Isabels Schatten.

»Kommen Sie doch mit in den Garten«, fuhr Pracht fort. »Isabel kann Sie mit allen Anwesenden bekannt machen. Aber ich warne Sie, die sind nicht alle so spritzig wie Ihre Tochter. Die brauchen mindestens zwei bis drei Drinks, bis sie so richtig loslegen.«

Während sie im Garten hinter dem Haus umherschlenderten, betrachtete Raymond die Gesichter der Gäste. Dies war eine ideale Gelegenheit, die Besetzungsliste der Leute zu begutachten, mit denen Isabel im Labor zusammenarbeitete, wohin er sie – aus Mangel an einer glaubwürdigen Ausrede – nicht begleiten durfte.

Er war durchaus nicht überrascht, daß die meisten Gäste männlichen Geschlechts waren. Die wenigen anwesenden Damen, Ehefrauen der älteren Studenten, waren besonders gespannt auf Isabel, die berühmteste Studentin der Fakultät.

Sie begrüßten Raymond mit einem Respekt, den er nicht erwartet hatte. Und so kehrte seine Selbstsicherheit zurück, bis ihm plötzlich etwas einfiel. Flüsternd fragte er seine Tochter: »Gibt es denn keine Mrs. Pracht?«

»Doch, die gibt es, aber sie lassen sich gerade scheiden.«

»Ach so«, sagte Raymond. Paradoxerweise betrachtete er Prachts zweifelhaften Personenstand, obwohl er selbst ebenfalls in Scheidung lebte, verächtlich als einen Minuspunkt.

Zwei junge Männer, ungefähr sechzehn und dreizehn, grillten Hot dogs und Hamburger, als Vater und Tochter mit ihren leeren Tellern kamen. Der ältere ›Koch‹, sehnig, braungebrannt, mit blonden Haaren, die von der Sonne fast weiß gebleicht waren, begrüßte Isabel munter und selbstsicher.

»He du, du bist bestimmt Miß Einstein – ja?«

Raymond runzelte die Stirn.

»Nun komm schon, Isabel«, drängte er griesgrämig und ungeduldig. »Wir halten die Warteschlange auf.«

»Im Gegenteil«, widersprach der Junge. »*Ich* halte sie auf, um mit der einzigartigen Gottesgabe für die Physik und der – ohne Rücksicht auf Alter und Verstand – süßesten Frucht Bekanntschaft zu schließen, die der Naturwissenschaft geschenkt wurde, seit Newton sein berühmter Apfel auf den Kopf fiel.«

»He, was glaubst du eigentlich, mit wem du sprichst?« mischte sich Raymond ein.

»Hab' ich Sie irgendwie gekränkt, Mr. da Costa – oder muß ich ›Doctor‹ sagen? Ich weiß nur, daß Sie auch in diesem Fach mitmischen.«

Raymond hielt das für einen nicht sehr subtilen Nasenstüber. Denn da jeder in der Fakultät wissen mußte, daß er keinen Doktorgrad besaß, versuchte dieser Grünschnabel eindeutig, ihn zu demütigen.

»Darf ich mich vorstellen?« fuhr der junge Mann fort. »Ich bin Jerry, Karls Strafe dafür, daß er zu intelligent ist. Ich meine, wie sollte ich sonst wohl auf diese Intelligenzbestienparty geraten sein – stimmt's? Und das ist mein Bruder George.«

An seinen Koch-Assistenten gewandt, ordnete er an: »Du

übernimmst jetzt die Abfütterung, und ich bringe diese lieben Leute zu ihrem Tisch.«

»Das ist nicht nötig«, begann Raymond zu protestieren, aber der junge Mann griff sich ihre Pappteller und führte sie quer über den Rasen zu einem Tisch, auf dem, wie Isabel jetzt feststellte, eine handgeschriebene Karte mit der Aufschrift ›Reserviert‹ lag.

»Darf ich mich zu Ihnen setzen?« Die Frage war eindeutig rhetorisch gemeint, denn bevor jemand antworten konnte, hatte Jerry Pracht schon Platz genommen.

Innerlich kochend, versuchte Raymond die Beherrschung nicht zu verlieren. Schließlich, so sagte er sich immer wieder, ist dies der Sohn des Studienberaters meiner Tochter.

»Ich hab' dein Foto auf dem Schreibtisch deines Vaters gesehen«, erklärte Isabel.

»Das er zweifellos als Dartboard benutzt«, gab Jerry zurück. »Vermutlich hat er dir erzählt, daß ich nicht unbedingt der Newton-Apfel bin, der nicht weit vom Stamm fällt.«

»Eigentlich hat er mir nur erzählt, daß du im Augenblick den Rebellen spielst«, erwiderte Isabel. »Daß du im Grunde aber wirklich brillant bist.«

»Nein, *war*. Aber das hab' ich aufgegeben, als ich von der Schule abging, um Profi-Tennis zu spielen.«

»Warum willst du dich unbedingt für dumm verkaufen?« erkundigte sich Isabel aufrichtig interessiert.

»Ehrlich?« fragte er, ernst geworden. »Ich werde dir ein warnendes Beispiel schildern: Bis du hier aufgetaucht bist, war Karl Pracht die jüngste Person, die jemals ins Physikalische Programm von Berkeley aufgenommen wurde...«

»Das wußte ich nicht«, fiel Isabel ihm ins Wort.

»Doch.« Jerry nickte. »Du hast ihm die Krone genommen. Aber damit nicht genug, heiratete er in einem allzu frühreifen Alter eine überschallmäßige Mathematikstudentin. Das Resultat dieses genetischen Overkills siehst du hier vor dir – geschlagen mit einem IQ, der dem Fahrenheit-Grad siedenden Wassers gleichkommt.«

Auf der Stelle wurde Raymonds Interesse wach. Er war fasziniert von der Abstammung des jungen Mannes und dem überwältigenden intellektuellen Potential, das beides verhieß.

Isabel dagegen wußte sofort, daß sie in Jerry einen Menschen gefunden hatte, der verstehen würde, daß sie sich manchmal wie ein Freak vorkam. Und der außerdem mutig genug gewesen war, aus diesem Affenhaus der Genies auszubrechen.

»Aber bedenk doch, wieviel du noch über die Welt lernen könntest.« Es waren die ersten freundlichen Worte, die Raymond mit dem jungen Pracht sprach.

»Die Welt beeindruckt mich nicht sonderlich, Mr. da Costa. Sie ist ein verdreckter, überbevölkerter Vorort des Universums. Ich halte mich lieber an den Weltraum.«

Da gehört er auch hin, dachte sich Raymond insgeheim.

»Mein Dad erinnert mich immer wieder daran, daß die erste Frage, die ich ihm seiner Erinnerung nach gestellt habe, lautete: ›Warum leuchten die Sterne?‹«

»Wirklich?« Isabel dachte an ihre eigene Neugier als kleines Kind und empfand eine unerklärliche Verbundenheit mit Jerry.

»Wie alt warst du damals?« erkundigte sich Raymond. Und in seiner Stimme klang unverkennbar ein Ton des Wetteiferns mit.

»Ach, ich weiß nicht«, antwortete Jerry nachdenklich. »Ich glaube, mit dem Sterngucken – und mit den Fragen – hab' ich schon angefangen, als sie mir noch die Windeln wechseln mußten.«

»Nun, du hattest die richtigen Eltern, um deine Fragen zu beantworten«, meinte Isabel.

»Du aber auch.« Jerry hatte das Gefühl, ein wenig Schmeichelei auf diesem Gebiet werde ihm bei Isabels Vater ein wenig weiterhelfen.

»Haben deine Eltern dir Unterricht gegeben?« wollte Raymond wissen.

»Endlos«, antwortete Jerry. »Das grenzte fast schon an Kindesmißbrauch. Ich mußte sie anflehen, mich auf eine Schule zu schicken, damit ich endlich von diesem akademischen Druck erlöst wurde.

Aber es war natürlich eine Schule für ›besondere‹ Kinder. Ich scheue mich, für mich das Wort ›hochbegabt‹ zu benutzen, aber ich hab' mich hineingeblufft. Ich war motiviert, weil die wenigstens einen Tennisplatz hatten.

Jedenfalls habe ich dort meinen späteren Freund Darius kennengelernt, der genauso verrückt nach den Sternen war wie ich. Wir haben zusammen ein Teleskop gebaut. Die Glasarbeiten habe fast alle ich übernommen, und Darius hat ausgerechnet, wie man mit einem Laser die Krümmung kontrollieren kann. Er hat tatsächlich das Interferometer gebaut. Wir haben ein paar Monate gebraucht, bis der Spiegel perfekt war.

Wie Sie sich vorstellen können, wollte Dad, daß wir das Ganze für *Sky and Telescope* aufschrieben, aber Darius und ich haben das kategorisch abgelehnt. Unser technologischer Triumph steht augenblicklich auf der anderen Seite unseres Gartens in einem handgearbeiteten Sperrholzkasten mit einer Kuppel, die man tatsächlich drehen kann. Falls Sie Interesse haben – ich würde mich freuen, es Ihnen zeigen zu dürfen.«

»Ich würde…«, setzte Isabel sofort an.

»Nicht, wenn es dunkel ist«, fuhr Raymond so heftig dazwischen, daß ihm erst, nachdem er ausgesprochen hatte, so richtig klarwurde, wie absurd sein Einwand war. »Ich meine natürlich, ein anderes Mal«, korrigierte er sich hastig.

»Na, großartig!« Jerry war offenbar begeistert. »Ich nehme das als feste Verabredung. Aber nachdem ich einen unauslöschlichen Eindruck bei Ihnen hinterlassen habe – dürfte ich jetzt ein bißchen mehr über Isa erfahren?«

Bei dieser barbarischen Verstümmelung des Namens seiner geliebten Tochter zuckte Raymond schmerzlich zusammen.

»Ich fürchte, im Vergleich zu dir habe ich ein relativ langweiliges Leben geführt.«

»Das würde ich eigentlich nicht behaupten«, widersprach ihr Vater.

»Aber es stimmt doch, Dad. Du bist viel zu lieb, als daß man sich gegen dich auflehnen könnte – nicht einmal für ein bißchen Tennis.«

»Wie bitte?« rief Jerry übertrieben erstaunt. »Soll das heißen, daß du nicht Tennis spielst?«

»Sie interessiert sich nicht dafür«, gab Raymond eilfertig zurück.

»Das kann ich eigentlich nicht sagen, Dad. Ich hab's schließlich noch nie probiert.«

»Es ist ein Spiel«, erklärte Raymond kategorisch. »Das *Leben* aber ist kein Spiel.«

»Falsch, Sir, absolut falsch«, entgegnete Jerry Pracht leidenschaftlich. »Das macht mich wirklich weit glücklicher als all die Eierköpfe auf dieser Party: Mein Horizont endet an der Grundlinie, und nichts auf der Welt macht mir mehr Freude, als den Ball haargenau innerhalb dieser Linie zu plazieren. Und wie viele Leute außer mir würden sich mit weniger als einer neuen Relativitätstheorie zufriedengeben?

Übrigens, Isa – wie wär's mit ein paar Trainerstunden? In Physik bin ich zwar kein großes Licht, aber ich bin ein fantastischer Tennislehrer.«

»Oh, das wäre super! Ich meine ...« Instinktiv sah sie hilfesuchend zu ihrem Vater hinüber.

»Isabel hat einen anstrengenden Arbeitsplan, Jerry. Ich weiß wirklich nicht, ob sie das schaffen würde.«

»Niemand kann das besser nachfühlen als ich, Mr. da Costa, aber Sie würden sich wundern, wieviel man an einem Samstagvormittag erreichen kann, während Sie Nachhilfestunden geben.«

Wieder einmal abgeschmettert, fragte sich Raymond, wieso die Einzelheiten seiner Aktivitäten allgemein bekannt waren.

Dann erinnerte er sich jedoch sofort an die vielen Bekanntmachungen, die er an die Schwarzen Bretter im Institut geheftet hatte, um sich als Nachhilfelehrer zu empfehlen und die Zeiten anzugeben, zu denen er für Schüler frei war.

Jerry wandte sich an Isabel. »Wie wär's, wenn ich an diesem Samstag gegen zehn bei dir vorbeikomme? Ich werde einen zweiten Schläger mitbringen und auf meinem Dachboden nachsehen, ob ich ein Paar Tennisschuhe in deiner Größe finde – ja?«

Isabel wußte zwar, was sie empfand, aber sie wußte nicht, was sie nach dem Willen ihres Vaters empfinden sollte.

Auf einmal wandte sich Jerry um und entschuldigte sich bei ihnen. »He, Leute, mein ach so unkoordinierter Bruder kreiert ein Heidendurcheinander da drüben am Grill; ich sollte lieber rüberlaufen und ihn da rausholen. Bis Samstagvormittag, Isa«, rief er noch kurz, dann lief er davon.

»Großer Gott«, stöhnte Raymond, als Jerry noch kaum außer Hörweite war. »Pracht ist wirklich zu bedauern.«

»Wieso, Dad?«

»Weil dieser Junge ganz eindeutig geistesgestört ist.«

»Auf mich wirkt er absolut okay«, widersprach Isabel unschuldig.

Raymond runzelte die Stirn über die Naivität seiner Tochter. »Ich werde niemals zulassen, daß du mit einem wie dem Tennis spielst.«

»Und warum nicht?« gab Isabel zurück. »Ich möchte es wirklich sehr gern lernen.«

»Dann werde ich dir einen qualifizierten Trainer besorgen«, versicherte Raymond.

»Aber das ist es ja gerade – er ist qualifiziert.«

Es war Raymond eindeutig unangenehm, diese Probleme auf dem Territorium der Prachts zu diskutieren. »Wir werden später darüber sprechen, Liebling.«

»Aber es gibt nichts zu besprechen, Dad. Du wirst mich ja doch gehen lassen.«

»Wie kommst du darauf?« fragte er überrascht.

»Weil ich dich kenne, und weil du mir noch nie etwas abgeschlagen hast, was ich mir wirklich echt gewünscht habe.«

Raymond biß die Zähne zusammen. Dies war das erste Anzeichen von Ungehorsam, das er an seiner Tochter jemals bemerkt hatte.

Oder nein, das war ein viel zu milder Ausdruck dafür: Es grenzte wirklich an Rebellion.

19 ADAM

Adam hatte an der Tagung in San Francisco teilgenommen und war ununterbrochen beschäftigt gewesen, daher fiel ihm erst auf dem Rückflug ein, daß er vergessen hatte, Anja Avilowa anzurufen.

Zum Glück verfügte die Maschine über ein Funktelefon, und er versuchte, seine Unterlassung möglichst schnell zu korrigieren und wählte ihre Privatnummer.

»Hallo?« Ihre Stimme klang tonlos.

»Anja? – Ich bin's, ich meine, Adam Coopersmith, ich ...«

»Ach so, Doctor«, gab sie zurück, und ihre Stimmung schien sich ein wenig aufzuhellen. »Wie liebenswürdig von Ihnen, mich anzurufen.«

»Ich möchte mich dafür entschuldigen, daß ich nicht schon gestern angerufen habe, aber ich habe in einer Medizinertagung in San Francisco gesteckt.«

»Das macht nichts. Ein freundlicher Anruf kommt nie zu spät.«

»Ich würde gern so bald wie nur irgend möglich mit Ihnen sprechen. Leider kenne ich meine genauen Termine noch nicht, aber kann ich Sie in Ihrem Labor anrufen?«

»Selbstverständlich.«

»Soll ich nach ›Dr. Avilowa‹ fragen?«

»Nein. Dimitri besteht darauf, daß ich, da ich im Augenblick lediglich eine Laborhilfe bin, einfach nur Anja genannt werde.« Und mit angestrengter Unbekümmertheit fügte sie hinzu: »Das hat in diesem Fall wenigstens einen Vorteil: Es besteht keine Gefahr, daß Sie versehentlich ihn an den Apparat kriegen.«

Adam lachte mitfühlend. »Sie haben recht, das ist ein Vorteil. Übrigens halte ich es in jedem Fall für besser, wenn ich mich einfach nur als ›ein Freund‹ bezeichne. Wir wollen doch nicht, daß die Leute einen falschen Eindruck gewinnen – oder?«

»Nein«, stimmte sie zu, »das wollen wir nicht.«

Als Adam nach Hause kam, teilte ihm Toni kurz und bündig mit, daß ihr die Juristische Fakultät der Georgetown University in Washington angeboten hatte, einmal die Woche dort Vorlesungen zu halten.

»Das ist ganz schön schmeichelhaft für mich«, erklärte sie und versuchte darüber hinwegzugehen, daß sie ihm dieses Angebot bis jetzt vorenthalten hatte. »Einer von ihren Gastdozenten hat sie im Stich gelassen. Ich würde heute abend gern mit dir darüber sprechen.«

»Was soll das heißen – ›darüber sprechen‹? Du hast dich doch offensichtlich schon dafür entschieden.«

»Das habe ich allerdings. Ich könnte meine Vorlesung absolvieren und am selben Abend wieder zurückfliegen. Ich glaube, ich hab' mir die Chance verdient, ein bißchen unter Segel zu gehen, meinst du nicht auch? Vor allem, weil ich dadurch einige meiner abgerissenen Washington-Kontakte wiederbeleben könnte.«

»Und was ist mit Heather?« gab er wütend zurück.

»Ich hab' die Adresse einer hervorragenden Kinderfrau, die bereit ist, an ihrem freien Tag herzukommen«, antwortete Toni.

»Kinderfrau? Ich dachte, wir wären uns einig darin, uns niemals als Eltern vertreten zu lassen.«

»Okay«, gab sie energisch zurück, »dann bleibst eben du jeden Mittwoch zu Hause.«

»Na, hör mal! Du weißt genau, daß das unmöglich ist«, protestierte er. »Ich habe ein Labor, das ich leiten muß, und Patientinnen, bei denen jederzeit unvorhergesehene Komplikationen auftreten können.«

»Na schön, sie ist *unser* Kind. Dann such du doch nach einer Lösung.«

Adam hielt einen Moment inne; dann machte er, kochend vor Wut, einen Rückzieher. »Vielleicht sollten wir uns diese Kinderfrau mal ansehen.«

Mrs. Edwina Mallory entpuppte sich als eine so angenehme und tüchtige Frau, daß es schon fast so aussah, als freue sich Heather sogar auf ihren Mittwochsbesuch.

Wenn Toni abends um halb elf nach Hause kam, hatte die grauhaarige ›Nanny‹ das Abendessen serviert, die Küche war blitzsauber aufgeräumt, und Heather war bereits im Bett und schlief, nachdem sie – was bisher selten genug vorgekommen war – Schularbeiten gemacht hatte.

Tonis allwöchentliche Abwesenheit bot Adam die Chance, regelmäßig mit Anja zu telefonieren, die er inzwischen scherzhaft als ›Telefonfreundin‹ bezeichnete. Er vermochte ihre jeweilige Stimmung einzuschätzen und sie, falls nötig, aufzumuntern.

Doch eines Mittwochabends Mitte Oktober, als Mrs. Mallory noch in der Küche aufräumte, rief Toni an und erklärte ihm, sie habe den letzten Rückflug nach Boston verpaßt.

Gereizt sah Adam auf die Uhr und krauste die Stirn. »Soll das etwa heißen, daß du ein sechsstündiges Seminar abgehalten hast?«

»Keineswegs«, erwiderte sie aufgekratzt, »aber ich bin in eine Cocktailparty für einen besonderen Gast geraten und hab' schlicht die Zeit vergessen. Ich werde im Marriott übernachten und morgen früh die erste Maschine nehmen. Wenn ich Glück habe, bin ich so rechtzeitig zurück, daß ich Heather noch vor der Schule sehen kann.«

Sie hielt inne und fügte dann leise hinzu: »He, es tut mir wirklich leid.«

»Ach was«, entgegnete er in wenig überzeugendem Ton, »so was kann immer mal passieren.«

Irgendwie akzeptierte er Tonis Verhalten sogar mit Dankbarkeit. Denn er rief auf der Stelle Anja an.

»Hallo«, sagte sie, »ich freue mich, daß es Mittwochabend ist.«

»Ich auch. Ich habe gedacht ... Wenn ich Mrs. Mallory überreden kann, hierzubleiben, könnte ich rüberkommen und Ihnen einen persönlichen Besuch abstatten. Wäre Ihnen das recht?«

»Müssen Sie das wirklich noch fragen?« gab sie zurück.

Da Anjas Fahranweisungen nicht sehr präzise gewesen waren, gelang es ihm nicht gleich, ihr Haus zu finden. Und als er schließlich sein Ziel erreichte, war er ausnahmsweise einmal derselben Meinung wie das Akademiemitglied Avilow: Wenn man die abblätternde Farbe der Holzveranda als Hinweis nahm, hatte der Bau tatsächlich die Bezeichnung ›Schrottbude‹ verdient.

Inzwischen hatte Adam das Gefühl, daß dieser hinterlistige Russe von vornherein geplant haben mußte, Anja zu verlassen, und absichtlich in diesem heruntergekommenen Haus eine Wohnung genommen hatte, damit er ihr das Apartment bequemerweise als das gemeinsame ›Heim‹ überlassen konnte.

Wie dem auch sei, Dimitri war schon lange vor seinem angekündigten Auszug auf Domizilsuche gegangen und lebte – zusammen mit der zukünftigen Mutter seines Kindes – in einer komfortablen Villa am Charles River Park.

Adam erklomm die Verandatreppe und drückte die Klingel der Wohnung im ersten Stock. Nachdem Anja den elektrischen Summer gedrückt hatte, trat er ein und stand in einem kalten, engen Treppenhaus.

Zu seinem Erstaunen trug Anja, als sie ihm öffnete, einen Parka.

»Wollen Sie um diese Zeit etwa noch ausgehen?«

»Im Gegenteil«, sagte sie, »ich beabsichtige, zu Hause zu bleiben, und da ist es, wie Sie gleich feststellen werden, viel kälter als draußen. Sie sollten Ihren Mantel ebenfalls anbehalten.«

Die Wohnung war kahl. Die einzigen Wärmequellen schienen ein elektrischer Heizofen zu sein – und Anja selbst. Die wenigen Möbel, die es gab, wirkten alt und ramponiert. Relativ neu war nur ein Bücherregal aus Metall, aber das war auffallend leer.

»Haben die Bücher alle ihm gehört?« erkundigte sich Adam.

»Ja«, gab sie kleinlaut zu. »Wir wollten zu einem Genetiker-Kongreß in London. Dimitri fand, es wirke verdächtig, wenn die ... na ja, zu viele Bücher über Geburtshilfe fänden.«

Als er sich in einen Sessel warf und die Federn laut quietschten, mußten sie beide lachen.

»Nun«, meinte Adam, »ich muß gestehen, daß diese Wohnung sogar noch schäbiger ist, als Sie sie beschrieben haben. Deprimiert Sie das eigentlich nicht?«

»Es ist nicht sehr viel schlimmer als die Dormitorien der Medizinischen Fakultät in Rußland. Aber welchem Umstand verdanke ich die Ehre Ihres ganz persönlichen Besuchs?«

»Ich wollte Ihnen in die Augen sehen. Nur so kann ich feststellen, ob Sie glücklich sind.«

»Aber ich *bin* tatsächlich glücklich.« Sie strahlte. Und beide wußten, daß sie nur seinetwegen glücklich war.

Die folgenden Minuten verbrachten sie mit oberflächlichem Geplauder über ihre jeweiligen Labor-Aktivitäten. Dann nutzte Adam diese Chance, um mehr über seine russische Freundin in Erfahrung zu bringen.

»Ich weiß, es ist eine dumme Frage«, begann er. »Aber wie kommt es, daß ein so nettes Mädchen wie Sie sich mit einem Ekel wie Avilow eingelassen hat?«

»Das ist eine sehr lange Geschichte. Wollen Sie wirklich jede schäbige Einzelheit hören?«

»Schäbige Einzelheiten faszinieren mich«, gab Adam zurück. »Soll ich vielleicht den Wein aufmachen, den ich mitgebracht habe?«

Während er die Gläser füllte, die sie auf den Rauchtisch gestellt hatte, erwiderte sie: »Angefangen hat es in Sibirien ...«

»Haben Sie ihn etwa *da* kennengelernt?«

»Sie wollten die ausführliche Version. Also beginne ich mit dem Anfang... Ich wurde in Sibirien geboren. Mein Vater war Arzt und hatte das zweifelhafte Vergnügen, einer der letzten zu sein, die Stalin ins Land der Eisbären und Straflager deportieren ließ.«

»Und was soll er angeblich verbrochen haben?«

»Sein Verbrechen bestand darin, daß er Jude war. Zum Glück war mein Vater während des Zweiten Weltkrieges wegen Tapferkeit ausgezeichnet worden, sonst wäre er nicht nur mit dem Exil bestraft worden.

In Wirklichkeit war das jedoch eine ganz und gar russische Institution, teils Gefängnis, teils Forschungsinstitut. Die Insassen waren Naturwissenschaftler und Ingenieure, die zu gefährlich waren, als daß sie frei herumlaufen durften, aber zu wertvoll, als daß man sie umbrachte. Vor allem jene, die in der Lage waren, militärisch wichtige Forschung zu betreiben.

Da mein Vater als Gefängnisarzt eingesetzt wurde, hatten wir eine eigene kleine Wohnung. Und als einer meiner Lieblings-›Onkels‹ dort rehabilitiert wurde, ersuchte er die Behörden für mich um Erlaubnis, eine Schule außerhalb des Gulags zu besuchen. Aber die war nur eine andere Form von Gefängnis.

Mein Familienname war Litvinow, und selbst die ungebildeten Kinder der Schiffsbauer von Wladiwostok wußten, daß ich eine Jüdin war. Ironischerweise wußte ich eigentlich gar nicht, was es bedeutete, Jude zu sein. Und als ich meinen Vater bat, es mir zu erklären, antwortete er: ›Blaue Flecken auf dem Schulhof, Beleidigungen in der Armee, Verschikkung nach Sibirien‹.«

»Und Sie – hat es das auch für Sie bedeutet?« fragte Adam mitfühlend, erstaunt über die gute Laune, mit der sie all diese deprimierenden Geschehnisse rückblickend betrachtete.

»Nein«, antwortete sie, doch ihre schmerzliche Miene strafte ihre Worte Lügen. »Für mich war es vor allem ein endloses Quotenspiel. Zum Beispiel wußte ich genau, daß ich bei der Aufnahmeprüfung für das naturwissenschaftliche Gymnasium gut abgeschnitten hatte. Dennoch wurde ich auf die Warteliste gesetzt. Später in jenem Sommer erhielt mein Vater eine Nachricht des Direktors mit der frohen Botschaft, daß die Eltern eines anderen jüdischen Schülers aus dem Exil hatten zurückkehren dürfen. Das hieß, daß es nunmehr dort auch für meine eigene bescheidene, stigmatisierte Person ein Plätzchen gab.«

»Hat Sie das verbittert?« wollte Adam wissen.

»Im Gegenteil, ich war begeistert. Drin ist drin. Vor allem, weil dann gleich der positive Teil kam: Ich hatte endlich eine Waffe, mit der ich mich wirksam wehren konnte: meinen

Verstand. Ich arbeitete wie eine Verrückte, und mein größter Triumph war es jeweils, wenn die Prüfungsergebnisse angeschlagen wurden.«

»Also haben Sie das Quotensystem trotz allem besiegt«, sagte Adam und hob sein Glas, um sie zu beglückwünschen.

»Ich wollte mich der reinen Naturwissenschaft widmen und wollte unbedingt nach ganz oben – nach Moskau!«

»Bravo!« sagte Adam.

»Warum freuen Sie sich so darüber?« fragte sie ihn mit gespielter Überraschung. »Es hat mir nichts gebracht, die besten Zensuren zu erhalten. Von der Universität in Wladiwostok wurde ich nur zähneknirschend akzeptiert – und prompt zurückgestuft. Sie offerierten mir nicht etwa einen Platz in den reinen Naturwissenschaften, sondern im Medizinischen Institut.«

»Und was ist so schlimm daran?«

»Mein lieber Freund.« Sie lächelte. »In der Sowjetunion gilt der Beruf des Mediziners so wenig, daß die meisten Ärzte Frauen sind. Nur sehr wenige Männer können mit dem Einkommen eines Arztes eine Familie ernähren, denn die verdienen im Monat noch weniger als ein Fabrikarbeiter.

Wie dem auch sei, ich habe den Studienplatz akzeptiert und sowohl die Quälerei mit dem Auswendiglernen für Biochemie als auch die anderen Torturen auf mich genommen. Als ich jedoch mit der klinischen Arbeit begann, veränderte sich auf einmal alles. Ich liebte den Kontakt mit anderen Menschen, auch wenn es sich lediglich um Puls- oder Blutdruckmessungen handelte. Der Heilprozeß war so ... beflügelnd.«

Die Art, wie Anja das alles schilderte, bewirkte, daß Adam sie noch mehr bewunderte. Im Grunde war er vom ersten Moment, als sie einander begegneten, von der menschlichen Wärme beeindruckt gewesen, die sie ausstrahlte.

In einem sehr realen Sinn war sie der mütterlichste Mensch, den er jemals kennengelernt hatte. Aber das würde er ihr nie sagen können.

»Zu meinen Problemen«, fuhr sie fort, »gehörte natürlich

die Notaufnahme. Wie Sie wohl wissen, ist Wladiwostok Rußlands ›Wilder Osten‹, und bei den vielen betrunkenen Matrosen im Hafen gab es entsetzliche Unfälle. Am schlimmsten war, daß man an jedem Samstagabend immer wieder dieselben Männer zusammenflicken mußte. Aber selbst das hatte seine Vorteile.

Denn während die anderen das Zusammenflicken übernahmen, brachte ich die Babys zur Welt. Dadurch kam ich auf die Idee, Geburtshilfe zu meinem Fachgebiet zu machen und bewarb mich wieder einmal in Moskau.

Und die *nahmen* mich, und zwar sogar an der Universitätsklinik! Glauben Sie auch, daß man, wenn man nur niemals nachläßt, früher oder später das kriegt, was man unbedingt will?«

Adam überlegte einen Moment und fragte sich, ob sie im tiefsten Herzen noch immer die vergebliche Hoffnung auf ein Kind hegte.

»Wie dem auch sei«, fuhr sie fort, »am Abend vor meiner Abreise gab es eine Abschiedsparty. Noch nie in meinem Leben hatte ich jemals soviel gelacht und geweint.«

»Warum so viel von beidem?«

»Weil ich schließlich Russin bin. Ich war glücklich, diesen grauenvollen Ort verlassen zu dürfen. Aber gleichzeitig war ich traurig, weil ich meine Eltern verlassen mußte.«

Auf einmal wurde ihre Stimme weich. »Mein Vater durfte mich zum Flughafen bringen«, fuhr sie fort, und ihre Augen füllten sich mit Tränen. »Auch er war überwältigt von Trauer und Glück zugleich, und seine Abschiedsworte werde ich niemals vergessen. Er umarmte mich und sagte dabei: ›Anuschka, tu alles, was du kannst, damit du nie wieder hierher zurückkehren mußt.‹«

Jetzt weinte sie wirklich, gequält von schmerzlichen Erinnerungen. Er sehnte sich danach, sie in die Arme zu nehmen und zu trösten.

Und tat es schließlich.

20 SANDY

Während seiner ersten Jahre am MIT pflegte Sandy Raven so gut wie keine gesellschaftlichen Kontakte. Während der Sommerferien kompensierte er diesen Mangel jedoch durch intensiven Hedonismus an der Westküste.

In Cambridge dagegen war er als Sohn eines Hollywood-Produzenten alles andere als eine große Nummer. Er war weder hochgewachsen noch sonnengebräunt oder gar gutaussehend. Er entschied, daß sich etwas ändern mußte.

Eines Tages, als er an der Kasse eines Supermarktes wartete und in den Machwerken der Regenbogenpresse blätterte, entdeckte er die Meldung von Rochelles bevorstehender Hochzeit mit Lex Fredericks, einem Schauspieler, der zu einer Art Teenager-Idol geworden war.

Wie natürlich vorauszusehen, fand die Trauung unter freiem Himmel in Malibu statt, wo sich das Paar vor der Kulisse der Schönen und Reichen das Eheversprechen gab, sich küßte und anschließend prompt in den Swimmingpool sprang.

Im Verlauf der allwöchentlichen Telefonate versuchte Sidney Raven angestrengt, seinem Sohn Trost zuzusprechen.

»He, Sandy Boy«, sagte er, »ich weiß ja, wie sehr du sie geliebt hast. Aber mit einer Schauspielerin verheiratet zu sein, ist ungefähr so, als würdest du ohne Fallschirm aus einem Flugzeug springen: Ein paar Sekunden lang ist es begeisternd, dann schlägst du mit einem Riesenbums auf der Erde auf.«

»Ich weiß genau, wie blöd das klingt«, gestand Sandy zum erstenmal in seinem Leben. »Ich weiß, daß sie mich schon immer als Fußabtreter benutzt hat, aber ich liebe sie nun mal. Es ist … Wie soll ich's dir erklären, Dad? Es ist wie eine unheilbare Krankheit.«

»Hab nur ein bißchen Geduld, mein Sohn«, versuchte ihn der Vater zu trösten. »Ich verspreche dir, daß deine Zeit kommen wird. Ein Starlet ist wie das Römische Reich. Früher oder später fällt praktisch alles. Die Titten, der Hintern, und schließlich die Ratings. Auf lange Sicht lassen sich die Weiber, die dir einst den Atem geraubt haben, von den Schönheitschirurgen das Geld aus der Tasche ziehen. Und in Hollywood dauert die lange Sicht höchstens so lange wie ein kurzer Sprint.«

Bei der großen gesellschaftlichen Hetzjagd von Hollywood mochte Sandy wohl ein bis zwei Schritte zurückbleiben, bei der Auswahl seines Spezialfachs dagegen lief er an der Spitze. Denn die wohl wichtigste Errungenschaft auf dem Gebiet der Erforschung des menschlichen Körpers am Ende des zwanzigsten Jahrhunderts war die Entdeckung und Katalogisierung der Gene, aus denen er zusammengesetzt ist.

Es gab bereits genetische Tests, mit deren Hilfe man am heranwachsenden Fetus Anomalien feststellen konnte. Weit hinten am Horizont, jedoch schon in Sichtweite lag die Entdeckung, welche Chromosomen welche Krankheiten bargen: die verschiedenen Krebsarten, Gehirntumore – und sogar Alzheimer.

Sobald das spezifische Gen gefunden wurde, konnte man seine Defekte studieren, und mit der Zeit konnten die Wissenschaftler das Äquivalent einer Art Mausefalle zusammenbasteln – ein neues, verbessertes Gen, das fast wie ein unbemanntes Raumschiff ganz automatisch seine Reparaturarbeiten im Körper erledigen würde.

Die Frage jedoch, wie weit man mit diesen Forschungen gehen durfte, war Gegenstand hitzigster Debatten. Es gab noch immer viele, die überzeugt waren, die Gentechnik sei nichts weiter als Science-fiction. Doch in den Labors der ganzen Welt waren medizinische Forscher damit beschäftigt, aus Fiktionen Fakten zu machen.

Und Sandy Raven war fest entschlossen, in diesem Drama des realen Lebens ein Held zu werden.

Die Abschlußfeier des MIT war für Sidney Raven in zweifacher Hinsicht ein Freudentag. Nicht nur erhielt sein Sohn den akademischen Grad eines Bachelor of Science, und zwar magna cum laude, sondern darüber hinaus wurde sein jüngster Film *Godzilla trifft David und Goliath,* der sehr bald legendär werden sollte, schon in der sechsten Woche zu den zwanzig größten Kassenschlagern der Welt gezählt.

Für das Festessen an seinem Ehrentag durfte Sandy sich ein Restaurant auswählen. Er entschied sich für Jack and Marian's in Brookline, wo Riesensandwiches für den Riesenhunger serviert wurden.

Und er brauchte kaum mehr als ein paar Riesenhappen von seinem Sandwich, um das Gespräch auf Rochelle zu bringen.

»Sie wird ganz groß rauskommen – nicht wahr, Dad?«

Mit angeblich vollem Mund ließ Sidney ein ausweichendes »Mmmm ...« hören.

Aber Sandy wartete geduldig.

»Hör mal, Sandy Boy, wir wollen uns doch nicht diesen wunderschönen Tag vermiesen...«

»Was soll das heißen? Stimmt irgendwas nicht mit Rochelle?«

»Nein, nein, es geht ihr gut...« Er zögerte. »Nur ihre Karriere ist im Eimer. Das Studio hat ihren Vertrag nicht verlängert.«

»Aber warum? Das verstehe ich nicht«, sagte Sandy. »Sie hatte doch so vieles für sich!«

»Mag schon sein«, gab sein Vater zu, »aber ein bißchen hat ihr eben doch gefehlt – Talent.«

»Kannst du ihr nicht irgendwie helfen, Dad?«

»Hör zu, ich hab' mich schon oft genug viel zu weit aus dem Fenster gehängt für die Dame. Eines, weißt du, mußt du endlich kapieren: Hollywood ist kein Wohlfahrtsinstitut. Aber wenn's dich glücklich macht, werde ich sehen, ob ich ihr irgendeinen Job im Studio besorgen kann.«

»Danke, Dad – vielen, vielen Dank«, sagte Sandy strahlend.

»Kein Problem«, gab Sidney leise zurück. Dann erkundigte er sich behutsam: »Was genau ist das eigentlich, mit dir und Rochelle, Sandy? Ich meine, du warst doch schon in Hollywood. Da gibt es Bräute, die genauso schön sind wie sie und dir auf Rollschuhen Hamburger servieren. Ich könnte dich ja verstehen, wenn du noch ein Kind wärst und noch nicht trocken hinter den Ohren; inzwischen bist du aber ein großer Junge – und siehst auf deine Art recht gut aus –, und es gibt alle möglichen Weiber, die was dafür geben würden, dich kennenzulernen. Also, was ist so besonders an diesem Mädchen?«

»Ich weiß es nicht, Dad.« Sandy schüttelte bedrückt den Kopf.

Sein Vater schwieg eine ganze Weile, bevor er sich taktvoll erkundigte: »Kommt es zum Teil vielleicht daher, daß sie nie von dir Notiz genommen hat?«

»Ja, Dad. Daher, glaube ich, wohl auch.«

Eine Woche später rief Sidney seinen geliebten Sohn in Boston an.

»Okay, Sandy Boy«, verkündete er, »ich habe Himmel und Hölle in Bewegung gesetzt, habe alle mir geschuldeten Gefälligkeiten eingefordert und jede Menge Versprechungen gemacht, die ich nie hätte machen dürfen – aber deine heimliche Liebe wird nun doch nicht gefeuert werden. Vom kommenden Montag an ist sie Hilfs-Cutterin in der Story-Abteilung.«

»Gott sei's gedankt!« stöhnte Sandy erleichtert. »Du bist fabelhaft, Dad. Und wie hat Rochelle die Nachricht aufgenommen?«

»Oh, die hat sich begeistert draufgestürzt. Richtig Feuer unterm Hintern hat sie, die Kleine. Nach dem Vorstellungsgespräch hat sie mir geschworen, daß sie in spätestens einem Jahr die ganze Abteilung *leiten* werde.«

»Mann!« schwärmte Sandy. »Das ist ja fantastisch! Sag mal ... äh ... hat sie ... äh ... überhaupt was von mir erwähnt?«

»Aber na klar, selbstverständlich«, erwiderte Sidney so überzeugend, wie es ihm nur gelingen wollte. »Sie schickt dir ... ganz besonders liebe Grüße.«

21 ISABEL

Jerry Pracht war der Grund für den ersten ernsthaften Streit zwischen Raymond und Isabel.

Auch unter den günstigsten Umständen dachte er nicht im Traum daran zu erlauben, daß sie sich mit ›Diesem unausgeglichenen Schulabgänger‹ traf, wie er ihn nannte.

»Außerdem«, fuhr er fort, »frage ich mich wirklich, was du an diesem Menschen auch nur im entferntesten interessant finden kannst.«

»Er ist lebendig«, erklärte sie nachdrücklich. »Und unabhängig. Und für mich der erste, dessen IQ höher ist als meiner.«

Raymond machte große Augen. »Woher weißt du das?«

»Na ja«, gestand Isabel eine Spur verlegen, »ich hab' seinem Vater eine einfache Ja-oder-nein-Frage gestellt ...«

»Nämlich ?«

»Ob Jerrys IQ höher ist als meiner.«

»Ach so.« Raymond versuchte sein Erstaunen zu verbergen.

In diesem Moment ertönte die Türklingel. Raymond warf einen Blick auf seine Uhr. Es war Glockenschlag zehn Uhr vormittags. Wenigstens pünktlich war der Kerl. Sie hörten seine Schritte, als er die Treppe heraufgestürmt kam. Und gleich darauf stand der Junge, an dem angeblich ein Genie verlorengegangen war, in einem dunkelblauen Trainingsanzug vor ihnen. In seiner Hand baumelte ein Paar Tennisschuhe, das eindeutig bessere Tage gesehen hatte.

»Ich glaube, die hier werden dir passen«, verkündete er fröhlich. »Mein Bruder hat sie getragen, als ich ihn trainiert habe. Probier sie mal an. Wenn sie dir noch zu groß sind, könntest du vielleicht ein zweites Paar Socken anziehen.«

Außerdem war nicht zu übersehen, daß Jerry sein Verhalten Raymond gegenüber revidiert und sich entschlossen hatte, einen diplomatischeren Weg einzuschlagen.

»Wie gefallen Ihnen die Berkeley-Studenten, Mr. da Costa?« erkundigte er sich höflich, während Isabel sich auf einen Hocker setzte, um die Tennisschuhe anzuprobieren.

»Ich erlebe ausschließlich die beschränkten«, gab Raymond zurück, »deswegen kann ich kaum ein Urteil abgeben.«

»Nun, Sir, dann trösten Sie sich damit, daß Ihnen das Schlimmste erspart bleiben wird: *Mich* brauchen Sie nicht zu unterrichten.«

Dann wandte sich Jerry an seine eigene Schülerin und sagte: »He, Isa, wir müssen uns beeilen. Ich hab' den Platz nur für anderthalb Stunden reservieren lassen.«

»So lange?« fragte Raymond mißbilligend. »Das ist bestimmt zu anstrengend für Isabel. Außerdem muß sie heute nachmittag noch fleißig lernen. Ich möchte, daß ihr spätestens um zwölf zurück seid.«

»Oh, wie schade! Ist das Ihr letztes Wort?« gab der junge Mann zurück, dann wandte er sich an Isabel: »Ich dachte, wir könnten im Club zu Mittag essen. Ich kriege Angestelltenrabatt, und bei den Hamburgern dort verschlägt's dir die Sprache.«

»Nein, tut mir leid«, lehnte Raymond ab. »Sie werden meiner Tochter ein anderes Mal ›die Sprache verschlagen‹ lassen müssen.«

In diesem Moment ertönte der Summer abermals und vermeldete die Ankunft des ersten Nachhilfeschülers.

Jerry, der die Situation als günstig einschätzte, nickte Isabel zu, und gemeinsam gingen sie zur Tür, wo er sich noch einmal umwandte, um den überbesorgten Vater zu beruhigen. »Immer schön locker bleiben, Mr. da Costa. Ich werde Ihre Tochter heil und gesund wieder nach Hause bringen.«

Beim Tennis war Isabel alles andere als ein Genie.

Und während sie einen Ball nach dem anderen verpaßte, wurde sie immer verlegener und schien überhaupt nicht von Jerrys Training zu profitieren.

Darüber hinaus war sie nach etwas mehr als einer halben Stunde total erledigt.

»Ich glaube, wir hören lieber früher auf, Isa. Dies ist schließlich deine erste Stunde.«

»Aber das verstehe ich nicht«, keuchte sie. »Ich gehe fast jeden Morgen joggen.«

»Mach dir bloß keine Gedanken, Isa. Vielleicht läufst du nicht schnell genug. In ein paar Wochen wirst du – vor allem, wenn ich dir meinen Atomaufschlag beibringe – Hackfleisch aus mir machen. Hör zu, Mädchen, warum nutzen wir nicht die verbleibenden kostbaren Minuten und trinken drüben einen Eistee?«

»Ich hatte gehofft, daß du mich darum bittest.« Isabel lächelte erschöpft.

»Ich weiß, du genießt die Schockwirkung, wenn du dich als Dummkopf tarnst«, stellte sie fest, als sie an einem Tisch auf der Terrasse Platz nahmen, »aber was hast du nun wirklich vor, wenn du erwachsen bist?«

»Das ist es ja, Isa«, gab Jerry zurück. »Ich *bin* erwachsen. Mein Coach ist der Meinung, wenn ich fleißig genug trainiere, müßte ich in etwa zwei Monaten für den Tennis-Zirkus reif sein. Du hast bestimmt noch niemals *California Tennis* gelesen, aber da liege ich gegenwärtig ziemlich mies auf dem zweihundertsechsundneunzigsten Platz. Wenn ich mich bei den kommenden Turnieren gut halte, könnte ich mühelos um einhundert Plätze vorrücken.«

»Aber was ist mit deiner Astronomie?« wollte Isabel wissen. »Willst du denn damit nicht wieder anfangen?«

»He, ich hab' niemals damit aufgehört! Nur weil ich nicht zur Schule gehe, bedeutet das nicht, daß ich nicht jede Ausgabe von *Sky and Telescope* verschlinge. Oder das Exploratorium und das Morrison Planetarium aufsuche. Und manchmal sitze ich die ganze Nacht an meinem Teleskop, um das Feuerwerk des Universums zu betrachten.«

»Zusammen mit deinem Freund Darius?« fragte Isabel, um ihm zu zeigen, daß sie sich an jedes seiner Worte bei ihrer ersten Begegnung erinnerte.

Ein seltsamer Ausdruck huschte über Jerrys Gesicht. Sein Blick wurde verschwommen, und er antwortete leise: »Nein. Nicht mit Darius.«

»Aber ich dachte...«

»Das ist eine lange Geschichte ... und ich weiß nicht, ob du sie wirklich hören möchtest.«

»Versuch's doch mal.«

Kaum hatte er begonnen, da wurde klar, daß Jerry sich danach gesehnt hatte, ihr alles zu erzählen.

»Darius Miller war eine Klasse über mir an der Manchester-Schule für die sogenannten Hochbegabten. Er war ein mathematisches Genie. Und erst zwölf, als seine erste Abhandlung gedruckt wurde. *Und* er im Arts Center von Walnut Creek ein Klavierkonzert geben durfte. Ein Talentsucher der Hollywood Bowl hat ihn sogar aufgefordert, bei einem der Sommerkonzerte dort mitzumachen – kannst du dir das vorstellen? Aber seine Eltern, ebenfalls Akademiker, wollten nicht, daß er seine Zeit auf Konzertproben verschwendete.«

Jerry wurde sichtlich erregt, als er nach einer kurzen Pause fortfuhr: »*Verschwendet*, Isa! Kannst du dir vorstellen, wie das ist, wenn du erst ganze zwölf Jahre alt bist?

Ich war sein einziger Freund, und ich machte mir keine Illusionen über die Gründe, warum ich das Stacheldraht-Hindernis der Zustimmung seiner Eltern überwunden hatte. Nicht nur, weil mein Dad der ist, der er ist, sondern auch, weil ich ein so fanatischer Astronomie-Freak war, daß sie wußten, wir würden immer nur rumsitzen und über blaue Zwerge und rote Riesen diskutieren, statt – furchtbarer Gedanke! – unsere Zeit mit Gesprächen über Mädchen oder Baseball zu *verschwenden*.

Aber ich war auch temperamentvoll – und sportbegeistert. Mit Darius konnte ich eindeutig nicht Tennis spielen. Immerhin aber machte ich ihn eines Tages, als er bei uns zu Hause war, mit dem Rollschuhlaufen bekannt. Er war nicht unbedingt sehr sportlich, aber es gefiel ihm – es machte ihm sogar so großen Spaß, daß er stürzte und sich den Arm brach.

Die Reaktion seiner Eltern kannst du dir vorstellen. Die

waren so wütend, daß sie ihm verboten, jemals wieder mit mir zu spielen, nicht einmal bei ihm zu Hause.

Wie dem auch sei, ich will nicht behaupten, es sei alles meine Schuld – obwohl ich mich, weiß Gott, schuldig genug fühle –, aber sechs Wochen vor seinem fünfzehnten Geburtstag nahm sich Darius das Leben.« Jerry lächelte traurig. »Ich glaube, er konnte den Gedanken nicht ertragen, alt werden zu müssen.«

Isabel erschauerte. Nicht nur über Jerrys Worte, sondern über den Schmerz in seinen Augen.

»Das muß dich furchtbar getroffen haben«, sagte sie leise.

Jerry nickte. »Und zornig war ich – furchtbar zornig. In der Schule gab es eine Gedenkfeier für ihn. Alle Lehrer lobten seinen brillanten Verstand und beklagten, welch ein Verlust sein Tod für die Wissenschaft sei, und all diesen Schmus. Törichterweise baten sie auch mich, ein paar Worte zu sagen.

Ich muß gestehen, daß ich völlig die Selbstbeherrschung verloren hatte, aber wenigstens hab' ich die Wahrheit gesagt. Wo immer Darius jetzt sei, sagte ich, er werde dort eines sein, was er niemals habe sein dürfen, solange er noch am Leben war – *unbeschwert*. Ich hatte eigentlich ›glücklich‹ sagen wollen, aber mein Vater, der die Rede vorher mit mir durchgegangen war, meinte, das ginge denn doch zu weit.«

Er hielt inne, sichtlich erschüttert über diese Erinnerung.

Isabel litt mit ihm.

»Tut mir leid, Isa«, sagte Jerry dann. »Ich hätt's dir gar nicht erzählen sollen...«

»Aber nein, ich weiß doch, warum. Der Schuh paßt fast perfekt«, gab sie zu, »aber nicht ganz.«

»Ich wollte dir auch mich selbst erklären. Ich möchte, daß wir Freunde sind, und das können wir nicht, wenn du mich für einen gefühllosen Spinner hältst. Es ist nur so, daß ich unmittelbar nach... dem, was mit Darius geschehen war, von der Schule abging.«

»Wie haben deine Eltern das aufgenommen?«

»Na ja, in die Luft gesprungen sind sie nicht gerade vor Freude. Aber ich glaube, sie haben sich gesagt, es ist besser, der Junge verläßt die Schule, als daß er uns verläßt. Also wurde ich ein Tennisrumtreiber. Das lenkte mich wenigstens von meinen Gedanken ab.

Tag für Tag prügelte ich von morgens bis abends die Bälle, und in der Nacht beobachtete ich die Sterne. Alles, um gegen das System aufzubegehren, das Darius kaputtgemacht hatte.« Er hielt inne, nahm seinen ganzen Mut zusammen und setzte hinzu: »Er hat mir sein Teleskop hinterlassen. Es steht im Garten meines Vaters.«

Isabel empfand unendliche Trauer – um Darius und um Jerry.

Plötzlich wurden sie unterbrochen.

»Weißt du eigentlich, wie spät es ist, Isabel?«

Die beiden Teenager zuckten erschrocken zusammen. Sie hatten die Zeit vergessen, und nun war es, wie Raymonds Gegenwart bewies, weit über den gesetzten Zeitpunkt hinaus.

Völlig verwirrt von Raymonds unerwartetem Auftauchen konnte Isabel Jerrys Selbstbeherrschung nur bewundern.

»Es tut mir aufrichtig leid, Mr. da Costa«, bekannte er reumütig, während er aufstand. »Aber es ist alles meine Schuld. Darf ich den Lapsus wiedergutmachen, indem ich Sie beide bitte, mir bei einem kleinen Lunch Gesellschaft zu leisten?«

Isabel warf Raymond einen flehenden Blick zu. Der aber hatte anscheinend andere Vorstellungen.

»Tut mir leid«, gab er in strengem Ton zurück, »aber wir haben genug Frivolitäten für ein Wochenende. Isabel hat einen anstrengenden Nachmittag vor sich – sie muß lernen und eine wichtige Seminararbeit schreiben.«

Jerry ließ sich nicht unterkriegen. »Wenn Sie die Arbeit für meinen Dad meinen – die hat sie letzte Woche schon abgeliefert.«

»Ach ja?« entgegnete Raymond eisig. »Bespricht Ihr Vater die Einzelheiten seiner Kurse immer mit Ihnen?«

»Nein«, mußte der junge Mann gestehen, »vor allem, weil mich das theoretische Zeug, das er lehrt, normalerweise enorm langweilt. Aber Isabels Arbeit hat ihm so gut gefallen, daß er sogar eine Veröffentlichung in Erwägung zog.«

»Veröffentlichung?« murmelte Raymond nachdenklich vor sich hin. Dann wandte er sich an seine Tochter. »Wieso hast du mir nichts davon erzählt?«

»Weil ich es jetzt auch zum erstenmal höre. Ist das nicht wahnsinnig aufregend?«

»Ich bin überzeugt, daß es noch viele weitere geben wird«, warf Jerry ein. Und sagte sich, daß Besonnenheit im Moment der bessere Teil der Tapferkeit sei.

»Also, ich möchte dem wissenschaftlichen Fortschritt um keinen Preis im Weg stehen«, verkündete er und machte Miene, sich zurückzuziehen. Mit einem Blick auf Isabel setzte er jedoch nervös hinzu: »Vielleicht kannst du ja nächste Woche zum Lunch bleiben, eh?«

»Danke, Jerry«, gab sie unverbindlich zurück, »es war wirklich sehr schön heute.«

»Das freut mich. Ich hoffe nur, daß unser Gespräch dich nicht allzu sehr bedrückt hat.«

Raymond machte entschlossen kehrt und ging seiner Tochter voraus zum Parkplatz hinüber.

»Was hat er mit dieser Anspielung auf euer Gespräch gemeint?« erkundigte er sich auf der Heimfahrt.

»Ich verstehe Jerry jetzt besser. Ich meine, warum er von der Schule abgegangen ist.«

»Was soll das heißen?«

»Sein bester Freund hat Selbstmord begangen.«

»Irgendein besonderer Grund?«

Isabel zögerte einen Moment, bevor sie ruhig sagte: »Er war ein Genie.«

Isabels Tagebuch

28. Juni

Heute hatte ich das, was man als erste richtige ›Verabredung‹ bezeichnen kann. Es war nicht etwa so leidenschaftlich wie Romeo und Julia, aber es waren ein paar Stunden in Begleitung eines Jungen, der zwei Jahre älter ist als ich und – obwohl er von der High-

School abgegangen ist – Lichtjahre intelligenter, jedenfalls was die Außenwelt betrifft.

Und nicht mal einen Anstandswauwau hatten wir. Wenigstens nicht bis ganz zum Schluß.

Dad und ich waren immer so viel zusammen, daß ich fast seine Gedanken lesen kann.

Auf der Heimfahrt war er sehr schweigsam. Aus irgendeinem verrückten Grund dachte er, daß Jerry mir nur von Darius erzählt hätte, um ihn selbst unausgesprochen zu kritisieren. Ich hoffe, ich habe ihn überzeugt, daß Jerry sich damit nur auf seine ganz persönliche Art selbst zu beschreiben versucht hat.

Dann fragte Dad mich plötzlich aus heiterem Himmel: »Hat er sich benommen?«

Ich wußte natürlich, daß dies seine etwas hilflose Art war, sich zu erkundigen, ob Jerry versucht hat, mich anzumachen oder so. Einerseits hätte ich ihm am liebsten ins Gesicht geschrien: »Das ist eine dämliche Frage, Dad!« Aber ich gab mir die größte Mühe, gelassen zu bleiben, und antwortete ruhig: »Selbstverständlich.«

Und doch erinnerte ich mich, als ich unter der Dusche stand, sehr genau daran, daß mich Jerry (in gewisser Weise) ›berührt‹ hat. Denn als er mir zeigte, wie ich meine Rückhand führen muß, stand er ganz dicht hinter mir und leitete meine Arme, um mir die genaue Bewegung zu demonstrieren. Und obwohl ich hundertprozentig sicher bin, daß er nichts weiter sein wollte als ein perfekter Tennis-Coach, streifte mein Rücken unbewußt mehrmals ganz leicht seine Brust.

Das war alles. Und ich bin sicher, daß es für ihn nicht anders war als bei allen sonstigen Trainerstunden, die er gibt.

Wie dem auch sei, es ist unwahrscheinlich, daß so etwas in diesem Jahrhundert ein zweites Mal passiert. Denn Dad verhält sich so gereizt, daß mir klar wurde, es hat keinen Sinn, ihn jemals wieder zu fragen, ob ich bei Jerry noch einmal Tennisunterricht nehmen darf.

Vor allem, nachdem es mir im weiteren Verlauf des Wochenendes so schwerfiel, mich auf meine Studien zu konzentrieren.

7. Juli
Jerry hat noch nicht angerufen.

12. Juli
Jerry hat noch immer nicht angerufen.

19. Juli
Jerry wird mich nie wieder anrufen.

26. Juli
Gute Nachrichten, aber auch schlechte. Dad hat angedeutet, daß Jerry tatsächlich zwei Tage nach unserer ›ersten Verabredung‹ angerufen hat.

Aber Dad hat von ihm verlangt, daß er sich nicht mehr mit mir verabredet, bis ich meine Prüfungen bestanden habe.

Es ist schlimm, daß er ihn einfach verscheucht hat.

Ich wünschte, er hätte es mir wenigstens gesagt!

22 SANDY

Sandy Raven hatte sich die richtige naturwissenschaftliche Sparte ausgesucht. Zur richtigen Zeit. Und am richtigen Ort.

Zu den Mitarbeitern in dem MIT-Labor, in dem er für seinen Ph.D. schuftete, gehörten sowohl ehemalige als auch zukünftige Nobelpreisträger für Medizin und Physiologie.

Mitte der siebziger Jahre vermehrten sich die naturwissenschaftlichen Informationen auf die erstaunliche Anzahl von zweieinhalb Millionen Artikel pro Jahr. Nicht einmal mit dem brillantesten Verstand hätte ein Mensch allein sie alle verarbeiten können. Daher wurde die Teamarbeit unverzichtbar, und die Laborgruppen hielten allwöchentlich Konferenzen, bei denen sie, während sie Sandwiches kauten, ihren Kollegen zuhörten, die ausführlich über die Projekte auf ihrem Spezialgebiet referierten.

Darüber hinaus waren diese Gruppen auffallend heterogen, eine Quiltdecke unterschiedlichster Persönlichkeiten. Zunächst einmal – und das fiel vor allem den älteren, ausschließlich männlichen Teilnehmern auf – waren jetzt fast ebenso viele Frauen wie Männer vertreten. Eine wahrhaft verrückte Mixtur von Nationalitäten, vereint durch ihre gemeinsame Leidenschaft.

Die Welt der Naturwissenschaften wurde zu einer einzigen großen Schatzsuche, weil überall geheime, vergrabene Schätze vermutet wurden. Die Forschung erforderte zuweilen überaus teure Hardware, die Suche einen unerschöpflichen Vorrat Geduld.

Sandy Raven war so fasziniert von der Materie, daß es ihm nichts ausmachte, mit einem Professor zusammenzuarbeiten, der unter den Naturwissenschaftlern gemeinhin als ›Guter Verlierer‹ geachtet wurde.

Es gereichte Gregory Morgenstern zur Ehre, daß er sich nicht von der Allergie gegen Studenten anstecken ließ, die für die meisten Großen der Naturwissenschaften so typisch ist. Alle schienen ihn sich als Doktorvater zu wünschen.

Sein lebenslanges Projekt war die Suche nach einer genetischen Möglichkeit, den Leberkrebs zu besiegen, eine Krankheit, die in Südostasien weiter verbreitet ist als in der industriellen Welt, und in weiten Teilen des tropischen Afrika der am häufigsten vorkommende Krebstyp bei Männern ist. Diese Regionen waren nicht gerade die potentiellen Märkte, die bei den wichtigen Pharmafirmen große Begeisterungsstürme weckten.

Daher war Gregory gezwungen, mit dem metaphorischen Hut in der Hand ständig zwischen Boston und Washington zu pendeln und um staatliche finanzielle Unterstützung zu betteln. Im Labor untersuchte derweil fast jedes Team andere Aspekte seines Projekts.

Bei den allwöchentlichen Referatstreffen der verschiedenen Gruppen weckte Sandy Gregory Morgensterns Aufmerksamkeit durch seinen, wie der Professor es ausdrückte, ›Pathologischen Altruismus‹. Der junge Raven erinnerte Gregory an sich selbst in jenem Alter – als er noch nicht Anerkennung oder Beförderung gesucht hatte, sondern *Lösungen*. Der Lerneifer des jungen Mannes war unersättlich.

Sandys Horizont erweiterte sich sowohl intellektuell als auch sozial.

Statt im Dormitorium zu bleiben, akzeptierte er die Einladung seines Laborpartners Vic Newman, zu ihm und zwei weiteren Studenten in eine gemeinsame Wohnung in der Nähe des Central Square zu ziehen. Sandy war zuerst ziemlich verblüfft, als Vic seine potentiellen Mitbewohner als ›zwei graduierte Studentinnen von Penn‹ beschrieb.

Mädchen? Weibliche Wesen? Angehörige des – was immer sie für Meriten haben mochten – anderen Geschlechts? Schon bei der Vorstellung, so eng mit heiratsfähigen Frauen zusammenzuleben, kriegte Sandy weiche Knie.

»Wie schaffst du das, Vic?« erkundigte er sich, eingeschüchtert und zugleich freudig erregt. »Ich meine, laufen die da in der Unterwäsche rum, oder so?«

Newman lachte. »Du hast anscheinend nicht viel Erfahrung, Raven. Es gibt nichts, wodurch deine Hormone so erfolgreich abgeschaltet werden können, wie vierundzwanzig Stunden am Tag mit Mädchen zusammenzuleben. Nach wenigen Minuten sind sie für dich nicht anders als Jungen – nur daß Stella und Louise unglaublich intelligent sind. Das einzige an ihnen, was man in Gang bringen kann, ist ihr Verstand. Davon abgesehen ist Brüderchen und Schwesterchen angesagt.«

»Okay, ich mache mit«, erklärte Sandy, nicht ohne innere Vorbehalte.

»Ach ja, übrigens«, fragte Vic beiläufig, »kannst du kochen?«

»Nein – ein Ei vielleicht. Warum?«

»Na ja, ich hab' mich schon damit einverstanden erklärt, daß wir einen Teil der Hausarbeit übernehmen. Also würde ich vorschlagen, daß du dich schleunigst ins Coop begibst und dir ein paar Kochbücher für gesunde Ernährung reinziehst. Und du mußt wissen, die beiden Mädchen sind Vegetarierinnen.«

Darüber hinaus erwiesen sie sich als erstaunlich tüchtige Elektro-Ingenieure. An dem Tag, an dem Sandy einzog, hantierten sie auf dem Hausdach an der Antenne herum, die sie aus billigen Ersatzteilen gebastelt hatten, und kriegten schließlich jeden Sender rein.

Anfangs fiel es Sandy und Vic schwer, ihren Teil der Abmachung einzuhalten. Doch für die Damen war es noch schwieriger, denn sie mußten das Zeug essen, das die Herren zusammenbrutzelten.

Innerhalb eines Monats wurden die Mahlzeiten, wie Stella feststellte, knapp erträglich.

Vic Newman war für Sandy das, was einem Freund am nächsten kam. Er war intelligent, zuverlässig und fleißig. Und er hatte einen ansteckenden Humor. Seine soziologische Beobachtung stellte sich bis zu einem gewissen Grad als korrekt heraus. Das Zusammenleben von Männern und Frauen auf so engem Raum ließ irgendwie keine erotischen Gedanken aufkommen.

Doch wenn man ein temperamentvoller junger Mann war, unter die Dusche ging, nach einem Frotteetuch tastete und statt dessen auf einen Büstenhalter stieß, blieb das Testosteron nicht gänzlich unbeteiligt.

Außerdem hielt der Sommer in Boston Einzug. Und da Sandy sich nicht den Luxus eines Urlaubs leisten durfte, konnte er zum erstenmal seit fünf Jahren nicht an die Westküste reisen, wo Mädchen wie Gloria immer wieder nachwuchsen.

In diesem Sommer mußte er sich selbständig durchschlagen. Und genau das wollte er tun.

23 ADAM

Je näher Weihnachten kam, desto größer wurde das Reisefieber im Hause Coopersmith. Als Therapie für die ganze Familie hatte Adam einen Urlaub in Kanada gebucht. Inzwischen besuchte er mit Heather Skigymnastikkurse im örtlichen Fitneß-Center, während Toni jeden Morgen eine Viertelstunde früher aufstand, um ein paar Übungen nach dem Trainingsbuch der Royal Canadian Air Force zu machen.

Da es eine lange Fahrt werden würde, machte Adam den

Vorschlag, seinen Kollegen Charlie Rosenthal und dessen Familie zum Mitkommen aufzufordern. Toni verstand sich gut mit Charlies Frau Joyce, und Heather stand altersmäßig zwischen den beiden Söhnen des Ehepaars, so daß sie zwei fast gleichaltrige Spielkameraden hatte.

Die beiden Männer wechselten sich am Steuer des ›Space Wagon‹ der Rosenthals ab. Sie waren wegen der unerträglichen Rapmusik, die auf Verlangen ihrer Sprößlinge aus den Lautsprechern des Wagens dröhnte, beide immer wieder versucht, ein möglichst hohes Tempo vorzulegen.

Am Spätnachmittag des Heiligen Abends erreichten sie müde, aber glücklich das an der Spitze der Georgian Bay gelegene Sporthotel.

Hier trennten sich die beiden Familien, um ihren jeweiligen Bungalow aufzusuchen, und verabredeten sich um sieben zum Dinner im Haupthaus. Die beiden jungen Rosenthals und Heather blieben noch eine Weile im Freien; sie wollten einen großen Schneemann bauen.

Als Heather ihren Eltern endlich in den Bungalow folgte, war sie naß bis auf die Haut und fror erbärmlich. Bereitwillig ließ sie sich in die Badewanne stecken, um anschließend ihren neuen Schottenrock mit dem blauen Blazer anzuziehen, den Toni ihr für den Urlaub gekauft hatte. Später schlüpften sie alle in ihre Stiefel und stapften vergnügt und hungrig zum großen Speisesaal hinüber.

Der Geräuschpegel im Restaurant war hoch, der Alkoholpegel bei den meisten Gästen noch höher. Ein Streichquartett von Collegestudenten aus Toronto spielte Weihnachtslieder.

Heather, die zwischen ihren neuen Freunden saß, ließ strahlend Andeutungen einer zukünftigen Schönheit aufblitzen, die an Adams Herz rührten.

Als sie auf den Nachtisch warteten, tauchte plötzlich der Portier auf und flüsterte Adam etwas ins Ohr. Adam nickte und wandte sich an die anderen. »Meine Lieben, schaut bitte, daß ich auch noch was kriege. Draußen ist ein Anruf für mich.«

Während er zu den Telefonzellen ging, fragte er sich, was in aller Welt passiert sein könne.

»Hier Dr. Coopersmith.«

»Hier Marvin Bergman, Doctor. Ich bin Chef-Assistenzarzt im Mass Mental Hospital. Es tut mir leid, Sie stören zu müssen, aber es geht um Mrs. Avilowa. Sie hat versucht, sich umzubringen, und etwa dreißig Diazapam-Fünf geschluckt. Dann hat sie's sich anders überlegt und Ihre Dienststelle angerufen, die sich mit uns in Verbindung gesetzt hat.«

»Großer Gott!« stammelte Adam erschrocken. »Wie geht es ihr?«

»Kein Problem«, antwortete Bergman. »Wir sind rechtzeitig gekommen und haben ihr den Magen ausgepumpt. Sie wird jetzt erst mal sehr lange schlafen. Und lebendig aufwachen.« Er hielt inne und fuhr dann fort: »Wissen Sie zufällig, wen wir ihretwegen benachrichtigen könnten? Offenbar sind Sie ihr Gynäkologe. Kennen Sie ihren Psychiater?«

»Sie hat keinen. Hat sie … äh … nach mir gefragt?«

»Sie hat ein paarmal ihren Vornamen genannt«, berichtete Bergman in unbeteiligtem Ton, »aber sie ist inzwischen absolut außer Gefahr, so daß es nicht nötig ist, Sie in Ihrem Urlaub zu stören.«

»Es ist okay. Ich werde in Toronto anrufen und sehen, ob ich noch eine Maschine bekomme. Sollte sie inzwischen aufwachen, sagen Sie ihr, daß ich unterwegs bin. Ist das klar, Dr. Bergman?«

»Ja, Sir. Obwohl ich, je nachdem, wann Sie hier eintreffen, möglicherweise keinen Dienst mehr habe.«

»Dann sorgen Sie, verdammt noch mal, dafür, daß Ihre Ablösung es ihr mitteilt«, befahl er streng. Als ihm bewußt wurde, daß er damit möglicherweise seine Gefühle verriet, riß er sich zusammen und fuhr fort: »Äh, vielen Dank, Doctor, ich weiß, es ist grausam, am Heiligen Abend Dienst zu haben, aber ich bin Ihnen sehr dankbar für Ihre Umsicht.«

Adam eilte zur Rezeption, um sich zu erkundigen, ob es am selben Abend noch einen Flug nach Boston gab. Es gab einen, den er nehmen konnte, wenn er bereit war, eine wilde Taxifahrt zu riskieren. Er bat, beides für ihn zu arrangieren, und kehrte sehr langsam zu den anderen zurück, wo ihn die schwere Aufgabe erwartete, sich aus der Affäre zu ziehen.

Obwohl er mit grimmiger Miene zurückkehrte, wurde er von allen an seinem Tisch freudig begrüßt.

Er beugte sich zu Toni hinab und flüsterte: »Kann ich dich einen Augenblick draußen sprechen?«

Besorgt erhob sie sich und folgte ihm in die Halle hinaus.

»Schnell, Adam, sag's mir! Ist was passiert? Geht's um den Boß?«

»Nein, nein. Dem geht's gut. Aber ich muß nach Boston zurück.«

»Wie bitte?« antwortete sie perplex. »Deine schlimmsten Notfälle sind Fehlgeburten, und in Boston gibt's jede Menge Leute, die auch ohne dich damit fertig werden.«

»Leider handelt es sich um etwas weit Schwerwiegenderes«, entgegnete Adam. »Erinnerst du dich an Mrs. Avilowa?«

»Die Russin?«

»Ja. Sie hat einen Selbstmordversuch unternommen.«

»Großer Gott, das ist ja furchtbar!« sagte Toni instinktiv. Dann aber wurde es ihr plötzlich klar. »Das fällt doch gar nicht in dein Fachgebiet. Du bist kein Psychiater.«

»Ich weiß, ich weiß. Aber das ist schwer zu erklären. Ich bin ihr einziger Freund. Sie ist – wie soll ich's ausdrücken? – auf völlig unlogische Art von mir abhängig.«

»Aber, mein Liebling, du befindest dich zufällig auf Urlaub mit Menschen, die auf völlig *logische* Art von dir abhängig sind. Warum überläßt du diesen Fall nicht der Psychiatrie und kommst mit mir an den Tisch zurück?« Sie nahm seine Hand, aber er rührte sich nicht von der Stelle.

»Toni, ich habe jetzt keine Zeit, dir das alles zu erklären, aber ich *muß* nach Boston fliegen. Könntest du das bitte ganz einfach akzeptieren?«

Sie blickte ihn finster an und sagte: »Adam, du hältst dein Versprechen nicht. Ich habe auf unseren Besuch bei Dad in Clifton verzichtet, damit wir diesen Urlaub zusammen verbringen können. Diese Avilowa tut mir ehrlich von Herzen leid. Aber im Grunde sind all deine Patientinnen wandelnde Tragödien. Was unterscheidet diese von den anderen? Spinnt sich da möglicherweise was an zwischen euch beiden?«

»Um Himmels willen«, gab Adam gereizt zurück, »ich will lediglich sichergehen, daß sie gut versorgt ist. Du kannst dir nicht vorstellen, was für unerfahrene Leute über Weihnachten Dienst tun.«

Sie starrten einander an und waren sich plötzlich bewußt, wie brüchig ihre Beziehung geworden war.

»Na schön«, lenkte Toni seufzend ein, während sie stoisch ihre Empörung unterdrückte. »Wie lange wirst du wegbleiben?«

»Einen Tag – allerhöchstens zwei.«

»Und was ist mit deiner Tochter?« fragte sie aufgebracht. »Dies sollte unsere große Wiederannäherung werden!«

»Verdammt noch mal, ich weiß es nicht. Können wir ihr nicht einfach sagen, daß ich zu einem Notfall gerufen wurde?«

»*Wir* werden ihr überhaupt nichts sagen. *Du* wirst da jetzt reingehen müssen, um dich nicht nur Heather, sondern auch den anderen Mitgliedern der Jury zu stellen. Und Adam«, fügte sie beißend hinzu, »versuch ein bißchen überzeugender zu klingen als vorhin mit mir.«

Er sprach aber mit seiner Tochter allein.

»Ich weiß, Liebes, es ist beschissen. Aber bitte, versteh doch, daß ich Arzt bin und daß mich diese Patientin ganz dringend braucht.«

»Ich brauche dich auch«, entgegnete Heather leise. »Darf ich mitkommen? Ich möchte nicht allein hierbleiben müssen.«

Adam war beklommen zumute. »Aber ich komme doch sofort zurück, mein Liebes. Ich geh' ins Krankenhaus und nehme den nächsten Flug zurück. Bitte, tu mir den Gefallen und kümmere dich inzwischen um Mom.«

Verwirrt und enttäuscht sah seine Tochter ihn an und sagte: »Das kann nicht dein Ernst sein, Dad.«

24 ANJA

Während sie noch halb bewußtlos im Krankenhausbett lag, suchten Anjas Gedanken Trost in der Vergangenheit. Die lag so weit zurück und so weit weg.

Für die junge Anja Litvinowa war Moskau ein Traumziel. Während ihrer ganzen Kindheit hatten ihre Eltern von der Metropole wie von einem Paradies auf Erden gesprochen.

Durch einen glücklichen Zufall – oder, wie manche meinten, durch einen unglücklichen – war es ihr gelungen, einen Platz im überfüllten Dormitorium der Universitätsklinik zu ergattern.

Bald schon sollte sie herausfinden, warum gerade dieses Bett frei war: Es war das obere von zwei Stockbetten in einem winzigen Loch, das von einer übellaunigen zukünftigen Augenchirurgin bewohnt wurde.

Olga Daschkewitsch war auf so grandiose Weise unangenehm, daß sie allein im ersten Jahr ihrer Assistentenzeit nicht weniger als sechs Zimmergenossinnen vergrault hatte. Anja war zwar vor ihr gewarnt worden, war aber dennoch nicht auf die Eröffnungssalve ihrer neuen Mitbewohnerin gefaßt.

»Was ist mit deiner Nase passiert, Litvinowa?«

Anja hob die Hand ans Gesicht, weil sie glaubte, sie habe sich versehentlich gekratzt.

Aber Olga klärte sie umgehend auf: »Ich meine, die sieht ja fast normal aus. Ich dachte, alle Semiten hätten riesige Zinken.«

Anja versuchte, sogar dies mit Gleichmut hinzunehmen, und antwortete lächelnd: »Olga Daschkewitsch, wenn du die Juden haßt, warum hast du dir dann Professor Schwartz als Chef in Augenchirurgie gewählt?«

»Liebchen«, gab die andere mit vielsagendem Grinsen zurück, »ich habe niemals behauptet, daß ihr Leute nicht clever seid.«

Wenn Anja in ihrem bisherigen hindernisreichen Leben etwas gelernt hatte, dann vor allem die Tatsache, daß sie sich nur durch hartnäckige Ausdauer durchsetzen konnte. Gute Laune konnte eine Waffe sein, die stark genug war, sogar einen stahlharten Willen aufzuweichen. Da sie die Gabe hatte, in jedem Menschen das Beste zu sehen, beschloß sie paradoxerweise, Olga aus dem herauszuhelfen, was doch eindeutig ein unglückliches Dasein war.

Das junge Mädchen war alles andere als attraktiv. Und im Vergleich mit den anderen Medizinstudenten war sie auch nicht besonders helle. Daher hatte sie, bis Anja auftauchte, auch weder Freundinnen noch Freunde. Und obendrein rauchte sie wie ein wutschnaubender Schornstein.

»Hast du jemals die Lungen von einem Toten gesehen, der an Krebs gestorben ist?« fragte Anja hustend inmitten der Rauchschwaden.

»Halt mir keine Vorträge, Litvinowa. Ich weiß, daß es medizinisch gesehen unklug ist, soviel zu rauchen«, räumte Olga ein, »aber ich beabsichtige, damit fortzufahren, bis ich mich voll qualifiziert habe.«

»Danke«, gab Anja sarkastisch zurück.

»Was geht das dich an? Du wirst im nächsten Semester doch ohnehin ausziehen – oder?«

»Wie kommst du darauf?«

»Weil das alle machen.«

»Nur keine Angst«, entgegnete Anja fröhlich. »Du kannst machen, was du willst, ich werde lernen, dich zu mögen.«

Als Olga einen Monat später eine schwere Grippe bekam und das Bett hüten mußte, brachte Anja ihr nicht nur Suppe aus der Mensa, sondern erbot sich sogar, bei einer Vorlesung, die Olga verpaßte, Notizen für sie zu machen.

»Ich begreife dich nicht, Litvinowa«, erklärte Olga offen. »Allmählich habe ich den Eindruck, daß du tatsächlich meine Freundin sein willst.«

»Das stimmt.«

»Aber warum?«

»Offen gestanden«, antwortete Anja lachend, »weil ich ohnehin schon genug Feinde hab'.«

Obwohl die Oktoberrevolution das Weihnachtsfest erfolgreich abgeschafft hatte, vermochte selbst das tyrannischste Regime die Festtagsstimmung nicht auszurotten.

Die Traditionen wurden lediglich in die Silvesterfeier umgeleitet, ein ›Säkulares‹ Ereignis, für das man die Häuser mit Tannenzweigen schmückte, einen Baum dekorierte und Geschenke austauschte.

In diesem Jahr brachte Olga zum erstenmal in ihrem Leben zu diesem Festtag eine Freundin mit nach Hause.

Während der Fahrt mit der Metro bemerkte Olga beiläufig:

»Ich glaube, mein Onkel Dimitri würde dich gern kennenlernen. Er arbeitet in der Genetik und ist sogar Akademiemitglied.«

Anja war verblüfft. »Soll das heißen, du bist mit einem Mitglied der Sowjetischen Naturwissenschaftlichen Akademie verwandt und hast mir nie davon erzählt?«

»Was glaubst du wohl, wieso ich ins Chirurgie-Programm gekommen bin?« gab Olga mit einem Anflug von Ironie zurück. »Ich bin nicht so intelligent wie du; ich brauche Protektion. Und Onkel Dimitri ist ein solches Genie, daß er schon mit dreißig ernannt wurde.«

Olga erzählte voll Stolz von ihrem illustren Onkel, aber sie unterließ nie zu erwähnen, daß er zwar nicht von klassischer Schönheit, dafür aber lebenslustig, männlich – und Junggeselle war.

Als Anja ihm respektvoll die Hand reichte, fand sie vor Ehrfurcht kaum die gewohnten höflichen Worte: »Es ist mir eine Ehre, Sie kennenzulernen, Professor Avilow.«

»Aber bitte«, erwiderte der hochgewachsene, breitschultrige Mann eindringlich, »Sie müssen mich Dimitri Petrowitsch nennen. Außerdem finde ich nicht, daß es eine so große Ehre ist.« Er hielt einen Augenblick inne, dann setzte er mit einem Grinsen hinzu: »Aber ich hoffe, daß es Ihnen eine Freude ist.«

Das Essen war üppig und nach russischen Maßstäben einfach märchenhaft. Der Professor führte die Tischgespräche, als sei er fürs Rampenlicht geboren, und dozierte über die relative Schönheit verschiedener Weltstädte – besonders Paris, wo er gerade eine Abhandlung veröffentlicht hatte, und Stockholm, das er jeden Sommer auf Einladung der schwedischen Akademie für Medizin besuchte.

Wäre Anja welterfahrener gewesen, sie hätte ihn arrogant gefunden. So aber war sie hingerissen.

Nachdem sie später am selben Abend das neue Jahr mit Champagner willkommen geheißen hatten und Anja Olga und ihrer Mutter beim Abräumen der Tafel half, versperrte ihr das Akademiemitglied Avilow mit seiner mächtigen Gestalt plötzlich den Weg.

Mit einem unverkennbaren mutwilligen Glitzern in den Augen blickte er auf sie hinab und flüsterte: »Und Sie, mein Täubchen, warum haben Sie kein Wort von sich erzählt?«

Anja geriet in Verlegenheit und stotterte: »Was hätte ich schon erzählen können, das für eine Persönlichkeit wie Sie von Interesse gewesen wäre?«

»Ich bin keine Persönlichkeit«, widersprach er. »Ich bin nur ein Mensch, der Sie bezaubernd und attraktiv findet. Und außerdem«, ergänzte er, »sind Sie keine Moskowiterin.«

»Ist das so leicht zu erkennen?« erkundigte sie sich.

»Aber ja – Sie haben mich nicht mal gefragt, was für einen Wagen ich fahre. Und das ist ein weiterer Grund, warum ich Sie so unwiderstehlich finde.« Er lächelte breit.

Unwiderstehlich? Während ihrer Kinder- und Jugendzeit war Anja von ihren Eltern und Verwandten immer wieder als ›Süß‹ und ›Bezaubernd‹ bezeichnet worden. Aber sie wäre nie auf den Gedanken gekommen, daß sie eine attraktive Frau sein könnte.

»Würden Sie mir die Ehre gewähren, Sie nach Hause zu fahren, Anja Alexandrowna?«

»Oh!« stieß sie unendlich erleichtert hervor. »Darüber würden Olga und ich uns wirklich sehr freuen.«

»Davon bin ich überzeugt«, gab der Onkel ihrer Freundin zurück, »aber Olga übernachtet bei ihren Eltern. Und außerdem hat mein Wagen nur zwei Plätze.«

»Dann muß ich leider ablehnen«, erklärte Anja tapfer.

Avilow sah sie verständnislos an. Und war offenbar beeindruckt.

So kam es, daß Anja in der eisigen Januarnacht zitternd auf ein Taxi wartete, das sie in die Sicherheit ihres Krankenhaus-Dormitoriums zurückbrachte.

Beim nächstenmal schlug Avilow sie mit ihren eigenen Waffen, indem er Anja und Olga (ihre ›Anstandsdame‹, wie er es in seinem ansonsten sehr formellen Schreiben formulierte) zu seinem Vortrag in der Akademie über ›Die genetischen Aspekte von Chorea Huntington‹ einlud.

Eine Einladung, die Anja aus einem ganz einfachen Grund nicht ablehnen konnte: Sie wollte unbedingt den Vortrag hören.

Dimitri war ein brillanter Redner und besaß die ganz besondere Fähigkeit, sich selbst Laien auf seinem Spezialgebiet verständlich zu machen.

Nach dem Vortrag gab es einen kleinen Empfang im Nebenzimmer des Hörsaals.

Anja und Olga standen unsicher an der Peripherie herum und sahen zu, wie sogar berühmte Wissenschaftler um den Ehrengast herumscharwenzelten. Selbst aus dieser Entfernung war jedoch zu erkennen, daß Avilow die aufdringlichen Schmeicheleien genoß.

»Ich komme mir albern vor«, gestand Olga. »Kein Mensch will mit uns beiden reden. Komm, Anja, wir verschwinden lieber und gehen irgendwo was essen, ja? Vielleicht treffen wir anderswo ein paar nette Jungens.«

«Äh – lieber noch nicht«, antwortete Anja zögernd. Denn ›Jungens‹ waren das letzte, was sie im Moment interessierte. »Ich meine … Ich meine, es ist doch irgendwie sehr aufregend.«

»Dann hol' ich mir noch einen Wodka«, entgegnete Olga und ging los.

Anja war zwar unerfahren, nicht aber naiv. Sie wußte genau, daß sie, sobald sie Dimitri Petrowitschs Einladung annahm, dieses Mal nicht allein nach Hause gehen würde. Und dennoch fragte sie sich, wie er sich seiner Nichte entledigen wollte. Doch Anja hatte die Findigkeit ihres Verehrers weit unterschätzt.

Punkt halb zehn stellte sich Iwan, ein attraktiver, gelehrt wirkender junger Mann mit Kurzhaarschnitt als Chef-Forschungsassistent von Avilow vor. Er spulte eine offensichtlich einstudierte Ansprache des Inhalts herunter, er wisse zwar, daß Anja ins Krankenhaus zurückkehren und noch lernen müsse, hoffe aber, daß Olga ihn mit einigen jungen Leuten aus dem Mitarbeiterstab zum Jazz in einem fantastischen Lokal im Nowy Arbat begleiten werde.

Olga war viel zu begeistert, um die Absicht dahinter zu erkennen. Entweder das, dachte Anja, oder sie ist eine perfekte Schauspielerin.

Einen kurzen Moment fühlte sich Anja im Stich gelassen. Sie wollte sich schon ihren Mantel holen, als Avilow vor ihr auftauchte und ihr zuflüsterte: »Wir treffen uns im ›Siebten Himmel‹.«

»Wie bitte?« Sekundenlang verschlug es ihr die Sprache.

»Das ist ein Restaurant auf dem Fernsehturm. Ich hab' uns für zehn einen Tisch reservieren lassen.«

Weil sie es vermeiden wollte, zu früh einzutreffen und voller Verlegenheit allein in einem eleganten Restaurant warten zu müssen, für das sie sich nicht angemessen gekleidet fühlte, wanderte sie fast eine ganze Stunde lang rings um den Roten Platz herum.

Sechshundert Meter hoch in den Himmel ragend, war der Fernsehturm die ultimative Umsetzung der sowjetischen Besessenheit von phallischen Monumenten. Der ›Siebte Himmel‹ rotierte gemächlich, um den hochgestellten Gästen Gelegenheit zu geben, zwischen Cocktail und Dessert den Ausblick auf die gesamte City zu genießen.

Doch da der Service auch hier dem Service aller russischen Speiserestaurants entsprach – langsam, nachlässig und mißgelaunt –, drehten die meisten Gäste sich mindestens zweimal um 360 Grad.

Etwas Ähnliches hatte Anja noch niemals gesehen: Die Gäste waren sehr elegant gekleidet, und auf den Tischen funkelte es wie echtes Silber.

Avilow hatte bereits Platz genommen und erhob sich lächelnd, um sie zu begrüßen.

»Sie hätten nicht unbedingt ständig im Kreis zu laufen brauchen, Anja. Ich war pünktlich um zehn Uhr hier.«

Anja hoffte, daß sie nicht errötete. Hatte er sie wirklich gesehen? Oder vermochte er ihre Gedanken zu lesen? Auch als sie das Essen bestellten, konnte sie ihre Unsicherheit nicht verbergen.

»Was ist denn los, meine Kleine – mögen Sie keine Koteletts à la Kiew?«

»Nein, nein ...«, stotterte sie, »es ist nur, weil ich ...«

Avilow nickte verständnisvoll. »Schon gut, Anuschka. Die haben vermutlich dort, wo Sie herkommen, nicht sehr oft auf der Speisekarte gestanden, wie?«

»Sie sind über meine Familie informiert?« fragte sie erschrocken und wurde immer unsicherer.

Er nickte, dann antwortete er behutsam: »Ich war noch in der Volksschule, aber ich erinnere mich genau an die letzten Zuckungen von Stalins Wahnsinn. Niemand erhob damals das Wort zur Verteidigung der Physiker, und unser Rektor hat uns ständig vor gewissen Ärzten gewarnt, die ihre Patienten vergifteten.«

»Haben Sie das wirklich geglaubt?« wollte Anja wissen.

»Ehrlich gesagt, ich wünschte, ich wäre damals schon Mediziner gewesen; dann hätte ich den Rektor vergiftet.«

Anja lachte.

»Was ich dagegen nicht verstehe«, fuhr er fort, und sein Ton wurde leise und ernst, »das ist, warum Ihr Vater nicht zurückgeholt wurde. Ich habe mindestens ein halbes Dutzend Freunde an der Akademie, die den Gulag ›absolviert‹ haben.«

»Vermutlich hatte er keine Freunde an der Akademie«, gab sie zurück, ehrlich gerührt von dem, was sie für aufrichtiges Mitgefühl hielt.

»Die hat er jetzt«, versicherte Avilow und legte seine große Hand über die ihre. »Keine Sorge, ich habe jede Menge ›VitaminP‹ *–protektsija*.« Dabei sah er ihr tief in die Augen und begriff, daß sie viel zu bewegt war, um etwas zu sagen.

Schließlich öffnete sie die Lippen und äußerte ein einziges Wort.

»Warum?«

»Warum was?«

»Sie machen nicht den Eindruck eines Mannes, der sich mit dem System anlegt. Warum sollten Sie meinen Eltern helfen wollen?«

»Da haben Sie recht«, gestand er ein. »Ich bin ein äußerst selbstsüchtiger Mensch, das ist mir klar. Aber wenn ich Ihnen helfe, erreiche ich damit vielleicht, daß Sie mich mögen.«

»Aber ich mag Sie doch jetzt schon«, entgegnete sie flüsternd.

»So sehr, daß Sie mich heiraten würden?«

Zuerst war Anja viel zu verblüfft, um ihren Ohren zu trauen. Dann erstarrte sie. »Warum?« wiederholte sie.

»Immer mußt du Fragen stellen«, tadelte Dimitri. »Nicht mal Lenin hat versucht, die Liebe auf den ersten Blick abzuschaffen.«

Anja schüttelte verzweifelt den Kopf. »Ich begreife das einfach nicht. Sie könnten jedes Mädchen haben, das Sie wollen ...«

»Aber Anja, du bist nicht ›jedes Mädchen‹. Du bist etwas ganz Besonderes. Du hast eine Gabe, dich zu freuen, die einfach zauberhaft ist.«

Anja nahm all ihre Kraft zusammen, um ihre eigenen Gefühlsregungen zu unterdrücken. »Wie oft haben Sie das schon zu einer Frau gesagt, Dimitri Petrowitsch?«

»Noch nie«, versicherte er. »Noch niemals zuvor in meinem Leben.«

Zwanzig Minuten vor eins öffnete er ihr die Autotür. Als sie sich an ihm vorbeischob, um einzusteigen, hatte sie flüchtig das Gefühl, daß er sie umarmen wollte. Aber das tat er nicht.

Als er den Wagen startete und Charles Aznavour in den Kassettenrecorder legte, war Anja sicher, daß er zu seiner Wohnung fahren würde.

Aber auch darin täuschte sie sich.

Und als Dimitri sie vor dem Krankenhaus absetzte und nicht einmal einen flüchtigen Abschiedskuß forderte, war sie überzeugt, daß er sie unbarmherzig zum Narren gehalten hatte.

Erst als am folgenden Morgen die Rosen kamen – und mit ihnen ein offizielles Schreiben, in dem er um ihre Hand anhielt –, wußte sie, daß sie sich in jeder Hinsicht in ihm getäuscht hatte.

Bis auf die Tatsache, daß er sie aufrichtig liebte.

Der 21. Oktober 1982 war der glücklichste Tag in Anjas Leben. Denn nun hatte sie nicht nur das Diplom als Geburtshelferin, sondern wurde im Standesamt des Rathauses zudem mit dem Akademiemitglied Professor Dimitri Avilow getraut. Ihr frischgebackener Ehemann hatte in ihrer neuen Wohnung in einem der oberen Stockwerke der Hochhäuser an der Moskwa einen glanzvollen Empfang vorbereitet.

Anja fühlte sich wie eine Märchenprinzessin. Denn zu den zahlreichen Gratulanten gehörten auch die beiden Menschen, die ihr die liebsten waren.

Ihre Eltern.

Aber das war vor so langer Zeit und so weit entfernt von hier.

25 ISABEL

Angespornt von ihrer faszinierend kreativen Arbeit in den beiden Graduierten-Seminaren, erreichte Isabel da Costa pünktlich ihr Ziel (genauer gesagt, Raymonds) und wurde im Spätsommer 1986 die jüngste graduierte Studentin in Berkeleys Geschichte, mit summa cum laude in Physik.

Wieder einmal war die Presse in voller Stärke angetreten, und wieder einmal spielten Muriel und Peter ihre vertrauten Rollen der liebenden Mutter und des bewundernden Bruders. Zwar wollten einige Reporter unbedingt ein paar Fotos von Vater und Tochter ergattern – denen einer aus ihrer Zunft den Spitznamen ›Das thermodynamische Duo‹ verpaßt hatte –, aber Raymond hatte sie ausgetrickst und dafür gesorgt, daß sie ausschließlich als komplette Familie geknipst wurden.

Obwohl sich die TV-Kameras auf Isabel konzentrierten, wie sie sich bei ihrer Familie für die liebevolle Unterstützung bedankte, schoben sie auch Nahaufnahmen von Raymond ein. »Noch immer der beste Lehrer, den ich je hatte«, wie Isabel sagte.

Damals im Juni, bei ihrem kurzen Besuch zu Hause anläßlich von Peters Schulabschluß, hatten sie und ihr Bruder ein Verhältnis zueinander begründet, das immer inniger wurde, sogar wenn Peter – der im Herbst ebenfalls aufs College gehen würde – zum Mauerblümchen degradiert wurde.

Gemeinsam gingen sie zum Dinner und sprachen jeder über seine Zukunft, als gäbe es keinen Unterschied im Grad ihrer Bedeutung.

Peter erzählte Isabel, daß er Sport als Hauptfach wählen wolle, und seine angeborene Großherzigkeit ermöglichte es ihm, Isabel zu bewundern, ohne sie zu beneiden.

»Und was hast du als nächstes vor, Isa?« erkundigte er sich, obwohl er die Antwort bereits kannte.

»Ich möchte mit Professor Prachts Unterstützung sofort mit meiner Magisterarbeit beginnen.«

»Ist das nicht ein bißchen voreilig, sogar für dich?« fragte Peter.

»Es mag seltsam klingen«, erläuterte sie, »und es muß wirklich unter uns bleiben, aber weißt du irgendwas über die Theorie der Kräfte?«

»Nur das, was ich aus *Star Wars* kenne«, scherzte er. »Könntest du das vielleicht so formulieren, daß auch ein Halbidiot etwas davon begreift?«

»Okay«, begann sie. »Es ist so: Die konventionelle Physik kennt vier verschiedene Kräfte in der Natur. Die meisten Menschen kennen die Schwerkraft und die elektromagnetische Kraft – die über große Distanzen wirksam sind. Dann gibt es aber noch eine ›starke‹ Kraft, die über kurze

Entfernungen wirkt und Atomkerne zusammenhält, sowie eine ›schwache‹ Kraft, die mit dem Zerfall von Neutronen außerhalb des Kerns zu tun hat. Bist du soweit mitgekommen?«

»Sagen wir einfach, ich glaube dir ... aber ich möchte es nicht auf einen Test ankommen lassen. Erzähl weiter, ich halte inzwischen meine Hirnmuskeln in Schwung.«

»Nun ja, seit Newton haben Physiker schon zigtausendmal versucht, so etwas wie GUTs zu entwickeln, Grand Unification Theories, also eine Möglichkeit, alle vier Kräfte zusammenzufassen. Auch Einstein hat sich daran versucht, aber selbst er fand keine Lösung.

Vor zwanzig Jahren ist nun einem gewissen Stephen Weinberg die bisher erfolgreichste Zusammenfassung gelungen, indem er eine mathematische Methode benutzte, die man ›Eichsymmetrie‹ nennt, doch eine endgültige Lösung gibt es noch nicht.«

»Und nun kommst du – meinst du das?«

»Noch nicht.« Sie lächelte. »Du solltest es nicht so eilig haben, mich aufs Siegerpodest zu hieven.«

»Ich kann nicht anders, ich möchte, daß du es wirklich als erste betrittst.«

»Nun, ein paar Leute liegen noch immer vor mir, unter anderem Karl Pracht. Er arbeitet mit einer Gruppe in Cambridge und einer in Deutschland zusammen, die alle Daten auf dem Gebiet der Hochenergiephysik sammeln, die nur durch die Existenz einer *fünften* Kraft erklärt werden können. Das könnte der Schlüssel zu dem gesamten Problem sein. Ich habe ihre Artikel noch vor der Drucklegung gelesen – und die Leiter zahlreicher Physikabteilungen haben das ebenfalls getan.

Wenn er recht hat, ist das ein Mega-Durchbruch, und das bedeutet überwältigende Job-Angebote, nicht nur vom MIT, sondern auch von den anderen Eliteschulen, die potentielle Nobelpreisträger sammeln wie Trophäen in der Vitrine. Kannst du mir noch immer folgen?«

»Ich warte darauf, daß du ins Stadion einläufst.« Peter lächelte.

»Deine Geduld wird gleich belohnt. Hier bin ich und versuche tatsächlich, in diesen gesamten Problemkomplex einzudringen. Und da niemand dichter an dem Material dran ist als Karl, wirst du vielleicht verstehen, warum ich damit anfangen will, solange er noch bei uns ist.«

Peter nickte und sagte liebevoll: »Isabel, für einmal stimme ich mit dir überein. Mach dich dran. Und möge die fünfte Kraft mit dir sein.«

Muriel hatte tapfer mitgespielt, aber dies sollte ihr letzter Auftritt als perfekte Ehefrau und Mutter sein.

Ihr letztes Gespräch mit Raymond verlief merkwürdig bitter. Sie saßen an dem runden Holztisch des Rathskellers, dessen Platte mit den Initialen ganzer Generationen von Liebespaaren und Vandalen – und manchmal beidem – verziert war.

»Das wär's dann wohl, wie?« seufzte Raymond.

Zu seinem eigenen Erstaunen durchlebte Raymond auf schmerzhafte Weise noch einmal die ersten Jahre ihrer Ehe und die Geburt der Kinder, die sie in der Hoffnung auf zunehmendes Glück in die Welt gesetzt hatten.

In diesem Moment vermochte er sich seines Sieges nicht zu freuen. Vielleicht war es das Bier. Vielleicht ein Augenblick unkontrollierter Aufrichtigkeit, in dem er erkannte, was für ein großherziger Mensch Muriel war.

Er sah sie an und sagte leise: »Es tut mir leid, daß es so gelaufen ist.«

»Mir auch«, antwortete sie ruhig.

»Ich meine, wir haben diese Farce so lange gelebt, daß ich nicht begreife, warum wir nicht noch ein wenig länger hätten aushalten können, bis die Kinder ein bißchen älter wären.«

»Die sind beide stark genug, um ihren Weg im Leben zu finden. Für mich in meinem Alter dagegen gibt es nicht mehr so oft eine zweite Chance auf das Glück.«

»Was meinst du damit?« erkundigte sich Raymond, der schon ahnte, daß ihre Antwort den Moment des stillen Einfühlens beenden würde.

Sie sah ihn an und sagte beinah entschuldigend: »Ich möchte wieder heiraten.«

Einen Augenblick zögerte er. Vielleicht hatte er in seiner Selbstsucht von ihr erwartet, daß sie wie die verkörperte Geduld auf ihn wartete.

»Irgend jemand, den ich kenne?« wollte er wissen.

»Ich dachte, du wüßtest es schon«, gab sie zurück. »Edmundo Zimmer und ich sind einander sehr nahe gekommen. Vielleicht weil wir irgendwie beide Krüppel sind, er körperlich und ich seelisch. Aber wir können wenigstens gemeinsam Musik hören und verstehen uns auch ohne Worte.«

»Na ja«, entgegnete Raymond und versuchte, die Eifersuchtsgefühle unter Kontrolle zu bringen, die ihn auf einmal überfielen. »Ich nehme an, du liebst ihn schon seit Jahren.«

Muriel senkte den Kopf. »Ich glaube, ja«, gestand sie ein, »aber nicht so, wie ich dich geliebt habe.«

Als Isabel hörte, daß ihre Mutter wieder heiraten wollte, brach sie in Tränen aus.

Peter versuchte, vernünftig mit ihr zu reden. »Du bist nicht fair, Isabel. Mom ist schon so lange allein, und jeder Mensch braucht einen Partner im Leben.«

Dann wurde er jedoch verlegen, weil ihm einfiel, daß sein partnerloser Vater zugegen war und sich gekränkt fühlen mochte.

Aber Raymond erkundigte sich nur phlegmatisch: »Gibt es da nicht schon eine Mrs. Zimmer?«

»Bis vor wenigen Monaten«, gab Muriel zurück. »Dann hat sie auf einmal eine neue Liebe gefunden – ausgerechnet den Kirchenorganisten! Und hat Edmundo buchstäblich um die Scheidung angefleht.«

Dann fuhr Muriel leise fort: »Ich möchte natürlich, daß Isabel an der Hochzeit teilnimmt.«

»Tut mir leid«, widersprach Raymond höflich, »aber meinst du nicht, daß sie noch ein bißchen zu jung ist, um ganz allein mit dem Bus zu reisen – oder auch allein zu fliegen?«

Muriel lächelte voll Bitterkeit. »Das ist die reine Ironie, Raymond, und du hast natürlich recht. Aber Peter hat inzwischen den Führerschein, und wenn du nichts dagegen hast, daß er Isabel den ganzen Weg fährt …«

»Das schaff' ich leicht in einem Tag«, fiel Peter ihr stolz ins Wort, »und damit meine ich, innerhalb des Tempolimits.«

Jetzt richteten sich alle Blicke auf Raymond, der vernünftigerweise einsah, daß er sich dem Wunsch der Mehrheit beugen mußte; es war auch ihm klar, daß Isabel darauf brannte, an der Hochzeit teilzunehmen.

»Äh, um wieviel Uhr findet die … Zeremonie statt?«

»Also«, antwortete Muriel, »wir fahren nur zum Standesamt und haben ein paar Freunde zu einem Drink eingeladen. Wenn es dir lieber ist, könnten wir die Trauung auf Mitte des Vormittags ansetzen. Dann könnte Isabel mit der ersten Maschine runterfliegen …«

»Ja, ja, natürlich«, gab Raymond nach. »Um acht Uhr geht ein Flug von Oakland; ich werde sie persönlich zum Flughafen bringen, dann kann sie ohne weiteres zum Dinner wieder zurück sein.«

Isabel wollte schon einwenden, daß sie gern den Abend und auch die Nacht mit dem Rest der Familie verbringen würde. Doch dazu konnte sie ihren Vater später noch überreden.

Vielleicht.

Bei ihrer Rückkehr nach San Diego machte sich Muriel sofort an die Vorbereitungen für die Hochzeit, und vierzehn Tage später stand Isabel in einem rüschenbesetzten Kleid, das sie mit ihrer Mutter in Berkeley gekauft hatte, zusammen mit Peter neben Muriel, als der Standesbeamte offiziell verkündete, daß ihre Mutter von nun an Mrs. Edmundo Zimmer sein werde.

Auch neben dem Bräutigam standen zwei Kinder, eine Schwester (Anfang Dreißig) und ein noch älterer Bruder. Beide, Dorothea und Francisco, waren zu Ehren ihres Vaters von Argentinien hergeflogen.

Nach der kurzen Trauzeremonie begaben sie sich zu

sechst in ein Restaurant, wo Drinks und ein bescheidenes Hochzeitsessen serviert wurden.

Muriel und Edmundo waren beide strahlender Laune und freuten sich besonders darüber, daß Isabel gekommen war. Nachdem alle auf ihr zukünftiges Glück getrunken hatten, brachte Edmundo einen Trinkspruch auf ›Die berühmte geniale junge Dame‹ aus, ›die von so weit hergekommen ist, um mit uns zusammen zu sein‹.

Isabel war zutiefst verlegen, vor allem, weil Edmundos Kinder von viel weiter hergekommen waren, ließ sich aber schon bald vom Charme des Dirigenten und der aufrichtigen Zuneigung einfangen, die aus seinen Augen sprach.

Für den Abend war ein größerer Empfang geplant, auf dem verschiedene Orchestermitglieder Soli, Trios und sogar ein Flötenquintett spielen würden.

»Ich wünschte wirklich, du könntest bleiben«, sagte Edmundo ehrlichen Herzens. »Ich hatte mich so darauf gefreut, dich Geige spielen zu hören.«

»Da würde dir nicht viel entgehen«, wandte Isabel ein. »Außerdem hatte ich in letzter Zeit nicht viel Zeit zum Üben.«

»Sei nicht so bescheiden«, mahnte er galant. »Wie Muriel mir sagte, bringst du deine Geige zum Singen. Du mußt mir versprechen, daß du sie zu Weihnachten mitnehmen wirst.«

Isabel war so begeistert von Edmundo, daß sie beschloß, mit Raymond zu streiten, falls er versuchen sollte, ihr einen weiteren Besuch zu Weihnachten zu verbieten.

Ihre Maschine landete kurz nach neun Uhr abends in Oakland. Als sie den liebevoll ausgebreiteten Armen des Vaters entgegenging, wurde Isabel von einer unerklärlichen Traurigkeit überfallen.

Er war alles für sie. Oder fast alles.

Aber es gab keine Musik in Raymond da Costas Leben.

26 ADAM

Adam stieß die Tür zu Zimmer 608 des Massachusetts Mental Health Hospital auf. Eine matronenhafte lateinamerikanische Krankenschwester versuchte eine Patientin zum Einschlafen zu bringen.

Anfangs wußte er nicht recht, was er tun sollte. Obwohl ihm klar war, daß Anja sich gesundschlafen mußte, wollte er sich unbedingt vergewissern, daß es ihr wirklich gutging.

Er hielt sich zurück, aber Anja schien dennoch seine Nähe zu spüren und fragte mit schwacher Stimme: »Bist du das, Adam?«

»Nur ruhig, Anja. Du darfst dich nicht aufregen.«

»Das ist ein komischer Witz«, gab sie undeutlich zurück. »Nach all den schrecklichen Sachen, die ich getan habe.« Es gelang ihr, langsam den Kopf zu drehen und ihn anzusehen.

»Du hättest nicht kommen sollen«, murmelte sie.

»Aber das mußte ich«, widersprach er. »Außerdem wolltest du doch, daß ich zu dir komme.«

Sie antwortete nicht, entweder aus Protest oder weil sie seiner Behauptung zustimmte.

Verlegen wandte sich Adam an die Pflegerin. »Schon gut, Schwester, ich bin einer ihrer Ärzte.«

»Wie Sie meinen, Doctor.« Sie nickte und ging diskret hinaus.

Sofort setzte sich Adam auf den Stuhl neben Anjas Bett.

»Es tut mir so leid«, wiederholte sie heiser. »Ich hab' ein so großes Talent im Versagen, daß ich es nicht mal schaffe, mich umzubringen.«

Bestürzt schüttelte Adam den Kopf. »Warum hast du nur so etwas getan? Ich dachte, wir wären so glücklich, miteinander.«

»Aber genau deswegen, Adam. Es war Weihnachten … und ich war ganz allein. Du hast mir so furchtbar gefehlt, aber mir wurde klar, daß wir niemals zusammensein können.«

»Und warum nicht?« fragte er leise.

»Du bist verheiratet«, antwortete sie zögernd. Und ergänzte ein wenig nachdrücklicher: »Du hast ein Kind. Und wenn du mich nicht kennengelernt hättest, könntest du ein weit glücklicheres Leben führen.«

»O nein«, protestierte er, »du bist das Beste, was ich je erlebt habe, Anja. Und nichts auf der Welt wünsche ich mir inniger, als mit dir zusammen zu sein.«

»Es ist nicht richtig«, behauptete sie.

»Seit wann hält Liebe sich an Vorschriften? Du lieber Gott, sei doch nicht länger so hart gegen dich selbst!«

»Du kannst mich nicht lieben«, gab sie flüsternd zurück.

»Und was zum Teufel soll das wieder heißen?«

Mit einem traurigen Lächeln entgegnete Anja: »Weil ich in meinem ganzen Leben noch niemals etwas so Wundervolles erlebt habe.«

Am liebsten hätte er sie in die Arme genommen, aber sie war krank, und dies war ein Krankenhaus. Und er war Arzt.

Er versuchte nach einiger Zeit, ihr verzweifeltes Festhalten am Wachsein zu lösen. Sie aber wehrte sich dagegen; ihr Wunsch, mit ihm zu sprechen, war stärker als jedes körperliche Schlafbedürfnis.

Inzwischen ging es immer mehr dem Morgen entgegen, und die Frühmaschine nach Toronto gehörte zu den wenigen, die am Weihnachtstag tatsächlich flogen. Adam wußte, daß er sie nicht versäumen durfte.

»Hör zu, mein liebes Russenmädchen.« Mit festem Griff nahm er Anjas Hand. »Ich muß jetzt leider wirklich gehen. Doch ich verspreche dir, dich jeden Vormittag anzurufen, wenn du versprichst, endlich daran zu glauben, daß ich alles in Ordnung bringen werde.«

»Ich will's versuchen.« Sie lächelte. Es war zwar nur ein leichtes Heben der Mundwinkel, aber dennoch eine Bestätigung des Lebens.

»So ist es recht«, lobte er sie aufmunternd und küßte sie auf die Stirn.

»Ich danke dir, Adam.« Abermals lächelte sie. »Ich danke dir, daß du gekommen bist.«

»Anja, Liebling«, gab er leise zurück, »wenn du mich das nächstemal brauchst, versuch's mit dem Telefon. Das ist weniger kostspielig.«

Ihre Blicke trafen sich, und sie lächelten beide.

»Daddy!«

Heather spielte mit den Rosenthal-Brüdern im Schnee vor dem Bungalow, als sie ihren Vater entdeckte.

Er begrüßte sie mit einer liebevollen Umarmung. »He, du hast mir furchtbar gefehlt! Vermutlich hab' ich dir dein Weihnachtsfest verdorben – eh?«

»Nicht direkt«, gab sie ein wenig schmollend zurück. »Ich hab' meine Geschenke auch so gekriegt.«

»Wo ist Mom?« erkundigte sich Adam so beiläufig, wie er nur konnte.

»Nimmt mit Charlie und Joyce Skiunterricht.«

»Na schön, dann werd' ich mich jetzt schnell umziehen und sie auf der Skipiste überraschen.«

Als ihr Vater auf den Bungalow zuging, rief Heather ihm nach: »Du brauchst dich nicht zu beeilen, Dad.«

Verwundert wandte sich Adam um. »Und warum nicht?« fragte er.

»Weil du *ihr* das Weihnachtsfest wirklich verdorben hast.«

Und als reiche das nicht als schlechte Nachricht, ergänzte sie ihre Begrüßung durch einen gezielten Schneeballwurf, der genau in der Mitte seines Rückens landete.

O Gott, dachte Adam, was hab' ich da angerichtet?

Toni kam den Hang heruntergeschossen, als ziele sie direkt auf ihn, um dann in drei Meter Entfernung so abrupt zu bremsen, daß eine weiße Schneewolke aufstob.

Sekundenlang sprach keiner von beiden.

Schließlich brachte Adam heraus: »Ich bin wieder da.«

»Das hab' ich gemerkt«, gab sie kurz angebunden zurück.

»Hast du vielleicht auch gemerkt, daß ich nicht sehr lange fort war?«

»Ich habe gemerkt, daß du fort warst«, berichtigte sie zweideutig und überließ es ihm, Schlüsse daraus zu ziehen.

»Na ja, die Krise ist vorüber«, berichtete er ein wenig steif.

Sie musterte ihn mit hochgezogenen Brauen. »Ach ja?«

»Um Gottes willen, Toni, ich habe nur getan, was ich für eine menschliche Geste hielt.«

»Die ganze Nacht? Ich habe jede halbe Stunde zu Hause angerufen. Wenn du also nicht im Hilton abgestiegen bist, kann ich nur annehmen, daß du ihr Händchen gehalten hast.«

»Jetzt hör aber mal!« entgegnete er, und seine Stimme klang gereizt. »Bist du wirklich so verrückt, daß du damit andeuten willst, was ich vermute?«

Sie hielt inne, wandte sich ihm zu, und ihre Worte wurden von kleinen Dampfwölkchen begleitet.

»Mein lieber Adam, man muß mit einer anderen Frau nicht physisch schlafen, um der eigenen untreu zu sein.«

Adams Herz begann zu rasen.

Toni deutete mit ihrem Skistock auf ihn und verkündete: »Sagen wir mal, du bist auf Bewährung.«

Während der folgenden Tage hielten sie wegen Heather – und wegen der Rosenthals – den Schein aufrecht. Aber die Spannung zwischen ihnen war so stark, daß sie den anderen nicht entging.

Und so sehr sich Adam bemühte, es wollte ihm nicht gelingen, Anja aus seinen Gedanken zu vertreiben – nicht einmal für eine Sekunde.

Am Morgen ihres Abreisetages erwachte er zeitig und lief eilig ins Haupthaus, um die Rechnung zu begleichen. Denn wenn Toni sie bezahlte, würden ihr mit Sicherheit die hohen Kosten für die Ferngespräche auffallen, die mit immer demselben Anschluß in Boston geführt worden waren.

Um zwölf Uhr stiegen sie in Charlies Space Wagon – die Rosenthals strahlend guter Laune, die Coopersmiths jeder für sich in dem Bewußtsein, daß sich ihr Leben von nun an verändern würde.

27 SANDY

Der alljährliche gesellschaftliche Höhepunkt für die Drohnen – wie sie sich selbst gern nannten –, die in Gregory Morgensterns Labor schufteten, war die Barbecue-Fete am vierten Juli, dem Unabhängigkeitstag der Amerikaner. Stella lieh Vic und Sandy großzügig ihre alte Klapperkiste, und Vic erteilte seinem Freund den guten Rat: »Willige Weiber findet man am besten in der Nähe von Judy Morgenstern.«

»Ist das die Tochter des Alten?«

»Bingo!« gab er zurück. »Außerdem studiert sie in Bennington, und du weißt ja, was man von diesen Girls zu halten hat.«

Sandy, der ein wahres Klosterleben geführt hatte, wußte keineswegs, wovon sein welterfahrener Freund sprach. Aber er hatte so eine Ahnung.

Er gesellte sich zu einem Kreis junger Leute, die im Schatten einer alten Eiche saßen und einer sehr attraktiven, sommersprossigen Gitarrenspielerin mit rötlich-braunem Pferdeschwanz zuhörten. Sie trug abgeschnittene Jeans und dazu ein Beethoven-T-Shirt.

Mann, dachte Sandy, ich hätte nie gedacht, daß eine Tochter von Greg Morgenstern so gut aussehen könnte. Zu schade, daß ich nicht den Mut habe, sie anzusprechen.

In diesem Moment begann die Sängerin betont zu hüsteln und sagte: »Würde jemand sich erbarmen und diesem armen, durstigen Mädchen ein Bier holen?«

Der sonst eher zurückhaltende Sandy vernahm das Stichwort und rief laut: »Das mach' ich!«

»Danke. Aber nimm eins von ganz unten, da sind sie nämlich richtig kalt.«

Eilig lief er zum Erfrischungstisch hinüber, steckte die Hand tief in die Mülltonne, die heute als Eiskübel in Übergröße diente, zog eine Flasche Miller's Lite heraus und hastete zu der Gitarristin mit der ausgetrockneten Kehle zurück.

»Danke«, sagte sie lächelnd. »Du hast mir das Leben gerettet. Wo ist denn deins?«

»Ach ja, hab' ich vergessen«, stammelte er.

Zuvorkommend bot sie ihm einen Schluck aus ihrer Flasche an und sagte: »Du kannst meins austrinken und uns beiden ja ein frisches holen.«

O ja, Vics Voraussage traf zu. Die Sängerin war von mehreren hübschen Mädchen umgeben, von denen mindestens die Hälfte solo waren. Aber Sandy hatte nur Augen für die Sängerin, und nach seinem dritten Trip zur allgemeinen Tränke hatte er sich genügend Mut angetrunken, um sich neben sie zu setzen und sich ihr vorzustellen.

»Hallo! Raven ist mein Name, Chemie ist mein Fach.«

»Nun, Raven«, gab sie fröhlich zurück, »hast du irgendwelche Fragen?«

»Zunächst mal«, antwortete Sandy scherzhaft, »wäre es nett, zu wissen, wie *du* heißt.«

»Ich bin Prinzessin Judy«, erklärte sie. »Wenigstens auf diesen fünf Morgen Land. Greg Morgenstern ist mein Dad. Ich hab' zwar nichts mit Naturwissenschaften zu tun, aber ich bin immer noch sein bester Kumpel.«

»Kann ich ihm nicht übelnehmen«, erwiderte Sandy und griff auf sein erstaunliches Gedächtnis für uralte Filme zurück. »Wie Bogart zu Claude Rains sagte: ›Ich glaube, dies ist der Beginn einer wundervollen Freundschaft.‹«

»Aha«, sagte sie, und ihre Augen leuchteten auf, »du bist also auch ein *Casablanca*-Freak!«

»Noch schlimmer. Ich bin ein Filmfan. Mein Dad ist in der Branche.«

»Und was tut er da?«

»Er ist Produzent.«

»Und was hat er produziert?«

»Vor allem mich«, gab Sandy grinsend zurück. »Alles andere kann man auf Zelluloid bewundern. Wenn ich nicht unbedingt einen guten Eindruck bei dir hinterlassen möchte, würde ich dir gestehen, daß sein größter Hit bisher *Godzilla trifft David und Goliath* gewesen ist.«

Ihr blieb der Mund offenstehen. »Echt? Das ist mein Liebling unter den schlechten Filmen.« Und ergänzte hastig: »Hoffentlich hab' ich dich jetzt nicht beleidigt.«

»Ganz im Gegenteil«, versicherte Sandy. »Wie mein Dad immer sagt: ›Abfuhren sind genausoviel wert wie Liebesgrüße – solange nur Eintrittskarten verkauft werden.‹«

»Ich wette, dadurch lernst du 'ne Menge Mädchen kennen«, sagte sie.

»Wie bitte?«

»Ich könnte mir vorstellen, daß sich viele Mädchen bei dir einschmeicheln, damit du sie deinem Vater vorstellst.«

»Wenn du das tätest, hätte ich nichts dagegen«, erwiderte er.

»Keine Chance.« Judy zupfte einen schrillen Akkord. »Das einzige, was ich noch weniger werden möchte als Naturwissenschaftlerin, ist Filmstar.«

Sandy war hingerissen. Doch da seine Selbstsicherheit auf einmal nachließ, schlug er ihr vor, mit ihm zusammen hinüberzugehen und noch ein weiteres Bier zu holen.

»Von mir aus gern.« Lächelnd kam sie auf die Füße. »Ich muß ja nicht fahren.«

»Ich auch nicht«, flunkerte Sandy und dachte dabei, wenn dieses Mädchen mich mag, werde ich ganz ohne Auto nach Hause kommen – ich *fliege*.

Die Barbecues der Morgensterns waren bekannt für ihre gute Stimmung und lange Dauer. Als Sandy Judy kennenlernte, war es Spätnachmittag gewesen. Von dem Moment an verlor er jegliches Zeitgefühl.

Sie plauderten endlos über Filme, bis ihnen auffiel, daß die Leute aufzubrechen begannen.

Und so war es fast Mitternacht, als Sandy auf Professor und Mrs. Morgenstern zusteuerte, um ihnen gute Nacht zu sagen.

Judy ergriff seine Hand und flüsterte: »Werde ich von dir hören, oder heißt es, einmal und nie wieder?«

»Machst du Witze?« gab er zurück. »Wie Elizabeth Taylor

in *Ein Platz an der Sonne* zu Montgomery Clift sagt: ›Jedesmal, wenn du mich für eine Minute verläßt, ist es wie ein endgültiges Lebwohl.‹«

»Du hast ein unglaublich gutes Gedächtnis, Sandy«, staunte sie. Und setzte hinzu: »Übrigens, wer fährt dich nach Hause?«

»Ich selbst – das heißt, wenn ich meinen Wagen finde. Eigentlich sollte ich auch Vic Newman mitnehmen.«

»Aber nicht in diesem Zustand«, sagte Greg Morgenstern tadelnd, als sie sich ihm näherten.

»Ja, Sie haben vermutlich recht, Professor«, räumte Sandy ein. »Wahrscheinlich sollte Vic lieber fahren.«

»Haben Sie ihn gesehen?« erkundigte sich Morgenstern. »Er liegt da drüben unter einem Baum – sternhagelvoll.«

»Ich könnte die beiden ja fahren, Dad«, anerbot sich Judy. »Ich bin vor zwei Stunden auf Kaffee umgestiegen.«

»Aber mein Liebling, du bist schon in nüchternem Zustand keine besonders gute Fahrerin«, warf ihre Mutter ein.

»He, versucht's doch mal so zu sehen«, gab Judy zurück. »Ich bin die einzige, die nüchtern genug ist, um fahren zu können.«

»Wirst du auch ganz bestimmt vorsichtig sein?« wollte Mrs. Morgenstern wissen.

»Bleib locker, Mom. In Boston fahren die Leute immer gleich idiotisch – nüchtern oder betrunken. Ich bin dran gewöhnt.«

Als sie das Haus am Central Square erreichten, konnte Vic wieder allein laufen und war so taktvoll, gleich auszusteigen und zu verschwinden.

Judy wandte sich zu Sandy um, der auf dem Beifahrersitz saß. »Weißt du was? Du bist richtig süß.«

»Nein, das weiß ich nicht«, gab er zurück. »Gewöhnlich bin ich das perfekte Mauerblümchen.«

»Dann aber ein äußerst attraktives«, sagte sie lächelnd. »Wie dem auch sei, komm endlich aus dir raus und sag mir, ob wir uns wiedersehen werden.«

»He, Lady, wir sind noch immer bei der ersten Filmrolle«,

antwortete Sandy. »Da küßt man sich zunächst mal sehr zärtlich und freut sich auf den endgültigen Clinch.«

Und genau das taten sie.

Am nächsten Morgen war Stella außer sich über das, was sie als Sandys ›sexistische Beschlagnahme‹ ihres Autos bezeichnete.

»Bleib locker, Stella. Ich werde mich um alles kümmern.«

»Wann hast du dich jemals um etwas gekümmert?« höhnte sie wütend.

Sandy hatte keine Lust, dieses zweitrangige Problem weiterzuverfolgen, und fuhr fort, die Nummer der Morgensterns zu wählen.

Wie ein nervöser Schuljunge – der er irgendwie auch noch war – rekapitulierte er vorher das, was er am Telefon sagen wollte, und ging sogar soweit, sich ein paar besonders ausgesuchte Formulierungen auf einer Karteikarte zu notieren.

Leider war es die Frau des Professors, die das Telefon beantwortete. Rasch bedankte er sich für die großzügige Gastfreundschaft und fragte möglichst beiläufig: »Äh … ist Judy vielleicht zufällig da?«

»Ja. Sie schläft.«

»Ach so. Na, dann …«

»Aber nein«, unterbrach ihn Mrs. Morgenstern. »Sie hat mir extra aufgetragen, sie zu wecken, falls Sie anrufen.«

Mann-o-Mann, dachte Sandy staunend. Dann war es doch kein Wunschdenken. Vielleicht mag sie mich wirklich!

Kurz darauf war Judy am Telefon – mit einer Stimme, die noch ziemlich verschlafen klang.

»Hi«, murmelte sie.

»Hi«, gab Sandy zurück. »Ich wollte – äh – nur wissen, ob du gut nach Hause gekommen bist.«

»Wie du siehst, bin ich das«, antwortete sie.

»Judy, weißt du was? Ich hatte letzte Nacht einen völlig verrückten Traum.«

»Erzähl«, forderte sie. »Mein Hauptfach ist Psychologie, vielleicht kann ich ihn interpretieren.«

»Ich habe mir, so lächerlich es klingt, tatsächlich eingebildet, daß ich dich geküßt habe«, witzelte Sandy. »Aber das war wohl nur Fantasie – oder?«

»Tut mir leid, Sandy«, erwiderte sie, »aber du mußt mir erst einmal sagen, ob es ein angenehmes Erlebnis war.«

»Ehrlich gesagt, Judy – es war fantastisch! Als ich aufwachte, war ich tief enttäuscht.«

»Das freut mich«, sagte sie. »Rein zufällig habe auch ich sehr viel an dich gedacht. Nur wußte ich, daß es kein Traum war, weil ich nämlich erst gegen vier Uhr morgens eingeschlafen bin.«

Plötzlich ging Sandy der Atem aus. In den gesamten zweiundzwanzig Jahren seines Lebens hatte er bisher noch nie das überirdische Gefühl erwiderter Zuneigung erfahren dürfen.

Er versuchte die Tatsache zu kaschieren, daß sein Herz Bocksprünge machte, und sagte ruhig: »Ich fürchte, ich muß sachlich werden, Judy. Meine Mitbewohnerin macht mir die Hölle heiß, wegen ihres Wagens, und ich muß ihn ihr zurückbringen, bevor sie durch die Ozonschicht fährt. Wie wär's, wenn ich mit dem Fahrrad zu euch rüberkomme?«

»Lieber nicht. Ich hatte geplant, dich mit dem Wagen zu einem gemeinsamen Lunch abzuholen.«

»Klingt wunderbar«, gab Sandy begeistert zurück. »Um wieviel Uhr?«

»Na ja«, antwortete sie, »wenn du nicht willst, daß ich nackt fahre, müßte ich mich erst mal anziehen und eine Tasse Kaffee trinken. Wie wär's in einer Stunde?«

»Großartig.« Und setzte zu seiner eigenen Verwunderung hinzu: »Aber mach dir meinetwegen nicht die Mühe, dich anzuziehen.«

Sie war sogar noch attraktiver als in Sandys Erinnerung. Statt ausgefranster Jeans und T-Shirt trug sie ein ärmelloses, schulterfreies Sommerkleid mit einem gewagten Ausschnitt.

Sie kauften sich riesige Sandwiches und picknickten am Ufer des Charles River.

Nachdem sie etwa eine Stunde auf dem Rasen gesessen hatten, fragte Sandy: »Wann mußt du zur Schule zurück?«

»Willst du mich schon wieder loswerden?« fragte Judy lachend.

»Im Gegenteil«, versicherte er. »Ich wollte nur wissen, wieviel Zeit mir noch bleibt, dich einzuwickeln.«

»Wie kommst du darauf, daß du mich nicht schon eingewickelt hast?«

»Na ja, ehrlich gesagt, ich bin nicht gerade Paul Newman ...«

»Wieso bist du so sehr auf äußere Schönheit fixiert?« schalt sie ihn.

»Gibt es denn eine andere?«

»In Hollywood vermutlich nicht, aber dort, wo ich herkomme, schon. Ich meine, selbst wenn ich nicht gehört hätte, wie mein Vater in diesem Sommer immer wieder von dir gesprochen hat, wäre ich spätestens nach den paar Stunden gestern abend davon überzeugt gewesen, daß du unheimlich intelligent bist. Und wenn du's unbedingt wissen mußt –«, sie beugte sich zu ihm hinüber und ergänzte flüsternd: »Für mich ist das sexuell Attraktivste an einem Mann sein Verstand.«

Ungläubig sagte sich Sandy: Großer Gott, möglicherweise habe ich wirklich eine Chance bei diesem Mädchen!

28 ADAM

Die Ärzte hatten es eilig, Anja Avilowa zu entlassen – unter anderem, weil ihre Krankenversicherung auslief.

Vom zweiten Januar an hatte Adam sie täglich während seiner Mittagspause besucht. Obwohl er ebenfalls der Ansicht war, daß sie stark genug sei, sich der Außenwelt zu stellen, war ihm nicht wohl bei dem Gedanken, sie allein in ihre schäbige Wohnung in Watertown zurückkehren zu lassen.

Aber die Psychiater überstimmten ihn. Allerdings vermochte er sie wenigstens soweit umzustimmen, daß sie ihre

Entlassung bis Samstag aufschoben, weil er sie dann persönlich nach Hause bringen konnte.

Die Coopersmiths nahmen den sonntäglichen Brunch zusammen mit den Rosenthals ein. Da Adam während des Essens seltsam zerstreut war, überredete Charlie Rosenthal ihn zu einem kleinen Spaziergang.

Kaum waren die beiden Männer allein, da bat Adam, in dem die Gefühle für Anja einen so starken Sturm entfacht hatten, daß er, um nicht den Verstand zu verlieren, mit jemandem sprechen mußte, den Freund um Rat:

»Ich glaube, Charlie, du weißt genau, daß ich dich nicht belüge, wenn ich dir sage, daß ich in all den Ehejahren mit Toni nie eine andere Frau auch nur angesehen habe.«

»Ja, ja, ich weiß«, fiel ihm der Freund ins Wort. »Aber hast du jetzt nicht ein bißchen mehr getan, als die Avilowa nur anzusehen?«

»Woher weißt du ...?«

»Du Schmock«, fuhr sein Freund auf, »hast du vergessen, daß ich der Arzt bin, an den du sie verwiesen hast? Am zweiten Tag nach unserer Rückkehr aus Kanada hatte ich im Krankenhaus eine Patientin im Prodomal-Stadium. Und da ich noch ein bißchen Zeit hatte, ging ich einen Block weiter, um Anja zu besuchen. Sie war in bemerkenswert guter Stimmung, und ich brauchte höchstens drei Sekunden, um zu erkennen, daß dies keineswegs eine Reaktion auf die Medikamente war, sondern die Folge deines Besuchs in der Mittagspause.«

Adam hatte das Gefühl, in der Falle zu sitzen, wollte aber unbedingt mehr hören. »Was hat sie gesagt?«

»Oh, nichts Kompromittierendes«, gab sein Kollege mit belustigtem Lächeln zurück. »Sie hörte einfach nicht mehr auf, von dir zu sprechen. Weißt du, sie hält dich für eine Kombination aus Dr. Schweitzer und Warren Beatty.«

»Hör auf mit den Witzchen«, entgegnete Adam ärgerlich. »Ich meine es ernst.«

»Auf mich wirkst du nicht sehr ernsthaft«, entgegnete Charlie mißbilligend. »Ich meine, wir sind keine Teenager mehr, Baby. Du bist ein erwachsener Mann mit ernsthaften Verpflichtungen.«

»Ich weiß, ich weiß«, antwortete Adam gequält. »Ehrlich, Charlie, ich bete Heather an … und ich liebe Toni immer noch. Es ist nur so, daß …«

»… du die Anja noch mehr liebst«, beendete sein Freund den Satz sarkastisch.

Adam starrte Charlie hilflos an, fragte ihn ohne Worte, was er seiner Ansicht nach tun sollte.

»Na ja, Coopersmith, du könntest nach Arabien gehn und Moslem werden, dann hättest du sogar zwei weitere Ehe-Freiplätze. Oder du könntest die anständige Möglichkeit wählen.«

In Charlies Stimme schwang ein scheinheiliger Unterton mit, der aufreizend auf Adam wirkte. »Wie kannst du diese komplizierte Situation so simpel sehen?« gab er verärgert zurück.

Charlie reagierte ruhig und mitfühlend. »Aus dem einzigen Grund, daß ich *nichts* damit zu tun habe. Deswegen sehe ich das Ganze objektiv. Und weiß, daß dir im Grunde gar keine Wahl bleibt.«

»Wie kannst du so etwas sagen ? Verdammt, Rosenthal, siehst du denn nicht ein, daß ich mich zwischen zwei Frauen entscheiden muß?«

Charlie blieb stehen und packte Adam bei den Schultern. »Zwischen zwei Frauen, ja«, räumte er ein. »Aber du hast nur *ein* Kind. Du mußt an deine Heather denken, Adam …«

»Glaubst du im Ernst, das täte ich nicht? Schon der Gedanke daran, sie zu verlassen, bricht mir das Herz.«

»Dann mach Schluß mit deiner Verliebtheit in diese Russin.«

»So einfach ist das nicht. Was soll aus Anja werden?«

»Das, was aus ihr geworden wäre, wenn du dich nicht eingemischt hättest. Sie ist nicht die erste anständige Frau, die von einem lausigen Ehemann schlecht behandelt wird. Aber soweit ich sie als Patientin kenne, ist tief in ihr ein Kern echter Kraft verborgen. Sie wird ihr Englisch verbessern und die verdammte Qualifikationsprüfung bestehen …«

»Ja, aber begreifst du denn nicht?« wandte Adam verzweifelt ein. »Ich liebe sie!«

»Verdammt noch mal, nein!« schrie Charlie ihn an. »Du bemitleidest sie. Das ist nicht dasselbe.«

Adam war wütend. »Einen Moment mal! Angenommen, dir wäre so etwas passiert ...«

»Aber so etwas passiert mir nicht«, schnitt Charlie ihm das Wort ab. »Es *könnte* mir gar nicht passieren. Aus dem ganz einfachen Grund, daß ich – so schön diese Frau auch sein mag, so furchtbar die Umstände sein mögen, unter denen sie leben muß – meine Prioritäten gesetzt habe. Meine Aufgabe ist es, Kinder zur Welt zu bringen. Ich weiß, wie verletzlich sie sind. Wenn es nach mir ginge, würde solches Verhalten als Verbrechen eingestuft.«

Beide schwiegen; es war ein eisiges Schweigen. Schließlich fragte Adam hilflos: »Und wenn ich die Beziehung nicht abbrechen kann?«

»Ich werde dir helfen.«

»Und wenn ich's trotzdem nicht kann?«

Charlie hielt inne, dann erklärte er kategorisch: »Dann werde ich dir *nicht* helfen.«

Inzwischen war der Wunsch, Anja zu sehen, so unwiderstehlich geworden, daß Adam ohne Rücksicht auf das Risiko Hals über Kopf nach Watertown jagte, nur um ein paar Minuten bei ihr zu sein.

Nach den vierundzwanzig Stunden, seit er sie zuletzt gesehen hatte, wirkte Anja, als beginne sie das Steuer ihres Lebensschiffes allmählich wieder in die Hände zu nehmen. Charlie hatte recht: Die junge Russin verfügte über eine enorme Widerstandskraft.

Als Adam eintraf, war sie in Jeans und braunem Rollkragenpullover eifrig damit beschäftigt, die Wohnung zu putzen. Zu seinem Erstaunen stand sogar ein halbes Dutzend Bücher in dem Regal, das zuvor völlig leer gewesen war.

»Woher hast du die alle?« erkundigte sich Adam.

»Ich bin wie üblich bei Tagesanbruch aufgewacht«, antwortete sie lächelnd. »Vielleicht ist es ganz gut, daß ich noch keine Vorhänge habe, weil die Sonne mich so zeitig weckt. Ich habe Tee getrunken und bin zu Fuß zum Harvard Square gegangen. Ein wundervoller Platz – kein Geschäft dort hat jemals geschlossen. Es gab Straßenmusikanten, und die Buchhandlungen waren voll von jungen Menschen. Auf dem Heimweg habe ich dann Croissants gekauft – nur für den Fall, daß du kommen solltest. Möchtest du eins mit einer Tasse Kaffee?«

»O ja, sehr gern!«

Als er in dem Sessel Platz nahm, entdeckte er auf dem ramponierten Couchtisch eine russische Tageszeitung.

»Was ist das?« fragte er sie.

»Die *Prawda*«, antwortete sie aus der Küche. »Ich hab' wirklich gestaunt, daß ich eine so aktuelle Ausgabe bekommen konnte.«

»Hast du jetzt Heimweh?«

»Nein«, antwortete Anja, als sie mit einem Tablett zurückkehrte. »Im Gegenteil, die Lektüre hat mich aufgemuntert. Hier in Amerika schreiben die Zeitungen auch nicht die Wahrheit, aber man hat wenigstens die Wahl zwischen den Lügnern.«

Sie setzte sich ans Sofaende und stellte das Geschirr auf den niedrigen Tisch.

Als Adam nach den Croissants griff, fielen ihm unwillkürlich ihre geröteten Wangen auf.

»Es freut mich, daß du so guter Stimmung bist«, bemerkte er. Dann fragte er, weil ihm kein neutrales Thema einfallen wollte: »Hast du schon mal daran gedacht, wieder zu arbeiten – ich meine natürlich, wenn du soweit bist?«

»Ach, weißt du, ich bin zwar noch ein bißchen müde, aber psychisch bin ich durchaus soweit. Der einzige Punkt ist ...« Sie brauchte den Satz nicht zu beenden.

Adam verlieh ihren Gedanken Ausdruck: »Du willst doch nicht etwa wieder in Dimitris Labor arbeiten?«

»Doch.« Ihr Ärger wuchs. »Er soll sehen, daß er nicht die Macht hat, mich soweit zu bringen, daß ich ihm aus dem Weg gehe.«

»Aber wozu?« wollte Adam wissen. »Haß ist ein so unproduktives Gefühl.«

Sie seufzte. »Wahrscheinlich hast du recht. Aber was soll ich denn sonst tun? Ich hab' den Job doch nur durch Dimitris Einfluß bekommen.«

»Nun ja, ich habe ebenfalls einen gewissen Einfluß. Und ich möchte, daß du in *unserem* Labor arbeitest.«

»Aber ich verstehe nichts von Immunologie«, protestierte sie und versuchte vergeblich, ihre Freude zu verbergen.

»Du bist Ärztin, Anja. Du kennst die Grundbegriffe. Du mußt einfach ins kalte Wasser springen. Das erfordert Mut, aber davon hast du jede Menge.«

Nun fingen ihre Augen an zu strahlen. Und sie lächelte offen, als er fortfuhr: »Und falls du doch mal Probleme haben solltest, bin ich schließlich da, um dich über Wasser zu halten. Also, wie klingt das in deinen Ohren?«

»Wundervoll!« erwiderte sie dankbar.

»Gut. Und wann wirst du dich kräftig genug fühlen, um mit der Arbeit zu beginnen?«

»Ich weiß, du möchtest jetzt, daß ich ›morgen‹ sage, und das würde ich auch am liebsten tun. Aber ich möchte vor deinen Kollegen nicht wie eine Idiotin dastehen. Wenn du mir also eine Woche Zeit geben könntest ... und ein paar entsprechende Lehrbücher ...«

»Abgemacht«, entgegnete Adam und bekämpfte den Wunsch, sie in die Arme zu nehmen.

Denn das wäre mit Sicherheit falsch, weil sie im Augenblick noch schwach und benommen war.

»Leider, leider muß ich jetzt aufbrechen«, sagte er ein wenig lahm. »Ich habe schließlich eine Familie.«

»Ja«, stimmte sie zu, »das sollten wir beide niemals vergessen.«

29 ISABEL

Isabel machte so fabelhafte Fortschritte mit ihrer Magisterarbeit, daß Raymond ihr einen kurzen Weihnachtsurlaub in San Diego zugestand. Und zu ihrer Freude war sie rechtzeitig zu Hause, so daß sie miterleben konnte, wie Edmundo eine Aufführung von Händels *Messias* mit dem Chor und dem Orchester der Universität dirigierte.

Vielleicht war es nur Einbildung, gefördert vom grauen Dezemberwetter, aber auf Isabel wirkte ihr Stiefvater ein wenig blaß.

»Das ist nur Ermüdung«, erklärte Muriel, als Mutter und Tochter sich am folgenden Morgen beim Frühstück unterhielten. »Edmundo hat die Hölle durchgemacht bei den Proben. Zwei Wochen vor der Aufführung hat ihn der Bariton im Stich gelassen, um in Chicago *Figaros Hochzeit* zu singen. Und wenn es Edmundo nicht gelungen wäre, José Mauro aus dem Ruhestand in Argentinien zurückzuholen, hätten wir das Konzert vermutlich absagen müssen.«

Da Muriel sie gebeten hatte, an ihr Versprechen zu denken, hatte Isabel ihre Geige mitgebracht, und so gab es bei den Zimmers am Heiligen Abend wunderschöne Hausmusik.

Obwohl Francisco Zimmer kein Berufsmusiker war, hatte er sich doch zu einem recht guten Pianisten entwickelt. Und Dorothea, die eine Zeitlang im Symphonieorchester von Buenos Aires gespielt hatte, hatte ihr Cello dabei.

Da Edmundo trotz seines Handikaps allen Saiteninstrumenten, wie er es ausdrückte, ›erträgliche Geräusche‹ zu entlocken vermochte, versammelte sich die glückliche Familie nun, da Isabel sich ihnen anschloß, um den Weihnachtstisch und bildete ein Quintett samt einem Zuhörer.

Peter scherzte: »Als ich zu einem glatten Versager auf jedem Instrument heranwuchs, erklärte mir meine Mutter, daß irgend jemand schließlich zuhören müsse, also habe ich meinen Applaus und meine Bravo-Rufe bis zum Virtuosenstandard entwickelt.«

Der Abend war so wunderschön, daß Isabel ein wenig bedauernd an Raymond dachte, der ganz allein Weihnachten feiern mußte.

Isabels Tagebuch

28. Dezember
Natürlich würde ich Dad nie sagen, daß es das schönste Weihnachtsfest meines Lebens war. Zwar hatte ich zwischendurch mal ein schlechtes Gewissen, weil er allein war, sagte mir aber, daß sich die Prachts, die ihn zu sich eingeladen hatten, bestimmt gut um ihn kümmern würden.

Als ich ihn auf der Heimfahrt vom Flughafen fragte, wie die Weihnachtsfeier verlaufen sei, gestand er mir, daß er im letzten Moment abgesagt hatte. Als er am Morgen aufwachte, habe er sich ›nicht ganz wohl gefühlt‹, behauptete er.

Aber ich glaube, er hatte Angst vor Jerry, der ihn ein paarmal taktvoll – oder auch nicht ganz so taktvoll – unter Druck gesetzt hatte, weil er ›sein Vögelchen im Käfig eingesperrt‹ hielt, wie er es einmal am Telefon ausdrückte.

Aber natürlich bestand die Möglichkeit, daß Dads Krankheit doch nicht psychosomatisch war. Er war in der letzten Zeit eher nachlässig mit dem Jogging, und er hat zugenommen. Frühmorgens begleitet er mich zumeist zum Sportplatz und wartet, während ich meine Runden drehe.

Unwillkürlich hab' ich ein schlechtes Gewissen, weil ich nicht bei ihm gewesen bin. Aber irgendwie ahne ich auch, daß er genau das beabsichtigt hat.

Isabel bekam noch mehr Gewissensbisse, daß sie ihren Vater während der Feiertage ›im Stich gelassen‹ hatte, als sie erfuhr, daß er die Zeit darauf verwendet hatte, in ihrem Computer aufzuräumen und die Zwischenergebnisse einiger Experimente mit der fünften Kraft, die sie durchgeführt hatte, zu ordnen.

Raymond versuchte sein Opfer herunterzuspielen, indem

er lässig erklärte: »Das ist mein Job.« Tatsächlich schien er aber nonstop geschuftet zu haben. Denn er hatte überdies Stunden in der Bibliothek verbracht und alles fotokopiert, was er über Lõränt Eötvös' Veröffentlichungen finden konnte.

»Mein Gott, Dad«, sagte sie dankbar, »zum Ausgleich für alles, was du für mich getan hast, werde ich im ganzen nächsten Jahr das Geschirr spülen.«

»Ach, Isabel. Ich war doch nur ein einfacher ›Handlanger‹. All diese theoretischen Physiker haben ihre Arbeit auf den Experimenten dieses Ungarn aufgebaut. Aber es besteht kein Zweifel daran, daß der Mann Anfang dieses Jahrhunderts ein bedeutender Kopf war. Mit seiner Arbeit über die Gravitation hat er Einstein ein Hauptprinzip für seine Relativitätstheorie geliefert.«

»Nun, er ist tatsächlich der große Hit – jedenfalls in unserem Labor«, stimmte ihm Isabel zu. »Auf einmal scheinen alle auf den Wagen aufzuspringen, obwohl ich glaube, daß Karl einen bestimmten Plan hat. Er bestätigt Eötvös' Argument, daß die Schwerkraft von der Baryonenzahl des Materials abhängt. Wenn das aber zutrifft – und Karl ist so gut wie überzeugt davon, daß es zutrifft, wenigstens auf kurze Entfernungen –, zieht es Einsteins Äquivalenzprinzip tatsächlich den Boden unter den Füßen weg.«

Als er hörte, wie seine außergewöhnliche Tochter sicheren Fußes durch das Labyrinth komplexer Gedankengänge schritt, begann Raymond zu strahlen.

»Ich weiß nicht, ob Karl mir hilft, oder umgekehrt. Ich meine, er hat mir aufgetragen, ein paar von diesen Experimenten zu wiederholen. Und wenn meine Daten mit seinen übereinstimmen, ist er mit Sicherheit ganz obenauf.«

»So was nennt man Schulden bezahlen«, bemerkte Raymond. »Du machst seine Drecksarbeit, er kriegt die Lorbeeren, und dann wird er – wenn ich ihn richtig einschätze – eine Möglichkeit finden, es dir zu vergelten.«

»Wenn ich nur mit ihm zusammenarbeiten darf, ist mir das schon Lohn genug«, erwiderte sie gleichmütig. »Außerdem bin ich nicht der einzige Spieler in seinem Team. Der springende Punkt der ganzen Theorie ist es, zu beweisen, daß die Gravitationskonstante gar keine Konstante ist.

Kannst du dir vorstellen, daß Karl zwei von seinen graduierten Studenten in eine Kohlengrube von Montana geschickt hat? Und zwei andere nehmen die gleichen Messungen oben auf dem TransAmerica Tower von San Francisco vor. Die Ergebnisse müssen jetzt jeden Tag eintreffen. Karl kann es kaum noch erwarten.«

»Ja«, gab Raymond zu, »und ich wette, diese Studenten haben während der Weihnachtstage durchgearbeitet.«

»Weißt du was?« gestand Isabel. »Ich hab' so große Sehnsucht, daß ich wünschte, ich könnte gleich jetzt ins Labor gehen.«

»Warum nicht?« entgegnete Raymond eifrig. „Ich kann dich hinfahren. Denn da die Wissenschaft bekanntlich niemals schläft – warum sollten die echten Wissenschaftler es dann tun?«

Bisher hatten sich die Prachts noch nie als Partygastgeber hervorgetan. Aus diesem Grund begannen die Leute neugierig zu tuscheln, als sie erfuhren, daß die Prachts zu Neujahr einen großen Empfang geben würden. In den Uni-Korridoren liefen Gerüchte um, das MIT habe ihn schließlich doch genommen, und die Einladung sei, wie man wissen wollte, eine ›fête accomplie‹. Diese Auffassung wurde noch durch die ganz außerordentlich gute Laune des Professors unterstrichen.

Raymond hatte Bedenken wegen seiner und Isabels Teilnahme an der Party. Denn es würde schwierig, vielleicht unmöglich sein, den jungen Jerry auch an einem flüchtigen gesellschaftlichen Kontakt mit seiner Tochter zu hindern.

Jerry hielt am Abend den Blick erwartungsfroh, ohne auf die Dutzende von Gästen zu achten, die bereits eingetroffen waren, fest auf die Haustür gerichtet und wartete ungeduldig auf Isabel. Kaum hatte er sie entdeckt, steuerte er zielstrebig durch die Menge.

Der ältere Pracht begann das neue Jahr mit einem Akt väterlicher Komplizenschaft. Er verwickelte Raymond in ein

Gespräch und machte ihn quasi zum Gefangenen der Höflichkeit, während sein Tennisspieler-Sohn das hübsche naturwissenschaftliche Genie in Beschlag nahm.

»He, Isa, du kannst dir nicht vorstellen, wie ich mich nach dir gesehnt habe! Weißt du, auf welchem Platz ich inzwischen stehe?«

»Allerdings weiß ich das.« Sie lächelte. »Du bist in die obersten Fünfzig aufgestiegen ...«

»Und wenn ich's morgen bis ins Viertelfinale schaffe – das ist übrigens der Grund, warum ich keinen Alkohol trinke –, werde ich noch mal um dreißig Plätze vorrücken. Und wenn du kommst und mir beim Spielen zusiehst und mich inspirierst, könnte es sogar sein, daß ich gewinne.«

»Hör auf, Jerry! Du weißt genau, daß ich ... andere Verpflichtungen habe.«

Er seufzte ergeben. »O Gott, Isa! Du wirkst wie ein Bremsklotz auf meine Karriere – ist dir das klar?«

»Wie meinst du das?«

»Ich meine, daß ich warten muß, bis du achtzehn bist, damit ich dich zum Zusehen nach Wimbledon mitnehmen kann. Und du mußt mir, bevor dein Vater unser Gespräch unterbricht, noch ganz schnell sagen, ob du mitkommen wirst, wenn ich auf dich warte.«

Ein seltsamer Gedanke für den Silvesterabend – ein Gedanke, der Isabel noch niemals gekommen war: der Gedanke, volljährig zu sein, und erwachsen, und den Gefühlen folgen zu können, statt immer nur dem Stundenplan.

»Sag mal, meinst du, dein Erzeuger würde in die Luft gehen, wenn wir einen Spaziergang im Garten machen und uns die Aussicht anschauen? Sie ist im wahrsten Sinne des Wortes atemberaubend«, unterbrach Jerry ihre Gedanken.

Und Isabel wunderte sich selbst, als sie darauf zurückgab: »Laß uns gehen, bevor er uns aufhalten kann.«

Zu ihrer Rechten entdeckte sie die Umrisse eines Holzschuppens, aus dessen Dach ein langes, konisches Gebilde ragte.

»Ist das dein Observatorium?« fragte sie ihn.

»Ja«, antwortete er. »Das ist das Darius Miller Memorial

Planetarium. Irgendwann einmal mußt du mit mir dort die Nacht verbringen – mit deinem Dad, natürlich. Aber bevor er uns findet ...«

Verstohlen blickte sich Isabel um und sah, daß sich Raymond immer noch mit Professor Pracht unterhielt.

Plötzlich verschränkten sich Jerrys Finger mit den ihren, und die Berührung erzeugte ein angenehmes Prickeln in ihrem Nacken. Rasch ging sie mit ihm zum unteren Ende des Gartens, wo sie stehenblieben und auf die Lichter von San Francisco hinabblickten.

»Ist das nicht super?« fragte Jerry. »Paß auf, man kann sogar den Hafen sehen – da drüben. Ich finde, mein Vater ist verrückt, daß er all das hier fürs MIT aufgeben will. Meinst du nicht auch?« fragte Jerry sie flüsternd.

»Soll das heißen, es ist definitiv?« erkundigte sich Isabel, die bei dem Gedanken an einen Umzug der ganzen Familie Pracht eine gewisse Enttäuschung nicht unterdrücken konnte.

Ohne ihre Frage zu beantworten, wandte sich Jerry zu ihr um und sagte leise: »Ich kann mich nicht mehr länger beherrschen, Isa. Ich muß dich jetzt küssen.«

Isabel blieb stumm und regungslos.

»Danke«, sagte er zärtlich.

»Wofür?«

»Daß du mir so viel Vertrauen schenkst und nicht wegläufst.«

So kam es, daß sich Isabel da Costa zwanzig Minuten vor Mitternacht am letzten Tag des Jahres von Jerry Pracht in die Arme nehmen ließ und er seinen Mund auf den ihren preßte.

Sie genoß diesen Kuß so sehr, daß sie sich innerlich Sorgen machte, weil sie jegliches Zeitgefühl verloren hatte. Nach ihrem Gefühl hätten mehrere Minuten verstrichen sein können. Und dieses kleine, angenehme Kribbeln wuchs sich zu einem ausgemachten Schauer aus, der ihr über den Rükken lief.

»Was ist?« erkundigte sich Jerry leise.

Gar nichts, hätte Isabel gern gesagt. Andererseits klammerte sie sich, wie ein Mensch, der in einem Meer von Gefühlen ertrinkt, fest an die Schiffsplanke der Wirklichkeit, und antwortete aufrichtig: »Wir müssen aufhören, Jerry. Mein Vater wird uns finden.«

»Na und?« gab er trotzig zurück. »Was wir hier tun, ist nicht nur absolut harmlos, es wäre geradezu unnatürlich, wenn wir es *nicht* täten.«

Instinktiv wußte Isabel, daß er recht hatte. Aber auf einmal hatte sie Angst. Sie war nicht sicher, ob sie Angst davor hatte, von ihrem Vater entdeckt zu werden, oder ob ihre wachsende Ambivalenz hinsichtlich des abgeschiedenen Klosterlebens, das sie führte, ihr angst machte.

Sie versuchte sich von Jerry zu lösen, und er gab nach. Während sie zum Haus zurückeilte, rief er ihr aus einigen Schritten Abstand nach: »Darf ich dich anrufen?«

»Nein«, antwortete sie, ohne sich umzudrehen.

»Rufst du mich an?«

Sekundenlang antwortete sie nicht; dann hielt sie inne, blickte über die Schulter zu ihm zurück und antwortete: »Ja.«

30 SANDY

In der Geschichte des Champagners waren die außergewöhnlichen Flaschen jene, die angeblich aus echtem Kristall hergestellt und Zar Alexander II. von seinem französischen Lieferanten, Louis Roederer, zugesandt worden waren. Das heißt, bis zum Herbst 1975, als Champagner in David Baltimores Labor im MIT in großen, bauchigen Laborflaschen kredenzt wurde.

Professor Baltimore war soeben für ›bahnbrechende Entdeckungen auf dem Gebiet der Interaktion zwischen Tumorviren und dem genetischen Zellmaterial‹ der Nobelpreis verliehen worden.

Natürlich waren auch die Teams der benachbarten Labors zu dieser Feier geladen.

Wie man erwarten konnte, schritt Greg Morgenstern, sowie der Preisträger im Rundfunk bekanntgegeben worden war, zur Tat. Er rief Sandy an und bat ihn, zu Martignetti's Wine Store zu kommen und ihm zu helfen, ›das Kribbelwasser zu schleppen‹ – das er aus der eigenen Tasche bezahlte.

Außerdem schlug er alle anderen berühmten MIT-Professoren (darunter zahlreiche Nobelpreisträger) aus dem Feld und war der erste Gast, der dem siebenunddreißig Jahre alten Wunderkind gratulierte.

Als sie nach der Feier in ihr eigenes Labor zurückkehrten, sagte Sandy zu Morgenstern: »Ich wette, es wird nicht lange dauern, und wir werden auf Sie anstoßen.«

»O nein«, gab der ältere Mann zurück. »Keine Chance.«

»Aber Greg, Sie sind verdammt nahe daran, dieses Protein synthetisch zu produzieren. Glauben Sie mir, auch Sie werden in die Annalen eingehen.«

»Ach, Sandy«, entgegnete sein Mentor, »hören Sie doch bitte auf, mich wie eine Ein-Mann-Band zu behandeln. Hätte ich nicht das Glück gehabt, die anderen jungen Mitarbeiter zu finden – vor allem aber Sie –, wäre ich immer noch Meilen davon entfernt.«

Greg war in der Tat kein Gigant in seinem Beruf, jedenfalls noch nicht. Aber er hatte eine liebevolle Familie, die ihn wie einen Helden verehrte. Und war das nicht der wichtigste Aspekt des Lebens, fragte sich Sandy.

Also verliebte er sich nicht nur in die Morgenstern-Tochter, sondern auch in die Wertmaßstäbe der Familie. In ihren Zusammenhalt.

Es war ein berauschend neues Erlebnis für ihn, zu Anlässen wie dem Thanksgiving-Dinner, dem Weihnachtspunsch und dem Silvesterabend Gast einer glücklichen, heilen Familie zu sein. Und sie alle – Greg, seine Frau Ruth und Judy – öffneten ihm ihr Heim und ihre Herzen.

Wesentlich länger dauerte es, bis Sandy erkannte, daß Judys Gefühle sehr stark von der Bewunderung ihres Vaters für ihn beeinflußt wurden. Noch nie hatte Greg Morgenstern sich so begeistert für einen Wissenschaftler-Verstand, noch nie sich so hingerissen über jemanden geäußert.

Es wurde zwar nie besonders erwähnt, aber es war klar, daß Judys größtes Geschenk, das sie ihrem Vater machen konnte, Sandy Raven als Schwiegersohn war.

Der Unabhängigkeitstag wurde zum doppelten Festtag auf ihrem Kalender: Nicht nur die Unabhängigkeitserklärung der Amerikaner wurde gefeiert, sondern ebensosehr der Jahrestag der ersten Begegnung von Sandy und Judy, die mittlerweile ohne kirchlichen Segen in Cambridge zusammenlebten.

Als sie anfangs die Möglichkeit einer gemeinsamen Wohnung erwogen, hatte sich Sandy Gedanken gemacht, ob das nicht negative Auswirkungen auf sein berufliches Verhältnis zu Greg haben könnte. Aber Judy beruhigte ihn.

»Neulich hat er mir gesagt, er liebe dich so sehr, daß er dich adoptiert hätte, wenn wir nicht zusammengefunden hätten.«

Falls Gregory Morgenstern einen Fehler hatte, schien es sein nahezu fanatischer Sinn für Redlichkeit zu sein. Als eine mächtige Biotech-Firma seine rechte Hand abwarb, bestand er darauf, daß die Stelle ausgeschrieben und das aufwendige Auswahlprozedere minutiös durchgeführt wurde, damit er die Wahl des neuen Mannes nicht ausschließlich mit dem Herzen, sondern auch mit dem Kopf treffen konnte.

Als Sandy schließlich die Zusage erhielt, fühlte er sich geehrt und zugleich verärgert. Greg war so entnervend auf Chancengleichheit bedacht, daß jede Abhandlung seines Labors die Autoren nicht etwa nach der Rangordnung, sondern in alphabetischer Reihenfolge nannte. Er schien nicht im Rampenlicht stehen zu wollen.

Sandy glaubte deshalb, daß sich Greg auf die wissenschaftlich ›unpopuläre‹ Geißel des Leberkrebses konzentrierte, damit man ihn in Ruhe lasse.

Theoretisch gab es viele ›Behandlungsmethoden‹ für Leberkrebs, von denen die vorherrschende die Transplantation war.

Da Krebs immer dort auftritt, wo das normale Gleichgewicht des Zellwachstums aufhört zu funktionieren, hoffte

Greg ein künstliches Protein herzustellen, das die geschädigten Gene zu ihrer normalen Funktion zurückbrachte.

Ihre ›Patienten‹ waren Mäuse. Genauer gesagt, humanoide Nager, die in Max Rudolphs Labor in Harvard entwikkelt worden waren.

»Dad hat mir nie erklärt, warum ihr im Labor lauter kleine Mickeys und Minnies benutzt statt eine größere Spezies«, sagte Judy beim Dinner.

»Ich weiß, das klingt unlogisch«, antwortete Sandy, »aber eine Laune der Natur hat die Immunsysteme dieser Tiere so gestaltet, daß sie dem unseren ähnlicher sind als die einiger Primaten. Meerschweinchen zum Beispiel sind ganz anders. Hätten wir für die ersten Penicillintests Meerschweinchen gewählt, hätten wir unter Umständen niemals Antibiotika bekommen. Weil sie nämlich – aus unbekannten Gründen – zu bestimmten Zeiten des Jahres sogar an winzigen Dosen sterben können.«

»Wow!« staunte Judy. »Das war aber knapp. Aber jetzt wieder zu euch. Ist es ein Staatsgeheimnis, oder seid ihr kurz davor, auf irgend etwas wie Gold zu stoßen?«

»Es mag komisch klingen, aber ich bin so dicht dran an dem Zeug, daß ich diese Frage nicht beantworten kann. Falls das jedoch so etwas wie ein Anhaltspunkt ist: Morgen kommt eine Filmcrew von *Nova* zu uns ins Labor. Vielleicht haben die irgendwelche Vorahnungen.«

»Super! Aber vergiß nicht, deine Kontaktlinsen zu tragen. Darf ich auch kommen und zusehen? Ich finde es großartig, wie Dad mit all diesen schwierigen Fragen fertig wird und das alles so erklärt, daß es normale Menschen verstehen. Und gib acht, daß deine Haare richtig frisiert sind.«

»Wunderbar«, schwärmte Sandy daraufhin. »Warum übernimmst du nicht meinen Teil des Interviews? Du siehst so viel besser aus als ich.«

Als Judy am folgenden Vormittag eintraf, war ein großer Übertragungswagen auf dem Bürgersteig vor dem Labor geparkt, der seine Kabel wie elektronische Tentakel durch die Eingangstür streckte.

Drinnen war die Filmcrew am Werk. Kamera eins wurde in Morgensterns Büro aufgestellt und filmte Greg, der über seine altruistischen Motive beim Kampf gegen den Leberkrebs dozierte. Währenddessen führte Sandy die andere Kamera durch die gesamte Anlage und präsentierte die verschiedenen Laborteams mitsamt ihrer Technologie.

Während er sprach, sah man im Hintergrund immer wieder Labortechniker, die sich über Reagenzgläser beugten, die PCR-Maschine beschickten (eine Art ›Fotokopierer für DNA-Segmente in einem erhitzten Reagenzglas‹, erklärte Sandy) und hin und her eilten, um unter den Mikroskopen den Inhalt von Petrischalen zu überprüfen.

Aus dem Off stellte ihm die Produzentin, ein kraushaariges junges Mädchen in Jeans, einige Fragen.

Anfangs versuchte Sandy dem Laienpublikum zu erklären, wie DNA den genetischen Code trägt und wie Wissenschaftler damit arbeiten.

»Es gibt da ein spezielles Protein, das so eine Art Verkehrspolizei ist. Es überwacht die Zellteilung, und wenn irgend etwas schiefgeht, kann es sie auf der Stelle stoppen. Nun gibt es ständig kleine Mutationen, die normalerweise aber nicht gefährlich sind. Man muß nur darauf achten, daß die Vermehrung nicht verrückt spielt und Krebszellen hervorbringt.«

»Was genau machen Sie und Dr. Morgenstern?«

»Nun ja, wir haben das Gewebe verschiedener Leberkrebspatienten analysiert und festgestellt, daß in jedem Fall ein bestimmter Teil dieses Proteins beschädigt war. Also werden wir, wenn wir diesen Schaden beheben können, möglicherweise die Krankheit besiegen.«

»Das klingt so einfach, wie Sie das sagen, Doctor.«

»Oh, die *Theorie* macht keine Schwierigkeiten – mühsam ist nur die eigentliche Realisierung. Wir müssen ein Medikament entwickeln, das bewirkt, daß die ›zusammengefallenen‹ Teile sich wieder aufrichten, damit die Zelle ihre normale Form und Funktion wiederaufnehmen kann.«

An diesem Punkt seines Vortrags hatte er einen großen Computermonitor erreicht. Während Sandy mit seinen Erklärungen fortfuhr, richtete sich die Kamera auf den Computerbildschirm.

»Unser Kristallograph hilft uns dabei, den Aufbau des Proteins zu bestimmen. Wir haben eine Vielkanal-Proportional-Kammer, die die Strukturschemata direkt in den Computer eingibt. Eines Tages erhalten wir unsere Lösung möglicherweise buchstäblich aus dem Fernsehen.«

»Sind Sie optimistisch, Dr. Raven?« wollte die Interviewerin wissen.

»Sagen wir mal so: Wenn man in einem Berg nach einem Molekül sucht, muß man entweder sehr optimistisch sein oder vollkommen verrückt. Ich würde sagen, ich bin ein bißchen von beidem.«

»Du warst cool«, schwärmte Judy, als die Filmaufnahmen beendet waren und sie Arm in Arm zum Lunch gingen. »Und ich bin wirklich glücklich, daß Dad endlich ein bißchen Anerkennung kriegt für seine mühsame, unbesungene Arbeit.«

»Ja«, stimmte ihr Sandy zu. »Und wenn sich die Sache auszahlt, wird Greg mit Ehren überhäuft werden und vielleicht sogar einen Nobelpreis kriegen. Meinst du, das würde ihm gefallen?«

Judy sah ihn mit leuchtenden Augen an.

»Nicht so sehr wie das andere Projekt, bei dessen Entwicklung du geholfen hast.«

»Was soll das heißen?«

»Das soll heißen, daß ich schwanger bin.« Sie lächelte. »Übrigens – macht dich das glücklich?«

»Ja und nein«, antwortete Sandy, hochrot im Gesicht. »Ich meine, ich liebe Kinder, aber ich halte nichts von unverheirateten Müttern. Bist du willens, etwas dagegen zu unternehmen?«

»Dann beiße ich eben in den sauren Apfel«, erwiderte sie munter, »beuge mich den Konventionen und lasse mich von dir ehrbar machen. Wie wär's mit morgen, zwölf Uhr mittags auf dem Standesamt?«

»Vergißt du nicht«, erinnerte Sandy sie, »daß dein Vater grundsätzlich keine Mittagspause macht?«

»Ach ja«, antwortete Judy. »Aber irgendwie habe ich das Gefühl, daß er in diesem Fall eine Ausnahme machen wird.«

31 ADAM

Bisher hatte Adam seine Pflichten als Vater stets erfüllt, indem er sich vom Labor losriß und zum Dinner nach Hause kam. Er war dann immer aufrichtig interessiert an den Schularbeiten seiner Tochter und wartete, bis sie vor ihrem Computer – samt Telefon – saß, bevor er wieder zur Arbeit fuhr.

Da er wußte, daß Toni abends mindestens bis zu den Elf-Uhr-Nachrichten in ihrem Arbeitszimmer im ersten Stock fleißig war, hatte Adam es sich angewöhnt, um halb elf anzurufen, um sie wissen zu lassen, ob ihn allmählich die Kräfte verließen oder ob er so inspiriert war, daß er die ganze Nacht im Labor verbringen würde.

In letzter Zeit schien seine Inspiration im Schnellgang zu laufen. Adam blieb nicht nur bis zum Morgengrauen, sondern war verschiedentlich auch zu vertieft, um sie anzurufen und davon in Kenntnis zu setzen.

Charlie Rosenthal, der besorgte Zuschauer, war der Meinung, Adam lebe ›wie ein Vogel Strauß‹.

Adam ließ den Kopf hängen. »Mag sein«, antwortete er leise, »aber ich brauche Zeit, um alles zu überdenken.«

»Na, hör mal, ich glaube, du lebst schon jetzt von geborgter Zeit. Glaubst du wirklich, daß Toni nichts ahnt? Ich meine, wenn sie nun plötzlich in deinem Labor auftaucht und sieht, daß Anja mit dir zusammenarbeitet?«

»Sie hat Anja niemals gesehen«, erwiderte Adam schnell.

»Ja, aber nachdem die junge Dame dir wie eine Klette am Hals hängt, würde es kaum fünfzehn Sekunden dauern, bis sie erkennt, was sich da abspielt. Außerdem, Adam, hast du bisher noch nie in der Gegend rumgebumst. Ehebruch ist einfach nicht dein Stil. Irgend etwas in dir verlangt, daß es ans Licht kommt.«

Charlies Ton wurde beinah verschwörerisch. »Hast du Kontakte zu Hawaii?«

»Wie bitte?«

»Ich meine es ernst. Komm mit, wir besorgen uns eine Ausgabe des *Medical Directory* und sehen nach, ob wir jemanden finden, der der Avilowa einen Job anbieten könnte.«

»Aber warum?« protestierte Adam und versuchte, das Mitgefühl seines Freundes durch eine neue Taktik zu gewinnen. »Hast du schon mal an *ihre* Gefühle gedacht?«

»O ja«, gab Rosenthal zu. »Aber wenn du bedenkst, daß eine deiner Möglichkeiten das Leben von mindestens drei Menschen zerstört – und da ich weiß, wie verrückt du nach deiner Tochter bist –, würde ich sagen, du mußt dich für die entscheiden, die für die meisten Personen am besten ist.«

»Du redest wie ein eiskalter Wissenschaftler«, fuhr Adam auf.

»Und du, mein lieber Professor, redest wie ein hitzköpfiger Schmock. Gerade jetzt aber solltest du besonders objektiv und analytisch denken. *Laß Anja Avilowa laufen.* Laß sie da hingehen, wo ihr wirklich die Möglichkeit geboten wird, ein neues Leben zu beginnen.«

Er hielt inne; dann ergänzte er mit einem Anflug von Mißtrauen: »Oder willst du dich auch ihrer Talente als Forscherin bemächtigen?«

»Mach dich nicht lächerlich.«

»Na, hör mal ... du hast mir selbst erzählt, daß sie die Immunologie unglaublich schnell kapiert. Und sogar schon mit eigenen Ideen ankommt. Wenn du sie nicht drängen würdest, in deinem Labor zu arbeiten, hätte sie mehr Zeit zum Studieren und sich noch einmal als die Ärztin zu qualifizieren, die sie schon ist.«

»Verdammt, du tust ja, als wär' ich ein mieser Egoist!«

»Endlich hast du's kapiert«, antwortete Charlie. »Und ich sage es dir ganz offen: Du befindest dich auf jenem schlüpfrigen Weg, der steil nach unten in die Katastrophe führt.«

Charlie Rosenthals Warnungen hatten Adam so tief getroffen, daß er sich während der folgenden Wochen mit übermenschlicher Kraft zurückhielt.

Zwar nahmen sie ihre Telefongespräche am Mittwochabend wieder auf, aber er ging Anja nicht besuchen. Er schloß sich ihr auch nicht an, wenn sie mit anderen Mitarbeitern zu einem kurzen Lunch in die Cafeteria ging. Und dennoch spürte er genau, daß sein Widerstand mit jedem Blick, mit dem er sie ansah, weiter erlahmte.

Anja selbst redete sich schlechten Gewissens ein, daß sie nichts anderes verdiente. Die intimen Stunden, die sie mit Adam verbracht hatte, waren die schönsten ihres Lebens gewesen, aber damit war es nun endgültig vorbei.

Seit fast zwei Monaten arbeitete Anja Avilowa nun schon in Adam Coopersmiths Immunologie-Labor. Selbstverständlich hatte sie mit einfachsten Aufgaben begonnen, dem Auswaschen der Reagenzgläser, dem Vorbereiten der Versuchstiere und so weiter. Aber sie lernte erstaunlich schnell, und in weniger als einem Monat wurde sie in die Datenabteilung ›befördert‹, wo sie die Ergebnisse der verschiedenen Experimente an einem Computer vergleichen mußte, der von da an nur ihr allein gehörte.

An einem Mittwochabend gegen sieben Uhr, als draußen schon winterliche Dunkelheit herrschte, entdeckte Adam, daß Anja ihre Arbeit beendete und einige Papiere in einen Aktenhefter ordnete, um zu Hause daran zu arbeiten. Sofort war er, den Mantel über dem Arm, an ihrer Seite.

»Wie kommst du nach Hause, Anja?« erkundigte er sich möglichst beiläufig.

»Wie immer«, antwortete sie. »Mit dem 66er zum Harvard Square und anschließend mit dem 71er, der mich praktisch bis vor die Haustür bringt.«

»Klingt schlimmer als ein Gewaltmarsch für mich«, bemerkte Adam. »Ich werde dich nach Hause bringen. Es liegt ja praktisch an meinem Weg. Außerdem ist es dunkel und kalt, und die Straßen sind vereist.«

Sie überlegte einen Moment, dann lächelte sie. »Dafür wäre ich dir sehr dankbar.«

Während des ersten Teils der Autofahrt war er schweigsam und warf seiner Beifahrerin nur gelegentlich einen kurzen Blick zu. Sie wirkte schüchtern und zurückhaltend auf ihn, aber auch schöner und begehrenswerter denn je.

Als sie sich dem Watertown Square näherten, fragte er sie: »Hast du Zeit für einen kurzen Imbiß?«

Sie zögerte einen Moment; dann erkundigte sie sich betont: »Hast du Zeit?«

»Äh, ja. Meine Frau ist heute in Washington.«

Anja machte noch einen weiteren halbherzigen Versuch, ihn abzuwehren. »Das heißt, deine Tochter muß etwas zu essen bekommen …«

Er versuchte, nicht an Heather zu denken, für die das Mittwochsdinner immer etwas Besonderes war, weil sie ihn da für sich allein hatte.

Seine Gewissensbisse unterdrückend, gab er zurück: »Ich brauche nur die Haushälterin anzurufen … Sie ist daran gewöhnt, daß ich zu allen möglichen Tages- und Nachtzeiten aus dem Labor nach Hause komme.«

»Wenn das der Fall ist –« Anja lächelte –, »laß uns doch beim Supermarkt vorbeifahren, damit ich ein bißchen einkaufen und daraus was Einfaches kochen kann.«

Die Wohnung schien eine Metamorphose durchgemacht zu haben. Die neue Tapete im Wohnzimmer paßte zu den neuen Vorhängen, und an der Wand hing ein großes, fröhliches Miró-Poster, dessen leuchtende Farben eindeutig Anjas veränderte Seelenlage spiegelten.

Da es immer noch zuwenig Möbel gab, setzten sie sich mit gekreuzten Beinen auf den Fußboden und aßen von dem niedrigen Couchtisch.

Anfangs verlief ihre Konversation zögernd.

»Was macht deine Arbeit? Ich hoffe, sie ist dir nicht zu langweilig.«

»Im Gegenteil«, erwiderte sie eifrig, »es ist schon lehrreich, mit so vielen kreativen Menschen einfach nur in einem Raum zu sein. In der kurzen Zeit, die ich mit Dimitris Kollegen von der Akademie verbringen durfte, hab' ich gelernt, einen Verstand zu erkennen, der nicht nur gut, sondern großartig ist. Und du, Adam, bist der brillanteste Mensch, den ich jemals erlebt habe.«

»Na ja …« Er lächelte. »Wenn wir schon dabei sind, Komplimente zu verteilen: Obwohl wir erst seit einigen Wochen zusammenarbeiten, ist mir eindeutig klar geworden, daß du eine ganz wunderbare wissenschaftliche Intuition besitzt.«

»Das ist geschmeichelt.« Sie errötete.

»Nein, es ist wahr«, beharrte er. »Und noch etwas.« Er rückte näher an sie heran und sah ihr tief in die Augen. »Ich liebe dich, Anja.«

»Und ich liebe dich«, gab sie zurück. »Aber was können wir damit anfangen?«

»Wir können unseren Gefühlen nachgeben. Wir sind zu lange voneinander getrennt gewesen; ich kann's einfach nicht mehr ertragen.«

Als er sie in die Arme nahm, machte sie keinen Versuch, sich ihm zu entziehen. Obwohl es einen Sekundenbruchteil gab, den sie brauchte, um auch die letzte Abwehr fallen zu lassen.

Die Stunden, die sie gemeinsam in der winzigen Watertown-Wohnung verbrachten, waren die glücklichsten, die sie jemals erlebt hatten. Nicht nur füllte Adam eine verzweifelte Leere in Anjas Leben aus, sondern er war auch von ihrer unglaublichen Mütterlichkeit verzaubert, die offenbar ein Bedürfnis befriedigte, das er bisher nicht hatte erkennen wollen.

Nun hatte er den Rubikon überschritten.

Am späten Sonntagnachmittag löste er sich widerwillig aus ihren Armen und sagte, während er sich ankleidete: »Ich kann so nicht weiterleben.«

»Ach, Adam«, antwortete sie leise, »glaube mir, ich verstehe dich. Wenn du mir jetzt sagst, daß wir uns von nun an nicht mehr sehen dürfen, wäre ich zwar sehr traurig. Aber ich würde es akzeptieren.«

Er fuhr herum und versicherte leidenschaftlich: »Aber nein, Anja, ganz im Gegenteil! Mein Leben besteht nur noch aus einem einzigen Wunsch: den Rest davon mit dir zusammen zu verbringen.«

Als sie langsam die Verandastufen hinabstiegen, weckte die eisige Kälte sowohl den inneren als auch den äußeren Mann. Und ließ ihn erkennen, daß er ein moralischer Feigling war. Denn als Gegengewicht zu dem Entschluß, den er so mutig vor Anja geäußert hatte, lauerte die Angst, seiner Familie weh zu tun. Und das zu sagen, was nunmehr gesagt werden mußte.

Als er den Schlüssel ins Schloß seiner Wagentür schob, hörte er das hartnäckige Läuten des Autotelefons. Er stieg ein und nahm den Hörer.

»Hier Doctor Coopersmith«, sagte er schnell.

»Wo in aller Welt steckst du, Adam?«

Es war Toni – fuchsteufelswild.

Er versuchte Zeit zu gewinnen, indem er beschwichtigend sagte: »Beruhige dich, ich bin schon auf dem Heimweg.«

Toni ignorierte seine Worte und explodierte. »Heather hat fast eine ganze Stunde in der Eiseskälte gewartet.«

»Heather?«

»Jawohl, Doctor Coopersmith, deine Tochter. Vielleicht erinnerst du dich, daß du heute nachmittag mit ihr zum Schlittschuhlaufen gehen wolltest. Um vier wolltet ihr euch vor der Watson-Eislaufhalle treffen. Ich weiß zwar nicht, in welcher Zeitzone du dich befindest, Freundchen, aber auf meiner Uhr ist es kurz vor sechs. Du hast behauptet, daß du ins Labor gehen wolltest, während sie auf dem Eis war. Ich habe dort angerufen, aber niemand hat dich gesehen. Also hab' ich mich in den Wagen gesetzt und sie selbst abgeholt. Versuch jetzt nicht, dir eine Entschuldigung auszudenken. Sag mir die Wahrheit. Sie kann nicht schlimmer sein als das, was ich mir ausmale. Was zum Teufel hast du getrieben?«

»Toni«, stammelte er heiser, »wir müssen reden.«

»Okay. Rede.«

»Nein, nein – nicht so. Nicht am Telefon.«

»Du kannst mich doch nicht für dumm verkaufen, Adam!« tobte sie. »Ich weiß, daß es eine andere Frau in deinem Leben gibt. Und da sie dich so fest am Bündel zu haben scheint, daß du deine eigene Tochter beinah erfrieren läßt, solltest du dich lieber von uns fernhalten.« Daß sie anschließend auf einmal verstummte, verwirrte ihn. Bis er merkte, daß sie leise weinte.

Schließlich faßte sie sich soweit, daß sie noch verlangen konnte: »Sag mir, wohin ich sie schicken soll.«

»Schicken – was?« fragte er verständnislos.

»Die Vorladung, verdammt noch mal«, schrie sie unter Tränen. »Ich werde den besten Scheidungsanwalt unserer Firma beauftragen, und er wird dich an die Wand nageln.«

»Willst du mir nicht mal Gelegenheit geben, mich zu verteidigen?«

»Aber natürlich, Adam«, erwiderte sie verbittert. »Sobald das Gericht den Termin festsetzt.«

Zutiefst erschüttert legte er auf, durch den Wirbelsturm von Tonis gerechtfertigtem Zorn regelrecht von den Füßen gerissen. Und dennoch empfand er eine seltsame Erleichterung, weil er sich nicht mehr mit der Frage herumschlagen mußte, wie er den Mut aufbringen sollte, es seiner Frau mitzuteilen.

Auf einmal jedoch fegte ein entsetzlicher Gedanke alle anderen Überlegungen davon. O Gott, Heather, wie konnte ich dir das nur antun?

32 ISABEL

Isabels Tagebuch

1. Januar
Jerry hat mich geküßt.

Ich muß gestehen, daß ich oft daran gedacht, aber niemals geglaubt habe, es könne geschehen. Sekundenlang hatte ich eine so furchtbare Angst, daß ich wie benommen war. Ich vermochte kaum den Druck – das heißt eigentlich eher die sanfte Berührung – seiner Lippen zu spüren.

Und ich fürchtete ständig, Dad könnte uns sehen – so sehr, daß ich überhaupt nicht reagieren konnte. Auf einmal hörte ich auf, mir über meinen Vater Gedanken zu machen, und erwiderte Jerrys Kuß. Das war der wunderbarste Moment meines ganzen Lebens. Ich frage mich nur, wann ich jemals Gelegenheit haben werde, ihn zu wiederholen.

Als wir dann eilig zum Haus zurückkehrten, sah ich Dad vor der Hintertür stehen und winkte ihm beiläufig zu. Ich fragte mich, ob mein Gesicht nicht aufschlußreiche Merkmale dessen aufwies, was soeben geschehen war. Würde er merken, daß ich eine winzige Spur unsicher auf den Füßen war? (Erstaunlicherweise ist alles, was man in den Popsongs so über das Küssen hört, absolut zutreffend.)

Aber Dad wirkte weder verärgert noch sonst etwas, sondern sagte nur ruhig: »Ich glaube, Pracht versucht mich zu Tode zu reden. Komm jetzt und laß uns von hier verschwinden.«

Also verabschiedeten wir uns …

Zum erstenmal in ihrem Leben war Isabel nicht in der Lage, sich hundertprozentig auf ihre Studien zu konzentrieren. Ihre Gedanken wanderten. Mit offenen Augen träumte sie von Jerry. Möglich, daß Raymond etwas merkte, aber er legte das, was er bemerkte, falsch aus. Auch Naturwissenschaftler lassen ihre Gedanken auf der Suche nach neuen Ideen umherschweifen. Auch in seinen paranoidesten Momenten hätte er sich nicht träumen lassen, daß die Gedanken an Jerry Pracht Vorrang gewinnen könnten.

Da sie inzwischen nur noch Graduierten-Seminare besuchte, gab es für Raymond keinen Vorwand mehr, in die kleinen Lehrräume mitzukommen. Also begleitete er sie bis zur Le Conte Hall und wartete wie ein Showgirl-Verehrer am Bühneneingang auf den Moment, da sie wieder erschien.

Isabel brauchte nicht sehr lange, um das abgelegenste öffentliche Telefon des ganzen Gebäudes ausfindig zu machen. (Der Apparat neben der Damentoilette war ideal, denn da gab es eine Tür, die sie schließen konnte.)

Sobald sie sicher war, daß Raymond auf dem Nachhauseweg war, rief sie fortan Jerry an, der sie dann – weil er wußte, wie wenig Taschengeld sie erhielt – umgehend zurückrief. Anschließend plauderten die beiden, bis er sich für den

Club umziehen mußte. Isabel erzählte ihm von ihren Studien, während er wortreich protestierend behauptete, das übersteige seinen Horizont. Dennoch war sie, nachdem sie ihm alles in groben Zügen erklärt hatte, hundertprozentig sicher, daß er es begriff.

Isabels nachmittägliche Studierstunden, in denen sie die theoretischen Möglichkeiten für ihre Magisterarbeit erkundete, begannen sich immer weiter in den Abend hineinzuziehen. Da sie in ihren Gedankengängen nicht unterbrochen werden wollte, nahm sie ein Tütendinner mit, damit sie in ihrer Lesenische ungestört konzentriert arbeiten konnte.

»Das wichtigste Problem der Hochenergiephysik beschäftigt sich mit gewissen Eigenschaften eines Teilchens namens Kaon. Nach Ansicht einiger jüngerer Forscher stellt dies Einsteins Äquivalenzprinzip in Frage.«

»O Gott, der arme Albert«, sagte Jerry. »Was wollen sie ihm denn jetzt wieder antun?«

»Na ja«, erläuterte Isabel, »das klassische Exempel ist folgendes: Ein Mann fährt mit einem Aufzug, der auf einer Rakete montiert ist, die mit gleichmäßiger Beschleunigung in den Weltraum geschossen wird. Trotz der Geschwindigkeit der Rakete steigt der Lift weiterhin nach oben, und der Mann bleibt irgendwie auf dem Boden. Laut Onkel Albert kommt das daher, daß die Schwerkraft und die Beschleunigungskraft nicht voneinander zu unterscheiden sind.«

»Mit anderen Worten, wenn mein brillanter Dad und sein brillanter Protegé recht haben«, warf Jerry ein, »kriegt Albert Einstein eins auf die Nase – stimmt's?«

»Richtig. Im Grunde läßt sich diese Erkenntnis sogar bis auf Newton zurückführen.« Sie warf einen Blick auf ihre Uhr. »Großer Gott, in vier Minuten muß ich bei deinem Vater sein, weil er hören will, was ich inzwischen festgestellt habe!«

»Ich werde dir was ganz Neues zu berichten geben«, entgegnete Jerry. »Du sagst ihm, daß du Urlaub nehmen und mich bei den Indoor-Meisterschaften begleiten willst.«

»Also hör mal«, protestierte sie, »wenn du mir weiter damit auf die Nerven fällst, werde ich ihm sagen, er soll dir befehlen, doch noch deine High-School-Prüfungen abzulegen.«

»O nein!« rief er mit gespieltem Entsetzen. »Alles, bloß das nicht. Aber bitte, wann werde ich dich wiedersehen?«

»Keine Ahnung«, antwortete sie, ernst geworden. »Ich versuche etwas rauszufinden.«

»Dann beeil dich damit, verdammt noch mal!« drängte er sie. »Sieh dir die Stirn meines Vaters an. Die Männer in unserer Familie verlieren alle sehr früh die Haare. Und du willst mich doch sicher noch einmal sehen, bevor ich 'ne ausgewachsene Glatze kriege – oder?«

Mitte Februar arbeitete Isabel auch *nach* dem Dinner noch so viele Stunden in der Bibliothek, daß sie abgezehrt und entsetzlich erschöpft wirkte. Ganz uncharakteristisch bat sogar Raymond sie, sich ein wenig Ruhe zu gönnen. Aber ihre einzige Antwort lautete: »Das kann ich noch nicht, Dad, ich bin etwas wirklich Wichtigem auf der Spur, das ich so schnell wie möglich beenden möchte.«

»Ein paar kleine Anhaltspunkte für deinen armen alten Dad?« fragte er mit gespieltem Pathos.

»Tut mir leid, Mr. da Costa.« Sie lächelte spitzbübisch. »Diese Information ist vorerst noch streng vertraulich.«

Raymond war enttäuscht, bedrängte sie aber nicht weiter. Dies war das erstemal, daß sie nicht all ihre Gedanken mit ihm teilte. Noch niemals zuvor hatte sie so geheimnisvoll mit ihren Projekten getan; und noch nie hatte sie sich so stark darauf konzentriert wie jetzt.

Er tröstete sich mit dem Gedanken, daß sie sich einem Durchbruch näherte und daß dieser Durchbruch ihr eine Anerkennung eintragen würde, die über die inzwischen ausgeleierten Superlative der Journalisten wie ›Wunderkind‹ und ›junges Genie‹ hinausging. Die würden dann ganz einfach verkünden: »Isabel da Costa, die bekannte Physikerin, hat heute bekanntgegeben …«

Als Raymond eines Abends kurz nach neun die Nachhilfestunde eines Schülers beendete, klingelte das Telefon: Vermutlich einer seiner Schützlinge, der ihn mit einer simplen Frage belästigen wollte.

Aber er irrte sich gewaltig.

»Dad, komm doch bitte sofort zum Hintereingang des Le Conte und hol mich ab. Ich muß unbedingt mit dir sprechen.«

Isabels Ton klang dringlich. Er glaubte sogar einen Anflug von Furcht in ihrer Stimme ausmachen zu können.

»Was ist denn?« fragte er besorgt. »Ist alles in Ordnung mit dir?«

»Das kann ich nicht am Telefon besprechen. Bitte, beeil dich.«

Erschrocken entließ Raymond mit kurzen Worten seinen Nachhilfeschüler und hastete zum Wagen. Auf der kurzen Fahrt zum Campus überlegte er aufgeregt, was ihn wohl erwartete. Er konnte sich nur vorstellen, daß sie ernsthaft erkrankt war, und machte sich Vorwürfe, auf die Warnzeichen ihrer Erschöpfung nicht reagiert zu haben.

Kaum hatte Isabel seinen Wagen entdeckt, kam sie mit einem Stoß Laborjournale auf ihn zugelaufen. Nicht leichenblaß, sondern tomatenrot im Gesicht bat sie ihn eindringlich: »Schnell, Dad, mach den Kofferraum auf und pack das Zeug hier hinein.«

Raymond gehorchte seiner Tochter wortlos, während sie in den Wagen stieg.

»Nun fahr schon los!« drängte sie ihn.

»Beruhige dich, Isabel«, mahnte Raymond liebevoll. »Gleich sind wir zu Hause und …«

»Nein«, fiel sie ihm ins Wort. »Laß uns woanders hinfahren, wo wir wirklich ungestört reden können.«

»Wieso können wir das nicht zu Hause?«

»Du weißt nicht, was los ist, Dad. Hier geht es wirklich um ein brisantes Geheimnis.«

»Also, komm schon, es gibt doch keine Wanzen bei uns, oder so«, gab er zurück. Doch als er ihren ängstlichen Ausdruck sah, gab er nach. »Okay, ich werde mir was einfallen lassen.«

Raymond überlegte und entschied sich für Oscar's Den in

Oakland, in dem normalerweise keine Studenten verkehrten.

Sie nahmen in einer der Nischen Platz, die durch hohe Holzwände voneinander getrennt waren.

»Also, mein Kind, ich bestehe darauf, daß du dir was zu essen bestellst.« Er war aufrichtig beunruhigt, denn sie hatte in letzter Zeit fast überhaupt keinen Appetit mehr gezeigt.

»Danke, nein. Ich bin nicht hungrig.«

»He, hör zu! Ich hab' dir einen Gefallen getan, also tu du mir auch einen und iß wenigstens einen Hamburger.«

»Okay, Dad«, lenkte sie gereizt ein, »und eine Tasse schwarzen Kaffee. Ich möchte nur reden.«

Rasch gab Raymond die Bestellung auf, und kaum war die Kellnerin wieder gegangen, da beugte er sich zu ihr hinüber und fragte sie eindringlich flüsternd: »Also, worum handelt es sich jetzt?«

Sie antwortete mit einer einzigen, rätselhaften Silbe: »Karl.«

»Das begreife ich nicht«, gab er zurück. »Hat Pracht etwas, irgendwas … Unanständiges getan?«

»Aber nein, doch so was nicht!«

»Ja, um Himmels willen, was ist denn dann los?«

Isabels Miene spiegelte unverhohlen den Ernst dessen, was sie ihm zu enthüllen beabsichtigte, und den Schmerz, den ihr das bereitete.

»Er irrt sich«, sagte sie leise.

»Wie bitte?«

»Karl hat unrecht. Seine Theorie taugt nichts. Immer wieder hab' ich all seine Berechnungen überprüft, und sie stimmen einfach nicht mit seinen Schlußfolgerungen überein.«

»Aber er ist Weltklasse auf diesem Gebiet«, wandte Raymond ein.

Isabel hieb mit der Hand auf den Tisch.

»Ich leugne ja nicht, daß er einen großartigen Verstand besitzt, Dad. Außerdem hat er immer wieder bedeutende Arbeit geleistet, die seinen guten Ruf rechtfertigt. Aber diesmal irrt er sich – irrt er sich gewaltig.«

Raymond schüttelte den Kopf und zweifelte zum erstenmal an den Fähigkeiten seiner Tochter. Denn er befürchtete, daß sie bei *ihren* Berechnungen einen Fehler gemacht hatte.

Doch er versuchte gelassen und objektiv zu bleiben. »Warum hältst du das für so wichtig, Isabel?« fragte er. »Das ist doch ganz allein Prachts Problem.«

Forschend sah er ihr ins Gesicht und wußte, daß sie noch mehr vor ihm verbarg.

»Dad«, sagte sie leise, »ich hab' ein paar eigene Ideen entwickelt und bin überzeugt, daß meine Daten überzeugend gegen die Existenz *irgendeiner* fünften Kraft sprechen.«

Raymond verhielt sich einen Augenblick still; er war sich der potentiellen Gefahr bewußt, die in dem lag, was sie sagte.

»Ist dir klar, was du da tust?« fragte er sie. »Statt einen Schritt auf unerforschtes Territorium zu wagen, wirfst du eine Brandbombe mitten in einen Raum hinein, in dem die meisten bedeutenden Naturwissenschaftler der Welt versammelt sind.«

Sie nickte. »Ich weiß, Dad, ich weiß. Aber ich bin in meinem Leben einer Sache noch niemals so sicher gewesen. Ich meine, die Widerlegung ist gar nicht so kompliziert: Ihre größte Stärke besteht darin, daß sie so einfach ist.«

Allmählich erkannte Raymond da Costa die Courage, die in der Überzeugung seiner Tochter lag. Schließlich hatte sie sich noch niemals geirrt.

»Wer weiß sonst noch davon?«

»Niemand natürlich. Deswegen wollte ich ja so dringend mit dir sprechen.«

»Wo sind deine Beweise?«

»In meinen Laborjournalen im Kofferraum deines Wagens. Aber wenn du's auf die grundlegende Formel reduziert haben willst, sieh dir das hier an.«

Aus der Handtasche holte sie ein Blatt Papier, das sie mehrere Male gefaltet hatte. Als Raymond rasch die Daten überflog, verwandelte sich seine Besorgnis sehr schnell in Euphorie.

»Großer Gott«, murmelte er vor sich hin, »das ist unglaublich!«

»Vertrau mir, Dad, ich habe recht. Meine Theorie wird auch der gründlichsten Untersuchung standhalten.«

»Ich weiß, Isabel. Deswegen bin ich ja so überwältigt. Stell dir doch bloß mal vor, wie das hier einschlagen wird! Was für ein Debüt für dich ...«

Sie senkte den Kopf.

»Was hast du?« erkundigte sich Raymond erstaunt.

»Du begreifst immer noch nicht. Kannst du dir vorstellen, was geschieht, wenn ich meinen eigenen Magistervater widerlege?«

Ja, dachte Raymond, das wird tatsächlich Schlagzeilen machen.

Isabel schüttelte den Kopf. »O Gott, es tut so weh! Ich glaube, das werde ich ihm nicht antun können.«

Raymond sah seine Aufgabe deutlich vor sich. Er stürzte sich in eine Moralpredigt.

»Isabel, die wissenschaftliche Wahrheit kennt keine Rücksicht auf Rang und Würde. Ihr einziges Kriterium ist die Integrität. Du mußt deine Ergebnisse veröffentlichen.«

»Ich weiß – aber das muß nicht unbedingt sofort sein.«

»Was redest du da?«

»Wenn ich den Schlußtermin für die diesjährige Konferenz verstreichen lasse, kann Karls Berufung ans MIT nicht gefährdet werden. Ich meine, Dad, wozu die Eile?«

»Aber Isabel, du schuldest diesem Mann doch nichts!«

»Das ist nicht wahr. Er ist ein großartiger Lehrer. Er war mehr als großzügig zu mir.«

»Also, jetzt hör mal«, wandte er eifrig ein, »wenn Pracht an deiner Stelle wäre – würde er mit der Veröffentlichung einer Erkenntnis warten, die für ihn so wichtig ist?«

Isabel überlegte einen Sekundenbruchteil lang; dann antwortete sie ruhig: »Ich glaube, ja. Ich glaube wirklich, daß er das tun würde.«

Raymond wechselte die Gangart. »He, es wird spät, und deine Nerven sind unglaublich gespannt. Du solltest dich jetzt lieber ausruhen. Wir werden morgen, wenn wir wieder klar denken können, diese Diskussion fortsetzen.«

»Okay, Dad«, antwortete sie, insgeheim erleichtert über den Aufschub.

Die Heimfahrt legten sie schweigend zurück.

Raymond, der seine Tochter kannte, spürte genau, wie traurig und enttäuscht Isabel war.

Und er redete sich ein, das sei der Grund, warum er an ihrer Seite geblieben war.

Er spielte wieder einmal die Hauptrolle in ihrem Leben.

33 ADAM

Für Adam war der Ablauf der Ehescheidung weit schmerzhafter, als er es sich je vorgestellt hätte.

Drei Tage nach dem Telefongespräch hatte Toni ihre emotionalen Ressourcen soweit in den Griff bekommen, daß sie ihn ›einlud‹, abends ins Haus zurückzukehren, um gemeinsam Heather zu informieren.

Die Scheidung machte allen schwer zu schaffen: da jeder Beteiligte sich ungerecht behandelt oder schuldig fühlte – oder beides.

Anfangs hatte es Zeiten gegeben, da Toni vorübergehend Gewissensbisse bekam, weil sie als Ehefrau und Mutter versagt, sich wohl zu sehr auf ihre Arbeit konzentriert hatte, um das zu sein, was ihre Familie brauchte.

Dennoch redete sie sich ein, daß dies nicht etwa die Folge ihrer eigenen Nachlässigkeit sei, sondern das Ergebnis von Adams einseitiger Verweigerung jener Liebe, die er ihr bei der Eheschließung gelobt und nunmehr auf eine andere Frau übertragen hatte.

Heathers Reaktion erschütterte die Eltern. Als sie erfuhr, daß der Vater die Familie verlassen würde, brach sie in Tränen aus und war fest davon überzeugt, Adam lasse sie im Stich, weil er eine nettere Familie gefunden habe.

Während ihr ganzer Zorn sich seltsamerweise auf Toni richtete.

»Das ist nur deine Schuld, Mom! Weil du immer nur mit deiner gottverdammten Karriere beschäftigt bist. Immer nur darüber kannst du reden, nie kümmerst du dich um Dad.«

Dann wandte sie sich an ihren Vater, wurde unvermittelt vom Ankläger zum zutiefst verletzten Kind und flehte ihn an: »Aber ich darf doch bei dir bleiben, Dad – nicht wahr? Bitte!«

Adam schmolz fast dahin vor Reue.

Während des gesamten Gesprächs vermochte er Toni nicht in die Augen zu sehen, obwohl sie kein einziges Wort der Erbitterung äußerte. Jedenfalls nicht in Gegenwart ihrer Tochter.

Schließlich ging Heather in ihr Zimmer hinauf, um mit ihrer besten Freundin zu telefonieren, die genau die gleiche Zerreißprobe durchgemacht hatte, unter der sie selbst jetzt zu leiden begann.

Inzwischen war Adam allein mit Toni, die kein einziges Mal laut wurde, doch ihre Worte glichen Dolchen mit Widerhaken. »Laß dir von ihren Abschiedsworten nur keine Flausen in den Kopf setzen, Dr. Coopersmith.«

»Was soll das heißen?«

»Sie hat sowenig Chancen, bei dir und Mata Hari zu leben wie ein Schneeball in der Hölle.«

»He, Moment mal!« protestierte Adam.

Doch Toni ignorierte ihn und sprach mit einer Stimme weiter, die so mechanisch klang wie aus einem Computer: »Die Richter entscheiden stets im Interesse des Kindes, und was immer du von mir halten magst, ich bin und bleibe der bevorzugte Elternteil, und ich werde nicht zulassen, daß diese Frau auch nur in die Nähe meines Kindes kommt!«

Adam war fassungslos. »Aber Toni, könntest du vielleicht mal ehrlich sein – mir und auch dir selbst gegenüber? Heather war noch nie der Mittelpunkt deines Lebens. Warum bestehst du also so hartnäckig auf dem Sorgerecht?«

»Weil ich, verdammt noch mal, ihre Mutter bin. Muß ich sonst noch etwas sagen?«

»Ja. Zum Beispiel, daß du sie liebst.«

»Das versteht sich doch von selbst.«

»Nein, Toni. In deinem Fall, glaube ich, nicht. Ich habe das Gefühl, daß du sie als Besitz betrachtest und nur an ihr festhältst, um mir eins auszuwischen.«

Toni zögerte einen Moment; dann räumte sie gelassen ein: »Das auch. Aber mal ehrlich: Glaubst du wirklich, es ist gut für Heather, mit irgendeiner russischen Babuschka zusammenzuleben, die sie nicht einmal richtig kennt?«

»Anja ist ein sehr liebevoller Mensch«, protestierte Adam. »Sie wäre wirklich gut für Heather.«

»Hat sie denn auch Erfahrung mit Kindern?« fragte Toni mit einer Spur Grausamkeit im Ton.

»Hast du die etwa?« entgegnete er bissig.

Seine unerwartete Feindseligkeit machte es Toni leichter, an ihrem Entschluß festzuhalten. »Treib's nicht zu weit, Adam. Du kannst nicht gewinnen.«

»Ich werde Leumundszeugen beibringen.«

»Wenn's soweit kommt, wird der Boß jeden beibringen, den er kennt, und das sind sehr einflußreiche Leute, wie du weißt. Du kannst Heather nur noch mehr schaden. Und daß du das nicht willst, weiß ich genau.«

Adam hielt inne, um ihre Worte abzuwägen. Da Toni spürte, daß sie seinen Angriff gestoppt hatte, begann sie unverzüglich ihrerseits mit einer Samtpfötchen-Attacke.

»Bitte, glaube mir, Adam: allein die Tatsache, daß man Leute beibringen muß, die unsere Unfähigkeit bezeugen – und darauf läuft es letzten Endes hinaus –, wird ein schlimmeres Trauma sein, als wenn wir uns außergerichtlich einigen. Außerdem wird der Richter, auch wenn die Verhandlung in seinem Richterzimmer stattfindet, Heather auffordern, in unserer Gegenwart zwischen uns zu wählen.«

»Warum bist du nur so rachsüchtig?«

»Begreifst du denn nicht, Adam? Begreifst du nicht einmal, daß die eigentliche Leidtragende in diesem Fall ich bin? Mein Vater hatte also doch recht. Ich hätte Washington niemals verlassen sollen. Aber weißt du was, Adam? Ich habe es trotzdem keinen Moment bereut – bis jetzt.«

Adam zuckte die Achseln. »Ich nehme an, du hast guten Grund, mich zu hassen.«

»O nein, das wäre viel zu freundlich ausgedrückt. Das einzige, was mich daran hindert, dich umzubringen, ist die Tatsache, daß Heather dich auch weiterhin als Teilzeit-Vater braucht. Und eines laß dir gesagt sein, Freundchen: Wenn du auch nur einen Schritt vom Weg abweichst, werd' ich aus allen Rohren auf dich feuern.«

Er sammelte die Kraft, die er für eine Entschuldigung nicht aufzubringen vermochte, für flammenden Zorn. »Einen Moment mal! Es gibt Regeln für elterliche Besuchszeiten, und ich verlange, daß die eingehalten werden.«

»Damit würde ich nicht rechnen«, fauchte sie empört zurück. »Mag sein, daß du für mich als Anwältin bisher noch keinen Respekt gehabt hast, aber wenn du siehst, was dir nach diesem Prozeß noch übrig bleibt, wirst du es bitter bereuen, mich überhaupt kennengelernt zu haben.«

Mit zwei alten Koffern in der Hand, die er aus dem Keller heraufgeholt und abgestaubt hatte, stieg Adam langsam die Treppe empor. Als er an Heathers geschlossener Tür vorbeikam, durch die er ihr gedämpftes Schluchzen hörte, überlief ihn ein Schauer. Und er haßte sich für das, was er ihr antat.

Er klopfte. Keine Antwort.

Er klopfte lauter und rief: »Jemand da?« Und hörte Heathers hysterische Stimme: »Niemand von Bedeutung.«

»Aber du bist da, mein Schatz«, widersprach Adam liebevoll.

»Wer schert sich denn schon um mich?«

»Ich, Liebling. Darf ich reinkommen?«

»Nein. Geh zum Teufel!«

»Hör zu, Heather«, sagte Adam ruhig, aber energisch, »ich werde jetzt bald gehen und möchte vorher noch mit dir sprechen. In einer Viertelstunde komme ich wieder. Dann erwarte ich, daß deine Tür offen ist.«

Nachdem die fünfzehn Minuten verstrichen waren, hatte sie sich eindeutig das Gesicht gewaschen, die Haare gekämmt und sich tapfer zusammengenommen. Und ihre Tür stand offen.

Adam setzte sich zu ihr aufs Bett.

»Hallo, Kleines, ich weiß, es klingt furchtbar und egoistisch, aber du wirst feststellen, daß es so für alle am besten ist. Deine Mutter und ich haben uns gegenseitig sehr unglücklich gemacht.«

»Das war kein Geheimnis«, gab seine Tochter leise zurück. »Ich war auch nicht gerade himmelhochjauchzend.«

»Na ja, ich finde, wir sollten uns alle ein neues Leben aufbauen.«

»Hast du dich schon mit jemand zusammengetan?« erkundigte sich Heather. Es lag auf der Hand, daß sie sich vor der Antwort fürchtete.

Adam zögerte, dann sagte er: »Sie ist ein wirklich guter Mensch. Ich glaube, sie wird dir gefallen.«

»Ist das die Russin, über die Mom und du euch immer gestritten habt?«

Adam nickte.

»Warum ist sie so wichtig für dich, daß du uns ihretwegen verläßt?«

»Aber ich verschwinde doch nicht aus deinem Leben, mein Schatz. Im Gegenteil, ich werde so heftig um das Sorgerecht kämpfen, wie ich es nur kann, weil Anja nämlich ebenfalls möchte, daß du zu uns kommst und bei uns bleibst.«

»Wirklich?« fragte sie. »Warum denn?«

»Nun ja, weil ich ihr so viel von dir erzählt habe, daß sie fast das Gefühl hat, dich schon zu kennen. Hab Vertrauen zu mir, Heather. Sie ist eine bezaubernde, sanfte, liebevolle Frau.«

Eine kleine Pause trat ein. Schließlich fand Heather den Mut, ihn zu fragen: »Warum hast du Mom eigentlich überhaupt geheiratet, Dad?«

Er zögerte einen Moment, dann antwortete er: »Weil ich dich haben wollte.«

Plötzlich lagen sie einander in den Armen, Heather tränenüberströmt und Adam innerlich weinend.

»Bitte, Daddy, verlaß mich nicht«, flehte sie. »Ich will auch artig sein, das schwöre ich dir. Ich werde niemandem Kummer machen.«

Adam fühlte sich, als habe er einen Tritt in den Magen erhalten. Sekundenlang dachte er sogar daran, zu kapitulieren und zu bleiben. Alles, nur damit seine Tochter nicht noch mehr leiden mußte. Dann aber dachte er an Anja, und dann an den Wortwechsel mit Toni – das konnte nicht wieder ungesagt gemacht werden.

Eine halbe Stunde später kam er mit frisch gewonnener Entschlossenheit die Treppe herunter. Toni saß im Wohnzimmer und las. Als er eintrat, blickte sie auf.

»Nun?« fragte sie ruhig. Er sah sofort, daß sie ihre Gefühle weitgehend wieder unter Kontrolle gebracht hatte.

»Wir sehen uns vor Gericht«, antwortete er.

Toni hielt Wort. Bei den folgenden Verhandlungen mit ihren Anwälten – zweifellos von ihrem Vater unterstützt – wurde Adam bei lebendigem Leib das Fell über die Ohren gezogen.

Naiverweise hatte er seinen alten Freund Peter Chandler um Beistand gebeten, ohne zu wissen, daß Mitgefühl und Empfindsamkeit für einen Scheidungsanwalt nicht eben positive Charaktereigenschaften sind. Adam hatte für Peter zweimal als Experte in Kunstfehlerprozessen ausgesagt.

Das einzige, was Adam von ihm verlangte, war die Durchsetzung der Besuchsrechte.

»Soll sie doch das Haus behalten und die Autos ... das alles ist mir egal. Unterhalt wird ihr das Gericht sicher nicht zubilligen, weil sie mehr verdient als ich. Aber ich werde für Heathers Ausbildung und ihren Unterhalt zahlen – solange mir das nicht das Rückgrat bricht.«

»Nun mal langsam, Adam«, unterbrach Chandler ihn. »Ich möchte dich nicht als Monster darstellen, aber ich muß mit ihren Leuten verhandeln. Wenn du da reingehst und ihnen von vornherein alles in den Schoß wirfst, werden sie das als Ausgangsposition nehmen und uns noch mehr abknöpfen wollen.«

»Das glaube ich nicht, Pete. Ich meine, Toni ist doch ein

vernünftiger Mensch. Sie wird einsehen, daß ich mich sehr anständig verhalte.«

»Anständig? Seit wann hat das Gesetz etwas mit Anstand zu tun?«

»Hör mal«, gab Adam nachdrücklich zurück, »ich bin derjenige, der schuldig ist. Wenn du's wirklich wissen willst: Ich würde mich erleichtert fühlen, wenn Toni mich gründlich ausnimmt.«

»Mag sein«, gab Peter zurück, »aber der Winter in Boston kann furchtbar kalt sein, wenn man kein Hemd mehr auf dem Leib hat.«

Wie sich herausstellte, kannte sein Anwalt sich sehr gut aus mit dem unversöhnlichen Zorn derer, die sich ungerecht behandelt fühlen. Toni forderte vom Gericht nicht nur das alleinige Sorgerecht für ihre Tochter, die Überschreibung der Villa und hohe Unterhaltszahlungen für das Kind, sondern verklagte ihn auch auf Erstattung entgangener Einnahmen.

Zwei Seniorpartner der Washingtoner Anwaltsfirma, die den Boß vertrat, bezeugten, daß sie, wenn sie in der Hauptstadt geblieben wäre, ein mehr als doppelt so hohes Einkommen gehabt hätte wie in Boston.

Peter Chandler erhob Einspruch, protestierte und diskutierte sich den Kopf heiß. Doch das Gericht erkannte auf Relevanz der Aussage und letztlich auf ihre Rechtswirksamkeit.

Die ungeheuerlichste Ungerechtigkeit lag jedoch darin, daß der Richter Heather ganz offen fragte, bei welchem Elternteil sie leben wolle, und dann, als sie eindeutig erwiderte: »Bei Dad und Anja«, das Sorgerecht auf Toni übertrug, und zwar aus dem recht antiquierten Grund, daß ein heranwachsendes Mädchen – grundsätzlich – bei seiner Mutter weit besser aufgehoben sei.

Dem geschlagenen und besiegten Adam wurde mit Heather lediglich ein Wochenende pro Monat und vier Wochen während der Sommerferien zugestanden. Kein Weihnachten, kein Thanksgiving, kein Ostern.

Als Adam das Urteil vernahm, hielt er hörbar den Atem

an. »Großer Gott, sogar ein Mörder wäre wahrscheinlich besser davongekommen!«

Heather war niedergeschmettert. »Das verstehe ich nicht, Dad«, sagte sie weinend. »Du bist ein viel besserer Elternteil.«

»O ja«, gab Adam kochend vor Wut zurück, »aber deine Mutter ist eine viel bessere Anwältin.«

Adams Leiden war bei weitem nicht vorüber.

An dem Abend, an dem ihre Scheidung rechtskräftig wurde, erhielt er einen wütenden Anruf. Von Thomas Hartnell.

Diesen Moment hatte Adam seit langem gefürchtet. Er ahnte, daß es zur Strategie seines Ex-Schwiegervaters gehörte, bis zum allerletzten Moment zu warten, um ihm nach all den anderen, die ihn bereits getreten hatten, nun auch seinerseits einen Tritt zu versetzen.

Hartnells Stimme klang ruhig und kalt wie Eis. »Doctor Coopersmith, Sie haben meine schlimmsten Erwartungen noch übertroffen. Sie haben den beiden Menschen, die mir die liebsten auf der Welt sind, irreparablen Schaden zugefügt: meiner Tochter und meiner Enkelin. Ich werde von nun an sicherstellen, daß Sie Ihre Handlungsweise zutiefst bereuen. Bisher habe ich mich noch nicht entschieden, wie; aber ich versichere Ihnen, daß ich mich von nun an darauf konzentrieren werde, an Ihnen entsprechend Rache zu nehmen. Haben Sie mich verstanden?«

»Jawohl, Sir.«

»Merken Sie sich eines, Sie herzloser Bastard: Auch wenn Sie lange nichts von mir hören – bilden Sie sich nur ja nicht ein, ich hätte vergessen, daß zwischen uns noch eine Rechnung offen ist. Und nun kehren Sie zu Ihrer Russin zurück. Ich hoffe, daß sie Ihnen gibt, was Sie verdienen!«

34 SANDY

Die Naturwissenschaft hat zahlreiche vielseitige Genies erlebt, doch ihre Hingabe galt in den allermeisten Fällen ihrer Arbeit, nicht ihrer Familie.

Selbst Sandy Raven, der das Ehegelübde zutiefst überzeugt und mit den besten Absichten abgelegt hatte, ließ sich bei der Suche nach einem Mittel gegen Leberkrebs immer tiefer in den Wettlauf gegen die Zeit – und vermutlich andere Laboratorien – hineinziehen.

Zugegebenermaßen hatte Sandy eigentlich kein Vorbild für die Rolle des Vaters. Und er liebte seine Arbeit so sehr, daß er nie Zeit fand, sich durch Bücher darüber zu informieren. Doch da Judy die Tochter eines Naturwissenschaftlers war, fiel es ihr nicht schwer, auch die Rolle der *Ehefrau* eines Naturwissenschaftlers zu übernehmen.

Aus ihrer eigenen Kinderzeit wußte sie, daß sie mit ihrer Tochter ins Labor gehen mußte, wenn Olivia ihren Vater gelegentlich sehen sollte. Und das tat sie. Zu allen möglichen Tages- und Nachtzeiten.

Aber an jedem Sonntagabend ging die Familie aus. Sie wählten jeweils ein gutes Restaurant und versuchten dann von etwas anderem als naturwissenschaftlichen Problemen zu reden.

An einem Wochenende war Sidney Raven bei ihnen auf Besuch; er war zu den für die Weihnachtszeit geplanten Premieren seines jüngsten Kassenschlagers in die Großstädte der Ostküste gekommen, einem Film namens *Godzilla trifft den Weihnachtsmann* (warum eine bewährte Formel ändern?).

Hätte sie sprechen können, Olivia hätte ihren anderen Verwandten erklärt, daß Grandpa Sidney der einzige war, der wußte, wie man mit Kindern umgeht. Der sie liebevoll auf seine Knie nahm und ihr eine Geschichte nach der anderen erzählte.

»Das ist eine süße Kleine«, verkündete er. »Das ist ein richtiger Superstar!«

Ganz zufällig sah Sandy aus dem Augenwinkel, wie Judy darauf reagierte. Aus irgendeinem unerfindlichen Grund zeigte ihre Miene Mißbilligung.

»Was gibt's denn Neues in Hollywood, Dad?« erkundigte sich Sandy, um seinem geliebten Vater eine neue Chance zu geben.

»Ich glaube, das können wir leicht abdecken mit der Frage, was es Neues über Kim Tower gibt«, sagte Judy, um ihrem Schwiegervater zu signalisieren, daß sie über die ›große Liebe‹ ihres Ehemannes informiert war.

»Na ja«, entgegnete Sidney höflich, »die neuesten Berichte von der Rochelle-Front lauten, daß Elliot Putnam – Direktor der Paragon und nach ihrer überstürzten Scheidung von Lex inzwischen ihr Ehemann – Paragon verlassen will. Und rate mal, wer wohl sein Nachfolger bei Paragon wird?«

Sandy sah seinen Vater mit großen Augen an. »O nein, Dad! Das kann nicht dein Ernst sein! Wird Rochelle tatsächlich Direktorin der Filmgesellschaft?«

»O ja. Und mit Recht. Die drei Filme, die sie produziert hat, haben mehr Geld eingebracht als die neunundneunzig Flops, die unter Putnams Ägide gedreht wurden.«

»He, das ist ja fantastisch! Aber wirkt sich das nicht negativ auf ihre Ehe aus?«

»Ganz und gar nicht«, antwortete Sidney. »Sie werden sich selbstverständlich scheiden lassen. Es ist ja auch weitaus einfacher, sich einen Ehemann zu angeln als eine ganze Filmfirma!«

35 ISABEL

»Entschuldigen Sie, Professor Pracht.«

Karl Pracht spähte über sein Exemplar von *Science* hinweg, nahm die Füße vom Schreibtisch und sah seinen unerwarteten Besucher an.

»Oh, der gute Mr. da Costa! Freut mich, Sie zu sehen. Wo ist Isabel?«

»In der Bibliothek«, antwortete Raymond vorsichtig. »Warum?«

»Ach, ich wollte nur höflich sein. Ich meine, Sie und Ihre Tochter sind doch unzertrennlich, deswegen nahm ich an ...«

Er will mich vor den Kopf stoßen, dachte Raymond finster. Er ist eines von diesen großen Tieren, die mich für einen intellektuellen Parasiten halten.

»Mann Gottes, nun setzen Sie sich doch«, forderte Pracht ihn gutmütig auf und deutete auf einen Sessel.

»Vielen Dank, aber wenn's Ihnen nichts ausmacht – ich stehe lieber.«

Raymonds unterschwellige Feindseligkeit gab Karl Rätsel auf.

»Und was verschafft mir die Ehre Ihres Besuchs?« erkundigte sich Pracht.

»Soll das heißen, Sie haben keine Ahnung?« fragte Raymond sarkastisch zurück, während er die Tür ins Schloß zog.

»Offen gestanden, nein«, erwiderte Pracht. »Es sei denn, Sie wollen endlich mein Angebot annehmen und Entwicklungstechniker in meiner Abteilung werden.«

Raymonds Verdacht schien sich zu bestätigen. Er wollte ihn bestechen.

»Ich war immer schon der Meinung, daß Sie Ihr Licht unter den Scheffel stellen«, bemerkte Karl. »Nach allem, was ich von meinen Kollegen in San Diego erfahren konnte, haben Sie dort wirklich Leben in die Bude gebracht.«

»Vielen Dank.« Raymond tat das Kompliment ab wie ein unerwünschtes Staubkörnchen auf seiner Schulter. »Aber deswegen bin ich nicht gekommen.«

»Geht es um Isa? Mir ist aufgefallen, daß sie in letzter Zeit ein bißchen sehr spitz und müde aussieht.«

Raymond starrte den Professor durchdringend an.

»Ich habe eine Frage, Karl«, sagte er dann und genoß dabei den in seinen Augen respektlosen Gebrauch des Vornamens. »Hält Isabel Sie über ihre Forschungen auf dem laufenden?«

»Selbstverständlich. Ich bin ihr Berater. Aber warum ...«

»Dann wissen Sie's also«, fiel Raymond ihm ins Wort.

Mit verständnislosem Ausdruck beugte Karl Pracht sich über seinen Schreibtisch.

»Mann Gottes, da Costa, hören Sie endlich auf, in Rätseln zu reden, und erklären Sie mir eindeutig, worauf Sie hinaus wollen!«

»Nun ja, beginnen könnten wir zum Beispiel mit den vier Kräften und Einsteins Äquivalenztheorie.«

Eigentlich hatte er erwartet, daß Pracht an diesem Punkt einhaken und die sogenannte fünfte Kraft ins Spiel bringen würde, seinen persönlichen Beitrag zu diesem Gebiet. Aber der Physiker spielte eindeutig Katz und Maus mit ihm. Vielleicht wollte er erst herausfinden, wieviel Raymond wußte.

»Gut«, sagte der Professor, »beginnen wir damit.«

»Wie man so hört«, fuhr Raymond fort, »gehören Sie zu den Wissenschaftlern, die an die Existenz einer fünften Kraft glauben.«

»Ich habe einige Abhandlungen über das Thema veröffentlicht«, bestätigte Pracht.

»Aber keine eingehende Darlegung und keine komplette Diskussion über das gesamte Problem ...«

Es war nicht, was er sagte, sondern die seltsam nachdrückliche Art, in der er es sagte, die bewirkte, daß Pracht, ein normalerweise ruhiger Mensch, allmählich die Geduld verlor und innerlich zu kochen begann.

»Wissen Sie, Raymond, ich habe mich stets nach Kräften bemüht, Sie zu mögen – und das war nun wirklich nicht ganz leicht. Ich finde Sie, offen gestanden, argwöhnisch, unangenehm und verkrampft.«

Gut, sagte sich Raymond, jetzt legen wir die Karten auf den Tisch.

»Sie haben natürlich ein Recht auf Ihre eigene überhebliche Meinung«, antwortete Raymond und legte dem Naturwissenschaftler gegenüber zum erstenmal einen Anflug von Arroganz an den Tag. »Und da wir nunmehr Wahrheiten austauschen: Ich bin auch nicht gerade ein Fan von Ihnen. Noch weniger allerdings von diesem Rowdy, den Sie als Ihren Sohn bezeichnen.«

»Lassen Sie Jerry aus dem Spiel«, fuhr Pracht zornig auf. Dann kam ihm plötzlich ein Gedanke. »Oder geht es hier im Grunde um ihn?«

»Na ja, ich kann nicht behaupten, daß ich sehr glücklich bin über sein Interesse für meine Tochter.«

»Das tut mir leid«, gab der Physiker zurück. »Ich finde, daß die beiden ganz gut zueinander passen.«

»Da bin ich aber anderer Ansicht, Karl. Und wenn Sie's genau wissen wollen: Ich habe Isabel verboten, auch nur ein Wort mit ihm zu wechseln.«

»Das hatte ich bereits vermutet«, gab Pracht zurück. »Und da ich nun weiß, daß Sie nicht hergekommen sind, um über die Mitgift Ihrer Tochter zu verhandeln – kommen wir doch bitte zur Sache. Was wollen Sie denn von mir, Mr. da Costa?«

»Ich wünsche, daß Sie die Abhandlung meiner Tochter veröffentlichen«, verlangte Raymond.

»Ich bin nicht der Chefredakteur eines Fachblattes.« Pracht lächelte freundlich.

»Hören Sie auf, den Unschuldigen zu spielen!« schimpfte Raymond. »Wenn Sie einen Essay von Isabel empfehlen, wäre die Veröffentlichung gesichert. Das wissen wir doch beide, Karl. Und wir wissen auch, daß Sie alles tun würden, was in Ihrer Macht steht, um die meisterliche Demontage zu unterdrücken, die sie Ihrer idiotischen Theorie angedeihen läßt.«

»Sind Sie sicher?« erkundigte sich Pracht fein lächelnd.

»Na ja«, erwiderte Raymond, »welche Universität würde Sie denn noch wollen, wenn Isabel Sie mit ihrer Abhandlung himmelhochgehen läßt?«

»Ich glaube, ich würd's überleben, Raymond«, gab der andere gelassen und mit Geringschätzung im Blick zurück.

»Glauben Sie wirklich, das MIT würde Sie auch dann noch nehmen?« fragte Raymond rundheraus.

Pracht, der genug davon hatte, wie die Katze um den heißen Brei herumzuschleichen, verlor endgültig die Geduld, stand auf, griff in seine mittlere Schublade, zog ein Schreiben heraus und klatschte es auf den Tisch.

»Lesen Sie das, Sie kranker Idiot. Das ist meine Berufung ans MIT zum ersten Juli – bedingungslos. Das heißt, selbst wenn ich gelegentlich vergesse, wieviel zwei und zwei ist, werde ich immer noch Physikprofessor am MIT sein.«

»Ein ziemlich sinnloser Titel, wenn Isabels Abhandlung erscheint, meinen Sie nicht?«

Pracht enthielt sich einer Bemerkung. Raymond war fest überzeugt, daß er ihn in die Ecke manövriert hatte. Also spielte er seine Trumpfkarte aus. »Hören Sie, Karl, ich bin bereit, mit Ihnen zu verhandeln.«

»Zu ›verhandeln‹?« Prachts Ton war eher neugierig als beleidigt. »Wer kriegt was?«

»Sie sechs Monate Gnadenfrist ...« begann Raymond.

»Und Sie?«

»Wenn Sie nach Boston gehen, verlange ich, daß Sie Ihren Sprößling mitnehmen.«

»Kommt nicht in Frage! Warum sollte ich in sein Leben eingreifen? Inzwischen sollte Ihnen doch wohl klar sein, daß Jerry über sich selbst bestimmen kann. Er hat hier einen guten Job und einen guten Coach, und ich möchte seine Beziehung zum Coach nicht kaputtmachen. Jerry versteht sich gut mit meiner geschiedenen Frau, und das ist erstaunlich, wenn man sich vorstellt, daß ein selbsternannter Rebell noch immer bereitwillig bei seiner Mutter lebt.

Ich habe genug Gewissensbisse, weil ich seine Kindheit mit meinen akademischen Ansprüchen belastet habe. Diesen Fehler werde ich nicht noch einmal begehen.« Und mit einem Anflug von Verachtung ergänzte er: »Außerdem würde ich für einen Menschen wie Sie niemals so etwas tun.«

»Aber für sich selbst würden Sie es vielleicht tun«, gab Raymond ironisch zurück. »Mein Vorschlag liegt noch auf dem Tisch: Er geht mit Ihnen nach Boston, und Sie kriegen weitere sechs Monate auf der obersten Stufe Ihrer Profession. Also, was meinen Sie?«

Pracht studierte Raymonds Mienenspiel wie ein Ornithologe einen seltenen Vogel.

»Mister, ich meine, daß Sie in die Klapsmühle gehören. Ich hoffe nur, daß Isabel eines Tages begreift, was für ein mieser Typ Sie sind.«

»Sie weichen meiner Frage aus«, gab Raymond aufgebracht zurück. »Sind wir uns nun einig oder nicht?«

Einen Sekundenbruchteil lang schwiegen beide, während Pracht Raymond mit den Blicken durchbohrte.

»Nein, Sir, das sind wir nicht.«

»Habe ich recht gehört?« erkundigte sich Raymond erstaunt.

»Ich glaube schon. Und da wir einander nunmehr alles gesagt haben, was es zu sagen gibt, wäre ich dankbar, wenn Sie, verdammt noch mal, mein Büro endlich verlassen würden.«

Raymond versammelte seine restlichen Streitkräfte und wiederholte seine Drohung: »Okay, Freundchen. Ich werde Isabels Ergebnisse persönlich an jedes große wissenschaftliche Journal der Welt faxen. Auf jede Redaktion haben Sie ja wohl nicht Zugriff. Und irgendwo wird jemand erkennen, daß das ein Superknüller ist, und die Geschichte sofort drukken.«

Nun hatte Pracht endgültig die Nase voll und sagte:

»Sie verschwenden Ihr Geld, da Costa. Sie würden sich nur noch lächerlicher machen, als Sie es ohnehin schon sind. Zu Ihrer Information: Als ich Isabels Berechnungen sah, habe ich gleich Dudley Evans angerufen, den Chefredakteur der *Physical Review*, und der hat das Papier auf meine Empfehlung hin unbesehen akzeptiert.«

Raymond war sprachlos.

»Sie müssen wissen«, erläuterte der Professor, »daß es für einen Physiker immer vorrangig ist, mehr über das Universum zu erfahren. Wunderbar, wenn er ein Pionier sein und neue Dinge entdecken kann – aber das ist zweitrangig. Der springende Punkt ist, daß wir alle reicher geworden sind durch das, was Isa mit ihrer kleinen Magisterarbeit bewirkt hat. Sogar Sie, Sie selbstsüchtiger, stümperhafter Bastard!«

36 ADAM

Zum Glück gab es *eine* Geldquelle, mit der Adam nicht gerechnet hatte. Anjas bescheidenes Gehalt als Laborantin gewann plötzlich an Bedeutung. Überdies hatten sie dank Dimitris ›Großzügigkeit‹ wenigstens ein Dach über dem Kopf. Nicht ganz dicht, aber immerhin ein Dach.

Dennoch glich der emotionale Gewinn für Adam seinen finanziellen Verlust mehr als aus. Endlich konnte er sich offen mit Anja zeigen, konnte sie jederzeit an ihrem Platz im Labor besuchen.

Daß sie intelligent war, hatte er immer gewußt. Inzwischen aber wußte er ihren wissenschaftlichen Scharfsinn voll zu schätzen. Und alles, was sie sich in der Zwischenzeit nicht durch ihr unersättliches Lesen angeeignet hatte, konnte Adam ihr persönlich beibringen.

An dem bevorstehenden Wochenende sollte Heather sie besuchen. Aus irgendeinem unerfindlichen Grund liebte das Kind die schäbige Wohnung und schlief mit Freuden auf dem neu gekauften Ausklappsofa.

Heather hatte Anja auf Anhieb gemocht. Unter anderem, weil Anja einen unfehlbaren Instinkt für Gespräche mit jungen Menschen hatte. Statt Heather das Gefühl zu geben, ein Kind zu sein, behandelte sie sie schon bald als gleichgestellte Freundin.

»Dein Vater ist ein großartiger Lehrer«, sagte Anja begeistert zu Heather.

»O nein«, erklärte Adam seiner Tochter, »Anja ist eine großartige Schülerin.«

»Na schön.« Heather lachte. »Wenigstens seid ihr beide euch einig darin, daß jeder von euch großartig ist.«

Für Heather hatte die Tatsache, daß die beiden einander so eindeutig liebten, etwas Befriedigendes, ja sogar Beruhigendes.

»Ich hab' nachgedacht«, begann Heather. »Wär' das nicht toll, wenn ich bei euch einziehen könnte? Stellt euch doch bloß mal vor, wie fabelhaft ich mit meinen naturwissenschaftlichen Hausaufgaben zurechtkommen würde!«

Adam lächelte ihr zärtlich zu. »Nun, Liebes, du weißt, wie Anja zu dir steht. Und wie sehr ich mich bemüht habe.«

»Ja sicher«, gab Heather zu, vermochte ihre Enttäuschung aber nicht zu verbergen. »Meint ihr nicht, daß das Gericht wenigstens darüber nachdenken würde, wenn ihr endlich verheiratet wärt?«

Mit funkelnden Augen wandte sich Anja an Adam. »Hast du sie dazu angestiftet?«

»Ganz und gar nicht, mein Liebling. Du kennst Heather gut genug, um zu wissen, daß sie sich von keinem etwas einreden läßt.«

»Durchaus richtig«, bestätigte seine Tochter. »Und als Bostoner Blaustrumpf möchte ich ganz offiziell meine Mißbilligung über euer ›außereheliches Verhältnis‹ ausdrücken. Eigentlich wollte ich euch ja bitten, mir einen CD-Player zum Geburtstag zu schenken. Aber ich verzichte darauf und wünsche mir dafür eine stille Hochzeit.«

Woraufhin Adam sich mit gespieltem Ernst an Anja wandte: »Mein Liebling, mit Rücksicht auf die empfindsame Seele meiner Tochter – könntest du dich mit dem Gedanken anfreunden, mich zu heiraten?«

Anja strahlte. »Aber ja, Liebster. Ich werde darüber nachdenken.«

»Und wann werdet ihr euch endlich entscheiden?« fragte Heather vollauf begeistert.

»Jetzt gleich. Ich habe darüber nachgedacht. Und ich will!«

Aber die Hochzeitsreise würde noch warten müssen, denn beruflich machten sie ihre Fortschritte in atemloser Eile. Medizinische Zentren auf der ganzen Welt hatten ihnen geholfen, indem sie identische Versuche mit Patientinnen durchführten, die an ähnlichen Symptomen litten. Die Resultate der Versuche in Minnesota, Bonn und Nizza begannen allmählich einzutreffen. Und diese Statistiken glichen einander so verblüffend, daß Adam seine wildesten Träume übertroffen sah.

An den Versuchen nahmen Frauen teil, die fünf oder mehr unerklärliche Fehlgeburten in den ersten Schwangerschaftsmonaten gehabt hatten. Sie wurden in mehrere Gruppen eingeteilt, und während nachfolgender Schwangerschaften wurde ein Drittel von ihnen mit Kortison behandelt. Ein zweites Drittel erhielt große Dosen natürliche Progesterone in Form von vaginalen Suppositorien, während die übrigen als Kontrollgruppe dienten.

Zur größten Genugtuung von Adam und seinem Team trugen über fünfundsiebzig Prozent der Gruppen A und B ihre Kinder erfolgreich aus.

Inzwischen hatte die pharmazeutische Industrie Wind gekriegt von dem Profitpotential, das Adams Arbeit beinhaltete, und ihn kontaktiert. Clarke-Albertson, die Firma mit dem größten Interesse, wollte sich unbedingt in seine Forschungen einkaufen.

Nachdem er die beiden Coopersmiths zu einem üppigen Essen eingeladen hatte, wunderte sich Prescott Mason, Public-Relations-Boß von Clarke-Albertson, doch sehr darüber, daß es Anja war, die zögerte.

»Bei allem Respekt, Mr. Mason«, argumentierte sie, »aber ich persönlich sehe keinen Grund, zum jetzigen Zeitpunkt eine pharmazeutische Verpflichtung einzugehen. Adam ist voll mit seiner Arbeit beschäftigt. Und wir bekommen nicht nur vom Harvard Endowment finanzielle Unterstützung für unsere Forschungen; das NIH hat auf unsere Vorschläge ebenfalls sehr großzügig reagiert.«

»Um so mehr Grund, uns an Bord zu nehmen – ich meine, zu Ihrem eigenen Schutz«, konterte Prescott Mason.

»Diese Organisationen setzen alle ziemlich eindeutig auf ein Siegerpferd. Und meine Gesellschaft hat immer dafür gesorgt, daß die Jockeys ihren reichlichen Anteil am Gewinn einstecken.«

Woraufhin er sich betont an Adam wandte und dazu bemerkte: »Ein bißchen zusätzliches Taschengeld hat bisher noch keinem geschadet – nicht wahr, Doctor Coopersmith?«

Adam fragte sich, ob dies lediglich eine Art Verkaufsstrategie war oder ob Mason seine Hausaufgaben gemacht hatte und nun eine dürftig kaschierte Anspielung auf seine grausamen Monatszahlungen aus der Scheidung machte.

Clarke-Albertsons Mann war ein ausgebildeter Naturwissenschaftler und konnte versiert über jede potentielle Anwendung diskutieren, die sich aus Adams Forschung ergeben könnte.

»Wir sind nicht nur an dem Heilmittel interessiert, nach dem Sie suchen, sondern auch an einer exakten Identifizierung des Schädlings. Stellen Sie sich doch mal vor, wieviel Gutes wir tun könnten, wenn wir den Antikörper, den Sie zu zähmen versuchen, reproduzieren könnten! Ich meine, im Augenblick leiden die Frauen, die Sie behandeln, noch unter den negativen Nebenwirkungen, die das Medikament auf ihre Schwangerschaft hat.

Und aus der anderen Perspektive gesehen könnte es das perfekte Mittel zur Geburtenkontrolle sein. Ich meine, es hat in der letzten Zeit soviel Theater gegeben wegen der französischen Pille zur Frühabtreibung. Da Ihr Endprodukt jedoch ein natürliches Hormon sein wird, würde die Tatsache, daß es auch eine Empfängnis verhindern kann, überhaupt kein moralisches Dilemma darstellen.«

»Das ist ein gutes Argument, Mr. Mason«, warf Anja ein. »Ich könnte mir eine ganze Reihe von Anwendungsmöglichkeiten in Entwicklungsländern mit Populationsproblemen vorstellen – zum Beispiel in Indien.«

»Ganz recht«, stimmte ihr Mason zu, der allerdings keine große Begeisterung für das Profitpotential aus Ländern der dritten Welt aufbrachte.

Um seinen Argumenten die Krone aufzusetzen, fügte er

hinzu: »Da gibt es natürlich noch die Frage der allerwichtigsten Auswirkung. Denn falls Ihre Forschung erfolgreich verläuft, werden Sie bestimmt die Aufmerksamkeit der Schwedischen Akademie auf sich ziehen.«

Anja strahlte, als sie sich zu ihrem Ehemann umwandte. »Hab' ich dir das nicht schon immer gesagt, Liebling?«

»Ach, hör auf! Das ist ein ständiger Wettbewerb«, protestierte Adam.

»Das stimmt!« sagte der Manager. »Aber Clarke-Albertson verfügt nicht nur über die Mittel, Ihre Arbeit zu unterstützen und letztlich auf den Markt zu bringen, sondern wir haben auch einen nicht ganz geringen Einfluß auf die Nobelpreis-Frage. Tatsächlich haben wir bereits zwei Preisträger gemanagt. Und einen Fast-Preis: der Mann ist leider zuvor gestorben.«

»Ich bin überrascht«, sagte Anja. »Ich hätte gedacht, dies sei die letzte moralisch integre Domäne.«

»O ja, auf jeden Fall!« versicherte ihr Mason. »Die verleihen ihren Preis ausschließlich an Menschen, die es verdient haben. Also werden Sie ohnehin früher oder später ernannt. Aber wär's nicht ganz schön, wenn's wirklich ein bißchen früher wär?«

»Mr. Mason, ich möchte, daß Sie eines verstehen«, gab Adam zurück. »Ich bin – buchstäblich – Erbe eines unermeßlichen Schatzes an Forschungsergebnissen und Erkenntnissen, für die eigentlich Max Rudolph den Nobelpreis bekommen müßte. Ehrlich gesagt, wenn die Nominierung ›früher‹ käme, wäre die Wahrscheinlichkeit größer, daß seine Witwe es noch erleben dürfte.«

»Ich hoffe sehr, daß Sie uns wenigstens aus diesem Grund attraktiv finden werden«, bemerkte Mason.

»Ich möchte offen mit Ihnen sein, Mr. Mason. Für mich gibt es nur einen Faktor, der mir in diesem Fall wichtig ist: die Zeit. Dies ist tatsächlich ein Fall, in dem man mit Geld Zeit kaufen kann, und das ist das einzige, das ich meinen Patientinnen nicht zu geben vermag, denn die brauchen die Ergebnisse so schnell wie möglich. Und wenn das, was Sie vorschlagen, diese Frauen auch nur einen Tag früher an das

Mittel heranführt, dann bin ich moralisch verpflichtet, das beste Angebot zu akzeptieren.«

»Das verstehe ich, Dr. Coopersmith«, entgegnete Mason mit aufrichtiger Bewunderung. Und fügte hastig hinzu: »Aber bitte, versprechen Sie mir, daß Sie uns, falls einer unserer Konkurrenten Ihnen einen konkreten Vorschlag macht, die Chance geben, ihn zu überbieten.«

Anja und Adam blieben die ganze Nacht im Wohnzimmer sitzen und diskutierten das Problem. Dabei wurde ihnen sehr schnell klar, daß dieses Angebot zu vorteilhaft war, um es unbesehen abzulehnen.

Anja gab zu bedenken: »Diese Behandlung kann mir selbst zwar nicht mehr helfen, aber ich kann nachfühlen, was andere Frauen empfinden würden. Sie laufen rum und fühlen sich unzulänglich, und dunkle Wolken verfinstern ihr Leben.«

»Gewiß, viele von meinen Patientinnen sind Anfang Vierzig – und das verstärkt natürlich ihre Depressionen. Ich finde, es wäre pflichtvergessen von uns, nicht sofort ja zu sagen.«

Adam sagte ihr nicht, wie sehr ihr Altruismus ihn bewegte. Er hatte es noch nicht überwunden, daß er ihr nicht hatte helfen können. Durchaus möglich, daß es tröstlich für sie war, anderen Frauen helfen zu können.

Am folgenden Morgen rief er Prescott Mason an. Der umgehend seine Rechtsabteilung kontaktierte. Und am Ende der stets höflichen, aber hartnäckigen Verhandlungen hatte jede Seite das Gefühl, die andere übervorteilt zu haben.

So waren Adam und Anja im wahrsten Sinne des Wortes im Geschäft.

Adam und Anja Coopersmith waren zu unermüdlichen Jägern im tiefen Dschungel des Immunsystems geworden. Und langsam, aber sicher kreisten sie ihre Beute ein. Irgendwo inmitten der gutartigen Zellen, die durch den Körper kreisten, lauerte ein heimlicher Räuber, dessen einziges Ziel die Zerstörung des menschlichen Fetus war, der friedlich in der Gebärmutter heranwuchs.

Man befand sich inzwischen im letzten Akt, und sie waren, nach bewährter Agatha-Christie-Tradition, unmittelbar davor, den Killer zu entlarven, der schon gewisse Spuren hinterlassen hatte. Doch die Beweise genügten noch nicht zur definitiven Identifikation.

Und die Interferone, drei Protein-Cluster, fantasielos als Alpha, Beta und Gamma bezeichnet, glichen einer Armee, die das System gegen Viren verteidigt. Die Alpha-Gruppe wurde von den weißen Blutkörperchen gebildet, die Beta-Gruppe von Korpuskeln des Bindegewebes. Und die Gamma-Gruppe fungierte unter normalen Umständen als eine Art Kontrollinstanz zur Mengenbegrenzung von T-Lymphozyten, die in Überzahl Leukämie auslösen können.

Hier kam die Kunst des Chemikers Carlo Pisani ins Spiel. Und so fahndeten sie in endlosen Versuchen, die Parameter teilweise um nicht mehr als 0,01 Prozent verändernd, nach den Spuren des Unsichtbaren. Nach der *Andeutung* einer Form. Nach irgend etwas Erkennbarem, das auf ein ›Fahndungsplakat‹ des Labors gebannt werden konnte.

Nach Versuchen mit verschiedenen Porengrößen legten sie das Molekulargewicht des unidentifizierten Killers auf zwischen zehn- und dreißigtausend Kilo-Dalton fest.

Zufällig dasselbe wie beim Gamma-Interferon.

Sie unterzogen die geheimnisvolle Substanz noch komplizierteren Tests, unter anderem einer Affinitäts-Columnisation mit mikroskopisch kleinen Plastikkugeln, die mit Antikörpern gegen das vermutete Gift verbunden waren. Nachdem sie durch die Röhre geschickt wurde, war der Lösung die toxische Aktivität entzogen und an die Plastikkügelchen gebunden. Was darauf schließen ließ, daß das Gamma-Interferon der Bösewicht war!

Eine letzte Versuchsserie ließ keinen Zweifel mehr daran: Das Gamma-Interferon war in der Tat ein ›Doppelagent‹ unendlich nützlich beim Kampf gegen zahlreiche Krankheiten, doch tödlich für eine gesunde Schwangerschaft.

Die Frage war jetzt, wie man diesen potentiellen Feind vernichten konnte, ohne das Opfer, dem er so hartnäckig nachstellte, zu schädigen.

Es fügte sich gut, daß der Durchbruch an ihrem Hochzeitstag erfolgte. Denn im Labor waren sie unermüdlich damit beschäftigt, Anjas Hypothese zu erforschen, daß es im Bereich der Fortpflanzungsorgane im Körper möglicherweise eine winzige Umstrukturierung der spezifischen Atome gab, die das Gamma-Interferon enthielten.

Erschöpft drückte Anja auf die Enter-Taste ihres Computers und warf nur einen flüchtigen Blick auf den Monitor, denn sie erwartete, daß er ihren müden Augen wieder einmal einen Fehlschlag anzeigen werde.

Aber was sie dort entdeckte, ließ sie sofort genauer hinsehen; hastig rückte sie näher an den Bildschirm heran, und schließlich stieß sie einen schrillen Schrei aus.

Adam, der gerade die tausendste Fertigmahlzeit vom Chinesen auspackte, kam angelaufen, weil er dachte, sie habe sich vielleicht verletzt.

»Sieh doch, Adam! Sieh dir das an!«

Adam starrte auf den Monitor. Und ihm blieb der Mund offen stehen.

»Herrgott im Himmel«, stammelte er. »Du hattest recht. Ich hätte nie gedacht, daß ich das noch erleben würde. Die Rezeptor-Moleküle sind verändert – um eine Winzigkeit nur –, aber doch verändert genug, um all den Schaden anzurichten, den zu verhindern wir immer wieder versucht haben.«

Anja nickte stumm.

Ihn schwindelte. »Nach einer so langen Zeit weiß ich plötzlich nicht mehr, was ich tun soll.«

Der letzte Schritt war fast schon eine Antiklimax. Es würde eine Frage pharmakologischer Versuche und Irrtümer sein, einen Rezeptor zu entwickeln, der ausschließlich dazu geschaffen war, den größten Schatz der Natur wirksam zu beschützen.

In diesem Stadium rekrutierten Anja und Adam jedes einzelne Team im Labor und ordneten an, daß alle anderen Forschungen ruhten, damit das Endziel möglichst schnell erreicht werden konnte.

Im Spätherbst hatten sie ein Medikament entwickelt, das

sie zu Ehren der noch immer frischen Erinnerung an den Mann, der Adam vor so langer Zeit auf diese Suche angesetzt hatte, MR-Alpha nannten.

Die Firma Clarke-Albertson brachte das Medikament auf schnellstem Weg zur kommerziellen Entwicklung und kümmerte sich um die FDA-Genehmigung. Die Stimmung der Coopersmiths schwankte zwischen Ekstase und Frustration.

»Wie lange dauert es bis zur Genehmigung durch die Regierung?« erkundigte sich Anja.

»Das kommt auf die Umstände an«, erwiderte Adam.

»Zwischen zwei Monaten und zwei Jahren«, warf Prescott Mason ein.

»Also, wenn die sich nicht beeilen, werd' ich's eben machen wie John Rock«, drohte Adam.

»Und wie hat der's gemacht?« wollte Anja wissen.

»Oh«, antwortete Adam, »der ist eine Legende, aber die Story ist hundertprozentig wahr. Er war maßgebend bei der Entwicklung des ersten oralen Empfängnisverhütungsmittels beteiligt, das er pflichtschuldigst der FDA zur Genehmigung vorlegte. Nach einer Weile wurde er wegen der bürokratischen Hürden, die zu nehmen waren, recht ungeduldig. Also erschien er eines Morgens ganz einfach im Hauptsitz der Behörde und verkündete der Empfangsdame, er sei gekommen, um die Genehmigung für seine Pille abzuholen.

Nach einer Anzahl nervöser Telefonate erklärte sie Rock höflich, daß er schon bald von der Agency hören werde.

Der gute Doktor entschloß sich, diese Auskunft wörtlich zu nehmen. Also setzte er sich auf einen kleinen Stuhl, holte ein Sandwich hervor und antwortete: ›Dann werde ich warten.‹ Ich glaube, das war das erste ›Sit-in‹ in der Geschichte der FDA.«

»Und das Erstaunlichste daran ist«, warf Mason ein, »daß der alte Knabe damit Erfolg hatte. Irgendwie veranlaßte seine Gegenwart die Behörden, ihm die Genehmigung noch am selben Nachmittag zu erteilen.«

»Also, ich erkläre mich bereit, nach Washington zu gehen«, anerbot sich Anja fröhlich.

»Das ist doch Unsinn!« protestierte Mason. »Wir haben zwei Vollzeit-Lobbyisten, die eine etwas feinere Imitation von John Rock anwenden. Übrigens wird dies kein besonders strittiger Fall sein ...«

»Und was viel wichtiger ist«, unterbrach ihn Adam, »Anja wird sich hinsetzen und für ihre Qualifikations-Prüfungen büffeln. Es war immer schon mein Traum, mit einer Frau Doktor verheiratet zu sein.«

Sechs Monate dauerte es, bis Mason Washingtons Segen erhielt, und da hatte Anja ihre Prüfungen längst abgelegt.

So kam es, daß sie, als ihnen einer von Clarke-Albertsons ›Männern vor Ort‹ telefonisch die gute Nachricht übermittelte, die Gläser auf ›Coopersmith und Coopersmith‹ erheben konnten.

Noch bevor sie den ersten Vorschuß von Clarke-Albertson erhielten, hatten sich Adam und Anja darauf geeinigt, das Geld für ein eigenes Haus auszugeben.

Auf ihrer Suche nach einem geeigneten Objekt nahmen sie jedesmal Heather mit, um sicherzugehen, daß es darin ein Zimmer gab, in dem sie sich wohl fühlen konnte. Schlußendlich entschieden sie sich für eine stattliche Villa in der Brattle Street, nur einen Steinwurf vom Haus des Dichters Longfellow entfernt.

Heather und Anja verbrachten viele Stunden in der Küche. Der ursprüngliche Vorwand lautete, daß Anja Heather in die russische Küche einführen wollte. Doch die Rezepte gaben nur ihren Händen etwas zu tun, während sich ihre Gespräche um zunehmend intime Themen drehten. Sie erzählten sich gegenseitig von ihren Gefühlen dem Leben gegenüber, der Liebe, der Ehe, Adam und – unvermeidlicherweise – Toni.

Als sie den Eindruck hatte, daß Heather ihre Beweggründe nicht länger anzweifelte, sagte Anja liebevoll zu ihr: »Ich will auf keinen Fall versuchen, den Platz deiner Mutter einzunehmen, aber ich möchte dir das Gefühl geben, daß du auch hier bei uns zu Hause bist. Und du brauchst natürlich nicht auf die dir zugeteilten Besuchszeiten zu warten, um herzukommen. Im Gegenteil, Adam und ich dachten, daß du das hier vielleicht gern haben würdest.« Damit griff sie in ihre Schürzentasche und zog einen Hausschlüssel hervor.

»Du brauchst auch vorher nicht anzurufen, daß du kommen willst«, erklärte Anja.

Das junge Mädchen war zutiefst gerührt.

»Anja«, sagte sie ein wenig verlegen, »ich möchte dich jetzt ganz fest umarmen.«

»Ach, Liebling«, gab die Ältere bewegt zurück, »mir geht es genauso.«

Eines Tages überraschte Adam seine Frau (und sich selbst) mit dem Vorschlag, ein Freisemester zu nehmen.

»Und wozu, Adam?« fragte Anja. »Das Labor ist dein Leben.«

»Das ist genau das Problem«, antwortete er. »Wir sollten endlich diesen ausgedehnten Urlaub nehmen, den wir uns schon so lange vorgenommen haben.«

»Und wohin möchtest du reisen?« erkundigte sie sich, hocherfreut über Adams plötzliche Begeisterung.

»Eigentlich würde ich ganz gern zu einem fernen Stern fliegen«, erwiderte er lächelnd. »Doch da wir keine qualifizierten Astronauten sind – wie wär's mit einer kleinen Weltreise?«

»Das wäre wundervoll«, jubelte sie. »Reisen wir westwärts oder ostwärts?«

»Ich dachte eher an westwärts«, erklärte Adam. »Wir könnten in Kalifornien haltmachen und einige Kollegen besuchen. Anschließend Hawaii. Von da an improvisieren wir. Ich habe schon lange eine gültige Einladung zu Gastvorlesungen in Australien. In jedem Fall aber werden wir auf der Rückreise deine Eltern besuchen.«

Anja war hingerissen. Sie umarmte Adam stürmisch.

»Was meinst du«, fragte er sie, »sind wir nicht das glücklichste Ehepaar der Welt?«

»Ganz bestimmt«, gab sie leise zurück.

Heather bestärkte sie selbstlos in ihren Plänen.

»Ihr habt es verdient, endlich mal allein zu sein. Ich meine, auch alte Leute machen doch Hochzeitsreisen – oder?«

Adam und Anja lachten über ihre Frage, von der sie hofften, daß sie als Scherz gemeint war; dann erkundigten sie sich ernsthaft: »Aber wenn wir wirklich reisen – was wirst du an ›unseren‹ Wochenenden tun?«

»Ach, irgendwie hab' ich so eine Ahnung, daß Mom euch die Zeit gutschreiben wird, bis ihr wieder da seid. Und falls sie unbedingt nach Washington muß, während ihr weg seid, kann ich immer bei Tante Lisl bleiben.«

»Nach allem, was ich so höre«, warf Anja ein, »mag Toni Lisl nicht besonders.«

»Ja, meistens stimmt das«, bestätigte Heather. »Aber wenn sie einen Platz sucht, auf dem sie mich abstellen kann, macht sie sicher eine Ausnahme.«

37 SANDY

Greg Morgensterns Laborpersonal war auf dreißig Personen angewachsen und arbeitete in kleineren Gruppen an verschiedenen Aspekten des Problems. Die größten Hoffnungen setzte er natürlich in Sandy mit seinen phänomenalen wissenschaftlichen Fähigkeiten.

Während sie der Entdeckung des so lange vergeblich gesuchten Proteins, das die endgültige Lösung bringen würde, immer näher kamen, arbeiteten die beiden Wissenschaftler immer besessener. Nicht eine Sekunde dachte Greg daran, daß viele der endlos langen Stunden, die Sandy im Labor verbrachte, eigentlich Judy und der kleinen Olivia gehörten. Sie waren wirklich kein guter Großvater und Vater.

Doch Sandy Ravens persönlicher Verlust war sein beruflicher Gewinn. Denn eines Abends, als er allein im Labor war, fand er endlich das Goldene Vlies – die Molekularstruktur des Antikrebsvirus, das er, Greg und ihre Teams von Biologen und Kristallographen seit Jahren zu kopieren versuchten. Nun prangte es in leuchtendem Technicolor auf seinem Monitor!

Sandy jubelte – überglücklich und zugleich erschöpft. Dennoch wollte er, bevor er die großartige Nachricht in die Welt hinausposaunte, aus einem ihm unerfindlichen Grund ausgiebig die wundervolle Tatsache genießen, daß er der einzige Mensch auf Erden war, der eines von Gottes Geheimnissen enträtselt hatte.

Er ging in die verlassene Kaffeelounge, nahm aus dem Kühlschrank eine kleine grüne Perrierflasche, öffnete den Verschluß und goß den Inhalt in ein Glas.

Übersprudelnd vor Erregung, die sich noch steigerte, weil er allein war, brachte er laut einen Toast auf sich selber aus: »Auf Sandy Raven, den ersten Mann aus seiner Naturwissenschaftsklasse in der Bronx, der einen Nobelpreis gewinnen wird!«

»Amen«, ergänzte eine Stimme.

Erschrocken wirbelte Sandy herum. Es war sein Schwiegervater.

»Großer Gott, Greg, ich dachte, du schläfst um diese Nachtzeit.«

»Nein«, antwortete sein Mentor, »ich hatte so eine Ahnung, daß wir ganz dicht davorstehen. Als ich wach wurde, zog es mich unwiderstehlich hierher.«

»Wir haben's geschafft!« platzte Sandy unvermittelt heraus. »Ich hab' die Lösung hier auf dem Bildschirm.«

Morgenstern war wie vom Donner gerührt. Dann stieß er atemlos hervor: »Das will ich sehen!«

Sie liefen zu Sandys Labortisch hinüber, wo auf dem Computer noch immer das siegbringende Gebilde schimmerte und sein Laborjournal auf der Seite aufgeschlagen war, wo die Eintragungen ein unerwartetes, aber komplettes und triumphales Ende gefunden hatten.

Etwa eine Minute lang war der Ältere sprachlos; hektisch wanderte sein Blick zwischen Journal und Monitor hin und her.

Dann umarmten sich die beiden Männer.

»Ich kann's nicht glauben, ich kann's nicht glauben«, sagte Greg immer wieder leise.

Dann wandte er sich an seinen Schwiegersohn und sagte: »Du solltest jetzt nach Hause gehen und Judy wecken. Ich lese nur noch deine Notizen der letzten Tage durch, dann werde ich sofort Ruth anrufen.« Tränen stiegen ihm in die Augen. »Ach Sandy, du kannst dir nicht vorstellen, wie ich mir diesen Moment ersehnt habe!«

»O doch, Greg. Das kann ich. Es ist, als ständen wir auf dem Gipfel des Mount Everest.«

Nachdem Sandy zu Hause Judy und dadurch unvermeidlicherweise auch die dreijährige Olivia geweckt hatte, war er viel zu aufgeregt, um schlafen zu gehen. Und seine Frau war so glücklich, daß sie ihm rückhaltlos erklärte, was dieser Sieg für sie bedeutete.

»Großer Gott, ich freue mich ja so für Daddy! Mein Leben lang haben mir die Leute gesagt, er sei der klügste Mensch, dem sie jemals begegnet seien. Sein einziger Fehler sei es, daß er zu anständig sei, um die Anerkennung zu kämpfen, die er verdient. Und nun wird er doch berühmt werden!«

»He«, protestierte Sandy, »und was ist mit mir? Ich war schließlich nicht nur der Laufbursche dabei.«

»Oh, du bist *mein* ganz besonderer Preis«, versicherte ihm Judy liebevoll. »Jetzt haben wir dich endlich wieder. Es ist wie das Ende eines langen, harten Krieges. Die Truppen – sogar die Generäle wie du und Daddy – kehren in die Heimat zu ihren Familien zurück.«

»Ja, da hast du recht«, mußte Sandy zugeben. »Ich hab' euch sträflich vernachlässigt. Aber sobald wir alles abgewikkelt haben, werden wir an irgendeinem exotischen Ort einen wunderschönen Urlaub machen.«

Der lange Abend der Festlichkeiten begann um fünf Uhr nachmittags, als in Gregory Morgensterns Labor die Champagnerkorken knallten. Diesmal kamen einige der benachbarten Würdenträger, um *ihm* zu gratulieren.

Greg Morgenstern sah sich gezwungen, eine kleine Rede

zu halten, und spielte mit seiner charakteristischen Bescheidenheit die eigene Rolle herunter.

»Es ist das Verdienst unseres Teams«, begann er, »und es ist der Sieg unseres Teams. Und wenn dies der Anfang vom Ende einer der grausamsten Krankheiten ist, dann sollten Sie alle ebenso glücklich und dankbar sein wie ich.«

Anschließend ging es zum wartenden Taxi hinunter, das sie im Eiltempo mit Judy und Ruth ins Ritz-Carlton brachte, wo die Feier en famille fortgesetzt wurde.

Die hochvornehmen anderen Gäste konnten nicht ahnen, warum an ihrem Tisch so laut gejubelt und gelacht wurde, und zogen kurzerhand den einfachsten Schluß: daß es sich um Plebejer von auswärts handelte.

»Und nun, meine lieben Mittrunkenen«, verkündete Greg ganz leicht lallend, »werde ich mit euch – und nur mit euch – die Kirsche auf dem Törtchen teilen.« Melodramatisch legte er den Finger auf die Lippen und machte im Bühnenflüsterton: »Pssst!«

Alle beugten sich neugierig vor, während er vertraulich wisperte: »Ratet mal, wann die Nachricht veröffentlicht wird!«

»Oh, das ist nicht schwer«, meldete sich Sandy, ebenfalls mit schwerer Zunge. »Wir werden ungefähr zwei Stunden brauchen, um die Meldung abzufassen ...«

»Zwei Stunden?« fragte Judy erstaunt. »Mehr nicht?«

Sandy lächelte. »Es ist ganz einfach. Das kann der Computer fast ganz allein. Das Schwerste waren die vielen Jahre, die hinter uns liegen. Jedenfalls werden wir, sobald wir den Entwurf fertig haben, die Chefredakteure von *Cell, Science* und *Nature* anrufen und sehen, wer das beste Angebot macht. Ich würde sagen, das beste wird lauten: weniger als drei Wochen bis zur Veröffentlichung.«

»Eine ausgezeichnete Hypothese, Dr. Raven«, dozierte Greg beschwipst. »So würde es auf dem normalen Weg laufen. Meine ganz besondere Überraschung jedoch ist die Tatsache, daß –« er machte eine dramatische Pause – »die Abhandlung bereits in Druck ist.«

Die anderen nahmen das natürlich nicht wörtlich. Doch

irgend etwas in Gregorys Ton verursachte Sandy Unbehagen.

»Wie meinst du das?« erkundigte er sich.

»Nun«, erwiderte Greg großspurig, »ihr werdet mir ja wohl zustimmen, daß *Nature* die angesehenste Zeitschrift für unsere Fachrichtung ist. Auch Watson und Crick haben darin mitgeteilt, daß sie den genetischen Code geknackt haben. Und wie ihr wißt, erscheint sie wöchentlich in London.

Überdies ist Marcus Williams, der gegenwärtige Chefredakteur, zufällig ein ehemaliger Forschungskollege von mir. Als ich ihn heute morgen anrief, ging er in seinem Büro gerade die letzten Korrekturfahnen durch. Aber er hat sich so sehr für mich – für uns alle – gefreut, daß er sämtliche Maschinen anhalten ließ, während ich schnell ein paar Seiten geschrieben und ihm rübergefaxt habe. Er hat nicht nur auf das sonst übliche Sachverständigenurteil verzichtet, sondern den Text auch sofort in die Ausgabe von *dieser Woche* aufgenommen. Am Mittwoch wird sie in jedem Labor Amerikas liegen.«

»Falsch«, fiel Sandy ihm ins Wort. »In jedem Labor der *Welt.*«

Während der nun folgenden Tage wandelte Sandy auf Wolken. Am Mittwochmorgen fiel er wie ein Stein auf die Erde zurück.

Als er zeitiger denn je nach dem großen Durchbruch ins Labor kam, wunderte er sich keineswegs, daß sich eine Gruppe von Mitarbeitern um etwas drängte, das er für ein Exemplar von *Nature* hielt. Da das Gedränge jedoch zu stark war, vermochte er Genaueres nicht zu sehen.

In diesem Moment entdeckte ihn Rudi Reinhardt aus München, einer ihrer Star-Biochemiker, und rief ihm zu: »He, Sandy, ist das nicht unglaublich?«

»Was meinst du?«

Die Miene des Deutschen verriet auf einmal Besorgnis. »Soll das heißen, du kriegst kein eigenes Exemplar von *Nature*?«

»O doch«, antwortete Sandy, »aber ich habe mein Postfach noch nicht geleert.«

»Dann mach dich auf einen Schock gefaßt«, riet ihm Rudi mitfühlend und reichte ihm die Zeitschrift hinüber. »Wie sich herausstellt, ist unser bescheidener Professor ein heimlicher Egomane.«

Sandy wurde plötzlich eiskalt. Er griff sich die Zeitschrift, die schon auf der Seite aufgeschlagen war, auf der die Schlagzeile prangte: ›Antikörper gegen Hepatitis Onkogene‹.

Der verzeichnete Autor war Gregory Morgenstern, Abteilung für Mikrobiologie, Massachusetts Institute of Technology.

Der *einzige* Autor.

Zuerst dachte Sandy, es sei ein Alptraum.

Durch einen Handstreich ohnegleichen hatte sich Gregory, der Faire, Gregory, der Altruist, Gregory, der Selbstlose, die Lorbeeren jenes Erfolgs ganz allein für seine Person gesichert, den man noch nicht mal als Teamarbeit hätte bezeichnen dürfen, weil er im Grunde fast ausschließlich das Ergebnis von Sandys ganz persönlich vergossenem Schweiß war – und seines Verstandes.

Auf einmal wurde ihm schwindlig, und gleich darauf speiübel. Er schaffte es gerade noch zur Herrentoilette.

Eine Viertelstunde später hatte er sich soweit erholt, daß er sich, kalkweiß im Gesicht, zu Gregs Sekretärin aufmachte.

»Wo ist er?« fragte Sandy leise.

»Keine Ahnung«, antwortete sie, deutlich bemüht, lässig zu klingen, allerdings recht wenig überzeugend.

»Marie-Louise, Sie sind keine sehr geschickte Lügnerin.« Sandy schlug mit der flachen Hand auf ihre Schreibtischplatte und verlangte: »Also raus damit: Wo ist er?«

Erschrocken stammelte sie: »Er fliegt mit Ruth für ein paar Tage nach Florida. Mehr hat er mir nicht gesagt.«

Sandys Wut näherte sich dem Siedepunkt. »Wann? Mit welcher Airline?« donnerte er. »Ich weiß, daß Sie die Reservierungen gemacht haben müssen. Das tun Sie immer.«

Marie-Louise schlug die Augen nieder – zum Teil, um seinem Blick auszuweichen, zum Teil, um auf ihre Uhr zu sehen.

»Eastern, zwölf Uhr mittags. Vermutlich ist er jetzt unterwegs«, gab sie zurück, immer noch unfähig, ihn anzusehen.

Sandy warf einen Blick auf seine eigene Uhr und sprintete zur Tür hinaus, die Treppe hinab zum Parkplatz.

Es war kurz nach elf, und im Callahan-Tunnel herrschte nur wenig Verkehr. Er fuhr wie der Teufel.

Als er den Eastern-Terminal erreichte, ließ er den Wagen kurzerhand stehen und stürzte hinein.

Als Gregory Morgenstern und seine Frau mit den anderen Erster-Klasse-Passagieren an Bord gehen wollten, erspähte er eine Gestalt, die ihnen durch den Korridor nacheilte.

Hastig versuchte er Ruth in den Durchgang zu schieben.

Plötzlich packte eine Hand seine Schulter und riß ihn herum.

»Gregory, du Scheißkerl!« rief Sandy.

»Was zum Teufel hast du hier zu suchen?« gab Morgenstern eingeschüchtert zurück.

Noch nie zuvor hatte Sandy die Selbstbeherrschung verloren. Nun aber war er so sehr von Zorn erfüllt, daß er den Älteren wutentbrannt schüttelte und ihn anbrüllte: »Du hast sie gestohlen! Du hast meine Arbeit gestohlen!«

Das Flughafenpersonal sowie ein Polizeibeamter kamen herbeigelaufen, doch Sandy hielt ihn unerbittlich fest und fragte ihn immer wieder: »Warum, Gregory? Warum?«

»Bitte versuch mich doch zu verstehen«, flehte Morgenstern. »Es war wie ein Anfall von Wahnsinn. Mein Leben lang hatte ich die zweite Geige gespielt. Und Sandy, was immer du davon hältst – dieses Projekt *war* mein Leben. Ich sah nur noch die Chance, endlich einmal Ruhm und Respekt zu ernten, statt all diese herablassenden, zweideutigen Komplimente, die ich mir im Laufe der Jahre anhören mußte. Du bist jung, Sandy, deine Zeit wird noch kommen ...«

Mit diesem oberflächlichen Trostspruch durchtrennte er den letzten Faden, an dem Sandys Selbstbeherrschung noch hing. »Aber meine Zeit ist jetzt«, beharrte er. »Du hättest mein Verdienst nicht unterschlagen dürfen.«

»Ach, hör doch auf, verdammt noch mal!« gab Greg zurück, inzwischen nicht weniger wütend als Sandy.

In diesem Moment schockierte Sandy sogar sich selbst, indem er zu einem Schlag gegen Gregorys Kopf ausholte, der zum Glück von einem kräftigen Polizisten abgelenkt wurde. Unmittelbar darauf waren sie von Uniformierten umringt.

»Was ist denn hier los?« erkundigte sich der Cop.

Wortlos funkelten Sandy und Greg einander an. Schließlich war es Ruth, die beide rettete.

»Nur eine familiäre Auseinandersetzung, Officer«, beschwichtigte sie mit angestrengter Stimme. »Mein Mann und ich fliegen nach Florida. Dieser andere Gentleman hier ist unser Schwiegersohn und …« Hier verließen sie ihre verbalen Reserven.

Sie packte ihren Mann beim Arm und führte ihn die Gangway entlang zu ihrer Maschine.

Sandy stand wie angewurzelt. Dann merkte er, daß er im ›Gewahrsam‹ der verschiedenen Beamten zurückgelassen worden war. Er holte tief Luft, musterte die Gesichter und kapitulierte. »Wie die Lady bereits sagte, es handelt sich um eine Familienangelegenheit.«

Obwohl Sandy es nicht geglaubt hätte, lag der schlimmste Teil des Tages noch vor ihm.

Denn nichts konnte so schmerzlich und unerwartet sein wie Judys Reaktion. Und die schmerzlichste Entdeckung war die Tatsache, daß sie immer und zuerst nicht *seine Frau*, sondern *Gregs Tochter* war.

Sie war wütend auf ihn.

»Du hast meinen Vater geschlagen«, wiederholte sie ständig wie eine hysterische Litanei. »Wie konntest du es wagen, ihn auch nur anzurühren!«

Sandy vermochte seinen Ausbruch selber nicht zu erklären. Und ein kleiner Teil von ihm schämte sich sogar seines Verhaltens.

»Er hat gestohlen, was rechtmäßig mir gehört«, erklärte Sandy.

»Du anmaßendes Ekel!« kreischte Judy. »Alles, was du getan hast, ist nichts im Vergleich zu den Jahren, die mein Vater dafür gearbeitet hat.«

»Himmel noch mal, dies hat doch nichts mit der Zeit zu tun! Es hat einzig und allein mit geistiger Arbeit zu tun. Mir allein ›gehörten‹ die besten Ideen – jene, die zur Lösung führten –, und dennoch hätte ich nicht im Traum daran gedacht, die Anerkennung nicht mit ihm zu teilen. Er ist genauso ein gemeiner Dieb wie ein Kerl, der eine alte Frau ausraubt.«

»Hör auf, hör auf!« schrie sie ihn an. »Ich verbiete dir, so über meinen Vater zu sprechen!«

Das Feuer von Sandys Zorn wurde noch geschürt durch seine Empörung – und seine Fassungslosigkeit.

»Ich kann's nicht glauben. Du verteidigst tatsächlich sein unehrenhaftes Verhalten, den Diebstahl meiner Entdekkung?«

»Mein Gott, Sandy«, gab sie zurück, „er hat sie verdient! Ich meine, er hat die Anerkennung verdient!«

»Aber ich auch, verdammt noch mal! Ich meine, Judy, da war genügend Platz für einen zweiten Namen in diesem Artikel. Weißt du, was Greg getan hat? Er hat sich das Patent für eine Erfindung angeeignet, die ihm nicht allein gehörte. Ich meine, jedes Gericht erkennt ›geistiges Eigentum‹ an, und dein Vater hat mir das meine gestohlen ...«

Kochend vor Wut verstummten beide und warteten darauf, daß der andere wieder zuschlug.

Sandy dämmerte allmählich eine qualvolle Erkenntnis.

Und plötzlich erkannte er die Frau nicht mehr, die er geheiratet hatte.

»Eines möchte ich dir noch sagen«, erklärte er ruhig. »Du kannst jetzt nicht mehr beides haben. Du kannst nicht mehr *seine* Tochter und *meine* Frau zugleich sein.«

»Gut. Einverstanden«, fauchte sie.

»Was zum Teufel soll das denn nun wieder heißen?« fragte er.

»Ist das nicht klar?« gab sie leise, aber entschlossen zurück. »Nach dem, was du heute getan hast, will ich nicht mehr mit dir verheiratet sein, Sandy.«

38 ISABEL

Als Isabel da Costa eines Morgens erwachte, sah sie sich mit der harten Wirklichkeit konfrontiert.

Während der ersten sechzehn Jahre ihres Lebens war es Raymond gelungen, sie von allen Störungen und Ablenkungen abzuschirmen. Und darauf war er ungeheuer stolz.

Soweit ihm bekannt war, hatte sie niemals seelische Schmerzen, Verunglimpfungen und Feindseligkeiten erleben müssen. Obwohl das natürlich weitgehend dem heimlichen Talisman ihrer Frühreife zu verdanken war. Aber die vermochte sie nicht vor Angriffen auf ihren Intellekt zu schützen.

Wie Raymond sehr richtig vermutete, löste die Veröffentlichung ihres Artikels über die fünfte Kraft einen regelrechten Sturm aus. So überzeugend ihre Argumente auch sein mochten – sie schienen jene Naturwissenschaftler nicht überzeugen zu können, die ihr ganzes Leben damit zugebracht hatten, haargenau das zu beweisen, was sie leichthändig entkräftet hatte.

Karl Pracht bewahrte respektvolles Schweigen. Doch die Kollegen an den Universitäten der ganzen Welt befanden, wenn das Mädchen alt genug ist, zu attackieren, ist es auch alt genug, attackiert zu werden.

Einige Artikel waren bitter wie Galle. Einer ging sogar soweit, zu höhnen: »Was kann man schon von einem so jungen Verstand erwarten? Sie hat eben noch keine Zeit gehabt, ihre Physik gründlich zu lernen.«

Natürlich würden ihr die Chefredakteure der verschiedenen Publikationen Platz für ihre Verteidigung einräumen. Aber wer konnte ihr dabei helfen?

Raymond vermochte sie kaum zu unterstützen. Im Gegenteil, er verstärkte ihre Anspannung noch, indem er seine Besorgnis äußerte. Und von Pracht, der ihr so großmütig gestattet hatte, sein naturwissenschaftliches Grab zu schaufeln, konnte sie nun wirklich nicht verlangen, auch selbst noch Erde auf den eigenen Sarg zu werfen. Außerdem waren er und seine Familie ganz in die Probleme des Umzugs quer über den amerikanischen Kontinent vertieft.

Also fühlte sie sich allein gelassen – bis auf die moralische Unterstützung, die ihr Jerry, der gerade ein Turnier absolvierte, telefonisch zuteil werden lassen konnte.

Anfangs traten die Zeitungen wieder einmal die alten Geschichten über das Wunderkind von Berkeley breit und brachten sie auf den neuesten Stand. Doch der Presse-Sturm zerstörte Isabels Aura der Unfehlbarkeit und ließ sie eher umstritten erscheinen. Sie galt inzwischen sogar als *enfant terrible,* und einige Physik-Professoren gaben bekannt, sie würden sich unter gar keinen Umständen zu ihrem Doktorvater hergeben.

Unmittelbar vor seiner Abreise nach Boston lud Karl Pracht Isabel zum Lunch in den Faculty Club ein. Als er sah, daß Raymond mitgekommen war, vermochte er sein Erstaunen – und sein Mißvergnügen – nicht zu kaschieren.

»Bei allem Respekt, Mr. da Costa«, sagte er mit übertriebener Höflichkeit, »dies sollte ein Essen für eine Studentin und ihren Berater sein.«

Auf einmal erkannte der Professor, daß Raymond verzweifelt darum bemüht war, zu verhindern, daß Isabel etwas von der unangenehmen Diskussion erfuhr, die zwischen ihnen beiden stattgefunden hatte. Und da ihm klar war, daß er den hartnäckig an seiner Tochter klebenden Vater nicht loswerden konnte, lenkte er ein und bat seine Nemesis, ihnen Gesellschaft zu leisten.

Die Konversation verlief freundlich, obwohl sie alle es vermieden, die Debatte über die fünfte Kraft zu erwähnen. Beim Kaffee verriet ihnen Karl den Hauptzweck dieser Einladung.

»Ich habe das Gefühl, Isa, daß du die Atmosphäre in Berkeley von nun an ein bißchen weniger freundlich finden wirst. Wie dir wohl klar ist, versuche ich ein neues Team zusammenzustellen, aber ich glaube ehrlich, daß du mir gestatten solltest, dieses Stipendium am MIT für dich zu arrangieren. Ich verspreche dir, daß du dort einen Doktorvater von Weltklasse finden wirst, und wenn das nicht klappt, erkläre ich, der bescheidene Ehemalige, mich dazu bereit, diese Aufgabe zu übernehmen.«

Raymond hörte nachdenklich zu. Aber er entdeckte auf dem Gesicht seiner Tochter ein gewisses unverkennbares Zögern, und als sie zu Pracht sagte: »Wir werden darüber nachdenken«, wußte er, daß sie sich eindeutig dagegen entschieden hatte.

Seine Ahnung bestätigte sich, als sie in den strahlenden Sommersonnenschein hinaustraten und Isabel kein einziges Wort sagte. Irgend etwas ließ ihn befürchten, daß sie sich, obwohl sich die beiden jungen Leute nicht mehr getroffen hatten, irgendwie allein durch die *Möglichkeit*, Jerry Pracht wiederzusehen, an Berkeley gebunden fühlte.

»Ich glaube, was er gesagt hat, war sehr vernünftig, Isabel«, stellte ihr Vater fest. Und dachte insgeheim, das MIT ist nicht nur der Olymp der Naturwissenschaften, sondern darüber hinaus hab' ich diesen Kerl endlich ausmanövriert. Statt seinen Sohn nach Cambridge zu verfrachten, gehen wir beide selber dorthin und lassen ihn einfach hier zurück.

Dann bemerkte er noch laut: »Ich würde sagen, wenn Pracht ein gutes Angebot macht, sollten wir es annehmen und uns zu neuen Ufern aufmachen.«

Isabels Tagebuch

28. Juni

Ein neues Buch. Und in einem neuen Medium: Ich habe soeben eine Datei in meinem eigenen Laptop-Computer eröffnet. Von nun an müßte die Saga meines persönlichen Lebens leichter geheimzuhalten sein, denn ich habe die Datei so verschlüsselt, daß niemand ohne das – wenig originelle – Codewort ›Sesam‹ Zugriff auf sie hat.

Ich wollte mit Jerry unbedingt über Karls Vorschlag sprechen, vor allem, da Dad unglaublichen Druck auf mich ausübt. Anfangs war ich ziemlich enttäuscht, weil Jerry mir eine Aufmunterungsansprache hielt über das, ›was das Richtige für mich selber‹ sei. Ich glaube, ich hoffte, er werde sehr emotional werden und mich anflehen, zu bleiben.

Aber das ist typisch für seine Großherzigkeit. Ich weiß, daß er immer nur das Beste für mich will und niemals egoistische Ansprüche stellen würde. Obwohl ein Teil von mir insgeheim wünscht, er würde es tun.

»Sieh's doch mal so, Isa«, erklärte Jerry mir. »Von diesem Frühjahr an wird Berkeley für mich nur noch eine Postadresse sein. Der einzige Unterschied zu unserer gegenwärtig wenig zufriedenstellenden Beziehung würde also in der Höhe der Telefonrechnung bestehen.«

Nachdem wir aufgelegt hatten, dachte ich lange über seine Worte nach, und mir wurde klar, daß er tatsächlich so viel unterwegs sein würde, daß ich meinen Doktor genausogut am MIT machen kann.

11. September

Jerry hatte recht. Der Wechsel zum MIT wirkte sich letztlich in mancher Hinsicht weit günstiger aus, als Dad und ich es uns je hätten träumen lassen. Erstens bin ich jetzt ›erwachsen‹ (einsfünfundsechzig in Joggingschuhen), und niemand auf dem Campus flüstert, zieht die Brauen hoch oder zeigt auf mich, wenn ich vorübergehe. Viele Freshmen sehen so alt aus wie ich, und ein oder zwei von ihnen sind sogar jünger.

Es gibt ein Mathe-Genie von der High School of Science in der Bronx, einen Jungen, der erst fünfzehn ist und – der Glückliche! – mindestens ein halbes Dutzend Freunde in seinem Alter hat, mit denen er sich unterhalten kann. Am seltsamsten kommt mir dabei vor, daß er mit den anderen Studenten im Dormitorium wohnt.

Ich selbst bin hier inkognito. Das verdanke ich Karl, der mit dem Pressechef des MIT verabredet hat, aus meiner Ankunft kein Spektakel zu machen.

An einer so hochgradigen Uni wie Cambridge, Mass., gibt es nicht sehr viele Studenten, die dreißig Dollar pro Stunde zu zahlen bereit sind, um sich von ›Isabel da Costas Vater‹ unterrichten zu lassen. Eine der Bedingungen, die Karl für mich mit dem MIT ausgehandelt hat, besteht zum Glück darin, daß ich – trotz der Einwände meines Vaters – an zwei Nachmittagen der Woche ver-

pflichtet bin, als Lehrassistentin Erstsemestrige in die Physiklabors einzuführen. Die Dissertation ist eine echte Herausforderung für mich; hoffentlich wird sie weniger kontrovers. In den wichtigsten Fachzeitschriften erscheinen noch immer mich attackierende Zuschriften – unglaublich.

Dad sagt – nicht unbedingt scherzhaft –, daß ich jetzt eigentlich wissen müßte, wie Galilei sich damals gefühlt haben muß.

Isabel wurde am MIT ein Kämmerchen zugeteilt, das großspurig als Büro bezeichnet wurde. Doch da es über ein Telefon und einen eigenen Computerterminal mit Verbindung zum MIT-Net verfügte, war sie zufrieden.

Im Gegensatz zu der ewiggleichen Routine von Isabels Leben war Jerrys Terminplan äußerst unberechenbar: immer wieder andere Städte, andere Zeitzonen, andere Motels. Aber niemals vergaß er, sie zu einer Zeit anzurufen, zu der sie ungezwungen mit ihm sprechen konnte.

Es war erstaunlich, welch eine Intimität zwischen den beiden entstand. Sie hatten sich seit dem Hochsommer nicht mehr gesehen, und dennoch kamen sie sich immer näher.

Eines Abends, nach einem langen Gespräch, gestand er ihr leise: »Isabel, du fehlst mir wirklich. Manchmal kriege ich diese Wahnsinnsanfälle und ich möchte am liebsten all meine Tennisschläger zerschlagen und mit dem nächsten Flieger zu dir kommen.«

Sie versuchte ihre freudige Erregung zu kaschieren, indem sie witzelte: »Und natürlich wieder zur Schule gehen.«

»O nein«, widersprach er, »ganz so verrückt bin ich nun auch wieder nicht. Gute Nacht, mein liebes Wundermädchen.«

Im Gegensatz zu seiner Tochter hatte Raymond eine Unmenge freie Zeit: von dem Moment, da er Isabel zur Tür ihres Labors begleitet hatte, bis er sie zu dem verabredeten Zeitpunkt wieder abholte.

Natürlich beschäftigte er sich mit allen möglichen Arbeiten im Haushalt, putzte die Wohnung, ging einkaufen und kochte. Anschließend las er sich durch den Stapel der Zeitschriften, die Isabel abonniert hatte, und legte jene beiseite, die er für wichtig hielt.

Dennoch war es kein sehr erfüllendes Leben, das war ihm klar. Noch schlimmer aber war für ihn, daß das auch seiner Tochter klar wurde.

Als Isabel eines Morgens um acht Uhr eintraf, fand sie eine Notiz von Pracht an ihrer Tür, mit der er sie bat, ihn so bald wie möglich aufzusuchen.

Erstaunt eilte sie in sein Büro.

Er bot ihr eine Tasse Kaffee aus seiner Kaffeemaschine an. Sie trank einen Schluck, dann fragte sie: »Was ist denn los?«

»Deine Dissertation, Isabel – oder genauer gesagt, die Tatsache, daß sie nicht existiert. Während der ganzen Zeit, die wir einander kennen, bist du regelrecht übergesprudelt von Theorien, Ideen, Konzepten – genügend Herausforderungen, um die ganze Physikwelt ein Jahrhundert lang zu beschäftigen. Findest du es da nicht sonderbar, daß du dich jetzt nicht auf ein Thema konzentrieren kannst?«

Isabel zuckte die Achseln.

»Darf ich dir meine eigene Hypothese offerieren?«

Sie nickte.

»Es ist wegen Raymond, nicht wahr?« Er sah sie an, aber sie äußerte sich nicht dazu.

»Isa, früher oder später wirst du diese Doktorarbeit schreiben, und man wird dir jede Menge Professorenstellen anbieten. Aber dann wirst du der Tatsache ins Auge sehen müssen, daß dein Vater seine Rolle endgültig ausgespielt hat. Er hat brillante Arbeit geleistet. Aber was soll dann aus ihm werden?«

Eine scheinbar endlose Zeit lang blieb Isabel stumm. Schließlich protestierte sie schwach: »Er braucht mich. Er braucht mich wirklich.«

»Das wissen wir beide«, gab Pracht mitfühlend zurück, »aber das Problem liegt darin, daß du ihn nicht mehr brauchst.«

»Ich möchte dir gegenüber ganz ehrlich sein im Hinblick

auf Dad, Karl ...« Sie zögerte; dann fuhr sie nahezu flüsternd fort: »Ich habe entsetzliche Angst.«

Das Fax traf an einem Nachmittag im Spätherbst ein, kurz nach Beginn ihres zweiten Jahres am MIT.

Freudestrahlend teilte sie ihrem Vater mit: »Du wirst es nicht glauben, aber die italienische naturwissenschaftliche Akademie hat mir den diesjährigen Enrico-Fermi-Preis zugesprochen.«

»Den Fermi?« Raymond war sprachlos. »Das ist so dicht am Nobelpreis, wie man in der Physik nur kommen kann.«

»Ach Dad!« Auf einmal brach sie in Freudentränen aus und warf ihm beide Arme um den Hals.

Während sie sich umarmten, dachte sie: Ich kann's kaum abwarten, bis Jerry mich heute abend anruft.

»Isabel«, sagte Raymond leise, »ich bin ja so stolz auf dich!«

»Allein hätte ich es nicht geschafft, Dad«, gab sie zurück.

Und immer noch einander umarmend, wurde ihnen etwas anderes klar, das sich jedoch keiner eingestehen wollte: Isabel war jetzt größer als ihr Vater.

Der Enrico-Fermi-Preis war von der Accademia Nazionale dei Lincei zu Ehren eines Mannes gestiftet worden, der Professor der Theoretischen Physik an der Universität von Rom gewesen war. Nachdem er 1938 den Nobelpreis erhalten hatte, entzog sich Fermi dem Mussolinischen Faschismus und emigrierte nach Amerika.

Wie so viele naturwissenschaftliche Preise, bestand auch dieser nicht nur aus einer Plakette oder Statuette, sondern zusätzlich aus einer Geldsumme. In Isabels Fall hatte ihr eine beherzte Arbeit auf dem Gebiet der Hochenergiephysik soeben fünfundsiebzigtausend Dollar eingetragen.

Am frühen Morgen landete die Boeing 747 auf dem Leonardo-da-Vinci-Flughafen von Rom. Drei distinguierte Herren in anthrazitgrauen Anzügen begrüßten die da Costas unmittelbar nach dem Verlassen der Maschine. Es waren der Präsident der Accademia, Raffaele De Rosa, sowie zwei Mitglieder des Preiskomitees.

Als einer der Herren der strahlenden, dunkeläugigen Sechzehnjährigen einen riesigen Blumenstrauß überreichte, klickten und surrten, wie es schien, Hunderte von Kameras hinter den Absperrseilen.

Raymond, der es nicht gewohnt war, etwas anderes als Miller's Lite Beer zu trinken, hatte dem Charme der Alitalia-Stewardessen nicht widerstehen können, die ihm während des Flugs mehrere Glas Champagner aufgedrängt hatten. Deswegen schwankte er ein wenig, als er in Begleitung von zwei Physikprofessoren seiner preisgekrönten Tochter in einigen Schritten Abstand zu den wartenden Limousinen folgte.

Auf der langen Autofahrt in die noch schlafende Stadt Rom las ein silberhaariges Akademiemitglied mit starkem Akzent in Schulbuchenglisch die Liste der Veranstaltungen vor, die von den Organisatoren sorgfältig geplant worden waren.

Dazu gehörten Pressekonferenzen, Luncheons, weitere Pressekonferenzen, Fernsehinterviews, zwei Dinner zu ihren Ehren, eines davon am Abend vor dem großen Ereignis, an dem sie ohnehin viel zu nervös sein würde, um etwas zu essen. Und all das würde auf die Apotheose der offiziellen Preisverleihung in der Aula Magna der Universität hinleiten.

Dort sollte Isabel nach der Verleihung ein paar kurze Worte sagen, woraufhin sich alle zum großen Bankett, das den Abschluß des Programms bildete, ins Hotel Excelsior begeben würden.

Während Raymond fast während des ganzen Fluges die Annehmlichkeiten der Ersten Klasse genoß, hatte sich Isabel auf den Entwurf ihrer kleinen Rede konzentriert, die live auf RAI, dem italienischen National-Fernsehsender, gesendet werden sollte.

Das Preiskomitee hatte keinerlei Kosten gescheut, um der jungen Wissenschaftlerin zu beweisen, wie sehr es ihre Arbeit schätzte. In ihrer luxuriösen Suite im Hotel Excelsior prangten mindestens ein Dutzend Blumenarrangements.

Ganz instinktiv konzentrierte sich Isabel auf das prächtigste dieser Gebinde und las auf der begleitenden Karte, genau wie sie es erwartet hatte: ›Hals- und Beinbruch. Alles Liebe. J.‹

Raymond war so beschwipst, daß er sich entschuldigte und sofort ins Schlafzimmer ging, um sich auszuschlafen.

Isabel dagegen bestellte sich ein Frühstück mit starkem Kaffee, damit sie die zwölf Stunden Pause, die ihnen vor dem festlichen Tornado gegönnt wurden, gründlich auskosten konnte.

Nachdem sie etwa eine Stunde gearbeitet hatte, erhob sie sich von dem antiken Schreibtisch und schlich auf Zehenspitzen zur Schlafzimmertür ihres Vaters. Als sie ihn laut schnarchen hörte, lief sie ans Telefon mit ihrem kleinen Adreßbuch und wählte eine Nummer.

»Hallo«, meldete sie sich in vorsichtigem Flüsterton, weil sie noch immer fürchtete, ihr Vater könnte sie hören.

»Hier ist Isabel da Costa. Ich glaube, Sie haben meinen Anruf erwartet ...«

Einen Augenblick hielt sie inne und lauschte, dann sagte sie: »Nein. Ich bekomme das Geld erst nach der Verleihung. Aber ich habe sichergestellt, daß die Summe von einem Bankscheck gedeckt sein wird. Das ist genausogut wie Bargeld. Aber ich hoffe, Ihre Ware ist wirklich so einmalig, wie Sie behaupten. Sonst ist das Geschäft geplatzt. Okay, bis dann. *Grazie.*«

39 SANDY

Der größte Tag in Gregory Morgensterns Leben war der schwärzeste in Sandys.

Kaum drei Jahre nach der Bekanntmachung seiner Entdeckung der Antikörper für Leberkrebs wurde Morgensterns Arbeit mit dem Nobelpreis für Medizin belohnt. Als wäre der so Geehrte schon so lange ein unbesungener Held gewesen, daß die gesamte naturwissenschaftliche Gemeinde nichts Eiligeres zu tun hatte, als diesen Fehler so schnell wie möglich wettzumachen.

Der Schmerz, den Sandy bei der Ankündigung empfand, war schlimm genug; die Verleihung selbst traf ihn dann wie ein Dolchstoß mitten ins Herz. Denn Greg hatte nicht nur seine Frau nach Stockholm mitgenommen, sondern auch seine Tochter und seine Enkelin!

Durch einen grausamen Scherz des Schicksals schienen die Fotoredakteure von ganz Amerika von dem Bild des Preisträgers mit seinen drei Damen fasziniert zu sein.

Dabei war Sandys Großzügigkeit ironischerweise der Anlaß zu diesem zusätzlichen Kummer gewesen, denn nach den Scheidungsvorschriften brauchte Judy seine Erlaubnis, wenn sie mit Olivia das Land verlassen wollte.

Als Gregory Morgenstern den intellektuellen Diebstahl beging, hatte Sandy Milton Klebanow konsultiert, den größten Experten für Patentrecht von Harvard, der feststellen sollte, ob für ihn wenigstens ein Körnchen Gerechtigkeit herausspringen konnte.

Bei ihrer ersten Zusammenkunft gab sich Klebanow nicht allzu pessimistisch. Schließlich vermochte Dr. Raven seine eigenen Laborjournale vorzulegen, und es gab Zeugen, die aussagen konnten, wie umfangreich sein Beitrag an der Entdeckung gewesen war.

Nachdem der Jurist aber Sandys Unterlagen studiert hatte, rief er Sandy an und sagte: »Ich bin kein Wissenschaftler, und die Formeln übersteigen meine Kenntnisse. Aber zwei Dinge fallen mir auf. Erstens kann sogar ich feststellen, daß Sie einen wichtigen Teil der Arbeit geleistet haben, und zweitens, daß es zu spät ist, um etwas dagegen zu unternehmen.«

Sandys Herz wurde schwer. »Aber gestern haben Sie doch ...«

»Gestern hatte ich Ihren Vertrag noch nicht gelesen«, unterbrach ihn Klebanow. »Und ich glaube, Sie selber auch nicht. Sonst hätten Sie von der Klausel gewußt, durch die die Rechte an allem, was Sie erarbeiten, auf den Leiter des Labors übergehen, in diesem Fall auf Professor Morgenstern.«

Sandys Stimmung sank in den Keller. Er wußte, daß er, selbst wenn er sich der Klausel bewußt gewesen wäre, Greg genug Vertrauen entgegengebracht und den Vertrag unterzeichnet hätte.

Auf dem Höhepunkt seines emotionalen Autodafés hatte Sandy in der festen Zuversicht, mühelos etwas anderes zu finden, seinen Posten am MIT aufgegeben. Er hatte recht, denn Universitäten wie Columbia und John Hopkins, die über die Bedeutung seiner Rolle bei Morgensterns Forschungen besser informiert waren, machten ihm attraktive Angebote.

Aber die furchtbare Ungerechtigkeit verbitterte Sandy sehr. Von nun an sollte seine Forschung allein vom Aufstieg motiviert und durch materiellen Gewinn belohnt werden.

Schon bald wurde ihm klar, daß sich das ganz große Geld mit der Bekämpfung des Alterungsprozesses machen ließ. Jedermann fürchtete sich vor dem Tod, und einem Wissenschaftler, der diesen Prozeß verzögern – ganz zu schweigen von einem, der die Uhr anhalten konnte –, würde die Welt zu Füßen liegen und Millionen aufs Bankkonto fließen.

Überall auf der Weit gab es Labors, die unermüdlich den Mechanismus untersuchten, der der Lebensspanne Grenzen setzt. Legionen anderer Wissenschaftler waren auf der Jagd nach den Genen, die verschiedene Körperorgane schwächer werden ließen und die unsichtbare Alterungsuhr enthielten.

Am Cal Tech herrschten ideale Bedingungen für diesen Forschungszweig, und Sandy entschloß sich schließlich für eine Professorenstelle für Mikrobiologie – mit eigenem Labor – am Cal Tech.

Dafür hatte er die verschiedensten Gründe. Natürlich waren da das Prestige, das hohe Gehalt, die neuesten Einrichtungen. Und nicht zuletzt die Zusage der Subventionierung eines Instituts für Gerontologie. Aber vor allem zählte die Tatsache, daß sein Vater in Beverly Hills lebte.

Und daß er, wenn er an die Westküste umsiedelte, so weit wie nur möglich von Gregory Morgenstern entfernt sein würde.

Und er würde in derselben Stadt leben wie Rochelle Taubman. Das wenige, was er über sie wußte, stammte fast ausschließlich aus den Medien.

Ihre Trennung von Elliot Putnam hatte in dieser Stadt, in der Eheschließungen ein jahreszeitlich bedingter Sport waren, keine Schlagzeilen gemacht. Aber die darauffolgenden Ereignisse brachten sie wieder einmal – und, wie es schien, endgültig – ans Firmament von Hollywood.

»Hast du schon das Neueste gehört, Sandy Boy?« trompetete Sidney kurz nach Sandys Ankunft durchs Telefon.

»Ich war den ganzen Tag im Labor, Dad.«

»Na ja, hier hat es wie ein Blitz aus heiterem Himmel eingeschlagen, aber sie kommt wahrhaftig im Triumphzug nach Hause.«

»Wer? Was meinst du damit?«

»Sag bloß nicht, daß du Rochelle vergessen hast«, spöttelte Sidney. »Ich kann dir gar nicht sagen, wie stolz mich das macht. Es wurde gerade angekündigt, daß Miß Kim Tower – alias Rochelle Taubman – Sherry Lansing als Direktor von Twentieth Century Fox ablöst. Das ist die höchste Managerposition, die eine Frau in Hollywood je innehatte. Und aus gewissen Quellen hab' ich gehört, daß sie bereits auf dem Gelände sein soll.«

»Großer Gott«, rief Sandy verblüfft, »das ist sensationell! Vielleicht sollte ich ihr ein Telegramm schicken, oder Blumen, oder ...«

»Warum rufst du sie nicht einfach an, Sandy Boy? Sie wird sich wahrscheinlich freuen, von dir zu hören. Du hast sie schon gekannt, als sie ein Niemand war. Weißt du was? Komm doch nachher zu Chasen's rüber, ich lade dich zum besten Chili diesseits von Eden ein, ja? Und wir können auf Rochelle anstoßen.«

»Gute Idee. Soll ich dich abholen?«

»Mach keine Umstände, Junge. Wir sehen uns um acht.«

Obwohl er selbst nichts mit dem Filmgeschäft zu tun hatte, bekam Sandy beinahe Minderwertigkeitskomplexe, als er in seinem Chevrolet an der grün-weiß gestreiften Markise vorfuhr und warten mußte, bis die Parkwächter zwei Rolls-Royce untergebracht hatten.

Als Sandy seinen Namen nannte, neigte der Oberkellner höflich den Kopf und führte ihn durch das vornehm gedämpfte Licht des Restaurants zu einer in üppigem roten Leder gehaltenen Nische.

Den vorgeschlagenen Cocktail ablehnend, bestellte er sich ein Glas Mineralwasser. Als seine Augen sich an das Dämmerlicht gewöhnt hatten, sah er sich aufmerksam um und hoffte, ein berühmtes Gesicht zu erspähen.

Sandy war so vertieft in seine Sternguckerei, daß er jedes Zeitgefühl verlor. Plötzlich aber merkte er, daß es schon fünf Minuten vor neun geworden, sein Vater aber immer noch nicht gekommen war. Er winkte einen Kellner herbei und bat ihn um ein Telefon.

»Sofort, Sir. Ich bringe Ihnen eins an den Tisch.«

Kurz darauf wählte Sandy die Nummer der Twentieth Century Fox.

Es klingelte einmal, zweimal, dreimal. Vielleicht hatte das Studio schon geschlossen. Aber nein, das war absurd. Es gab immer jemanden, der noch wach war, und wenn es nur ein kleiner Drehbuchschreiber war.

Schließlich meldete sich eine männliche Stimme. Um diese Zeit wurden die Anrufe offenbar zum Sicherheitsdienst umgeleitet.

»Können Sir mir sagen, ob noch jemand in den Projektionsräumen arbeitet?« erkundigte sich Sandy.

Kurze Pause. Der Mann rief zweifellos zu den verschiedenen Anschlüssen durch.

»Leider meldet sich nirgendwo jemand«, berichtete er.

»Könnten Sie mich dann bitte mit Sidney Ravens Apparat verbinden?«

Wieder eine Pause.

»Tut mir leid, Sir«, sagte die Stimme, »ich habe niemanden dieses Namens auf meiner Liste.«

»Ist das Ihr Ernst? Ich möchte Sidney Raven sprechen – R-a-v-e-n. Er arbeitet seit Jahren bei der Fox.«

Diesmal zögerte der Mann keine Sekunde. Wie ein Automat antwortete er: »Es tut mir leid, es gibt keinen Anschluß auf diesen Namen. Ich wünsche Ihnen einen angenehmen Abend, Sir.«

Die Leitung war tot. Und Sandy saß wie im Schock erstarrt. Als er gerade noch einmal wählen wollte, tauchte sein Vater plötzlich auf. Normalerweise gepflegt und adrett, sah er jetzt ungekämmt, schlampig aus, sein Hemd stand offen und die Krawatte baumelte ihm nachlässig auf der Brust.

»Großer Gott, Dad! Was ist denn mit dir passiert?«

»Ich bin tot, Sandy Boy. Du siehst einen wandelnden Leichnam vor dir.«

Sandy sprang auf, legte den Arm um seinen Vater und half ihm, Platz zu nehmen.

»Warte, ich bestell dir einen Drink«, erbot er sich fürsorglich.

»Ich glaube, ich hab' jetzt schon zuviel.«

»Bitte, Dad – was ist passiert?«

»Machst du Witze? Was, zum Teufel, passiert, wenn du vor einem Exekutionskommando stehst? Dieses Scheißweib hat mich hinrichten lassen.«

»Hier, Dad.« Sandy reichte ihm sein Mineralwasser und versuchte seinen Verstand beisammenzuhalten. »Beruhige dich erst mal. Und erzähl mir, was passiert ist.«

Sidney leerte das Glas und berichtete von den letzten Minuten seines Berufslebens.

»Als ich mir die Muster ansehen wollte, war sie schon da und wartete auf mich. Anfangs fühlte ich mich geschmeichelt. Mann, dachte ich, kaum ist die neue Nummer eins eingezogen, schon kommt sie runter und sieht sich meine Arbeit an!«

»Und?«

»Und wir ließen den Film laufen. Er war nicht großartig, aber auch kein Mist. Und dann, als die Lichter angingen, dreht sie sich zu mir um und sagt: ›Das ist Mist, Sidney, der reinste Mist. Und außerdem ist es Mist aus den Sechzigern.‹ Immer wieder sagte sie ›Mist‹!«

Verzweifelt schüttelte er den Kopf; dann fuhr er fort:

»Sie hat mir gesagt, ich sei nicht auf dem laufenden, ich sei rückständig. Und dann sagte sie noch etwas viel Schlimmeres.«

Sandy, krank vor Mitleid, wollte nichts davon hören. Aber er wußte, daß sein Vater diese Katharsis brauchte.

»Was hat sie denn gesagt, Dad?« erkundigte er sich.

»Sie hat mich als Dinosaurier bezeichnet. Du bist längst ausgestorben, hat sie gesagt, und merkst es nicht mal.«

»Großer Gott! Dieses Miststück! Hat sie denn nicht mal Respekt vor deiner Karriere?«

Sidney schüttelte den Kopf.

Sandys Stimme wurde lauter. »Und was ist damit, daß *du* es warst, der ihr überhaupt erst den Start ermöglicht hat?«

»Hör auf, Junge. In dieser Stadt gibt es die meisten Fälle von Amnesie auf der ganzen Welt.«

Sandy war außer sich vor Zorn und fühlte sich total hilflos.

Obwohl seine schlimmsten Befürchtungen ihm schon die Antwort suggerierten, fragte er: »Und was passiert nun? Wird sie dich auf irgendeinen von diesen sogenannten ›Jugend‹-Filmen ansetzen?«

»Denk doch mal nach! Ich bin über fünfundzwanzig, und was mir von meinen Haaren geblieben ist, ist grau. Leute wie ich kriegen in diesem Geschäft heutzutage keine Arbeit mehr.«

»Hör auf, Dad! Du übertreibst.«

»Ich wünschte, es wäre so.« Sidney seufzte. »Aber glaube mir, Sandy Boy, auch *du* bist schon zu alt für dieses Geschäft. Wenn alles so weiterläuft, wird jedes Studio in ein bis zwei Jahren von einem High-School-Kid geleitet werden – mit Kreischestimme und einem Jahresgehalt von fünfundzwanzig Millionen Dollar pro Jahr.«

»Hör zu, Dad, du hast jedes Recht, dich aufzuregen«, versuchte Sandy ihn zu beruhigen, »aber laß dir von der nicht den Schneid nehmen. Ich werde dich jetzt zu diesem Chili einladen, und dann machen wir eine schöne Fahrt am Meer entlang.«

Sein Vater nickte.

Sandy winkte dem Kellner, der keinen Hehl aus seiner Mißbilligung für Sidneys ungepflegte Erscheinung machte.

Als Sandy sah, wie mechanisch sein Vater aß, wie er den Löffel einfach zwischen Teller und Mund hin und her wandern ließ, wurde ihm klar, daß Sidney ein gebrochener Mann war.

Jetzt hatte er einen erstklassigen Grund, Rochelle Taubman aufzusuchen.

Da er Sidney nicht allein lassen wollte, übernachtete Sandy in dem Gästezimmer, das er früher immer mit Judy geteilt hatte – vor so vielen furchtbaren Traumata.

Paradoxerweise regte sich Sandy noch stärker auf als sein Vater. Die ganze Nacht warf er sich im Bett herum und überlegte, was er sagen sollte, wenn er Rochelle zur Rede stellte und ob sie überhaupt mit ihm sprechen würde.

Als er am nächsten Morgen in der Küche saß und eine Tasse schwarzen Kaffee trank, kam Sidney im Bademantel herein.

»He, was machst du hier? Du mußt doch ein Labor leiten!«

»Das weiß ich, Dad, aber ich war gestern abend zu kaputt, um noch nach Hause zu fahren. Wenn ich mir von dir ein Hemd und einen Rasierer ausleihen darf, werde ich gleich aufbrechen. Bist du sicher, daß du allein zurechtkommst?«

»Sandy Boy, ich bin seit dem Tag meiner Geburt allein zurechtgekommen. Glaube mir. Was vorbei ist, ist vorbei, und heute beginnt die Zukunft. Wie Claude Rains in *Deception* zu Bette Davis sagte: ›Ich hatte immer ein gutes Gespür für das Morgen.‹ Also werde ich mich einfach hinsetzen und ein paar Leute anrufen.«

Obwohl ihn der Optimismus seines Vaters nicht überzeugte, war Sandy sicher, daß er zumindest mit der Alltags-Routine allein zurechtkommen würde.

Hastig rasierte er sich, frisierte seine dünnen Haarsträhnen, und bevor er aufbrach, lieferte er seinem Vater noch eine aufmunternde Predigt und versprach, später noch einmal reinzuschauen.

Während der quälenden Stunden der vorangegangenen Nacht hatte Sandy überlegt, ob es besser wäre, Rochelle anzurufen und sie direkt um einen Termin zu bitten. Aber er sagte sich, daß diese Taktik ihr nur ermöglichen würde, einen Blick auf ihren Terminkalender zu werfen, zu behaupten, er sei voll, und zuckersüß vorzuschlagen, er solle irgendwann später noch einmal anrufen.

O nein, hatte sich Sandy gesagt, es ist viel besser, wenn ich am Studiotor erscheine und mich vom Pförtner anmelden lasse. Gewiß, sie konnte sich weigern, ihn zu empfangen, aber irgendwie hatte er das Gefühl, daß sein persönliches Erscheinen seinem Anliegen mehr Gewicht verleihen würde.

40 ISABEL

Isabels Tagebuch

21. Oktober

Während der ersten beiden Tage in Rom dachte ich fast, mir würde der Kopf platzen von dem hektischen Übereifer unserer italienischen Gastgeber. Ich wünschte, Jerry könnte hier sein und daran teilhaben.

Trotz der strapaziösen Auftritte, die sie für mich arrangiert hatten, war ich fest entschlossen, die historischen Stätten zu besichtigen. Tatsächlich gelang es uns dank Gino, dem Chauffeur, den uns das Komitee zur ständigen Verfügung gestellt hat, eine Blitztour einzuschieben. Nachdem ich sah, wie er fuhr, verstand ich auch, warum es noch nie einen italienischen Astronauten gegeben hat: die fliegen ihre Raketen horizontal.

Als Gino uns zum Hotel zurückbrachte, schwor ich mir, später für einen ganzen Monat nach Rom zurückzukehren, aber selbst das wird vermutlich noch nicht ausreichen, um auch wirklich alles zu besichtigen.

Endlich nahte der große Abend.

Die Aula Magna war vollbesetzt mit Würdenträgern. Isabel selbst saß auf der Bühne inmitten eines Halbkreises von Sesseln, die normalerweise für die hohen Beamten der Akademie reserviert waren. Raymond saß freudestrahlend in der ersten Reihe.

Viele der distinguierten Gäste konnten sich der Bemerkung nicht enthalten, die heutige Preisträgerin sehe aus wie ein hübsches italienisches Schulmädchen. Sie verehrten sie, noch ehe sie überhaupt den Mund aufgemacht hatte.

Die eigentliche Preisverleihung übernahm Professor De Rosa, der Präsident der Akademie. Er pries Isabels Erfolge und erinnerte die Anwesenden daran, daß die Naturwissenschaft keine Grenzen kenne und diese Objektivität auch auf die Naturwissenschaftler übertragen werden müsse.

»Bei der Suche nach neuen Entdeckungen sollte weder das Alter noch das Geschlecht eine Rolle spielen. Das einzige, was wirklich zählt, ist der Erfolg an sich. Wir sind heute hierhergekommen, um den Beitrag einer jungen Frau zum Fortschritt der Wissenschaft zu honorieren, die mit Sicherheit auch weiterhin in ihrem Beruf Erfolg haben und der Nachwelt möglicherweise als eine der größten Physikerinnen aller Zeiten in Erinnerung bleiben wird.«

Anschließend ging er ins Detail und beschrieb die hervorragende Arbeit, die Isabel geleistet hatte. Selbst die berühmtesten Physiker hätten aufgrund ihrer Erkenntnisse ihre Schlußfolgerungen (hinsichtlich der fünften Kraft) überdenken und ›auf den rechten Weg‹ zurückkehren müssen.

Dann stellte er mit blumigen Worten die diesjährige Preisträgerin vor. Unter begeistertem Applaus schritt Isabel anmutig zum Podium. Kameras blitzten wie ein Feuerwerk, als Professor De Rosa ihr die Hand schüttelte, sie auf beide Wangen küßte, ihr die Ehrenplakette – mitsamt einem Kuvert – überreichte und an seinen Platz zurückkehrte. Nun stand sie allein im Rampenlicht.

Sie legte ihre Preise beiseite und sammelte sich für ihre Dankesworte. Zur Überraschung aller Anwesenden sprach sie frei, ohne jegliche schriftliche Unterlage.

»Carissimi colleghi, gentili ospiti, desidero ringraziarvi per l'alto onore che mi fate assegnandomi questo premio, di cui mi sento indegna.« (Verehrte Kollegen, geschätzte Gäste, ich möchte mich bei Ihnen für den wundervollen Preis bedanken, den Sie mir zuerkannt haben, und dessen ich mich nicht würdig fühle …)

Anfangs nahmen die Zuhörer an, sie habe sich die Mühe gemacht, zu Ehren des Landes, das sie ehren wollte, ein paar Worte Italienisch phonetisch auswendig zu lernen. Aber sehr schnell stellte sich heraus, daß Isabel die ganze Ansprache auf italienisch halten würde.

Am überraschtesten war wohl ihr Vater, denn sie hatte ihm ihren Entwurf auf englisch vorgelesen, ohne ein Wort davon zu sagen, daß sie die Rede in einer ihr fremden Sprache zu halten gedachte.

Der Applaus war überwältigend; die Standing ovations dauerten nahezu fünf Minuten.

Sobald Isabel sich freimachen konnte, verließ sie eilig die Bühne und stieß beinahe mit Professor De Rosa zusammen. Der alte Herr hatte Tränen in den Augen, als er sie abermals auf beide Wangen küßte und leise sagte: »Sie sind das achte Weltwunder, Kindchen. Sie …«

»Entschuldigen Sie, Sir«, unterbrach Isabel ihn hastig, »aber ich muß unbedingt für etwa eine Viertelstunde fort. Würden Sie bitte meinem Vater sagen, daß er sich keine Sorgen machen soll. Ich werde rechtzeitig zum Dinner wieder da sein.«

Sie hatte es so eilig, hinauszukommen, daß sie nicht merkte, wie Raymond in einiger Entfernung auftauchte. Noch immer von dem stürmischen Beifall überwältigt, sah er, ohne ihr rätselhaftes Verhalten zu registrieren, regungslos seiner Tochter nach.

De Rosa gratulierte Raymond und richtete ihm getreulich die Nachricht seiner Tochter aus. Aber statt Raymond zu beruhigen, stürzte die Information ihn in eine plötzliche Panik.

Kaum hatte er sich bei dem Professor bedankt, eilte er schon auf die kopfsteingepflasterte Via della Lungara hinaus.

Und kam gerade noch rechtzeitig für den größten Schock seines Lebens, denn er mußte mit ansehen, wie Isabel auf den Soziussitz einer Lambretta kletterte, gefahren von einem schlanken jungen Mann, dessen Züge wegen des Sturzhelms nicht zu erkennen waren.

Ihr eigener Chauffeur wartete geduldig am Bühneneingang. Raymond winkte ihm aufgeregt zu.

»Gino«, rief er hysterisch und zeigte ans Ende der schmalen Straße, wo die Lambretta soeben verschwand.

Der Fahrer nickte. »Si?«

Bei der Verfolgung von Isabel und ihrem ›Begleiter‹ kamen sie durch hell erleuchtete Straßen mit dicht besetzten Tischen im Freien. Dann bogen sie plötzlich in eine dunkle Straße hinter den großen Restaurants ab. Hier waren die meisten Geschäfte und kleinen Werkstätten für die Nacht geschlossen und wurden nur tagsüber benutzt. Nur vereinzelt schimmerte Licht aus einem Fenster in den oberen Stockwerken.

Wohin zum Teufel fahren die beiden? fragte sich Raymond mit klopfendem Herzen. Und fährt sie freiwillig mit ihm? Dieses Land ist schließlich für Entführungen bekannt.

»Wo sind wir hier?«

»In Trastevere. Hier arbeiten tagsüber viele Handwerker.«

»Aber was hat sie hier zu dieser Abendstunde zu suchen?« grollte Raymond. »Sie ist schließlich der Ehrengast.«

»Wenn Sie meine Meinung hören wollen«, entgegnete Gino mit starkem neapolitanischen Akzent, »dann hat sie sich vermutlich in den jungen Mann verliebt.«

Fast hätte Raymond ihn angeschrien, er interessiere sich nicht für die Lebensphilosophie seines Chauffeurs. In diesem Moment bog die Lambretta jedoch in eine schmale Gasse ein. Gino fuhr ihnen nach und brachte die Limousine dann fast lautlos zum Stehen.

»Ich glaube, wir gehen lieber zu Fuß weiter, Signore«, flüsterte er. »Das hier ist nämlich eine Sackgasse.«

Als sie um die Ecke bogen, sahen sie Isabel und ihren Begleiter gerade noch im Lichtschein einer offenen Tür stehen.

Der Fahrer des Motorrollers hatte den Helm abgenommen und warf den Kopf zurück, um die langen Haarsträhnen, die sein Gesicht bedeckten, in den Nacken zu schütteln.

Beide Männer erkannten instinktiv, daß sie sich nun schneller bewegen konnten, denn Isabel und ihr geheimnisvoller Begleiter waren inzwischen im Haus verschwunden.

Gleich darauf standen sie vor einem überraschenderweise offenen Geschäft, dessen Innenbeleuchtung die matten Goldbuchstaben auf der Schaufensterscheibe hervorhob. Die Inschrift lautete: GIULIANO STRUMENTI A CORDA.

Drinnen hörten sie mehrere Personen, die sich unterhielten, darunter Isabel, die gerade sagte: »Ich hab's leider sehr eilig, Mr. Carbone. Hoffentlich stimmt das, was Sie Signore Zimmer erzählt haben.«

»Es stimmt, Signorina, das versichere ich Ihnen.« Das war die Stimme eines älteren Mannes.

Jetzt wagten Raymond und Gino einen längeren Blick. Es war ein kleiner Laden, offenbar mit einer Werkstatt im Hinterteil. Überall hingen verschiedenste Saiteninstrumente in allen möglichen Farben und Formen, und auf dem Fußboden standen mehrere majestätische Kontrabässe.

Sie sahen, wie der ältere Mann zu einer Vitrine mit antiken Geigen ging und eine herausnahm. Sie war von einem dunklen Bernsteingelb, und die Oberfläche glänzte trotz mehrerer feinster Risse, die durch den Lack schimmerten, glatt und makellos.

Er reichte sie Isabel, die sie wie ein kostbares Kleinod im Arm hielt, während er ihr das Instrument erklärte.

»Das ist eine Giovanni Grancino, ungefähr 1710. Während der letzten dreißig Jahre befand sie sich im Besitz eines Amateursammlers. Nach seinem Tod will der Nachlaßverwalter sie nun aber verkaufen. Wenn ich keinen Privatverkauf arrangieren kann, soll sie nächste Woche bei Sotheby's in London versteigert werden.«

Als Isabel das Instrument ansetzte, reichte er ihr einen Bogen, der aus derselben Epoche zu stammen schien. Sie holte tief Luft und begann die Saiten zu streichen. Sofort erwachte die Geige zum Leben.

Nun spielte Isabel die Dritte Bach-Partita. Und war so

hingerissen vom Klang der Violine, daß sie das gesamte Präludium spielte. Als sie endete, hatten Carbone und der junge Mann ganz andächtige Gesichter und klatschten begeistert.

»Das war wundervoll, Signorina«, lobte Carbone entzückt. »Sie haben diese Geige gespielt wie jemand, der Liebe macht.«

»Nun …« Isabel lächelte. »Da Sie Ihr Versprechen gehalten haben, werde ich meines auch halten. Hier ist ein Bankscheck über fünfunddreißigtausend Dollar.«

»Wie bitte?« fragte er enttäuscht.

»Was ist denn los?« erkundigte sich Isabel.

»Aber Sie haben nicht mit mir um den Preis gefeilscht«, lamentierte Carbone. »Fünfunddreißigtausend war meine Verhandlungsbasis; ich nahm an, daß wir uns irgendwo in den oberen Zwanzigern einigen würden.«

»Das tut mir leid«, entgegnete die Sechzehnjährige verwirrt, »aber ich sagte Ihnen ja, daß ich mit solchen Dingen keine Erfahrung habe. Was soll ich tun? Der Scheck ist bereits ausgestellt.«

»Ich mache Ihnen einen Vorschlag, meine süße, naive Lady«, sagte Giuliano Carbone väterlich. »Für diesen Betrag werde ich noch den herrlichen Bogen dazulegen, mit dem Sie eben gespielt haben. Dann haben Sie wirklich ein gutes Geschäft gemacht. Wenn Sie wollen, bringe ich Ihnen das Instrument morgen vormittag ins Hotel.«

»Ach, ich weiß nicht …« Isabel zögerte. »Wir werden sehr früh abreisen. Könnten Sie mir nicht ein Taxi rufen, damit ich sie gleich zum Bankett mitnehmen kann?«

Dann fiel es ihr plötzlich ein. »Großer Gott, *das Bankett*! Ich hab' mich fürchterlich verspätet …«

»Keine Angst, Isabel«, sagte ihr Vater, als er das Geschäft betrat.

»Dad! Wie hast du mich gefunden?«

Ohne auf ihre Frage zu antworten, kam er zur Sache.

»Du hättest es mir sagen sollen, Liebling«, tadelte er sie. »Ich fühle mich tief gekränkt. Aber darüber können wir morgen sprechen. Jetzt wartet Gino erst mal an der Ecke, und wir werden's gerade noch pünktlich zum Bankett schaffen.«

Während sie durch die Straßen von Rom rasten und Gino sämtliche Abkürzungen nahm, die er kannte, fuhr Raymond fort, seine Tochter liebevoll zu tadeln.

»Schließlich sind fünfunddreißigtausend ein ganz schöner Batzen von deinem Preisgeld. Du hättest mich fragen, mir die Chance geben sollen, ja zu sagen. Dann wäre mir bedeutend wohler.«

»Nein«, gab Isabel leise zurück.

»Was soll das heißen?« fragte er sie.

»Weil ich die Geige für Mom gekauft habe.«

41 ADAM

Die große Reise der Coopersmiths begann überaus vielversprechend. Das Forscher-Ehepaar begeisterte die Kapazitäten der medizinischen Wissenschaft von San Francisco bis San Diego. Fast schien es, als hätten sie während der Woche, die sie in La Jolla verbrachten, mit jedem Mitglied des Salk Institute for Biological Studies gespeist, nicht zuletzt mit dem Direktor, dem legendären Jonas Salk, Besieger der Kinderlähmung, und seiner Frau Françoise.

Obwohl Salk weit über achtzig war, hatte er sich den Verstand eines lernbegierigen Schuljungen bewahrt und war fasziniert, aus erster Hand einen Bericht über Adams Entdeckungen zu hören.

Er selbst war, wie sich herausstellte, weit davon entfernt, auf seinen zahlreichen Lorbeeren auszuruhen; statt dessen arbeitete er intensiv an der Suche nach einer Waffe gegen die jüngste immunologische Geißel: Aids.

Anja war vor diesem Dinner etwas nervös gewesen. »Ich muß ständig daran denken, daß Françoise früher einmal mit Picasso verheiratet war. Aber eines finde ich wirklich seltsam. Jonas Salk gehört zu den herausragenden wissenschaftlichen Köpfen dieses Jahrhunderts. Er hat ein Mittel gegen eine Krankheit gefunden, die Millionen Menschen umgebracht oder verkrüppelt hat. Wieso hat er nie den Nobelpreis bekommen?«

Adam nahm eine eisgekühlte Flasche Chardonnay und zwei Gläser und trat mit seiner Frau auf den Balkon ihres Hotelzimmers hinaus, von dem aus sie einen Blick auf die unendliche Weite des Pazifiks hatten.

»Anuschka, da kann ich dir nur meine Stegreif-Theorie anbieten.«

»Ich bitte darum.« Lächelnd hob sie ihr Glas an die Lippen.

»Ich glaube, die Jungens in Stockholm haben ihre Geheimagenten losgeschickt, um Jonas auszuforschen. Die haben einen kurzen Blick auf sein Institut und das Paradies geworfen, in dem es liegt, und sich gesagt, das sei wohl Lohn genug für eine einzelne Person.«

Hawaii sollte ein richtiger Urlaub werden, doch Adams Medizinerkollegen drangen in ihn, ein paar Vorträge zu halten. Schließlich lief es darauf hinaus, daß er dort fast mehr arbeiten mußte denn je.

Den Flug nach Australien unterbrachen sie in Fidschi, von dessen über dreihundert tropischen Inseln nur ein Drittel bewohnt war.

Sie mußten in eine kleine zweimotorige Propellermaschine umsteigen, die sie schließlich zu einem Eiland brachte, auf dem es mehr Kokosnüsse als Menschen gab.

Völlig erschöpft verbrachten sie ihren ersten Tag mit Schlafen, Strandspaziergängen und wieder Schlafen.

Diesem Kampf gegen die Müdigkeit schrieb Anja auch den ersten Zwischenfall zu.

Die untergehende Sonne verlieh dem Sand einen rosigen Schimmer, als sie zu ihrer Hütte mit dem Palmwedeldach zurückschlenderten, während die Wellen sanft um ihre Füße spielten.

Plötzlich sah Adam auf die Uhr und sagte: »Himmel! Um wieviel Uhr beginnt mein Vortrag?«

Anja lachte. »Wir werden uns jetzt einen von diesen köstlichen Cocktails bestellen, und dann kannst du mir über jedes Thema, das dir einfällt, einen schönen, langen Vortrag halten.«

Entgegen ihrer Erwartung lächelte Adam nicht.

»Im Ernst, Anja. Ich habe vergessen, um wieviel Uhr ich den Vortrag halten muß. Ich glaube mich zu erinnern, daß du etwas von halb sechs gesagt hast. Ich muß mich beeilen und meine Dias holen.«

Irgend etwas in seiner Stimme ließ Anja erschauern. Sie spürte, daß er es ernst meinte und daß er tatsächlich verwirrt war.

»Ich weiß, Liebling, du hättest nicht so viele Verpflichtungen auf dich nehmen sollen. Zum Glück kann ich dir versichern, daß du deinen letzten Vortrag vor zwei Tagen auf Maui gehalten hast.«

Seine Antwort entsetzte sie. Denn er sah Anja lange und mit dem Ausdruck eines hilflosen Kindes an und fragte: »Sind wir denn hier nicht auf Maui?«

»Nein, mein armer, überarbeiteter Ehemann, wir sind auf Mana, einer der vielen Fidschi-Inseln. Und deine einzige Verpflichtung für heute abend ist es, dich auszuruhen und zu erholen.«

Anfangs blickte sich Adam noch mißtrauisch um. Der endlose Strand, die sich wiegenden Palmen hatten ihn auf die Idee gebracht, sie befänden sich auf Hawaii. Dann bekam er seine Denkvorgänge wieder in den Griff, und er scherzte: »Ich wollte nur sehen, ob sich der Jetlag auf dich auswirkt, Anuschka. Und darf dir versichern, daß du die Prüfung bestanden hast.«

Erleichtert ging Anja über den harmlosen Lapsus ihres Mannes hinweg, und beide entspannten sich mit so viel Rum mit Kokosmilch, daß ihr geografischer Ort keine Rolle mehr spielte.

Fünf Tage später gingen sie sonnengebräunt und ausgeruht an Bord eines Quantas-Jets, um den Teil ihrer Weltreise zu beginnen, der sich zu einem Triumphzug durch Australien entwickeln sollte.

Adam sprach vor den medizinischen Fakultäten von Perth, Adelaide, Melbourne, Sydney und Brisbane.

Anschließend kehrten sie für ein paar Tage nach Sydney zurück, wo sie in Ruhe faulenzen und die Oper genießen konnten. Inzwischen bekamen sie allerdings langsam die Schattenseiten des Ruhms zu spüren.

Trotz seiner enormen Größe – Australien war fast so groß wie der kontinentale Teil der Vereinigten Staaten – herrschte auf diesem Erdteil eine Art Kleinstadt-Mentalität. Nicht nur wurden Adams Vorträge in jeder Stadt, in der er auftrat, gewissenhaft niedergeschrieben, sondern seine Leistung sprach so sehr die Gefühle an – wohl jeder Mensch hat Mitleid mit den Qualen einer kinderlosen Frau –, daß er in den vierzehn Tagen zu einer Berühmtheit wurde.

Er wurde zu Fernseh-Shows gebeten, von denen er noch nie gehört, von Menschen zu Partys eingeladen, die er noch nie gesehen hatte.

»Weißt du, Anja«, gestand er, als sie nach einer spätabendlichen Fete mit dem Taxi ins Hotel fuhren, »ich hatte mich für den ehrgeizigsten Menschen der Welt gehalten. Und dachte, daß ich nunmehr, da Clarke-Albertson sich um unsere finanzielle Zukunft kümmert, von meinen Lorbeeren zehren könnte. Aber etwas, das Jonas Salk beim Dinner erwähnte, hat mich wirklich nachdenklich gemacht, und diese Reise beweist, daß er recht hatte. Ich hasse die Publicity, die darin besteht, daß ich, sobald ich einen Laden betrete, mit ›Hi, Doc!‹ begrüßt werde, ich hasse all diese Kriecherei, von der ich mir doch vorgestellt hatte, wie sehr ich sie genießen würde.«

»Also, daran solltest du dich lieber gewöhnen, mein Schatz. Stell dir doch mal vor, wie berühmt du erst sein wirst, wenn du den Nobelpreis gewonnen hast.«

Kaum hielt das Taxi vor dem Regent Hotel, da kam der Portier schon herausgeeilt, um sie zu begrüßen. Und als Adam gleich darauf die Brieftasche zückte, um den Taxifahrer zu bezahlen, wehrte der Mann entrüstet ab: »Kommt gar nicht in Frage, Doc! Es war mir eine Ehre, Sie fahren zu dürfen. Ich hätte nur gern ein Autogramm von Ihnen für meine Kinder.«

Während sie gleich darauf Arm in Arm in die gedämpfte Luxus-Atmosphäre der Hotelhalle eintauchten, flüsterte Anja liebevoll: »Nun komm schon, Adam, sei ganz ehrlich: Das hast du eben nun doch wirklich genossen – oder?«

Adam antwortete mit breitem Grinsen: »Diese Frage ist eigentlich überflüssig, nicht wahr?«

So endete der letzte glückliche Tag ihres Lebens.

Nachdem sie den folgenden Vormittag mit Einkaufen verbracht hatten, nahmen sie den Lunch in einem Restaurant mit Blick auf den Darling Harbor ein.

In der Nacht hatte Adam so tief geschlafen, daß seine übersprudelnde Energie vollkommen wiederhergestellt war und er Anjas Vorfreude auf den Abend teilen konnte, an dem sie in der Oper *Eugen Onegin* auf russisch hören wollten.

Am Spätnachmittag zog er seinen Trainingsanzug an, um noch ein bißchen zu joggen, während sie sich beim Hotel-Coiffeur frisieren ließ.

Doch als sie zwei Stunden später in ihre Suite zurückkehrte, mußte sie zu ihrer Verwunderung feststellen, daß niemand dort war und daß es auch keine Nachricht von Adam gab. Er konnte doch nicht immer noch joggen!

Anja versuchte, sich keine Sorgen zu machen. Das heißt, bis sie sich angekleidet hatte und es auch dann noch kein Zeichen von Adam gab.

Um sechs Uhr war sie so beunruhigt, daß sie die Polizei anrufen wollte. Die ihr jedoch im selben Moment zuvorkam.

»Mrs. Coopersmith«, erklärte der Constable, »wir haben ihren Mann aufgegriffen, als er in seinem Jogginganzug irgendwie benommen in der Halle des Opernhauses herumirrte. Er hatte so einen glasigen Blick, daß die Sicherheitsbeamten vermuteten, er habe irgendwelche Drogen genommen. Er hat sich in keiner Weise gewehrt, als wir ihn baten, uns zu begleiten, und dann hat ihn einer von den Kollegen nach den Fernsehberichten erkannt. Er war allerdings ein bißchen erregt. Als er sich schließlich beruhigt hatte, bat er uns, uns so schnell wie möglich mit Ihnen in Verbindung zu setzen. Das hat allerdings eine Weile gedauert, weil ...« Er hielt inne, dann gestand er, offenbar peinlich berührt: »Er, äh, konnte sich nicht mehr erinnern, in welchem Hotel Sie abgestiegen waren.«

Anja fand Adam, wie er eine kleine, respektvolle Zuhörerschaft von Polizisten über die Wunder der naturwissenschaftlichen Forschung aufklärte.

Er war hocherfreut, sie zu sehen.

»Anuschka«, rief er ihr zu, »wie schön, daß du kommst! Ich hab' diesen netten Menschen hier erklärt, wie beunruhigt ich war, als du nicht in der Oper auftauchtest.«

Anja versuchte ihre Verlegenheit und ihre Besorgnis zu kaschieren, indem sie ihm liebevoll antwortete: »Es tut mir leid, ich hab' dich wohl falsch verstanden. Ich dachte, wir wollten uns im Hotel treffen. Ich meine, der Officer hat mir erklärt, du hättest vergessen, wo wir abgestiegen sind.«

»Pure Verleumdung«, entgegnete er. »Wir haben in den vergangenen Wochen in so verdammt vielen Hotels gewohnt, daß mir der Name vorübergehend entfallen war. Natürlich weiß ich, daß wir im Regent Hotel, Zimmer 1014 wohnen. Und ich wette, du kannst dich nicht mal an die Telefonnummer erinnern: 6 63 22 48.«

Anja spürte, daß er damit verzweifelt versuchte, den Polizisten sein gutes Gedächtnis zu beweisen.

»Du hast recht«, antwortete sie so ruhig wie möglich, »aber schließlich hast du, solange ich dich kenne ...« Sie hielt inne, um tief durchzuatmen und die Kontrolle über ihre Gefühle zurückzugewinnen, dann fuhr sie mit wehem Herzen fort: »Du hattest schon immer ein fotografisches Gedächtnis.«

In ihrer Suite wurde Anja von Panik ergriffen. Sie wußte nicht, was sie tun sollte. Sie erwog, Charlie Rosenthal anzurufen, war aber nicht sicher, wie spät es jetzt in Boston war. Oder ob Adam ihr deswegen böse sein würde.

Der tauchte in bester Laune aus der Dusche auf und bestand darauf, daß sie zum Dinner hinuntergingen.

Anja war ängstlich bemüht, ihre Besorgnis zu verbergen, doch die Ereignisse dieses Abends hatten sie in eine so heftige Erregung versetzt, daß sie nichts essen konnte. Adam hingegen griff kräftig zu.

»Was ist mit dir, Liebling?« erkundigte er sich munter, ja, fast manisch. »Bist du enttäuscht, daß wir die Oper verpaßt haben?«

»Nein«, antwortete sie. Dann korrigierte sie ihre Antwort hastig und sagte: »Doch, ja.«

»Es tut mir aufrichtig leid«, fuhr er fort. »Aber du weißt ja – so ein Malheur kann jedem passieren.«

Anja nickte, während sie dachte, nein, nicht jedem. Und nicht *so*.

An jenem Abend liebte er sie leidenschaftlich, und sie versuchte, sich seinem Feuer anzupassen. Dennoch fragte sie sich unwillkürlich, ob sein Verhalten nicht ein verzweifelter Versuch sei, das Geschehene zu leugnen.

Später konnte Anja nicht schlafen, und da sie zu ruhelos war, um im Bett zu bleiben, stand sie auf, setzte sich ans Fenster und starrte blicklos hinaus. Sie hatte erst ein paar Minuten dort gesessen, als ihr schlafender Ehemann offenbar ihre Abwesenheit spürte und ebenfalls erwachte.

»Was ist los, Anuschka?«

»Nichts, gar nichts. Ich hatte einen schrecklichen Traum.«

Adam konnte nicht ahnen, wieviel Wahrheit in ihrer Antwort lag.

Doch da er spürte, daß sie Trost brauchte, stand er rasch auf, zog seinen Bademantel an, setzte sich neben sie und nahm sie in die Arme.

»Anja, bitte, verschweig mir nichts«, flehte er. »Hab' ich dich irgendwie unglücklich gemacht?«

Obwohl sie hastig die Augen zusammenkniff und versuchte, nicht zu weinen, brach Anja in Schluchzen aus und antwortete leise: »Ich weiß nicht, Adam, wie ich es sagen soll und ob du es verstehen wirst. Aber ich glaube, daß du ... Probleme mit deinem Gedächtnis hast.«

»Nein«, erwiderte er rasch. Ein bißchen allzu rasch. Vielleicht, weil ihm irgendwo im Unterbewußtsein klar war, daß ihn allmählich das Erinnerungsvermögen verließ. »Vergiß bitte nicht, du sprichst mit dem Mann, den die Kollegen als die ›wandelnde medizinische Datenbank‹ bezeichnen.«

Dies verschaffte Anja eine relativ akzeptable Möglichkeit, ihm die Wahrheit zu sagen.

»Ich weiß, Adam«, begann sie. »Und deswegen wirst du vielleicht die Krankengeschichte dieses Falles verstehen.«

»Du kannst mich alles fragen.« Er versuchte, so zu tun, als meine er dies als spielerische Herausforderung.

So taktvoll wie möglich schilderte sie die Anzeichen und Symptome eines hypothetischen Patienten, der ein ähnliches Verhalten an den Tag legte wie er.

»Ich weiß, das ist nicht dein Spezialgebiet, aber was meinst du, welchen Spezialisten diese Person aufsuchen sollte?«

»Tja also, was du da beschreibst, klingt für mich nach den Folgeerscheinungen eines kleineren Infarktes, eines leichten Schlaganfalls, der einen kurzzeitigen Gedächtnisausfall verursacht hat. Dein Patient sollte vermutlich einen Neurologen konsultieren. Und jetzt erklär mir, was es damit eigentlich auf sich hat.«

Adams Blick verriet die Angst, die seine Stimme zu kaschieren trachtete.

Zögernd, behutsam erzählte Anja ihm von den verschiedenen Ausfällen, die er seit jenem ersten, beunruhigenden Zwischenfall am Strand der Fidschi-Insel gehabt hatte – lauter unbedeutende Episoden, keine besonders wichtig, es sei denn als zusätzliche Beweise. Und dann das heutige Erlebnis, als sein Verhalten unzweifelhaft bewies, daß das, was dieses Verhalten auslöste, unbedingt ernst zu nehmen war.

Adam lauschte stumm. Dann dachte er lange nach. Schließlich sagte er mit ausdrucksloser Stimme: »Ich erinnere mich … Ich meine, ich habe das undeutliche Gefühl, mich nicht erinnern zu können.« Er hielt inne, und dann gestand er: »Ich habe Angst, Anja. Ich habe eine ganz schreckliche Angst!«

Sie nahm ihn in die Arme und drückte ihn fest an sich.

»Keine Sorge, mein Liebling, wir fliegen mit der nächsten Maschine nach Hause, und egal, was es auch sein mag, in Harvard gibt es bestimmt jemanden, der alles wieder in Ordnung bringt.«

Adam, der im Moment bei klarem Bewußtsein war, dachte bei sich: Da würde ich nicht so sicher sein, Anja. Vergiß nicht, daß auch *du* ein Fall warst, vor dem die sagenhaften Fähigkeiten von Harvard kapitulieren mußten.

Anja fühlte sich seltsamerweise erleichtert. Jetzt war es heraus, und wieder einmal teilten sie alles miteinander, sogar seine Krankheit, wie immer sie auch heißen mochte.

»Wenn wir natürlich eine gründliche Diagnose stellen wollen«, fuhr er in dem vergeblichen Bemühen fort, seinen Fall leidenschaftslos zu betrachten, »müßten wir auch die Möglichkeit eines Tumors in Betracht ziehen ...«

»O Gott, nein!« flüsterte sie erschrocken.

»Aber darüber würde ich mir keine Gedanken machen«, fuhr er fort. »Diese Hirnklempner schwingen ihren Laser äußerst geschickt. Die können das ganze Problem in Null Komma nichts beseitigen.«

Anja war immer noch zu verängstigt, um zu bemerken, daß Adam es versäumte, andere Möglichkeiten aufzuzählen und diese eine nach der anderen zu eliminieren.

Adam brach das Schweigen. »He, weißt du was? Wenn ich es recht bedenke, brauchen wir deswegen gar nicht nach Hause zu fliegen. Denn erstens, hippokratischer Eid oder nicht, pflegen unsere gelehrten Kollegen mit Vorliebe aus der Schule zu plaudern, und daher wird alles, auch wenn es noch so unbedeutend ist, Wasser auf die Cocktailstundenmühle sein. Und zweitens gibt es hier in diesem schönen Land ein paar wirklich hervorragende Leute. Warum gehen wir nicht einfach in ein Universitätskrankenhaus und schlagen im *International Medical Directory* nach?«

Anja nickte zustimmend.

Nach dieser Aussprache gelang es ihnen beiden, mehrere Stunden ruhig zu schlafen. Sie frühstückten auf ihrem Zimmer; dann machten sie sich auf die Suche nach einem Menschen, der ihnen vielleicht helfen konnte.

Die Bibliothekarin des Universitäts-Krankenhauses hatte in der vergangenen Woche Adams Vortrag gehört und ließ die Coopersmiths mit Freuden Einblick in die Computer-Datenbasen nehmen.

»Laß mich fahren«, bat Anja und setzte sich an die Tastatur. Diese scheinbar triviale Aufgabe stillte ihr unendlich starkes Bedürfnis, *irgend etwas zu tun.*

Binnen kurzem hatten sie ihre Rundreise durch den australischen Kontinent nachvollzogen und einen Spezialisten nicht nur in Sydney, sondern sogar nur wenige Stockwerke von dem Raum entfernt gefunden, in dem sie sich augenblicklich befanden.

»Wollen wir runtergehen und einen Termin vereinbaren?« erkundigte sich Anja.

»Nein, nein«, widersprach Adam, »ich komme mir ... ich weiß nicht recht ... irgendwie nackt vor. Ich meine, man kennt mich hier. Du hast ja erlebt, wieviel Aufhebens die Bibliothekarin von uns gemacht hat.«

»Aber Adam«, gab Anja taktvoll zu bedenken, »in der Antarktis werden wir bestimmt keinen qualifizierten Pinguin finden. Ist dir Australien noch nicht weit genug von Boston entfernt?«

Er überlegte einen Moment, bevor er antwortete: »Nicht so weit wie Neuseeland. Sieh mal nach, was du da findest.«

Achselzuckend kehrte sie an den Computer zurück.

Anja wußte sofort, daß Adam die Information, die sie ihm weitergab, gefallen würde: Die Otago University Medical School in Dunedin, auf der Südinsel von Neuseeland, war mehr als abgelegen. Und dennoch konnte sie sich rühmen, eine der weltbesten Fakultäten für Medizin zu haben.

James Moody, Chef der Neurologie, hatte international einen sehr guten Namen. Weitere Nachfragen bestätigten die Tatsache, daß sein Krankenhaus über den modernsten PET-Scanner verfügte, mit dem man das ganze Gehirn untersuchen konnte.

Anja hatte recht. Sie wandte sich zu Adam um, der sich schon Moodys Telefon- und Faxnummer notierte.

Als sie den neuseeländischen Kollegen anriefen, zeigte

dieser sich, da Anja bemüht war, den Fall sowohl detailliert als auch diskret zu schildern, eher zögernd. Er erkundigte sich, warum Dr. Coopersmith sich nicht an einen seiner zahlreichen berühmten australischen Kollegen wende.

Aber da Anja nicht locker ließ, gab Professor Moody schließlich nach. Und sie vereinbarten für zwei Tage später einen Termin.

In der Zwischenzeit hielten sie beide praktisch den Atem an. Ihren Lebensstil hatten sie bereits verändert. In gegenseitigem Einverständnis ging Adam jetzt nicht mehr zum Joggen nach draußen, sondern absolvierte seine Kilometer im Fitneßraum des Hotels auf einem Hometrainer.

Obwohl die beiden Ärzte einander ständig beruhigten, zitterten sie innerlich vor Professor Moodys Diagnose.

Von Sydney flogen Adam und Anja nach Auckland; von dort nahmen sie eine Anschlußmaschine nach Dunedin, wo sie eine schlaflose Nacht damit verbrachten, fast jeden Film auf dem Fernseher des Hotels anzusehen. Nachdem sie am folgenden Morgen im Labor Blutproben abgegeben hatten, erschienen sie pünktlich um neun in den Praxisräumen von Professor Moody. Dieser war etwa Mitte Fünfzig, mit ledriger Haut und dichtem weißem Haarschopf, und erwies sich – eine seltene Eigenschaft bei Neurologen – als relativ extravertiert.

Nachdem er eine sehr knappe Krankengeschichte aufgenommen hatte, sagte er freundlich: »Ich weiß, wie besorgt Sie beide sein müssen. Was meinen Sie – wollen wir die Spekulationen nicht einfach lassen und uns direkt zu den Geräten begeben?«

Moody hatte sich bereitwillig dem Wunsch der Coopersmiths nach absoluter Diskretion gefügt. Nur ein einziger Radiologe war anwesend, während der Professor an Adam alle nötigen Untersuchungen durchführte.

Besondere Aufmerksamkeit widmete Moody den vorderen Okzipitallappen. Anja beobachtete die Miene des Professors, um möglichst jede kleinste Veränderung seines Ausdrucks zu registrieren.

Einmal schien Moody genauer hinzusehen. Oder runzelte er die Stirn? Oder bildete sie sich das nur ein?

»Nun, was haben Sie gesehen, Doctor?« erkundigte sich Adam, als der Professor fertig war.

»Bitte, nennen Sie mich Jamie«, gab dieser zurück. »Wie dem auch sei, in meinem Sprechzimmer unten herrscht eine weitaus angenehmere Atmosphäre. Ich gehe schon vor und bestelle uns einen Kaffee. Dann können wir uns in Ruhe unterhalten.«

Adam ergriff Anjas Hand. Ein seltsamer Ausdruck beherrschte sein Gesicht.

»Jetzt weiß ich, was es heißt, Patient zu sein«, sagte er leise. »Und behutsam abgelenkt zu werden, wenn man eine direkte Frage stellt.«

»Nun ja …« begann Moody und ließ den Satz irritierenderweise unbeendet in der Luft hängen.

In der Hoffnung, durch Nennung einer Diagnose eine günstige Antwort herbeizuzwingen, versuchte Adam ihn zu beenden: »Ein Tumor – stimmt's, Jamie?«

»Kein Tumor, Adam«, gab der Professor zurück. »Wenigstens, soweit ich feststellen kann.«

Adam, der jede Silbe analysierte, erkannte in Moodys letzter Bemerkung die alte scheinbar bescheidene Beruhigungspolitik. *Soweit er feststellen konnte*, das bedeutete, daß ein tüchtigerer Diagnostiker möglicherweise einen entdeckt hätte.

»Haben Sie irgend etwas Außergewöhnliches entdeckt?« fragte Adam eindringlich, um den Mann möglichst festzunageln.

»Ich habe leichte Spuren von neurofibrillaren Verflechtungen und ein paar verdächtige Platten entdeckt … mit einem Kern aus amyloidem Protein.«

»Und welche Schlüsse ziehen Sie daraus?«

Moody vermochte die Worte nicht auszusprechen, sondern zog sich aus der Affäre, indem er das Urteil, das er verkünden mußte, mit den Anfangsbuchstaben abkürzte.

»Ich fürchte, es sieht leider nach AK aus.«

»O nein!« fuhr Adam auf. »Nicht Alzheimer! Da haben Sie weit am Ziel vorbeigeschossen, Moody. Ich bin erst vierundvierzig Jahre alt. Könnte ein Tumor nicht das gleiche ... auffällige Verhalten auslösen?«

Der Professor antwortete nicht sofort.

Obwohl sie wie versteinert war, fand Anja die Kraft, ihn zu fragen: »Wäre es möglich, daß Sie sich irren, Doctor?«

»Selbstverständlich ist das möglich!« rief Adam erregt. »Alle Ausfälle, die ich gehabt haben mag, können genausogut eine Folge von Übermüdung sein. Mein Erinnerungsvermögen ist ausgezeichnet. Um ihm zu beweisen, wie sehr er sich irrt, kann ich sogar die Symptomatologie der Alzheimer-Krankheit auswendig aufsagen.«

Anja tauschte einen Blick mit dem Professor, der ihr mit einem winzigen Nicken zu verstehen gab, sie möge ihrem Mann diese Katharsis zugestehen.

Adam verwandelte sich in eine übersprudelnde Enzyklopädie: »Biochemische, von Neuronenversagen begleitete Anomalien, darunter Akkumulation von Aluminium, zerrissene Nervenzellenmembrane, phospholipider Metabolismus und Verminderung der Neurotransmittersubstanzen wie etwa ...«

»Bitte, Liebling«, flehte Anja ihn leise an, »dein Gedächtnis ist phänomenal, aber der Scanner kann nicht lügen.«

»Ja, aber woher wissen wir, daß der Mann hier ihn richtig interpretiert?«

Moody nahm keinen Anstoß an Adams Reaktion. Er holte ein Lehrbuch aus dem Regal und legte es auf den Schreibtisch, wo es fast wie von selbst auf der richtigen Seite aufklappte, und sagte:

»Doctor Coopersmith, ich möchte Sie bitten, sich diese Bilder anzusehen – und dann Ihre eigenen Schlüsse zu ziehen.«

Das Buch enthielt zwei farbige Abbildungen, aufgenommen von einem PET-Scanner.

Moody erklärte: »Das Foto auf der linken Seite zeigt ein gesundes erwachsenes Gehirn. Sieht aus wie Käse-Tomaten-Pizza, nicht wahr?«

Adam antwortete nicht, er starrte wortlos auf das gegenüberliegende Bild, das Gehirn eines Alzheimer-Patienten. Vereinfacht ausgedrückt, wirkte es nur noch wie winzige Reste auf einem blauen Teller.

Dann reichte ihm Moody vier farbige Polaroidfotos. »Das sind die Aufnahmen, die wir heute vormittag gemacht haben.«

Adam nahm sie und starrte sie an.

Anja, die ihm über die Schulter sah, versuchte ihr Entsetzen zu unterdrücken. Denn die beherrschende Farbe auf den Bildern war Türkis mit Einsprengseln wie Flecken von blauer Tinte.

»Sie werden natürlich eine zweite Meinung hören wollen«, sagte Moody. »Aber ich möchte Sie an zwei Dinge erinnern. In sehr seltenen Fällen bekommen junge Menschen in den Zwanzigern Alzheimer. Bei den Mittdreißigern sind die Fälle schon nicht mehr ganz so selten, und was die Mittvierziger betrifft ...«

An Adam gewandt, fuhr er fort: »Glauben Sie mir, Doctor Coopersmith, bei einem Mann Ihres Standes würde ich mich nicht festlegen, wenn ich nicht ganz sicher wäre.«

»Und was ... was soll ich Ihrer Meinung nach jetzt tun?« erkundigte sich Adam hilflos.

»Was könnte ich Ihnen antworten, das Sie nicht selbst schon wüßten?« entgegnete der Neurologe so behutsam wie möglich. »Sie wissen, daß diese Krankheit nicht statisch ist. Sie schreitet nur in einer Richtung fort, und je jünger Sie sind, desto schneller.«

Adam schwieg. Mit den Fäusten umklammerte er die Armlehnen seines Sessels, bis die Knöchel schneeweiß hervortraten. Schließlich nahm er all seinen Mut zusammen und fragte zögernd: »Und wie schätzen Sie den zeitlichen Rahmen ein, Dr. Moody?«

Der Neuseeländer schüttelte den Kopf. »Das kann ich zu diesem Zeitpunkt nicht einmal annähernd abschätzen. Ich kann Ihnen nur raten, nach Hause zurückzukehren und sich in die Obhut eines Bostoner Arztes zu begeben.«

»Das würde auch ich für das klügste halten«, stimmte Anja ihm zu.

»Haben Sie Kinder?« fragte der Arzt.

»Adam hat eine Tochter aus erster Ehe«, antwortete Anja an seiner Stelle. »Heather ist vierzehn.«

Moody schüttelte mitfühlend den Kopf.

»Wie ich sehe, wird es ziemlich schwierig für Sie sein, Dr. Coopersmith – für Sie beide. Es tut mir unendlich leid.«

Während der langen Heimreise versuchte Adam seine Frau immer wieder zu trösten. »Das hast du nicht verdient, mein Liebling. Warum muß ausgerechnet dir so etwas zustoßen?«

Dabei mußte Anja an die hinlänglich bekannte Weisheit denken, daß es nichts Hilfloseres gibt als einen unheilbar kranken Arzt.

42 SANDY

Sandy Raven fuhr bis ans innere Tor der Twentieth Century Fox. Der Pförtner mit der Piloten-Sonnenbrille war ihm bestens bekannt, er saß schon in seinem Häuschen, solange sich Sandy erinnern konnte.

Dieser Mann hatte ein fotografisches Gedächtnis für jeden, der je dieses Tor passiert hatte. Er erinnerte sich noch an Sandys allererste Besuche als staunender Teenager mit großen Augen. Aber auch sein Gedächtnis für Titel funktionierte ganz ausgezeichnet.

»Guten Morgen, Professor Raven. Freut mich, Sie mal wiederzusehen.«

»Guten Morgen, Mitch.«

Doch diesmal hob er nicht automatisch die Schranke. Statt dessen kam er mit dem Klemmbrett in der Hand heraus und fragte: »Zu wem wollen Sie denn heute?«

Sandys Herz begann heftig zu klopfen. Krampfhaft bemüht, Haltung zu wahren, antwortete er so lässig wie möglich: »Würden Sie bitte Miß Towers Büro anrufen und sich erkundigen, ob sie ein paar Sekunden Zeit für mich hat?«

Der Pförtner suchte vergeblich sein Erstaunen zu verbergen. Dann erkundigte er sich mit übertriebener Höflichkeit: »Haben Sie einen Termin bei ihr, Sir?«

»Nicht direkt. War nur so ein Einfall. Aber wenn's sein muß, werde ich auch gerne warten.«

»In Ordnung, Professor. Ich werde zu ihrem Büro durchläuten.«

Er kehrte in sein Häuschen zurück und schloß das Fenster, damit Sandy das Gespräch nicht mithören konnte. Der aber versuchte Mitchs Körpersprache zu analysieren. Allerdings vermochte er nicht mehr als anfangs ein gewisses Unbehagen und zum Schluß einen tiefen Erleichterungsseufzer zu erkennen.

Dann kehrte der Pförtner zu ihm zurück.

»Geht in Ordnung, Professor. Sie muß sich die Vormittagsmuster aus Europa ansehen, aber sie wird versuchen, Sie vorher noch zu empfangen. Muß ich Ihnen den Weg zu ihrem Büro erklären?«

Sandy wäre am liebsten explodiert. Hör endlich auf, Mitch, laß diesen kriecherischen Quatsch. Hier hat mein Vater sein halbes Leben lang gearbeitet!

Statt dessen nickte er dem Pförtner zu, der fortfuhr: »Gut. Der Parkplatz für Gäste ist ...«

»Das weiß ich«, fuhr Sandy auf.

Rasch kurbelte er sein Wagenfenster hoch und fuhr um das Hauptgebäude herum. Auf den Asphalt der VIP-Plätze waren die Namen der Manager gemalt. Sein Vater hatte so viele Jahre lang hier geparkt, und es war für die Parkwächter Ehrensache gewesen, die Farbe niemals verblassen zu lassen. An diesem Vormittag jedoch war sein Name, wie Sandy fast schon erwartet hatte, vollständig vom Pflaster gelöscht worden.

Wütend fuhr er zum Gästeparkplatz und knallte beim Aussteigen die Autotür hinter sich zu.

Im Hauptgebäude hielt er inne, um sich rasch die Haare zu kämmen, und ging dann weiter bis zu der großen Doppeltür, auf der ein goldenes Schild verkündete: KIM TOWER PRODUKTIONSLEITUNG.

Als er den Türknauf drehte, merkte er peinlich berührt, daß seine Handflächen feucht waren. Und hoffte, daß sie ihm nicht die Hand reichen würde.

Das Heiligtum wurde von einem Sekretär und einer Sekretärin bewacht: ersterer war ein blonder Beachboy-Typ, letztere eine elegante, gepflegte Dame Mitte Dreißig.

»O hallo, Professor Raven«, begrüßte sie ihn mit einstudiertem Lächeln. »Ich bin Eleanor, Miß Towers Sekretärin. Also wirklich, Sie sehen genauso aus wie Ihr Vater. Die Familienähnlichkeit ist nicht zu übersehen. Miß Tower telefoniert gerade, aber dann hat sie sofort Zeit für Sie. Darf ich Ihnen einen Kaffee anbieten?«

»Nein, danke«, antwortete Sandy kurz angebunden.

»Einen Tee? Oder vielleicht Orangensaft?«

In seinem Zorn weigerte sich Sandy standhaft, auch nur die kleinste freundliche Geste von jemandem anzunehmen, der etwas mit Rochelle zu tun hatte.

Kurz darauf summte die Sprechanlage, und er hörte, wie Rochelle fragte, ob er inzwischen eingetroffen sei.

»Ja, Miß Tower. Soll ich ihn hereinführen?«

»Nein, nein«, antwortete die Stimme. »Mr. Raven ist ein alter Freund von mir. Ich werde gleich rauskommen und ihn persönlich begrüßen.«

Einen tiefen Atemzug später öffnete sich die Tür zum inneren Büro, und im Rahmen stand, im vollen Glanz ihrer Macht und Schönheit, Rochelle Taubman. Sie lächelte.

»Hallo, Sandy! Das ist aber eine nette Überraschung! Ich freue mich, dich wiederzusehen. Bitte, komm doch herein.«

Sandy war dankbar, daß sie ihm weder die Hand noch die Wange zum Kuß reichte.

»Bitte, nimm Platz.« Sie deutete auf einen der Barcelona-Sessel, die im Halbkreis von ihrem riesigen Marmorschreibtisch angeordnet waren. Dann kehrte sie zu ihrem persönlichen Lederthron zurück.

»Ich freue mich wirklich, dich wiederzusehen«, erklärte sie, und ein Lächeln umspielte ihren Mund. »Möchtest du vielleicht einen Drink?«

»Nein, danke«, antwortete Sandy ruhig. »Eleanor war eine bezaubernde Gastgeberin.«

Unvermittelt entstand eine Pause, während Sandy Rochelle anstarrte, weil er wissen wollte, ob sie vielleicht ein winziges Zeichen von Beunruhigung sehen ließ.

Schließlich fragte sie ihn: »Und was führt dich zu uns, in die große Glitzerstadt?«

Allmächtiger, dachte er, die *L. A. Times* hat meine Berufung an die Universität verkündet, aber sie liest offenbar nichts weiter als *Variety*.

»Eigentlich lebe ich jetzt hier«, gab er zurück. »Das heißt, ich arbeite am Cal Tech. Ich gehöre zu dem neuen Gentechnikprogramm, das die da laufen haben.«

»Gentechnik? Muß ja wahnsinnig aufregend sein. Ich wünschte, ich hätte die Zeit, mehr zu lesen, aber ich finde das gesamte Thema DNA einfach faszinierend.«

»Du bist über DNA informiert?« fragte er überrascht und mit einer Spur Herablassung.

»Nur ganz wenig. Wir wollten einen Film zum Thema drehen, aber die Autoren wurden nicht damit fertig.«

Die zweite Pause fiel wesentlich länger aus. Und sogar Rochelle schien zu spüren, daß der Zauber ihrer Schönheit, der Luxus ihres Büros, die Regale voller Oscars ihre Anziehungskraft auf Sandy verloren hatten.

Deswegen ergriff sie die Initiative. »Es tut mir leid wegen deinem Vater ...«

Das ist doch einfach nicht zu fassen, schrie er innerlich auf. Sie tut, als hätte er einen Autounfall gehabt, während doch sie selbst es war, die ihn brutal überfahren hatte!

»Mir tut es auch leid«, gab Sandy zurück. »Aber keiner von uns beiden fühlt sich so elend wie der Mann, der diesem Studio zwanzig Jahre seines Lebens geschenkt hat.«

»Und es nahezu ebenso viele Millionen gekostet hat«, gab sie leise, aber nachdrücklich zurück.

»Das glaube ich dir nicht, Rochelle«, widersprach Sandy. »Ich meine, die Filme, die er während der ersten Jahre gedreht hat, waren die reinsten Goldesel – und das auch noch mit einem Billigstbudget!«

»Das muß ich zugeben«, antwortete sie. »Sidney war ein Plus für das Studio – damals. Hör mal, Sandy, du arbeitest in der Naturwissenschaft. Und die hat sich, weiß Gott, seit unserer Jugendzeit verändert.«

Ihre Höflichkeit machte ihn fertig. Er beschloß, auf gar keinen Fall derjenige zu sein, der zuerst die Stimme hob.

»Entschuldigen Sie, Miß Taubman, aber soweit ich weiß, gehört das Filmgeschäft nicht zu den exakten Wissenschaften.«

»Das ist es ja gerade.« Eifrig beugte sie sich über die Schreibtischplatte. »Die wichtigste Eigenschaft in dieser Branche ist die Intuition. Unsere Statistiken sagen uns, daß die weitaus größte Mehrheit unseres Publikums aus Teenagern besteht. Wie könnte man erwarten, daß ein Mann über Sechzig die Kultur der heutigen Jugend versteht?«

Sandy war empört über ihre Sophisterei und zugleich verblüfft über das Geschick, mit dem sie den Ball immer wieder übers Netz zurückschlug.

»Bei dieser Beweisführung, Rochelle«, gab er zurück, »müßten die Kinderärzte allesamt selbst Kinder sein.«

Sekundenlang wirkte sie sprachlos; dann wählte sie den Humor als angemessene Form einer Replik. »Wirklich clever, Sandy. Ehrlich.« Damit warf sie einen Blick auf ihre Rolex und stand auf.

»Großer Gott, ich komme zu spät zur Mustervorführung, und Sergio haßt es, warten zu müssen. Klingel einfach irgendwann mal bei mir an; dann verabreden wir uns zum Lunch.«

In diesem Moment explodierte Sandy tatsächlich.

»Rochelle!«

In ihren Augen schien ein kaum wahrnehmbarer Funke des Triumphs aufzuzucken: Endlich hatte sie ihn geknackt! Und der Umgang mit Feindseligkeit war nicht nur ihre Stärke, sondern eins der Hauptgeheimnisse ihres Erfolgs in Hollywood.

»Ja?« gab sie affektiert zurück.

»Vergessen wir seine Loyalität und all die Jahre, in denen er sich für dieses Studio krummbucklig gearbeitet hat. Denken wir statt dessen einfach nur an das eine: deine Karriere.«

Sie reagierte nicht, sondern wartete, bis er mit seiner Tirade fortfuhr.

»Du weißt ganz genau, daß du ohne meinen Vater jetzt nicht hier in diesem Büro sitzen würdest.«

Möglicherweise war sie es nicht gewöhnt, daß jemand ihr die Wahrheit ins Gesicht sagte. Denn plötzlich geriet ihr Temperament außer Kontrolle.

»Das ist deine persönliche Meinung«, entgegnete sie mit feindseligem Lächeln. »Ich dagegen halte das für weit übertrieben. Wie dem auch sei – war wirklich nett, dich wiederzusehen, Sandy.«

Damit ging sie hinaus und ließ ihn schäumend vor Wut zurück. Und kochend vor Haß.

Wie hatte er dieses Ungeheuer nur jemals lieben können!

43 ISABEL

Isabels Tagebuch

25. Oktober

Auf dem Heimflug war Dad absolut nüchtern. Aber nicht sehr gesprächig. Er hat wahrscheinlich nur deswegen nicht furchtbar geschimpft, daß ich Mom das Geschenk gekauft habe, weil dies eine ganz außergewöhnliche Gelegenheit war.

Ich habe ihm weh getan, das weiß ich; aber ist es meine Schuld, daß er nicht anerkennen will, daß jeder Mensch zwei Eltern hat, und daß es durchaus möglich, ja sogar ganz normal ist, sie alle beide lieb zu haben?

Wie dem auch sei, als eine Art Abschiedsfeier von meinem alten Ich hab' ich tatsächlich ein paar Schluck Champagner getrunken!

Eines weiß ich genau: Was immer die Zukunft mir bringen wird – mein Leben wird nie wieder so werden wie früher!

Beschwingt von ihrer Krönung in Italien kehrte Isabel nach Boston zurück und begab sich stehenden Fußes zu Karl Pracht.

»Hallo Isabel! Wie war's in Italien?«

»Sehr italienisch, Karl. Und mit dem Rest von meinem Preisgeld werde ich dich zum hervorragendsten Essen deines Lebens einladen.«

»Die *New York Times* hat ein paar hübsche Zitate aus deiner Dankadresse gebracht. Ich würde sagen, daß dir eine vielversprechende Zukunft auf dem Gebiet der Naturwissenschaften bevorsteht.«

»Da wir gerade von Zukunft sprechen ...« Isabel zögerte. »Ich ... äh ... ich weiß nicht, ob du das glauben wirst, Karl.«

»Nun, solange du nicht danach trachtest, meinen eigenen Doktortitel wegen Kunstfehlern revozieren zu lassen, bin ich gern auf alles gefaßt. Also, was ist?«

Isabel zögerte; dann nahm sie ihren Mut zusammen und antwortete leise: »Ich dachte an die Vereinheitlichte Feldtheorie.«

»An wessen Version – es gibt da eine Menge Konkurrenten.«

»Ich ... äh ... meine eigene. Ich möchte gern sehen, ob ich eine komplette Hypothese formulieren kann, die die verschiedenen Energiekräfte miteinander verbindet.«

»Du hast ganz recht«, gab Pracht zurück, »ich glaube es nicht.« Dann sah er sie an und setzte hinzu: »In einem anderen Leben, Isa, mußt du eine Seiltänzerin gewesen sein. Niemand hat mehr Respekt vor deiner Begabung als ich, aber dir ist doch klar, daß Einstein an diesem Thema arbeitete, als er starb – oder? Hast du irgend etwas Perverses an dir, daß du unbedingt das Geheimnis lösen willst, das Einstein ungelöst hinterlassen hat?«

»Aber Karl«, konterte sie, »ich hab' doch wirklich nur gesagt, daß ich's mal versuchen will. Es gibt Tausende von anderen Themen, die mich höchstens ein bis anderthalb Jahre kosten würden. Aber die Große Vereinheitlichte Theorie anzupacken, ist eine richtige Herausforderung. Und übrigens, falls ich versage – wäre das nicht wenigstens unendlich charakterbildend?«

Pracht überlegte eine Minute, dann sagte er: »Ich schlage vor, du gehst jetzt hin und kaufst dir jede Menge Aspirin.«

»Wieso?« fragte sie ihn.

»Weil du von nun an ununterbrochen mit dem Kopf gegen eine Wand rennen wirst.«

Leider konnte Raymond Isabels Begeisterung nicht teilen.

»Aber Isa, das kann nicht dein Ernst sein! Das ist ein Luftschloß! Nicht im Traum könnte ich mir eine Theorie vorstellen, die die Schwerkraft, die elektromagnetische Kraft sowie die starken und schwachen nuklearen Wechselwirkungen vereinigt. Die sind doch alle völlig verschieden!«

»Aber Dad, wenn ich nicht aufs Ganze gehe, tut's jemand anders. Schließlich haben Weinberg und Salam neunundsiebzig für den bisher besten Ansatz den Nobelpreis gekriegt. Ihre Theorie kann nicht hundertprozentig bewiesen werden, bis es die nächste Generation der Hochenergie-Beschleuniger gibt. Angenommen, ich entwickle eine Theorie, die alle über jeden Zweifel hinaus akzeptieren können? Ich hab' doch bisher noch niemals schiefgelegen – oder?«

»Na ja«, antwortete Raymond ein wenig ironisch, »deine römische Extravaganz würde ich nicht unbedingt als intelligente Entscheidung bezeichnen.«

»O Gott im Himmel«, protestierte sie. »Wann wirst du endlich aufhören, mir Mamas Geige vorzuwerfen? Schließlich war das Ganze *mein* Preisgeld, und ich hatte das Recht, es so auszugeben, wie es mir paßt. Und außerdem, zum x-tenmal«, ereiferte sie sich, »ich hätte es ebenso gern für *dich* ausgegeben, und zwar *alles*, aber du brauchst anscheinend nichts. Ich meine ...« Sie verfing sich in den Schlingen ihrer eigenen Rhetorik.

»Und außerdem«, gab er zurück und übernahm damit die Initiative, »habe ich, was dich angeht, als helfende Kraft ausgedient, nicht wahr? Nur schade, daß ich zu jung für ein Altersheim bin.«

Niemand außer Raymond da Costa wußte so genau, wie leicht es war, die Diskussion mit einem Kind zu gewinnen, indem man Schuldgefühle in ihm weckte. Isabel beendete die Debatte sofort.

»So etwas darfst du nicht sagen, Dad – niemals!« schalt sie

ihn liebevoll. »Niemals könnte ich vergessen, wieviel du für mich geopfert hast. Wenn du also strikt dagegen bist, daß ich dieses Thema wähle, werde ich mir ein anderes ausdenken.«

Das Schuldgefühl war über das Netz auf Raymonds Seite zurückgeschlagen worden. Der Überlebensinstinkt sagte ihm, daß seine einzige Alternative nunmehr nur noch der Edelmut sei. Also ging er auf sie zu, ergriff ihre Hände und verkündete so zärtlich, wie er nur konnte: »Du bist mein kleines Wunderkind, Isabel. Du solltest dir wirklich die Sterne zum Ziel nehmen. Wenn überhaupt jemand so was kann – dann du!«

Zuerst war Muriel absolut sprachlos. Dann rief sie bewegt: »Aber Liebling, das hättest du nicht tun sollen! Es ist überwältigend! Ich wage kaum, ein so wertvolles Instrument anzufassen, geschweige denn, darauf zu spielen!«

Während Isabel von Glück erfüllt zusah, nahm ihre Mutter behutsam die kostbare Violine mitsamt dem Bogen in die Hand, um dann – weil sie ein so wundervolles Instrument nur ja nicht entweihen wollte – lediglich ein paar Tonleitern zu spielen.

»O mein Gott!« flüsterte sie ergriffen. »Sie muß für eine Engelssymphonie gemacht worden sein.«

Muriel fiel ihrer Tochter um den Hals und drückte sie fest an sich. »Du bist ein sehr ungezogenes Mädchen. Du mußt ein Vermögen dafür ausgegeben haben.«

»Ist schon okay«, antwortete Isabel unbekümmert. »Der Fermipreis *ist* ein kleines Vermögen.«

»Das war wundervoll, was du da für Mom getan hast, Isa«, sagte Peter am Abend, als er und seine Freundin Terri, mit der er zusammenlebte, die kleine Schwester zum Abendessen ausführten. »Seit du ihr die Geige geschenkt hast, schwebt sie wie auf Wolken – ganz zu schweigen davon, daß sie Tag und Nacht auf dem Ding spielt.«

»Ich wette, Edmundo flippt aus, wenn er sie spielen hört«, warf Terri ein.

Sie war eine hübsche blonde Studentin und – ganz eindeutig – bis über beide Ohren in Peter verliebt. Diese Tatsache machte Isabel nur noch glücklicher, denn ihr Bruder hatte es geschafft, sein Leben trotz der Vernachlässigung durch den Vater auf den richtigen Kurs zu bringen.

»Ist das nicht ein bißchen schwierig«, erkundigte sich Terri, »einen so großen Preis zu gewinnen und immer noch für Professoren zu arbeiten, die vermutlich nicht mal eine Staatslotterie managen könnten?«

Bestrebt, das Gespräch von ihren unvermeidlichen Erfolgen abzulenken, erkundigte sich Isabel: »Wieso ist Edmundo schon wieder in Argentinien? Hat er da etwa einen Posten als eine Art Gastdirigent?«

»Keine Ahnung«, antwortete Peter. »Aber es ist wohl jemand in der Familie krank. Ich weiß allerdings nicht einmal, wer. In letzter Zeit ist er fast jeden Monat einmal drüben.«

»Ich weiß genau, was du jetzt denkst.« Terri lächelte Isabel zu. »Aber es gibt keine ›andere Frau‹. Er und Muriel lieben einander sehr. Als er hörte, daß du kommst, hat er sogar versucht, seine Reise zu verschieben, aber du hast uns nicht früh genug informiert.«

»Nun gut, jetzt informiere ich euch alle rechtzeitig. Ich werde mich zum Winterschlaf zurückziehen und erst wieder hervorgekrochen kommen, wenn ich meine Doktorarbeit fertig habe – oder selbst fix und fertig bin«, erklärte Isabel. »Wie ich schon sagte, habe ich mir die härteste Nuß ausgesucht, die man sich vorstellen kann.«

Peter streckte die Hand aus und drückte ihr teilnehmend die Schulter.

»Isa«, sagte er leise, »ich hätte nichts anderes von dir erwartet. Dabei fällt mir übrigens ein: Ist dieser Pracht noch immer dein Berater?«

»Aber sicher.«

»Wow!« stieß Peter hervor. »Hast du das gehört, Terri? Das ist Jerry Prachts Vater.«

Bei dieser überwältigenden Neuigkeit brachte seine Freundin nichts weiter heraus als ebenfalls ein »Wow!«. Dann wandte sie sich an Isabel und erklärte: »Er ist unwahrscheinlich süß! Bist du ihm schon mal begegnet?«

»Äh …« Sie versuchte, nicht rot zu werden. »Ein- oder zweimal.«

»Sieht er in natura genauso gut aus wie im Fernsehen?« erkundigte sie sich neugierig.

»Er ist einfach hinreißend«, sagte Isabel mit heimlichem Stolz. »Und weißt du was? Er ist obendrein unheimlich intelligent.«

»Hab' ich gemerkt«, bestätigte Peter. »Ich meine, so wie er neulich abends bei seinem Interview geredet hat.«

»Bei welchem Interview? Wann?« Isabel verschlug es buchstäblich den Atem. »Ich habe das Gefühl, daß ich ein bißchen hinter dem Mond gelebt habe.«

»Ach, weißt du, wenn sein Dad dir nichts gesagt hat, hättest du vermutlich nie was davon gehört, Isa«, antwortete Peter. »Ich meine, Sport war noch nie so recht dein Fall. Aber vorgestern abend hat Jerry Pracht himmlisch gespielt und bei den Australian Open einen der bekanntesten Tennisspieler in glatten drei Sätzen besiegt.«

Isabel war so euphorisch, daß sie nicht mehr auf der Hut war, sondern sagte: »O Gott, ich muß ihn unbedingt anrufen.«

Peter und Terri lachten beide. »Willst du in deinem reifen Alter etwa noch ein Groupie werden?« spöttelte ihr Bruder.

Isabel wurde so verlegen, daß sie kein Wort herausbrachte.

»Nein … Ja … Er ist so eine Art Freund von mir. Ich meine – wißt ihr, was das für ihn auf der Weltrangliste bedeutet?«

»Weltrangliste?« Peter zog die Brauen hoch. »Bist du jetzt etwa ein Tennisfan geworden, Isa?«

»Verdammt noch mal, ich hab' doch nur eine ganz einfache Frage gestellt«, gab Isabel zurück.

»Ehrlich gesagt, das Spiel war so aufregend, daß ich nicht darauf geachtet habe. Aber da Wimbledon unmittelbar vor der Tür steht, ist das wohl auch nicht ganz so wichtig.«

»Aber natürlich ist es wichtig«, beharrte Isabel.

Peter grinste. »Na ja, dann drücken wir's doch mal so aus, Isa. Du brauchst bloß T-O-P zu buchstabieren, dann weißt du, auf welchem Platz dein lieber Freund steht.«

Einige der größten wissenschaftlichen Entdeckungen werden nicht durch zielstrebige Arbeit gemacht, sondern fallen irgend jemandem ganz beiläufig in den Schoß.

Kolumbus, der einen neuen Seeweg nach Indien suchte, stieß dabei zufällig auf Amerika; Sir Alexander Fleming fiel auf, daß eine Pilzkultur, die er übers Wochenende in seinem Labor vergessen hatte, eine Staphylokokkenkultur kontaminiert und das Wachstum der Bakterien gestoppt hatte. Auf diese Art wurde das Penicillin entdeckt – und Sir Alexander Fleming Nobelpreisträger.

Zahlreiche Forscher berichten von spontanen Einfällen, plötzlich über sie hereinbrechenden Erkenntnissen, die die Lösung von Problemen betreffen, mit denen sie sich jahrelang herumgeschlagen hatten, und zwar eben dann, wenn sie es am wenigsten erwarteten: auf dem Golfplatz, unter der Dusche und an noch banaleren Örtlichkeiten.

Isabel dagegen sollte ihren einzigartigen Geistesblitz auf ewig einer guten Fee der Naturwissenschaften zuschreiben.

Als sie in ihrem dritten Sommer am MIT eines frühen Morgens aufstand, wusch sie sich das Gesicht, putzte sich die Zähne, machte sich einen Kaffee, setzte sich mit dem Bleistift in der Hand an ihren Schreibtisch und dachte nach.

Da ihre geistigen Kräfte noch halb schlummerten, begann sie, um ihre Gedanken zu konzentrieren, auf einem Notizblock ziellos zu kritzeln. Bald darauf begann sie jedoch auf einmal Zahlen zu schreiben, aus denen letztendlich Gleichungen wurden.

Bei ihrer durchaus konzentrierten Arbeit verspürte sie plötzlich einen unwiderstehlichen Appetit auf Kohlehydrate. Barfuß lief sie in die Küche, holte zwei tiefgefrorene Waffeln heraus, toastete sie, übergoß sie mit Ahornsirup und nahm sie als wahre Kalorienbombe von Frühstück an ihren Schreibtisch mit.

Während sie die Waffeln verschlang, fiel ihr Blick noch einmal auf das Blatt Papier. Das plötzlich wie die Arbeit eines völlig Fremden wirkte. Kaum vermochte sie zu glauben, daß ihr die gesamte Formel in einem Sekundenbruchteil der Inspiration in die Feder geflossen war.

Wow, dachte sie, das könnte es tatsächlich sein!

Aber wieso ist es so einfach? Ich hab' nur ein paar grundlegende Berechnungen angestellt, und dann hat sich alles von selbst ergeben. Wieso haben all die anderen eine so auf der Hand liegende Lösung schlicht übersehen?

Fünfundvierzig Minuten später steckte sie den Kopf durch Prachts Bürotür.

»Hast du ein paar Minuten Zeit für mich, Karl?«

»Aber sicher doch!« Er lächelte. »Was kann ich zu dieser frühen Morgenstunde für dich tun?«

»Mir ist da gerade eine Idee gekommen. Dürfte ich sie mit dir durchgehen?«

»Na klar.«

Ohne ein weiteres Wort eilte sie zur Wandtafel, nahm eine Kreide und schrieb die ersten Grundregeln auf, aus denen sie ihre Theorie entwickelte, wobei sie all ihre Vermutungen erläuterte und aufzeigte, an welcher Stelle sie einen ganz neuen Weg eingeschlagen hatte.

Dann fragte sie: »Und was hältst du davon, Karl?«

»Offen gestanden, es fällt mir schwer, es zu begreifen. Ich meine, in der Physik versucht eine Theorie stets die einfachste Erklärung zu sein, und dafür ist deine Hypothese ein ganz ausgezeichnetes Beispiel. Darüber hinaus ist sie außerordentlich elegant und stimmt mit früheren Arbeiten überein. Mit anderen Worten, sie ist fantastisch!«

»Danke.« Isabel lächelte stolz.

Pracht krauste jedoch noch immer die Stirn.

»Was stört dich daran, Karl?« erkundigte sie sich.

»Na ja, Isa, ich bin in Gedanken schon einen Schritt weiter. Ich meine, deine Idee wird fraglos Aufsehen erregen, aber es wird, wie immer, Zweifler geben. Schließlich gab es auch Einwände gegen Einsteins Relativitätstheorie, nur wurde diese 1919 durch eine Sonnenfinsternis belegt. Während du keinerlei Voraussagen machst, die man durch Beobachtung bestätigen könnte. Wenn wir nur eine Möglichkeit fänden, zu beweisen, daß du recht hast!«

»Nun«, erwiderte sie, keineswegs entmutigt, »wir stehen beide nicht auf der experimentellen Seite. Aber wenn du ein bißchen Zeit übrig hast, könnten wir mit ein paar Ideen spielen.«

»Für dich, Isabel, habe ich immer Zeit.«

In diesem Moment summte Prachts Intercom.

»Was ist denn, Alma?«

Eine völlig unerwartete Stimme kam der Sekretärin zuvor. »Hallo, Dad. Isa ist nicht in ihrem Büro.«

Isabel schoß förmlich aus dem Sessel hoch. »Großer Gott, Karl, das ist Jerry! Sollte er nicht schon längst auf dem Flug nach England sein?«

»Bist du da draußen?« rief Karl in seine Sprechanlage.

»Nein, ich bin hier.« Damit kam sein Sohn lächelnd zur Tür herein.

Isabel war so überglücklich, daß sie sich einfach in seine Arme warf und sich von ihm küssen ließ.

Ohne sie loszulassen, fragte Jerry mit spitzbübischem Lächeln: »Hi, Dad. Stör' ich vielleicht?«

»Im Gegenteil, mein Sohn. *Ich* bin es vermutlich, der hier stört«, scherzte sein Vater. »Aber solltest du nicht in Wimbledon sein?«

»Ich hab' den Umweg über Boston genommen, um meine besten Freunde hier zu besuchen. Bis morgen abend kann ich bleiben.«

»Na, großartig! Übrigens, herzlichen Glückwunsch für Australien.«

»Danke, aber erwartet bitte keine Wiederholung. Es war einfach Glück. Übrigens, habt ihr beiden vielleicht gearbeitet?«

»Das haben wir allerdings«, verkündete Karl. »Du erlebst gerade einen historischen Augenblick. Isa hat eben eine ganz neue Vereinheitlichte Feldtheorie entwickelt.«

Jerry war baß erstaunt. »Du machst Witze!«

»Habe ich jemals übertrieben, wenn es um deine Freundin ging?«

»Nein«, mußte Jerry zugeben. Dann wandte er sich an sie: »Das ist ja fantastisch, Isa! Ich gratuliere. Darf ich dich zum Dinner ausführen?«

»Ich werde mich bei meiner Sekretärin erkundigen«, gab

sie ironisch zurück. »Aber du könntest vielleicht einen Spaziergang um den Block machen, während dein Dad und ich uns ernsthafteren Dingen widmen.«

»O nein, mein Mädchen!« Er lächelte. »Ich möchte unbedingt dabei sein. Vermutlich werd' ich nicht viel kapieren, aber darf ich nicht wenigstens stumm zuhören?«

»Na gut«, konzedierte der ältere Pracht und warnte seinen Sohn: »Einiges könnte dir ein bißchen abstrus vorkommen, aber das werde ich dir dann später erklären.«

»Ich glaube, diese Aufgabe wird Isa übernehmen.«

Also kehrte Isabel an die Wandtafel zurück und wiederholte ihre Erklärung – mit ein paar zusätzlichen Raffinessen, die ihr während des Schreibens einfielen. Als sie mit ihrer Exposition fertig war, klatschte Jerry begeistert Beifall.

»Bravo!« rief er. »Dafür kriegst du garantiert den Nobelpreis.«

»Dein Dad verlangt leider noch mehr von mir«, beschwerte sich Isabel mit gespielter Verzweiflung.

»Um Himmels willen, was willst du denn noch?« erkundigte sich Jerry.

»Nun ja«, gab der ältere Pracht lächelnd zurück, »eine kleine Beweisführung könnte nicht schaden.«

»Was meinst du«, wandte Jerry sich an Isabel, »was für Laborbedingungen brauchst du dafür?«

»Eine gigantische Energiequelle, und nicht mal der 500-GeV-Beschleuniger von CERN in Genf würde dazu reichen.«

Jerry überlegte einen Moment; dann leuchtete seine Miene plötzlich auf. »Wie wär's mit einer Supernova?« erkundigte er sich aufgeregt. »Wenn ein Stern kollabiert, entsteht ein ungeheures Schwerkraftfeld und eine Unmenge von Energie.«

Er trat an die Tafel und schrieb einige der Bedingungen auf, die im Kern eines Sterns herrschen, kurz nachdem er implodiert ist.

»Ist doch gut, daß ich fast immer in den ersten Runden ausscheiden muß«, witzelte er. »Deswegen hab' ich viel Zeit zum Lesen gehabt.«

Isabel strahlte. »Ich glaube, du hast da wirklich was, mein

lieber Sternguckerfreund.« Damit stürzte sie sich, mit dem Notizblock in der Hand, eifrig in neue Berechnungen.

»He, Moment mal«, wandte Karl Pracht ein. »Ich glaube nicht, daß das funktionieren wird. Gewiß, die Ionentemperatur in einer Supernova ist hoch, doch sie beträgt nur 100 Kev oder so. Du aber brauchst millionenmal mehr. Und zu allem Übel schwirrt da so viel heiße Materie herum, daß weder ein Licht- noch ein anderes Signal aus dem Innern durchkommen könnte – mit Ausnahme der Neutrinos, natürlich.«

»Halt mal, Dad, halt!« rief Jerry plötzlich. »Was ist denn mit der Stoßwelle?«

Isabel überlegte kurz, dann explodierte sie fast vor Freude.

»Jerry, du bist einfach unglaublich! Also paßt auf, ich werd's euch zeigen.«

Und schon stand Isabel, übersprudelnd vor Ideen, wieder an der Tafel.

»Der Stern schrumpft unglaublich schnell bis zu einem Punkt, wo's nicht mehr weitergeht. Dann schnellt er zurück und schickt diese unerhört schnelle Stoßwelle aus. Nun haben wir theoretisch alle benötigten Elemente zusammen: die Energie sowie riesige Magnet- und Schwerkraftfelder. Ich schätze, daß es irgendein typisches Zeichen für die Vereinigung durch die Entsendung von Mikrowellen geben sollte, auf einer Wellenlänge in der Gegend von vier Zentimetern.«

Pracht, der die animierte Diskussion der beiden jungen Leute genoß, spielte den Advocatus diaboli.

»He, Kinder, das mag ja alles schön und gut sein, aber ich glaube nicht, daß ich noch so lange leben werde, bis wir die nächste Supernova haben.«

»Das brauchst du nicht«, gab Jerry zurück. »Es gab schon eine, im Februar 1987 ...«

»... als der blaue Stern Sanduleak explodierte«, beendete Isabel den Satz.

»Bingo!« jubelte der ältere Pracht, während sein Sohn schnell wieder die Wortführung ergriff.

»Ein paar Astronomen in Chile haben rechtzeitig reagiert«, erklärte Jerry, »und das Ereignis mit jedem nur möglichen Instrument untersucht. Aber die genauesten Daten müßte wohl CISRO in Australien haben, denn von deren Hemisphäre aus hatte man den günstigsten Blickwinkel. Zufällig arbeitet einer meiner alten Kumpel vom Astronomy Club da unten. Ich werde ihn gleich anrufen und überreden, uns die Bänder rüberzuschicken.«

Er griff zum Telefonhörer und sah dabei grinsend seinen Vater an. »Und für diesen Anruf kann Dad blechen.«

Da in einem Observatorium immer irgend jemand wach ist, hatte Jerry innerhalb von Minuten festgestellt, daß das CISRO-Team tatsächlich mehrere Sanduleak-Bänder auf seinem alten VAX780-Computer hatte. Und ihnen gern Kopien schicken würde.

»Das ist absolut fantastisch!« Isabel strahlte. »Würdest du die Abhandlung mit mir zusammen schreiben, Jerry?«

»Kommt nicht in Frage«, gab der junge Mann zurück. »*Dies hier* ist ein Vergnügen für mich, *das* aber würde in Arbeit ausarten. Und wie du weißt, bin ich gegen alles Akademische allergisch.«

»Jerry«, warnte Karl gutmütig, »wenn du nicht aufhörst, den Exzentriker zu spielen, werde ich Isabel in dein tiefes, dunkles Geheimnis einweihen.«

»O nein, Dad! Bitte nicht.«

»Was ist es denn?« erkundigte sich Isabel neugierig.

Daraufhin rückte Pracht mit der Geheiminformation heraus.

»Eigentlich ist Jerry gar nicht von der High-School abgegangen.«

»Bin ich doch!« widersprach Jerry energisch.

Ohne ihn zu beachten, wandte sein Vater sich direkt an Isabel. »Eigentlich wurde er wegen ungebührlichen Betragens *rausgeschmissen* ...«

»Siehst du?« warf Jerry ein.

»Doch da er durch seine Kurse im Planetarium genügend Punkte gesammelt hatte, um den Abschluß zu machen, haben sie ihm zum Abschied ein Diplom geschenkt.«

»Ist das wirklich wahr?« wollte Isabel wissen.

Jerry zuckte voll Unbehagen die Achseln. »Na ja, so ungefähr ...«

»Hört zu«, schlug Karl vor. »Ihr beiden setzt euch jetzt zusammen, und du erzählst Isabel alles, während ich mich ans Telefon hänge und mich um die Veröffentlichung ihrer Theorie kümmere.«

Isabel warf sich in einen Sessel und stieß einen erschöpften Seufzer aus.

»Müssen wir wirklich, Karl? Vielleicht ist diese Idee ja so ungeheuerlich, daß einige Leute sie gar nicht gern drucken mögen.«

»Du hast recht. Deswegen brauchen wir eine gute Strategie. Also, alles, was der *Physical Review* zugeht, wird Kollegen zur Beurteilung vorgelegt – aber selbst dann können die Redakteure noch Hackfleisch aus jedem Artikel machen, den sie verreißen wollen.«

Aber Karl Pracht wußte, wie man vorgehen mußte.

»Du mußt ihn kurz und präzise abfassen, damit wir ihn als *Brief* einreichen können. Auf diese Weise kann kein Kritiker seine Klauen in ihn hineinschlagen. Und du kannst ihn veröffentlichen, ohne in der Luft zerfetzt zu werden. Es ist nahezu axiomatisch, daß die größten Entdeckungen der modernen Naturwissenschaft die kürzesten Beschreibungen hatten.«

Isabel brach das Schweigen.

»Meinst du, wir könnten noch einen Tag warten, Karl?« fragte sie mit einem Anflug von Melancholie.

»Was sind schon vierundzwanzig Stunden?« gab Pracht zurück. »Das Ding hat seit Sir Isaac Newton gewartet. Aber das ist völlig uncharakteristisch für dich, Isa. Kriegst du etwa kalte Füße?«

»Nein«, antwortete sie, »aber wenn wir das hier veröffentlichen, geht der ganze Zirkus von vorn los. Offen gestanden, das ist der einzige Teil meiner wissenschaftlichen Laufbahn, den ich aus tiefstem Herzen hasse. Mich interessiert nur meine Arbeit.«

»Aber Isa«, sagte Jerry, »du darfst nicht vergessen, wie bedeutend deine Entdeckung ist.«

»Richtig«, stimmte sein Vater zu. »Es gibt heutzutage eine Menge Gerede über das, was nach dem ›Big Bang‹ geschah.

Gegenwärtig ist man der Meinung, daß alles extrem heiß und daher energetisch war. Und daß sich in diesem ausschlaggebenden Moment alle Naturkräfte vereinigten und eng miteinander vermischten. Mit dem, was du hier getan hast, kann man diese Theorie tatsächlich beweisen. Das ist überwältigend – ein echtes Gottesgeschenk. Also solltest du dich auf die grellsten Scheinwerfer gefaßt machen, denen du je gegenübergetreten bist.«

Isabel schüttelte den Kopf und stellte bedrückt fest: »Mein ganzes Leben ist eine einzige, lange Pressekonferenz.«

44 ADAM

Charlie Rosenthal weinte.

Er war seit über zwanzig Jahren Arzt und hatte zuvor nur ein einziges Mal die Beherrschung verloren: als sein Sohn vom Fahrrad gefallen war und ohne Bewußtsein im Krankenhaus lag.

»Es tut mir leid, Adam. Es tut mir ja so furchtbar leid«, schluchzte er. »Du bist mein bester Freund. Und was mich völlig fertig macht, das ist, daß ich überhaupt nichts tun kann, um dir zu helfen.«

Adam legte seinem Kollegen die Hand auf die Schulter. »He, nimm's nicht so schwer«, sagte er leise. »Das Schlimmste kommt erst noch. Spar dir deine Tränen dafür auf. Und jetzt erzähl mir, welcher Spezialist die Ehre haben wird, meinen Fall zu behandeln.«

»Ich hab' mich erkundigt, und es ist überhaupt keine Frage: Der Mann, an den du dich wenden solltest, ist Walter Hewlett.«

»Und wieso ist der so was Besonderes?« erkundigte sich Adam träge.

»Weil er dich nicht nach dem Lehrbuch behandeln wird, Coopersmith. Sein eigener Vater ist an Alzheimer gestorben.«

Da begann Adam hysterisch zu schreien. »Was für ein

Arzt, zum Teufel, bist du, Rosenthal? Du weißt genau, daß das Schlimmste an Alzheimer eben nicht der Tod ist!«

»Das stimmt, Adam, das stimmt«, gab der andere nervös zurück. »Es ist tatsächlich so, daß … na ja … der allmähliche Verfall …«

»… schlimmer ist als der Tod«, beendete Adam den Satz für ihn.

Aber Charlie widersprach eindringlich: »Hör zu, bis auf Aids gibt es kein anderes Gebiet der Medizin, das so gründlich erforscht worden ist wie Alzheimer. Und das ist nicht einfach beruhigendes Gerede.«

„Natürlich, Charlie. Man weiß inzwischen, daß ein defektes Protein von einem Gen im Chromosom 21 stammt. Aber nichts davon wird so rechtzeitig kommen, daß es mir auch nur im geringsten hilft.«

»Na schön, alter Freund, warum sprichst du nicht erst mal mit Hewlett? Er hat mit neurotrophischen Zellen gearbeitet. Übrigens kommt er noch heute abend hier vorbei.«

Charlie legte den Arm um seinen Kollegen, und so kehrten sie aus dem mit Büchern vollgestopften Arbeitszimmer in das nur spärlich möblierte Wohnzimmer zurück, wo Joyce sich im Schein des Gaskaminfeuers mit Anja unterhielt.

Die beiden Frauen erhoben sich und wollten auf Adam zugehen. Der plötzlich in einen heftigen Wutanfall ausbrach.

»Was bilden Sie sich eigentlich ein?« brüllte er, völlig außer sich. »Einfach so zu mir ins Haus zu kommen, in mein Privatleben einzudringen … und Anja zu belästigen!«

Charlie versuchte, ihn zu beruhigen.

»Immer langsam, Adam. Du kennst Joyce seit Jahren. Du warst Trauzeuge auf unserer Hochzeit.«

Adams Antwort traf Charlie wie ein Blitzschlag.

»Was glauben Sie, wer Sie sind?« donnerte er. »Ihr beiden wollt mich doch bestimmt nur vergiften!«

Anja versuchte, ihn in die Realität zurückzuholen.

»Aber Liebling, die Rosenthals sind unsere Freunde!«

Nunmehr ging Adam auch auf sie los. »Hör auf mit den Lügen«, schimpfte er. »Und schaff mir diese Leute vom Hals, sonst rufe ich die Polizei.«

Charlie wandte sich an Anja; in seinen Augen standen Entsetzen und Kummer. »Na schön, ich glaube, wir werden jetzt lieber gehen. Achte darauf, daß er seine Pillen nimmt. Hewlett wird kurz vor neun hier sein. Wenn ihr was braucht, ruf mich bitte an.«

»Hören Sie auf, mit meiner Frau zu reden!« schrie Adam. Charlie und Joyce wechselten einen kurzen Blick mit Anja, die das Zimmer verließ, um sie hinauszubegleiten.

Eine knappe Minute später war sie wieder im Wohnzimmer bei Adam. Er stand zusammengekrümmt da und hielt sich den Schädel.

»Was ist?« erkundigte sie sich.

»Mein Kopf fühlt sich an, als würde er platzen«, gab er zurück.

»Keine Angst, Adam, der Arzt wird gleich hier sein.«

»Welcher Arzt?« fragte Adam sie verwirrt. »Ich brauche doch bloß ein Aspirin.«

»Jetzt setz dich erst mal wieder hin und ruh dich aus. Ich gehe dir sofort eins holen«, versprach sie laut, während sie insgeheim feststellte, daß sogar sie inzwischen Angst hatte, mit ihm allein zu sein.

Kurz darauf kam Anja mit einem Glas Wasser, zwei Aspirin und der kleinen gelben Pille zurück, die ihn – wenn sie Glück hatte – beruhigen würde, bis der Arzt eintraf.

Was Anja am meisten überraschte, war die Tatsache, daß Walter Hewlett für einen bekannten Wissenschaftler so jung war.

»Danke, daß Sie gekommen sind, Doctor.«

»Das war das mindeste, was ich tun konnte, Mrs. Coopersmith. Ihr Mann wird sich nicht daran erinnern, aber ich war einer seiner Studenten, als er mitten im Jahr Max Rudolphs Vorlesungen übernahm. Er war ein großartiger Dozent.«

War, dachte Anja. Ich glaube, ich werde mich daran gewöhnen müssen, daß man von ihm in der Vergangenheitsform spricht.

Als sie das Wohnzimmer betraten, starrte Adam ins Feuer. Dann sah er ihnen fragend entgegen.

»Das ist Walter Hewlett, Adam«, erklärte Anja sachlich. »Neurologe am Mass General. Zufällig war er einer deiner Studenten.«

»Wirklich?« entgegnete Adam in scheinbar normalem Tonfall. »Da ich im Grunde nur einen Kurs gehalten habe, als ich für Max einspringen mußte, kann das nur neunzehnhundertneunundsiebzig gewesen sein. Stimmt's?«

Hewlett lächelte. »Genau. Sie haben ein gutes Gedächtnis, Doctor Coopersmith.«

»Möchte jemand Kaffee?« erkundigte sich Anja und hoffte, Adam dadurch das Gefühl zu geben, daß dies ein privater Besuch sei.

»Aber gern«, antwortete der junge Spezialist. Dann wandte er sich an den Mann, der nicht nur sein Gastgeber, sondern auch sein Patient war. »Und Sie, Adam?«

»Vorsicht mit dem Koffein«, antwortete Adam mit warnend erhobenem Zeigefinger. »Es verursacht Cholesterin.«

Dann hielt er einen Augenblick inne und lächelte Anja zu. »Aber ich glaube, darüber brauche ich mir keine Gedanken zu machen, nicht wahr, Liebling? Also nehme ich auch einen.«

Hewlett öffnete seinen Aktenkoffer und entnahm ihm ein großformatiges Kuvert.

»Mit Erlaubnis Ihrer Frau habe ich mir die Berichte und Fotos angesehen, die Sie aus Neuseeland mitgebracht haben.«

»Neuseeland?« fragte Adam verständnislos. »Warum sollte ich nach Neuseeland reisen?«

»Nun«, antwortete Hewlett, »ich weiß, daß Sie müde sind, es wird Ihnen also wohl entfallen sein. Aber wie Sie hoffentlich wissen, bin ich Neurologe und glaube, daß Sie ein Problem haben.«

»Wirklich?« gab Adam mit glasigem Blick staunend zurück.

Walter nickte. »Ich meine, wir werden natürlich unseren eigenen Scan machen. Meiner Meinung nach aber bestätigen die Fotos, die Sie mitgebracht haben, Moodys Diagnose.« Der junge Arzt hielt inne, dann sagte er zögernd: »Ich glaube, Sie haben Alzheimer.«

Adams Antwort fiel überraschend aus.

Noch immer ins Kaminfeuer starrend, antwortete er tonlos: »Das glaube ich auch.«

In den folgenden Tagen wollte Adam unaufhörlich mit Anja kommunizieren, denn er hatte ihr lebenslange Informationen zu übermitteln – und nur eine grausam kurze Zeitspanne, das zu schaffen.

Die körperliche Liebe nahm für sie beide eine gewisse Dringlichkeit an, wurde zu einer unausgesprochenen Vereinigung, bei der die Intensität seiner Berührung ihr verriet, daß er genau wußte, was er tat. Und was er ihr zu sagen versuchte. Seine Hände waren auch ohne Worte ausdrucksvoll. Sie sprachen mit einer Eloquenz, die über jedes Wort hinausging.

Wenn er sie küßte, war es für die ganze Ewigkeit.

Einige Personen mußten informiert werden. Zunächst und vor allem Heather. Da es mit Adam sehr schnell bergab ging, war es ihr bestimmt, ihn lange vor seinem tatsächlichen Tod zu verlieren.

Anja rief Lisl an, die sofort herüberkam, um ›im Haus mitzuhelfen‹.

Sie erwies sich als willkommene Quelle der Kraft für Anja, die bisher keinen Menschen gehabt hatte, der sie unterstützt hätte.

Lisl bestand darauf, Heather und Toni persönlich zu unterrichten. Später erzählte sie, wie überrascht sie von deren Reaktionen gewesen war. Toni hatte ganz unerwartet bitterlich geweint.

Heather dagegen war viel zu entsetzt, um zu weinen.

»Darf ich ihn sehen?« bat Toni.

»Ich weiß es nicht«, antwortete Lisl ehrlich. »Ich glaube, das muß Anja entscheiden. Aber er will Heather unbedingt sehen.«

Sie wandte sich an ihr Patenkind und fragte leise: »Soll ich dich morgen nach der Schule abholen?«

Heather nickte stumm.

45 ISABEL

Raymond da Costa war empört.

»Wie konntest du nur so etwas tun? Meinst du nicht, ich hätte es verdient, als erster davon zu erfahren?«

»Tut mir leid, Dad«, antwortete Isabel, »aber es hatte keinen Sinn, dir etwas zu zeigen, bevor ich genau wußte, daß ich auf dem richtigen Weg war.«

»Du meinst wohl, du dachtest, es ginge über meinen Verstand!«

Isabel saß in der Falle. Tatsächlich hätte sie es ihrem Vater mit Worten erklären können, die er verstand, war aber vor dieser Aufgabe zurückgeschreckt. Und vermochte selbst nicht zu verstehen, warum sie ihm die Freude der Priorität verweigert hatte.

Urplötzlich saß ihr Vater am Küchentisch, barg das Gesicht in beiden Händen und weinte.

Isabel zitterte und hatte Angst. Vielleicht war sie – aus einer reflexhaften Selbstschutzreaktion – doch zu brutal gewesen. Würde er jetzt zusammenbrechen?

»Bitte, Dad, entschuldige! Mir ist jetzt erst klargeworden, daß ich es dir zuerst hätte erzählen sollen.«

Regungslos stand sie neben ihm und war sich schmerzlich der Tatsache bewußt, daß ihr Verhältnis zueinander einen Riß bekommen hatte, der nie wieder repariert werden konnte.

In diesem Moment klingelte das Telefon.

»Nur zu«, sagte Raymond. »Es ist ohnehin niemals für mich.«

Isabel nahm den Hörer.

»Ja?« Sie lauschte kurz, bevor sie leise sagte: »Ich hab's ihm gesagt.« Sie hielt inne, dann setzte sie hinzu: »Selbstverständlich hat er sich gefreut. Wie dem auch sei, acht Uhr ist okay.«

Als sie auflegte, fauchte Raymond: »Jerry Pracht?«

Isabel nickte. »Unterwegs nach Wimbledon. Er hat mich zum Dinner eingeladen.«

»Er ist ein Kind. Er hat keine Chance. Er wird in der ersten Runde rausfliegen.«

Isabel verlor die Beherrschung und schrie: »Und wenn er den Ball kein einziges Mal übers Netz befördern würde – ich würde ihn dennoch nicht weniger lieben!« Sie beobachtete ihren Vater, dessen Wangen immer noch naß waren.

»Bitte«, sagte sie und übernahm damit die Initiative, »ich möchte dir nicht weh tun.«

»Oh, das ist dir aber ziemlich gut gelungen, auch wenn du es nicht gewollt hast.«

»Nun komm schon«, bat sie ihn. »Wir geh'n zur Entspannung jetzt ein bißchen joggen, und ich werde dir alles über meine Idee für die Doktorarbeit erzählen.«

Raymond ließ sich besänftigen. »Das würde ich sehr gern tun, Isabel«, antwortete er herzlich, »aber in letzter Zeit führe ich meine wissenschaftlichen Diskussionen doch lieber im Sitzen. Könnten wir das nicht bei einem Glas Eistee tun, sobald du zurück bist?«

»Aber sicher, Dad, natürlich. Das ist eine gute Idee«, gab sie hastig zurück.

Kurz darauf kam sie in ihrem Jogginganzug zurück, drückte ihm einen Kuß auf die Stirn und lief los.

Fast während des ganzen Weges machte sie sich schwere Vorwürfe, weil sie so hart mit ihrem Vater umgesprungen war. Dabei hatte er ihr so viele Jahre seines Lebens geschenkt. Hätte sie nicht noch ein paar Tage warten und sich dann behutsamer von ihm lösen können?

Als sie in die Wohnung zurückkehrte, war sie ehrlich erleichtert darüber, daß seine Stimmung sich – wenigstens an der Oberfläche – eindeutig gebessert hatte: Er hatte einen großen Glaskrug voll Eistee mit Minzeblättern vorbereitet.

Eilig duschte sie sich, zog Jeans und Bluse an, packte ihre Notizen aus, verteilte Papiere über den Tisch und machte sich bereit für ihre zweite Präsentation des Tages.

Raymond war aufrichtig fasziniert von seiner genialen Tochter. Ihre Theorie klang nicht nur richtig, sondern es hatte

– wie bei so vielen großen Entdeckungen – den Anschein, als hätte sie schon immer unmittelbar vor der Nase der Wissenschaftler gelegen.

Nachdem sie ihre Exposition beendet hatte, sprang er begeistert auf und sagte: »Das muß jetzt aber gefeiert werden!«

»Danke, Dad. Morgen können wir …«

»Ich wußte, daß es eine brillante Idee sein würde«, fiel er ihr ins Wort. »Deswegen bin ich, während du fort warst, einkaufen gegangen und habe all deine Lieblingssachen besorgt. Ich bin dabei, das fantastischste Dinner zu kochen, das du jemals gegessen hast!«

»Aber Dad«, protestierte sie behutsam, »du weißt doch, daß Jerry mich gleich abholen wird.«

»Dies ist eine ganz große Gelegenheit für dich«, murmelte Raymond, noch immer auf seiner persönlichen Wellenlänge, mit hektischer Geschäftigkeit vor sich hin.

Es entging Isabel nicht, daß ihr Vater, ganz uncharakteristisch für ihn, nicht in der ersten Person Plural gesprochen hatte.

Er war eindeutig fest entschlossen, unter allen Umständen an ihr festzuhalten.

Betont ruhig, wie eine Mutter zu ihrem hysterischen Kind, erklärte sie ihm: »Ich werde mich jetzt umziehen, Dad. Und sobald Jerry kommt, werden wir beide ausgehen.«

Er schien ihre Worte nicht aufzunehmen, sondern fuhr fort, den Tisch zu decken.

Zwanzig Minuten später kam sie in ihrer besten Bluse und einem blauen Rock zurück. Zu ihrem Kummer war Raymond noch immer mit den Vorbereitungen fürs Dinner beschäftigt. Auffällig war, daß er ein drittes Gedeck aufgelegt hatte.

»Aber Dad, ich habe dir doch gesagt …«

»Ihr könnt beide hier essen.« Die Worte kamen in einem Ton heraus, der an Hysterie grenzte. »Ich meine, Jerry ist ein netter Junge, ein guter Junge. Wir haben mehr als genug, auch für ihn …«

Isabel starrte den Vater an. Er, den sie immer für allwissend und unfehlbar gehalten hatte, war jetzt auf die Stufe hilfloser Hektik gesunken. Isabel wurde von einem Mitleid gepackt, das ihren ganzen Körper zu ergreifen schien. Und – am erstaunlichsten – von einem heftigen Zorn. Denn völlig überraschend öffnete sie sich in diesem Moment dem tiefen Groll über die klösterliche Abgeschiedenheit, in der er sie ihr Leben lang gefangen gehalten hatte. Genau in diesem Augenblick ertönte der Haustürsummer. Isabel nahm den Hörer, lauschte und antwortete ruhig: »Ich komme gleich.«

Dann wandte sie sich zu Raymond um – gerade noch rechtzeitig, um sein gekeuchtes: »B-bitte!« zu hören und mitanzusehen, wie er sich an die Brust griff und in die Knie brach.

»Was ist denn, Dad?« fragte sie ihn mit steigendem Entsetzen.

»Verlaß mich jetzt nicht!« Raymonds Gesicht war hochrot geworden, und er begann heftig zu schwitzen.

Es gelang Isabel, kühlen Kopf zu bewahren. Sie drückte auf den Türöffner und bat Jerry, schnell heraufzukommen.

Sofort ergriff er die Initiative.

»Laß mich nur machen, Isa. Ruf du inzwischen den Krankenwagen.«

»Nein«, murmelte Raymond mühsam, »es ... geht mir ... gleich wieder besser. Wenn du nur bei mir bleibst ...«

Damit verlor er das Bewußtsein und sank auf den Fußboden zurück.

Für Isabel war es ein schreckliches Déjà-vu-Erlebnis gewesen. Sie erinnerte sich nur allzugut an das Trauma von Raymonds Herzanfall in Berkeley und an ihre Angst, während sie auf das Urteil der Ärzte wartete. Nur gab es jetzt einen sehr wichtigen Unterschied: Jerry Pracht stand ihr zur Seite. Und das Urteil – wenigstens die medizinische Diagnose – war weitaus weniger unheilverkündend.

»Das Herz ist vollkommen in Ordnung«, berichtete der Arzt im Cambridge City Hospital. »Ich weiß zwar nicht, ob er seine Betablocker regelmäßig eingenommen hat, aber er muß einen Schock erlitten haben, der seinen Blutdruck himmelhoch gejagt hat. Wir haben ihn ruhiggestellt und werden ihn in Anbetracht seiner Krankengeschichte noch zwei bis drei Tage zur Beobachtung hierbehalten.«

Da ihr Vater bis zum nächsten Morgen schlafen würde, akzeptierte Isabel Jerrys Vorschlag, einen Happen essen zu gehen. Da sie jedoch unfähig war, ihre Gewissensbisse zu unterdrücken, war sie entschlossen, als höchstes gastronomisches Niveau das Dunkin' Donuts gelten zu lassen.

Jerry war den ganzen Abend fabelhaft gewesen. Stark und beschützend, und zutiefst mitfühlend. Nie hätte sie sich vorstellen können, ihn ... noch mehr zu lieben. Aber nun tat sie es.

Während sie sich den dritten Berliner nahm, schnitt er liebevoll ein anderes Thema an.

»He, erinnerst du dich, daß wir vor einer Million Jahren eigentlich eine etwas vornehmere Umgebung aufsuchen wollten?«

»Ja – und?«

»Na ja, ich wollte eine ganz große Sache draus machen, weil ich dir etwas sehr Wichtiges – wenigstens fand ich es wichtig – erzählen wollte.«

»Dann erzähl's mir doch jetzt.«

»Die Umstände haben die Bedeutung meiner Mitteilung ein wenig reduziert«, stellte er fest. »Ich bin nämlich zu der Schlußfolgerung gelangt, daß unsere Beziehung keine großen Zukunftsaussichten hat, wenn wir weiterhin nur durch eine Telefonleitung verbunden sind.«

Sekundenlang verstand ihn Isabel falsch, denn sie dachte, er wolle sie verlassen.

»Sonst noch etwas?« fragte sie unsicher.

»Ja. Wir sollten in derselben Stadt leben.«

Ihr Herz schmolz dahin. »O ja, das wäre schön!« flüsterte sie. »Das fände ich wirklich wunderschön.«

»Das solltest du auch. Ich beabsichtige, deinetwegen meine Exzentrik aufzugeben. Kannst du dir vorstellen, wie peinlich das ist? Ich werde nicht mehr ›der verrückte Pracht‹ sein können.«

»So werden sie dich ohnehin nicht nennen«, gab Isabel zurück. »In einer Woche werden sie dich als ›Pracht, der Wimbledonsieger‹ bezeichnen.«

Überrascht sah er sie an. »Ist das dein Ernst?« fragte er leise.

»Wieso?«

»Hast du wirklich auch nur für eine Minute geglaubt, ich würde morgen in diesen Flieger steigen und dich mit deinem Vater auf der Intensivstation allein lassen?«

»Aber Jerry, sei nicht so dumm! Ich habe viele gute Freunde – deine Eltern, zum Beispiel.«

Er schüttelte den Kopf und entgegnete ruhig: »Nein, Isa. Wir werden dies gemeinsam durchstehen. Ich werde dein Mann und werde bei dir sein, wenn du mich brauchst.«

»Aber was ist mit ...«

»Dem Ball über einen Grasplatz nachlaufen? Ich glaube kaum, daß das wichtiger ist, als dich jetzt nicht allein zu lassen. Außerdem war meine Chance in Australien pures Glück. Cinderella gibt es immer nur ein einziges Mal.«

Als er sie in ihre Wohnung zurückbrachte, bemerkte er beim Öffnen der Tür den hilflosen Ausdruck auf ihrem Gesicht und sagte leise: »Bitte, Isa, versuche das, was ich dir jetzt sage, nicht falsch zu verstehen. Aber ich glaube, wir würden uns beide wohler fühlen, wenn ich dich heute abend nicht allein lasse.«

Sekundenlang wußte sie nicht, wie sie darauf reagieren sollte. Dann flüsterte sie: »Danke.«

Und fühlte sich unendlich erleichtert, daß sie den Mut gefunden hatte, es auszusprechen.

46 SANDY

Seit seiner Scheidung war Sandy Raven zu einem verbitterten Einsiedler geworden, der jeden Gedanken an eine persönliche Bindung weit von sich wies.

Wenn er nicht ganz in seine eigenen Forschungen vertieft war, verbrachte er seine Zeit damit, die Untersuchungsergebnisse anderer zu verfolgen.

Er spürte begeisterte junge Leute auf, die für ein paar

Groschen in der Garage ihrer Eltern neue biotechnologische Wunder entwickelten. Sie alle träumten davon, so reich zu werden wie die schon legendären Gentechnik-Genies.

Im Jahre 1978 hatte zum Beispiel Dr. Herb Boyer mit seinem Team in einem bescheidenen Labor in den Docks von San Francisco zum erstenmal synthetisches Insulin hergestellt, eines der lebenswichtigen Proteine, vor allem aber unerläßlich für Diabetiker, deren Körper es nicht selbst produzieren kann.

Als Boyers Firma Genentech, Inc. zwei Jahre später an der Börse gehandelt wurde, stieg sein Anteil an der Firma wertmäßig auf *zweiundachtzig Millionen Dollar*.

Und so, wie manche Leute am Wochenende in ländlichen Gegenden herumstöbern, um nach Antiquitäten und ähnlichem zu suchen, fuhr Sandy überall herum auf der Suche nach neuen Herb Boyers und plauderte mit den begeisterten und ehrfürchtigen Jugendlichen über ihre Projekte.

Manchmal schmeichelte er ihnen sogar noch mehr, indem er in ihre jüngst gegründeten Firmen investierte.

Ab Mitte der achtziger Jahre bezahlte das Cal Tech Sandy ein sechsstelliges Grundgehalt plus einen Anteil an den Lizenzgebühren für alles, was sie gemeinsam patentieren ließen; daher schienen die Unkosten in Höhe von einigen tausend Dollar für die Hälfte der Anteile des wissenschaftlichen Unternehmens eines Heranwachsenden – für beide Seiten ein hervorragendes Geschäft zu sein.

Was es in der Tat auch war. Als sein angelegtes Geld Früchte trug, war Sandy zutiefst überrascht. Obwohl Reichtum niemals bewußt eins seiner Lebensziele gewesen war, nahm er sich ernsthaft vor, ihn zu genießen. Und er sorgte dafür, daß die achtjährige Olivia, die ihn nun in den Sommermonaten allein besuchen kam, Erster Klasse flog.

Der einzige Luxus, den er sich erträumt hatte, war ein eigenes Labor, und das hatte er sich nun im Garten seiner spanischen Hazienda erbaut. Inzwischen aber war er auch reich genug, um sich nicht nur die entsprechenden Forscher leisten zu können, sondern er beauftragte auch eine Wachfirma damit, Tag und Nacht dafür zu sorgen, daß bei ihm nicht spioniert wurde.

Es gab sogar einen besonderen Labortisch für Olivia, die entweder durch den Zwang der Umstände oder aufgrund ihrer natürlichen Entwicklung – in einem bemerkenswert frühen Alter zu einer ausgemachten Denkerin geworden war.

Sandy war überrascht, wie schnell die neue Wissenschaft sogar in das Bewußtsein von Schulkindern eingedrungen war. Olivia wußte – wenigstens in einfachen Bildern –, was DNA war, und schien fasziniert zu sein, als er ihr von dem Genom-Projekt erzählte, an dem er in Washington arbeitete, und zu dem nicht nur er, sondern noch viele andere Naturwissenschaftler der ganzen Welt einen Beitrag leisteten. Das große Ziel war es, jedes einzelne Gen des menschlichen Körpers zu kartografieren – alle einhunderttausend.

»Stell dir mal vor«, erklärte er ihr, »wir könnten einen kompletten Reiseführer durch den menschlichen Körper zusammenstellen.«

»Heißt das, daß alle Krankheiten geheilt werden können?«

»O nein, davon wären wir auch dann noch weit entfernt. Selbst wenn man eine Landkarte hat, braucht man noch immer ein Auto, um ans Ziel zu gelangen. Aber irgendwann im nächsten Jahrhundert, wenn du selbst schon Professorin bist, könnte es sein, daß du den letzten Patienten heilst, der tatsächlich einer Heilung bedarf.«

Olivias Besuche waren für ihn die Höhepunkte des Jahres. Und dennoch machten sie ihn irgendwie traurig: Sie war so schnell herangewachsen, daß er wünschte, er könne die Zeit anhalten, damit sie auf ewig sein kleines Mädchen blieb.

Sandys zweitgrößte Freude war sein Vater. Sidney war und blieb stets hoffnungsfroh, voller Begeisterung und immer noch fasziniert von jenem Hollywood-Mythos, der da lautete, daß ›ein Film, ein einziger Film‹ ein ganzes Schicksal wenden könne.

Vater und Sohn waren beide von einem seltsamen Verlangen besessen: Sie wollten Rochelle Taubman beweisen, daß es falsch von ihr gewesen war, sie zu unterschätzen.

Anfangs war es für Sidney schwierig gewesen, eine Firma

zu finden, die ihn einstellte, sogar ohne jedes Gehalt, nur mit wenigen ›Profitprozenten‹. Aber er war ein Veteran mit langjähriger Erfahrung, und mit der Zeit begann das Stigma, das ihm von der Fox oktroyiert worden war, zu verblassen.

Einer der Network-Chefs, dessen Debüt in der Branche ein Job als Bürobote bei Sidney gewesen war, hatte klugerweise erkannt, daß sein alter Boß noch immer ein zuverlässiger Produzent war.

Wenn die Dreharbeiten für Fernsehfilme auf fünfzehn Tage angesetzt werden, dürfen sie nur fünfzehn Tage dauern, und keine einzige Stunde mehr. Sidney war berühmt dafür, daß er es schaffte, möglichst viele Seiten zu filmen.

Mindestens einmal pro Woche gingen Sidney und Sandy zusammen essen. Dabei erkundigte sich der Vater nach den neuesten Therapien.

»Dieses Fernsehen liebt Krankheiten, Sandy Boy. Es kann gar nicht genug davon kriegen – solange sie in letzter Minute geheilt werden. Deswegen horten wir auch Aids-Stories. Sobald die Krankheit geheilt werden kann, können wir innerhalb einer Woche senden.«

Als Sandy ihm die wahre Geschichte einer Frau in Südafrika erzählte, die ihre eigenen Enkelkinder zur Welt gebracht hatte, war sein Vater hellauf begeistert. Er hatte in einer Zeitschrift davon gelesen. Da die Tochter, wie es schien, keine Kinder bekommen konnte, waren ihre Ova *in vitro* befruchtet und der Mutter eingepflanzt worden.

Sidney war so aufgeregt, daß er im Restaurant aufsprang und hastig fragte: »Wem hast du davon noch erzählt, Sandy Boy?«

»Niemandem, Dad. Aber die Story wurde veröffentlicht in …«

»Das werde ich mir später notieren. Jetzt trinkst du erst mal noch ein Seven-Up, während ich rausgehe und ein paar wichtige Leute anrufe.«

Eine Viertelstunde später kehrte Sidney strahlend zurück.

»Geschafft, mein Junge – geschafft! Ich hab' einen Deal mit CBS und soll die Story entwickeln!«

Sandy versuchte sich einzureden, daß er zum Zyniker geworden sei, daß er seine Forschungen einzig aus reinem Ehrgeiz betreibe. Und wegen der finanziellen Profite.

Doch nicht mal er selbst vermochte so recht daran zu glauben.

Alle Themen, die für Naturwissenschaftler interessant sind, haben irgendwie – und sei es auch noch so entfernt – mit ihrer Psyche zu tun. Und so wurden auch Sandys zahlreiche Versuche über Zelldegeneration – das Altern – wohl von der Angst inspiriert, sein Vater könne alt werden.

Wissenschaftler der Texas Southwestern Med School in Dallas hatten zwei verschiedene genetische Prozesse entdeckt: Mortality One, der eine langsame Alterung in Bewegung setzt, und Mortality Two, der dieselbe Aufgabe kurz und schnell erledigt. Sandy ließ eine Gruppe nach neuen Möglichkeiten suchen, den Alterungsprozeß aufzuhalten, indem diese Gene ›umerzogen‹ und ihre destruktive Aktivität letztlich umgekehrt wurde.

Anders als bei Krankheiten wie der Zystischen Fibrose, die auf ein bestimmtes Chromosom zurückgeführt werden können, wird das Altern von vermutlich hundert verschiedenen Lokationen im Genom aus gesteuert.

Einige Aspekte des Alterns sind sichtbar. Sandy selbst erlebte täglich ein triviales – aber schmerzliches – Beispiel davon, wenn er sich morgens die Haare kämmte. Zuweilen zählte er zwanghaft die Strähnen, die in seinem Kamm hängenblieben.

Dies ist allerdings eines der unbedeutenderen Anzeichen dafür, daß auch andere Systeme allmählich versagen. Die Telomere – Enden von Genen – verlieren jedesmal, wenn sie sich selber kopieren, mehrere Basispaare. Nach und nach summieren sich die Verluste, bis das Gen defekt wird.

Sandy und seine Mitarbeiter entdeckten, daß ein Enzym namens Telomerace dazu benutzt werden kann, die einstmals unvermeidliche, zeitlich bedingte Erosion des DNA zu verhindern. Mit anderen Worten, sie konnten ›auf einem Gen Haare wachsen lassen‹.

Es war ein naturwissenschaftliches Armageddon, untersucht sowohl an den Universitäten als auch in den Garagenlabors von ganz Amerika.

Der böse Feind war der Tod. Und es war nur eine Frage der Zeit, daß er von den Guten besiegt würde.

47 ISABEL

Die Nachricht war nicht einmal eine ganze Zeitungsspalte lang, aber sie schrieb Schlagzeilen in ihrer beider Leben.

Als Jerry Pracht angeblich wegen Problemen mit den Bändern seine Teilnahme am Wimbledon-Turnier absagte, gab es verhaltene Worte der Enttäuschung, der unbefriedigten Neugier, der frustrierten Hoffnungen, aber kaum Aufruhr oder Klagelieder. Schließlich gab es 127 weitere Spieler, die teilnahmen, und niemand konnte garantieren, daß er auch nur bis ins Viertelfinale vorgedrungen wäre.

So vieles hatte sich in einer einzigen Nacht verändert.

Während Isabel in einer Wohnung schlief, deren Atmosphäre von aufrichtiger und tiefer Liebe durchdrungen war, lag Raymond allein in einem kalten, unpersönlichen Zimmer des Cambridge City Hospital.

Anders als bei seinem letzten Krankenhausaufenthalt hatte er es nicht eilig, nach Hause zu kommen. Denn es war ihm durchaus klar, wie unvernünftig – und töricht – er sich verhalten hatte. Zum Teil fürchtete er sogar, Isabel endgültig verloren zu haben. Aber er wußte nun genau, daß es, wenn er weiterhin eine Rolle in ihrem Leben spielen wollte, nur eine kleine – und unterstützende – sein konnte.

In der natürlichen Ordnung der Dinge war dies der Moment, da junge Mädchen in Isabels Alter gewöhnlich ihre Familie verlassen. Die dann eines der völlig normalen Traumata der Elternschaft durchleiden mußte, das ›leere Nest‹.

Das einzige Problem war, daß Raymond da Costa kein eigenes Nest besaß.

Offiziell wurde Isabel im Hochsommer 1991 Dr. da Costa. Durch zwei verschiedene Mitteilungen wurde sie davon benachrichtigt, daß sie ihren Ph. D. zwar erst bei der nächsten Graduierungsfeier verliehen bekommen könne, aber schon jetzt das Recht auf die den Titel begleitenden Privilegien erhalte.

Außerdem bekam sie das Angebot, ab sofort als Physikdozentin am MIT zu arbeiten, und zwar mit automatischer Beförderung zum Assistant Professor, sobald sie ihren Titel erhielt. Ihr Anfangsgehalt sollte 45 000 Dollar per annum betragen.

Isabel wußte, daß die ›Vater und Tochter‹-Farce, die sie so lange Jahre bereitwillig mitgespielt hatte, endgültig abgeschlossen werden mußte.

Aber wie?

Als Raymond aus dem Krankenhaus zurückkam, war er kleinlaut und fügsam. Aber er war zurückgekommen.

Er verbrachte immer noch viel Zeit damit, sich um den Haushalt zu kümmern, und fuhr auch fort, die Journale durchzugehen und all jene Artikel zu markieren, die sie unbedingt lesen mußte. Aber Isabel war zu jung und energiegeladen, um ein Dienstmädchen zu beschäftigen, und eine zu frischgebackene Akademikerin, um einen Assistenten zugeteilt zu bekommen, ein Posten, für den er ohnehin nicht qualifiziert genug war. Durch sein Verhalten machte er ihr jedoch klar, daß er dankbar war, von ihr, in welcher Eigenschaft auch immer, weiterhin geduldet zu werden.

Zwei Tage nach Jerrys Anruf traf per Kurier ein Päckchen aus Australien ein, das nicht weniger als fünf Rollen Computerband enthielt. Um die Daten auf Isabels Computer zu übertragen, versicherte sich Jerry der Hilfe eines Computerfachmanns der Fakultät für Physik.

Während er in Isabels Büro hockte und die Übertragung beendete, sagte Jerry leise: »Siehst du, Liebling, wie einfach das ist? Die Elektronik nimmt uns alle Arbeiten ab. Ich hoffe nur, du hast nichts dagegen, daß ich in deiner Zelle biwakiere – oder?«

»Nein.« Sie lächelte. »Es ist schön, dich ständig in meiner Nähe zu haben.«

»Aber damit wir beide nicht den Verstand verlieren«, fuhr er fort, »würde ich vorschlagen, daß ich die Nachtschicht übernehme, während du dich tagsüber in deinem Büro aufhalten kannst.«

»Das ist wirklich sehr großzügig von dir.«

»Ich bin ein großzügiger Mensch, Isa.«

»Und ziemlich verrückt.« Sie lachte.

»Aber nett verrückt«, gab er augenzwinkernd zurück.

Jeden Morgen um halb acht kamen Isabel und Jerry zu einer ›geschäftlichen Sitzung‹ zusammen. Er berichtete von den Fortschritten, die er beim gewissenhaften Studium der Sanduleak-Bänder gemacht hatte. Doch letztlich kam das Gespräch jedesmal auf dasselbe Thema zurück: Raymond.

»Mein Dad hat mir erzählt, daß er immer wieder auf Jobs gestoßen ist, die für Raymond perfekt gewesen wären – zum Beispiel als Techniker oder Lehrer. Aber Raymond hätte nie was davon hören wollen.«

»Das war in einem anderen Leben«, erklärte Isabel weise. »Ich glaube wirklich, daß er jetzt jede Möglichkeit ergreifen wird, die ihm einen ehrenhaften Abgang erlaubt. Wie dem auch sei, ich hätte jetzt liebend gern eine eigene Wohnung mit Blick auf den Fluß. Aber ich kann ihn nicht einfach bitten, auszuziehen. Ich meine, ehrlich, ich würde mir Sorgen machen, wenn er allein leben müßte.

Und dann ist da noch die Geldfrage«, fuhr sie fort. »Ich habe keine Ahnung, was er auf der Bank hat, aber mein Gehalt ist schließlich überreichlich. Außerdem habe ich noch das Bargeld vom Fermipreis. Das sind immerhin noch fast vierzigtausend Dollar. Was meinst du – soll ich ihm die auf sein Konto überweisen?«

»Ich würde sagen, das ist mehr als genug an Lösegeld für deine Freiheit.«

»Glaubst du wirklich?« fragte sie zweifelnd.

»Isa, die Hauptsache ist doch, daß *du* es glaubst.«

Anfang Juli erklärte Karl Pracht die 985 Wörter lange Zusammenfassung von Isabels Doktorarbeit für kurz genug, um als Brief durchzugehen, und faxte sie umgehend an den Chefredakteur der *Physical Review*, der sie – so schnell arbeitet die moderne Wissenschaft – innerhalb einer Stunde akzeptierte.

Als sie einen Monat später erschien, verursachte sie einen Wirbel, der in allen physikalischen Laboratorien der Welt widerhallte. Das wagemutige junge Mädchen auf dem fliegenden Trapez hatte es wieder einmal geschafft. Nur dieses Mal in noch größerer Höhe und ganz ohne Netz.

Isabel da Costa, ehemaliges Wunderkind, inzwischen erwachsen und Assistant Professor für Physik, mochte sich in mancherlei Hinsicht geändert haben, von ihrer intellektuellen Verwegenheit hatte sie jedoch nichts verloren.

Und tatsächlich war sie mit ihrer Darstellung der Vereinheitlichten Feldtheorie dichter an dieses Problem herangekommen, als es ein Mensch jemals zuvor geschafft hatte.

Ihr war klar, daß ihre eigene Schlaflosigkeit nunmehr von allen Radioastronomiegruppen der Welt geteilt werden würde, die im Augenblick Bänder mit Daten von jedem nur vorstellbaren himmlischen Ereignis nach winzigsten Details durchforsteten, auf denen auch nur eine Andeutung von einem Hinweis zu finden sein mochte, der ihre Theorie stützte.

Als die Blumen schließlich eintrafen, waren sie alle theoretischer Natur. In den darauffolgenden Monaten reagierten Naturwissenschaftler in aller Welt, entweder zähneknirschend oder bewundernd, mit gedruckten Kommentaren auf Isabels Theorie. Doch keiner vermochte eine empirische Methode zu nennen, mit der man ihre *Gültigkeit* testen konnte.

Jerry war ungeheuer fleißig. Während die Tennisschläger Staub ansetzten, ließ er nicht nach, jeden Millimeter des Bandes zu untersuchen – ohne Erfolg. Ja, so monomanisch wurde er mit seiner Suche, daß Isabel ihn zuweilen drängte, doch endlich aufzugeben, und scherzte: »Nun laß mich doch ein Genie des Abstrakten sein!«

»Verdammt noch mal, nein! Denk an Einstein.«

»Großer Gott, an den schon wieder?« rief sie mit gespielter Verzweiflung.

»Hör zu, Isa, es hat nahezu vierzig Jahre gedauert, bis seine allgemeine Relativitätstheorie von der reinen Mathematik in reale Physik umgesetzt wurde. Und als sie dann schließlich mit Quasaren, Pulsaren und eventuellen Schwarzen Löchern rauskamen, wurde sie auf einmal äußerst relevant.«

»Okay, Jerry, vielleicht hast du recht. Aber ich will nicht unser ganzes Leben draufgeben, nur um die beste Idee zu beweisen, die ich jemals gehabt habe.«

Es war nahezu vier Uhr früh, als das Telefon klingelte. Verschlafen griff Isabel zum Hörer.

»Isa!« schrie Jerry euphorisch, »ich hab' eine gute Nachricht für dich, und eine schlechte.«

»Wie bitte?« fragte sie verständnislos. »Was soll das heißen? Wo bist du?«

»Dort, wo ich während des letzten halben Jahrhunderts Nacht für Nacht gewesen bin, in ›unserem‹ Büro – und das ist die schlechte Nachricht. Gestern abend, als du schon schliefst, bin ich ans absolute Ende der australischen Bänder gelangt. Und kann dir jetzt mit Sicherheit sagen, daß die uns weniger als nichts geliefert haben.«

»Mein Gott, das ist ja eine schöne Bescherung. Und was ist die gute Nachricht?«

»Die gute Nachricht ist mein plötzlicher Einfall, daß sie die Explosion nicht früh genug erwischt haben. Unsere allerletzte Chance bestand also darin, die Daten direkt von der Quelle zu beziehen. Das hab' ich getan. Ich hab' ein bißchen geschummelt, mich als ›Pracht von MIT‹ bezeichnet und in Las Campanas in Chile angerufen, wo die Explosion zuerst gesichtet wurde. Und die da unten haben Bänder, die nur eine einzige Stunde nach Beginn des Vorgangs beginnen.

Ich hab' sie gebeten, die Daten via Internet zu schicken, und zwar von dem Augenblick an, als sie die Explosion entdeckt haben. Ich hab' sie mir angesehen, und rate mal, was!«

»Bitte, spann mich nicht auf die Folter!« antwortete sie atemlos.

»Da war ein schwaches Maximum von – ob du's glaubst oder nicht – 4.0175 Zentimeter, das nach ein paar Stunden im Rauschen unterging. Aber es war da. Der Mann hat aufgrund der Zerfallsgeschwindigkeit berechnet, daß dieses Maximum anfangs wesentlich stärker gewesen sein muß.

Überdies vermochte keiner der konsultierten Theoretiker zu erklären, warum der Maximalwert überhaupt dort auftauchte, wo er gefunden wurde. Doch deine Theorie erklärt das alles, nicht wahr?«

»Großer Gott, Jerry! Ich bin so aufgeregt, daß ich gar nicht weiß, was ich sagen soll. Du hast so viel für mich getan. Ich danke dir – für alles.«

»Du wirst es vielleicht nicht glauben, Isa«, witzelte er, »aber ich bin, ehrlich gesagt, noch glücklicher als du. Nun brauch' ich mir nicht länger diese verrückten expressionistischen Filme anzusehen.«

Isabel lachte. Dann fügte er leise hinzu: »He, hör zu. Laß mich doch bitte mit Raymond sprechen. Auch er hat eine Gratulation verdient.«

Sie warf einen Blick auf die Schlafzimmertür ihres Vaters und fühlte sich sehr stark versucht, ihm die gute Nachricht zu überbringen. Doch da er immer noch unter starken Medikamenten stand, könnte es gefährlich sein, ihn zu wekken.

»Er schläft so tief, ich will ihn lieber nicht wecken. Aber ich werde Mom anrufen.«

»Ja, du hast recht. Ich komme besser morgen früh mit frischen Brötchen vorbei.«

Kaum hatte er aufgelegt, da wählte sie schon die Westküste an.

Bei Muriel klingelte das Telefon sehr lange. Isabel nahm an, daß ihre Mutter noch sehr tief schlief. Zu ihrer Überraschung jedoch gehörte die Stimme, die sich schließlich verschlafen meldete, ihrem Bruder Peter.

»Hi«, begrüßte Isabel ihn munter. »Was machst du denn bei uns zu Hause?«

»Terri und ich hüten das Haus für Mom«, erklärte er. Seine Stimme klang seltsam bedrückt. Und selbst als sie ihm die

Neuigkeit mitteilte und er ihr gratulierte, tat er das nicht mit seinen gewohnten verbalen Ratschlägen.

Isabel spürte, daß etwas nicht stimmte.

»Wo ist Mom?« erkundigte sie sich beunruhigt.

»Ich soll's dir ja eigentlich nicht sagen«, gab Peter zurück, »aber sie sitzt im Flugzeug nach Boston.«

»Und warum?« wollte Isabel wissen. »Hat irgend jemand von Berkeley …?«

»Nein«, fiel Peter ihr ins Wort, »das hat nichts mit dir zu tun. Es gibt da ein … na ja, so eine Art Problem. Aber ich glaube, das wird sie dir lieber selbst erklären.«

»Du machst mir angst. Was ist denn nur los?« stieß Isabel nach.

Sofort machte er einen Rückzieher. »Ich hab' schon jetzt zuviel verraten, Isa. Du solltest sie wirklich selber fragen. Sie sollte in zwei Stunden wieder zu Hause sein.«

»Geht es um etwas Ernstes, Peter?«

Ihr Bruder zögerte; dann antwortete er bedrückt: »Ja, so ungefähr.«

»So ernst wie um Leben und Tod?«

Einen Augenblick herrschte Stille. Dann sagte er leise: »Ich glaube schon. Aber bleib cool, bis du selber mit ihr gesprochen hast.«

Isabel legte den Hörer auf. Sie, die vor knapp einer Stunde noch überglücklich gewesen war, fühlte sich jetzt bis in ihr Herz hinein erschüttert.

Wessen Leben, fragte sie sich, ist in Gefahr?

48 SANDY

Sandy knüpfte berufliche Verbindungen genauso eifrig, wie er gefühlsbetonte kappte. Und da er seinen Wohnsitz an der Westküste hatte, war es nur natürlich, daß er seine Fühler in die naturwissenschaftliche Gemeinschaft auf beiden Seiten des Pazifiks ausstreckte.

Die Japaner steckten besonders viel Arbeit in die Erforschung des Alterns und der Langlebigkeit, und Sandy arbeitete unter anderem mit der Keio-Universität von Tokio und dem Bioscience Institute von Osaka zusammen.

Die wichtigste Entdeckung in Sandys Leben war allerdings Kimiko Watanabe. Und die fand nicht er, sondern sie fand ihn.

Die beiden hatten nicht nur die leidenschaftliche Liebe zu den Naturwissenschaften gemeinsam, sondern auch eine von persönlichem Verlust gekennzeichnete Vergangenheit. Kimikos Ehemann, ein Genetiker, war schon früh an Krebs gestorben und hatte sie mit ihren Zwillingen sowie einer reichlichen Pension zurückgelassen, allerdings ohne jede *seelische* Unterstützung. Dennoch hatte er so viele seiner wissenschaftlichen Ideen mit ihr geteilt, daß sie sich fast in der Lage fühlte, sein Werk weiterzuführen. Behindert allerdings von der geringfügigen Tatsache, daß sie nur einen High-School-Abschluß hatte.

Mit der symbolischen Ermutigung seiner ehemaligen Kollegen bewarb sie sich bei einem halben Dutzend japanischer Universitäten für das Studium der Genetik. Und wurde überall abgewiesen.

Als sie eines Tages in den Aktenablagen ihres verstorbenen Ehemanns kramte, stieß sie auf einen Artikel der Zeitschrift *Experimental Gerontology* über ›Synthesizing Telomerace‹, der Akira Watanabe gewidmet war, und zwar mit herzlichsten Grüßen des Autors Sandy Raven, Ph. D., California Institute of Technology, USA.

Jetzt fiel ihr ein, daß ihr Mann ihr gelegentlich von den anregenden Diskussionen erzählt hatte, die er mit einem jungen Kollegen auf der anderen Seite des Pazifiks geführt hatte. Und aus Gründen, die sie selber nicht verstand, veranlaßte diese Tatsache sie zu einer unbedachten Geste.

Vielleicht tat sie es, weil ihre Landsleute dazu neigten, Amerikaner – und vor allem Kalifornier – als weitaus freiere und weniger an Konventionen gebundene Menschen zu betrachten. Wie dem auch sei, Kimiko fand, es könne nicht schaden, Sandy zu schreiben und ihn um Hilfe zu bitten.

Ihr Instinkt hatte sie nicht betrogen. Sandy las ihren Brief und erahnte ein Mit-Opfer. Also scheute er keine Mühe, Kimiko ein Jahr als Gaststudentin am Cal Tech zu ermöglichen. Und obwohl es keine weiteren Garantien gab, nutzte Kimiko die Gelegenheit, packte ihre Sachen mitsamt den Zwillingen und unternahm die lange Reise nach Pasadena.

In der Erkenntnis, daß dies eine einmalige Chance in ihrem Leben war, schuftete sie wie ein Berserker und erreichte, daß man ihr am Jahresende ein volles Stipendium für ein offizielles Graduierungsprogramm anbot.

In den Monaten vor ihrer Ankunft hatte sie mit Sandy buchstäblich Dutzende von Faxen ausgetauscht. Mehrmals hatte er sie sogar angerufen, um die Einzelheiten ihrer Reise und Unterbringung zu bestätigen.

Seltsamerweise war jedoch in dem Moment, da sie in den USA eintraf, jeglicher Kontakt mit ihm persönlich abgerissen. Die Verständigung zwischen Sandys Büro und Mrs. Watanabe erfolgte jetzt ausschließlich durch seine tüchtige Sekretärin Maureen.

Anfangs arbeitete Kimiko zu intensiv, um davon Notiz zu nehmen. Allmählich aber bedrückte sie sein Schweigen und sie fragte sich, ob sie ihren Wohltäter irgendwie gekränkt habe.

Die gute Nachricht, daß sie bleiben durfte, gab ihr einen perfekten Vorwand zu einer Aussprache mit Sandy.

Allein durch ihre Telefongespräche hatte Maureen sie liebgewonnen. Ihre Stimme klang sanft, ihre Art zu sprechen war bezaubernd: Auch durch die unwichtigsten Dinge kann sich das Schicksal endgültig wenden.

»Könnte ich den Professor wenigstens einen Augenblick persönlich sprechen?« erkundigte sich Kimiko bei Maureen. »Ich weiß, wie beschäftigt er ist, aber ich werde ihn nicht lange aufhalten.«

Maureen hatte ihre Anweisungen. Sandys Terminplan war streng geheim, und sie allein wußte, zu welchen Stunden welches Tages er auf dem Campus erscheinen würde. Und um sein Privatleben maximal zu schützen, pflegte Sandy seine Pläne unvermittelt und häufig zu ändern.

Die Anweisung an seine Sekretärin war kurz und bündig: »Wagen Sie es nicht, mein Leben durcheinanderzubringen.« Dennoch hatte Maureen in diesem Fall das Gefühl, daß Ungehorsam auf die Dauer der klügere Weg sei.

»Hören Sie zu, Kimiko. Mein Boß ist irgendwie verrückt, und ich kann nicht garantieren, daß Sie mit ihm sprechen werden. Aber versuchen Sie's doch mal am Dienstag. Kommen Sie um, sagen wir, vier Uhr vorbei...«

»Morgens?« erkundigte sich Kimiko freundlich.

»Nein, nein. So verrückt ist er nun auch wieder nicht. Also kommen Sie einfach, und ich werde sehen, was ich tun kann.«

Maureen war selber überrascht.

Denn Kimiko war so munter und zierlich, daß sie wie eine junge Studentin wirkte. Sie war schlicht, aber elegant gekleidet in einen grünen Rock mit passendem Sweater, auf dem eine einreihige Perlenkette wirkungsvoll zur Geltung kam. Ihre dunklen Augen schienen zu lächeln.

Als Maureen Sandy meldete, daß Kimiko gekommen sei, protestierte er heftig: »Kommt nicht in Frage! Ich hab' eine Besprechung mit dem Dekan.«

Kimiko, die das Gespräch mithörte, verkündete bescheiden, sie müsse gehen. Die Sekretärin winkte ihr, sitzenzubleiben, während sie ihrem Chef über die Sprechanlage zuredete: »Aber Sandy, die ist doch erst um halb fünf. Kommen Sie wenigstens ganz kurz heraus und sagen Sie ihr guten Tag!«

Widerwillig erklärte sich Sandy dazu bereit, schwor sich aber, während er alle seine Stacheln stellte, Maureen dafür zur Rechenschaft zu ziehen. Zögernd ging er hinaus, um die dankbare junge Japanerin zu begrüßen und sie möglichst schnell wieder loszuwerden.

Er hatte sich ›Mrs. Watanabe‹ als eine Frau mit dunklen Sorgenringen unter den Augen vorgestellt, ohne Humor, erschöpft und höchstwahrscheinlich verbittert durch die harten Schläge, die ihr das Schicksal erteilt hatte. Daß sie hübsch war, hatte er nicht erwartet. Und schon gar nicht, daß sie jung und lebenssprühend war, mit einem makellosen Teint.

Lächelnd streckte sie ihm die Hand entgegen und sagte mit

einer angedeuteten respektvollen Verneigung höflich: »Ich bin gekommen, weil ich mich bei Ihnen für so vieles bedanken muß, Dr. Raven.«

Dem einsamen Sandy verschlug es vorübergehend die Sprache. Mit ihrer Ausstrahlung hatte sie seinen Abwehrpanzer durchbrochen. Gleich darauf hatte er sich soweit gefaßt, daß er sagte: »Hätten Sie, äh, Zeit für eine Tasse Kaffee?«

»Aber Sie sind doch mit dem Dekan verabredet«, ermahnte ihn Maureen ironisch.

Sandy ignorierte sie und bat seine schlanke Besucherin mit einer Handbewegung in sein Büro.

Als die beiden ihr Reich verließen, grinste Maureen selbstzufrieden.

Kimiko nutzte die Gelegenheit, ihrem Dank auf verschiedene Weisen Ausdruck zu verleihen. Die erfolgreichste davon war, wie sie korrekt vermutet hatte, ihm zu beweisen, wieviel sie am Cal Tech gelernt hatte, und ihm zu demonstrieren, daß sie seine Arbeiten in- und auswendig kannte.

Während sie sprach, suchte Sandy in Gedanken hektisch nach einem Vorwand, sie wiederzusehen.

Er versuchte sie anzusehen, ohne sie anzustarren. Ihre Gegenwart machte ihn unsicher: Ihr Gesicht, ihre Figur (warum bemerkte er, wie wohlgeformt die ihre war – nach all den Jahren, in denen er Frauen ungefähr so interessiert betrachtet hatte, als wären sie Brokkoli?). Ein Teil von ihm verlangte, daß sie ihn verließ, damit er in sein behütetes Leben zurückkehren konnte, ein anderer verlangte, daß sie so lange wie möglich bei ihm blieb.

Aber sie war zu schüchtern, um mehr als einige Minuten zu verweilen. Viel zu schnell erhob sie sich, bedankte sich höflich, daß er ihr seine Zeit geschenkt hatte, und machte mit einer weiteren angedeuteten Verneigung Anstalten, sich zu verabschieden.

»Aber nein – warten Sie doch!« stieß er hervor. »Sie haben ja nicht mal Kaffee getrunken!« Damit drückte er auf einen Knopf.

»Maureen – äh – würden Sie uns bitte Kaffee hereinbringen? Und rufen Sie den Dekan an und erklären Sie ihm, daß ich noch eine Weile aufgehalten werde.«

Inzwischen glaubte Kimiko ebenfalls etwas zu hören: einen emotionalen Weckruf.

Nach der anfänglich etwas gehemmt-formellen Begegnung begann sie in ihm ein wenig mehr zu sehen als eine Gestalt im weißen Laborkittel. Nicht nur die Tatsache, daß er ein empfindsamer und intelligenter Mann war, nein, vor allem gefiel ihr an ihm die unmißverständliche Art, wie er sie anstarrte. Und sie fragte sich, ob sie errötete.

Sandy seinerseits war fasziniert von ihrer starken Persönlichkeit. Im Verlauf des Gesprächs waren sie ziemlich schnell von einer Routineplauderei über ihre Vorlesungen auf den wahren Mittelpunkt ihres Lebens gekommen: die Zwillinge.

Eben noch redeten sie über Hiroshi und Koji, und in der nächsten Minute erzählte er von Olivia und davon, wie sehr sie ihm fehlte. Sie fand seinen unverhohlenen Stolz auf seine Tochter eindeutig liebenswert. Und er registrierte, mit wieviel Wohlgefallen sie von ihren Söhnen sprach.

»Es ist mir eine Freude, sagen zu können, daß sie wirklich sehr fleißig sind. Beide haben einen sehr anstrengenden Stundenplan, denn an den Nachmittagen besuchen sie noch die japanische Schule.«

»Ja.« Er nickte. »Ich habe von Ihrem höchst anstrengenden akademischen System gehört. Ehrlich gesagt, für mich klingt es ein wenig *zu* anstrengend.«

»Das ist unsere Lebensart«, gab sie zurück. »In unserer Gesellschaft heißt es, ›friß Vogel, oder stirb‹. Sie müssen die Jungen unbedingt kennenlernen. Aber ich fürchte, Sie haben zuviel zu tun.«

»Aber nein«, gab er eilfertig zurück. »Zufällig habe ich gegenwärtig ein bißchen Zeit. Wann würde es Ihnen denn am besten passen?«

Hätte Kimiko denselben Abend vorgeschlagen, hätte er freudig zugestimmt. Da sie jedoch diplomatisch war, lud sie ihn für die folgende Woche zum Dinner ein.

Die Zeit bis dahin verbrachte Sandy damit, sämtliche neuen Bucherscheinungen über japanische Kultur und Gesellschaft zu verschlingen. Er war fest entschlossen, einen guten Eindruck zu machen, und viel zu unsicher, um zu erkennen, daß er das bereits getan hatte.

Am meisten bewunderte er an ihr, daß sie niemals zu vertuschen suchte, daß sie Kinder hatte. Die Jungen saßen mit ihnen zusammen am Tisch in ihrer bescheidenen Wohnung in der Nähe des Campus und nahmen höflich und intelligent an den Gesprächen teil (natürlich nur, wenn sie gefragt wurden).

Punkt acht Uhr entschuldigten sie sich und zogen sich in ihr Zimmer zurück, um noch ein wenig zu lernen.

»Um wieviel Uhr gehen sie schlafen?« erkundigte sich Sandy.

»Selten vor Mitternacht. Sie müssen doppelte Hausarbeiten machen.«

»Na, dann können sie am Wochenende ja alles nachholen.«

Sie lachte. »Am Sonnabend gehen sie den ganzen Tag zur Schule.«

»Großer Gott – mucken die beiden denn niemals auf?«

»Nein. Sie verstehen das. So ist es nun mal bei uns Japanern.«

»Soll ich mal raten? Ich würde sagen, Sie selbst gehen niemals vor drei Uhr schlafen.«

»Ganz recht, aber Sie haben mir diese Chance verschafft, und ich möchte Sie nicht enttäuschen.«

»Das tun Sie nicht. Aber wir Amerikaner haben ein Sprichwort: Immer nur Arbeit und kein Vergnügen … na ja. Sie sind eine sehr attraktive Frau. Ich wünschte tatsächlich, ich wäre zehn Jahre jünger.«

»Warum?« Sie sah ihn mit unverhohlener Zuneigung an. »Sie sind doch keineswegs alt. Sie sind ein sehr attraktiver Mann.«

Das kann nicht ihr Ernst sein, dachte er. Ich bin doch viel zu häßlich für eine Frau wie sie.

Doch sie unterhielten sich bis Mitternacht, und erst als sie sich da entschuldigte, um Hiroshi und Koji gute Nacht zu sagen, merkte Sandy, daß es Zeit wurde, sich zu verabschieden. Als sie wiederkam, plauderten sie noch eine ganze Stunde weiter, bis er es endlich schaffte, sich loszureißen – nicht, ohne sich zuvor wieder mit ihr zu verabreden.

»Wie wär's mit Sonntag?« erkundigte er sich. »Ich finde, die Jungens verdienen eine kleine Erholungspause. Wollen wir eine Besichtigungstour durch die Universal Studios machen?«

»O gerne, darüber würden die beiden sich sehr freuen«, gab sie zurück.

»Es ist zwar ein bißchen albern, aber ich dachte, Ihnen würde es möglicherweise auch gefallen«, bemerkte er.

»Das wird es bestimmt.«

Mit seinen flammenden Infernos, den Überschwemmungen, den Menschenfresser-Haien und anderen Katastrophen bot das Studio Dutzende von Gelegenheiten zu beruhigenden und tröstenden Umarmungen.

Lange nachdem er sie zu ihrer Wohnung zurückgebracht hatte, spürte Sandy noch immer die Ärmchen der Jungen an seinem Hals, vor allem aber Kimikos Hand, die sie spontan in die seine geschoben hatte, als sie zum Wagen zurückkehrten.

»Was tun Sie normalerweise an den Wochenenden?« fragte Kimiko.

»Nun, wie Sie vermutlich schon erraten haben, führe ich ein sehr seltsames Leben. An den Wochenenden gehe ich einkaufen.«

»Daran ist nichts sehr Seltsames«, wandte sie ein.

»In San Francisco?« gab er freundlich zurück. »Das liegt ein paar hundert Meilen entfernt.«

»Doch«, gab sie zu, »das ist ein bißchen außergewöhnlich. Gibt es da oben etwas Besonderes?«

Ohne seine ungestüme Begeisterung zu kaschieren, erzählte er ihr von den Garagen und ihren gewitzten Eigentümern.

Sie nickte. »Aber das scheint mir ein wichtiger Teil Ihrer Arbeit zu sein. Sie sollten sich durch uns nicht davon abhalten lassen.«

»Wie wär's denn, wenn Sie mitkämen?« fragte er. Und setzte hastig hinzu: »Die Jungens natürlich auch.«

Sie überlegte einen Sekundenbruchteil lang. »Aber ich müßte eine Bedingung stellen, sonst würde ich mich nicht wohl fühlen.«

»Was immer Sie wollen.«

»Ich muß sie die japanische Schule schwänzen lassen, damit wir an einem Sonnabend fahren können. Anders wäre es Ihnen gegenüber nicht fair.«

Zwei Tage, statt nur einen? Das war ein Glück, von dem er nicht mal zu träumen gewagt hätte!

Sie brachen bei Tagesanbruch auf und fuhren gemächlich den Pacific Coast Highway entlang. Am Hafen von Monterey machten sie zu einer frühen Tasse Kaffee halt, und Sandy kaufte Futtertüten, damit die Jungen die Seehunde füttern konnten.

Bald darauf nahm er für sie alle zusammen eine luxuriöse Suite mit drei Schlafzimmern fast ganz oben im Four Seasons Clift Hotel von San Francisco, die sie aber sofort wieder verließen, um das Silicon Valley zu erkunden.

Hier entdeckte Kimiko eine andere Seite an Sandy. Während er Erwachsenen gegenüber schüchtern wirkte, verhielt er sich zu Jugendlichen so väterlich wie eine Art wohlwollender Patenonkel.

Die jungen Grünschnäbel von Erfindern liebten ihn und behandelten sie und die Zwillinge wie Kollegen, vor allem, nachdem sie merkten, daß Kimiko durchaus begriff, wovon sie sprachen.

An jenem Abend dinierten Kimiko und Sandy allein im French Room, während die Kinder das Abendbrot in der Suite einnahmen. Kimiko hatte keineswegs ihre Verpflichtungen vergessen, die Hausaufgabe, die der japanische Lehrer ihnen als Bedingung für das Versäumnis des Unterrichts aufgetragen hatte.

Dennoch stocherte sie in ihrem Essen herum. Sandy wußte gleich, was ihr zu schaffen machte.

»Kimiko«, begann er ernst, »wie können wir Freunde sein,

wenn wir einander nicht die Wahrheit sagen? Sie haben tatsächlich Vorbehalte, nicht wahr?«

Sie nickte nervös.

»Aber Sie haben recht«, behauptete er. »Ich empfinde das ganz genauso. Wir hätten sie nicht da oben allein lassen sollen.«

Sie nickte abermals.

Einen Augenblick später hatte er die Rechnung bezahlt, und sie fuhren mit dem Lift nach oben, um Hiroshi und Koji Gesellschaft zu leisten. Nachdem sie das zweite Abendessen beendet hatten, bestellte er für sie alle als Nachtisch Waffeln mit Eis.

Endlich schliefen die Kinder ein. Und endlich waren Kimiko und Sandy allein. Wirklich allein.

Er wußte, was er sich jetzt wünschte, fürchtete aber, ein einziger falscher Schritt könne die Vollkommenheit zerstören, die ihr Zusammensein bisher gekennzeichnet hatte. Doch schließlich hatte sie, als sie seine Einladung annahm, als Erwachsene wissen müssen, daß dieser Augenblick unweigerlich kommen würde.

Er vermochte nicht zu sagen, wie sie sich darauf vorbereitet hatte. Aber gleich darauf erklärte sie es ihm ohne Worte, indem sie sich entschuldigte, um sich zu duschen, und dann sehr adrett, aber bezaubernd in einem hoteleigenen Bademantel zurückkehrte.

Und sich zu ihm auf die Couch setzte.

»Ich muß dich warnen«, sagte sie zu ihm, »ich bin sehr schüchtern.«

»Dann sind wir schon zwei«, gestand er ihr. »Doch ich empfinde noch sehr viel mehr.«

Schnell legte sie ihm den Finger auf die Lippen. »Nicht«, warnte sie ihn. »Es ist richtig, Sandy. Wir wissen beide, was wir tun.« Sie zögerte ein wenig, dann setzte sie hinzu: »Und wir wollen es beide.«

Damit begann das wichtigste Verjüngungsprojekt, das Sandy je in Angriff genommen hatte. Sein eigenes.

Zwei Monate später stieß Sandy auf Gold – buchstäblich und im übertragenen Sinn. Er ortete eine Gruppe von Genen, die das Altern der Hautzellen förderten, und es gelang ihm nach zahlreichen Versuchen, diesen Degenerationsprozeß umzukehren. Das mochte vielleicht kein dauerhafter Prozeß sein, aber es hatte den Anschein, als könne man ihn endlos wiederholen.

Obwohl er versucht hatte, jede Spur von Sensationshascherei zu vermeiden, indem er die Einzelheiten seiner Entdeckung in einer weniger bekannten Fachzeitschrift veröffentlichte, übersetzten die eifrigen Wühlmäuse der Nachrichtendienste seine Erkenntnisse in die Laiensprache, und Sandy Raven wurde über Nacht im ganzen Land bekannt.

Zu diesem Zeitpunkt nahmen die Redakteure des *Time Magazine* zum erstenmal Kontakt mit ihm auf – eine Verbindung, die letztlich zu einer Titelstory führen sollte.

Die Medien spannten ihn als Verwirklicher des größten Menschheitstraums ein: als Erfinder einer Chemikalie, die ewige Jugend zu versprechen schien.

Auf einmal drängten von allen Seiten Fremde in sein friedliches, bequemes Leben. Anrufe, Faxe, Briefe – einige Verzweifelte tauchten sogar unangemeldet in seinem Labor auf.

So belästigt fühlte sich Sandy von diesem Zirkus, daß er mit seinem Vater zum Lake Tahoe floh.

Die ersten Tage verliefen idyllisch. Die beiden Männer unternahmen lange Spaziergänge in der reinen, stillen Luft der amerikanischen Schweiz.

Doch keiner von ihnen hatte mit der mächtigsten Droge von allen gerechnet: der Bestechung. Geldgier macht auch nicht vor hohem Rang halt, und sogar Manager hatten nichts gegen Barzahlung für die läßliche Sünde, ein paar Zahlen weiterzugeben, die für einen Interessenten möglicherweise den Kontakt mit Professor Raven herstellen würden.

Im Luxus und der Abgeschiedenheit ihres Chalets in Tahoe beobachteten die beiden Ravens fassungslos das hektische Gerangel, das um Sandys Entdeckung veranstaltet wurde. Und sahen staunend, wie die Firma Corvax sowohl Clarins als auch Yves St. Laurent mit einem Vorschuß auf die

Tantiemen von fünfzig Millionen Dollar aus dem Rennen warf.

Sandy war keineswegs dankbar dafür – er war empört.

»Stell dir das bloß mal vor, Dad. Für ein Krebslabor könntest du diesen Leuten nicht mal eine Million aus der Tasche kitzeln. Aber alte Frauen ein bißchen jünger aussehen zu lassen – bei dieser Aussicht spucken sie fünfzig Millionen aus, ohne auch nur mit der Wimper zu zucken.«

»Hör mal, Junge, verachte die Kohle nicht«, gab Sidney philosophisch zurück. »Sie ist die einzige Droge der Welt, von der du niemals zuviel haben kannst. Und, wie Liz Taylor zu Paul Newman in *Die Katze auf dem heißen Blechdach* sagt: ›Jung kann man ohne Geld zwar sein, aber nicht alt.‹«

In ihrem stillen Bungalow führten die beiden viele offene Gespräche, die oft genug bis in die Nacht hinein dauerten.

»Du magst ja inzwischen ein großer Naturwissenschaftler sein, Sandy Boy, aber du kannst niemals zu alt werden, um von deinem Dad einen Rat anzunehmen.«

»Natürlich nicht. Woran hattest du denn gedacht?«

»Na ja«, begann der ältere Raven seine Moralpredigt, »beginnen wir doch mal mit deinem Leben.«

»Was ist damit?«

»Sieh dich doch an«, tadelte ihn Sidney. »Du lebst in deinem eigenen Labor, mit deinen eigenen Assistenten, umgeben von deinen eigenen elektronischen Schutzanlagen. Ich kenne keinen, der eifriger versucht, die Welt zu verbessern, aber der Verbesserung seines eigenen Lebens weniger Beachtung schenkt. Hör auf deinen alten Vater: Das ganze Geld der Welt kann nicht die Umarmung und den Kuß einer liebevollen Frau ersetzen. Verstehst du mich?«

»Ja.« Sein Sohn lächelte.

»Ich bin nicht Sherlock Holmes, Sandy Boy. Aber ich hab' mir gedacht, daß das Foto von dieser jungen Asiatin mit den beiden Kindern, das in deinem Schlafzimmer steht, bestimmt nicht im Mietpreis inbegriffen ist. Übrigens, ist sie so nett, wie sie aussieht?«

»Noch netter«, sagte Sandy. »Ich meine, ich fühle mich wohl bei ihr, bei allen dreien.«

»Ich bin ein bißchen zu alt, um noch Japanisch zu lernen. Sprechen die Kinder Englisch?«

»Besser als du und ich.«

»Gut«, sagte Sidney zufrieden. »Klingt immer besser in meinen Ohren. Vor allem gefällt mir deine Miene, wenn du von diesem Mädchen sprichst. Wie heißt sie eigentlich?«

»Kimiko.«

»Kimiko Raven.« Er ließ den Namen auf der Zunge zergehen. »Klingt außergewöhnlich.«

»Sie ist außergewöhnlich«, versicherte Sandy.

Sidney, der seinen Sohn beobachtete, entdeckte neues Leben in ihm.

»Ich liebe sie jetzt schon«, erklärte er herzlich. »Ich liebe sie für das, was sie für dich getan hat.«

Am Donnerstagnachmittag der Woche, in der das Cal Tech die Nachricht von Sandys Entdeckung veröffentlicht hatte, drang eine Schar von Journalisten und Fotografen in das Labor ein, in dem sich Olivia Raven, inzwischen Freshman am MIT, auf die experimentellen Aufgaben zu konzentrieren suchte, die ihr das erste Jahr Physik für diese Woche vorschrieb.

Mehrere Tage lang hatte sie den Reportern aus dem Weg gehen können, nun aber hatten sie ihre Beute endlich gestellt. Rücksichtslos umdrängten sie die Eingeschüchterte und schossen aus allen Blickwinkeln Fotos von der Tochter des großen Mannes bei der Arbeit.

Voller Verzweiflung stieß sie hervor: »Ihr widerlichen Blutsauger, ihr! Könnt ihr mich nicht endlich in Ruhe lassen?«

Der Lärm weckte die Aufmerksamkeit ihrer Dozentin, die selbst ihre Erfahrungen mit den Geiern des Vierten Standes gemacht hatte. Ihre Persönlichkeit wirkte so eindrucksvoll, daß die Aufdringlichen gehorsam den Raum verließen und sie die Tür hinter ihnen verschließen konnte.

Dann nahm sie das verwirrte, benommene junge Mädchen mit in ihr Büro, machte ihr eine Tasse Tee und versuchte sie zu beruhigen.

»Was Sie da eben gesehen haben, Olivia, war die häßliche

Seite der Wissenschaft. Wenn es um Stories über die sogenannten Laborwunder geht, ist die Presse ausgesprochen gefräßig. Stellen Sie sich vor, was die getan hätten, wenn sie Moses interviewt hätten, nachdem er das Rote Meer geteilt hatte?«

Olivia lachte, und ihre Gesichtszüge entspannten sich.

»Na ja, wenn irgend jemand das wissen könnte, dann sicher Sie selbst, Dr. da Costa«, entgegnete sie.

Isabel nickte. »Wenn ich einige meiner Studenten dazu bringen könnte, sich so intensiv auf ihre Laborexperimente zu konzentrieren wie diese Clowns auf ihre Fotos, hätten wir vermutlich schon ein Mittel gegen Aids gefunden. Und bitte, Olivia, nennen Sie mich einfach Isa. Wir sind doch fast gleichaltrig. Aber jetzt können Sie, glaube ich, unbeschadet in Ihr Labor zurückkehren und Ihre Akustik-Experimente beenden.«

Erst als sie wieder draußen waren, ging einem aufmerksamen Reporter – völlig frustriert – ein Licht auf. »Heiliges Kanonenrohr, jetzt fällt's mir ein: Das andere Mädchen eben, im weißen Kittel, das war doch dieses Physikgenie. Hat einer von euch die beiden zusammen vor die Linse gekriegt?«

Ausnahmsweise gewann die Presse diesmal nicht. Trotz ihrer weltweiten Kontakte gelang es den Paparazzi nicht, Sandy Raven zu finden. Sie suchten in Paris, in Rom und sogar in Tokio. Aber sie kamen nicht auf die Idee, unter den zahlreichen Touristen zu suchen, die die Buddhistentempel, Shintoschreine, Gärten und traditionellen Häuser von Kyoto besichtigten, das geistige und kulturelle Zentrum Japans.

Denn dort besuchte Sandy eine der zwanzig Universitäten ganz privat.

Im journalistischen Sinn war das sehr schade. Denn es hätte ein ideales Foto für eine Veröffentlichung in *People* gegeben: der berühmte amerikanische Naturwissenschaftler, eine hinreißende junge Asiatin und die japanischen Zwillingsbrüder.

Und alle zusammen unendlich glücklich.

49 ISABEL

Isabel da Costa verfluchte die Tatsache, daß sie immer wieder fast soweit gewesen war, Fahrstunden zu nehmen, es sich im letzten Moment jedoch anders überlegt und sich gesagt hatte, das sei nur eine Zeitverschwendung, die sie von ihrer Forschung abhalte. Also bestellte sie sich telefonisch ein Taxi, dessen Fahrer vor dem Haus so aggressiv klingelte, daß der Lärm ihren Vater weckte.

Gerade als sie zur Tür gehen wollte, kam Raymond schlaftrunken ins Wohnzimmer geschlurft.

»Willst du weg?« fragte er.

Nervös versuchte Isabel es ihm hastig zu erklären, damit sie endlich gehen konnte.

»Ich … Ich muß zum Flughafen…«

»Mit Jerry durchbrennen, eh?« erkundigte er sich halb im Ernst.

»Aber nein, Daddy, sei nicht so dumm. Jerry wird heute um acht herkommen. Sag ihm, daß ich so schnell wie möglich zurückkommen werde.«

Damit lief sie hinaus und ließ Raymond ratlos zurück.

Erschöpft vom Schlafmangel, vermochte Muriel kaum ihren Augen zu trauen, als sie am Flughafen-Gate ihre Tochter entdeckte.

»Wie hast du es erfahren?« fragte sie, und ihr beunruhigender Ton stand in krassem Kontrast zu ihrer festen Umarmung.

»Das spielt doch jetzt keine Rolle mehr. Warum hast du mir nicht mitgeteilt, daß du kommst?« gab Isabel zurück. Für den Bruchteil einer Sekunde war sie dicht daran, ihre eigene gute Nachricht hinauszuposaunen. Aber sie unterdrückte diesen selbstsüchtigen Wunsch.

Muriel, die nicht auf Isabel gefaßt gewesen war, versuchte sich eine plausible Erklärung zurechtzulegen.

»Nun ja, ich weiß schließlich, daß du den ganzen Tag in deinem Büro hockst; deswegen wollte ich dich nach meinem Termin dort überraschen.«

»Was für einem Termin? Was zum Teufel geht hier vor?«

Mit den Tränen kämpfend, nahm Muriel die Hand ihrer Tochter in ihre beiden.

»Edmundo ist krank – sehr krank.« Sie hielt inne und nahm dann all ihren Mut zusammen, um die schrecklichen Worte auszusprechen: »Chorea Huntington.«

»O Gott, Mom, das tut mir ja so leid! Aber ich begreife immer noch nicht, warum du mich nicht angerufen hast.«

»Am Mass General gibt es einen Professor, der eine Radikalkur entwickelt hat«, unterbrach Muriel ihre Tochter. »Aber da das Mittel noch von der FDA getestet wird, bin ich gekommen, um ihn zu fragen, ob er es nicht trotzdem an Edmundo ausprobieren will.«

»Ich komme mit«, entschied Isabel spontan.

»Nein! Glaube mir, das ist nichts für dich«, protestierte Muriel unerwartet heftig.

»Wenn du das so sagst, Mom, werde ich dich erst recht keine Minute allein lassen.«

Muriel schüttelte kapitulierend den Kopf und sagte dann leise: »Danke, Isa.«

Da sie noch ein wenig Zeit hatten, gingen Mutter und Tochter in einem vollbesetzten Coffee House in der Nähe des Krankenhauses frühstücken. Trotz des eindeutigen Widerstrebens der Mutter konnte Isabel sich nicht beherrschen und überschüttete sie mit Fragen.

»Das ist eine Krankheit, Mom, von der ich überhaupt nichts weiß.«

»Man könnte sagen, daß es sich um eine Art neurologische Zeitbombe handelt. Schließlich und endlich fällt aber alles in Scherben.«

»Gibt es denn gar keine Aussicht auf Heilung?«

»Sie ist hundertprozentig tödlich«, erklärte Muriel ernst. »Es gibt keine Heilung.«

»Aber dieser Professor am MGH hat etwas gefunden?«

»Ein genetisches Bindeglied. Sie haben ein Mittel, das bei

Ratten wirkt«, antwortete Muriel bitter. »Und bei anderen Versuchstieren. Das einzige, was noch fehlt, ist die Erlaubnis, das Mittel auch an Menschen auszuprobieren.«

»Besteht Hoffnung, daß eine Ausnahme gemacht werden kann?«

»Na ja, zuweilen erteilt die Regierung ihre Erlaubnis aus ›Gründen der Menschlichkeit‹. Ich bete zu Gott, daß dieser Arzt eine Menge Menschlichkeit besitzt.«

Er war hochgewachsen und breitschultrig, mit graugesprenkelten schwarzen Augenbrauen.

»Guten Morgen, Mrs. Zimmer«, begrüßte er sie mit starkem russischem Akzent und streckte ihr freundlich die Hand entgegen. »Ich bin Professor Avilow. Bitte, kommen Sie herein.«

Isabel erhob sich fast gleichzeitig und sagte: »Ich bin ihre Tochter. Darf ich mitkommen?«

»Ihre Tochter?« Avilow reagierte mit bestürztem Interesse. »Nun ja, ich denke...«

»Nein!« erwiderte Muriel nachdrücklich. »Ich will nicht, daß sie da hineingezogen wird.«

»Aber meine liebe Mrs. Zimmer«, gab Avilow mit übertriebener Höflichkeit zurück, »allein durch die Natur dieser Krankheit – ist sie da nicht ohnehin schon betroffen?«

»Nein, Edmundo ist nicht ... Ich meine ... ihr Vater ist Raymond da Costa«, protestierte Muriel.

Der Russe musterte Isabels Züge, und plötzlich blitzte Erkennen in seinen Augen auf.

»Sagen Sie, sind Sie nicht die berühmte Physikerin?«

Isabel nickte stumm.

»Dann möchte ich Ihnen versichern, daß es mir eine Ehre ist, Sie kennenzulernen«, erklärte Avilow voll aufrichtiger Bewunderung. »Ich bin ein großer Bewunderer Ihrer Arbeit.«

Wieder an ihre Mutter gewandt, fuhr er dann fort: »Ich hatte ja keine Ahnung, Mrs. Zimmer. Aber die Tatsache, daß Sie eine weltweit so sehr bewunderte Persönlichkeit sozusagen ›in Ihrer Ecke‹ haben, könnte uns bei diesen verdammten Bürokraten in Washington von großem Nutzen sein.«

Er starrte Muriel an, wartete auf ihre Antwort.

»Möchten Sie Dr. da Costa nicht doch gestatten, uns zu begleiten?«

Obwohl seelisch und körperlich erschöpft, spürte Muriel, daß dieser großspurige Professor, dessen Hilfe sie so verzweifelt brauchte, keine Ruhe geben würde, bis Isabel sich ihnen anschloß.

»Nun gut«, lenkte sie seufzend ein.

Die beiden Frauen folgten Avilow in sein großes Sprechzimmer, das mit Diplomen in vielen Sprachen geschmückt war. Er schien Mitglied einer jeden wissenschaftlichen Akademie der Welt zu sein.

»Bitte, meine Damen, nehmen Sie Platz«, forderte er sie höflich auf, während er sich hinter seinem schweren Schreibtisch niederließ. In der Mitte der Platte prangte ein überdimensionales Farbfoto seiner blonden Ehefrau und seiner drei Kinder, die alle lächelten wie auf einer Zahnpastareklame.

Avilow musterte seine Besucherinnen, dann sagte er: »Also ...«

Keine von beiden vermochte sich die Bedeutung dieser beiden gewichtigen Silben zu erklären.

Nun stürzte sich der große Mann in eine Art Vorlesung, unterbrochen von ständigen Wiederholungen der eher herablassenden Formulierung ›wie Sie ja sicher wissen‹.

»Huntington ist, wie Sie ja sicher wissen, eine der wahrhaft tödlichen Krankheiten. Keine Heilung. Keine Remission. Keine Hoffnung. Nichts. Bis vor ein paar Jahren wußte man noch nicht einmal, wo sie im menschlichen Genom zu finden war.«

In jovialem Ton wandte er sich wieder an Muriel: »Dies alles dürfte Ihrer Tochter sicher vertraut sein. Aber wenn Ihnen irgend etwas nicht ganz klar ist, bitte, zögern Sie bitte nicht, mir alle Fragen zu stellen, die Ihnen am Herzen liegen.«

»Nein, nein«, antwortete Muriel leise. »Bitte, fahren Sie fort.«

»Also, durch die Arbeit, die mein gelehrter Kollege Professor Gusella in diesem Labor geleistet hat, wurde festgestellt, daß die Huntington-Gene in einem Abschnitt des Chromosoms vier angesiedelt sind. Zum erstenmal in der Geschichte haben Wissenschaftler DNA-Marker benutzt, um ungefähr zu errechnen, wo sich ein Gen befindet.

Nach diesem vielversprechenden Anfang wurde eine umfassende Zusammenarbeit organisiert, unter anderem mit Kollegen aus Dr. da Costas MIT. Unsere Strategie stützte sich auf einen neuen Typ von DNA-Marker, den sogenannten Restriction Fragment Length Polymorphisms oder RFLPs, wie wir sie hier im Labor nennen. Nach langen, gewissenhaften Forschungen hatten wir nun also das Huntington-Gen sozusagen in der Hand.

Und hier trat nun ich selbst als unbedeutender Mitspieler in diesem großen Drama ganz kurz ins Rampenlicht. Ich hatte das Glück, das störende Gen klonen und durch eine Neukombination mit DNA ein Protein herstellen zu können, das – wenigstens unter Laborbedingungen – die Struktur des Chromosoms vier zu ihrem normalen, gesunden Zustand zurückzuführen vermochte.«

Hier hörte er auf, für die große, weite Welt zu sprechen, und wandte sich wieder an Muriel. »Und dies, meine Dame, ist wohl, wie ich vermute, der Grund für Ihren freundlichen Besuch.«

»O ja, Professor«, gab sie so ehrerbietig wie möglich zurück, denn ihr war klar, daß der Weg zum Herzen dieses Mannes nur über sein ausgeprägtes Ego führte.

Avilow stützte das Kinn in seine Rechte. Dann räusperte er sich mehrfach und dachte nach. Gleich darauf wurde er wieder redselig.

»Wie Ihnen vermutlich klar ist, Mrs. Zimmer, sind Sie nicht der erste ... nun ja, Bittsteller, den ich empfange. Huntington ist eine furchtbare Krankheit, und mein tiefstes Mitgefühl gilt den zahlreichen Leidenden, denen eines Tages helfen zu können ich aufrichtig hoffe. Aber erkennen Sie die Ironie, die darin liegt, daß ich, ein ehemaliger Sowjetbürger, behaupte, massiv von der amerikanischen Bürokratie behindert zu werden? Leider Gottes trifft das zu. Ich bin überzeugt, daß mein umstrukturiertes Gen bei den Menschen ebenso wirken wird wie bei den Mäusen. Bisher jedoch sind wir mit unseren Anträgen auf taube Ohren gestoßen.«

Muriel ließ den Kopf hängen.

»Und dennoch«, dröhnte Avilow plötzlich, »erkenne ich hier einen potentiellen Vorteil.«

»Welchen, Professor?« erkundigte sich Isabel, die damit ihr langes Schweigen brach.

Der Russe deutete mit dem Finger auf sie und äußerte eine einzige Silbe: »Sie.«

»Das verstehe ich nicht«, gab Isabel zurück.

»Vielleicht, Dr. da Costa, sind Sie sich Ihrer eigenen Bedeutung nicht bewußt. Aber die Außenwelt hält Sie für einen naturwissenschaftlichen Giganten und – wie ich stolz als neuer Bürger der Vereinigten Staaten hinzufügen möchte – für eine Nationalheldin. Wenn die Behörden in Washington überzeugt wären, daß Sie de facto Edmundo Zimmers Tochter sind, würden sie diesen Antrag sicher von einer ganz neuen und, möchte ich sagen, positiveren Seite sehen.«

Muriel brach in Tränen aus. Isabel umarmte die Mutter, während sie dem prominenten Wissenschaftler antwortete:

»Aber das ist absurd, Professor Avilow. Wie dem auch sei – wieso sollten die Behörden zu der Auffassung kommen, daß *sein* Leben oder *sein* Tod etwas mit mir zu tun haben könnte?«

Muriel schluchzte immer hörbarer.

»Aber Dr. da Costa«, erwiderte Avilow mit erhobenem Zeigefinger, »Sie sind sich doch sicher über die genetischen Folgen im klaren – oder?«

»Ehrlich gesagt, nein.«

»Nun, dann werde ich es Ihnen mit wenigen Worten erklären. Huntington ist eine der primären autosomalen *dominant* vererbbaren Krankheiten. Die Betroffenen werden sie mit einer Chance von *eins zu zwei* an ihre Nachkommen weitergeben. Würde es nun bekannt, daß eine Wissenschaftlerin Ihrer Bedeutung in dieser Gefahr schwebt, würde ich bestimmt sozusagen grünes Licht für die Behandlung des Patienten bekommen.«

»Großer Gott«, flüsterte Isabel. Dann fragte sie Muriel: »Wissen Francisco und Dorothea davon?«

Muriel nickte. »Sie haben beide darauf bestanden, sich testen zu lassen. Ich habe versucht, sie zu überreden, es nicht zu tun. Francisco hatte Glück, doch Dorothea weiß, daß sie einem unausweichlichen Todesurteil entgegenlebt.«

»Mein Gott, wie furchtbar!« stöhnte Isabel.

Avilow unterdrückte ein heimliches Lächeln über das Glück, das ihm so unerwartet in den Schoß gefallen war: nicht nur eine bombensichere Methode, die Genehmigung der Regierung zu beschleunigen, sondern darüber hinaus eine weltberühmte Patientin, um seinen Erfolg überall zu verbreiten.

»Dr. da Costa, wenn diese Therapie genehmigt würde, könnten Sie dadurch nicht nur Ihrem Stiefvater und Ihrer Stiefschwester, sondern auch zahllosen anderen Menschen helfen, die wir retten könnten, sobald die Methode sich als wirksam erweist.«

Isabel packte Muriel bei den Schultern. »Mom, ich werde mitmachen«, erklärte sie leidenschaftlich. »Es ist die einzige Möglichkeit, die beiden zu retten.«

In diesem Moment ergriff Muriel, von Gefühlen überwältigt, Isabels Hände.

»Liebling, ich muß dir etwas erklären«, sagte sie. »Denn diese Dinge betreffen dich auf eine Art, die du dir gar nicht vorstellen kannst.«

»Ich weiß nicht, was du damit meinst, Mom.«

»Du selbst bist in Gefahr, mein Liebling. Das heißt, es ist meine Schuld.« Sie brach in Tränen aus. »Ich weiß nicht, wie ich es dir erklären soll.«

Isabel erschrak. »Um Gottes willen, Mom – was versuchst du mir zu sagen?«

»Die *Wahrheit*, Isabel. Edmundo ist dein natürlicher Vater.«

Isabel betete, daß sie die Mutter mißverstanden hatte. Offenen Mundes starrte sie Muriel an.

»Ach, mein Liebling, es ist schon so lange her! Ich wußte, daß meine Ehe mit deinem Vater – ich meine Raymond – allmählich in die Brüche ging, und Edmundo erwischte mich in einem Augenblick der Schwäche. Ich war so ausgehungert nach ein bißchen Liebe ... Wir hatten eine Affäre. Du ... du wurdest gezeugt. Niemals hätte ich mir träumen lassen, daß Raymond so besessen von dir sein würde ...«

»Aufhören!« schrie Isabel. »Ich will nichts mehr hören!«

Isabel hatte die Mutter losgelassen, die inzwischen haltlos weinte.

»Mrs. Zimmer, ich könnte Ihnen etwas geben, wenn Sie das möchten.«

Auf einmal wurde sich Isabel bewußt, daß ja auch Avilow noch anwesend war.

»Meine liebe Dr. da Costa, ich bin Arzt und werde dies alles absolut vertraulich behandeln.«

»Professor Avilow«, erklärte Isabel auf einmal energisch, »ich habe meine Meinung geändert. Ich denke nicht daran, mich an dieser unethischen Farce zu beteiligen!«

Der Russe richtete sich, eindeutig gekränkt, hoch auf. »Aber ist Ihnen denn nicht klar, daß auch Sie selbst dringend getestet werden müssen?«

»Das kümmert mich einen Dreck«, fuhr Isabel auf.

»Aber Isa«, flehte ihre Mutter, »wenn nicht diese Gefahr bestände, hätte ich dir niemals…«

»Weiß Raymond davon?« wollte Isabel kurz angebunden wissen.

Muriel schüttelte den Kopf. »Nein. Er hält dich für seine eigene Tochter.«

Plötzlich kehrte Isabel ihr den Rücken und barg das Gesicht in den Händen.

Das Schluchzen ihrer Mutter grenzte an Hysterie, als sich der russische Arzt den beiden näherte.

»Du mußt zulassen, daß er dich testet«, verlangte Muriel weinend.

»Bitte«, sagte Avilow beruhigend, »Sie befinden sich im Zustand der Abwehr. Sie – vermutlich das größte wissenschaftliche Genie der modernen Physik – haben eine Chance fünfzig zu fünfzig, das Gen der Chorea Huntington in sich zu tragen.«

»Vielen Dank«, fuhr Isabel wütend auf. »Sie haben soeben einen riesigen Schatten über mein ganzes Leben geworfen.«

»Nicht unbedingt«, gab Avilow mit unpassendem Grinsen zurück. »Ich könnte Ihnen Blut abnehmen; dann würden wir innerhalb einer Woche wissen, wie Ihre Zukunft aussieht. Schließlich könnte das Ergebnis ja auch beruhigend sein.«

Obwohl Isabel reglos und stumm dastand, spürte Avilow, daß seine Worte ins Schwarze getroffen hatten.

Aber sie antwortete noch immer nicht.

»Vielleicht sollte ich Sie beide allein lassen, damit Sie in Ruhe darüber reden können«, meinte er, weil er sich jetzt selbst gern zurückgezogen hätte.

Wütend funkelte Isabel die Mutter an, die das Gefühl hatte, im Fegefeuer zu brennen.

»Sie erwarten von mir, daß ich mit der Person rede, die mein Leben versaut hat – und das meines Vaters?«

Ihre Mutter war niedergeschmettert. »Bitte, Liebling, wende dich nicht von mir ab!«

»Was du getan hast, ist unverzeihlich!« schrie Isabel.

Worauf ihre Mutter flehentlich sagte: »Aber wenn nicht Edmundo gewesen wäre, dann wärst du nicht du!«

Isabels Blicke schienen die Mutter zu versengen. »Erwartest du etwa, daß ich mich dafür bei dir bedanke?«

Damit stürmte sie zum Sprechzimmer des Professors hinaus.

Trotz der brütenden Hitze ging Isabel den ganzen Weg von Avilows Praxis bis nach Hause zu Fuß.

Innerhalb weniger Sekunden war sie von einem Menschen, dessen ganzes Leben gesegnet war, zu einer nicht nur verfluchten, sondern vermutlich sogar zum Tode verurteilten Person geworden.

Seltsamerweise war es nicht ihre eigene ungewisse Zukunft, die sie am meisten beschäftigte, sondern das Schicksal des Mannes, der sie vom ersten Moment ihres Lebens an geliebt, gehegt und beschützt hatte.

Dabei war sie nicht einmal seine biologische Tochter!

Irgendwie würde das keine große Rolle mehr für ihn spielen, ahnte Isabel. Denn schließlich ist Liebe nicht genetisch vererbbar, und er hatte sie seit Jahren damit überschüttet. Und sie wiederum hatte ihm so viel Zuneigung geschenkt, wie ein natürlicher Vater es sich nur erträumen konnte.

Im Laufe der langwierigen Erforschung ihrer Gedanken kam sie zu dem Entschluß, die Dinge wieder zurechtzurükken und Raymond das zu geben, was er verdiente, weil er ihr sein eigenes Leben geopfert hatte.

Sie nahm sich vor, eine luxuriösere Wohnung für sie beide zu suchen. Immer finsterer wurden ihre Gedanken, erfüllt von kochendem Zorn auf ihre Mutter. Denn hatte Muriel Raymond nicht übel mitgespielt? Daß sie ihre Begabung ›wissenschaftlich gesehen‹ ganz zweifellos Edmundos Genen verdankte, spielte keine Rolle: Sie haßte ihn dafür, daß er Raymond verletzt hatte.

Isabel schwor sich, dafür zu sorgen, daß Raymond nie, *niemals* von Muriels Verrat erfahren sollte.

Am schlimmsten aber war für sie die neue, tief schmerzende Einsamkeit. Denn wen gab es in ihrem Leben nun noch – wen, der für sie wirklich das war, was er angeblich sein sollte?

Und dann war da noch Jerry Pracht mitsamt dem Glück, das er in ihr Leben gebracht hatte. Wie sollte es mit ihnen weitergehen? Sie fühlte sich wie mit einem Makel behaftet und glaubte, seiner nicht mehr wert zu sein.

In ihrer Wohnung angekommen, war sie überhitzt und völlig verschwitzt.

Sie hatte das unheimliche Gefühl, die Wohnung sei leerer als sonst. Die Tür zum Schlafzimmer ihres Vaters war geschlossen. Vielleicht versuchte er ja der brutalen Cambridge-Hitze zu entrinnen, indem er eine ausgiebige Siesta hielt.

Sie ging, durstig von dem langen, heißen Marsch, in die Küche, öffnete den Kühlschrank, schenkte sich ein Glas Limonade ein und kehrte ins Wohnzimmer zurück, wo es am kühlsten war, weil sie die Läden geschlossen hielten.

Sie setzte sich, trank einen Schluck und ließ den Blick durchs Zimmer wandern. Es wirkte ungewohnt aufgeräumt. Die Zeitschriften und Journale, die sonst überall verstreut lagen, waren sauber gestapelt.

Als ihr Blick auf den Tisch fiel, den sie zur Arbeit wie auch zum Essen benutzten, entdeckte sie ein großes Blatt gelbes

Notizpapier, das zwischen dem Salz- und dem Pfefferstreuer lehnte.

Sie ahnte plötzlich, was es enthalten würde, und nahm es ängstlich zur Hand.

Liebste Isabel,
Du warst mir eine wunderbare, liebevolle Tochter, weit mehr, als so ein mittelmäßiger Mensch wie ich es verdient hätte. Du bist ein Segen und ein Geschenk, an dem zu erfreuen mir viele Jahre lang vergönnt war. Viel zu viele Jahre.
Mir ist klar, daß ich Dir jetzt nicht mehr nützlich sein kann und daß Dein Platz nunmehr bei Menschen Deines Alters ist – zum Beispiel bei Jerry, der wirklich ein wundervoller junger Mann ist.
Ich will nicht leugnen, daß das, was ich jetzt tue, mir unendlich weh tut, aber ich tue es aus meiner tiefen, aufrichtigen Liebe zu Dir.
Unter den zahlreichen Offerten, die Pracht mir hat zugehen lassen (möglicherweise, um mich loszuwerden?), befand sich die Stelle eines Physiklehrers an einer der vornehmen Privatschulen, wo all jene Ivy-League-Anwärter herumwimmeln, die jetzt schon voll von sich selbst überzeugt sind.
Ich nehme an, daß mein Bekanntheitsgrad als Dein Vater meine beste Empfehlung ist, denn als ich den Schulleiter heute nachmittag anrief, sagte er, er werde mich unbesehen einstellen.
Sobald ich mich eingerichtet habe, werde ich mich bei Dir melden und Dir meine neue Adresse und Telefonnummer mitteilen. (Merk Dir: Ich lasse Dich zwar gehen, aber loslassen werde ich Dich niemals ganz.)
Von nun an werde ich mich verhalten, wie sich ein erwachsener Vater seinen erwachsenen Kindern gegenüber verhalten soll. Ich werde mich auf Weihnachten freuen, auf Geburtstage und alle möglichen anderen Festtage.
Ich hinterlasse Dir das einzige Geschenk, das ich Dir immer vorenthalten habe: Deine Freiheit.
Sei glücklich, meine geliebte Tochter.
Dein Dich ewig liebender Vater.

Isabel wußte nicht, was sie denken sollte. Sie ahnte – wie ein Patient mit Lokalanästhesie es ahnt –, daß ihr ein Teil ihres Wesens genommen wurde.

Sie barg das Gesicht in beiden Händen. Auf einmal drehte sich ihre Welt wie eine Zentrifuge und wirbelte all ihre Gedanken durcheinander. Sie, die stets die unüberwindliche Miß da Costa gespielt hatte, immer fröhlich und selbst unter extremem Druck selbstbeherrscht, brach nun zusammen und begann haltlos zu schluchzen.

Sie hatte jedes Zeitgefühl verloren und schreckte zusammen, als das Telefon schrillte.

»Hallo, Isa, ich hab' gewartet, bis die Frühstücksbrötchen hart wurden. Hast du vielleicht einen netteren Mann kennengelernt – oder was?«

Ihre Erleichterung, als sie seine Stimme vernahm, war überwältigend.

»Ach, Jerry, ich bin so froh, daß du mich anrufst!«

»Na, weißt du, diesen Eindruck hast du aber heute den ganzen Tag nicht auf mich gemacht«, schalt er sie liebevoll.

»Bitte, Jerry, hör mir zu. Heute war wohl der schlimmste Tag meines ganzen Lebens. Traumatisch wäre untertrieben. Könntest du zum Abendessen rüberkommen?«

»Laß uns doch zur Abwechslung mal zum Essen ausgehen. Da wären wir doch wenigstens allein.«

Sie schwieg einen Moment, dann sagte sie leise: »Wir werden auch so allein bleiben. Dad ist fort.«

»Was zum Teufel ist passiert, Isa?«

»Ich bin noch immer im Schockzustand. Ich weiß auch nicht genau, ob ich alles verstehe, aber ich glaube, er hatte einen unvermittelten Anfall von Schuldbewußtsein. Wie dem auch sei, er hat eine Stelle an einer Privatschule angenommen.«

»Na wunderbar«, entgegnete Jerry, der die gute Seite hervorzuheben trachtete. »Das könnte das Beste sein, was euch beiden je passiert ist. Warum bist du so verzweifelt?«

»Glaub mir, das ist noch das geringste Erdbeben des heutigen Tages. Aber ich würde dir das alles gern persönlich erzählen. Wäre das möglich?«

»Klar, bis gleich.«

Isabel legte den Telefonhörer auf. Noch immer wie benommen ging sie zum nächsten italienischen Laden und besorgte die Zutaten für das Dinner.

Als sie zurückkam, klingelte das Telefon. Vorsichtig setzte sie ihre Tüten ab und lief hinüber.

»Isabel – bitte, leg nicht auf. Wir müssen reden. Ich bin im Hyatt Regency abgestiegen. Darf ich dich zum Abendessen einladen?«

»Tut mir leid, ich bin bereits verabredet«, antwortete sie tonlos.

»Ja, ja, natürlich ... Raymond ...«

„Nein, Mutter. Nicht Raymond«, erwiderte sie.

»Also, wann dann?« fragte Muriel hilflos. »Ich meine, nun, da die häßliche Wahrheit ans Licht gekommen ist, müssen wir uns doch mit ihr auseinandersetzen.«

»Hör zu, M...« Fast hätte sie Mutter gesagt, aber auf einmal wußte sie nicht, wie sie sie nennen sollte. »Hör zu, ich rufe dich wieder an.«

»Können wir uns nicht wenigstens morgen zum Frühstück treffen, Isa? Sagen wir, um acht Uhr in meinem Hotel?«

»Na gut, aber ich muß jetzt gehen.«

Isabel wollte sich gerade einreden, das Schlimmste sei nun vorüber, als ihr klarwurde, daß fortan eine weitere Wolke ihr Leben verdunkeln würde.

Sie liebte Jerry und fühlte sich sicher in dem Bewußtsein, daß er ihre Liebe erwiderte. Sie hatte immer vorausgesetzt, daß ihr Verhältnis sich mit der Zeit weiterentwickeln und sie schließlich heiraten würden.

Doch jetzt nicht mehr. Nicht mit diesem entsetzlichen Erbe!

Es klingelte an der Wohnungstür. Und unversehens huschte trotz allem ein Lächeln über Isabels Gesicht. Jerry.

Er hatte eine Flasche Wein und einen Blumenstrauß mitgebracht, sein kostbarstes Geschenk aber war seine unerschütterliche gute Laune.

Impulsiv schlang sie ihm die Arme um den Hals.

»He!« Er lächelte. »Sind es die Blumen, der Wein oder mein angeborener Charme? Was immer es ist, ich glaube, ich geh' schnell hinaus und komme noch einmal rein, um mir noch mehr davon zu holen.«

»Unsinn«, schalt sie ihn liebevoll. »Setz dich, damit ich dich in tiefste Depressionen stürzen kann.«

Er folgte ihr in die Wohnung und nahm Platz, während sie die Blumen in eine Vase mit Wasser stellte und den Wein in die bereitstehenden Gläser füllte.

»Also«, fragte Jerry dann, »wo ist Raymond?«

Wortlos reichte Isabel ihm den Brief und beobachtete seine Miene, während er las. Er war sichtlich bewegt.

»O Gott«, seufzte er dann, »das zu schreiben muß ihn eine Menge Überwindung gekostet haben. Er ist ein verdammt anständiger Kerl. Du kannst wirklich stolz auf ihn sein.«

Irgendwie wirkte sich das Lob des Mannes, den sie am meisten liebte, auf paradoxe Art und Weise auf Isabel aus: Sie fing an zu weinen.

»Aber Isa, Isa-Mädchen, was ist denn los?«

»Ich weiß nicht, wie ich es sagen soll, Jerry, aber es geht nicht um meinen Vater.«

»Das begreife ich nicht.«

Sie nahm ihren ganzen Mut zusammen und erzählte ihm alles. Davon, wer Edmundo wirklich war. Und wer Raymond nicht war.

Und er verstand.

»Aber deswegen ist er nicht auf und davon, stimmt's?« fragte Jerry.

»Nein, er hat keine Ahnung, und wenn es nach mir geht, wird er auch niemals davon erfahren.«

»Das finde ich auch«, entgegnete Jerry mitfühlend.

»Klingt es sehr verrückt, Jerry, daß ich wütend auf meine Mutter bin, weil sie mich geboren hat?« fragte sie dann.

»Tja, schwer zu sagen«, gab Jerry zurück. »Denn ich zum Beispiel kann nicht anders, als wenigstens ein bißchen Dankbarkeit empfinden ...«

Ach, Jerry, wenn du erst mal das Schlimmste erfährst!

Während sie bei Tisch saßen, gelang es ihnen allmählich, von anderen Dingen zu sprechen als von Eltern, Vererbung und Treue.

Es wurde spät, und der Zeitpunkt näherte sich, da Jerry sich gewöhnlich ritterlich verabschiedete.

Er erhob sich, rührte sich aber nicht von der Stelle, sondern wartete, daß sie zu ihm kommen und ihn umarmen werde.

Nachdem sie sich lange und ausgiebig geküßt hatten, erkundigte sich Jerry liebevoll: »Als dein Dad das letzte Mal krank war, Isa, hab' ich die Nacht hier auf dem Sofa verbracht ...«

»O ja, ich erinnere mich genau...«

»Wenn's dir nichts ausmacht, würde ich heute wieder hierbleiben, diesmal aber in einem anderen Zimmer.«

Ihre Blicke trafen sich. Und ohne Zögern oder auch nur eine Andeutung von Furcht gab Isabel leise zurück: »Ja, bitte, Jerry. Das wäre wunderschön.«

50 ADAM

Irgendwie hat ein an Alzheimer Erkrankter das Gefühl, alle Qualen des Ertrinkens zu erleiden – immer und immer wieder. Gerade wenn das Opfer das Bewußtsein verloren hat, gelingt es ihm plötzlich, sich wieder nach oben zu arbeiten und einen Moment lang Realität zu atmen; ein Hinweis darauf, daß er *nicht* stirbt – noch nicht.

Die Menschen in seiner Umgebung sind auch Opfer. Denn sie wissen, daß er zwar noch nicht für die Welt, aber mit Sicherheit für *sie* endgültig verloren ist.

Schon ehe das Licht vollkommen erlischt, gibt es eine endlose Reihe von Demütigungen.

Adam kämpfte wie ein Berserker, als man versuchte, ihm den Führerschein zu entziehen. Er war felsenfest entschlossen, an diesem dürftigen Symbol seiner Selbständigkeit festzuhalten.

Da sie so intensiv damit beschäftigt war, ihn zu beschützen, engagierte Anja einen erfahrenen Krankenpfleger, der ihr bei der Betreuung von Adam helfen sollte. Und dieser war so einfallsreich und hilfsbereit, daß niemand erkannte, ob sich Adam wirklich darüber im klaren war, warum ihn Terry Walters betreute.

Darüber hinaus verschaffte Terry Anja die Möglichkeit, gleichzeitig zwei Leben zu führen: das ihre und Adams. Tagtäglich ging sie ins Labor, holte sich die Daten der verschiedenen Experimente und nahm sie mit nach Hause, während sie den Mitarbeitern im Labor erklärte, Adam brauche ein wenig Ruhe nach der langen, anstrengenden Reise und einer schweren Infektion, die er sich zugezogen habe.

Solange er klar war, schrieb Adam Kommentare an den Rand der Berichte, und Anja sorgte dafür, daß seine Änderungen akzeptiert wurden. War er verwirrt – und das war immer häufiger der Fall –, gab sie vor, mit ihm zu sprechen. Und wenn er sie mit glasigen Augen anstarrte, ohne das Problem zu verstehen, versuchte sie sich vorzustellen, was Adam früher getan hätte, und überbrachte das Ergebnis seinen Mitarbeitern.

Während der kurzen Zeit, die Adam und Anja miteinander verbringen durften, hatten sie gelernt, wie *ein* Mensch zu denken, und das verlieh Anja die Kraft, auch in Gebiete einzudringen, auf die sie sich im Normalfall niemals vorgewagt hätte.

Ihr blieb keine andere Wahl – sie mußte Prescott Mason informieren. Er war aufrichtig erschüttert. Vielleicht steckte hinter der professionellen Fassade des PR-Managers ja ein mitfühlender Mensch…

Als typischer Pragmatiker entschloß sich Mason, den großen Coup zu beschleunigen und nicht noch drei, vier Jahre damit zu warten, wie er eigentlich vorgehabt hatte.

Mason überredete die Journalisten, Adams moderne Ehefrau zu interviewen, die nicht etwa bescheidene drei Meter hinter ihrem Mann ging, sondern mutig an seiner Seite blieb, wenn sie gemeinsam Neuland eroberten und medizinische Geschichte schrieben.

Prescott Mason arbeitete unermüdlich. Mehr als ein dutzendmal zog Mason in den wichtigsten Forschungszentren des Landes frühere Nobelpreisträger und renommierte Nominatoren ins Vertrauen und erklärte ihnen, daß Adam Coopersmith nicht mehr lange zu leben habe.

Selbstverständlich, argumentierte er, wäre Adam mit der Zeit nominiert worden. Aber für den Nobelpreis gab es die Vorschrift, daß der Preis nur einem Menschen verliehen werden konnte, der zum Zeitpunkt der Abstimmung noch lebte. Ironischerweise durfte seine Witwe, sollte er auch nur eine Sekunde nach Erhalt der offiziellen Nachricht vor Freude sterben, den Preis für ihn entgegennehmen.

Als es Frühling wurde, hatte Mason gegen vierzig einflußreiche Kongreßmitglieder auf seiner Seite, die sich für Adam einsetzten, sowie fast zwanzig Empfehlungen, die per Brief oder Fax nach Stockholm geschickt wurden.

Wenn sie nicht arbeiten mußte, wich Anja nicht von Adams Seite. Zuweilen fuhr sie ihn ins Labor und führte ihn, obwohl er manchmal verwirrt und orientierungslos war, rasch den Gang entlang, während sie ihn aufforderte, auf die freundlichen Grüße und Winke zu reagieren, die von einem »Hallo, Prof« begleitet wurden.

Was zuvor lästig gewesen war – die Glaswand in Adams Büro –, diente nunmehr einem sehr praktischen Zweck. Denn sie bewies den Mitarbeitern, daß er – wenigstens in gewissem Sinne – noch *da* war, weil Anja ihn an seinen riesigen Schreibtisch setzte und dafür sorgte, daß er immer ein Buch in der Hand hatte.

Einigen Mitarbeitern jedoch, die es gewohnt waren, mit ihren Problemen direkt zu Adam zu kommen, gefiel es nicht, daß Anja seine Rolle zu übernehmen schien. Sie nahm ihre Berichte entgegen, versicherte ihnen, der Professor werde sie noch am selben Abend lesen und sie am folgenden Vormittag mitsamt seinen Kommentaren zurückgeben.

Warum nur, fragten sie sich, läßt er sich gewissermaßen von ihr ausbooten?

Anja war sich bewußt, daß sie äußerst unbeliebt war. Doch sie betrachtete das als einen geringen Preis, den sie zu zahlen hatte.

Wann immer es möglich war, kümmerte sie sich um ihren eigenen Arbeitsplatz im Labor. Aber stets hielt sie durch die Glastür ein Auge auf Adam und schirmte ihn vor jedem ab, der versuchte, mit ihm zu sprechen.

Schließlich mußte Anja zum allerletzten Hilfsmittel greifen. Sie kam inzwischen um Mitternacht ins Labor und versuchte, drei bis vier Stunden lang ernsthaft zu arbeiten, während Adam in seinem Büro vor dem ›elektronischen Babysitter‹ – in diesem Fall einem tragbaren Fernseher, den er ihr vor langer Zeit geschenkt hatte – saß und unentwegt auf den Bildschirm starrte.

Und wenn sich das Labor zu früher Morgenstunde allmählich leerte – oder wenn die zwei, drei restlichen Kollegen auf einen kurzen Imbiß verschwanden –, half sie ihm in seinen Mantel und brachte ihn so schnell wie möglich zum Wagen. Aber das konnte nicht lange so weitergehen.

Eines Abends befand sich Adam in einer so rebellischen und streitsüchtigen Stimmung, daß Anja Terry bat, bei Adam zu bleiben, während sie sich um die Laborangelegenheiten kümmerte. Als sie dort auf den Lift wartete, wurde sie von Carlo Pisani angesprochen, Venedigs Geschenk an die Damen von Boston.

»Äh, hallo Carlo«, erwiderte sie seinen Gruß. »Was macht Ihre Arbeit?«

»Das sollten Sie doch eigentlich wissen«, gab er betont zurück. »Sie haben sie doch schon beurteilt.«

»Nun ja«, wich sie verlegen aus, »es klingt alles sehr aufregend. Ich meine natürlich, soweit Adam mir davon erzählt hat.«

Er rückte näher und machte seiner aufgestauten Empörung Luft. »Sie brauchen sich nicht vor mir zu zieren, Anja. Ich habe keine Ahnung, warum er Ihnen das durchgehen läßt, aber es ist wohl eindeutig, daß es da eine Palastrevolution gegeben hat und nunmehr Sie das Szepter schwingen. Wie dem auch sei, ich mag es nicht, wie man mich behandelt. Stellen Sie sich doch mal vor, was ein Mensch meiner Bedeutung empfindet, wenn er sieht, daß Sie wie ein Zerberus an seiner Tür stehen und mir jedweden Zutritt zu diesem großartigen Mann verwehren!

Überdies mußte ich mir die Demütigung bieten lassen, von Ihnen als sein Forschungsassistent verdrängt zu werden. Ich leugne nicht, daß Sie eine sehr tüchtige Wissenschaftlerin sind. Zu dritt hätten wir verdammt gute Arbeit geleistet. Warum verhalten Sie sich so besitzergreifend?«

Anja zuckte die Achseln.

»Nun«, fuhr der Italiener fort, »ich jedenfalls gebe nicht so leicht auf. Und da Sie die Vordertür vor mir verschlossen halten, sah ich mich gezwungen, auf die einzige Möglichkeit auszuweichen, auf die Sie keinen Zugriff haben.«

Er hielt inne, um sogleich selbstgefällig fortzufahren: »Gestern abend habe ich nahezu zwei Stunden auf der Herrentoilette gewartet, weil ich hoffte, er werde hereinkommen, bevor er nach Hause zurückkehrt. Und das hat er natürlich auch getan.«

Anja, die noch immer versuchte, wenigstens äußerlich gelassen zu wirken, erkundigte sich beiläufig: »Und was hat er zu Ihnen gesagt?«

»Er brauchte nichts zu sagen; sein Verhalten allein sprach Bände.«

Auf einmal verlor Pisanis Stimme jede Schärfe, und er sprach in einem Ton weiter, der fast an Mitgefühl grenzte. »Mir kamen die Tränen, als ich es sah. Dieser brillante, wundervolle Mann war so verwirrt, daß er … mitten auf den Fußboden gepißt hat.«

»O Gott«, stöhnte Anja und schlug die Hände vors Gesicht.

»Der Mann ist sehr krank«, sagte Carlo leise in einem Ton, der seltsamerweise verschwörerisch klang.

Anja konnte nur stumm nicken. Sie weinte. Nicht um sich, sondern weil Adam so sehr entwürdigt worden war.

»Okay, Anja. Es wird Zeit, daß wir miteinander reden.«

»Und wenn ich nicht will?« gab sie abwehrend zurück.

»Dann werde ich mit anderen Leuten reden müssen.«

»Aber hören Sie, wer würde sich um Dinge scheren, die Sie behaupten?«

Carlo vermochte seine Genugtuung nicht zu verbergen, als er nunmehr ein einziges Wort äußerte: »Stockholm.«

Es war, als würde sie von einer Million Volt getroffen. In ihrer panischen Angst fürchtete sie, daß nunmehr alles verloren sei.

Schließlich brachte sie heraus: »*Sie* – Sie spionieren für die Leute!«

»Ich würde es etwas liebenswürdiger formulieren, Anja.«

Dann setzte er ein wenig freundlicher hinzu: »Meinen Sie jetzt nicht doch, daß wir unser Gespräch in Professor Coopersmiths Büro fortsetzen sollten?«

Niedergeschlagen nickte sie.

Dort angelangt, suchte sie hinter dem Schutzwall von Adams Schreibtisch Zuflucht und fragte Pisani: »Was werden Sie tun?«

»Das hängt davon ab, was Sie mir mitteilen werden.«

Anja war hin und her gerissen. Es würde schwierig, wenn nicht sogar unmöglich sein, diesen unangenehmen Menschen zu belügen, denn er hatte große medizinische wie auch forschungsbezogene Erfahrung. Also mußte sie das Risiko eingehen und an sein Mitgefühl appellieren – falls er so etwas kannte.

»Sie haben recht«, antwortete sie leise. »Mein Mann ist wirklich sehr, sehr krank.«

»Das wissen wir bereits«, gab Pisani unbewegt zurück.

Wir? Wen meinte er damit? Sich selbst? Die übrigen Mitarbeiter im Labor? Das Nobelpreis-Komitee?

»Nun ja«, antwortete sie ausweichend, »was meint denn ›Stockholm‹, worum es sich handelt?«

»Ich bin mir nicht sicher. Doch wie ich weiß, hat man dort oben gehört, es sei … fortschreitend.«

»Er liegt nicht im Sterben«, sagte sie. »Das kann ich Ihnen versichern. Aber warum ist das Komitee so besorgt? Als ob der Tod die Verdienste eines Menschen mindern könnte!«

»Aber nein, das ist absurd. Die Komiteemitglieder sind vielmehr besorgt, er könnte vielleicht *nach* der Wahl sterben.«

»Das wäre nicht das erstemal«, erwiderte Anja. »Worin liegt der Unterschied?«

»Es käme auf die Todesursache an. Wenn er, zum Beispiel, etwa an einer Krankheit wie Aids leidet, würde das einige Probleme auslösen.«

Jetzt verlor Anja die Beherrschung.

»Es ist doch nicht zu glauben! Wie könnte er dadurch des Nobelpreises unwürdig werden?«

»Lassen Sie es mich so formulieren«, antwortete Pisani. »Wenn Adam von dieser Krankheit *geheilt* wäre, würden sie ihm den Preis und einundzwanzig Kanonenschüsse zusätzlich zuerkennen. Sollte er aber daran sterben, würde sich das auf seine ... moralische Eignung auswirken.«

»Sie meinen, selbst wenn er ein Bluter und das Virus durch eine Bluttransfusion auf ihn übertragen worden wäre?«

»Jawohl. Selbst dann wäre das ein negatives Image. Weil es immer Zyniker gibt, die behaupten würden, die Transfusion sei nur eine Tarnung für etwas weit Schlimmeres gewesen.«

Statt sich auf eine giftige Diskussion einzulassen, konzentrierte sich Anja darauf, ihrem Ehemann zu helfen.

»Nun gut, Doctor Pisani, ich kann Ihnen versichern, daß Adams Krankheit absolut nichts mit Aids zu tun hat.«

»Das hatte ich mir gedacht«, gab Pisani mit einem Anflug von Stolz auf die eigenen diagnostischen Fähigkeiten zurück. »In der Tat deuten alle äußeren Zeichen und Symptome auf einen Gehirntumor hin. Ich nehme an, er ist gescanned worden – oder?«

Anja nickte. Soll er seine eigenen Schlüsse ziehen, dachte sie.

»Operabel?«

Anja schüttelte den Kopf.

Plötzlich änderte sich der Ton des Italieners. Er senkte den Kopf und sagte leise: »Mein Gott! Er ist so jung. Er hätte noch so viele erfolgreiche Jahre vor sich gehabt!«

»Vergessen Sie die Lobeshymnen«, fuhr Anja auf. »Er hat mehr als genug erreicht, um sich für den Nobelpreis zu qualifizieren.«

»Richtig. Ich bin hundertprozentig Ihrer Meinung.«

»Und was werden Sie in Ihrem Bericht schreiben – oder wie immer Sie mit den Leuten kommunizieren?«

»Was ich ihnen sagen werde? Jetzt oder nie!«

51 ISABEL

Jerry Pracht erwachte von einem unterdrückten Schluchzen. Er stieg aus dem Bett, wickelte sich unzulänglich in Isabels Bademantel und ging ins Wohnzimmer hinüber, wo sie am Fenster saß, die aufgehende Sonne beobachtete und offensichtlich die Aussicht auf einen neuen Tag beklagte. Er ging hinüber und berührte zärtlich ihre Schulter.

»Was ist los, Isa?« fragte er liebevoll. »Ist es wegen der vergangenen Nacht?«

Sie legte ihre Hand über die seine. »Nein, mein Liebling. Das war wunderschön. Ich wünschte nur, es hätte ewig dauern können.«

»Aber es kann doch…«

»Nein«, fiel sie ihm ins Wort. »Und das ist es, womit ich von heute an zu leben habe.«

»Das begreife ich nicht«, entgegnete er.

Sie wandte sich zu ihm um und sah ihn an.

»Ach, weißt du, ich hab' dir in der vergangenen Nacht eine Menge Dinge verraten. Dinge, von denen ich wollte, daß du sie weißt. Aber das Schlimmste habe ich ausgelassen.«

»Sprich weiter«, forderte er sie sanft auf. »Nichts, was du sagst, könnte mich jemals von deiner Seite vertreiben.«

»Wollen wir wetten?« forderte sie ihn heraus. Und dann berichtete sie ihm die Wahrheit ihrer Erblast: daß sie zu fünfzig Prozent die Gene der Chorea Huntington in sich trug. Dabei war sie weniger um ihr eigenes Schicksal besorgt als um die unvermeidlichen Auswirkungen, die es haben würde.

»Du siehst also, Jerry«, sagte sie schließlich mit Galgenhumor, »daß du dich statt mit einem absoluten Supermädchen mit einer Aussätzigen eingelassen hast.«

Sanft legte er ihr den Finger auf die Lippen.

»Ich will nicht, daß du so etwas sagst, Isa. Was mich betrifft, so bist du immer noch der gleiche Mensch. Ich liebe dich, und ich werde dich auf gar keinen Fall im Stich lassen.«

Sie lächelte ihn dankbar an und drückte seine Hand. »Ich werde dich niemals darauf festnageln«, versicherte sie liebevoll. »Du brauchst wirklich nur so lange bei mir zu bleiben, wie du es ertragen kannst.«

»Ich werde mit Sicherheit mehr als das tun. Ich werde dir helfen«, entgegnete er. »Nehmen wir das Ganze doch mal in chronologischer Reihenfolge. Zunächst einmal ist da deine Mutter …«

»… die ich hasse.«

»Jedenfalls im Moment«, konzedierte Jerry. »Tatsache aber ist, daß sie im Speisesaal des Hotels auf dich wartet, und ich glaube, das beste, was du jetzt tun könntest, wäre, sie so schnell wie möglich in einen Flieger nach Hause zu setzen.«

»Das stimmt«, erwiderte Isabel. »Ich weiß nur nicht, wie ich ihr gegenübertreten soll, ohne … du weißt schon …«

»Wir werden ihr gemeinsam gegenübertreten«, erklärte er. »Wenn du willst, brauchst du ihr nur zu sagen, daß ich dein Lieblingstaxler bin. Auf jeden Fall werde ich bei dir bleiben, bis sie zum Flughafen fahren muß, und werde außerdem dafür sorgen, daß sie an Bord ihrer Maschine geht.«

»Aber was soll ich ihr denn bloß sagen, Jerry?«

»So wenig wie möglich. Ich meine, du kannst doch das, was sie getan hat, nicht ungeschehen machen. Aber etwas möchtest du vielleicht doch tun.«

»Du meinst, um Edmundo zu retten?«

»Zum Teufel mit Edmundo! Ich denke im Moment ausschließlich an dich!«

Anfangs war Muriel verärgert, daß Isabel nicht allein gekommen war. Aber es dauerte nicht lange, bis sie erkannte, daß dieser junge Mann eine wichtige Rolle im Leben ihrer Tochter spielte. Ja, inzwischen fielen ihr die vielen versteckten Anspielungen auf ›diesen großartigen Tennisspieler‹ ein, die Isabel bei ihren Telefongesprächen gemacht hatte. Und das war ihr, trotz ihrer Befürchtungen und ihrer Verzweiflung, doch ein gewisser Trost. Also akzeptierte sie wortlos seine Gegenwart und winkte ihm, sich zu ihnen zu setzen.

In der zutreffenden Annahme, daß Isabel Jerry alles erzählt hatte, äußerte Muriel sich frei und offen.

»Seit wir zuletzt miteinander gesprochen haben, hat mich Professor Avilow mindestens ein dutzendmal angerufen. Natürlich ist auch er bestrebt, seine Therapie an Edmundo auszuprobieren. Aber ich glaube, der Preis dafür ist, daß du dich von ihm testen läßt.«

Isabel schüttelte den Kopf, während Jerry an ihrer Stelle energisch sagte: »Ich weiß nicht, ob ich das zulassen werde, Mrs. Zimmer. Ich meine, falls die Tests positiv ausfallen, kann sie doch nichts dagegen tun, sondern muß in ständiger Furcht vor einem frühen Tod leben.«

»Sie sind kein Arzt«, wandte Muriel ebenso energisch ein.

»Na und?« suchte Isabel ihn zu verteidigen. »Er ist mein ... bester Freund.«

»Es ist mir klar, wieviel er dir bedeutet«, sagte Muriel diplomatisch; sie sehnte sich danach, die Liebe ihrer Tochter zurückzugewinnen. »Aber, Isa, selbst wenn Avilow dies nicht zur Bedingung für Edmundos Behandlung macht – würdest du es denn nicht selbst gern wissen?«

Wieder ergriff Jerry die Initiative. »Entschuldigen Sie, aber hier geht es doch um eine ethische Frage. Es ist nicht etwa so wie bei Aids, wo Isa, falls sie positiv ist, andere Menschen gefährden könnte«, erklärte er. »Und ich begreife nicht, wieso Isa Mr. Zimmer – oder auch Ihnen – ein Opfer schuldig sein sollte.«

»Aber wenn Sie die Alzheimer-Krankheit in der Familie hätten«, wandte Muriel ein, »würden Sie das denn nicht auch gern erfahren?«

»Nein«, widersprach er. »Ich würde nicht wollen, daß irgend jemand davon erfährt, und am allerwenigsten meine Krankenversicherung. Auf die Gefahr hin, wenig mitfühlend zu wirken: Ich glaube, daß diese Langzeitvorhersagen der Gentests nur eine Pandorabüchse medizinischen Mißbrauchs öffnen.«

»Das ist äußerst überheblich von Ihnen, junger Mann«, gab Muriel ärgerlich zurück. »Aber Sie haben ja schließlich auch nichts zu verlieren.«

Wütend sprang Jerry auf. »Im Gegenteil, Mrs. Zimmer, ich habe das Kostbarste zu verlieren, was es in meinem Leben gibt.« Er hielt inne, legte den Arm um Isabel, sah sie liebevoll an und erklärte: »Das Mädchen, das ich heiraten werde.«

Selbst in ihrer tiefen Verzweiflung war Isabel überglücklich über Jerrys Erklärung. Sie ergriff seinen Arm, während er sich weiterhin an Muriel wandte.

»Und wenn Sie nichts dagegen haben, werde ich mir jetzt die Freiheit nehmen, für Sie den Zwölf-Uhr-Flug nach San Diego zu buchen. Inzwischen können Sie beide alles in Ruhe besprechen.«

Er gab Isabel einen Kuß und eilte davon.

Mutter und Tochter blieben allein zurück und sahen einander an. Schließlich sagte Muriel matt:

»Ein bemerkenswerter Bursche, dein junger Mann. Wie lange seid ihr schon...«

»Das geht dich nichts an!« fuhr Isabel auf.

»Du bist offenbar sehr zornig auf mich.«

»Ich glaube kaum, daß dieser Ausdruck adäquat ist, Mom«, gab sie zurück. »Du hast Dads Vertrauen mißbraucht.«

»Aber könntest du es nicht mal von einer anderen Warte aus betrachten?« bat Muriel. »Edmundo ist nicht nur dein leiblicher Vater, seine Gene sind auch höchstwahrscheinlich der Grund dafür, daß du...«

»Ach, hör auf«, wehrte Isabel verbittert ab. »Du erwartest doch wohl nicht, daß ich dir danke für das, was du getan hast!«

»Alles, worum ich dich bitten möchte, ist ein kleines bißchen Verständnis. Ich habe, weiß Gott, einen Fehler gemacht, aber ich werde bitter dafür bestraft.«

In diesem Moment wurden sie von einer fremden Stimme unterbrochen.

»Guten Morgen, meine Damen. Darf ich Ihnen Gesellschaft leisten?« Es war Avilow höchstpersönlich, betont jovial und hochtrabend.

Muriel blickte auf und antwortete hilflos: »Ja, natürlich.« Immer aufmerksam, bemerkte der russische Professor, daß für drei Personen gedeckt worden war, und er konnte es nicht lassen, vorsichtig zu sondieren.

»Oder störe ich Sie etwa? Konsultieren Sie vielleicht…«

»O nein, keine Sorge, Professor«, entgegnete Isabel ironisch. »Meine Mutter zieht keine zweite Meinung ein. Niemand wird Ihnen den Wind aus den Segeln nehmen.«

»Ich bin nicht an ›Wind‹ interessiert, Dr. da Costa. Ich bin schließlich Arzt, und meine vornehmste Sorge gilt der Pflicht, Leben zu retten.«

»Und für sich selbst eine Menge Publicity zu gewinnen«, ergänzte Isabel.

»Ich glaube, jetzt sind Sie unfair«, protestierte Avilow.

»Offen gestanden, es ist mir egal, was Sie glauben«, konterte Isabel.

Muriel konnte es nicht mehr ertragen. »Würdet ihr beide bitte aufhören, einander die Augen auszukratzen? Schließlich steht hier ein Menschenleben auf dem Spiel.«

Isabel wollte protestieren, bei dieser medizinischen Tragödie gebe es mehr als nur ein potentielles Opfer, doch Avilow kam ihren Einwänden zuvor.

»Sehr richtig, Mrs. Zimmer. Deswegen wollte ich Sie von meiner Entscheidung in Kenntnis setzen.«

Hier machte er eine Kunstpause, damit Mutter und Tochter seinen Worten um so mehr Aufmerksamkeit schenkten.

»Ich habe soeben gewisse Maßnahmen ergriffen, um Maestro Zimmer mit meiner neuen Therapie zu behandeln.«

»Das ist ja wunderbar!« rief Muriel erfreut.

»Selbstverständlich kann ich für nichts garantieren. Heutzutage werden viele fortschrittliche medizinische Methoden in einigen hochmodernen Kliniken der Karibik praktiziert. Dort ist die Zustimmung der FDA für die Behandlung mit experimentellen Medikamenten nicht erforderlich. Also möchte ich Ihnen vorschlagen, daß wir alles in die Wege leiten, damit wir so schnell wie möglich nach St. Lucia fliegen können.«

»Oh, ich danke Ihnen, Doctor! Vielen Dank!« stammelte Muriel.

»Gut«, sagte der Russe und erhob sich ebenso unvermittelt, wie er sich gesetzt hatte. »Ich werde die entsprechenden Parteien kontaktieren.« Dann setzte er hinzu: »Und das betrifft natürlich auch Sie, Dr. da Costa.«

»Bitte nicht, Professor Avilow. Und falls ich Sie niemals wiedersehen sollte – auch das wäre mir noch zu früh.«

Jerry Pracht wußte, daß es nur eine Möglichkeit gab, Isabel wirklich zu beruhigen.

»Ich möchte, daß wir sofort heiraten, Isa.«

»Wie bitte?«

»Du hast mich richtig verstanden. Wenn du willst, werde ich sogar deinen Vater – und damit meine ich Raymond – um deine Hand bitten.«

»Das kommt überhaupt nicht in Frage. Ich bin eine genetische Zeitbombe.«

»Aber Isa, ich liebe dich!«

»Ich dich auch«, gab sie zurück. »Und genau deswegen kannst du das nicht tun. *Ich* habe leider keine Wahl, aber du.«

»Wenn das so ist«, erklärte er, »dann habe ich's mir anders überlegt.«

»Was?«

»Die Sache mit dem genetischen Test. Der würde mir wenigstens eine halbe Chance lassen, dich zu einem Ja zu bewegen.«

»Ehrlich gesagt, das wäre der einzige Grund, warum ich ihn machen lassen würde. Davon abgesehen stimme ich jedem einzelnen Wort zu, das du zu meiner Mutter gesagt hast. Seit ich von dieser Sache weiß, habe ich kein Auge mehr zugetan. Und selbst, wenn die Ergebnisse vernichtend sind, würde ich wenigstens Bescheid wissen. Andererseits, wenn wir sie am MIT machen lassen, bezweifle ich, daß wir das geheimhalten könnten.«

»Du hast recht. Trotz all dem Bockmist über die Ethik tratschen die Naturwissenschaftler genausogern wie alle anderen, wenn's um eine berühmte Persönlichkeit geht.«

Isabel seufzte schicksalsergeben.

»Aber noch ist der Kampf nicht verloren«, verkündete Jerry. »Es mag ja vielleicht pervers klingen, aber ich habe den einzigen Menschen von der Welt gefunden, bei dem es am wenigsten wahrscheinlich ist, daß er diesem Russen unser Geheimnis verraten würde. Bist du bereit, diesen Schritt zu wagen?«

»Selbstverständlich. Aber was macht diesen Menschen so zuverlässig?«

Seine Augen blitzten, als er antwortete: »Haß.«

»Wie bitte?«

»Es handelt sich um seine erste Frau. Inzwischen ist sie mit Adam Coopersmith von Harvard verheiratet, und obwohl die Gentechnik nicht unbedingt ihre Spezialität ist, verfügt sie über die entsprechenden Einrichtungen. Nach allem, was ich so höre, ist sie ein wundervoller Mensch, und Avilow hat sie sehr schäbig behandelt.«

»Offen gestanden, ich kann mir nicht vorstellen, daß er sich anders verhalten könnte.«

So kam es, daß Isabel einen Termin bei Dr. Anja Coopersmith erhielt.

Trotz ihrer großen Vorurteile empfand Isabel unwillkürlich eine Art Seelenverwandtschaft mit der noch immer jugendlich-attraktiven russischen Ärztin.

Als Anja dem jungen Paar im Büro ihres Mannes in der Harvard Medical School gegenübersaß, schien ihr Gesicht – und vor allem ihre Augen – ein Mitgefühl auszustrahlen, das nur aus persönlicher Erfahrung mit Tragik erwachsen sein konnte.

Sie hatte volles Verständnis dafür, daß Diskretion geboten war, und bestand sogar darauf, Isabel persönlich das Blut abzunehmen.

»O Gott«, seufzte diese, »ich habe furchtbare Angst vor Injektionsnadeln.«

»Das haben fast alle«, antwortete die Ärztin beruhigend.

»Aber ich habe, bevor ich meine Zulassung hier erhielt, als Labortechnikerin gearbeitet und bin noch immer stolz auf meine gute Nadelarbeit.«

Nachdem Anja Isabel das Blut abgenommen hatte, versicherte sie ihr: »Sowie ich irgend etwas erfahre, rufe ich Sie sofort an.«

»O ja, bitte! Tag oder Nacht«, flehte Isabel.

Anfang dieser selben Woche hatte Isabel den ersten Brief von Raymond erhalten – ein Schreiben auf dem goldgeprägten Papier der Coventry Prep School. Das Timing war perfekt.

Anstatt das ganze Wochenende herumzusitzen und darauf zu warten, daß das Telefon klingelte, fuhren Jerry und Isabel ihn besuchen. Und obwohl sie gezwungen waren, vieles zu verheimlichen, war es ein überaus erfreulicher Ausflug.

Der erstaunlichste Aspekt ihres Besuchs war dabei wohl die Tatsache, daß Raymond bereits begonnen hatte, sich die Grundlagen eines Gesellschaftslebens zu schaffen. Vermutlich war er sich gar nicht bewußt, wie oft der Name Sharon in seinen Gesprächen auftauchte. Sharon war die Leiterin des Leichtathletikprogramms für Mädchen, eine geschiedene Frau mit einer kleinen Tochter.

»Ein wirklich zauberhaftes Mädchen. Wenn ihr das nächstemal kommt, müßt ihr sie unbedingt kennenlernen«, schwärmte Raymond, möglicherweise ein verstohlener Hinweis darauf, daß er hoffte, die beiden schon bald wiederzusehen.

Raymonds Sinnesänderung schien unerschütterlich zu sein. Denn statt den Verlobten seiner Tochter zu verabscheuen, spürte er in ihm (obwohl sie ihm nichts gesagt hatten) einen Menschen, der Isabel genauso innig liebte wie er selbst. Beim Abschied umarmte er den jungen Mann sogar herzlich.

Als sie in Cambridge ankamen, fanden sie auf dem Anrufbeantworter die Bitte, Dr. Coopersmith auf ihrer Privatnummer anzurufen.

»Ich dachte mir, daß Sie voll Ungeduld warten, also hab' ich den Test schnell durchgepeitscht«, erklärte Anja. »Isabel, ich bin überglücklich, Ihnen mitteilen zu können, daß Ihre Chromosomenanlagen nicht – ich wiederhole: *nicht* – das dominante Huntington-Gen enthalten. Das heißt, daß Sie sich auf ein langes, produktives – und reproduktives – Leben freuen können.«

Trotzdem bat Anja die jungen Leute, sie für ein weiteres persönliches Gespräch aufzusuchen.

Dieses Mal erklärte sie ihnen ausführlich, was die Testergebnisse bedeuteten. Zunächst und vor allem, daß Isabel selbst keine Gefahr laufe, an Chorea Huntington zu erkranken, und daß auch keine Gefahr für ihre Kinder, wenn sie einmal welche haben wollte, bestand.

Als Isabel und Jerry zwanzig Minuten später Hand in Hand den breiten Korridor entlanggingen, sagte Isabel leise und aus tiefstem Herzen: »Ich danke dir.«

»Und wofür?« fragte er lächelnd.

»Daß du du bist. Und daß du bereit bist, zu mir zu halten – so oder so.«

52 SANDY

Radikal veränderte Geld Sandy Ravens Leben erst im Jahre 1994. In jenem Jahr setzte die Zeitschrift *Forbes* seinen Namen auf ihre goldene Ehrenliste der ›vierhundert reichsten Menschen der USA‹.

Dennoch vermochte selbst dieses gutinformierte Blatt nicht bis auf den letzten Penny zu sagen, wieviel er netto wirklich wert war. Doch da die bescheidenste Person auf dieser Liste bereits 300 Millionen Dollar ausweisen konnte, durfte mit Fug und Recht behauptet werden, daß Sandy ›außerordentlich begütert‹ war.

Am Abend, bevor die Zeitschrift erschien, rief ihn sein Anwalt Nat Simmons an. Da es ihm gelungen war, sich ein Vorausexemplar zu verschaffen, wollte er ihm die sensationelle Neuigkeit sofort mitteilen.

Sandys Reaktion fiel allerdings anders aus, als er es erwartet hatte.

»Verdammt noch mal, Nat! Können wir das nicht aufhalten?«

»Nein. Erstens ist die Ausgabe bereits in riesiger Auflage gedruckt. Und übrigens, warum sollten Sie das tun wollen? Es gibt Menschen, die würden töten – oder wenigstens lügen –, um auf diese dämliche Liste zu kommen. Fürchten Sie etwa, die Weiber werden von nun an nach Ihrem Geld gieren?«

»Allerdings«, gab Sandy verärgert zurück. »So ähnlich.«

»Also, in der Hinsicht haben Sie wirklich nichts zu befürchten«, versicherte ihm Nat.

»Was soll das heißen?«

»Daß sie das jetzt schon tun. Wie dem auch sei, in meiner Eigenschaft als Anwalt möchte ich Ihnen raten, sich zu verneigen, wenn Ihnen das Publikum Beifall klatscht. Gute Nacht, Sandy. Ich hoffe, daß Ihre schlechte Laune verflogen ist, wenn Sie sich ausgeschlafen haben.«

Sandy legte auf. Dann ging er in den Patio hinaus, wo sich Sidney in der kalifornischen Sonne bräunen ließ, um seinem Vater die Nachricht zu überbringen.

»Aber das ist ja großartig, Sandy Boy«, schwärmte der alte Mann. »Wer hätte gedacht, daß der Sohn eines so kleinen Lichts, wie ich es bin, eines Tages...«

»Hör auf, Dad«, fiel Sandy ihm ins Wort. »Der eigentliche Geschäftsmann in der Familie bist doch du. Ich hab' einfach nur Glück gehabt.«

»O ja«, gab Sidney ironisch zurück. »Genausoviel Glück wie König Midas.«

»Dad, wenn du dich recht erinnerst«, sagte Sandy, »war König Midas ein unglücklicher Mann. Vielleicht weil er keine Ehefrau hatte.«

Wie gewöhnlich machte die *Los Angeles Times* ein Riesentheater um die ganz Reichen von L. A., die es in die ›Vierhundert‹ dieses Jahres geschafft hatten.

Sandy wurde mit Anrufen bewundernder Gratulanten

überhäuft, von denen er viele nicht einmal kannte – oder vergessen hatte, daß er sie kannte.

Er wies Maureen an, keinen von diesen Anrufen durchzustellen, damit er wenigstens ein paar Stunden ungestört im Labor arbeiten konnte.

Sie mißachtete seine Anweisung nur ein einziges Mal. »Ich hab' nicht vergessen, was Sie gesagt haben, aber *diesen* Anruf wollen Sie bestimmt entgegennehmen, das weiß ich genau.«

Sandy wußte, daß es nicht Kimiko sein konnte, denn sie benutzte seinen Privatanschluß. Und außerdem hatte er an diesem Vormittag schon mit ihr gesprochen. Also blaffte er: »Solange es nicht Stockholm ist, kann ich mir keinen vorstellen, mit dem ich im Moment zu sprechen wünsche.«

»Ich schon«, erwiderte seine Sekretärin siegessicher.

»Versuchen Sie's«, forderte er sie auf.

Sie antwortete mit einem kurzen Namen: »Kim Tower.«

Der einen ganzen Sturzbach von Gefühlen auslöste. Der Gegenstand seiner Kindheitssehnsüchte, die Prinzessin, die sich als Drachen entpuppt und fast das Leben seines Vaters zerstört hatte. Der Auslöser seiner stärksten Liebes- und seiner stärksten Haßgefühle. Die Frau, die er – um nicht den Verstand zu verlieren – aus seinem Bewußtsein zu verdrängen versucht hatte. Und nun gehörte sie, die ihn stets ignoriert oder sich – bei einigen Gelegenheiten – herabgelassen hatte, Notiz von ihm zu nehmen, aber auch das nur, um ihm Verachtung entgegenzubringen –, nunmehr gehörte sie zu seinen Gratulanten.

»Okay«, kapitulierte Sandy, »stellen Sie durch.«

Er spürte, wie sein Blutdruck stieg, während er auf die Verbindung wartete.

Sandy hatte geglaubt, sich über nichts mehr wundern zu können. Er hatte sich geirrt. Denn plötzlich rief ihn seine Jugendliebe – wenn man diese Bezeichnung für eine Liebe verwenden kann, die immer nur einseitig gewesen war –, die ihm fast ihr ganzes Leben lang aus dem Weg gegangen war, aus eigenem, freiem Willen an.

»Hi, Süßer!« gurrte sie. »Wie fühlt man sich, wenn man das Stadtgespräch ist?«

»Keine Ahnung«, antwortete Sandy aufrichtig. »Wie sollte ich mich deiner Meinung nach denn fühlen?«

»Wie ein Atom-Feuerwerkskörper«, meinte sie, um gleich darauf weitere Glückwünsche anzubringen und zuckersüß zu fragen: »Was macht Sidney? Wie ich hörte, leistet er großartige Arbeit bei CBS. Grüß ihn bitte schön von mir.«

Sandy war zu sprachlos, um wütend zu werden. Ihre Anmaßung verschlug ihm den Atem.

»Ich werd's weitergeben«, antwortete er trocken.

»Und nun rate mal, warum ich dich anrufe«, forderte sie kokett.

»Sag's nicht«, spöttelte Sandy sarkastisch. »Das Studio will meine Lebensgeschichte kaufen.«

»Eigentlich wäre das gar keine so schlechte Idee«, behauptete sie mit aalglatter Hollywood-Heuchelei. »›Vom Tellerwäscher zum Millionär‹ kommt immer an. Aber im Ernst – warum setzen wir uns nicht mal zusammen bei einem Glas Wein und plaudern über die alten Zeiten?«

Die alten Zeiten? dachte Sandy. Was für Erinnerungen könnten wir da austauschen? Aber sie hatte das alte Feuer tatsächlich wieder entfacht. Und aus zahllosen Gründen dachte er sich: Warum, zum Teufel, eigentlich nicht...

»Das wäre großartig, Rochelle.«

»Wie wär's heute abend im Bel Air? Heute ist Freitag, also können wir lange aufbleiben.«

»In Ordnung«, entgegnete er munter. »Ich hoffe nur, daß du mich nach all diesen Jahren wiedererkennst.«

»Baby«, gab sie zurück, »in letzter Zeit ist dein Foto weit öfter in der Presse gewesen als meins. Schließlich hab' ich's noch nicht aufs Titelblatt von *Time* geschafft. Also dann bis acht. Übrigens, du bist mein Gast. *Ciao.*«

»Was glaubst du, was sie von mir will?« erkundigte sich Sandy bei seinem Vater.

»Was immer es ist«, antwortete der Ältere, »ich wette Dollars gegen Bonbons, daß es was mit ihrem Körper zu tun hat.«

»Wie bitte?« Der Zynismus seines Vaters verwirrte Sandy.

Doch als er dann später seine Kontaktlinsen einsetzte und

sich für das rasierte, was er spöttisch als ›Power Dinner‹ bezeichnete, rekapitulierte Sandy in Gedanken die vielen Jahrzehnte, in denen er, bildlich gesprochen, Rochelle Taubmans Schoßhund gewesen war.

Tatsächlich hatte er während der langen Jahre, die sie einander kannten, nie aufgehört, davon zu träumen, mit ihr ins Bett zu gehen. Aber die Zeit hatte die Hauptfigur seiner Fantastereien so sehr verändert, daß er sich heute eine sexuelle Begegnung mit ›Kim Tower‹ ebensowenig vorstellen konnte wie mit einer weiblichen Göttin, die auf einer griechischen Urne dargestellt ist.

Als er relativ frühzeitig eintraf, mußte er feststellen, daß sie noch frühzeitiger gekommen war und sich bereits in einer Ecke niedergelassen hatte, von der aus sie den gesamten Raum im Blick hatte – und umgekehrt.

Ihre Haare waren im Moment hellblond, und selbst aus der Ferne wirkte sie wie der überwältigende Superstar, der sie hätte werden können – hätte es ihr nicht in so beklagenswertem Maße an Talent gemangelt. Dennoch schien sie von einer Aura des Erfolgs umgeben zu sein, die nicht weniger grell glitzerte als die Juwelen, die sie trug.

Sie bot ihm ihre blühenden Wangen zum Kuß, während der Sommelier gleichzeitig den Champagner einschenkte. So daß Rochelle, als sie dann endlich beide saßen, sofort das Glas erheben konnte, um mit ihm auf seinen Erfolg anzustoßen.

»Auf den größten Star, den ich je kennengelernt habe.« Sie lächelte.

»Leicht übertrieben«, kommentierte Sandy mit höflicher Bescheidenheit.

»Ich habe immer gewußt, daß du's schaffen wirst, Sandy«, fuhr sie fort. »Schon damals, als wir noch Klassenkameraden waren, warst du so intelligent, daß ich geschworen hätte, du würdest entweder den Nobelpreis kriegen oder zum Präsidenten gewählt werden.«

Auf diese schamlose Übertreibung konnte Sandy nur erwidern: »Na ja, ich glaube kaum, daß wir das eine oder andere befürchten müssen.«

Sie starrte ihren Grundschulverehrer mit einem Blick an,

als sehe sie ihn mit ganz neuen Augen. Während er die Kunst ihres Schönheitschirurgen bewunderte. Denn in ihrem Gesicht war auch nicht die winzigste Narbe zu sehen, obwohl sie so stark umgebaut worden war, daß sie mindestens zwanzig Jahre jünger wirkte, als sie alle beide waren.

Sie zeigte ihre perfekt überkronten Zähne, als sie verlogen turtelte: »Weißt du was, Sandy? Du hast dich überhaupt nicht verändert. Benutzt du deine eigene Zauberformel?«

Verlegen berührte Sandy seinen Scheitel, als versuche er, die ständig wachsende kahle Stelle zu verbergen, und dachte bei sich: Aha, das ist es also! Sie will den Jungbrunnen! Glaubt sie wirklich, daß ich ihr eine Gratisprobe oder eine Vorschau gebe?

Dennoch fühlte er sich schon beim zweiten Glas Champagner fast entwaffnet. So geblendet war er von ihr, daß er zeitweise sogar seinen Zorn über ihr lange zurückliegendes, grausames Verhalten seinem Vater gegenüber unterdrückte. Und auf eine merkwürdige Art und Weise begehrte er sie immer noch.

»Hör zu, Sandy«, sagte sie beim Dessert, »laß uns den Kaffee bei mir zu Hause trinken. Du bist noch nie bei mir gewesen, nicht wahr?«

Verdammt idiotische Frage, dachte Sandy, machte das Spiel aber weiterhin mit.

»Aber natürlich war ich dort«, entgegnete er zu ihrer Überraschung. »Ich meine, als *Life* einen Artikel über deine Villa brachte. Sieht tatsächlich fabelhaft aus!«

»Warte, bis du die Aussicht siehst«, raunte sie verführerisch. »Aber vielleicht sollten wir zuerst noch was Geschäftliches besprechen?«

»Ja, wieso nicht?« gab er zurück, weil er inzwischen vor Neugier beinahe platzte und wissen wollte, wieso sie plötzlich wieder entdeckt hatte, daß er existierte.

»Wie dir sicher bekannt ist, stehe ich in dem Ruf, eine sensationell gute Produzentin zu sein. Ich habe den Boys vom Vorstand wirklich ein paar fantastische Weihnachtsgeschenke verschafft.«

»O ja, ich weiß! Dein Geschäftssinn ist phänomenal«, warf

Sandy ein, der sich noch immer fragte, worauf das alles hinauslaufen sollte.

»Nun ja, es ist ja nicht so, daß sie mir kein anständiges Gehalt zahlen«, fuhr sie fort. »Aber, verdammt noch mal, ich bin immer noch eine bezahlte Angestellte, und das wirklich große Geld geht immer noch an die Studio-Bosse.

Ich suche schon seit langem nach einer Möglichkeit, etwas zu unternehmen, und ich glaube, jetzt ist der richtige Zeitpunkt gekommen. Zufällig weiß ich, daß unser Hauptaktionär, der unerschütterliche George Constantine, sich finanziell schließlich doch übernommen hat und ein paar ziemlich dikke Brocken der Firma abzustoßen gedenkt.«

»Na also, dann hast du jetzt ja deine Chance«, warf Sandy aufmunternd ein. »Warum willst du sie nicht ergreifen?«

»Womit denn?« fragte sie in wenig überzeugend hilflosem Ton. »Selbst bei meiner Erfolgsbilanz sind die Banken im Grunde noch immer sexistisch eingestellt. Für sie bin ich so eine Art weiblicher Luftikus, der ein paarmal Glück gehabt hat. Wenn ich einen Penis hätte, wäre ich ein Goldjunge. So aber gelingt es mir nicht mal, jemanden zu finden, der mir einen LBO vorfinanziert.«

Aha, dachte sich Sandy, es geht also um mein Geld.

»Ich weiß nicht mal, was ein LBO ist«, flunkerte er. »Ist das ein Kabelkanal?«

»Nein, du Dummchen«, antwortete sie mit nachsichtigem Lächeln. »Hast du denn keine Banker und Geschäftsführer oder so? LBO heißt ›Leveraged buy-out‹ und bedeutet Geschäftsübernahme mittels Kreditfinanzierung. Dadurch werden die Reichen noch reicher. Und mit deiner Kreditwürdigkeit könntest du mühelos genügend Bargeld auftreiben, um Constantine auszuzahlen.

Natürlich müßten wir beide uns irgendwie einigen. Wegen Aktienbezugsrechten und so weiter. Aber das versteht sich ja von selbst. Ich meine, wozu sind Freunde da? Und wenn sonst nichts, habe ich dir den Insider-Tip gegeben – oder?«

»Richtig«, antwortete Sandy mit merkwürdig tonloser Stimme.

»Also?« drängte sie ihn nervös.

Sandy wich ihrer Frage aus und strich sich mit einer bewußt tiefes Nachdenken suggerierenden Geste die Wange. »Darüber müßte ich erst mal schlafen.«

»Einverstanden. Wartet dein Fahrer draußen auf dich?« erkundigte sie sich und wechselte damit geschickt das Thema.

»Nein. Ich habe meinen Wagen selbst gefahren.«

»Einen Rolls?« wollte sie wissen.

»Einen Chevy«, gab er zurück.

»Du bist ein sehr eigenwilliger Mensch, Sandy. Ich bewundere Menschen, die unter ihren Verhältnissen leben. Ich jedenfalls besitze einen Lamborghini, mit dem ich es von hier bis zu meiner Villa in weniger als fünf Minuten schaffe. Bist du interessiert?«

»Rochelle«, erwiderte er, und das war *das* Understatement seines Lebens, »ich war schon immer interessiert.«

Aber auf eine Art, wie du es dir nie hättest träumen lassen.

In einer Stadt, in der es für Raser drakonische Strafen gab, jagte sie lässig den Sunset Boulevard entlang, schwenkte sodann gekonnt in den Benedict Canyon ein und fuhr bis zum Eisentor ihres Grundstücks empor, dessen Flügel sich beim Druck auf einen Knopf am Armaturenbrett automatisch öffneten.

Unwillkürlich bewunderte Sandy diesen Symbolismus.

Er hätte zwar nicht erwartet, daß es anders sein würde, aber ihre Villa glich einer luxuriösen Filmkulisse, mit einem zweiten Swimmingpool mitten im riesigen Wohnzimmer.

Und nirgendwo ein Dienstbote in Sicht.

»Nun komm schon, Herzchen«, murmelte sie zuckersüß. »Ich werde dir zeigen, was für einen wundervollen Kaffee ich mit ein paar Löffeln Nescafé zaubern kann.«

Er folgte ihr in einen Raum, dessen hypermoderne Maschinerie vermutlich sogar die Küche des Restaurants übertroffen hätte, in dem sie soeben gespeist hatten. Was hier nicht glänzte, glitzerte. Glas, Metall, verdeckte Beleuchtung, alles.

»Du warst auch schon mal verheiratet«, bemerkte sie plötzlich.

»Ja.« Sandy nickte. »Es ist mir nicht gut bekommen. Oder, um es deutlicher zu sagen, es ist ihr nicht gut bekommen. Aber ich bin keineswegs verbittert. Ich habe eine wundervolle Tochter.«

»Ach ja, wirklich?« entgegnete Rochelle. »Du mußt mir alles von ihr erzählen.« Dann setzte sie jedoch hastig hinzu: »Irgendwann einmal. Jetzt wollen wir erst mal so richtig schön selbstsüchtig sein, ja?«

»Inwiefern?« erkundigte sich Sandy.

»Wie wär's mit 'nem kleinen Sprung in meinen Pool – ganz ohne?« fragte sie mit lässiger Erotik im Ton. Und bevor er reagieren konnte, öffnete sie ihre Reißverschlüsse und trat flink aus ihrem Kleid heraus.

Anfangs war es ihm peinlich, sie splitternackt zu sehen. Irgendwie hatte er das Gefühl, heimlich die junge, unschuldige (aber war sie denn je wahrhaft unschuldig gewesen?) Rochelle Taubman zu beobachten, deren Hausaufgaben er mit dem größten Vergnügen gemacht hatte und die er liebend gern verführt hätte.

»Komm schon, mein Süßer«, sagte sie verführerisch, »worauf wartest du noch?«

»Ich weiß nicht, Rochelle«, antwortete er leise. »Aber ich glaube, ich will nicht.«

Sie starrte ihn ungläubig an. »Was ist los, Sandy? Hast du etwa Angst, du seist nicht Manns genug?«

Ihr Spott half ihm in diesem Moment der Unentschlossenheit. Er stand auf.

»Nein, Rochelle«, sagte er, »ich glaube, es ist genau umgekehrt. Du bist nicht Frau genug.«

»Was?« rief sie empört. »Ich wußte ja schon immer, daß du keine Eier hast. Du bist nichts anderes als ein jämmerlicher kleiner Eunuch. In die Hölle mit dir!«

Da fühlte Sandy sich in der Seele frei.

»Vielen Dank für das Essen«, sagte er.

»Hast du mich gehört?« schrie sie aufgebracht. »Ich hab' gesagt, in die Hölle mit dir!«

Er starrte sie gleichgültig an und antwortete: »Ich bin ja schon die ganze Zeit dort und habe es erst jetzt realisiert.«

Sandy wußte, daß er an diesem Wochenende etwas Bestimmtes zu erledigen hatte, und fuhr, ohne erst nach Hause zurückzukehren, sofort zum Flughafen.

Er rief Kimiko an, um ihr zu erklären, daß er dringend nach New York fliegen müsse und versuchen werde, am folgenden Abend zurück zu sein. »Ist alles in Ordnung?«

»Wenn ich zurück bin, wird es das sein«, gab er zur Antwort.

»Soll ich dich am Flughafen abholen?«

»Gerne«, sagte er, »das wäre schön.«

Am Montag darauf fand Kims erste Besprechung des Tages außerhalb des Filmstudios statt. Daher erschien sie erst kurz vor elf am Studiotor. Normalerweise öffnete der Pförtner, sobald er ihren roten Lamborghini sah, die Schranke, damit sie durchbrausen konnte, ohne den Gang wechseln zu müssen.

Heute jedoch blieb die Schranke aus irgendeinem Grund geschlossen.

»Was ist los?« rief sie in gespieltem Zorn. »Haben Sie mich nicht gesehen? Öffnen Sie sofort die Schranke!«

»Oh, hallo, Miß Tower«, grüßte der Pförtner voll Unbehagen. »Wie geht's Ihnen denn heute?«

Kims Geduld und Nachsicht mit dem kleinen Angestellten war am Ende. Statt seine Frage zu beantworten, fuhr sie ihn an: »Hoch damit, Mitch! Bewegen Sie Ihren verdammten Arsch!«

Der Pförtner blieb an ihrem Wagen stehen und schien den Vorgang zu genießen. Es war eine Rolle, die er sich bei zahllosen Gelegenheiten ausgemalt hatte, doch niemals auf eine so grandiose Art und Weise.

»Ich weiß nicht, wie ich es sagen soll, Miß Tower, aber ...« Er hielt inne, dann ergänzte er: „Sie stehen nicht auf meiner Liste.«

»Ich tue was?«

Der Mann nickte. »Wie Sie wissen, werden die Listen jeden Morgen aktualisiert. Ich glaube, Miß, daß Sie hier nicht mehr arbeiten.«

Da Kims Zündschnur schon immer ziemlich kurz gewesen war, ging sie sofort in die Luft.

»Hören Sie, Mister, ich gebe Ihnen genau zehn Sekunden, um diesen schlechten Aprilscherz zu beenden und mich endlich reinzulassen – oder Sie werden in dieser Stadt nie mehr einen vernünftigen Job finden.«

»Bei allem Respekt, Madam, Sie blockieren die Einfahrt. Ich muß Sie leider bitten, weiterzufahren.«

»Blödsinn!« fuhr sie auf und griff nach ihrem Autotelefon. »Ich werde jetzt sofort mit George Constantine sprechen, dann werden wir ja sehen, wer diesen Platz als erster räumen muß.«

Da der Anschluß des Studiobosses natürlich als Nummer eins einprogrammiert war, erreichte Kim ihn direkt an der Ostküste. Nachdem der Tycoon sie kurz begrüßt hatte, verhielt er sich unerschütterlich ruhig, während die ganze Wut der Hölle dröhnend in sein Ohr losgelassen wurde.

Nach einem Moment holte er tief Luft. »Hören Sie zu, Herzchen«, erklärte er herablassend, »Sie sollten schließlich besser als alle anderen wissen, wie das System hier funktioniert. Es ist wie eine Drehtür – eben ist man noch drin, und schon ist man draußen. Und ich fürchte, daß Sie von heute an draußen sind.

Aber als Zeichen meiner Dankbarkeit möchte ich Ihnen einen wertvollen Rat erteilen. An Ihrer Stelle würde ich die Vierundzwanzig-Stunden-Verzögerung vor unserer Veröffentlichung nutzen, um schnellstens nach Paris zu fliegen und sich hübsche Kleider zu kaufen, oder was immer euch Weiber so glücklich macht. Denn wenn die Spucke wirklich am Dampfen ist, werden Sie mit Sicherheit nicht mehr hier sein wollen.«

Damit war die Leitung so tot wie Kim Towers Status in der Stadt.

Der Pförtner starrte sie mit einer Miene an, die tiefste Genugtuung darüber verriet, daß die Tatsache seiner mächtigeren Position endgültig klargestellt worden war. Doch bevor Kim schließlich den Rückzug antrat, mußte sie ihm die lebenswichtige Frage stellen.

»Übrigens«, sagte sie mit gespielter Liebenswürdigkeit, »können Sie mir sagen, wer ab heute morgen hier Produktionschef ist?«

»Oh«, antwortete der Mann mit undurchdringlicher Miene, »ich nehme an, Sie meinen Mr. Raven.«

»Wer?«

»Mr. Sidney Raven, Miß Tower«, erklärte er. »Ich wünsche Ihnen einen schönen Tag.«

53 ISABEL

Manche Kliniken entstehen aus Not, andere aus Gründen der Menschenliebe und wieder andere aus purer Verzweiflung.

Während die medizinisch ›höher entwickelten‹ Nationen der Welt immer noch strenge klinische Protokolle verlangen, bevor sie experimentelle Drogen für den Gebrauch bei Menschen zulassen, wollen die unheilbar Kranken nicht länger warten. Ist der Versuch, ihre eigene medizinische Bürokratie zu beeinflussen, fehlgeschlagen, versuchen sie sie zu umgehen, indem sie eine der Spezialkliniken aufsuchen, die sich in jüngster Zeit auf winzigen karibischen Inselchen etabliert haben – Inseln, die bis dahin höchstens für ihre Strände und ihren Rumpunsch bekannt waren.

Viele konservative Ärzte verurteilen diese Operationen als herzlos und ausbeuterisch. Während das in bestimmten Fällen eine zutreffende Beschuldigung ist, werden anderswo echte Heilungen erzielt. Zahllose hoffnungslose Fälle leben noch heute, weil sie sich unter Palmen als menschliche Versuchskaninchen haben behandeln lassen.

Gewiß, ein großer Teil der von diesen Institutionen angebotenen ›Heilmittel‹ sind etwa so wirksam wie das Laetrile, ein Anti-Tumor-Medikament, ursprünglich von zwei kalifornischen Ärzten aus Aprikosenkernen entwickelt, das aber nur wenig mehr bewirkte als vernichtete Hoffnungen und dicke Liquidationen.

Doch auch die zweifelhaften Meriten dieses Arzneimittels vermochten einen Strom von Patienten nicht abzuschrecken, denen mit traditionelleren Methoden nicht geholfen werden konnte.

In anderen Fällen waren – zum Beispiel während der Ära von Reagan und von Bush, als die strenge amerikanische Gesetzgebung die medizinische Nutzung von Gewebeteilen abgetriebener Feten verbot – derartige Hilfen auf den abgelegenen Inseln erhältlich. Dadurch konnten sich Hirnchirurgen an radikalen Methoden versuchen, die den Kampf gegen Krankheiten wie Parkinson und sogar Alzheimer voranbrachten.

Obwohl sie ihre Reisen nicht ankündigten, statteten die Vertreter aller multinationalen Pharma-Konzerne diesen Unternehmen unauffällige, doch regelmäßige Besuche ab. Und selbst die großen Universitäten drückten ein Auge zu, wenn bekannte ältere Mitglieder ihres Kollegiums einen Ausflug in die Karibik unternahmen, um dort, wie sie es euphemistisch nannten, einen ›Arbeitsurlaub‹ zu verbringen.

Jetzt wartete Dimitri Avilow an der Rollbahn des Flughafens von St. Lucia, einem üppig grünen Inselparadies mit Vulkanen und fruchtbaren Tälern.

Obwohl nur die zweitgrößte der Inseln über dem Wind, gab es dort zwei ganz spezielle Anziehungspunkte für den ehemaligen sowjetischen Wissenschaftler: die ultramoderne Einrichtung der privaten Clinique Ste Hélène und die überwältigende Tatsache, daß dieses winzige Land schon zwei Nobelpreisträger hervorgebracht hatte, allerdings bisher noch keinen für Medizin.

Ganz ungewohnt sportlich in einem kurzärmeligen Hemd suchte Avilow den wolkenlosen Himmel nach der Piper Comanche ab, mit der die Zimmers von Caracas, wohin sie von Buenos Aires aus geflogen waren, herüberkommen sollten.

Er war nervös. Denn trotz der großen Zuversicht, die er seinen Patienten gegenüber an den Tag legte, war er im Hinblick auf die neue Genbehandlung, die er plante, noch immer zutiefst unsicher.

Obwohl einer der zusätzlichen Vorteile des Risikos, experimentelle Methoden an weit entfernten Orten auszuprobieren, die Tatsache war, daß die Ärzte ihre Fehler buchstäblich begraben konnten, fürchtete er immer noch, daß die ganze Welt davon erfahren werde, falls ihm ein Fehler unterlief, auch wenn das auf einer gottverlassenen kleinen Insel geschah.

Wenn er andererseits Erfolg hatte, würde sein lange und sorgfältig gepflegtes Verhältnis zur Presse die Aufmerksamkeit auf das Eiland lenken, das Zeuge seines großen Durchbruchs gewesen war.

Kurz darauf war das Dröhnen einer kleinen Maschine zu hören. Noch ein Moment, und sie tauchte auf, kreiste über dem Flugplatz und setzte zu einer eleganten Landung an. Munter sprang der Pilot aus dem Cockpit und ging zur Kabinentür, um sie zu öffnen. Eine dunkelhäutige Krankenschwester in einem Hosenanzug aus blauem Baumwollstoff kam mit einer kleinen Tasche in der Hand eilig die Stufen herab, um sich zu überzeugen, daß alles in Ordnung war. Sie winkte einem weißen Minibus, und die Sanitäter, die im klimagekühlten Wagen gewartet hatten, kamen auf den Platz herausgefahren und stiegen in die Maschine. Gleich darauf wurde Edmundo Zimmer, dessen graues Gesicht vom Tod gezeichnet war, herausgehoben, auf eine Trage gelegt und in den Krankenwagen gebracht.

Die anderen Passagiere, Muriel, Francisco und Dorothea, folgten ihm, die Augen vor der harten Karibiksonne schützend, zur Ambulanz.

Die einheimischen Behörden bestanden darauf, daß die Neuankömmlinge sich einer umständlichen Zollkontrolle unterzogen, die selbst der große Professor nicht zu umgehen vermochte.

Schließlich fuhren Muriel und Avilow mit Edmundo im Minibus, während Francisco und Dorothea in einem klapprigen Taxi folgten. Als sie in der Clinique Ste Hélène wieder zusammentrafen, erklärte Avilow: »Es hat keinen Sinn, lange zu warten. Die eigentliche ›Operation‹ wurde bereits an der Probe durchgeführt, die ich seinem Knochenmark entnommen habe. Nun brauchen wir nur noch die wieder zusammengesetzten Zellen zu infundieren und dafür zu sorgen, daß sie die mörderischen Gene umwandeln. Ich denke, daß wir damit sofort beginnen sollten.«

»Einverstanden«, gab Muriel zurück. Dann sah sie Francisco und Dorothea an, die beide zustimmend nickten.

»Dann werde ich veranlassen, daß er in einem Zimmer untergebracht wird, und mit der Transfusion beginnen«, fuhr der Russe fort. »Da wir nicht sofort auf Ergebnisse hoffen können, möchte ich vorschlagen, daß Sie alle sich in die lächerliche Imitation eines First-Class-Hotels auf dieser gottverlassenen Insel begeben und sich erst einmal von der Reise erholen.«

»Ich möchte bei ihm bleiben«, widersprach Muriel.

»Ich auch«, stimmten die Geschwister ein.

»Wie Sie wünschen«, sagte Avilow. »Aber ich muß darauf bestehen, daß immer nur eine Person bei ihm ist.«

Wie der Professor vorausgesagt hatte, geschah mehrere Tage lang gar nichts. Avilow selbst war vorübergehend nach Boston zurückgekehrt, um sich um andere Angelegenheiten und andere Patienten zu kümmern. Die zwei, die jeweils nicht im Krankenhaus wachten, entspannten sich solange am Strand.

Eines Abends beim Dinner berichtete Dorothea: »Ich habe mit mehreren Ärzten gesprochen, und alle scheinen sich darin einig zu sein, daß Avilow auf dem richtigen Weg ist. Ich habe ihn angerufen und gefragt, ob er – da wir uns in einer ›verbotsfreien Zone‹ befinden – seine Therapie vielleicht auch an mir ausprobieren könne. Und er hat zugestimmt.«

»Ist das nicht ein großes Risiko?« erkundigte sich Muriel.

»Nein«, antwortete die Jüngere, deren Stimme Zorn und Furcht zugleich verriet, »ich kann nicht mein Leben lang darauf warten, krank zu werden. Und wenn er mich nicht heilen kann, möchte ich lieber sofort sterben.«

Francisco versuchte seiner Schwester ihren Plan auszureden, aber sie ließ sich nicht davon abbringen.

Als Avilow zurückkehrte, war er hocherfreut. »Ein sehr kluger Entschluß«, triumphierte er. »Sie werden noch Zeit genug haben, die Mutter von vielen Kindern zu werden – gesunden Kindern.«

Dabei gab er sich so überschwenglich, daß es fast wirkte, als sei er bereit, sie auch noch persönlich zu schwängern.

Es gab wenig Abwechslung in diesem fernen Paradies. Die Zeitungen waren durchweg drei Tage alt. Auf ihrem Zimmer fand Muriel eine Broschüre mit einer kurzen Geschichte der Insel, in der als eine der Touristen-Attraktionen ein Friedhof aus dem 17. Jahrhundert erwähnt wurde, da er einen historischen Reigen der verschiedenen Einwandererwellen auf der Insel darstellte. Den Beschreibungen zufolge sollte dort sogar ein Mann mit dem exotischen Namen ›Uriel Da Costa‹ seine letzte Ruhestätte gefunden haben.

»Könnte das ein Verwandter sein?« fragte Francisco.

»Wohl kaum. Aber so haben wir am Nachmittag wenigstens etwas zu tun.«

Wie sich herausstellte, wurde es eine Abwechslung, die gemischte Gefühle auslöste.

Francisco vermochte die Grabsprüche zu übersetzen, die in Spanisch oder Portugiesisch gehalten waren. Aber inmitten der verwitterten, grauen Steine entdeckten sie seltsamerweise drei Grabsteine, die eindeutig jüngeren Datums waren.

Bei näherer Untersuchung entdeckten sie, daß diese drei Gräber nicht nur aus dem 20. Jahrhundert, sondern aus den letzten fünf Jahren stammten. Und die Verstorbenen waren weder Portugiesen noch Juden. Ja, eine der Inschriften lautete: »Mary Donovan, 1975–1986«.

Francisco, der Muriels Gedanken erriet, nahm sich sofort den Friedhofswärter vor und erkundigte sich, wer diese Leute waren. Der Alte zuckte die Achseln. Francisco war wütend.

Als er zurückkehrte, fragte Muriel neugierig: »Was hat er gesagt?«

»Er hat keine Ahnung, sagt er. Aber es ist klar, daß er lügt, denn schließlich gibt es hier nur sehr wenige Gräber.«

Francisco imitierte den französischen Akzent des Mannes: »Sie krank – sie sterben – ich begrabe.«

»Konntest du ihn fragen, woran sie gestorben sind?«

»Diese Frage hat er mit zwei Wörtern beantwortet: ›La Clinique‹.«

Muriel und Francisco waren beide beunruhigt und zornig, hatten aber verabredet, Dorothea vorläufig noch nichts davon zu sagen. Als Avilows Maschine aus Boston landete, warteten sie schon an der Rollbahn, um ihn sofort zur Rede zu stellen.

Er schien über ihre Vorwürfe gekränkt zu sein.

»Ich denke nicht daran, derartige Angelegenheiten in aller Öffentlichkeit zu diskutieren. Zunächst muß ich dieses lebenswichtige genetische Material ins Krankenhaus bringen; dann können wir reden.«

Als sie sich schließlich in Avilows Sprechzimmer gegenübersaßen, explodierte Francisco.

»Warum haben Sie uns nicht über Ihre Fehlerquote aufgeklärt?«

»Weil ich keine habe«, behauptete Avilow distanziert. »Vergessen Sie nicht, daß auch andere Ärzte ihre Verfahren auf dieser Insel ausprobieren.«

Muriel musterte ihn mit einem aufmerksamen Blick und fragte: »War Mary Donovan Ihre Patientin?«

Der Russe wurde nervös. »Ich halte diese Frage für unmoralisch«, antwortete er leise.

»Spielt keine Rolle«, konterte Muriel. »Sie haben sie soeben beantwortet.«

Plötzlich geriet Avilow in Panik. »Aber bitte, verstehen Sie doch, Mrs. Zimmer«, redete er drauflos. »Das junge Mädchen war praktisch tot, als sie herkam. Es war zu spät, aber die Behandlung hat ihr keineswegs geschadet...«

»Das würde ich Ihnen eher abnehmen, wenn Sie es mir in Boston mitgeteilt hätten.«

»Hätte ich das getan – wären Sie dann auch noch gekommen?«

»Ich weiß es nicht.« Muriel schüttelte den Kopf. »Aber ich hätte es mir wahrhaftig zweimal überlegt.«

»Haben Sie Dorothea etwas davon gesagt?« wollte Avilow wissen.

»Nein«, antwortete ihr Bruder. »Noch nicht.«

»Dann geben Sie mir wenigstens eine Woche Gnadenfrist. Ich werde ihren Retrovirus gekühlt lagern, und Sie können bis dahin selber sehen, ob Edmundo Fortschritte macht.«

Avilows Erfolg war der Beweis dafür, daß selbst der Teufel Wunder bewirken kann.

Was immer seine Gründe sein mochten – er war ein erstklassiger Wissenschaftler. Mit jedem Tag wurde deutlicher, daß Edmundo zu einem einzigartigen medizinischen Phänomen geworden war: ein Opfer der Chorea Huntington – in Remission.

Das war eine ungeheure Errungenschaft von großer Tragweite.

»Du solltest allmählich erwachsen werden, Isabel!«

Der dreiundzwanzigjährige Star der Fakultät für Physik am MIT lachte. »Ich gebe mir die größte Mühe, Jerry«, antwortete sie. »Und falls du's noch nicht bemerkt haben solltest – du bezahlst für mich den vollen Preis an der Kinokasse.«

»Du weißt genau, was ich meine«, protestierte Jerry. »Du hast dich jetzt lange genug gedrückt. Es wird Zeit, daß du zum Telefonhörer greifst und endlich deine Mutter anrufst. Ich verstehe ja, daß du sie ›bestrafen‹ willst. Aber so unangenehm die Umstände auch sein mögen – sie ist schließlich deine Mutter, und sie liebt dich aufrichtig. Denk doch mal darüber nach, wie sehr sie gelitten hat, als ihr beide, du und Raymond, sie damals verlassen habt.«

Isabel seufzte. »Pracht, du bist so widerlich reif und erwachsen – wenigstens, wenn es um andere Leute geht.« Sie hielt einen Moment inne, dann fügte sie leise hinzu: »Ich habe Angst.«

Jerry nahm sie bei den Schultern. »Ruf sie an, Isa«, verlangte er ruhig. »Jetzt sofort!«

Er legte ihr liebevoll die Hand in den Nacken, während sie

mit bebenden Fingern die Ziffern eintippte. Es klingelte mehrmals, aber dann…

»Hallo?«

»Ich bin's, Mom.«

»Oh, Isabel! Wie wundervoll, deine Stimme zu hören! Wie geht's dir, mein Liebling?«

»Ich bin jetzt unwichtig«, protestierte sie, innerlich erleichtert über die herzliche Begrüßung ihrer Mutter. »Wie geht's denn euch? Ich meine vor allem – Edmundo?«

»Ob du's glaubst oder nicht, es geht uns allen gut. Bisher hat die Gentherapie Wunder gewirkt, und es scheint überhaupt keine Nebenwirkungen zu geben.«

»Das ist ja großartig!«

»Und was macht dein junger Mann? Du glaubst nicht, wie verärgert Peter ist, daß ich ihm kein Autogramm von Jerry Pracht mitgebracht habe. Ich wußte gar nicht, mit was für einem Sportstar ich die Ehre hatte, zusammenzusitzen.«

»Na ja, du hattest schließlich andere Sorgen«, konzedierte Isabel.

»Die hatte ich allerdings«, bestätigte die Mutter. Dann erkundigte sie sich vorsichtig: »Ihr werdet mich doch zur Hochzeit einladen – oder?«

»Hör zu, es wird dich vermutlich freuen, daß Jerry und ich beide erkannt haben, daß wir noch zu jung sind, um schon zu heiraten. Denn das ist eine so schwerwiegende Entscheidung, daß wir uns überlegen, ob wir das auch wirklich wollen. Aber wenn ja, und wenn wir wissen, wann, werden wir dich mit Sicherheit einladen.«

In dem darauffolgenden Schweigen war Muriels Erleichterung deutlich zu spüren. Nach einer weiteren kurzen Pause fragte sie dann: »Und Edmundo?«

»Darüber haben Jerry und ich uns die Kehlen heiser geredet, Mom. Er hat mich überzeugt, daß es töricht von mir ist, wütend zu sein auf … deinen Ehemann. Andererseits habe ich ihn überzeugt, daß ich nur einen einzigen Vater will. Hab' ich mich klar genug ausgedrückt?«

»Ich fürchte, ja, mein Liebling.« Sie machte eine kurze Pause, dann sagte sie leise: »Wie dem auch sei, ich bin sehr froh, daß wir wieder Kontakt miteinander haben.«

»Das bin ich auch.«

Als Isabel auflegte, erschien ein strahlendes Lächeln der Freude und Erleichterung auf ihrem Gesicht.

»Ich hab's geschafft, Jerry! Ich danke dir!«

»Das freut mich, Isa. Sieht aus, als wärst du wirklich glücklich.«

Ihr nächster Volley traf ihn unversehens.

»Jetzt bist du dran.«

»Was soll das heißen?«

»Ich meine, jetzt mußt *du* erwachsen werden.«

»Was willst du damit sagen?« fragte er.

»Na ja, du tust doch immer so, als wolltest du mich heiraten ...«

»Was soll das heißen – ich tue so? Denkst du vielleicht, ich meine es nicht ernst?«

»Ich bin durchaus bereit, dich als Tennislehrer zu lieben oder, wenn du willst, sogar als High-School-Trainer. Aber ich weigere mich, einen flatterhaften Wirrkopf zu heiraten, der nicht weiß, was er in den nächsten vierzehn Tagen tun wird. Ehrlich, Jerry, das ist entnervend.«

Während er ihrer Schimpfkanonade lauschte, erschien ein breites Grinsen auf seinem Gesicht.

»Ich wußte, daß es so kommen würde«, witzelte er. »Du bist total bourgeois geworden.«

»Da hast du recht. Im tiefsten Herzen bin ich ein äußerst konventioneller Mensch.«

»Möchtest du ein ganz furchtbares Geständnis hören?« gab er leise zurück. »Ich hab' gemerkt, daß ich das ebenfalls bin. Also werd' ich meinen Schläger an den Nagel hängen – das heißt, bis wir Kinder haben, denen ich Tennisunterricht geben kann – und in unser Familiengeschäft einsteigen. Und nun sag mal: kann man noch mehr bourgeois werden als das?«

»Du meinst, du willst in die Physik einsteigen?« erkundigte sie sich freudig erregt.

»Bestimmt nicht in den theoretischen Zweig«, antwortete

er nachdrücklich. »Sich ständig neue Theorien auszudenken, das überlasse ich Typen wie dir und meinem Vater. Nein, ich arbeite viel lieber praktisch.«

»Du meinst, wie Mikrowellen-Radiometer-Bänder?«

»Ja, so ähnlich – und natürlich Teleskope. Ich meine, sieh's doch mal so. Wenn ich erwachsen werde und einen Abschluß habe, könnte ich sogar in einem guten Observatorium arbeiten.« Er grinste verlegen. »Aber ich habe eine unabdingbare Forderung.«

»Ich zittere jetzt schon. Welche?«

»Um dieses verdammte Bakkalaureat zu kriegen, muß ich mittlere Physik nehmen. Und ich will, daß du meine Lehrerin bist.«

Isabel mußte lachen. Dann erwiderte sie streng: »Ich warne dich jetzt schon, Pracht. Wenn du in meinem Unterricht Unruhe stiftest, fliegst du ohne Erbarmen raus.«

Er nahm sie in die Arme. »Genau so will ich's, Isa. Ohne Erbarmen.«

»O ja, Jerry«, gab sie zurück, »aber mit aller Liebe.«

Mehrere Wochen später erhielt Isabel mit äußerst gemischten Gefühlen eine von ihm persönlich signierte Vorauskopie von Avilows Artikel, der in *The Journal of Genetic Therapy* erscheinen sollte. Obwohl natürlich kein Patient namentlich erwähnt wurde, konnte sie aus der Datenkurve schließen, daß das Verfahren, da es bei mehreren Patienten in Edmundos Alter erfolgreich angewandt worden war, bei Edmundo selbst ebenfalls gewirkt hatte. Doch schließlich hatte ihre Mutter ihr sogar noch mehr bestätigende Beweise geliefert.

Von einem streng beruflichen Standpunkt aus vermochte sie keinen wissenschaftlichen Fehler in der Abhandlung zu entdecken. Der Mann würde zwar keinen Preis für seine Persönlichkeit gewinnen, aber er verstand sich auf sein Metier. Selbst ohne theatralische Adjektive war es Avilow gelungen, seinen Erfolg so stark zu dramatisieren, daß er auf der Titelseite der *New York Times* erwähnt wurde.

Darüber hinaus befaßte sich der Artikel mit den Nebenwirkungen seines Erfolgs. Ganz ohne Frage würde die Möglichkeit, einen Retrovirus herzustellen, der nicht nur das Fortschreiten einer so schweren Krankheit aufhielt, sondern sogar die Gesundheit wiederherstellte, auch die Chance einer Heilung für so furchtbare Krankheiten wie Alzheimer in greifbarere Nähe rücken.

Außerdem machte seine Abhandlung klar, daß das ehemalige Sowjet-Akademiemitglied die Methoden des Kapitalismus sehr schnell gelernt hatte. Obwohl keine Zahlen genannt wurden, ging eindeutig daraus hervor, daß Avilow geschickt über die kommerziellen Aspekte seiner Entdekkung verhandelt hatte.

Durch einen glücklichen Zufall stand das wichtigste Ereignis auf dem wissenschaftlichen Kalender dicht bevor. Die verschiedenen Ausschüsse in Stockholm traten zusammen, um die Laureaten für Medizin, Chemie, Literatur und Physik auszuwählen. Ihre öffentliche Bekanntmachung sollte im Oktober stattfinden, die Preisverleihung selbst am zehnten Dezember, dem Todestag Alfred Nobels.

Die Nominierungsformulare waren an die üblichen Wahlteilnehmer versandt worden: ehemalige Preisträger, Dekane an den hervorragendsten Universitäten der Welt und ausgewählte weitere Würdenträger.

Außerdem gab es selbständig handelnde Kandidaten, die nichts dem Zufall überlassen wollten und einflußreiche Kollegen unverhohlen um Empfehlungsschreiben baten. Diese Tatsache war bei jeder Zusammenkunft von Wissenschaftlern unvermeidlicherweise ein ständiges Gesprächsthema.

Als Jerry und Isabel, MIT-Freshman und Assistant Professor, mit den älteren Prachts zusammen zu Abend aßen, bemerkte Jerrys Vater: »Es ist unglaublich, aber dieser Russe von Harvard war tatsächlich so unverschämt, allen Nobelpreisträgern des MIT-Kollegiums Bettelbriefe zu schreiben. Weiß Gott, warum, denn er kennt keinen von ihnen persönlich.«

»Er ist unheimlich ehrgeizig«, meinte Isabel, ohne ihre persönliche Verbindung zu ihm zu erwähnen.

»O nein, nicht nur ehrgeizig, unglaublich gerissen ist er«,

widersprach Pracht. »Ihr werdet staunen, aber ein oder zwei von diesen Knaben haben sich tatsächlich geschmeichelt gefühlt und ein nettes Briefchen nach Stockholm geschickt. Und ich brauche euch ja nicht zu erklären, daß immer dann, wenn es ums Ganze geht, jede, auch die winzigste Kleinigkeit, helfen kann.

Aber in diesem Jahr steht das Ergebnis für Physik natürlich schon fest.« Dabei lächelte er seiner zukünftigen Schwiegertochter liebevoll zu. »Ich hoffe, du sprichst gut genug Schwedisch, um eine Dankesrede zu halten.«

»Aber ich bin doch jetzt gerade so glücklich über meine Halb-Anonymität!« protestierte sie.

»Du kannst ihn ja ablehnen.« Jerry grinste. »Jean Paul Sartre hat 1964 den Nobelpreis für Literatur auch abgelehnt.«

»Natürlich«, stimmte ihm der Vater zu. »Und das hat ihm noch mehr Publicity eingebracht.«

»Aber ich will das wirklich nicht«, sagte Isabel. »So was sollte schließlich das große Finale einer beruflichen Laufbahn sein, und ich habe doch gerade erst angefangen!«

»Keine Sorge, Liebling«, beruhigte Jerry sie lächelnd. »Marie Curie hat ihn zweimal bekommen – und das zu einer Zeit, als Frauen ihn kaum einmal erhalten durften.«

54 ADAM

Hinter jedem Nobelpreis steht nicht nur ein Laborjournal, sondern eine ganze Saga. Von persönlichen Opfern, Schmerz und Enttäuschung, und selten – sehr, sehr selten – ungetrübter Freude.

Isabel da Costa setzte all diese Vorgaben außer Kraft und wurde, während sie zur Legende wurde, persönlich immer menschlicher.

Mit ihrer Entdeckung vervollständigte sie die letzte Dimension von Einsteins Theorie des Universums, und die Königliche Wissenschaftliche Akademie von Schweden zögerte nicht, ihr diesen Preis zuzuerkennen. Die Wahl war beinahe einstimmig – bis auf eine Person, die die Frage ihres jugendlichen Alters aufs Tapet brachte.

Die Sitzung dauerte weniger als vierzig Minuten, dann war Isabels Sieg perfekt.

Alle Insider wußten, daß die schwersten Kämpfe in diesem Jahr um den Preis in Physiologie und Medizin ausgefochten werden würden. In diesen Fächern unterschied sich die Verleihungsprozedur grundlegend von allen anderen.

Trotz der ersten, eingehenden Prüfung der Namen, der Beschaffung weiterer Informationen von Eingeweihten – und, jawohl, der diskreten Ausforschung des Privatlebens – werden die Namen auf der Liste des Nobelpreiskomitees als ›Vorschläge‹ behandelt und sind alles andere als endgültig.

Denn die Aufgabe der Ausschußmitglieder ist es lediglich, dem Nobelpreisgremium, welches die eigentliche Wahl trifft, fünf Kandidaten zur Auswahl vorzuschlagen.

Dieses Gremium besteht aus fünfzig schwedischen Ärzten aller Fachgebiete, die das Recht haben, sämtliche Kandidaten des Nobelpreiskomitees abzulehnen und einen ganz anderen Kandidaten ihrer eigenen Wahl zu benennen.

Einige Preisanwärter sahen darin natürlich einen Vorteil.

Auch jene, die in Prescott Masons Namen für Adam Coopersmith arbeiteten, machten sich diese Eigenart zunutze. Eine Anzahl international völlig unbekannter Ärzte wurde auf einmal in einem nie dagewesenen Maße hofiert.

Während die Lobbyisten für Clarke-Albertson sich darauf konzentrierten, das Feuer der Ärzte mit bekannten rhetorischen Gaben zu schüren.

Denn nachdem der Nominierungsausschuß seine kurze Liste präsentiert hatte, würde die Diskussion eröffnet werden, und der Kampf würde beginnen.

Wie es ein freundlicher Schwede ausdrückte: »Wenn die Sitzung lange genug und bis in die Nacht hinein dauert, könnte man sie vermutlich so sehr ermüden, daß sie sogar Dr. Doolittle den Preis verleihen würden.« Auf jeden Fall hing das Ergebnis weitgehend von der Einstellung der einheimischen Ärzte ab.

Das Fundament hatte Dimitri Avilow vor langer Zeit mit weiser Voraussicht und großer Geduld gelegt. Schon zu seiner Zeit als sowjetisches Akademiemitglied hatte er sich den Weg zu dieser Auszeichnung geebnet, indem er jedes Jahr nach Schweden reiste und dort sowohl auf den gesellschaftlichen als auch auf den wissenschaftlichen Sektor einen reichlich bemessenen Teil seiner Zeit verwendete.

Darüber hinaus hatte er ein langes und intensives Verhältnis mit Dr. Helga Jansen gehabt, einer Mikrobiologin an der Universität von Uppsala, das in ihrer Erinnerung so stark weiterbrannte, daß sie für ihn auf die Barrikaden gegangen wäre, selbst wenn er nicht schon einer der aussichtsreichsten Kandidaten gewesen wäre. Er hatte auch den Zeitpunkt der Veröffentlichung seiner Abhandlung minuziös geplant.

Adam Coopersmith war keinem der Wahlmänner persönlich bekannt. Aber die Pharmafirma verstand es, das ›Geheimnis‹ seiner schweren Krankheit zu verbreiten.

Außerdem gab es, über das eindeutige Mitgefühl für den brillanten Wissenschaftler hinaus, der so jung sterben mußte, eine weitere Überlegung, die nicht ignoriert werden durfte:

Wenn man Adam den Preis verlieh, würde man dadurch gleichzeitig das Werk Max Rudolphs ehren.

Natürlich standen noch drei weitere Namen auf der Liste, und schließlich erhielt die Versammlung traditionell den Anstrich einer Gilbert-und-Sullivan-Operette, wenn ein junger Mann namens Gunnar Hilbert sich alljährlich selbst nominierte.

Auf jeden Fall wurde in einem ganz außergewöhnlichen Maße antichambriert.

Im Anfangsstadium fiel bei den Gesprächen gelegentlich auch Sandy Ravens Name. Aber man war sich stillschweigend darüber einig, daß er bereits einen reichlichen Teil Anerkennung geerntet hatte und außerdem viel zuviel Geld besaß.

Dann bat auf einmal Lars Fredricksen, ein angesehenes älteres Mitglied des Komitees, um das Wort und verwandelte das, was bisher als sicher gegolten hatte, in ein Tollhaus.

»Geehrte Kollegen, bei allem Mitgefühl der Welt bin ich

der Meinung, wir dürfen nicht zulassen, daß der Nobelpreis zu einem zweiten Oscar wird, der, wie man weiß, so manchem Schauspieler nur verliehen wird, weil er an einer unheilbaren Krankheit leidet. Ich bin der Meinung, daß Wissenschaftler sich weder von Mitleid oder, was das betrifft, von Neid leiten lassen sollten.«

Er ließ seinen Blick über die Zuhörer wandern. Sein Auftreten und seine Argumentation hatten sie aufmerksam werden lassen.

»Wenn Coopersmiths Krankheit ihn qualifiziert, warum sollte Ravens Reichtum ihn dann *dis*qualifizieren? Schließlich steht doch wohl fest, daß seine Entdeckung ebenfalls in der langen Reihe absoluter wissenschaftlicher Erfolge rangiert ...«

Plötzlich war sein Assistent neben ihm und versuchte ihn auf sich aufmerksam zu machen. Fredricksen musterte den jungen Mann, der ihm einen Zettel reichte, den er schnell überflog. Dann verkündete er: »Herr Vorsitzender, ich habe noch mehr zu dieser Angelegenheit zu sagen, bitte jedoch – aus gutem Grund – um eine Pause von fünfzehn Minuten.«

»Als Geste der Hochachtung für den geehrten Sprecher wird seiner Bitte stattgegeben. Wir vertagen uns für eine Viertelstunde.«

Fredricksen eilte zu seinem Wagen hinaus. Oder, genauer gesagt, zu seinem Autotelefon.

»Hallo? Hier Fredricksen«, meldete er sich.

»O Lars! Wie schön, Ihre Stimme zu hören. Hoffentlich ist es noch nicht zu spät!«

»Na ja, hätten Sie in einer Stunde oder so angerufen, hätte ich Ihnen schon gute Nachrichten überbringen können.«

»Und was für Nachrichten wären das gewesen?«

»Daß Ihr Kandidat den Zuschlag erhalten hat. Ich habe schon gute Fortschritte gemacht und glaube, daß ich ganz dicht davor bin.«

»Gott sei Dank ... Ich meine, Gott sei Dank, daß Sie noch nicht gewählt haben.«

»Wie meinen Sie das, Sir?«

»Das ist eine lange und komplizierte Geschichte, Lars. Mit

kurzen Worten, ich habe die Pferde gewechselt. Was würden Sie sagen, wie stehen … Adam Coopersmiths Chancen, wenn Sie jetzt einen Rückzieher machen?«

Der schwedische Wissenschaftler war verunsichert. »Aber wenn ich meine Anweisungen richtig verstanden habe, war das genau der Kandidat, den ich desavouieren sollte. Glauben Sie mir, das war gar nicht so leicht; es herrschte allgemein enormes Mitleid mit dem Mann.«

»Gut, gut – das heißt, Sie können jetzt wieder da hineingehen und sich dieses Mitgefühl zunutze machen.«

Fredricksen seufzte verdrossen. »Ich weiß, ich stehe in Ihrer Schuld …«

»Sie sollten es nicht so kraß ausdrücken, Lars. Sagen wir einfach, ich würde mich über eine greifbare Demonstration Ihrer Dankbarkeit freuen.«

»Wie immer Sie es ausdrücken wollen, letzten Endes habe ich mich Ihrem Wunsch zu fügen. Und wenn es das ist, was Sie jetzt wollen, werde ich mir die größte Mühe geben, die Wahl von Coopersmith zu forcieren.«

Obwohl Fredricksen spürte, daß das Gespräch dem Ende zuging, fühlte sich der Arzt bemüßigt, seine Prinzipien klarzustellen.

»Würden Sie mir gestatten, mich offen zu äußern, Sir?«

»Aber natürlich.«

»Sie wissen, daß ich nie etwas tun würde, wovon ich selbst nicht überzeugt bin. Und um absolut ehrlich zu sein: Wenn es mir möglich gewesen wäre, meinen eigenen Gefühlen Ausdruck zu verleihen, hätte ich von Anfang an für Coopersmith gestimmt.«

»Das freut mich, Fredricksen. Auf Wiederhören.«

Tom Hartnell legte auf; dann blieb er einen Augenblick nachdenklich sitzen und starrte auf den Teich seines Grundstücks in Virginia hinaus.

Dieser Anruf gehörte zu den schwersten, die er jemals getätigt hatte, denn damit hatte er auf die Verfolgung des Zieles verzichtet, das zu erreichen er sich jahrelang am innigsten gewünscht hatte:

sich an Adam Coopersmith zu rächen.

Er wandte sich an seine Tochter und sagte seufzend: »Und das wolltest du wirklich so, Toni?«

Toni senkte den Kopf und antwortete leise: »Ja, Dad.«

»Nach allem, was er dir angetan hat?«

»Es gibt Grenzen«, entgegnete Toni. »Adam hat genug durchgemacht. Und er hat den Preis verdient.«

Tom Hartnell dachte kurz nach, und ihm wurde klar, daß er nunmehr nach Sandy Raven auch den anderen Vollblüter in seinem Stall abstoßen mußte. Er drückte auf einen Knopf an seinem Automatik-Telefon. Eine rauhe Stimme meldete sich: »Hi, Boß.«

»Guten Abend, Fitz. Tut mir leid, daß ich Sie stören muß.«

»Ist schon okay, Captain. Was kann ich für Sie tun?«

»Stoßen Sie meine Kaufoptionen ab.«

»Sie meinen Corvax? Etwa alle?«

»Sie verstehen mich recht gut, Fitz.«

»Verdammt«, fluchte der Börsenmakler vor sich hin.

»Hören Sie, wenn Sie Ihre anderen Klienten auf mein kleines Unternehmen angesetzt haben, ist das Ihr Pech. Ach ja, und benutzen Sie das Geld, um Clarke-Albertson zum Marktpreis zu kaufen. Gute Nacht, Fitz.«

Es war kurz nach vier Uhr morgens. In der Coopersmith-Villa in der Brattle Street saß Anja noch auf und unterhielt sich leise mit Charlie Rosenthal. Die Hoffnung, eine Nacht durchzuschlafen, hatte sie längst aufgegeben und jedes Schlafmittel verweigert, weil sie fürchtete, Adam könnte das Bewußtsein wiedererlangen, während sie in tiefem Schlaf lag.

»Auf mich hat er einigermaßen stabil gewirkt«, erklärte Charlie mit mehr Hoffnung als Überzeugung im Ton. »Ich war fast sicher, daß er mich eben erkannt hat.«

»Das hat er auch«, behauptete Anja, um Charlies Befürchtungen zu zerstreuen, er werde seinem besten Freund nicht mehr sein Mitgefühl beweisen können.

Um ihre zuversichtlichen Worte zu untermauern, zog sie ihn ins Vertrauen und gestand: »Weißt du, was am erstaunlichsten ist? Bis vor einer Woche hatten wir immer noch Rudimente einer … sexuellen Verbindung.«

»Ja. Das gehört zu den paradoxen Aspekten dieser Krankheit. Während sie nämlich heimtückisch sämtliche Systeme lahmlegt, erhält sie den Sexualtrieb seltsamerweise sehr lange aufrecht.«

»Ach, weißt du«, sagte Anja heiser, »es spielt keine Rolle, ob er mich erkennt oder nicht. Hauptsache, *ich* erkenne ihn. Und wenn wir uns nie wieder richtig unterhalten können – solange ich ihm beim Schlafen zusehen oder ihm in die Augen sehen kann, selbst wenn er an mir vorbeistarrt, ist mir das genug. Kannst du das verstehen, Charlie?«

»Durchaus.« Charlie nickte. »Es ist wie bei so vielen Müttern mit kranken Neugeborenen, die ich im Laufe der Jahre behandelt habe. Es spielt keine Rolle, daß ihr Baby gar nicht merkt ...«

Seine Stimme versagte. Plötzlich war ihm eingefallen, daß ihm eine Frau gegenübersaß, die nicht nur mit einem unheilbar kranken Ehemann geschlagen war, sondern darüber hinaus mit der Tragödie der Kinderlosigkeit.

Anja begriff. Aber jetzt hatte sie ein Ventil für ihre Muttergefühle.

»Nein«, antwortete sie freundlich, »du hast recht. Irgendwie ist Adam zu meinem Kind geworden. Solange ich ihm meine Liebe schenken kann, ist alles andere unwichtig.«

Das Telefon klingelte. »Großer Gott, wer könnte das sein, um diese Zeit?« fragte sich Anja laut.

»Möglicherweise mein Anrufservice«, erklärte Charlie entschuldigend. »Dem muß ich jedesmal hinterlassen, wo ich zu erreichen bin. Tut mir leid. Ich werde den Anruf entgegennehmen.«

Er ging zum Telefon, meldete sich und sagte sofort: »Ich hab' mich geirrt. Um vier Uhr morgens wirst du von irgendeinem Verrückten verlangt, Anja.«

Sie reagierte langsam. Schließlich existierte in der Außenwelt nichts mehr von Bedeutung. Und es war ihr gleichgültig, wer mit ihr von diesem fremden Territorium aus sprechen wollte.

»Mrs. Coopersmith, hier spricht Professor Nils Bergström

vom Medizinischen Karolinska-Institut in Schweden. Verzeihen Sie mir bitte, daß ich Sie geweckt habe.«

»Das macht nichts«, murmelte Anja geistesabwesend. »Ich habe nicht geschlafen.«

»Ich vermute, Sie ahnen schon, weshalb ich anrufe«, fuhr Bergström behutsam fort.

»Ich kann's mir denken.« Anja fragte sich, ob sie die Kraft aufbringen würde, diesem Mann für seinen Anruf zu danken, der eindeutig als freundliche Geste gedacht war.

»Es ist mir eine große Genugtuung, Sie – streng vertraulich – davon zu unterrichten, daß wir in Stockholm heute mittag um zwölf, also in zwei Stunden, den diesjährigen Nobelpreisträger für Medizin bekanntgeben werden. Und daß die Akademie die Entdeckung von MR-Alpha ehren wird, wie im *New England Journal* von Ihnen, Ihrem Ehemann und seinem Team beschrieben.«

Professor Bergström sprach weiter, doch seine Worte waren nur noch ein einziger Silbenfluß, der über Anja hinwegspülte.

Sie bedankte sich abermals und legte auf.

Dann sah sie mit tränenüberströmtem Gesicht den Freund ihres Mannes an.

»Er hat gewonnen, Charlie – Adam bekommt den Nobelpreis!«

Der Impuls, sich zu freuen, war so stark, daß es Charlie vorübergehend gelang, das schreckliche Leiden seines Freundes zu vergessen. Er sprang aus dem Sessel und jubelte: »Fanta-stisch! Habt ihr hier noch irgendwo Champagner?«

»Ja«, antwortete Anja gleichgültig, »aber ich finde es irgendwie nicht richtig, bevor – du weißt schon – auch Adam davon erfährt. Ich meine, bevor es ihm bewußt wird.«

Charlie stimmte ihr zu. »Du hast recht. Aber ich werde bei dir bleiben, bis er einen klaren Augenblick hat. Wenn's dir nichts ausmacht, Anja, würde ich wirklich gern sein Glück teilen. Das würde mir sehr viel bedeuten.«

»Aber natürlich.« Sie nickte. Kurz darauf standen sie in Adams Schlafzimmer und blickten auf ihn hinab. Sein Gesicht – noch immer faltenlos, noch immer schön – wirkte absolut friedlich.

»Wollen wir ihn wecken?« fragte Charlie.

»Da wir es beide möchten – warum versuchen wir's nicht mal?«

Anja berührte ihn und sagte leise: »Adam?«

Langsam öffnete ihr Mann die Augen. Er starrte sie an und sagte zunächst gar nichts. Dann fiel sein Blick auf Charlie. Und wanderte zu seiner Frau zurück.

»An ... Anja«, murmelte er. »Wie geht's dir, Liebling?«

Sie tauschte einen Blick mit Charlie. »Er ist bei Bewußtsein. Wir können's ihm sagen. Vielleicht hat er's in einer halben Stunde wieder vergessen, aber wenigstens wird er's im Moment begreifen.« Sie nahm seine Hand.

»Adam, wir müssen dir etwas Wundervolles mitteilen. Du hast den Nobelpreis gewonnen. Es wird zwar erst in zwei Stunden bekanntgegeben, aber du hast ihn tatsächlich gewonnen!«

Ungläubig starrte er sie an. Und schüttelte den Kopf. »Nein, nein, das stimmt nicht«, wandte er ein.

»Aber, Adam...«

»Nein, *wir* haben ihn gewonnen«, berichtigte er sie. »Ohne dich ...«

Dann schien es plötzlich einen Kurzschluß in seinem Kopf zu geben. Sein Blick wurde glasig, er verstummte und nahm seine Umgebung nicht mehr wahr.

»Er hat es begriffen«, sagte Charlie. »Er war vollkommen klar, als du es ihm gesagt hast. Meinst du nicht auch?«

Anja nickte.

Als Anja später für Charlie Rosenthal, der ins Krankenhaus zurück mußte, Rührei machte, klingelte das Telefon abermals. Diesmal war es Prescott Mason.

»Haben Sie's schon gehört?« erkundigte er sich triumphierend.

»Ja«, antwortete sie ruhig.

»Fabelhaft, diese Nachricht!« rief Mason und erwartete eindeutig ein lobendes Tätscheln.

»Aber ja«, stimmte sie ihm zu. »Sie haben gute Arbeit geleistet.«

»Hören Sie, Anja«, erläuterte Mason bewegt, »ich leugne ja nicht, daß wir antichambriert haben. Aber der Nobelpreis wird nicht ohne Meriten verliehen.« Er zögerte; dann setzte er leise hinzu: »Jetzt kommt der schwierige Teil. Wenigstens für Sie.«

»Was soll das heißen?« fragte sie beunruhigt.

»Nun ja, Adam wird sich der Presse nicht stellen können, soviel steht fest. Wir werden diese Burschen überzeugen müssen, daß er vorübergehend verhindert ist. Es wird doch bestimmt kein Problem für Sie sein, irgendwelche Fragen abzuschmettern – oder?«

Das Herz wurde ihr schwer. »Muß das sein?« fragte sie seufzend.

»Hören Sie, meine Gute«, drängte Mason, »Sie tun das für ihn. Wenn Sie sich das immer wieder sagen, wird es Ihnen helfen, alles zu überstehen.«

Anja zuckte die Achseln. »Aber was ist mit der Verleihung? Ich mag gar nicht daran denken, in welchem Zustand er sich im Dezember befinden wird.«

»Kopf hoch, Anja«, gab Prescott aufmunternd zurück. »Wir wollen die Dinge lieber nehmen, wie sie kommen.«

Sie legte auf und sah zu Charlie hinüber.

»Ich hab's gehört«, sagte er leise. »Der Kerl hat 'ne Stimme wie ein Megaphon. Hör zu, Anja, ich weiß zwar nicht, wie zum Teufel ich dir helfen kann, aber ich komme sofort zurück, wenn ich meine Visite gemacht habe. In Zeiten wie diesen solltest du nicht allein sein.«

»Danke, Charlie«, antwortete sie bedrückt.

Draußen stieß Charlie einen erleichterten Seufzer aus. Was für eine Frau! dachte er. Wo nimmt sie all die Kraft her?

Zugleich war er froh, diesem unaufhörlichen Leiden für eine Weile den Rücken kehren zu können.

Kaum war sie allein, da eilte Anja zum Telefon, um Lisl Rudolph anzurufen. Denn im Grunde gehörte dieser Preis auch ihr. Die ältere Freundin begann zu weinen.

Um Max. Um Adam.

Um sich selbst.

»Hör zu, Lisl, ich möchte, daß du dabei bist, wenn die Reporter kommen. Und damit meine ich nicht, daß du mir helfen sollst. Ich möchte dich dabei haben als lebende Erinnerung daran, wie sehr dieser Preis auch Max gebührt.«

Wenige Minuten später traf Terry Walters ein, um seinen Dienst als Krankenpfleger zu beginnen. Anja war so beschäftigt gewesen, daß sie seit einer Stunde nicht mehr nach Adam gesehen hatte.

Kurz darauf schrak sie zusammen, weil sie Terry brüllen hörte: »Heilige Scheiße!« Dann folgten schwere, schnelle Schritte, als er in die Küche gelaufen kam und atemlos keuchte: »Er ist weg – Ihr Mann ist verschwunden!«

»Was soll das heißen?«

»Er ist nicht in seinem Bett. Er ist nicht auf dem Klo. Er ist überhaupt nirgendwo. Wie zum Teufel konnte das nur passieren?«

Anja war wie erstarrt vor Angst. Während der ersten Zeit seiner Krankheit hatte Adam sein Bett gelegentlich wie ein Schlafwandler verlassen und war im Garten herumgeirrt. In letzter Zeit aber schien er nicht mehr kräftig genug gewesen zu sein, um aufzustehen. Und durch das Küchenfenster konnte sie sehen, daß er nicht im Garten war.

Sie und Terry hatten denselben Gedanken. Sie stießen die Tür zur Garage auf und sahen ihre schlimmsten Befürchtungen bestätigt.

Eines der Autos war nicht da.

Die Alzheimer-Krankheit hatte Adam Coopersmith langsam, aber unaufhaltsam seiner sämtlichen Fähigkeiten beraubt. Nur dann und wann hatte er in sein altes Leben zurückkehren dürfen – mit einem so klaren Bewußtsein, daß es ihn zur Verzweiflung trieb. Das einzige, was er Anja nicht zu sagen gewagt hatte, war die Tatsache, daß er fest entschlossen war, dieser Krankheit nicht auch das letzte Opfer zu bringen – seine Würde.

Ganz zweifellos gab es eine neurologische Erklärung für

das unerwartete – und zwangsweise vorübergehende – Wiedereinsetzen seiner rationalen Fähigkeiten. Dennoch akzeptierten die Wissenschaftler, obwohl sie bisher noch nicht entdeckt hatten, wo der menschliche Wille seinen Sitz hatte, allesamt seine Existenz und respektierten seine unerforschliche Kraft.

Adam hatte als junger Mann seinen Körper darauf trainiert, seinem Willen zu gehorchen und Bewegungen von absoluter Schönheit zu vollführen. Und seine ungeheure innere Kraft prägte den Weg seiner wissenschaftlichen Karriere, in deren Verlauf er immer wieder versuchte, die ›Fehler‹ der Natur zu korrigieren. Der Nobelpreis, den er jetzt errungen hatte, war ein sprechender Beweis für seinen Erfolg.

Darüber hinaus stellte die Nachricht aus Stockholm einen neuralen Stimulus dar, der ihm eine physische Wiederbelebung verschaffte, wie er sie höchstwahrscheinlich nie wieder erleben würde.

Dies war der Augenblick, in dem er handeln mußte, das war ihm klar. Er stieg aus dem Bett, zog sich an und schlüpfte in seine Joggingschuhe – etwas, das er seit mehreren Monaten nicht mehr ohne Hilfe fertiggebracht hatte.

Auf dem Tisch in der Diele lagen achtlos mehrere Autoschlüssel herum. Er griff sich einen davon heraus.

Da das Garagentor offenstand, blieb das einzige Geräusch das sanfte Schnurren von Anjas Ford, den er rückwärts auf die Straße hinaussetzte.

Auf der Fahrt zum Labor beachtete Adam gewissenhaft alle Verkehrsregeln. Hielt pflichtschuldig bei rotem Licht und überschritt kein einziges Mal die vorgeschriebene Geschwindigkeit.

In der Tiefgarage parkte er dann auf dem korrekten Platz.

Weil er seinem alten Labor gern einen letzten Besuch abgestattet hätte, fuhr er mit dem Lift in den siebten Stock hinauf. Als er jedoch entdeckte, daß an einigen Tischen noch ein paar Nachteulen hockten, machte er kehrt und ging zur Feuertür.

Würdevoll stieg er die Treppe empor und trat auf das flache Dach hinaus.

Adam wußte genau, wo er sich befand und warum er hier hinaufgestiegen war.

Er hatte keine Angst.

Langsam trat er an die Dachkante und richtete sich, während er auf die ins erste Morgenlicht der Sonne getauchte Stadt hinabblickte, hoch und voller Stolz auf.

Ferne, aber deutliche Erinnerungen an den Flug seines Körpers durch die Luft zurückrufend, stieß er sich ab.

Und tauchte ins Leere.

EPILOG

Am Spätnachmittag des zehnten Dezember füllten die internationalen Größen das Große Auditorium des Konzerthauses von Stockholm, um am Höhepunkt einer ganzen Woche von Feierlichkeiten teilzunehmen: der Verleihung des diesjährigen Nobelpreises.

Anders als bei Theateraufführungen gab es bei diesem Ereignis Rampenlichter auf beiden Seiten. Denn auf der Bühne, wo sie von allen bewundert werden konnten, saßen in mehreren halbkreisförmigen Reihen etwa hundertfünfzig befrackte Mitglieder der schwedischen Akademien. Nur selten wurden die Reihen der schwarz-weißen Gestalten von farbigen Abendkleidern unterbrochen – eine grafische Illustration der winzigen Rolle, die die Frauen in der Geschichte des Nobelpreises spielen.

Punkt halb fünf gab Niklas Willen auf einer erhöhten Plattform dem Stockholmer Philharmonischen Orchester mit seinem Taktstock den Einsatz für die Nationalhymne. Das Publikum erhob sich, als König Karl Gustav XVI. und Königin Silvia den Saal betraten.

Genau eine Minute später hielten die neuen Laureaten durch einen Blumenvorhang Einzug, vorbei an der beleuchteten Büste Alfred Nobels, Erfinder des Dynamits und präsidierender Genius dieser Versammlung. Sie nahmen dem Königspaar gegenüber auf roten Samtsesseln Platz.

An einem schlichten schwarzen Pult mit einer großen, vergoldeten Kopie der Nobelmedaille, hielt der Präsident der Stiftung eine kurze Ansprache. Anschließend wurden die Preise in der Reihenfolge verliehen, die im Testament des Wohltäters vorgeschrieben war.

Zuerst die Physik.

Als er Isabel da Costa vorstellte, verschwendete Professor Gunnar Nilsson keines der wenigen Worte, die ihm zugestanden wurden. Er stellte sie in eine Reihe, die mit Galileo Galilei begann und über Albert Einstein schließlich bis zu ihr selbst reichte. Und faszinierte die Zuhörer, als er ihr phänomenales Alter erwähnte:

»Sie löst heute Sir William Bragg – dem im zarten Alter von fünfundzwanzig Jahren dieser Preis zuerkannt wurde – als jüngster Preisträger aller Zeiten ab.«

Daraufhin führte das Königspaar den gesamten Saal zu einer stehenden Ovation für Isabel an.

Strahlend, in einem dunkelblauen Seidenkleid, geschmückt nur mit einer einreihigen Perlenhalskette, war Isabel nichts mehr von der Frühreife ihrer Kinderzeit anzumerken. Aus dem kleinen Mädchen mit den dunklen Locken war eine hübsche junge Frau geworden, deren würdevolle Haltung eindeutig erkennen ließ, daß der Zirkus-Aspekt ihres Lebens endgültig vorüber war.

Die Zuhörer erwarteten, daß sie Schwedisch sprach, und das tat sie. Aber nur mit einem einzigen einleitenden Satz: *»Ers Majestät, ärade ledamöter av akademien, jag tackar Er för denna stora ära.«* (Eure Majestäten, Mitglieder der Akademie, ich danke Ihnen für diese große Ehre.)

Mit den übrigen ihrer streng rationierten Worte dankte sie »meinem Vater Raymond da Costa, ohne dessen Hingabe und Opferbereitschaft ich heute nicht hier stehen würde, und meinem Verlobten Jerry Pracht für seine liebevolle Ermutigung und emotionale Unterstützung«. (Sie hatte ihm versprechen müssen, auf keinen Fall irgendeine wissenschaftliche Hilfe zu erwähnen, die er ihr, wie sie vielleicht meinte, geleistet habe.)

Die beiden Männer, die sie damit ansprach, saßen nebeneinander im Publikum und waren beide, jeder auf seine Weise, zutiefst bewegt. Obwohl er Isabel versprochen hatte, keine Tränen zu vergießen, stand Raymond dicht davor, sein Versprechen zu brechen, als Jerry ihn umarmte und leise sagte: »Herzlichen Glückwunsch, Dad.«

Die einzige Verpflichtung, die alle Laureaten auf sich nehmen müssen, ist ein Vortrag zu einem selbst gewählten Zeitpunkt. Isabel hatte den ihren auf den Tag nach den Festlichkeiten gelegt, falls sie mit ihren Erklärungen Aufruhr stiften sollte. Denn im Widerspruch zu den Zynikern, die behaupteten, sie werde, sobald sie das Podium verlasse, ›ihr Gehirn abschalten wie eine Glühbirne und nur noch Kinder kriegen‹, beabsichtigte sie die Gelegenheit zu nutzen und die ›definitive‹ Natur ihrer Arbeit in Frage zu stellen.

Sie war fest entschlossen zu beweisen, daß ihre eigene Entdeckung nicht das Alpha und Omega der Physik sei. Und wenn es niemanden gab, der ihre Arbeit kritisierte, würde sie diese Aufgabe selbst übernehmen. Also verkündete sie: »Die Theorie, für die Sie mich hier ehren, könnte in der Welt, wie wir sie kennen, niemals bewiesen werden. Denn die wahre Vereinigung aller Kräfte kann nur bei Temperaturen beobachtet werden, die so hoch sind, daß sie im Labor nicht herzustellen, ja nicht einmal in der Gluthitze einer Supernova zu finden sind.

Diese Vereinigung fand lange vor der Geburt des Universums statt und könnte abermals stattfinden, wenn die großen Gravitationskräfte den Kollaps des Universums bewirken. Daher wird die Antwort auf ewig außerhalb unserer Erfahrungs- und unserer Begriffsebene bleiben.«

Isabel war fest entschlossen, den Weg für weitere wissenschaftliche Forschungen offen zu lassen und schloß mit den Worten: »Die Natur und Gott haben noch immer so viele Geheimnisse, daß ›Demut‹ auf ewig das wichtigste Wort eines jeden Physikers bleiben wird.«

Die Verleihungszeremonie der Nobelpreise ist seit ihrem Bestehen kaum je von dramatischen Ereignissen gekennzeichnet gewesen. Heftige, eventuell durch die Auswahl hervorgerufene Gefühle hätten sich bereits im Oktober Luft gemacht, als die Bekanntgabe der Preisträger erfolgte.

Dieses Jahr bildete jedoch eine Ausnahme, wenigstens soweit es den Preis für Physiologie und Medizin betraf. In diesem Moment wurden alle Anwesenden im Großen Auditorium von einer außergewöhnlichen Erregung ergriffen. Die Zuschauer warteten in atemloser Spannung, die Reporter mit gezückten Kugelschreibern.

Als Professor Bergström Anja zwei Monate zuvor am Morgen der schicksalhaften Entscheidung anrief, hatte er es nicht für notwendig gehalten, zu erwähnen, daß das Komitee beschlossen hatte, den Preis dieses Jahres zu teilen. Für ihn war einzig wichtig gewesen, daß Adam den Nobelpreis bekam, und es war ihm ein Bedürfnis gewesen, Adam diese Information persönlich zu übermitteln.

Sandy Raven, unerklärlicherweise von seinem fanatischsten Fürsprecher, Lars Fredricksen, im Stich gelassen, war sehr schnell ausgeschieden. Und obwohl Adam inzwischen ein sicherer Gewinner zu sein schien, war es weitgehend den von Helga Jansen unternommenen Schritten zu verdanken, daß die versammelten Ärzte einsahen, daß sie, wie immer sie sich entschieden, auch die ›allgemeinen Fortschritte der zellularen Transformation im Kampf gegen Krankheiten‹ ehren mußten, eine Rubrik, die nicht nur Adams, sondern auch Dimitri Avilows Erfolge umfaßte.

Als die Entscheidung bekanntgegeben wurde, war sich niemand im klaren gewesen, daß Dr. Coopersmiths Ehefrau früher einmal mit dem anderen Preisempfänger verheiratet gewesen war.

Allerdings dauerte es nicht lange, bis die Presse dieses pikante Detail ausfindig gemacht hatte. Darüber hinaus hatten die gründlichen Ermittlungen der Reporter ergeben, daß die Scheidung alles andere als einvernehmlich verlaufen war. Ja, daß Anja und Dimitri in den vergangenen Jahren kein einziges Wort miteinander gewechselt oder sich auch nur von weitem gesehen hatten.

Als das hypersensible Organisationskomitee davon hörte,

machten sich die Mitglieder voll Nervosität daran, die Termine der beiden Wissenschaftler zu ›desynchronisieren‹. Nicht einmal auf der Bühne wurden sie und Avilow nebeneinandergesetzt.

Auf den Partys und Empfängen der vergangenen Tage gelang es Anja, begleitet von den Rosenthals, Lisl und Heather, jede Begegnung mit Dimitri zu vermeiden. Aber das würde ihr nicht gelingen, wenn sie vor Seine Majestät, König Karl Gustav XVI., zitiert wurden.

Daher nahm ihr unmittelbar bevorstehendes Erscheinen auf dem Podium eine überhöhte, dramatische Dimension an.

Zum Schluß wurden Anja Coopersmith und Dimitri Avilow gemeinsam aufgefordert, vorzutreten und die Ehrung entgegenzunehmen. Alle Anwesenden waren verblüfft über den äußerlichen Kontrast, den die beiden boten. Sie wirkte wie ein zierlicher Spatz, er dagegen wie ein ungehobelter Bär.

Der König überreichte ihnen die Preise: zunächst Anja als Vertreterin ihres verstorbenen Mannes, und anschließend Dimitri. Woraufhin allen beiden ein kurzer Augenblick gewährt wurde, um ihrem Dank Ausdruck zu verleihen.

Doch selbst in einem so großen Moment war Avilow noch kleinlich genug, Anja für ihre Anwesenheit zu ›bestrafen‹. Und er hatte die geheimen Mittel dazu. Denn nur Anja realisierte die verborgene Bedeutung, die seine scheinbar harmlose Versicherung der Liebe zu seiner Frau und seinen Kindern beinhaltete:

»Vor allem möchte ich mich bei meiner wundervollen Frau und meinen geliebten Kindern bedanken. Denn nur für sie und ihre Zukunft arbeiten wir Wissenschaftler. Und ohne sie hätte unser Leben keine Bedeutung.«

Anja hatte zwar Unfreundlichkeiten von ihm erwartet, sich aber nicht vorstellen können, wie weh es tat: nicht die Bemerkung selbst, sondern die Tatsache, daß er sich bei dieser feierlichen Veranstaltung ihr gegenüber so feindselig verhalten würde.

In ihrer eigenen Ansprache verband sie Dankbarkeit mit Trauer.

»Majestäten, Mitglieder der Akademie, meine Damen und Herren. Dieser Augenblick ist für mich eine Zeit größter Freude und zugleich tiefster Trauer. Die Anerkennung, die Sie den Erfolgen meines Mannes und vor ihm Max Rudolphs zuteil werden lassen, ist Lohn für ein Werk nicht nur enormer wissenschaftlicher Imagination, sondern auch tiefsten menschlichen Mitgefühls.

Daß der Fortschritt auf dem Gebiet der Naturwissenschaften wahrhaft dem Fackellauf im antiken Griechenland gleicht, stellte sich nirgendwo besser dar als durch das Licht, das Max Rudolph an Adam Coopersmith weitergereicht hat, und das ich die große Ehre habe, Ihnen heute zu überbringen. Während ich diesen Preis im Namen dieser beiden Lichtträger entgegennehme, beleuchtet es dieses Podium.«

Unvermittelt fiel ihr Blick auf Lisl, die zutiefst bewegt zu ihr emporblickte. Instinktiv legte Heather den Arm um ihre Taufpatin.

Auf die Verleihungsfeier folgte ein grandioses Bankett für eintausenddreihundert Gäste im Blauen Saal des Statshuset von Stockholm.

Die schönsten Augenblicke waren für Isabel jene, die das Kind in ihr ansprachen. Sie war hingerissen von dem fast märchenhaften Moment, als sie vor den Augen der ganzen Welt vor einem richtigen König stand, um ihre Urkunde sowie eine Medaille aus dreiundzwanzigkarätigem Gold entgegenzunehmen, die auf der einen Seite das Profil Alfred Nobels und auf der Rückseite den Genius der Wissenschaft zeigte, wie er den Schleier der Natur lüftet. Wie auf allen Medaillen, gab es auch auf ihrer ein lateinisches Vergil-Zitat: »Jene, die das Leben durch neu gefundene Fertigkeiten verschönern.« Im selben Moment wurde ein Betrag über eine Million Dollar auf ihr Bankkonto in Boston überwiesen.

Aber auf sie wirkte das Geld weit weniger erregend als die legendäre Ice-Cream-Parade. Zum Abschluß des Banketts marschierte eine scheinbar endlose Reihe weißbehandschuhter Kellner mit goldenen Epauletten über den spiegelblanken

Marmorfußboden, die auf silbernen Tellern rosa Eiskugeln hereintrugen. Isabel bestand darauf, daß Raymond seine rigorose Diät unterbrach und auch etwas von dieser Delikatesse genoß.

Beim Dinner wurden Anja und Dimitri abermals diplomatisch voneinander ferngehalten. Nach dem extravaganten Dessert und den Trinksprüchen zogen sich die Gäste in den Goldenen Saal zurück, wo ein Orchester zum Tanz aufspielte.

Und hier machte Dimitri einen letzten Versuch, Anja zur Anerkennung seiner wissenschaftlichen Apotheose zu zwingen.

Während die Musik einen Walzer intonierte, schritt er feierlich auf sie zu und fragte mit einer fast unterwürfigen Verbeugung: »Darf ich um die Ehre dieses Tanzes bitten, Anja Alexandrowna?«

Anja lächelte ihn strahlend an. Und spürte innerlich, wie sie zugeben mußte, eine unwiderstehliche Woge des Triumphs.

»Leider ist mir das verwehrt«, antwortete sie höflich. »Der Doktor hat es mir verboten.«

Ihr Blick identifizierte den entsprechenden Arzt, der zu ihrer Linken saß.

»Hallo, Dimitri«, rief Charles Rosenthal gutmütig. »Ich hoffe, Sie amüsieren sich heute abend gut. Schließlich ist es ja auch Ihr großes Fest.«

»Vielen Dank, Dr. Rosenthal«, gab Avilow zähneknirschend zurück. »Darf ich fragen, was Sie nach Stockholm geführt hat?«

»Ich bin leider nur beruflich hier«, erklärte Charles liebenswürdig. »Dr. Coopersmith ist meine Patientin. Darf ich's ihm verraten, Anja?« erkundigte er sich.

Anja nickte.

»Tatsache ist nämlich«, erläuterte Charles dem Professor, »daß Anja schwanger ist.«

Avilows Kinn sackte herab.

»Wie bitte? Aber das ist unmöglich.«

»Keineswegs«, widersprach Charles Rosenthal, »es ist

durchaus möglich. Eine idiopathische Aufhebung des Ovarienversagens ist überall in der Fachliteratur verzeichnet. Ich gebe Ihnen gern die entsprechenden Hinweise; aber den lebenden Beweis dafür haben Sie gleich hier, vor Ihren eigenen Augen.«

Der Russe war perplex. »Oh, aber ja, natürlich«, stammelte er, »aber ich meine, ich...« Dann riß er sich zusammen und zwang sich zu einem Lächeln in Anjas Richtung.

»Dann mußt du ja unendlich glücklich sein, Dr. Coopersmith«, sagte er.

»Das bin ich, Akademiemitglied Avilow«, erwiderte sie und stufte ihn damit bewußt auf seinen ehemaligen Status zurück.

Anjas Information übte die erwartete Wirkung auf Dimitris Mannesstolz aus. Sogar nach so vielen Jahren noch fühlte er sich bemüßigt, eine Erklärung für das abzuliefern, was nun paradoxerweise als sein persönliches Versagen interpretiert werden konnte.

»Sehen Sie, Dr. Rosenthal?« konstatierte er. »Wieder mal ein Triumph für die Kunst der Mediziner.«

»O nein«, widersprach Anja ihm spontan, »diesmal ist es ganz einfach ein richtiges Wunder.«

Die Nobelpreisverleihung ist ein Konzert für zahlreiche Solisten. Aber der letzte Akkord erklingt weder im Auditorium noch im Goldenen Saal.

Denn am darauffolgenden frühen Morgen werden alle Besucher, die im berühmten Grand Hotel abgestiegen sind, durch eine Sängergruppe geweckt, die das Nahen von Santa Lucia verkündet, des alljährlichen schwedischen Lichtfestes.

Und für jeden einzelnen, die sie an ihren Fenstern standen, hatte dieser Moment eine eigene, ganz persönliche Bedeutung.

Dimitri Avilow sah schon in der Bezeichnung dieses Feiertags einen Hinweis auf die Stätte seines persönlichen Triumphs.

Anja fühlte sich durch die zarten Bewegungen des neuen Lebens in ihr daran erinnert, daß Adam nicht nur hier in

Stockholm bei ihr gewesen war, sondern auf ewig bei ihr bleiben werde.

Isabel und Jerry hatten einander den Arm um die Schultern gelegt und blickten zu den Sängern hinaus.

»Wunderschön, nicht wahr?« fragte sie leise.

»Ach, Isa, das Ganze hier war wunderschön. Aber das Schönste ist doch, daß es wieder vorüber ist. Jetzt können wir uns endlich auf etwas wirklich und wahrhaftig Wichtiges konzentrieren.«

»Ach ja? Und was, bitte schön, wäre das?«

»Aufeinander.«

Sie hatten den größten Preis von allen gewonnen.

DANK

Als Fremder aus dem zwanzigsten Jahrhundert in der Welt des einundzwanzigsten schulde ich großen Dank für die Hilfe, die ich von geduldigen Experten direkt an der vordersten Linie der Wissenschaft erhalten habe.

Daß ich ihre Labors besuchen und mit der nächsten Pioniergeneration sprechen durfte, die sie ausbildeten, war mir eine große Ehre.

Dr. Joseph Hill und seine Frau, Dr. Debra Anderson, beide Professoren für Immunologie an der Harvard Medical School, waren eine unerschöpfliche Quelle von Ratschlägen und Informationen. Und Joes eigene Forschung auf dem Gebiet der mehrfach fehlgebärenden Frauen war es, die ich mir von ihm für ›Adam‹ sozusagen ausgeliehen habe. Dies war das Gegenteil von Plagiat: ein Akt nie dagewesener Großzügigkeit.

Dr. Jack Strominger, Professor für Biochemie in Harvard, war stets geduldig, gastfreundlich und großzügig mit Zeit und Fachkenntnis. Er kennt sich in der Dynamik der Naturwissenschaft und auch in der Psychodynamik in der Welt der Naturwissenschaftler aus. Allein in seiner Nähe zu sein und ihm zuzuhören, war schon ein lehrreiches Erlebnis – und eine

Freude. Und während ich dieses Buch schrieb, hat wieder einmal einer seiner Studenten – Dr. Richard Roberts – einen Nobelpreis erhalten.

Ein Vertreter der neuen Generation der Genforscher – Dr. Tali Haron vom Technion in Haifa – vermochte mir die atemberaubende Spannung wissenschaftlicher Forschungen besonders gut zu schildern.

Eine große Entdeckung, die ich beim Schreiben dieses Romans machte, war die Tatsache, daß W. French Anderson, mein Kommilitone aus dem Harvardjahrgang 1958, medizinische Geschichte gemacht hatte, als er am 1. September 1990 den ersten offiziellen gentherapeutischen Versuch an einem menschlichen Patienten vornahm.

French und seine Kollegen am NIH infundierten erfolgreich ein vierjähriges Mädchen, das an einem Severely Compromised Immune System litt, mit Zellen, die bereits verändert worden waren, und gaben so diesem zum Tode verurteilten Kind neue Hoffnung. French Anderson hat mich in seinem Labor willkommen geheißen, hat es mir ermöglicht, an seinem (unglaublich hektischen) Leben teilzunehmen und mich mit seinem engagierten und begeisterten Mitarbeiterstab zu unterhalten.

Die ›humanoide Maus‹, die Adams Schwiegervater das Leben rettete, ist in Wirklichkeit eine Erfindung von Dr. Mike McCune, auch er ein Schüler von Jack Strominger. Immer wieder habe ich mit Mike diskutiert, auch wenn es in Kalifornien erst fünf Uhr morgens war. Echte Forscher schlafen vermutlich nie.

Für Astronomie, Physik und seine beständige Freundschaft habe ich Earl Dolnick von der University of California in San Diego zu danken. Er besitzt die seltene Gabe, die kompliziertesten Ideen so darzustellen, daß auch der schlichteste Laie (und ich bin in der Tat einer der schlichtesten) sie versteht.

Und was letztlich Stockholm angeht, so freue ich mich, Birgitta Lemmel von der Nobel-Stiftung meinen Dank auszusprechen, denn ihr war keine Frage zu schwierig – oder zu trivial.